Christof Weigold

DIE LETZTE GELIEBTE

Hollywood 1923: Hardy Engels dritter Fall

Christof Weigold

DIE LETZTE GELIEBTE

Hollywood 1923:
Hardy Engels dritter Fall

Kiepenheuer
& Witsch

Bei dem vorliegenden Roman ist die Handlung fiktiv, auch wenn sie mit dem Verlauf eines authentischen Falles verwoben ist. Es treten historische Persönlichkeiten auf, ihr Handeln, Reden und Denken ist jedoch so frei erfunden wie das der anderen Romanfiguren.

»Amerika ist wahrhaftig ein großer Schmelztiegel:
Wenn man ihn zum Kochen bringt,
steigt der ganze Abschaum nach oben.«

Jim Jarmusch, *Down by Law*

»Wenn du durch die Hölle gehst, geh immer weiter.«

Aphorismus (Herkunft unbekannt)

PROLOG

Ich liebe es, wenn im Kinosaal das Licht langsam ausgeht, die Spannung im Dunkel, bevor die ersten Bilder auf der Leinwand zu flimmern beginnen.

Bilder, die alles nur Denkbare zeigen können: einen beliebten Filmkomiker – eine blendend schöne Frau – ein lachendes Kind – eine spektakuläre Automobil-Verfolgungsjagd mitsamt Unfall – oder einen Händedruck zwischen bekannten Politikern in der Wochenschau. Es kann eine packende Spielfilmszene sein oder ein Ereignis, das wirklich geschehen ist.

Solche Bilder können auch ein Verbrechen dokumentieren, das uns schockiert, wie es keine Filmhandlung vermag: die Qualen eines gefolterten Opfers – seine stummen Schreie, einen blutigen Schädel, grässliche Verbrennungen – den Moment des Sterbens, seelenlos glotzende Augen, vielleicht sogar den Triumph der Täter und ihre Gesichter; lose aneinandergereiht, willkürlich, zufällig, und doch einen schrecklichen Zusammenhang ergebend.

Wer diese Bilder einmal gesehen hat, wird sie nie wieder vergessen. Er wird nachts von ihnen träumen und plötzlich schreiend hochfahren.

1923 war ein Jahr, in dem in Hollywood um die tausend Filme gedreht wurden. Die meisten für die Leinwände der boomenden Kinopaläste und ein großes Publikum. Drei davon jedoch waren auf besondere Weise entstanden, es handelte sich um geheime

Aufnahmen, und sie lieferten mir den Schlüssel zu einer Reihe von Morden, die Auflösung meines damaligen Falles. Aber ich musste einen weiten und gefährlichen Weg beschreiten, um sie an mich zu bringen und sehen zu können; alle drei, auch den letzten, bis ich die ganze Wahrheit kannte.

In diesem Jahr starb – neben vielen anderen Menschen – der größte Star Hollywoods und einige Zeit später auch der amtierende Präsident der Vereinigten Staaten, unter dubiosen Umständen. Bis heute kursieren wilde Gerüchte darüber, wie er zu Tode kam. Man erzählt sich jede Menge baren Unsinn, aber ich weiß ja, was damals geschehen ist.

Ich wollte, ich wüsste es nicht.

Andererseits wäre ich sonst niemals ein so guter Koch geworden.

Lassen Sie mich Ihnen die Geschichte erzählen.

ERSTER TEIL

22. JUNI 1923 – 4. JULI 1923

1

Ich erwachte an diesem Morgen mit höllischen Zahnschmerzen. Sie gingen von einem vereiterten Backenzahn aus, und als ich etwas später in meinem Büro an der Franklin Avenue eintraf, wurden sie richtig gemein. Prompt desinfizierte ich die Stelle mit einem Schluck schwarz gebrannten Whiskys, den ich im Mund behielt, doch er betäubte den Schmerz nur vorübergehend.

An der Tür im zweiten Stock stand in schwarzen Lettern: *»Hardy Engel, Private Ermittlungen«*. Es war nur ein Einzimmerbüro, doch immerhin war es größer als ein Hamsterkäfig, verfügte über einen Schreibtisch mit zwei Stühlen und einem Telefonapparat und einer Schreibmaschine darauf und einen grau gefleckten Linoleumboden. Außerdem gab es noch ein Waschbecken und einen Spiegel mit einem Sprung, einen Aktenschrank mit allem Möglichen darin außer Akten und ein Fenster, das man öffnen konnte, um die Automobilabgase von unten hereinzulassen. Daneben lag ein identisches Büro, in dem eine Wahrsagerin ihren Geschäften nachging, Madame Claire Ivers. Sie war so nett, in meiner Abwesenheit mithilfe des Schlüssels stets die Anrufe entgegenzunehmen und mir Zettel mit Nachrichten hinzulegen. Heute nennt man das »Auftragsdienst«, damals war es einfach eine mittelalte Dame im Büro nebenan mit einer Schwäche für blonde Deutsche Anfang dreißig. Das Schwierigste war, sie davon abzuhalten, mir aus der Hand zu lesen.

Ja, ich war mittlerweile ein richtiger Privatdetektiv geworden, mit einem Büro und einem Automobil, nicht mehr einfach nur ein wütender Mann mit einem Faible dafür, sich tief in aussichtslos erscheinende Fälle zu verstricken, solange sie nur genug Raufereien versprachen. Seit letztem Sommer hatte ich immer wieder Aufträge erhalten. Nichts Spektakuläres, aber einige davon waren sogar pünktlich bezahlt worden. Leider war das eine ganze Weile her. Als ich mir die Post durchsah, handelte es sich vor allem um Mahnungen, unter anderem von meinem Vermieter.

Ein neuer, fürchterlicher Schmerz durchzuckte mich. Ich hatte noch die Hoffnung gehegt, dass er sich legen würde, doch es half nichts: Ich ging zur Zuckerdose und sah hinein. Meine letzten Geldreserven hatte ich eigentlich aufgehoben, um davon die Büromiete für einen Monat bezahlen und es so hoffentlich halten zu können, auch wenn ich eigentlich drei im Rückstand war. Es war schließlich ganz schön, nicht mehr von zu Hause zu arbeiten wie früher. Stattdessen würde das Geld gerade so reichen, bei einem der billigeren Zahnärzte in Downtown Los Angeles meine akuten Probleme beheben zu lassen. Sofern er kein Quacksalber war.

Bevor ich dies jedoch tun konnte, erhielt ich einen Anruf. Ich nahm noch vor dem zweiten Klingeln ab.

»Hardy Engel?«, sagte ich etwas mühsam in die Sprechmuschel.

»Hier ist Herbert Somborn«, meldete sich eine sonore Männerstimme, die ich nicht kannte und die es gewohnt zu sein schien, Befehle zu erteilen. Auch der Name sagte mir nichts. »Hätten Sie im Moment etwas Zeit, Mr Angel?«

»Ich heiße Engel«, korrigierte ich ihn. »Ich bin Deutscher. Aus Mannheim.«

»Verzeihen Sie, aber ich weiß, wer Sie sind«, sagte er ungeduldig. »Hardy Engel. Ich habe einiges über Sie gehört, deshalb habe ich Sie ja angerufen.«

Ich schenkte mir noch etwas Whisky ein, um den pochenden Schmerz in meiner Backe zu beruhigen. »Was genau haben Sie denn über mich gehört, Mr Somborn?«

»Sie sind ein guter Privatdetektiv. Sie waren in Deutschland bereits Polizist, dann im Krieg, vier Jahre an der Front, bevor Sie hierher emigriert sind, und Sie können kämpfen, auch töten, wenn es sein muss.« Ich ließ ihn einfach weiterreden und lauschte gespannt. »Zuvor hatten Sie sich als Schauspieler versucht. Sie sind nicht bestechlich, Ihre einzige Schwäche sind junge Frauen, aber wenn Sie sich in etwas verbissen haben, das Sie für das richtige Ziel halten, hält Sie nichts davon ab, bis ans Ende zu gehen, sogar über jede vernünftige Grenze hinaus. Sie agieren so, wie Sie wollen, halten sich an keine Vorgaben und können für jeden Auftraggeber ein wahrer Albtraum sein. Doch Sie erledigen Ihren Job zuverlässig und wie kein anderer, auch wenn Sie dabei ein Auge verlieren oder irgendetwas anderes, was uns normalen Menschen wichtig wäre. Liege ich damit in etwa richtig, oder habe ich noch etwas vergessen?«

Ich betrachtete im Spiegel mein rechtes Auge, das in der Tat aufgrund gewisser Umstände durch eines aus Glas ersetzt worden war. Ich hatte mich daran gewöhnt. Und ich konnte damit weiter Automobile fahren, ermitteln und zielen und schießen, worauf geschossen werden musste.

»Nun ja«, sagte ich, während ich eine Zigarette aus dem silbernen Etui holte, das ich von meinem Vater geerbt hatte, und mir dann Feuer gab. »Ich habe auch noch gewisse Prinzipien bezüglich der Aufträge, die ich annehme, Mr Somborn. Von wem haben Sie all das denn erfahren?«

Ich rieb mir über die wehe Backe. Höchste Zeit, endlich zum Zahnarzt zu gehen.

Der Anrufer zögerte kurz. »Mr Engel, eigentlich rufe ich Sie für eine Freundin von mir an.«

»Kenne ich sie?«, fragte ich.

»Ja. Es ist Dorothy Reid«, fuhr er fort und machte eine Pause.

Ich machte auch eine.

Die gut aussehende Brünette war die Witwe eines Hollywoodsuperstars. Vor einem halben Jahr war die ganze Welt durch die Zeitungsschlagzeile von seinem Tod schockiert worden: »WALLACE REID AN DROGENSUCHT GESTORBEN«.

»Oh«, sagte ich. »Worum geht es?«

Es war der dritte prominente Tote im dritten Jahr nacheinander gewesen. In beiden anderen Fällen hatte ich ermittelt.

»Dorothy und ich haben einen dringenden Auftrag für Sie«, sagte Mr Somborn.

»Oh«, sagte ich noch einmal. Manchmal hatte man eben Glück. Oder Pech, wie ich es heute nennen würde.

»Was genau?«, fragte ich nach einer neuerlichen Pause. »Und wer sind *Sie?*«

»Ich bin – oder war – Wally Reids bester Freund. Ich gehe natürlich davon aus, dass Sie damals die Meldungen mitbekommen haben«, fügte er hinzu.

»Ja, das habe ich.«

Es war das erste Mal, dass die Welt von einer solchen Todesursache bei einem Star erfahren hatte. Die Witwe hatte in der Presse schonungslos offen über den Niedergang ihres Mannes berichtet. Durch Ermittlungen in einem meiner Fälle hatte ich bereits von seinem Laster gewusst, hatte selbst miterlebt, wie sich seine Persönlichkeit unter dem Einfluss von Morphin drastisch und äußerst unangenehm veränderte, worunter auch seine Frau gelitten hatte. Trotz allem war ich zu seiner Beerdigungsfeier gegangen.

»Unser Anliegen werden wir Ihnen gerne erzählen«, sagte der Mann am anderen Ende der Leitung. »Könnten Sie bitte so schnell wie möglich zu mir kommen? Es ist sehr eilig. Wir müssen Sie vorab nur um äußerste Diskretion bitten, aber Dorothy sagt, die ist bei Ihnen selbstverständlich.«

»Ist garantiert, Mr Somborn«, sagte ich. »Also gut, ich komme gleich bei Ihnen vorbei.«

Er gab mir die Adresse und wir legten auf. Ich umspülte meinen Zahn noch einmal mit Whisky, dann holte ich meine Luger heraus und überprüfte, ob sie geladen war. Ich steckte sie ein und sprang hinunter zu meinem Automobil, das ich vor dem Eckhaus Franklin Avenue und Vine Street geparkt hatte. Es war ein Voisin von 1919, ein französischer Sportwagen mit einer wunderschönen silbernen Kühlerfigur mit gewaltigen Flügeln. Ebenso gut gefiel mir der Acht-Zylinder-Motor, der sich unter seiner Haube versteckte und stärker war als die meisten anderen Motoren. Ich drehte den Zündschlüssel, drückte das Gaspedal und freudig brummend sprang er an.

Der Wagen, dessen besondere Ausstattung eigentlich dazu diente, den Prohibitionsagenten beim Alkoholschmuggel entkommen zu können, war eine Leihgabe meines besten Freundes Buck Carpenter. Er besaß das Jail Café, eine illegale Bar nicht weit von meinem Büro entfernt, und um seine Gäste mit Getränken zu versorgen – unter anderem dem schottischen Whisky, den ich soeben zu medizinischen Zwecken verwendet hatte –, hatte er einen florierenden Handel aufgezogen.

Ich fädelte mich mit dem Voisin in den rege fließenden Verkehr ein und fuhr kurz darauf auf dem Hollywood Boulevard Richtung Westen. Um mich herum brummte und röhrte auf zwei Spuren ein Strom bunter Automobile der verschiedensten Marken, und in jedem von ihnen konnte ein bekannter Schauspieler oder eine Schauspielerin sitzen, auf dem Weg in eines der Filmstudios, die über Hollywood, Silver Lake und Culver City im Süden verstreut waren, inzwischen beinahe eines an jeder Ecke. Die rotorange Trambahn der Pacific Electric fuhr auf Gleisen in der Straßenmitte, gerade passierten einander zwei Red Cars mit schrillenden Glocken, jedes voll besetzt mit Ladenmädchen und Filmstatisten. Die meisten von ihnen hätten vermutlich dafür getötet, ein Hollywoodstar zu werden, womöglich sogar der nächste Wallace Reid, mit allen Konsequenzen.

Zahlreiche neue, moderne Gebäude säumten den Boulevard. Jedes zweite oder dritte davon war ein Kinopalast, so wie das Grauman's Egyptian Theatre, dessen tempelähnliche Aufbauten und Wände voller Hieroglyphenmalerei in der Junisonne gleißten. Sie brannte mindestens so heiß wie in Ägypten. Seit der Eröffnung im letzten Jahr lockte der Prachtbau jeden Abend gewaltige Menschenmassen an, der Kinosaal war luftgekühlt und fasste zweitausend Zuschauer. Ein riesiges Schild warb für die Wiederaufführung des erfolgreichsten Hollywoodfilms aller Zeiten, *Birth of a Nation* von D.W. Griffith.

Während ich auf das Zeichen eines Verkehrspolizisten wartete, um nach links vom Boulevard abzubiegen, musste ich an die erste Rolle denken, die der junge Wallace Reid in einem Film gespielt hatte, und jene legendäre Szene, mit der er letztendlich zum Star geworden war: Wally hatte in einem Saloon einen anderen Mann verprügelt, hochgehoben und einfach durch das Fenster geworfen.

Der Wallace Reid, den ich gekannt hatte – den die ganze Welt kannte – war ein blendend aussehender Mann mit mächtigen Muskeln gewesen, weit über sechs Fuß groß, mit strahlend blauen Augen, schneeweißen Zähnen und zurückgekämmtem Haar, der Inbegriff eines Sportlers und Autorennfahrers. Der beliebteste Schauspieler Amerikas und der, dessen Filme am meisten Geld einspielten.

Und jetzt war er tot, mit einunddreißig Jahren.

An meiner Zieladresse fand ich eine Villa, genau an der Grenze zwischen Santa Monica und Venice, einem Stadtteil am Pazifik, der nach dem Vorbild der Lagunenstadt mit zahlreichen Kanälen und gebogenen Brücken errichtet worden war. Das Haus war nicht klein und hatte einen fantastischen Blick auf den Canale Grande.

Herbert Somborn öffnete mir selbst die Tür und begrüßte mich beinahe ungeduldig, als hätte er mich schon vor einer Stunde erwartet. Er war ein hochgewachsener Mann Anfang vierzig mit sandfarbenem Haar, einem ausdrucksstarken Gesicht und einer Knubbelnase. Was mir sofort an ihm auffiel: Er war sehr wütend. Reiche sind normalerweise nicht wütend. Und sie haben Personal, das einen bedient. Vielleicht war es aus Diskretion weggeschickt worden, oder vielleicht versteckte es sich auch nur in einem der vielen Zimmer des Hauses, das seltsam leer und unbewohnt wirkte. Jeder Raum, den wir passierten, war in einem anderen Stil ausgestattet – spanisch, indianisch, asiatisch, alpin.

Gespannt folgte ich ihm. Wir gingen um eine Ecke und betraten dann ein Wohnzimmer im Beaux-Arts-Stil mit herrlich geschwungenen Möbeln. Ein Panoramafenster, durch das man in

Richtung des nahe gelegenen Ozeans sah, ließ die Sonne herein und diese warf ein günstiges Licht auf eine ganz in Schwarz gekleidete Frau Ende zwanzig, die mit erwartungsvollem Blick in einer Sofalandschaft saß.

»Hallo, Mrs. Reid«, sagte ich.

Sie erhob sich würdevoll und rang sich ein Lächeln ab, als sie mir ihre behandschuhte Hand reichte.

»Mr Engel.«

Ihrer gesamten Haltung merkte man an, dass Dorothy Davenport Reid selbst eine bekannte Schauspielerin war, und sie war noch so schön wie früher, als ich sie ein-, zweimal an der Seite ihres Mannes gesehen hatte.

»Mein herzlichstes Beileid«, sagte ich. »Die letzten Monate müssen eine sehr schwere Zeit für Sie gewesen sein.«

»Danke, Mr Engel, das waren sie wirklich.«

Sie wies mir einen Platz in einem Sessel zu, der im rechten Winkel zum Sofa stand, und ich setzte mich. Somborn hatte neben ihr Platz genommen und schenkte nun aus einer Kristallkaraffe etwas in drei Gläser ein. Ich nahm nicht an, dass es Eistee war.

»Ich habe Wally und Dorothy bis zum Ende beigestanden«, erklärte Somborn.

»Sein Sterben war äußerst qualvoll«, sagte Dorothy Reid. »Sein Tod« – sie stockte – »war auch eine Erlösung.«

Sie konnte nicht weiterreden.

»Ich habe Ihre Schilderung dazu im *Examiner* gelesen«, übernahm ich für sie. Er hatte am Ende nur noch neunzig Pfund gewogen, alle seine Zähne waren ausgefallen und er hatte unglaubliche Schmerzen gelitten. »Lassen Sie mich betonen, wie mutig ich es finde, dass Sie der Presse damals nicht irgendeine Lüge über die Todesursache erzählt haben, sondern die Wahrheit. Sich dazu durchgerungen haben, über seinen ganzen langen, vergeblichen Kampf zu berichten …«

Ihre dunklen Augen weiteten sich.

»Das ist alles gelogen!«, stieß sie hervor.

»Wie bitte?«, fragte ich. Ich dachte im ersten Moment, ich

hätte mich verhört. Dann, ich hätte vielleicht nur etwas Falsches gesagt.

Sie lachte bitter auf. »Was für eine abgrundtief miese, absurde Komödie!«, rief sie. Somborn nahm ihre Hand und drückte sie.

»Was wollen Sie damit sagen?«, fragte ich perplex. »Er war doch süchtig, wie ich weiß, und ist daran gestorben, oder nicht?«

Dorothy Reid nahm eines der Gläser, die Somborn eingeschenkt hatte. Sie schob mir eines herüber und Somborn nahm sich das dritte.

»Mr Engel«, sagte Dorothy. »Glauben Sie im Ernst, ich hätte meinen armen Mann damit so in aller Öffentlichkeit bloßstellen wollen? Und mich selbst dem Skandal freiwillig ausgesetzt? Allem, was in den letzten Monaten auf mich eingestürmt ist?«

Sie setzte das Glas an und nahm einen tüchtigen Schluck.

»Warum haben Sie es dann getan?«

»Sie kennen doch Will Hays?«, fragte sie.

Ich musste nun selbst einen Schluck trinken.

»Natürlich«, sagte ich. »Der Chef der Vereinigung der Filmproduzenten.«

Will Hays, der frühere Postminister, war zu diesem Zeitpunkt seit einem Jahr der maßgebliche Mann in der gesamten Filmbranche, dazu da, aufzuräumen und als Zensor jegliche Skandale für die Produzenten einzudämmen. Er hatte alle Hände voll zu tun. Und genau dabei war er mehrfach mit mir aneinandergeraten.

»Ich weiß, dass Sie ihn kennen«, sagte sie. »Wir müssen nicht darüber reden, was in der Vergangenheit in dieser Stadt alles geschehen ist, nicht wahr?« Ich nickte ihr bloß zu. »Der Punkt ist, Sie werden sich denken können, warum Will Hays mich dazu gezwungen hat, Wallys Drogensucht öffentlich zu machen.«

Sie trank wieder einen Schluck und sah mich erwartungsvoll an. Ich musste in der Tat nicht lange grübeln.

»Weil Hays ein Exempel statuieren wollte mit jemandem, den er wegen gewisser Verfehlungen in der Hand hatte und der sowieso nicht mehr zu retten war, aber sehr prominent ist. Weil Hays sowieso Schwarze Listen aller potenziellen Sünder hat erstellen lassen. Und weil er ein für alle Mal klarmachen wollte, dass in Hollywood unter seiner Führung ein neuer Wind weht.«

Wir tranken nun alle drei synchron. Es war ein sehr torfiger Whisky, fast so gut wie der von Buck. Er betäubte die Schmerzen in meinem Zahn, doch leider nur vorübergehend.

»Das stimmt, aber es ist noch nicht alles«, sagte Somborn wütend. »Will Hays hätte Wally sehr wohl retten können, aber er hat es nicht getan!«

»Ich war schon letztes Jahr bei ihm und habe ihn angefleht, dass er meinem Mann eine Pause gönnen soll, damit Wally eine Entziehungskur machen kann«, fuhr Dorothy fort, sich mühsam beherrschend. »Ich dachte, er wird es genehmigen. Stattdessen schickte uns der neue Sicherheitschef von Paramount, Charles Payne, einen Studioarzt und der lebte zwei Wochen mit Wally, Tag und Nacht. Danach erstellte er ein Gutachten, dass Wally nicht süchtig sei, vielmehr vollkommen gesund und weiter in der Lage, zu drehen. Paramount und Will Hays haben das abgeheftet und danach ging es einfach weiter.«

»Wirklich?«, fragte ich, fassungslos ob dieser Plumpheit. Und ich hatte beileibe schon mit äußerst dreisten Lügen zu tun gehabt.

»Der Profit der Studios war Mr Hays wichtiger als alles andere«, bestätigte Somborn. »Sie brachten alle sechs Wochen einen neuen Streifen mit Wally heraus und machten einen Millionenumsatz.«

»Ich weiß, wie Produzenten denken«, warf ich ein. »Und dass sie über Leichen gehen. Mir war bisher nur nicht klar, dass sie das auch ausgerechnet bei ihren Stars tun.«

»Wally musste so lange Filme drehen, bis er vor der Kamera weinend zusammenbrach, weil er nicht mal mehr laufen konnte«, sagte Somborn grimmig.

»Dann endlich durfte ich ihn in ein Sanatorium bringen. Für die Zeitungen habe ich als Grund eine Erschöpfung und Nervenkrise erfunden. *Das* war es, wie ich damit umgehen wollte –

bevor Hays eingegriffen hat«, erklärte Dorothy. Es gelang ihr erstaunlich gut, sich im Griff zu haben. So hatte ich sie erlebt: Als höchst intelligente Mentorin ihres triebgesteuerten Mannes. »Und stellen Sie sich vor, Wally konnte die Abhängigkeit von der Droge tatsächlich überwinden. Doch er war dann sehr schwach, und die Ärzte haben gesagt, das Einzige, das ihn eventuell noch retten könnte, wäre … wenn er wieder Morphin spritzen würde.«

»Hat er es getan?«, fragte ich heiser.

»Ja«, flüsterte sie. »Ich habe es ihm erlaubt. Aber es hat nicht mehr gereicht, um zu überleben. Er ist nach ein paar Tagen elendiglich in meinen Armen gestorben. Herbert war zum Glück bei uns.«

Somborn legte tröstend eine Hand auf ihre. Dorothy biss die Lippen aufeinander.

»Will Hays und die Produzenten sind für seinen Tod verantwortlich, sie haben ihn umgebracht. *Das* ist die Wahrheit«, sagte Somborn zu mir.

Ich nickte beiden langsam zu.

»Aber ich bin zusätzlich unter Druck geraten«, fiel Dorothy mit brüchiger Stimme ein, »weil mir Wally in seinem Testament bloß ein paar tausend Dollar hinterlassen hat. Sein ganzes Vermögen war für die Drogen und Arztrechnungen draufgegangen, wie ich feststellen musste. Und auf unserem wunderschönen Haus in Beverly Hills lasten hohe Hypotheken. Ich war bankrott und so auf das Wohlverhalten von Mr Hays angewiesen. Ich und meine Kinder sind es noch, darum treffen wir uns hier. Denn er darf auf keinen Fall etwas davon erfahren, was wir vorhaben.«

»Und das wäre?«, fragte ich. Sie setzte sich zurecht, ganz vorn auf die Sofakante.

»Mr Engel, ich möchte, dass Sie Will Hays zur Strecke bringen!«, stieß sie hervor. »Ich will, dass Sie herausfinden, was er alles für Dreck am Stecken hat, egal was, egal mit wem, damit wir diesen Mörder und Heuchler ein für alle Mal erledigen, bis er in dieser Stadt und in der ganzen Filmbranche nichts mehr zu sagen hat.«

Einen Moment lang sprach niemand irgendetwas.

Und während ich weiter den rauen Whisky schmeckte und ihn gegen die Zahnschmerzen in meinem Mund behielt, musste ich an das zurückdenken, was ich auf Wallace Reids Trauerfeier beobachtet und gehört hatte.

2

Ich erinnerte mich daran, wie sich an jenem Tag Will Harrison Hays in der ersten Reihe zu voller Größe erhob und zum Rednerpult schritt, um den Verstorbenen zu lobpreisen. Wer seine Trauerreden bereits kannte, sah dem sowieso schon mit gewissen Befürchtungen entgegen. Und wer so wie ich mit Wallys Vorgeschichte vertraut war und nun nach Veröffentlichung all der Schlagzeilen auf Hays' Version wartete, umso mehr.

Ganz vorne auf dem Platz neben ihm hatte Dorothy Reid gesessen, ihr Gesicht mit dem schwarzen Schleier ihres Hutes bedeckt, und das war wohl auch besser so. Denn die Reporter – darunter mein alter Bekannter Arthur Blowfish vom *Los Angeles Examiner*, ein schlauer kleiner Intrigant – beobachteten jede ihrer Regungen. Sie standen seitlich aufgereiht wie eine Schar Geier, und ich ihnen auf der anderen Seite gegenüber. Und ja, nun erinnerte ich mich daran, neben Dorothy auch Herbert Somborn gesehen zu haben, der ihr Beistand leistete. Er kümmerte sich auch um ihre Kinder, den sechsjährigen Benjamin und ein noch nicht vier Jahre altes Mädchen, Betty.

Es war schon spät am Nachmittag und die tief stehende Sonne leuchtete durch die bunten Fenster der First Congregational Church herein auf die Hunderte Trauernden, die dicht gedrängt in der Kirche Platz gefunden hatten. Draußen standen noch Tausende. Der mit violettem Samt verkleidete Sarg mit den goldenen Griffen, der vorne in einem Meer von Blumen unter Wallace Reids schönstem Foto stand, war zuvor durch ganz

Hollywood gefahren worden. Sämtliche Filmstudios in Los Angeles ließen den Betrieb an diesem Tag ruhen und hatten ihren Angestellten freigegeben. Hunderttausende hatten den Hollywood Boulevard gesäumt, weinend, Blumen werfend, betend, und viele die Absperrungen durchbrochen, um den Sarg zu berühren. Der Pferdewagen mit der offenen Lafette hatte immer wieder stoppen müssen, bis Polizisten die Straße freigeräumt hatten.

Will Hays war dreiundvierzig Jahre alt und von kleiner Gestalt. Er hatte ein markantes, eckiges Gesicht und abstehende Ohren, der Boss der hier versammelten Schönen Hollywoods stellte einen krassen Kontrast zu diesen dar, doch der frühere Politiker bewegte sich stets wie selbstverständlich und mit vergleichbarer Eitelkeit unter ihnen.

In seinem Nachruf stellte Hays mit durchdringender, meckernder Stimme, die durch ein Mikrofon verstärkt und über Lautsprecher übertragen wurde, praktisch alles, was Dorothy mir nun erzählt hatte, ganz anders dar. Ich erinnerte mich fast an jedes Wort seiner Rede, die vor Pathos triefte.

»Wally war der Liebling Amerikas«, rief Hays aus. »Er hatte alles, eine liebende Frau und zwei wundervolle Kinder!« Er zeigte mit großer Geste auf sie.

Dann erzählte er die Geschichte, dass Wallys Sucht mit einem Unfall bei Dreharbeiten begonnen habe, dass dieser jedoch selbst darauf bestand, weiterzudrehen, und sich deshalb Morphin geben ließ. Es war eine Lüge, wie ich wusste, die Paramount hatte erfinden lassen, um den kursierenden Gerüchten zu begegnen, doch Hays wiederholte sie mit dem Habitus, die schonungslose Wahrheit zu berichten.

»Die körperliche Abhängigkeit setzte bald ein«, fuhr Hays fort, salbungsvoll wie ein Prediger, »und der unschuldige Wally war ihr hilflos ausgesetzt, denn die Drogenpest und die, die sie verbreiten, die Dealer, sind Hyänen. In wen sie sich einmal verbissen haben, den lassen sie nicht mehr los. Wallace Reid machte sich schnell überall Freunde, doch unter diesen waren leider falsche Freunde.«

In mir stieg immer stärker Übelkeit auf. Ich wusste bereits damals nur zu gut, dass das Studio seine Stars selbst mit Drogen versorgte und so um jeden Preis bei der Stange hielt. Mein Gott, mein allererster Job als Detektiv hatte damit begonnen, dass ich einen solchen Kurierdienst übernehmen sollte.

Jemand stupste mich am Ellbogen an und reichte mir eine kleine silberne Flasche. Es war Polly Brandeis. Sie war einundzwanzig, hatte braune Locken und dunkle Augen und sah auch in einem Trauerkleid hinreißend aus.

»Hier, Hardy«, raunte sie mir zu. »Anders hält man diese Beerdigungen ja einfach nicht aus!«

Polly arbeitete als Drehbuchautorin bei Paramount und wusste genau über die Skandale dort Bescheid. Im letzten Jahr waren wir gemeinsam in einen von ihnen geraten und sie hatte sich als begabte und risikofreudige Ermittlerin erwiesen.

Ihr feinster selbst gebrannter Badewannen-Gin war in der Flasche, die wir durch ein Taschentuch verdeckt hin und her reichten und zum Mund führten, während wir Hays weiter zuhörten.

Ich sah in die erste Reihe, wo neben der zur Salzsäule erstarrten Witwe die Paramount-Bosse Jesse Lasky und Adolph Zukor saßen und Trauermienen zur Schau trugen. Im weiteren Publikum sah ich zahlreiche Superstars – Gloria Swanson, Charlie Chaplin, Douglas Fairbanks, Mary Pickford – und Regisseure wie Cecil B. DeMille und D. W. Griffith. Sämtliche anwesenden Schauspielerinnen hatten sich ziemlich aufgetakelt, trugen ihre vorteilhafteste schwarze Garderobe und es war sonnenklar, warum: Jenseits von Filmpremieren waren Beerdigungen die besten Gelegenheiten, bei denen sie von aller Welt gesehen wurden und ihren Marktwert steigern konnten.

Dies war das würdige Publikum für Hays' Rede – in der er nun behauptete, dass das Studio Wally freigegeben habe, um eine Entziehungskur zu machen. Und dass dieser im Anschluss, als ihm die Ärzte zu Morphin als einziger Überlebenschance rieten, es strikt abgelehnt habe.

»Er wollte lieber sterben, so sagte er es seiner geliebten Frau, als nochmals der Droge anheimzufallen. Wenn er schon gehen müsse, dann wolle er sauber und drogenfrei von dieser Welt scheiden. Und so musste die arme Dorothy seinen heldenhaften Entschluss akzeptieren!«

Ich erinnerte mich nun, es Dorothy regelrecht angesehen zu haben, dass sie Hays am liebsten laut angeschrien hätte. Doch sie war eine gute Schauspielerin, und sie wusste, was von ihr verlangt wurde. Sie neigte den umschleierten Kopf leicht in seine Richtung, wie zum Dank.

Ich erinnerte mich auch an den Schluss von Hays' Rede, die mir im Rückblick wie blanker Hohn erschien: »Aber sie tat es nur unter einer Bedingung, die sie ihrem Mann am Sterbebett abrang: dass sie der Welt die Wahrheit verkünden dürfe. Und er gestattete es ihr buchstäblich mit seinem letzten Atemzug!«

Die Menge seufzte auf. Polly Brandeis, der jeglicher Kitsch zuwider war, verdrehte die Augen und schnappte sich die Flasche.

»Und noch etwas versprach Dorothy Wally, bevor sie ihn gehen ließ«, kam Hays' Stimme von vorne und gleichzeitig von allen Seiten scheppernd aus den Lautsprechern. »Sie würde die Geschichte seiner Drogensucht nicht nur der Presse erzählen – sie würde, um die Jugend Amerikas zu warnen und zu schützen, auch einen Film drehen, der die Drogenpest zum Thema hat. Sie, Mrs. Wallace Reid, wird das Drehbuch schreiben, ihn produzieren und selbst darin die Hauptrolle übernehmen. Er wird *Human Wreckage* heißen und sie wird mit dieser Anklage gegen menschlichen Abschaum durch ganz Amerika reisen!«

Er streckte die Hand aus und zeigte auf sie. Lauter Applaus brandete auf – so unpassend er auf einer Trauerfeier auch war. Die gesamte Gemeinde erhob sich und klatschte wie besessen in Richtung der Witwe. Dorothy blieb versteinert sitzen, neben ihr weinend die Kinder. Ich konnte damals nur ahnen, wie es in ihr aussah, jedenfalls stieß mir die Idee eines solchen Films am Sterbebett als sehr seltsam auf. Inzwischen wusste ich, warum sie sich nicht hatte wehren können.

Hays bat noch einmal um Ruhe und sprach seine letzten Sätze: »Und ich als oberster Filmzensor, der sich die Säuberung

Hollywoods von Drogen und allem anderen Übel auf die Fahnen geschrieben hat, kann Dorothy nur meine Unterstützung für diesen mutigen Wunsch zusagen! Bravo!«

Wieder brach lauter Applaus los.

Will Hays bat Dorothy zu sich nach vorne, neben den Sarg ihres Mannes, wohin ihr Freund – Herbert Somborn – sie begleitete. Sie gab Hays wortlos die Hand, als hätte es ihr die Sprache verschlagen.

Während die Trauernden nun eine Schlange bildeten und sich am Sarg zum Kondolieren aufstellten, leerten Polly und ich die Flasche.

»Eine schreckliche Rede zu einem schrecklichen Tod«, sagte sie leise. Sie streifte mich sanft und ich musste an die große Narbe direkt neben ihrem Herzen denken. »Ich fühle mich, als wäre ich in Schleim gebadet worden. Ich muss hier weg, Hardy«, meinte sie und schüttelte die Locken. »Du kennst mich, sonst entschlüpft mir noch irgendetwas irrsinnig Unpassendes!«

»Wem sagst du das«, antwortete ich.

Als ich ihr folgen wollte, verstellte mir plötzlich jemand den Weg. Mein alter Bekannter Will Hays sah zu mir hoch. Er verzog das Gesicht zu einem Grinsen und legte so die Ruinen seines lückenhaften Gebisses frei.

»Mr Engel«, sagte er. »Habe ich doch richtig gesehen! Wie schön, dass auch Sie Wallace Reid die letzte Ehre erweisen.«

»Natürlich, Mr Hays«, sagte ich und blieb stehen. »Im Tod sind wir schließlich alle gleich, wer wüsste das besser als ein gläubiger Christ wie Sie.«

»Ich wundere mich nur«, fuhr er fort, »weil ich gehört zu haben glaubte, dass Sie mit der Filmbranche nichts mehr zu tun haben wollten.«

»Im Gegenteil«, antwortete ich und riss mich gewaltig zusammen dabei. »Gerade hier in Hollywood muss jemand auf der Seite derer stehen, die nicht so mächtig sind; die Hilfe nötig haben, um zu ihrem Recht zu kommen. Ich werde das weiter zu meiner Sache machen.«

»Da spielen wir im selben Team, Mr Engel«, sagte er schlau.

»Es ist doch genau das, was *ich* tue: Ich räume auf. Und ich setze mich dabei für die Wahrheit ein, wie Sie sehen.«

»Wenn es der Wunsch der Witwe ist«, entgegnete ich. »Und dann gleich auch noch einen Hollywoodfilm darüber zu drehen.« Ich wiegte sachte den Kopf.

»Oh, das wird ein Film, wie man ihn noch nie zuvor gesehen hat«, versicherte er. »Eine ganz neue Zeit bricht an. Mit einer ganz neuen Art von Filmen. 1923 wird ein großartiges Jahr werden, glauben Sie mir.« Er klopfte mir auf die Schulter.

»Das hoffe ich auch, Mr Hays. Aber ich bin mir sicher, dass wir nicht dasselbe meinen«, antwortete ich.

Nein, man konnte wirklich nicht behaupten, dass ich ihn mochte. Und das war meine letzte, umso deutlichere Erinnerung an jenen Tag.

3

»Reden Sie weiter«, sagte ich fünf Monate später zu Dorothy Reid. »Was ist denn aus diesem Film geworden, den Sie drehen sollten, *Human Wreckage?*«

Ich hatte noch die leise Hoffnung, dass er aus irgendeinem Grund nicht zustande gekommen war. Sie senkte den Kopf.

»Er hat heute Abend Premiere«, sagte sie düster. »Ich habe ihn produziert, dafür extra eine Firma gegründet und darin die Hauptrolle gespielt. Ganz genau so, wie Hays es wollte, er hat die gesamte Herstellung penibel überwacht.«

Somborn verzog den Mund, als wollte er ausspucken. »Es ist ein fürchterliches Machwerk geworden, das natürlich in keiner Weise die wahren Probleme der Drogensucht thematisiert. Es gibt darin ein paar Bösewichter, die für alles verantwortlich sind, finstere Drogenhändler, denen Dorothy am Ende das Handwerk legt. Ein Happy End, natürlich. Mit den echten Hintergründen von Wallys Morphinsucht hat das Ganze nicht das Geringste zu tun!«

Dorothy beugte sich vor. »Aber ich muss ab morgen durch ganz Amerika reisen und so tun. Und diese Botschaft überall verkünden, von Stadt zu Stadt.«

»Ich könnte das nicht«, sagte ich und trank einen weiteren Schluck Whisky.

»Ich bin es gewohnt, eine Rolle zu spielen, Mr Engel«, antwortete sie. »Ja, es wird mich Mühe kosten, aber ich werde in der Lage sein, vor der Öffentlichkeit weiter so aufzutreten, als wäre ich, die trauernde Witwe, freiwillig in der Mission unterwegs, die Geschichte meines Mannes zur Warnung zu verbreiten, so wie von Mr Hays gewünscht. Doch es gibt etwas, das mir dabei enorm helfen würde: wenn ich wüsste, dass ich mich an ihm rächen kann. An dem wahren Verantwortlichen für seinen Tod.«

»Das ist der Auftrag, den wir beide für Sie haben«, sagte Somborn und beobachtete mich genau. »Deswegen haben wir Sie zu uns gebeten, gerade heute.«

Beide sahen mich hoffnungsvoll an.

»Sie haben Will Hays ja schon ein paarmal in die Suppe gespuckt«, fügte sie hinzu. »Bei den Hollywoodskandalen, die er vertuschen wollte.«

»Die er aber letztlich erfolgreich vertuscht *hat*«, erwiderte ich. »Damit kann man ihn nicht drankriegen. Das wissen Sie doch selbst, es ist sein Alltagsgeschäft, er ist ein gewiefter Politiker. Nein, nein – wenn, dann müsste man etwas auftun, in das er *persönlich* verwickelt ist.«

»Sie haben vermutlich recht«, sagte Dorothy. Somborn zupfte an seiner Unterlippe. »Das haben wir uns auch schon gedacht.«

»Haben Sie konkrete Anhaltspunkte für solche Dinge?«

Die beiden wechselten einen Blick.

»Vielleicht«, sagte Somborn. »Wir können Ihnen von einigen interessanten Details berichten, auf die wir gestoßen sind.«

Mrs. Reid sah auf die Wanduhr. »Wenn Sie mich bitte nur für einen Moment entschuldigen, ich muss telefonieren – eigentlich hätte ich gleich den ersten Interviewtermin wegen der verdammten Filmpremiere, aber natürlich verschiebe ich ihn. Bleiben Sie doch sitzen.« Sie erhob sich, ging hinaus und ließ uns alleine.

»Erzählen Sie mir doch zunächst etwas von sich, Mr Somborn«, sagte ich.

Er sah mich forschend und etwas seltsam an und nahm sich eine Zigarette mit einem goldenen Filter aus einer Schale, die geformt war wie eine Muschel.

»Sie haben noch nichts über mich gehört?«, fragte er.

»Sollte ich?«

Er schraubte die Zigarette langsam und sorgfältig in eine Spitze aus Elfenbein und zündete sie an. »Ich bin zurzeit leider in einen äußerst hässlichen Scheidungskrieg verwickelt, der mich voll in Anspruch nimmt. Sie müssten es eigentlich mitbekommen haben.«

»Nein, tut mir leid«, sagte ich.

Somborn starrte mich ungläubig an und nahm einen Zug.

»Sie wissen wirklich nicht, dass ich mit Gloria Swanson verheiratet bin?«

Ich stutzte. Die hübsche kleine Schwarzhaarige war *der* weibliche Superstar in Hollywood, mit vierundzwanzig Jahren die höchstbezahlte Schauspielerin von Paramount. Man sah es ihren riesigen wasserblauen Augen regelrecht an, dass sie die ganze Welt verrückt machen konnte. Ich hatte sie nicht nur auf Reids Beerdigung gesehen, sondern war ihr mehrfach an einem Filmset begegnet.

»Nein, das wusste ich nicht. Mr Somborn, ich bin nicht die Sorte Detektiv, die in den Klatschspalten der Zeitungen nach Fällen sucht.«

Er fuhr sich durch die sandfarbenen Haare, stand auf und schnaufte einmal tief durch. Dann öffnete er eine Tür in ein weiteres Zimmer, und ich folgte ihm dort hinein.

»Ich bin ihr Ehemann, Mr Engel, zumindest noch auf dem Papier. Und ich habe eine kleine Tochter mit ihr.« Er zeigte in dem Zimmer umher und seine Hand erschlaffte. »Ich habe dieses Haus hier gebaut, mitsamt Kinderzimmer und einem kleinen Kinosaal, um mit meiner Frau und Gloria junior darin zu leben. Das wird aber nie passieren.«

Es war ein Kinderzimmer voller Spielsachen – einem Schaukelpferd, Puppen – und an der Wand hingen unbeholfene Buntstiftzeichnungen eines Kleinkinds. Aber es wirkte perfekt aufgeräumt und unbewohnt, völlig verwaist.

»Das tut mir leid für Sie.«

Er strich die rosa Decke des Kinderbettchens glatt und ging dann auf und ab.

»Getrennt sind wir schon seit über zwei Jahren, weil sie mich verlassen hat. Mitsamt unserer Tochter, die jetzt zweieinhalb Jahre alt ist. Seither kam mir immer wieder zu Ohren, dass meine Ehefrau sich laufend in Affären mit anderen Männern stürzt.« Seine Stimme zitterte vor Wut, und das Gesicht war hochrot angelaufen. »Heiraten Sie bloß niemals einen Star, Mr Engel.«

»Habe ich nicht vor. Und die Stars auch nicht.«

»Meine Tochter kann ich nur noch sehen, wenn meine untreue Frau je nach Laune darein einwilligt …« Er nahm fahrig einen Zug von seiner Zigarette. »Ich bin Intrigen gewohnt, war lange an der Wall Street, bevor ich Filmproduzent wurde und Equity Pictures gründete – aber Gloria ist wirklich eine Meisterin darin! Ich habe es nur ihr zu verdanken, dass es mit meinen Geschäften bergab geht.« Somborn nahm einen weiteren Zug, als könnte er durch das Inhalieren all seine Probleme verschwinden lassen.

»Gerade habe ich die Scheidungsklage erstellt, wegen Ehebruchs in zwölf Fällen, und den Antrag auf Sorgerecht für unsere Tochter. Außerdem verlange ich einen fairen Anteil an den exorbitanten Filmgagen meiner Frau, die erst so hoch sind, seit *ich* für sie die Verträge ausgehandelt hatte …«

Ich zuckte die Schultern. Dass die Welt schlecht war, wusste ich schon. Dass neben Dorothy auch er in finanziellen Problemen steckte, hatte ich nun ebenfalls verstanden.

»Ich wünsche Ihnen viel Erfolg dabei. Wo wir gerade über Geld reden, ich verlange fünfzehn Dollar am Tag plus Spesen«, sagte ich.

Er hob die Augenbrauen. »Wie gesagt, meine Firma steht vor der Insolvenz, Mr Engel. Ich bin eigentlich kein Filmproduzent mehr, ich bin Privatier.«

»Das ist nicht mein Problem«, erwiderte ich. »Gegen Hollywoods mächtigsten Mann vorzugehen wird eine verdammt schwierige Aufgabe und die hat ihren Preis, wenn ich sie übernehmen sollte. Außerdem haben Sie gewiss noch privates Geld und sind kein armer Mensch. Sie werden klug genug gewesen sein, das zu trennen.«

Ein Lächeln umspielte kurz seine Lippen. »Ich sehe, dass Sie tatsächlich einen realistischen Blick auf die Welt und offenbar einige Erfahrung haben. Es stimmt, ich habe Geld beiseitegelegt. Dennoch, ich muss Kosten reduzieren und habe sogar Personal entlassen. Ich kann Ihnen nicht mehr als zehn Dollar am Tag bezahlen«, sagte er.

Willkommen im Filmgeschäft. Auch wenn er angeblich kein Produzent mehr war, er verhandelte immer noch wie einer.

»Zwölf, plus die Spesen, und dafür hundert Dollar Vorauszahlung, die ich frei verwenden kann, für Reisen, Zeugen, Informanten.« Ich hielt Somborn die Hand hin. Er kniff die Augen zusammen und zögerte, dann überwand er sich und schüttelte sie.

»Dorothy muss bei dieser Sache strikt im Hintergrund bleiben. Natürlich werde ich sie ständig auf dem Laufenden halten. Aber ich werde Ihr Ansprechpartner für alles sein.«

»Beantworten Sie mir noch eine Frage«, sagte ich. »Sind Sie beide ein Paar?«

Überraschung, dann Wut zeichnete sich auf Somborns Gesicht ab. »Nein, Mr Engel, das sind wir nicht! Was für ein absurder Gedanke! Wir sind nur Freunde und haben Wally in den Tod begleitet.«

»Ist schon gut, Mr Somborn. Das wollte ich nur klären.«

Er blickte sich in dem Kinderzimmer um, als entdeckte er es eben neu und hielte es darin nicht mehr aus, und dann ging er schnell zur Tür und ich folgte ihm zurück ins Wohnzimmer. Dort fanden wir Dorothy wieder vor, die in Gedanken versunken aus dem Fenster starrte. Wir setzten uns zu ihr.

»Reden wir darüber, wo wir Will Hays packen können«, sagte ich. »Also, was haben Sie gegen ihn gefunden?«

Sie überließ es Somborn zu reden. Er schenkte uns erneut aus der Karaffe ein.

»Zunächst die Fakten. Will Harrison Hays aus Indiana – Ehemann und Familienvater, ein Sohn. Er trinkt und raucht nicht, aber er spielt gerne Poker und ist ein leidenschaftlicher Reiter, das alles kann man in vielen Presseartikeln nachlesen und sich auf Fotografien ansehen.«

»Ganz Amerika kennt ihn als gläubigen Presbyterianer, Laienprediger und treuen Kirchgänger mit hohen moralischen Prinzipien«, ergänzte Mrs. Reid mit einem mild spöttischen Unterton.

»Ja, das ist ein wichtiger Teil seines Images als Saubermann, das ihn in diese Branche gebracht hat«, bestätigte ich. »Und weiter?«

»Unser erster Gedanke war natürlich: Vielleicht trinkt er ja doch?«, fragte sie. »Vielleicht tut er auch noch ganz andere Dinge, derer wir ihn überführen können und die diesem Image nicht entsprechen?«

»So, wie ich ihn einschätze, ist er sehr klug und sehr vorsichtig. In allem, was er tut, auch und gerade in seinem Privatleben«, sagte ich. »Er ist schließlich ein erfahrener Washingtoner Strippenzieher, der ehemalige Vorsitzende der Republikanischen Partei und Wahlkampfmanager der erfolgreichen Kampagne von Präsident Harding, in dessen Regierung er dann Postminister war.«

Somborn stand wieder auf und ging zu dem großen Fenster.

»Und genau das war unser zweiter Gedanke: In dieser politischen Vergangenheit hat es bestimmt viele Mauscheleien gegeben«, sagte er lauernd, so als hätte er nur auf diese Stichworte gewartet. »Bestechung, Korruption, Meineide, was auch immer, jedenfalls könnte es da tatsächlich interessant werden. Die Politik ist doch noch viel schmutziger als das Filmgeschäft.«

»Das glaube ich kaum«, entgegnete ich, nun noch mehr gespannt, was sie in der Hinterhand hatten. Mrs. Reid grinste.

»Die Frage wäre ja, warum Mr Hays seinen schönen Posten als Minister damals nach nur knapp einem Jahr so plötzlich und bereitwillig aufgegeben hat?«, fragte sie. »War es wirklich nur das formidable Angebot der Produzentenvereinigung? Oder liegen da noch andere Gründe versteckt?«

»Ist das das Konkrete, das Sie meinten?« Ein feuriger Schmerz durchzuckte meinen rechten Unterkiefer. Der Nerv in meinem Backenzahn schien sensibel auf die ständige Erwähnung von Hays' Namen zu reagieren.

»Ich habe ein paar Kontakte in die Politik, und da munkelt man von diversen Skandalen in dieser Regierung«, meinte Somborn. »Und ja, wir haben einen Ansatzpunkt, den wir für äußerst vielversprechend halten.«

»Spucken Sie's endlich aus«, sagte ich mühsam und trank einen Schluck.

»Er betrifft den Ku-Klux-Klan«, stieß er hervor. Beide beobachteten gespannt meine Reaktion.

»Den Ku-?« Ich stöhnte auf und musste innehalten.

»Sie werden ja wohl über ihn Bescheid wissen, auch wenn Sie Deutscher und noch nicht lange in diesem Land sind, oder nicht? Eine militante und höchst gefährliche Geheimorganisation, die die Rassentrennung und die Überlegenheit der Weißen propagiert, gegründet nach dem Bürgerkrieg von den Verlierern in den Südstaaten, und sie hassen nicht nur die Schwarzen, sondern auch Juden wie mich, die Katholiken, die Linken …«

»Ich weiß, was der Ku-Klux-Klan ist, Mr Somborn«, unterbrach ich ihn ungeduldig und massierte meine Backe.

»Aber sind Sie sich dessen bewusst, dass er seit einigen Jahren wieder großen Zulauf findet, nachdem man ihn längst für besiegt gehalten hatte?«, setzte Dorothy nach.

»Ja, genau genommen seit 1915«, ergänzte ich. »Seit Griffith in *Birth of a Nation* den Aufstieg des Klans nacherzählt hat.« Jener Drei-Stunden-Monumentalfilm, der jeden Rekord gebrochen hatte und gerade erneut für volle Kassen sorgte. Dies führte zu einer Vorbildwirkung, die man Filmen bis dahin gar nicht zugeschrieben hätte. Der Klan war durch einen Hollywoodregisseur wieder zu neuem Leben erweckt worden.

»Dann wissen Sie auch«, fuhr Somborn fort, »dass erst er es war, der die Klansmänner mit weißen Kutten und Kapuzen ausstaffiert hat und sie sich in seinem Film nachts um ein brennendes Kreuz versammeln ließ? Historisch belegt ist das nicht, es sah einfach schön dramatisch aus – aber seither machen diese Leute es genau so nach. Mittlerweile im ganzen Land, in den Industriestädten im Mittleren Westen und sonst wo. Es sollen inzwischen weit über zwei Millionen Mitglieder sein.«

»Und was hat das mit Will Hays zu tun?«, fragte ich. Dorothy richtete den Blick auf ihren Bekannten. Somborn blieb vor mir stehen. Dann setzte er sich wieder.

»Ich habe gehört, dass er dem Klan beigetreten sei«, sagte er betont beiläufig und sah mich verschmitzt an. Er hatte einen Sinn für Effekte.

Ich ließ es mir für einen Moment durch den Kopf gehen. »Wirklich?«

»Mr Engel, das ist durchaus plausibel«, insistierte er. »Viele andere Honoratioren haben schon die Aufnahmezeremonie absolviert, wie man hört, darunter Politiker und Polizisten in allen Bundesstaaten, auch in Kalifornien.« Dorothy Reid nickte bestätigend.

»Haben Sie konkrete Beweise, dass er darunter ist?«, fragte ich.

»Zurzeit läuft eine Wiederaufführung von *Birth of a Nation*, Hays hat sie angeordnet, ich habe es selbst mitbekommen«, erklärte Dorothy. Somborn übernahm: »Vor einem Kino in Santa Monica tauchten plötzlich verkleidete Klansmänner in Kutten auf, die den Film mit einem Fackelzug feierten, und ich habe einen von ihnen zu einem anderen sagen hören: ›Will Hays ist unser Mann. Er wird auch weiter für uns sorgen.‹«

Er hielt inne und hob die Augenbrauen.

Ich überlegte, dann nickte ich und sagte: »Ja, das klingt interessant, zumal er auch eine ähnlich puritanische Moral vertritt wie der Klan. Ich weiß nur nicht, wo ich da jetzt konkret mit meinen Ermittlungen beginnen soll.«

Somborn hakte die Daumen in die Weste. »Wir haben uns weiter umgehört. In seinem Heimatstaat Indiana ist der Klan besonders aktiv und erfolgreich. Will Hays stammt aus Sullivan, einer kleinen Stadt, in der immer noch seine Familie lebt«, präzisierte er. »Nicht weit davon entfernt soll bald eine riesige Versammlung des Ku-Klux-Klans stattfinden, unter Vorsitz von Hiram Evans, seinem neuen Chef, dem Großen Hexenmeister des Unsichtbaren Imperiums der Weißen Ritter. Den Tipp hat mir ein Freund aus Washington gegeben, nur das genaue Datum weiß er nicht.«

»Sie glauben, dass Hays daran teilnehmen wird?«, fragte ich.

Mrs. Reid sagte: »Will Hays ist jetzt in New York, wo er sein Hauptquartier angesiedelt hat und die meiste Zeit verbringt. Aber in einer Woche kommt er wieder nach Hollywood und wird einige Zeit hierbleiben.«

Somborn schlug sich in die Handfläche. »Dass er die Zugreise von New York aus für einen Abstecher in seine Heimatstadt unterbricht, wäre möglich, vielleicht sogar naheliegend!«

»Ich verstehe. Sie wollen also, dass ich nach Indiana fahre und das Gerücht dort überprüfe.«

»Ja, Mr Engel, bezahlen Sie es von den Spesen.« Er holte zwei Fünfzig-Dollar-Scheine heraus und gab sie mir. »Falls wir Will Hays als Mitglied in diesem rassistischen Geheimbund überführen könnten und vielleicht sogar beweisen, dass er deshalb unter Druck geraten ist und sein Ministeramt aufgegeben hat, dann würden wir den vermeintlichen Saubermann öffentlich als Heuchler entlarven und er wäre am Ende. Sie geben uns doch recht?«

»Durchaus«, sagte ich und steckte das Geld ein. »In der Tat werden wir es allerdings erst einmal belegen müssen. Ich werde mein Bestes tun, und in seine Heimatstadt zu fahren finde ich generell eine gute Idee. Allerdings noch aus einem anderen Grund.«

»Und welcher wäre das?«, fragte er. Auch Mrs. Reid stutzte.

»Um mich dort umzusehen und mehr über seine Familie herauszufinden. Weil das immer das Interessanteste ist.«

»Vermutlich ist es in diesem Fall nicht sehr spektakulär. Hays hat eine Frau, Helen, und einen Sohn, Billy, acht Jahre alt«, überlegte Somborn.

»Was ihn, wie viele andere Männer, natürlich nicht davon abhalten dürfte, fremdzugehen …«, wandte Dorothy ein.

»Ja«, unterbrach ich sie. »Aber, wissen Sie was, seine Frau habe ich noch bei keinem öffentlichen Auftritt an seiner Seite gesehen, obwohl jeder Politiker Wert auf so etwas legt. Sie war noch nie mit ihm in Hollywood, und ich würde wetten, auch in Washington und New York ist sie seit Langem nicht mit ihm zusammen aufgetreten. Da stimmt etwas nicht. Aber was? Warum versteckt er sie, in Sullivan oder wo auch immer?«

Dorothy nickte. »Gut, überprüfen Sie auch das.«

Ich erhob mich und wir gaben uns die Hände. »Alles Gute für Ihre Tournee. Sie können auf mich zählen, Mrs. Reid.«

»Das ist wunderbar zu wissen«, sagte sie mit einem dankbaren Blick.

Somborn meinte: »Sehen Sie auf jeden Fall zu, dass Sie bis in einer Woche wieder zurück sind, wenn Hays hier seine ersten Termine absolviert.«

»Das sollte ich schaffen«, sagte ich ächzend und sah auf meine Uhr. »Der Zug nach Osten geht jeden Tag um drei Uhr ab.«

4

Der *California Limited* brauchte drei Tage nach Chicago, und ich schlief nicht besonders gut in dem Gemeinschaftsabteil der Holzklasse, wo wir zu acht in Stockbetten zusammengepfercht lagen. Alle anderen Tickets waren ausgebucht gewesen. Laufend wälzte ich mich herum, und die Schmerzen wurden so schlimm, dass ich mich bald im ganzen Zug nach einem Zahnarzt umhörte. Natürlich fand ich keinen. Aber so kam ich mit zwei Bahnangestellten ins Gespräch, die für die Frachtwaggons zuständig waren und mir stolz von einem Pony erzählten, das sie darin nach Sullivan, Indiana, transportierten, als persönliches Geschenk aus Hollywood von Filmcowboy Tom Mix an den kleinen Billy, den Sohn des Kinozars Will Hays. Begeistert zeigten sie mir die beigefügte Autogrammkarte, die der Westernstar offenbar auf Wunsch von Hays geschrieben hatte. Darauf war der populäre Darsteller der Fox-Westernreihe in Cowboykluft abgebildet und die Widmung besagte, das Pony aus seiner Zucht heiße »Pumpkin« und Billys Vater habe ihm erzählt, genau so eines wünsche sich der kleine Billy.

Als ich in Chicago in einen kurzatmigen alten Zug der Indiana Railroad Richtung Indianapolis umstieg, beobachtete ich, wie das weiß-braun gescheckte Pony auch in diesen umgeladen wurde. Wir reisten die letzten viereinhalb Stunden gemeinsam, und als wir Sullivan gegen Abend des dritten Tages erreichten, half ich freiwillig beim Ausladen, obwohl sich meine Erfahrung mit Pferden darauf beschränkte, von einem getreten worden zu sein, das eine Kruppkanone in Flandern gezogen hatte. Die Bahnarbeiter waren froh darum und zogen sich in den Schatten der Stationskneipe zurück. Noch während ich mit dem etwas störrischen Pony befasst war, trat der kleine Billy zu uns, der schon sehnsüchtig auf dem Bahnsteig auf das angekündigte Geschenk wartete.

»Howdy!«, begrüßte ich ihn. »Ich komme aus Hollywood.«

Er war ein achtjähriger, sommersprossiger Junge, der zu seinem Glück wenig Ähnlichkeit mit seinem Vater hatte. In seiner Begleitung befand sich ein gut angezogener Schwarzer um die zwanzig Jahre, den er Ray nannte und den ich für einen Angestellten der Familie hielt. Ich erklärte mich bereit, ihnen zu helfen, Pony Pumpkin zu ihnen nach Hause zu bringen, auch wenn ich nur ein zufälliger Mitreisender sei, und ließ Billy aufsitzen, wie er es wollte. Ich führte es am Zügel über die Main Street, die als einzige asphaltiert war und auf der wir zahlreiche Wagen mit Mauleseln passierten, mehr als Automobile. Die kleine Stadt war weitläufiger, als ich gedacht hatte, um die fünftausend Einwohner lebten hier. Auf den Straßen sah man vorwiegend Weiße – knorrige Farmer zumeist –, aber auch einige Schwarze.

Unterwegs stellte ich Billy ein paar weitere unverfängliche Fragen und versuchte meine Schmerzen zu unterdrücken, die mittlerweile immer unerträglicher wurden. Er war acht, verrückt nach Baseball, Westernfilmen und Kaugummi.

Als wir die große presbyterianische Kirche passierten, entdeckte ich etwas, das mit weißer Farbe auf die Straße gepinselt war. Ich entzifferte es im Weitergehen als den riesigen Buchstaben »K«.

Ich fragte nach Billys Eltern. Sein Vater sei ein wichtiger Mann, den jeder in der Stadt kenne und der ihm beinahe jeden Tag aus New York oder Washington oder Hollywood oder sonst woher, manchmal sogar aus Europa, einen Brief schreibe und unter anderem einen von Babe Ruth signierten Baseball geschickt habe. Und nun lasse er Tom Mix ein Pony abliefern, denn sein Vater kenne ihn persönlich und arbeite mit ihm, man denke nur!

Ich sah ein zweites großes »K« auf dem Asphalt.

Ray erwies sich als intelligent und gebildet und als ein ebenso großer Fan von Tom Mix. Er redete bei allem mit und Billy behandelte ihn ganz unbefangen. Schwarze Angestellte hatten viele im Mittleren Westen, aber Billy und Ray schienen sehr viel Zeit miteinander zu verbringen und das war außergewöhnlich angesichts der sonst so verbreiteten Rassentrennung. Billy erzählte, er habe keine Geschwister.

Ein drittes »K«. KU-KLUX-KLAN, dachte ich.

Wir bogen auf eine staubige Nebenstraße ab und erreichten das zweistöckige Holzhaus, in dem die Hays-Familie wohnte. Es war eines der größten Häuser der Stadt. Ich war so gespannt, dass ich beinahe meine höllischen Zahnschmerzen vergaß.

»Erwartest du deinen Vater auch hier?«

»Nein«, sagte Billy gleichmütig. »Er hat viel zu wenig Zeit.«

Es war ein heißer Tag, und uns allen lief der Schweiß hinunter. Billy bot mir ein Glas Limonade an.

»Da sage ich nicht Nein«, meinte ich.

»Einen Augenblick.«

Er ging nach drinnen und in der Zwischenzeit sah ich zu, wie Ray draußen das kleine Pferd versorgte.

»Ich bin zum ersten Mal in Indiana«, sagte ich im Plauderton. »Hier ist der Ku-Klux-Klan ziemlich aktiv, stimmt das?«

Der Schwarze wurde höllisch vorsichtig, was ich ihm kaum verdenken konnte.

»Das kann man wohl sagen, Sir«, antwortete Ray. »Weiter im Norden, in Kokomo, wollen sie bald den Independence Day feiern, dann sollte unsereins besser nicht in der Nähe sein.«

Ich rechnete rasch nach, dass der 4. Juli, der Nationalfeiertag, so lag, dass Hays dann in Los Angeles sein würde.

Billy bat mich herein und stellte mich einer hübschen jungen blonden Frau vor, die in der Küche saß und ein Buch gelesen hatte. Sie schenkte mir auf sein Geheiß ein Glas Limonade ein.

»Danke, Ma'am«, sagte ich und trank einen tiefen Schluck. »Ich bin Henry Mueller, habe hier nur vorübergehend zu tun. Sie müssen Billys Mutter sein?«

»Mein Name ist Marcy Fisher«, sagte sie. »Ich kümmere mich um ihn, aber ich bin nicht seine Mutter.«

»Mum ist krank«, platzte Billy heraus. »Sie ist oben, eigentlich den ganzen Tag, weil sie alles andere gerade nicht so gut verträgt.«

»Aber Billy«, sagte Miss Fisher tadelnd und blickte mich peinlich berührt an.

»Was denn, es ist doch wahr!«, widersprach er. »Sie soll im Bett liegen, hat der Arzt gesagt, weil sie sich sonst so schnell aufregt und …«

»Billy, das interessiert Mr Mueller doch überhaupt nicht«, sagte Miss Fisher schnell und ihr Gesicht lief rot an. »Komm, du musst dich umziehen, bevor wir in die Kirche gehen.« Sie erhob sich und nahm ihn beim Arm.

»Aber ich möchte doch zu Pumpkin und ihn striegeln und mit ihm spielen«, protestierte Billy.

»Das besprechen wir gleich. Sag Auf Wiedersehen und vielen Dank zu Mr Mueller – trinken Sie doch in Ruhe aus.«

»Danke. Auf Wiedersehen, Billy. Viel Spaß noch mit dem Pony.«

Er kniff ein Auge zu und verschwand mit ihr um die Ecke. Marcy Fisher war eine gut angezogene und gepflegte, wohlerzogene, wenngleich etwas strenge junge Frau. Ich fand sie attraktiv und es erschien mir auffällig, wie vertraut sie mit Billy umging: nicht nur wie eine Nanny, sondern als sei im Grunde sie die Mutter.

Die Schmerzen meldeten sich wieder und ich trank schnell noch einen Schluck kalte Limonade. Das süße Zeug beruhigte den entzündeten Nerv nur kurz. Ich sah durch das Fenster Ray im Garten Heu zusammenrechen, Billy kam nun zu ihm, dann stieß Miss Fisher dazu und ich hörte sie und Billy miteinander streiten.

Ich hatte nicht viel Zeit, doch ich war entschlossen, sie zu nutzen. Leise schlich ich mich zum Flur. Eine Holztreppe führte nach oben, dorthin hatte Billy gewiesen, als er von seiner Mum sprach.

Ich ging die Treppe hinauf, bemüht, meine Schritte sachte zu setzen, obwohl ich vor Schmerzen hätte laut schreien mögen. Im oberen Stockwerk hörte ich kein Geräusch außer dem Knarren des alten Holzhauses und dem Surren von Mücken. Irgendwo hier musste sie liegen. Langsam ging ich den Flur entlang. Am Ende war eine Tür, ich öffnete sie vorsichtig und lugte in den Raum.

Ich sah ein Bett, in dem niemand lag, die Decke war zurückgeschlagen und die Abdrücke eines Körpers waren auf dem Laken zu sehen. An allen vier Bettpfosten waren Stricke befestigt, eindeutig, um jemanden festzubinden, doch sie waren zerrissen. Es roch stickig und ungelüftet, wie in einem Krankenhaus.

Ich drehte mich wieder um und starrte direkt in das Gesicht einer Frau mit wirren Haaren, die entsetzt die Augen aufriss. Sie war nur mit einem Nachthemd bekleidet. Im nächsten Moment stieß sie einen lauten Schrei aus, dem viele weitere folgten: »Hilfe, Hilfe, helft mir, so helft mir doch, kommt schnell zu Hilfe …!«

»Aber Ma'am«, versuchte ich sie zu beschwichtigen. Es war vollkommen aussichtslos. Sie schrie unablässig und nur noch lauter, wie in Todesangst, die Arme abwehrend vorgestreckt.

Auf der Treppe hörte ich polternde Schritte. Ich war mit meiner heimlichen Erkundung so was von aufgeflogen.

Der kleine Billy und hinter ihm Miss Fisher stürmten die Treppe hinauf und hielten vor uns an.

»Es tut mir leid …«, sagte ich.

»Will«, sagte Mrs. Hays wimmernd. »Oh Will, warum bist du bloß nicht da?«

»Mum, bitte beruhige dich doch!«, flehte Billy.

Nun kam auch Ray dazu, der noch den Rechen wie eine Waffe in der Hand hielt. Mrs. Hays schluchzte weiter laut vor sich hin, wie ein kleines Kind. Miss Fisher holte aus und gab ihr eine kräftige, klatschende Ohrfeige. Das Jammern brach abrupt ab und Mrs. Hays stand mit offenem Mund da und hielt sich die Wange.

»Ich habe nur eine Toilette gesucht«, sagte ich.

»*Uns* tut es leid, Mr Mueller«, sagte Miss Fisher und strich sich das blonde Haar zurecht. »Es ist nicht Ihre Schuld. Mrs. Hays leidet unter Verfolgungswahn, und wenn sie sich wieder einmal losmacht und nicht brav in ihrem Bett bleibt, kommt es vor, dass sie grundlos solche Anfälle erleidet, obwohl sie doch in ihrem Haus vollkommen sicher ist. Ray, bring sie bitte in ihr Zimmer und gib ihr die Medizin. Fixiere sie wieder ...«

»Aber Miss Fisher ...«, protestierte Billy.

Sie schnitt ihm streng das Wort ab: »Du weißt, dass Mr Hays darauf besteht und sonst wütend wird, wenn er davon erfährt.«

Ray lehnte den Rechen an die Wand und nahm Mrs. Hays beim Arm.

»Du wirst schön schlafen, Helen«, beschwichtigte Miss Fisher sie. »Es ist alles in Ordnung. Niemand bedroht dich, der Mann ist ein Freund von Billy. Schlaf. Und entschuldige die Ohrfeige. Du weißt, es muss manchmal sein.«

Ray und Billy führten die Frau in dem Nachthemd in das Zimmer hinein und die Hausherrin ließ es willenlos geschehen. Ich war mehr als verblüfft. Sie schienen Mrs. Hays' Verhalten und auch meines für vollkommen normal zu halten.

»Mr Mueller«, sagte Miss Fisher, als sie die Tür hinter sich geschlossen hatten. »Sie haben nach dem Ku-Klux-Klan gefragt, Ray hat es mir gerade erzählt. Sind Sie deswegen nach Sullivan gekommen?«

»Nein, Miss, bin ich nicht. Ich habe nur Konversation gemacht. Weil ich im Zug jemanden über ein großes Treffen des Klans am vierten Juli habe reden hören.«

Sie ging nicht darauf ein. »Verzeihen Sie nochmals, Mr Mueller«, entgegnete sie nur. »Die Toilette befindet sich am Ende des Flurs.«

In diesem Moment erfasste mich eine neue Welle des Schmerzes und ließ mich zusammensacken. »Kennen Sie hier einen guten Zahnarzt?«

Eine halbe Stunde später setzte mir Dr. Riddenbury in seiner Praxis eine Maske auf das Gesicht und drehte an einer Kartusche das Ventil auf, durch das daraufhin das Lachgas strömte, mit dem er mich betäuben würde.

»Kein Problem, Mister«, sagte er. »Für die Familie Hays tue

ich alles und dass es ein Notfall ist, habe ich ja auf einen Blick gesehen.« Der weißhaarige Mann trug seinen Pyjama unter dem weißen Arztkittel und roch nach angebratenem Fleisch, Zwiebeln und Bier. Ray hatte ihn direkt vom Abendessen weggeholt und mich bei ihm abgeladen.

»Nur zwei Minuten, dann habe ich genügend davon in Sie gepumpt, um Ihnen den Bastard ziehen zu können. Den Nerv muss ich veröden, aber Sie werden kaum etwas davon spüren, sondern ganz fröhlich sein. Schließen Sie einfach die Augen und denken Sie an Buster Keaton.«

Zwei Minuten hast du, dachte ich. Die Maske bedeckte vor allem meine Nase und nur halb meinen Mund. Mit etwas Mühe konnte ich darunter sprechen.

»Sagen Sie, die Hays scheinen ja eine sehr nette Familie zu sein, behandeln Sie die schon lange?«

»Seit ich die Praxis aufgemacht habe«, sagte der Doktor und begutachtete einige furchteinflößende Instrumente, indem er sie gegen das grelle Licht der Lampe über uns hielt. Ich spürte in mir bereits ein Lachen aufsteigen. Das Gas würde mich in Kürze ganz kirre machen. »Sogar Will Hays hat in diesem Stuhl gesessen, als er noch ein Junge war, kaum älter als Billy jetzt. Er hatte immer fürchterliche Angst vor dem Zahnarzt, das ist auch heute noch so!« Ich erinnerte mich an das verunstaltete Gebiss mit den schiefen Zähnen, das mir im Kontrast zu Hays' ansonsten gepflegter Erscheinung aufgefallen war.

»Tragisch, das mit der Mutter«, sagte ich, so gut ich noch artikulieren konnte. Der Ernst meiner Worte wurde dadurch konterkariert, dass ein Kichern in meiner Kehle hochstieg.

»Oh ja, Mister, das ist furchtbar, vor allem für den Jungen«, sagte er ernst, jedoch keineswegs irritiert. »Billy kennt seine Mum gar nicht anders als verrückt, es fing an, bald nachdem er geboren worden war. Aber Ray kümmert sich rührend um ihn, er hat einen Narren an dem Kleinen gefressen. Und als Mr Hays nach Washington ging, hat er dann Miss Fisher eingestellt.« Ich musste lachen. Es brach einfach aus mir heraus. Und ich hoffte, dass es ihn nicht davon abhalten würde, weiterzureden, während er meinen Puls fühlte. »Er bezahlt sie außerordentlich dafür, dass sie bei ihnen wohnt, und so wächst Billy doch mit einer Art Mutter auf, die ihn erzieht und auch auf die Verrückte aufpasst.«

Ich lachte erneut lauthals auf, als hätte er gerade eine sehr lustige Pointe gelandet. »Und Mr Hays ist oft in Sullivan?«, fragte ich mit verwaschener Aussprache.

»Seine Arbeit lässt ihm nicht viel Zeit dazu«, sagte Dr. Riddenbury und legte eine riesige Zange auf einem Tablett bereit. »Vielleicht dreimal im Jahr.«

Nicht häufig genug dafür, dass er etwas Ernstes mit der jungen Miss Fisher haben könnte, dachte ich, bereits reichlich benebelt.

Der Doktor beugte sich über mich.

»Sind Sie ein Klansmann?«, hörte ich ihn leise fragen.

Ich glaube, ich schaffte es gerade noch, Ja zu sagen, während er mir die Maske abnahm und eine Klemme in den Mund schob, die ihn offen halten würde.

Was folgte, bekam ich gnädigerweise nicht mehr mit.

5

»Die Ehe hat Hays jedenfalls schon seit vielen Jahren nicht mehr vollzogen, das ist sicher«, sagte ich vier Tage später im Jail Café zu Herbert Somborn, mit gedämpfter Stimme, auch wenn in der zur Hälfte gefüllten Bar lauter Jazz gespielt wurde. Ich tastete mit der Zunge nach der noch ungewohnten Lücke in der rechten unteren Zahnreihe, ganz außen, wo die Wunde mithilfe von Salbeitinktur und Zigarettenrauch langsam verheilte. Es tat fast gar nicht mehr weh.

»Das mit seiner Frau klingt wirklich übel.« Somborn war regelrecht elektrisiert. Vielleicht lag es auch nur an der Bloody Mary, die er als spätes Frühstück zu sich nahm – Wodka mit Tomatensaft, sehr nahrhaft. »Aber alleine die Tatsache, dass er sie mies behandelt, wird uns kaum etwas nutzen.«

Ich musste unwillkürlich grinsen. »Die große Frage wäre nun: Ist unser Mr Hays tatsächlich ein Heiliger, der diesen Dingen entsagt hat, ein keusches Leben führt und voll und ganz im Glauben an Gott und in seinen Pflichten aufgeht, so, wie er es in der Presse verbreiten lässt? Oder ist er ein ganz normaler Mann mit den üblichen Bedürfnissen, wie wir alle, und hat eine Geliebte – oder sogar mehrere?«

Ich war spätnachts in meine kleine Wohnung am Hollywood Boulevard zurückgekehrt und hatte mich tüchtig ausgeschlafen. Dann hatten wir uns hier verabredet und saßen nun in einer der Gefängniszellen, die in dieser geheimen und doch in gewissen Kreisen sehr bekannten Bar in Hollywood als Sitznischen mit einfachen Holztischen dienten, mitsamt Gittern und Kellnern mit Sträflingsgesichtern in Sträflingskleidung, die uns Cocktails servierten. Durch die offene Tür konnte ich zum Tresen hinübersehen, an dem mein Freund Buck Carpenter wie immer das Treiben in seiner Bar und das Ausschenken der alkoholischen Getränke beobachtete, dazu gemütlich eine dicke Zigarre paffend.

»Ich würde wetten, dass er die hat«, nickte Somborn grimmig und biss ein großes Stück von der Selleriestange aus seinem Drink ab. »Schließlich ist er in New York und in Hollywood mitten unter all den Starlets … Wenn Sie ihn dabei erwischen würden, wie er den süßen Versuchungen des Showbusiness erliegt, am besten in flagranti, das würde ihn garantiert zu Fall bringen …«

»Zumindest erscheint es mir im Moment vielversprechender als der Verdacht, dass er ein Klansmann ist«, sagte ich. »Auch wenn der Klan in Indiana für alle ein großes Thema zu sein scheint, an der Versammlung dort wird er jedenfalls wohl nicht teilnehmen.«

»Hays ist gestern in Los Angeles angekommen und wie immer im Beverly Hills Hotel abgestiegen. Sie müssen sich also nur auf die Lauer legen, ihn beobachten und Beweisfotos schießen.«

»Mir liegt so etwas zwar nicht«, sagte ich. »Aber in diesem Fall werde ich es zumindest nicht wie sonst ausschließen, das zu tun.«

Ich lauschte meinen Worten nach und wunderte mich über mich selbst. Nie hätte ich gedacht, dass ich mich einmal freiwillig bereit erklären würde, einem Mann bis in sein Schlafzimmer nachzuspionieren. Doch es stimmte – um Will Hays zu Fall zu bringen, würde ich es mit Freuden tun.

»Mir soll es recht sein«, sagte er. »Sein Büro befindet sich am Hollywood Boulevard. Wie genau wollen Sie vorgehen?«

Privatdetektive lieben diese Art Besprechungen mit ihren Auftraggebern, so viel kann ich Ihnen versichern.

»Sie haben gesehen, dass meine Spesen gut investiert waren und sehr schnell sehr interessante Resultate hervorgebracht haben«, erwiderte ich. »Ich habe sogar von seinem verdammten

Zahnarzt erfahren, wie große Angst der kleine Will vor dessen Künsten hat. Lassen Sie mich einfach machen.«

»Aber Sie werden doch in Beverly Hills kein Hotelzimmer nehmen?«, wandte er ein.

»Keine Sorge«, sagte ich. »Ich alleine kann ihn ja sowieso nicht rund um die Uhr überwachen. Also werde ich mit Informanten arbeiten, im Hotel und anderswo, die ich von den Spesen bezahle, eine vergleichsweise billige und zuverlässige Methode. Wenn er auf seinem Zimmer weiblichen Besuch erhält, werden wir es mitbekommen. Und wohin er auch geht, werde ich Mr Hays möglichst folgen.«

»Wahrscheinlich ist es eine der vielen Schauspielerinnen, mit denen er sich jeden Tag fotografieren lässt und die ihn umschmeicheln«, stieß Somborn hervor und fügte hinzu: »Verdammt noch mal, ich würde nicht mal meine Hand dafür ins Feuer legen, dass Gloria nicht mit ihm …«

Er drückte seine Zigarette heftig im Aschenbecher aus.

»Haben Sie irgendeinen Beleg dafür?«, fragte ich.

»Nein«, sagte er. »Nur dass mächtige Männer offenbar eine unwiderstehliche Anziehungskraft auf sie ausüben. Und mächtiger als Mr Hays ist hier niemand.«

Ich nickte vor mich hin. Er fuhr wütend fort: »Ich komme deshalb darauf, weil Gloria Hays mittlerweile in unserer Scheidungssache als Vermittler eingeschaltet hat! Er hat sich dem mit Freuden angenommen und mich dazu gezwungen, einen Deal einzugehen. Ich verliere eine Menge Geld dadurch, er hat mich ganz einfach und brutal unter Druck gesetzt.« Er rührte mit der Selleriestange in seinem tomatenroten Drink, als wäre es Blut, und legte sie dann angeekelt weg. »Aber im Gegenzug haben wir geregelt, dass ich meine Tochter sehen darf. Die Scheidung selbst ist noch nicht durch. In unsere Abmachung werde ich eine Moralklausel hineinschreiben lassen, wie Mr Hays sie ja jetzt überall in Starverträgen durchzusetzen behauptet. Falls Gloria dann Ärger verursacht, zum Beispiel einen Ehebruch begeht, kann das Studio sie feuern. Paramount ist damit einverstanden. Wenn Sie ihr also irgendetwas nachweisen könnten …«

»Gut. Sofern Sie aber das Recht behalten wollen, Ihre Tochter zu sehen, kann ich Ihnen nur raten, ebenso vorsichtig und zurückhaltend zu sein, zumindest in der Öffentlichkeit.«

Er stutzte und nickte dann anerkennend vor sich hin. Ich legte zwei Finger an die Hutkrempe und verließ die Zelle. Zum Glück hatte ich ihn so davon ablenken können, jeden einzelnen Schritt mit ihm abzusprechen.

Am Tresen begrüßte ich Buck, der zuvor zu tun gehabt hatte, als ich hereingekommen war. Viele Filmleute waren zur Mittagspause hereingedrängt, von Mack Sennetts Komödienstudio direkt gegenüber und von anderen Studios.

»Na, Hardy, wie läuft's mit Herbert?«, fragte er und ließ eine dicke blaue Rauchwolke aufsteigen. »Er ist einer meiner Stammkunden geworden in letzter Zeit, seit er alleine lebt. Und da er mitbekommen hat, dass wir befreundet sind und über alles reden, schüttet er mir hin und wieder sein Herz aus.«

In der Tat war die Bar Somborns Vorschlag gewesen.

»Unser neuer Freund geht mir ehrlich gesagt ein bisschen auf die Nerven«, antwortete ich. »Will, dass ich den größten Fisch im Teich angele, und macht mächtig Druck, sieht aber nicht recht ein, dafür das nötige Geld springen zu lassen. Tut so, als wäre es ohnehin eine Herzensangelegenheit für mich. Das Dumme ist, er hat damit recht.«

»Als ich gehört habe, dass es ihm um einen gewissen Strippenzieher mit Fledermausohren geht, habe ich auch sofort gedacht, das ist genau das Richtige für meinen alten Kumpel Hardy Engel, der den doch ebenso gern hat«, sagte er und betrachtete die Glut auf seiner Zigarre.

Der rundliche Schotte mit dem gespaltenen Kinn hatte sich in der Vergangenheit als zuverlässiger, findiger Helfer bestens bewährt. Im Krieg waren wir noch Feinde gewesen, hatten einander sogar an der Front in Frankreich gegenübergelegen, wie wir in Hollywood dann herausgefunden hatten. Seither waren wir enge Freunde. Er war in der Stadt bestens vernetzt und lieferte mir nicht nur Alkohol, Informationen, Automobile und sogar Aufträge, er half mitunter auch tatkräftig mit, meine Fälle zu lösen, und hatte Polly mit mir zusammen das Leben gerettet. Er war mit einer der Gründe, warum ich es in Hollywood überhaupt noch aushielt. Wir teilten alles miteinander und vor ihm musste ich keinerlei Geheimnisse haben.

»Wenn ich meine Arbeitskraft von Filmproduzenten unter schönen Worten und für wenig Geld ausbeuten lassen wollte, hätte ich genauso gut gleich Schauspieler bleiben können«, erklärte ich ihm. »Ich arbeite hier an meiner absoluten Schmerzgrenze. Und außerdem ist er verflucht pingelig.«

»Er redet aber sehr gut von dir. Herbert ist jedenfalls kein schlechter Kerl. Nur reichlich durch den Wind wegen der Scheidung, und er ist es bisher im Leben noch nicht gewohnt gewesen, zu verlieren. Dazu kommt noch der Tod seines Freundes, du weißt, wen ich meine. Ist beinahe jeden Abend hier und klagt mir sein Leid bei ein paar Cocktails. Ich spiele mit dem Gedanken, einen nach ihm zu benennen. Habe ihm schon vorgeschlagen, selbst eine Bar aufzumachen.«

Seine Bar – das Jail Café – hatte Buck eröffnet, nachdem er sich wie wir alle im Filmgeschäft versucht hatte. Und inzwischen war er außerdem zu einem der wichtigsten Alkoholschmuggler der Stadt geworden. Obwohl er andauernd sagte, er würde bald damit aufhören, das Geschäft wachse ihm über den Kopf und werde zu gefährlich.

»Tolle Idee. Dann gucke ich mal, was ich tun kann, um seinen Auftrag zu erledigen«, sagte ich, klopfte ihm zum Abschied auf die Schulter und drängte mich durch die dichte Menge der Gäste nach draußen.

Ich fuhr mit dem Voisin den Sunset Boulevard entlang Richtung Beverly Hills. Von der Anhöhe aus sah ich nach Hollywood und Downtown hinunter: einzeln verstreute, sich zusammenballende Ansammlungen von Häusern, die Flecken bildeten wie eine Krankheit, die sich allmählich ausbreitet. Danach kam zwischen den beiden Ortschaften der unasphaltierte Teil des Boulevards, der von hohen Palmen gesäumt war, und dann erreichte ich das Schild *»Beverly Hills«*.

Direkt dahinter, kurz bevor man in den Benedict Canyon Drive einbiegen und in die Berge hinauffahren konnte, lag in einer kleinen Seitenstraße das Beverly Hills Hotel. Es sah aus wie ein Schloss auf einer Zuckertorte, mit Türmchen und Fähnchen und Schnörkeln in kitschigen Pastellfarben. Nichtsdestotrotz war das verwinkelte Haus im Missionsstil eines der ältesten Hotels in der ganzen Umgebung – der Stadtteil Beverly Hills war um es herum gebaut worden. Viele Stars wohnten hier, vorübergehend oder länger, sie alle nutzten die Veranda, den Garten und die Lounge, die Restaurants und Cafés als ihr Wohnzimmer, wo sie Hof hielten und sich zu Besprechungen trafen. Selbst Douglas Fairbanks und Mary Pickford, das bekannteste Paar Hollywoods, traf man hier häufig, denn die Villa der Superstars, »Pickfair« getauft, befand sich direkt oberhalb auf einem Hügel.

Will Hays hatte sich dieses Hotel nicht ohne Grund als feste Unterkunft ausgewählt: Es war luxuriös, doch trotzdem angenehm und diskret, es herrschte eine regelrecht familiäre Atmosphäre und hier lebte er direkt an einem der wichtigsten Treffpunkte der Branche, für die er zuständig war. So würde er vieles nebenbei mitbekommen – Klatsch, Gerüchte, Probleme, sensationelle Neuigkeiten, schon bevor sie allgemein die Runde machten – und auf genau dasselbe hoffte nun ich, was ihn selbst betraf.

Ich fuhr die Auffahrt hinauf und parkte mein Automobil selbstständig, obwohl ein Angestellter unter dem gestreiften Eingangsbaldachin bereitstand, um das für Gäste zu erledigen. Auf dem Parkplatz wirkte der ein paar Jahre alte Voisin trotz seiner imposanten Kühlerfigur neben all den brandneuen Luxuslimousinen und Tourenwagen mit Sonderausstattungen ziemlich schäbig. Von der Veranda aus blickten die fein gekleideten Gäste und die drei Kellner in den weißen Livreen zu mir hinüber und begutachteten mich, so wie jeden Neuankömmling. Da ich weder Charlie Chaplin noch Barbara LaMarr war, wandten sie sich wieder ihrem Kaffee oder Krabbencocktail oder Ananaseis zu und redeten weiter.

Ich ging durch den Haupteingang und nickte dem dort stehenden Portier in seiner Uniform mit den Litzen und der breiten Mütze zu. Er und die Kellner auf der Veranda waren zu offensichtliche Ziele, als dass ich mir von einer Bestechung etwas versprochen hätte. Ich spazierte in die Lobby des Hotels, setzte mich auf eine rot gepolsterte runde Bank an einer der prächtigen Säulen und sah mich um wie jemand, der eine Verabredung hat.

Es herrschte geschäftiges Kommen und Gehen. An der Rezeption aus dunklem Holz begrüßte ein Angestellter mit einem tiefen Bückling eine ungefähr zwanzigjährige Rothaarige, die wie ein Filmstar aussah. Daneben gab gerade Rod La Rocque seinen Schlüssel ab, der Hauptdarsteller von *The Ten Commandments,* im Tennisdress und mit Schlägern in der Hand, und rief Rudolph Valentino quer durch die Lobby einen Scherz zu, der gerade in einem Trainingsanzug auf dem Weg zum Fahrstuhl war. In Sitzecken saßen Gruppen von Menschen beieinander und besprachen sich, gewiss um zu eruieren, wie sie jemand anderen – oder auch einander – bei ihren neuesten Filmprojekten übers Ohr hauen könnten.

Mein Blick wanderte zwischen den Angestellten im Raum hin und her und blieb bei einem Pagen in einer roten Uniform hängen, der neben der Rezeption auf ankommende Gäste wartete. Er war vielleicht fünfundzwanzig und hatte wache, intelligente Augen. Er blickte mich an und schien zu überlegen, ob er zu mir herüberkommen sollte – vielleicht auch, um mich gegebenenfalls hinauszuwerfen. Mein Anzug war einigermaßen sauber, aber nicht das neueste Modell. Ich passte erkennbar nicht hierher. Dann beschloss er, mich in Ruhe zu lassen, sah aber von Zeit zu Zeit immer wieder zu mir hinüber. Er machte seine Beobachtungen und hatte den ganzen Raum im Blick. Und ich beobachtete ihn.

Als ein Gast, der aussah wie ein britischer Colonel in Zivil, an der Rezeption eintraf und ein Zimmer buchte, nahm er dessen Gepäck auf und ging mit ihm zum Fahrstuhl, freundlich, doch ohne übertriebene Unterwürfigkeit oder Geschwätzigkeit.

Er fuhr mit ihm hinauf, kurze Zeit später kam er wieder aus dem Fahrstuhl gelaufen und nahm seinen alten Platz ein. Ein etwa gleichaltriger Kollege stellte sich neben ihn, erzählte ihm etwas und lachte laut auf. Der Page verzog das Gesicht zu einem höflichen Grinsen und sagte selbst so lange nichts, bis der andere Page wieder ging.

Ich stand auf und lief zu ihm hinüber.

»Schönen guten Tag«, sagte ich. »Man sieht es Ihnen an, dass Sie sich wirklich für die Menschen interessieren, mit denen Sie zu tun haben, und für die Geschichten dahinter.«

»Oh ja, Sir, da haben Sie recht«, sagte er, begeistert darauf anspringend. »Im Moment bin ich hier Page und mache meinen Job, so gut ich kann. Aber ich schreibe auch Drehbücher, in meiner Freizeit, und eines Tages will ich nur noch das machen. Ich bin Edward, Edward Bishop.« Er streckte mir die Hand hin.

»Das habe ich mir fast gedacht. Hardy Engel«, sagte ich und schüttelte sie. »Sie müssen ein guter Beobachter sein. Meine Freundin schreibt auch Drehbücher, ziemlich erfolgreich.«

»Oh, ich arbeite gerade an einem sensationellen Buch«, vertraute er mir an und senkte die Stimme. »Es geht um einen Pagen in einem Luxushotel. Der Rest der Handlung ist streng geheim.«

»Irgendwann müssen Sie sie mal jemandem erzählen, um es verkaufen zu können«, sagte ich. »Aber es ist gut, dass Sie Dinge für sich behalten. Clever.«

»Wenn Sie wüssten, was ich hier jeden Tag für Geschichten erlebe …«, meinte er und lachte auf. »Ich muss sie mir gar nicht ausdenken, sie passieren einfach, und ich muss sie nur noch aufschreiben.«

»Ich interessiere mich selbst für Geschichten«, erwiderte ich.

»Agent?«, fragte er, mich musternd. »Die sind ja jetzt überall. Sie sind angezogen wie ein Agent.«

»So etwas Ähnliches. Vielleicht kann ich Ihnen helfen. Ich bin vor allem interessiert an Geschichten über einen ganz bestimmten Mann …«

Er richtete die intelligenten Augen neugierig auf mich. Er witterte Geld.

»Will Hays«, sagte ich, so leise, dass nur er es verstehen konnte.

»Ja, der wohnt zurzeit hier«, sagte er nach einer Pause vorsichtig und sah mich fragend an. Ich zog einen Zwanzig-Dollar-Schein, den ich auf der Reise gewechselt hatte, halb aus meiner Hosentasche und zeigte ihn ihm. Er starrte fasziniert darauf.

»Ich will alles über ihn wissen. Was er tut, wen er trifft. Vor allem, wer ihn in seinem Zimmer besucht. Das hier ist gutes Geld für gute Informationen. Können Sie welche liefern?«

»Ja, Sir, ich werde ab sofort die Augen offen halten. Er wird länger hier wohnen, aber es ist noch offen, wie lange genau er bleibt«, erwiderte er. Ich gab ihm den Schein noch nicht. »Ich habe die Schicht ab fünf Uhr nachmittags bis in die Nacht und am Morgen. Meine Freundin ist sein Zimmermädchen, sie könnte den Rest der Zeit die Beobachtung übernehmen. Sie schläft auch im Haus, in einer Kammer ganz oben. Wenn ich sie allerdings einbeziehe …«

»Das ist gut«, sagte ich. »Das Geld ist für Sie beide, nur für diese Woche. Danach sehen wir weiter.«

Er wollte den Schein nehmen. Ich hielt ihn noch fest. »Kommen Sie nicht auf die Idee, sich etwas auszudenken. Oder zu ihm zu gehen, um es überbieten zu lassen.«

»Nein, Sir, das werde ich nicht«, sagte er. »Mit solchen Leuten kann man bei Geschäften nur verlieren.«

Ich gab ihm den Schein und er ließ ihn in der Uniformtasche verschwinden.

»Gut erkannt. Mr Hays hat ja schon häufiger hier gewohnt, haben Sie erlebt, dass er auf seinem Zimmer Frauenbesuch hatte? Hat er eine Freundin?«

Er schüttelte den Kopf. »Nein, bisher ist mir da nichts aufgefallen. Aber ich kann mich umhören … vorsichtig, natürlich.« Ich hatte gerade dasselbe sagen wollen.

»Angeblich trinkt und raucht er nicht. Schon mal Flaschen hochgebracht oder so?«

»Nicht dass ich wüsste. Auch darauf werde ich aufpassen. Gestern Abend war er auf einem Bankett bei Universal, er kam um halb eins nach Hause, alleine, nüchtern, und ging sofort in seine Suite. Nummer 222, es ist die exklusivste Ecksuite ganz am Ende des Flurs.«

Ich schrieb meine Büroadresse und meine beiden Telefonnummern, die von zu Hause und die vom Büro, auf eine Seite meines Notizbuchs, riss sie heraus und gab sie ihm. Visitenkarten hatte ich immer noch nicht – es erschien mir so, als sei ich unabhängiger ohne welche. »Bei irgendetwas Bemerkenswertem rufen Sie mich an, egal wann. Wenn Sie mich nicht erreichen, hinterlassen Sie im Büro eine Nachricht. Dort ist meistens jemand.«

»Ja, Mr Engel«, sagte Edward und steckte auch den Zettel ein. »Und für wen arbeiten Sie?«

»Auch das ist streng geheim. Ich bin Privatdetektiv. Haben Sie ihn mal mit Gloria Swanson gesehen?«, fragte ich.

»Ja«, sagte er, ohne nachzudenken. »Aber nicht auf seinem Zimmer. Sie haben sich hier draußen auf der Terrasse getroffen, ein paarmal. Sie liebt große Auftritte, alle haben zugesehen. Es waren Besprechungen, beide wirkten bis auf das übliche Getue drumherum sehr ernst und haben intensiv diskutiert. Einmal waren ihre Studiobosse dabei, die von Paramount.«

»Okay. Ich zähle auf Ihre Beobachtungsgabe, Edward. Grüße an Ihre Freundin.«

»Wir werden alles über ihn herausfinden, keine Sorge«, sagte er und zwinkerte mir zu, bevor er zur Rezeption ging, von wo ihn jemand gerufen hatte.

6

Die nächste Adresse, die ich ansteuerte, lautete 6912 Hollywood Boulevard. Hier befand sich das Westküstenbüro der *Motion Pictures Producers and Distributors of America* – der Organisation, deren Präsident Will Hays war –, ganz oben in einem vierstöckigen Gebäude an der Kreuzung zur Highland Avenue. Direkt gegenüber lag das Hollywood Hotel, ebenfalls ein Brennpunkt der Filmszene, wo viele Stars wohnten oder abends tanzen und feiern gingen.

Inzwischen war es dunkel geworden. Ich parkte vor dem Haus, ging hinein und sah mir die Schilder neben dem Aufzug an. Auf den anderen Stockwerken gab es eine Anwaltskanzlei, eine Pfandleihe und ein Beerdigungsinstitut. Da hatten die Filmproduzenten alles gleich mit in einem Haus, was sie jemals brauchen könnten, dachte ich. Ich fragte den Fahrstuhlführer, einen etwa vierzigjährigen irischstämmigen Mann mit einem Gesicht, das beinahe so rot war wie seine Haare, wo sich das Büro der Produzentenvereinigung befinde, und zeigte ihm einen Dollarschein, obwohl ich wusste, er würde »im vierten Stock« sagen. »Und ist da um diese Zeit noch jemand?« Er nahm den Dollar und sagte halblaut, sich umsehend: »Jetzt schon – aber ich habe gehört, dass der Boss später in Pasadena einen Star treffen will. Wen, weiß ich aber nicht …«

Ich meinte, ich würde lieber morgen wiederkommen.

Dann setzte ich mich in den Voisin und beobachtete. Im vierten Stock brannte noch Licht, in den Büroräumen rechts an der

Ecke. Hier verbrachte also Will Hays, der Kinozar, den Großteil seiner Tage. Das nächste Gebäude stand in einem Abstand von vielleicht zwölf Fuß, getrennt durch eine kleine Gasse, und hatte ebenfalls vier Stockwerke. Man müsste von ganz oben in das Eckbüro hineinsehen können. Ich holte mir zwei Häuser weiter einen Hotdog mit Zwiebeln und scharfer Soße und aß ihn, während ich wartete. Ich machte einen Fleck in die Sitzpolster, stellte fest, dass Chilisoße und meine Wunde sich noch nicht ganz so gut vertrugen, und kaute dann nur noch auf der linken Seite. Dies war der nicht so glamouröse Teil meines Jobs. Nur ein paar Blocks entfernt war meine Wohnung, wo ich entspannt die Füße hätte hochlegen können. Immerhin fand ich nun endlich einmal die Zeit, ein paar Dollarscheine in einen Umschlag zu stecken und meinem Vermieter die ausstehende Miete zu schicken. Mein Büro wollte ich unbedingt behalten, auch wenn ich selten dort war. Danach las ich den *Examiner* und fand einen ganzseitigen Bericht über den gewaltigen Erfolg, den der neue Film *Human Wreckage* seit seiner Premiere in Los Angeles hatte. Die Hauptdarstellerin und Produzentin, Mrs. Wallace Reid, befand sich nun damit auf landesweiter Tournee. Auf einer Fotografie aus Chicago posierte Dorothy ganz in Schwarz vor sichergestellten Drogenpäckchen auf einer Polizeiwache. Ihr Zorn und ihre Trauer wirkten echt. Sie war wirklich eine hervorragende Schauspielerin.

Aus meiner alten Heimat gab es reichlich deprimierende Nachrichten: In Deutschland herrschte eine krasse Hyperinflation, und dass ich von dort schon lange keine Post mehr bekommen hatte, mochte daran liegen, dass das Porto für einen Brief mittlerweile zehn Milliarden Mark kostete. Kein Wunder, dass radikale und nationalistische Parteien gerade einen Aufstieg erlebten.

Kurz nach sieben öffnete sich die Tür des Gebäudes und die kleine Gestalt von Will Hays trat heraus. Er trug einen Homburg und einen eleganten Zweireiher mit Fliege, und kaum kam er in Sicht, sprang aus einer Luxuslimousine direkt vor dem Eingang ein Chauffeur in einer schwarzen Uniform, eilte außen um den Rolls-Royce herum und riss dem Filmmogul den hinteren Wagenschlag auf. Dieser verschwand im Fond.

Ich folgte dem Rolls-Royce durch den dichten Feierabendverkehr in Richtung Osten, hinaus nach Pasadena. In weiser Voraussicht hatte ich meinen Wagen heute vollgetankt.

Wie sich herausstellte, besuchte Mr Hays die *Movie Expo,* eine Ausstellung, die überall in Los Angeles auf Plakaten und in Anzeigen beworben wurde. Die Produzentenvereinigung hatte sie organisiert und wollte damit aus der Popularität des boomenden Kinos weiteren Profit schlagen. Auf dem riesigen Gelände waren originale Filmkulissen aufgebaut und es gab diverse Veranstaltungen, die auf einem großen Billboard angekündigt wurden.

Mr Hays stieg aus und machte einen Rundgang durch die Ausstellung, dem sich der Besuch eines Konzerts mit Filmmusik anschloss, wie ich einem Plakat vor dem Eingang des Saals entnahm. Dort erwartete ihn eine junge Dame und an der Art, wie sie sich begrüßten, lachend und scherzend, konnte ich sehen, dass sie verabredet waren.

Ich sah genauer hin. Sie war ausnehmend hübsch, mit dunklen Augen und einer schwarzen Haarpracht wie ein Helm, und trug ein mondänes Kleid. Nun erkannte ich sie: Es war Pola Negri, die Schauspielerin, die in Deutschland, im Studio Babelsberg und unter Regisseur Ernst Lubitsch, große Furore gemacht hatte. Ich hatte schon gelesen, dass sie wie Lubitsch nach Hollywood gezogen war, um ihre Karriere hier bei Paramount fortzusetzen. Will Hays scharwenzelte um sie herum und dann betrat sie an seiner Seite den Saal.

Ich verzichtete darauf, mich ebenfalls hineinzubegeben, da er mich nicht sehen sollte, und wartete gespannt, was danach passieren würde, stets den Eingang im Blick. Die Wartezeit brachte mir die Erkenntnis, dass die *Movie Expo* wohl ein ziemlicher Reinfall war. Zwar war das Konzert gut besucht, doch der Parkplatz war halb leer und die auch abends geöffnete Ausstellung nicht gerade einem Ansturm ausgesetzt.

Gegen halb elf kamen Will Hays und Pola Negri aus dem Saal und ich ließ mir nichts von dem entgehen, was sie taten. Beide schienen sich prächtig amüsiert und sehr gut verstanden zu haben und besprachen es ausgiebig mit viel glucksendem Lachen ihrerseits und gönnerhaften Gesten seinerseits. Doch dann verabschiedete er sich mit einem vollendeten Handkuss, sie trennten sich und er ging zu seinem Wagen zurück, alleine. Ich beobachtete noch, wie Miss Negri sich zu einer Gruppe anderer Bekannter gesellte, dann folgte ich Hays zum Parkplatz.

Dies konnte ein Routinetermin gewesen sein, wie der Filmzar sie mit den Stars von Hollywood zu absolvieren hatte, oder ebenso ein Stelldichein unter dem Deckmantel eines offiziellen Konzerts und mit folgender Verabredung, auch wenn nichts auf Letzteres hindeutete. Hays jedenfalls ließ sich zurück nach Hollywood und weiter nach Beverly Hills fahren, wo der Chauffeur ihn in seinem Hotel ablieferte. Ich beobachtete, wie er hineinging, und warf danach nur einen kurzen Blick in die Lobby, wo ich mich mit meinem neuen Mitarbeiter Edward verständigte, dass er es nun für die Nacht übernehmen würde, Mr Hays im Auge zu behalten. Danach fuhr ich in meine Wohnung auf dem Hollywood Boulevard, an der Ecke zur Gardner Street. Sie hatte nur zwei Zimmer, doch war recht behaglich eingerichtet, verfügte über einen Telefonapparat im Flur, einen Kühlschrank in der Küche und sogar einen kleinen Balkon nach hinten heraus. Ich war sehr müde und freute mich vor allem auf mein Bett mit der harten Matratze und den kleinen Nachttischschrank daneben, in dem ich den Whisky lagerte.

Allerdings fand ich eine Nachricht von Polly Brandeis vor, die sie unter der Tür durchgeschoben hatte: *»Muss Dich sprechen. Dringend. Komm zu mir xxx Polly«.*

Ich seufzte auf und fuhr hinüber ans Ende der La Brea Avenue, zu dem kleinen Hexenhäuschen direkt am Fuß der Hollywood Hills, das Polly von ihrem Erbe gekauft hatte. Wir besaßen seit letztem Sommer beide jeweils die Zweitschlüssel des anderen, und wenn wir Lust darauf hatten, verbrachten wir die Nächte miteinander. Sie hatte mir vorweg gesagt, dass sie sich noch auf andere Affären einlassen würde, und so konnte auch ich welche haben; mehr erzählten wir uns nicht.

Als ich die Tür aufschloss, ertönte auf dem Steinfußboden das vertraute Kratzen von Pfoten, ein Bellen, und schon schoss der kleine schwarze Mops um die Ecke auf mich zu. Enrico begrüßte mich freudig und drehte sich mehrmals im Kreis. Er war Pollys Hund – sie hatte ihn nach Enrico Caruso benannt, dem er ähnlich sehe –, doch er blieb häufig auch bei mir. Ich tätschelte ihn, ließ mir die Hand lecken und ging mit ihm nach oben ins Schlafzimmer. Von dort dröhnte wilder Jazz aus dem Trichter einer Victrola.

»Hallo, Polly«, sagte ich.

Sie saß im Schneidersitz auf dem Bett und kaute auf einem Bleistift, wobei sie sich im Takt der Musik bewegte. Vor ihr lag ein Notizblock. So arbeitete sie immer, früher als Regisseurin und nun an den Drehbuchideen, für die sie brannte.

»Hallo, Junge!«, sagte sie und grinste mich an. Polly sah aus wie eine griechische Göttin, die ein italienischer Meister gemalt hatte. Doch sie war ein ganz modernes Mädchen: sehr selbstbewusst und impulsiv, immer direkt und äußerst zupackend. Begeistert fiel sie mir um den Hals und wir küssten uns.

»Ist das nicht tolle Musik? Die Band habe ich gerade erst kennengelernt!«

Sie zeigte auf die Hülle der Schellackplatte. Meine Hand wanderte unter ihr weißes Negligé, nach unten über ihre Brust und den kleinen Wulst der Narbe direkt daneben.

»Ja«, sagte ich. »Richtig toll.«

Ich merkte gleich, dass sie irgendetwas beschäftigte. Sie war nicht auf Sex aus, sondern wirkte geistesabwesend.

»Wie läuft's bei Paramount?«, fragte ich. »Woran schreibst du gerade?«

»Wie? Ach so, es ist ein neues Drehbuch für Gloria Swanson«, sagte sie und streichelte ihren Mops, der wie üblich das Verbot missachtet hatte, auf ihr Bett zu springen. Enrico war mindestens so eigensinnig und stur wie sein Frauchen. »Sie will einen ganz neuen Rollentypus ausprobieren und dafür habe ich ihr einen Plot vorgeschlagen, den es so noch nie gegeben hat – mal nicht die glamouröse Dame von Welt, sondern eine Frau aus den unteren Schichten, die den falschen Mann trifft, vom Weg abkommt, straffällig wird, in Haft kommt und sich am Ende unter dramatischen Umständen doch noch aus alldem befreien kann.«

Sie schenkte uns beiden aus einer Karaffe von dem Gin ein, den wir auch schon bei der Trauerfeier getrunken hatten und der stets in ihrem Badezimmer in großen Behältern reifte. In jeder ihrer Wohnungen hatte sie welchen hergestellt, und sie hatte eine gewisse Meisterschaft darin entwickelt. Ihr Gin hatte wirklich Klasse und machte einem ordentlich Feuer.

»Wie du da nur immer drauf kommst …«, sagte ich. »Und siehst du sie jetzt oft?«

»Wo denkst du hin«, meinte sie wegwerfend. »Ach, aber ich bin ja froh, wenn sie mich in Ruhe meine Geschichte schreiben lässt und nicht dauernd mit Ideen ankommt, die ich einarbeiten soll. Und du, was machst du gerade?«

Sie warf sich gekonnt eine Zigarette in den Mund und zündete sie mit der anderen Hand in einer fließenden Bewegung an.

»Das erzähle ich dir besser nicht«, erwiderte ich und hängte meine Hose über einen Bügel. »Wir haben doch vereinbart, dass wir das trennen. Natürlich abgesehen von den Fällen, wo du dich dann doch eingemischt hast.«

Das tat sie durchaus öfter, als mir lieb war, mit ihrer vorpreschenden Art und dem Spaß, den es ihr machte, »mitzurätseln«. Es mag Frauen geben, die zurückhaltender werden, nachdem man auf sie geschossen und sie beinahe umgebracht hat. Nicht Polly. Und das war auch verdammt gut so. Weil ich sie genau so mochte. Und weil ich ahnte, dass ich sie noch brauchen würde bei dem, was vor mir lag.

»Den Arsch habe ich dir gerettet«, sagte sie grinsend und gab mir einen Klaps. Enrico bellte.

»Ach wirklich, war es nicht umgekehrt?« Ich revanchierte mich nur zu gerne.

Sie wurde wieder ernst, als ich ins Bett schlüpfte, und schaltete die Musik aus. »Aber Lieber, ich habe dich hergebeten, weil du mir bei etwas helfen musst.«

»Ach ja?«, sagte ich und streckte mich gähnend aus. »Im Moment bin ich viel zu müde …«

»Das meine ich doch nicht«, entgegnete sie düster. »Es ist so: Ich habe schon seit Längerem einen neuen Liebhaber. Einen Jazzmusiker.«

Ich spürte einen heftigen Stich genau zwischen Herz und Magengrube.

»Na und?«, fragte ich und ließ es möglichst ungerührt klingen. »Welches Instrument?«

»Er ist Trompeter bei denen da«, sagte sie und deutete erneut auf die Plattenhülle. Ich sah erst jetzt richtig hin. Das Foto zeigte eine Band namens *The Black Pussycats* mit vier schwarzen Musikern. Der Trompeter war ein großer schlanker Junge mit einem breiten Grinsen. »Clarence. Ja, ein Schwarzer, und es könnte sein, dass das ein paar Leuten nicht gefällt.«

Auf die Idee, dass *mir* nicht gefallen könnte, dass sie mir entgegen unserer Abmachung von einem Liebhaber erzählte, kam sie nicht. Auf Anhieb machte es mir mehr aus, als mir bewusst gewesen war. Bisher hatte ich immer gedacht, ein so unabhängiges Mädchen wie Polly sei genau das Richtige für einen Einzelgänger wie mich.

»Das kann ich mir vorstellen, wenn ihr beide euch in der Öffentlichkeit als Liebespaar gezeigt habt. Gibt es Probleme?«

Sie hielt sich die Hand vor den Mund, als müsste sie gleich weinen. »Nicht deshalb. Clarence ist seit ein paar Tagen verschwunden, wie vom Erdboden verschluckt. Die anderen Jungs wissen auch nichts, sie mussten bereits zwei Auftritte platzen lassen und haben sich für morgen einen Ersatzmann geholt. Er ist eigentlich sehr zuverlässig und hat sich jeden Tag bei mir gemeldet.«

»Ach ja, hat er das? Ein zuverlässiger Jazzmusiker, ganz was Neues.«

Mich störte nicht so sehr, dass er ein Schwarzer war. Ich hatte in meinem Leben noch nicht viel mit ihnen zu tun gehabt – in all den Jahren in Deutschland gar nicht, in Amerika dann nur hier und da, so wie neulich mit Ray. Ich fremdelte mit ihnen, das schon, aber dass Polly einen schwarzen Lover hatte, brachte mich vor allem darüber ins Grübeln, wie gut ich Polly eigentlich wirklich kannte, oder eben doch nicht.

»Da stimmt was nicht, Hardy, vermutlich ist ihm etwas Furchtbares passiert. Ich wollte dich bitten, dass du ihn suchen gehst. Es ist wirklich sehr dringend.«

»Du willst, dass ich deinen Liebhaber suche? Seine Probleme löse und ihn dir wiederbringe?«, fragte ich fassungslos.

»Ja … es tut mir leid, Hardy, aber ich weiß einfach keinen anderen Weg«, sagte sie und drückte mir den Arm. »Natürlich, wenn du etwas anderes Dringendes zu tun hast …«

»Das habe ich«, sagte ich. »Und es ist ein ziemlich großer Auftrag, der mich in Atem hält. Ich kann dir nichts versprechen, ich muss sehen, wann ich mal Zeit habe. Erst dann werde ich mich darum kümmern können, bis dahin höre dich selbst um.«

»Danke«, sagte sie und gab mir einen Kuss. »Er heißt Clarence Robineau, er wohnt in Downtown in der Sixth Street und spielt in einem Club namens ›Patsy's‹.«

Der Sex in dieser Nacht war ziemlich gut.

7

Um halb sieben stand ich auf, wusch mich und trank auf dem Balkon neben der Küche einen Kaffee. Polly schlief noch, als ich das Haus verließ und nach Beverly Hills fuhr. An der Rezeption des Hotels hatte Edward für mich die Nachricht hinterlassen, dass Hays die ganze Nacht alleine in seinem Zimmer gewesen sei.

Ich folgte Hays vom Hotel, wo er mit dem Chauffeur um halb acht aufbrach, zurück nach Hollywood. Als Erstes fuhr er zu der Ersten Presbyterianischen Kirche in der Fountain Avenue und besuchte dort einen Gottesdienst, eine geschlagene Stunde lang. Offenbar wurde eine Kindstaufe gefeiert. Ich wartete draußen vor dem roten Backsteinbau mit dem riesigen Glockenturm. Nicht nur, um nicht gesehen zu werden – mir wird in Kirchen sehr schnell schlecht.

Danach folgte ich Hays' Rolls-Royce nach Downtown zum Alexandria Hotel, in dessen Palm Court er einen Termin mit dem Filmproduzenten Louis B. Mayer wahrnahm, wie ich durch eine harmlos klingende Frage beim Portier in Erfahrung brachte. Mayer war ein weiterer unliebsamer alter Bekannter von mir, ein früherer Schrotthändler, der mit Menschen so umging wie mit seiner vorherigen Ware.

Am Nachmittag fuhr Hays zum Hollywood Boulevard, wo er sich in sein Büro im vierten Stock begab. Der Chauffeur parkte vor dem Haus, ging erst einmal zum Lunch und schien sich auf eine längere Wartezeit einzurichten.

Statt mir hier unten den Hintern plattzusitzen, beschloss ich etwas auszuprobieren. Im Nebenhaus spazierte ich durch den Eingang und fuhr dann mit einem Paternoster in den vierten Stock. Dort, stellte ich fest, residierte ein Schönheitssalon mit dem klingenden Namen *»Star Beauty«*. Ich trat ein und erfasste mit einem Blick, dass die Fenster sowohl des Wartezimmers als auch der Behandlungsräume genau in Richtung auf Hays' Büro hinausgingen. Man müsste über die kleine Gasse zwischen den Häusern hinweg dort alles einsehen können. Das Wartezimmer war zur Hälfte gefüllt.

»Wie kann ich Ihnen helfen, Sir?«, fragte mich eine brünette Elfe, die in einem blassblauen Kittel den Empfang besetzte und offensichtlich so ausgesucht worden war, dass ihre bloße Gegenwart Werbung für die angebotenen Dienste machte.

»Bieten Sie auch Behandlungen für Herren an?«, fragte ich.

»Selbstverständlich, Sir«, versicherte sie lächelnd. »Maniküre, Pediküre, Gesichtsbehandlung, Massagen.«

»Dann bitte einmal das ganze Programm«, erwiderte ich. »Ich habe den gesamten Nachmittag Zeit und will mich für wichtige Termine fit machen.«

Sie setzte sich auf und sah mich respektvoll an.

»Natürlich. Dann nehmen Sie dort hinten bitte einen Moment Platz, ich bereite nur alles vor und rufe Sie dann auf, Mr …«

»Engel. Hardy.«

Sie kicherte und nickte und schwebte davon, während ich mich mit einem kernigen »Guten Tag allerseits!« in den Wartebereich begab. Dort warteten fünf Frauen und ein Mann, der so aussah, als habe er Gesichtsbehandlung und Maniküre bereits auf perfekte Weise hinter sich. Vielleicht wollte er nur zur Sicherheit noch einmal beides auffrischen lassen.

Eine Dame um die fünfzig neben ihm beugte sich vor und fragte mich komplizenhaft: »Schauspieler?«

»Oh ja«, sagte ich und ließ es aus tiefstem Herzen kommen. Ich hatte den Platz direkt am Fenster eingenommen und sah nun hinüber zu dem Bürohaus. In geringer Entfernung konnte ich dort einen Raum sehen, in dem ich zwei junge Männer in Anzügen wahrnahm. Einer von ihnen telefonierte gerade. Keiner von ihnen war Will Hays. Es schienen Assistenten von ihm zu sein.

»Mr Engel zur Pediküre bitte«, hauchte die Elfe in dem Kittel einen Tick zu leise, doch ich hörte es trotzdem und ging mit ihr hinüber in die Behandlungsräume. Die Blicke der anderen folgten mir.

Die Perspektive aus dem Raum daneben war besser: Als ich mich in den bequemen Ledersessel sinken ließ, hatte ich das Chefbüro von Will Hays direkt vor mir. Es war sehr geräumig, die Wände mit dunklem Holz vertäfelt, und wurde dominiert von einem mächtigen Schreibtisch. Beinahe erschrak ich, denn so wie ich ihn durch die nur leicht spiegelnden Scheiben im Profil dort sitzen sah, könnte natürlich auch er mich sehen. Doch er blickte nicht zu uns, er war alleine und las etwas – vielleicht ein Drehbuch, vielleicht eine Akte –, zu dem er immer wieder Notizen niederschrieb.

»Entspannen Sie sich. Mein Name ist Beatrice«, sagte meine Fußpflegerin und befreite mich von Schuhen und Strümpfen. Ich behielt den Hut auf und zog die Krempe tiefer ins Gesicht, sodass es weitgehend verdeckt wurde, für den Fall, dass Hays den Kopf zu uns wenden würde. Nun ließ Beatrice mich die Füße in ein lauwarmes Fußbad in einer Wanne stellen.

Wenn ich nur etwas Glück hatte, würde auch Hays Damenbesuch bekommen, dachte ich, mindestens so viel wie ich hier. Vielleicht von Pola Negri. Doch als kurz darauf jemand zu ihm hereinkam, war es ein Mann. Er war um die fünfzig und als er seinen breitkrempigen Hut zur Begrüßung lüftete, erkannte ich sein weithin bekanntes Profil: Es war David Wark Griffith, der Starregisseur der legendären Epen *Birth of a Nation* und *Intolerance*. Hays kam hinter seinem Schreibtisch hervor und begrüßte mit gebührendem Respekt und offensichtlich unter vielerlei Komplimenten den Mann, der zusammen mit Charlie Chaplin, Douglas Fairbanks und Mary Pickford United Artists gegründet hatte. Er bot ihm einen Platz an und Griffith ließ sich gravitätisch nieder, wobei er das Cape über die Lehne ausbreitete und den Hut wieder aufsetzte. Er war altmodisch gekleidet, geradezu viktorianisch, obwohl er aus Kentucky kam. Diese Regisseure hatten alle eine Menge Marotten, und Griffith war geradezu ihr Prototyp, der Mann, der es vor Jahren erfunden hatte, dass sie sich wie Genies aufführen und auch entsprechend skurril kleiden mussten. Nach seinem Vorbild hatte jeder von ihnen sich eine eigene Rolle geschaffen, jeweils mitsamt einem Kostüm von hohem Wiedererkennungswert. Und wer nicht von Geburt an einen so uramerikanischen Namen besaß wie Griffith, erfand sich einfach einen.

Was diese beiden Olympier dann bei einer Zigarre ungefähr fünf Minuten lang besprachen, schien eine ernste Sache zu sein, vermutlich etwas Geschäftliches. Ich konzentrierte mich ausschließlich auf sie, während Beatrice scheu an meinem linken Fuß herumkratzte und hier und da eine Konversation in Gang zu bringen versuchte. Griffith dozierte und machte dazu einige Gesten, die direkt aus dem letzten Jahrhundert zu stammen schienen, und Hays warf nur ab und zu etwas ein, Fragen oder Anmerkungen. Dann erhob sich Griffith, sie nickten einander zu und gaben sich die Hand, offenbar hatten sie eine Abmachung getroffen. Der Regisseur verließ das Büro, Hays blieb zurück und machte sich rasch einige Notizen, während ich darüber nachdachte, was sie wohl besprochen hatten.

Schon betrat der nächste Besucher Hays' Büro, Anfang dreißig, hager und hoch aufgeschossen mit rötlich blonden Haaren. Ihn kannte ich nicht, ich konnte nur sagen, dass er zugleich unscheinbar und zäh aussah. Der viel kleinere Hays begrüßte ihn mit Handschlag und bot ihm einen Platz, aber keine Zigarre an. Hier war es umgekehrt: Offenbar hatte Hays den Großen kommen lassen, um ihm ein paar Ansagen zu machen.

Obwohl ich nichts davon hören konnte, vermittelte sich mir eine Spannung, als würde ich ein Stummfilmdrama beobachten, ausgeführt von begabten und ausdrucksstarken Pantomimen. Hays machte Vorwürfe, stellte Forderungen, indem er mit der Hand auf den Tisch schlug. Der andere Mann schien Widerworte zu geben, es ging hin und her. Weit mehr als zuvor sah es so aus, als ginge es um etwas sehr Wichtiges, Existenzielles. Ich achtete nicht mehr auf das, was Beatrice redete. Hays stand erregt auf und zeigte mit dem Finger auf den Mann: Geh los und tu das, sofort. Dieser beschwichtigte ihn und erhob sich. Sie gingen ohne Händeschütteln auseinander, der Besucher eilte hinaus. Hays war danach immer noch aufgewühlt und schüttelte fassungslos den Kopf.

»Jetzt bitte den rechten Fuß«, sagte Beatrice.

»Den mache ich ein anderes Mal«, sagte ich und stand abrupt auf.

»Aber wir machen eigentlich immer beide zusammen …«, stotterte sie.

»Bei mir bitte einzeln. Ich mache die meisten Dinge anders als andere Menschen. Ich komme wieder.« Schon hatte ich meine Socken und Schuhe wieder angezogen, warf ihr als »Anzahlung« fünf Dollar hin und eilte hinaus.

Als ich unten aus dem Haus lief, konnte ich den hochgewachsenen Mann gerade in sein Automobil steigen sehen. Es war ein lindgrüner Dodge, das neueste Modell. Er startete ihn, wendete und fuhr los, in Richtung Norden. Ich folgte ihm in meinem französischen Wagen.

Wir fuhren über die schmale Schneise des Cahuenga-Passes ins San Fernando Valley. Dort hatten sich diverse Filmstudios angesiedelt, darunter als Erstes die Universal, die Gesellschaft meines Landsmannes Carl Laemmle, der einige Zeit mein Arbeitgeber gewesen und nun einer der maßgeblichen Männer in Hays' Produzentenvereinigung war. Doch der unbekannte Mann steuerte kein Filmstudio an. Er bog nach links ab und fuhr an der Bergkette entlang, die wie ein Querriegel das Valley vom südlich davon gelegenen Hollywood trennte. Wir fuhren lange so dahin, weit hinaus aufs Land. Ich folgte einfach nur meinem Instinkt, ohne zu wissen, was es mir bringen würde, neugierig darauf, was wohl das Ziel und womöglich die Auflösung zu dem dramatischen Streit sein könnte; wenn es denn ein Streit gewesen war.

Dann ging es in die Berge. An einem weitläufigen Waldstück hielt der Dodge an.

Ich parkte in einiger Entfernung hinter ein paar Bäumen, um erst einmal unbemerkt beobachten zu können. Nach ein paar Minuten stieg ich aus und ging langsam und vorsichtig in den Wald hinein, vorbei an dem Dodge auf dem Weg, den der Mann genommen hatte. Auf einer Lichtung stieß ich auf eine größere Anzahl geparkter Automobile, darunter auch Lastwagen. Sie waren alle verlassen.

Ich ging weiter und hörte Stimmen. Behutsam pirschte ich mich heran.

8

Um einen Baumstamm lugend, entdeckte ich eine Filmkamera auf einem Stativ. Natürlich. Dreharbeiten. Immer öfter fanden sie nicht auf Studiobühnen, sondern *»on location«* statt. Das Normalste der Welt, so etwas in Hollywood und Umgebung anzutreffen; und auch ganz naheliegend als das Ziel eines Besuchers von Will Hays, dem Kinozaren.

Den Mann, dem ich gefolgt war, sah ich hier zwar nicht, jedoch zwei Männer bei der Kamera. Ein Mann in Lederjacke und mit Ballonmütze schraubte daran herum. Er war Anfang dreißig, etwa so alt wie ich, und trug einen schwarzen Schnauzbart. Der andere sicherte das Stativ.

»Sie sind der Kameramann?«, fragte ein Dritter und trat zu ihnen heran, von Kopf bis Fuß in einem Kostüm: Er trug eine lange weiße Kutte mit je einem aufgenähten, rot eingefassten Kreuz auf beiden Brustseiten und einem Umhang sowie eine spitze weiße Kapuze mit einem roten Bommel, in die Löcher für die Augen und den Mund geschnitten waren.

»Ja, Sir.«

Zum ersten Mal sah ich persönlich und aus der Nähe das Kostüm des Ku-Klux-Klans. Eine Menge Filmemacher versuchten, Griffiths Erfolg von *Birth of a Nation* mit diesem Thema zu wiederholen. Und offenbar auch diese hier.

»Und Sie der Assistent – Sie sind neu bei uns, nicht wahr?«, fragte der Mann mit der Kapuze zu dem zweiten Mann gewandt. Er sprach mit einer starken Dialektfärbung, die ich den Südstaaten zuordnete. »Sie tragen beide keine Kutte, sind also noch nicht befragt und geprüft worden?«

Moment mal, dachte ich. Wenn das einer der Filmemacher ist, warum kennt er seine Kameraleute nicht? Und warum trägt er dann ein Kostüm und will, dass auch sie eines tragen?

»Nein … ich wusste nicht, ob das nötig ist«, stotterte der Assistent, ein junger Mann mit Pickeln. »Ich dachte, da ich ja nur beim Filmen aushelfen soll –«

»Sie sind doch wohl ein reinrassig weißer geborener Amerikaner?«, fragte der Kapuzenmann und trat bedrohlich an ihn heran. Er war groß und kräftig und hinter den Augenschlitzen sah ich Brillengläser auffunkeln. »Sie hassen alle Nigger und Juden und ebenso die katholische Kirche und teilen auch sonst alle Werte des Klans?«

Ach du Scheiße, dachte ich, die drehen keinen Film, das sind echte Klansmänner! Wie vor den Kopf geschlagen klammerte ich mich an den Baumstamm, hinter dem ich zu ihnen sah.

»Na … natürlich, Sir!«

»Ich bin der Große Zyklop!«, fuhr der Mann ihn an. »Und Sie sind bereit, unsere Gesetze zu befolgen, ohne Ausnahme, und dies auch zu beschwören? Sie sind loyal gegenüber der Regierung der Vereinigten Staaten?«

»Das tue und das bin ich, Großer Zyklop!« Der Assistent nahm Haltung an.

»Wer hat Sie rekrutiert und für Sie gebürgt?«

Der Kameramann übernahm und sagte: »Ich habe für ihn gebürgt. Und für mich die beiden Detectives, Gro…«

»Das weiß ich doch!«, unterbrach ihn der Zyklop und wandte sich wieder an den Assistenten. »Und haben sie Ihnen schon die sechs Dollar fünfzig abgeknöpft, die ein Kandidat für die Kutte und die Kapuze zu zahlen hat?«

Der Assistent nickte nur noch. Der Kameramann kümmerte sich nicht darum, sondern beschäftigte sich wieder stoisch mit seiner Kamera.

»Dann haben Sie die Kleidung doch bereits bekommen – oder soll ich Ihnen welche geben?« Der andere schüttelte den Kopf.

»Na los, dann ziehen Sie sie jetzt an! Sie beide!« Er herrschte den Kameramann an. »Die Jagd wird nämlich gleich beginnen. Oder schlafen Sie in Hollywood auch immer ein, wenn Sie etwas filmen sollen, Klansmann?«

Der Kameramann holte aus einem Rucksack Klamotten und zog sich eine lange weiße Kluft an, die jedoch viel schlichter war als die des Großen Zyklopen: Sie hatte nur ein rotes Kreuz auf der linken Seite und war ansonsten weiß mit einer weißen Kordel als Gürtel. Der Assistent tat es ihm eilends gleich, mit einer ebensolchen Uniform, die der andere ihm gab.

Der Zyklop wandte sich noch einmal an den Neuling.

»Als Nächstes gehen Sie noch in eine protestantische Kirche und machen eine Spende, zehn Dollar, verstanden, verbunden mit unserem geheimen Gruß gegenüber dem Priester!« Er streckte die Hand aus und gab sie dem Kameraassistenten auf seltsame Art. Er umschloss dabei dessen Unterarm bis zum Ellbogen und berührte ihn mit zwei Fingern. »Erst dann können Sie unser Aufnahmeritual absolvieren. Das eben war nur der provisorische Eid, aber für das hier reicht er. So, und jetzt sind Sie hoffentlich bereit zu filmen.«

Der Kameramann hob nur den Daumen. Weitere Männer in weißen Kutten mit unterschiedlichen Verzierungen und Kapuzen traten nun heran. Einer von ihnen entzündete mit einer Fackel ein hohes Holzkreuz, zu dem zwei Baumstämme zusammengebunden worden waren und das sofort lichterloh in Flammen stand.

Es war, wie Somborn neulich gesagt hatte: Absurderweise machten die Klansmänner der neuen Generation nun einfach das nach, was sie im Film gesehen hatten, gekleidet in dessen schicke Kostüme.

Rund vierzig Männer hatten sich in dem Wald um das brennende Kreuz versammelt. Ich war heilfroh, dass ich nicht näher herangegangen war. Alle von ihnen trugen Jagdflinten oder andere Gewehre, manche sogar mehrere.

Ich war ungeheuer gespannt, was sie vorhatten. Die Jagd, von der der Große Zyklop gesprochen hatte, sollte offenbar ein rituelles Gemeinschaftserlebnis sein und dementsprechend auch gefilmt werden. Zu erkennen war keiner von ihnen. Hie und da blitzte ein Brillengestell hinter den Kapuzen auf, aber das und ihre Stimmen war alles, was sie unterscheidbar machen konnte. Ich sah mehrere große, hagere Männer wie den, dem ich gefolgt war, konnte ihn aber unter ihnen nicht identifizieren. Beim Chef der Gruppe, dem Zyklopen, stand ein sehr kleiner Mann, der einen schwarzen Umhang trug und wichtig zu sein schien, auch wenn er nicht das Wort ergriff. Er hatte die Größe von Hays, und für einen Moment kam mir der Gedanke, dass dieser ja inzwischen hierhergefahren sein konnte, ob übers Valley oder über die Berge von der südlichen Seite her.

Doch es war einfach nicht möglich zu sagen, ob er es war. Ich wusste nur, dass Hays mit jemandem geredet hatte, der mich gleich danach zum Ku-Klux-Klan von Los Angeles geführt hatte. Mein Verdacht war damit noch nicht belegt, das Gespräch musste nicht notwendigerweise damit zu tun gehabt haben.

»Nehmen Sie Ihre Kamera und halten Sie sich bereit, wir lassen alles andere hier liegen«, sagte der Große Zyklop mit seiner volltönenden Stimme zu den beiden nun mit Kapuzen und Kutten verkleideten Kameraleuten. Dann wandte er sich an die anderen. »Zwanzig Mann auf den linken Flügel, zwanzig auf den rechten. Wir treiben das Wild in einer Zangenbewegung vor uns her. Es kommt von dort oben.« Er zeigte in den Wald, dorthin, wo ein Anstieg auszumachen war.

Die Männer sahen in Richtung des Hügels und machten sich bereit.

»Klansmänner, haltet eure Stöcke und Fackeln bereit. Es wird gleich dunkel. Und dann sieht man diese Nigger bekanntlich nicht mehr so gut …«

Scheiße, dachte ich.

»Also los, sie lassen sie jetzt kommen!« Der Zyklop steckte eine Trillerpfeife in den Mund und ließ einen durchdringenden Pfiff ertönen, der mich regelrecht erschauern ließ. Die Männer in den weißen Roben jubelten auf und reckten alle den linken Arm in die Höhe. Ich erschauerte noch einmal, noch stärker.

Dann gab er das Kommando zum Aufbruch. Wie eine Kette mit weißen Gliedern schoben sich die Männer in den Wald hinein, zwischen den Bäumen hindurch. Bald waren sie verschwunden.

Ich hörte sie in der Ferne nun schreien und mit Stöcken gegen die Bäume schlagen. Schnell wagte ich mich weiter und ging zu der Stelle, wo sie gestanden hatten. Hier lagen zahlreiche Taschen und Gegenstände, die sie zurückgelassen hatten, beleuchtet durch das lohende Feuer. Mein Blick fiel auf einen Seesack, der halb geöffnet war. Darin schimmerte weiß ein weiteres Kostüm.

Ich beugte mich herab, nahm es heraus und hielt es vor mich, es hatte etwa meine Größe. Dann zog ich es an und stülpte mir als Letztes die Kapuze über den Kopf.

Ich musste ihnen unbedingt folgen.

Die Dämmerung hatte längst begonnen. Ich lief los, in die Richtung, in die sie verschwunden waren. Plötzlich hörte ich Schüsse. Dann weitere – ganze Salven. Danach brachen sie wieder ab. Die Jagd hatte begonnen. Es war kaum zu fassen, dass dies wirklich geschah, hier in den kalifornischen Wäldern.

Sie konnten nicht mehr weit sein. Das Schlagen der Stöcke gegen die Bäume wurde lauter, es schien nun beinahe von allen Seiten zu kommen. Ich lief schneller, vor Angst und Anstrengung keuchend, raffte dabei die Kutte hoch, damit ich nicht stolperte. Es machte Mühe, durch die ständig verrutschenden Augenschlitze der Kapuze zu sehen; vor allem, wenn man nur ein Auge hatte. Ich übersah eine Baumwurzel und taumelte, fing mich an einem Stamm ab.

Als ich hochsah, sah ich direkt vor mir auf einer Lichtung einen schwarzen Mann, der von ungefähr einem Dutzend weißer Robenträger eingekreist war. Er war sehr jung und trug zerrissene Kleidung. Sie hielten ihre Waffen und Stöcke auf ihn gerichtet und kamen immer näher auf ihn zu. Er schnaufte wie ein in die Enge getriebenes Tier. Im nächsten Moment kippte ihm plötzlich einer der Klansmänner von hinten etwas aus einem Metalleimer über Kopf und Körper. Der Schwarze schrie laut und verzweifelt auf. Ein beißender, infernalischer Geruch stieg mir in die Nase. Teer, heißer Teer, und verbranntes Fleisch.

Die Klansmänner johlten. Die Schreie des Mannes wurden noch lauter, unter unerträglichen Schmerzen ausgestoßen, er wand sich unter den Griffen seiner Peiniger, die Augen quollen hervor, Dampf stieg zischend von seiner versengten Haut auf und seine Stimme überschlug sich in Todesangst, furchtbar gellend – und nun kam ich darauf, woher ich so etwas kannte: aus den Gräben der Kriegszeit, wenn unsere Truppen den Feind mit den neu entwickelten Flammenwerfern angriffen.

Starr vor Schreck stand ich unter ihnen, meine Füße wie fest im Waldboden verwurzelt, rechts und links neben mir weitere Klansmänner in Kutten. Sie sahen höhnisch auf ihr Opfer hinab, das nun unter herzzerreißenden Schreien zusammenbrach, während zwei Männer in weißen Roben es mit Hühnerfedern aus Körben überschütteten und bewarfen. Ich hätte selbst schreien mögen, mein Mund war geöffnet, doch kein Ton kam heraus.

Plötzlich entdeckte ich seitlich den Kameramann, der sein Gerät aufgebaut und auf das Opfer gerichtet hatte und eifrig kurbelnd damit beschäftigt war, das Geschehen festzuhalten. Der Assistent sicherte mit beiden Händen das Stativ.

Der mit Federn übersäte Schwarze wand sich auf dem Boden und schrie noch lauter. Die Verbrennungen waren grauenvoll anzusehen. Am liebsten hätte ich mir die Ohren zugehalten, um die Schreie nicht mehr hören zu müssen, doch ich war vollkommen unfähig, mich zu rühren; so wie damals in Flandern.

Da plötzlich trat ein Mann vor, beugte sich über den Schwarzen, und zugleich mit dem Aufblitzen des Mündungsfeuers ertönte ein lauter Schuss. Noch einer und noch einer folgten, und die Schreie hörten auf. Im Schein der erhobenen Fackeln war zu sehen, wie der Kopf zur Seite fiel. Er war tot.

»Das kann man ja nicht aushalten«, sagte der Mörder. Es war der Große Zyklop. »Lasst uns den anderen suchen und auch erschießen!«

Die Klansmänner johlten und richteten ihre Gewehre gen Himmel. Ganze Salven ertönten, Freudenschüsse in die Luft, hie und da regnete es Aststücke und Blätter.

Ich war bereits auf dem Weg an ihnen vorbei, ich lief den bewaldeten Hügel weiter hinauf. Wenn ich schon für den einen nichts mehr hatte tun können, so wollte ich wenigstens versuchen, den anderen vor ihnen zu finden. Ich lief ins Dunkel und konnte kaum mehr etwas sehen, stolpernd bewegte ich mich vorwärts. Mein Herz raste. In meinem Rücken ertönte wieder das Schlagen der Stöcke gegen die Bäume, sofort kam ich mir selbst wie ein Gejagter vor. Ich sah mich keuchend nach hinten um, geriet aus dem Gleichgewicht und fing mich ab.

Wieder nach vorne blickend, sah ich plötzlich in das Gesicht eines schwarzen Mannes, der außer Atem von der anderen Seite kam und abrupt stoppte.

Er erschrak zu Tode, als er mich erblickte.

Der Schwarze war circa Ende vierzig, seine krausen Haare waren grau, er war breitschultrig und kräftig, doch er sah gehetzt und abgezehrt aus. Er nahm eine bedrohliche Haltung ein, bereit zum Kampf.

»Ich gehöre nicht zu denen«, raunte ich und breitete die Hände aus.

Als Nächstes hätte er mich wohl angegriffen. Ich wollte eben die Kapuze abnehmen, um sein Vertrauen zu wecken, da leuchtete hinter ihm schwacher Feuerschein auf, zwischen den Bäumen hindurch, und flackerte auf unseren Gesichtern. Er drehte sich panisch um.

»Schnell, auf den Baum da«, drängte ich mit gedämpfter Stimme und zeigte auf einen Stamm, dessen Äste weit herabreichten. »Ich decke Sie. Tun Sie's, Sie haben keine Wahl.«

Er war nicht überzeugt, doch er machte nun einfach, was ich ihm geraten hatte, und schwang sich auf den untersten dicken Ast. In Windeseile kletterte er den Stamm nach oben. Schritte näherten sich. Das Laubwerk verdeckte den Schwarzen da, wo er nun verharrte, nur teilweise, und wenn man auf die Idee kam, nach oben zu blicken, würde man ihn im Schein der Fackeln sehen.

Ich ging ein paar Schritte weg von dem Stamm und blickte zwei Männern in weißen Kutten entgegen, die von rechts kamen und nun überrascht stehen blieben. Sie trugen doppelläufige Gewehre. Offenbar gehörten sie zu der zweiten »Zange«.

»He Klansmann, was machst du da?«, fragte der eine von ihnen und grüßte mit erhobenem Arm.

»Ich soll neues Filmmaterial für den Kameratypen holen«, sagte ich und erwiderte die Geste.

»Hast du hier einen Nigger gesehen? Einen haben die Kameraden wohl schon erwischt«, sagte der zweite und blickte sich suchend um.

»Nein, hier ist niemand«, antwortete ich.

»Und wo ist dieser verdammte Kameramann?«, nörgelte der andere. »Dieser Hollywoodwichser soll auch den zweiten Nigger für alle Welt festhalten, als Werbung für den Klan!«

»Das ist viel besser als der alte Mist von Griffith«, sagte der andere. »Es ist *echt!*«

»Zuletzt habe ich sie dort drüben gesehen.« Ich zeigte hinter mich. »Geht zu ihnen, ich hole das Material und sehe mich auf dem Weg um, ob ich diesen Scheißnigger nicht noch irgendwo zu fassen kriege.«

»Hast du kein Gewehr?«

»Ich hab meine Pistole«, meinte ich und schlug mir an den Gürtel unter der Kutte.

»Auf eine erfolgreiche Jagd«, sagte der eine, der andere hob die Flinte und grüßte: »Amerika den Weißen!« Ich hob wieder den Arm. Dann zogen sie beide ab.

Als sie außer Sicht waren, ging ich zu dem Baum zurück und sah nach oben. Der Schwarze blickte auf mich hinab. Dann kletterte er den Stamm nach unten, sprang vor mir auf den Boden und übergab sich. Er wischte sich den Mund ab.

»Kommen Sie«, sagte ich und wandte mich nach rechts. »Lassen Sie uns zurück zu meinem Automobil laufen und abhauen. Ich bringe Sie hier raus.«

»Danke, Sir, dafür soll Gott Sie segnen. Warum tun Sie das?«, fragte er.

»Ich bin zufällig hier hineingeraten«, keuchte ich im Laufen unter der Kapuze hervor, »und hatte mich nur verkleidet, um alles beobachten zu können.«

In der Ferne hallten nun hinter uns Rufe und Stockschläge durch den Wald.

Wir liefen in die andere Richtung, aus der die beiden gekommen waren, und ich zog mir nun die Kapuze vom Kopf, um besser sehen zu können. Es war ganz finster geworden. Wir gingen eilig in einem Bogen zurück, den Hügel hinab, und hielten uns von dem Feuerschein der Fackeln fern, den wir entfernt im Wald sahen.

»Wer war der andere?«, fragte ich.

»Seinen Namen weiß ich nicht. Ich habe ihn nur ganz kurz gesehen«, antwortete er, stoßweise atmend. »Uns waren die Augen verbunden bis zuletzt, dann wurden wir oben auf dem Hügel ausgesetzt, liefen in verschiedene Richtungen und sie haben uns gejagt. Sie sagten uns vorweg, sie wollten uns lynchen und Federvieh aus uns machen, so wie sie es in *Birth of a Nation* gesehen haben.« Ich musste daran denken, wie Griffith die Schwarzen darin diffamiert hatte, gespielt teils von mit Schuhcreme schwarz geschminkten Weißen: wie wilde Tiere mit rollenden Augen, die als Abgeordnete im Kongress die nackten Füße auf die Bänke legten und betrunken herumgrölten. Das Lynchen geschah ihnen dann quasi nur recht. Der Mann hier neben mir, ein scheinbar kluger, zutiefst aufgewühlter Mensch, war das komplette Gegenteil dieser Karikaturen.

»Ich habe nicht zurückgesehen, ich bin einfach gerannt … War er das, der geschrien hat?«

»Ja, sie haben ihn geteert und gefedert und dann erschossen und alles sogar gefilmt, diese Schweine! Sie haben riesiges Glück gehabt.«

Nach ungefähr zehn Minuten erreichten wir die Lichtung mit den Automobilen am Rand des Waldes und rannten von dort weiter zu meinem Voisin. Ich zog mir nun auch die Kutte vom Leib, bevor wir einstiegen, nahm sie aber zusammen mit der Kapuze mit. Ich ließ den Wagen an.

»Ich bin Hardy Engel. Wie heißen Sie?«

»Russell. Russell Morrison. Sehr angenehm, Hardy.«

Wir gaben uns die Hand, und ich fuhr los, den Berg hinunter, mit ausgeschaltetem Licht. »Halten Sie Ausschau, dass wir auf der Straße bleiben, Russell«, sagte ich. »Ich habe nur ein Auge und sehe nicht besonders gut, vor allem im Dunkeln.«

»Mache ich glatt«, sagte er und dirigierte mich ab da. Dazwischen erzählte er mir, er lebe in Inglewood – einem Schwarzenviertel – und arbeite am Hafen in San Pedro, einer weißen Gegend. Unlängst hätten ihn dort nach seiner Spätschicht ein paar Weiße aufgegriffen und einfach mitgenommen, von der Straße weg, und als Gefangenen gehalten. Ohne Grund, nur weil er »sich verlaufen hatte« und wegen der nächtlichen Ausgangssperre für Schwarze nicht mehr hätte unterwegs sein dürfen. So wie ihm sei es noch mindestens drei weiteren Schwarzen ergangen.

Unten schaltete ich das Licht ein und gab Gas.

»War einer dabei, der Clarence heißt?«, fragte ich. »Clarence Robineau?«

»Heute bei der Aktion nicht, sie haben nur uns beide mitgenommen. Aber davor habe ich mit einem Clarence gesprochen, da, wo ich als Gefangener einsaß, wir haben uns unsere Namen zugeflüstert.«

Sie hatten Russell für einige Tage irgendwo auf dem Land festgehalten, auf einer Farm in einem leeren Schweinestall. Daneben seien weitere Schwarze in weiteren Ställen eingesperrt gewesen und mit einem von ihnen habe er sich nachts unterhalten. Clarence – ein Jazzmusiker, ganz richtig. Clarence müsse noch dort sein und werde wahrscheinlich bei der nächsten Jagd drankommen. Russell wusste natürlich nicht, wie oft sie diese veranstalteten. Und ebenso wenig, wo die Farm sich befand. Ihnen seien die Augen verbunden gewesen, die Fahrt zu dem Wald habe ungefähr eine halbe Stunde gedauert, mehr könne er nicht sagen. Seinen Namen würden die Klansmänner nicht kennen, er habe sie auch nicht interessiert, sie hätten sie nur alle mit »Nigger« angeschnauzt.

»Was sind das für Männer, haben Sie irgendetwas von denen mitbekommen?«

»Nur, dass Sie sich mit diesen komischen Titeln anreden – Großer Zyklop und so ein Quatsch. Und pathetische Reden schwingen. Aber manche von denen habe ich gar nicht reden hören, auch von den ganz Hohen. Wer weiß, wer sich unter ihren Kapuzen verbirgt. Diese Feiglinge!«

Ich fuhr Russell Morrison zu seiner Schwester, die in Downtown wohnte, und lieferte ihn dort wohlbehalten ab. Er umarmte mich zum Dank und weinte. Ich schrieb mir seine dortige Adresse auf und wir tauschten unsere Telefonnummern aus, falls er erneut Probleme bekäme oder ihm noch etwas einfiele. Und er wünschte mir viel Glück dabei, Clarence zu finden, zu befreien und diesen Mördern vom Ku-Klux-Klan das Handwerk zu legen.

9

»Um Himmels willen! Gut, dass du wenigstens den einen retten konntest«, sagte Buck und klapperte mit dem Cocktail-Shaker, so heftig, dass unverkennbar war, wie stark ihn meine Erzählung berührt hatte.

Er war öfter mit schwarzen Frauen zusammengewesen, zuletzt mit einer Sängerin.

»Und ich muss möglichst noch einen retten, und das schnell«, erwiderte ich und sah ihm zu, wie er den Dry Vodka Martini in ein konisches Glas abseihte, in dem bereits drei Oliven warteten. Danach füllte er ein zweites Glas für sich.

Eine Jazzband spielte in der Todeszelle den neuesten Sound. Es war Charleston, gerade erst durch das Broadway-Musical *Running Wild* populär geworden, eine Musik, zu der man nur sehr schnell und wild tanzen konnte, und die dicht gedrängten Menschen in der ganzen Bar um uns herum taten genau das. Der Schlagzeuger wütete wie ein Berserker. Es schien, als hätte er acht Arme, wie ein Oktopus. Wir mussten uns nah zueinander vorbeugen und gegen die Musik anschreien, doch sie schützte uns vor Lauschern.

»Wirst du Polly davon erzählen, dass ihr Liebhaber vom Ku-Klux-Klan gefangen gehalten wird?«, fragte er und prostete mir zu. Wir tranken.

»Besser nicht, bevor ich Näheres weiß. Du kennst sie, sie ist sonst imstande und stürmt auf eigene Faust los und bringt sich und andere in Gefahr«, sagte ich. »Am besten regle ich das alleine, ich weiß nur noch nicht, wie. Als Mitglieder nehmen sie ja nur gebürtige Amerikaner.« Zumindest hatte ich Kutte und Kapuze, die ich dort ergattert hatte, sicher bei mir zu Hause deponiert.

»Sie werben immer mehr neue Mitglieder, im ganzen Land und jetzt auch in allen großen Städten, selbst hier. Aber von Lynchaktionen hat man doch bisher nur im Süden gehört …?«

»Offenbar wollten sie ein Exempel statuieren, bewusst ein krasses Zeichen setzen, das sie ja auch noch filmen ließen. Erschreckend genug.«

»Fassen wir mal zusammen, welche Anhaltspunkte du hast.« Buck gab erst mir und dann seiner Zigarre Feuer.

»Eine Farm als Gefängnis, ich weiß nicht, wo genau. Eine Jagd auf Menschen, schwarze Gefangene, mit Teeren und Federn und einem Toten, die Leiche haben sie vermutlich verschwinden lassen. Einen Kameramann, ich weiß weder seinen Namen noch sein Studio. Ob der Besuch von Griffith bei Hays direkt davor damit zu tun hat, kann ich nicht sagen. Das kann auch Zufall gewesen sein.«

»Griffith hat sich angeblich vom Klan distanziert, aber was heißt das schon?«, überlegte Buck. »Er wäre jedenfalls gewiss erster Anwärter als Ehrenmitglied.«

»Sicher weiß ich nur, es gab noch einen weiteren Besucher bei Will Hays, der offenbar Mitglied beim Klan ist, keine Ahnung, wer er ist.«

»Du könntest es in Hays' Büro herauszufinden versuchen«, meinte er.

»Ja«, sagte ich grimmig. »Und auch, ob es stimmt, dass Hays ebenfalls Mitglied ist. Das erscheint nun umso naheliegender. Wenn ich das belegen könnte, wäre der feine Saubermann für immer erledigt.«

»Du könntest natürlich auch mit Russell zur Polizei gehen«, sagte Buck und rührte in seinem Glas. »Ein Mann ist vom Klan gelyncht und umgebracht worden, du und Russell seid Zeugen und es ist weitere Gefahr im Verzug.«

Wir blickten uns an und lachten beide auf.

»Bestimmt ist das halbe *LAPD* Mitglied bei denen. Mindestens«, sagte ich mit einem bösen Grinsen. »Wir kennen die Brüder schließlich. Und dafür hätte ich nicht mal mit anhören müssen, wie der Kameramann erzählt hat, dass er von zwei Detectives rekrutiert worden ist. Natürlich …«

»Natürlich ohne dass er dir den Gefallen getan hat, die Namen zu nennen«, vollendete Buck den Satz und spuckte eine Tabakfaser auf den Boden.

»Ist schließlich ja auch eine Geheimorganisation, mit Verkleidung«, gab ich zu bedenken.

»Stimmt«, entgegnete Buck. »Wobei ihre Regeln und Rituale ziemlich komplex und durchaus widersprüchlich zu sein scheinen: Manche Veranstaltungen werden angekündigt und sind öffentlich zugänglich, andere streng geheim. Zu manchen erscheinen sie komplett verkleidet, zu anderen in Roben, doch mit unverhüllten Gesichtern. Andererseits werben sie ja auch mittlerweile für sich, treten mit Pamphleten an die Öffentlichkeit und empfangen Reporter zu Interviews. Sie betreiben sogar einen eigenen Radiosender und bringen eine Klan-Zeitschrift heraus, *The Fiery Cross*. Es gibt offenbar moderate und gewalttätige Sektionen.«

»Nun ja. In Wahrheit ist es einfach eine Bande von rassistischen Arschlöchern, die durch einen Film ermutigt wurden«, fasste ich zusammen. Buck nickte.

»Die Leute machen eben einfach alles nach, was sie auf einer Leinwand zu sehen bekommen, ob Griffith das beabsichtigt hatte oder nicht. Genau das ist ja der Grund, warum das Kino ein viel sensibleres Geschäft ist als jedes andere und auch so betrieben werden sollte, aber erkläre das mal den Produzenten.«

»Hollywood ist an allem schuld«, sagte ich und leerte mein Glas. »Auch am Ku-Klux-Klan. Also werde ich losgehen und ihnen beiden ans Bein pissen.«

»Wenn's weiter nichts ist. Viel Glück dabei«, spottete Buck und sah auf seine Uhr. »Ich habe jetzt eine Radiosendung zu machen.«

Stimmte ja: Buck hatte jüngst einen dieser vielen neuen

Rundfunksender gegründet und ihn JCMR getauft. Das »JC« stand natürlich nicht für »Jesus Christus«, sondern für »Jail Café«. Eine Leidenschaft für Jazz hatte er schon immer gehabt. Der Name von Clarences Band hatte ihm auf Anhieb etwas gesagt, er hatte ihre Platte sogar schon in einer seiner Sendungen gespielt.

»Und da fällt dir immer was ein, was du erzählen kannst?«, fragte ich.

Der Sender war oben in seiner Wohnung installiert, mitsamt Studio, Mikrofonen und einem Sendemast auf dem Dach. Ein 100-Watt-Sender nur, doch er genügte, um von einer eigenen Station aus etwas in den Äther hinauszuschicken, was Buck einmal am Tag tat.

Er beugte sich zu mir: »Ich lese zwischen den Musiknummern nur ein paar Sachen vor. Klingen wie Gedichte – ist aber in Wahrheit ein Code für meine Alkoholschmuggler da draußen, wo die Straßensperren der Kontrolleure stehen. Ich habe treue Zuhörer …« Er grinste wieder.

»Du willst mich verarschen!«

»Nein, nur die Prohibitionsagenten. *›Der Regen ist blau, aber die Wolken sind rot …‹*« Er lachte auf und verschwand durch eine Tür, wobei er mir zuzwinkerte.

Ich fuhr noch in der Nacht bei Herbert Somborn vorbei und klingelte ihn in seiner Villa in Venice heraus. Ich wollte es ihm taufrisch erzählen und er hatte auch noch nicht geschlafen. Allerdings war er gerade an einer anderen Sache dran. Er war nackt, erhitzt und hatte sich ein Laken wie eine Toga um den Körper geschlungen, während er mich im Türstock stehend etwas ertappt anblinzelte.

»Etwas Dringendes, Mr Engel?« Er fuhr sich verlegen durch die schweißfeuchten sandfarbenen Haare.

»Ich wollte Ihnen nur sagen, dass unser Verdacht womöglich in die richtige Richtung geht. Vielleicht habe ich eine Verbindung von unserer Zielperson zum Klan aufgetan. Ich folgte einem seiner Besucher zu einem ihrer Treffen und dabei ist dann sogar jemand gelyncht worden.« Ich hatte ganz bewusst den Namen »Hays« nicht ausgesprochen. Es schien noch jemand anderes im Haus zu sein, und zwar durchaus in Hörweite. Ich vermutete, eine Frau.

»Wirklich?«, fragte er und wandte sich halb nach hinten um.

»Wussten Sie, dass die Vereinigung auch hier aktiv ist?«, fragte ich.

»Nein«, antwortete er, zunehmend nervös und offenbar unter Zeitdruck.

»Es scheint auch Verbindungen von Hollywood zu denen zu geben, da war ein Kameramann dabei«, fuhr ich fort und schielte dabei über seine Schulter ins Haus hinein. Im Hintergrund war eine halb offene Tür zu sehen, sie führte wohl ins Schlafzimmer, aber mehr konnte ich mir auch nicht erschließen. Und er bat mich nicht nach drinnen.

»Davon ist mir nichts bekannt, aber finden Sie doch mehr darüber heraus«, sagte er halblaut und beugte sich vor. »Ich bin gerade nicht alleine.«

»Das ist mir nicht entgangen, Herbert.« Ich biss mir auf die Lippen und fand, es bringe nichts, ihn nach seiner Besucherin zu fragen. Und es ging mich auch kaum etwas an. Im Hintergrund flammte in dem Zimmer Licht auf, es schien von einer Nachttischlampe zu kommen. Dann hörte man das Klirren einer Flasche an einem Glas, in das wohl eingeschenkt wurde. Es klang ungeduldig, wie ein Signal.

»Wissen Sie, wo Sie weitermachen werden?«, fragte er mit abweisendem Blick.

»Ja. Ich hoffe, Sie auch. Genießen Sie Ihre Freiheit. Eine gute Nacht.«

Er schloss wortlos die Tür und dann fuhr ich zurück, um mich auszuschlafen. Alleine.

Am nächsten Morgen fuhr ich als Erstes in die Fountain Avenue. Ich wollte etwas ausprobieren. Die Presbyterianer gehörten zu den Protestanten – der potenziellen Klientel des Klans.

Ich ging in die Kirche hinein, die Hays offenbar regelmäßig

besuchte, und sah sie mir an. Der Raum war hoch und imposant, doch nüchtern ausgestattet. In den vorderen Bänken knieten zwei alte Damen, ins Gebet versunken. Lange brauchte ich nicht zu warten, dann kam der Priester heraus, die anderen und mich fromm grüßend.

Ich ging zu ihm und sagte: »Ich möchte eine Spende machen.« Dabei streckte ich ihm die Hand hin, und als er seine ausstreckte, nahm ich sie auf dieselbe Weise, wie ich es gestern bei dem Großen Zyklopen gesehen hatte, bis zum Ellbogen, und berührte mit zwei Fingern seinen Unterarm. Er blinzelte kurz, dann berührte er meinen Unterarm auf dieselbe Weise, wie die Klansmänner es taten.

Ich zog einen Zehn-Dollar-Schein hervor und gab ihn ihm.

»Möge Gott es Ihnen vergelten«, antwortete er und nahm ihn. »Wir werden sie für den Neubau des Altarraumes verwenden. In Kürze legen wir den Grundstein, wir werden einen Raum bauen, in dem eintausendachthundert Gläubige Platz haben.«

Ich sah ihn an, unschlüssig, ob er mir von gestern Abend her bekannt vorkam.

»Wie schön«, sagte ich. »Das wird auch Will Hays freuen.«

»Wirklich?«, fragte der Priester. »Sie kennen ihn, Mr –?« Er sah mich fragend an.

»Marshall. Henry Marshall. Nicht persönlich, aber wir glauben an dieselbe Sache«, sagte ich und machte eine Pause. »An das Kreuz«, fügte ich dann hinzu.

»Dann nehme ich an, ich sehe Sie in Zukunft, Mr Marshall«, erwiderte der Pfarrer. Er war vorsichtig genug, nicht offen auf die angebotene Komplizenschaft einzugehen. Leider. Doch die Geste hatte mir bestätigt, was ich bestätigt haben wollte: dass der Priester von Will Hays zum Klan gehörte.

Er zeigte zur hintersten Bankreihe. »Geben Sie dem Mann dort Ihren Namen und Ihre Nummer.«

Dort saß ein unscheinbarer Mann mittleren Alters, den ich zuvor nicht bemerkt hatte, mit einer aufgeschlagenen Bibel, der wie ein in Andacht versunkener Kirchenbesucher wirkte. Er kam mir von neulich nicht bekannt vor. Ich schrieb ihm auf einen Zettel den Namen »Henry Marshall« und die Telefonnummer von Madame Claire und gab ihn ihm.

»Wenn wieder einmal eine Veranstaltung ist, sagen Sie mir doch bitte Bescheid.« Er sah mich prüfend an und nickte mir zu. »Sie hören von uns.«

Ich drehte mich um und ging hinaus, wobei ich dem Priester noch einmal zunickte.

Danach setzte ich mich in den Voisin und fuhr hinüber zu meinem Büro. Es war noch früh, aber Madame Claire Ivers war bereits da. Manche ihrer Klienten kamen noch vor der Arbeit, um sich wahrsagen zu lassen, wie ihr Tag ausfallen würde. Als sie mich aufschließen hörte, kam sie herüber. Sie trug ein schwarzlockiges Toupet und war stark geschminkt. Dies gehörte, wie auch der reichhaltige Goldschmuck und das farbenfrohe Kleid, zu ihrem Berufsbild.

»Guten Morgen, Mr Engel.« Sie beugte sich über den Schreibtisch und kam wie immer nahe an mich heran.

»Hallo, Madame Claire.« Ich weihte sie in kurzen Worten ein, dass sie womöglich bald auch Anrufe für mich unter dem falschen Namen Henry Marshall entgegennehmen würde, was sie mit einem Lächeln zur Kenntnis nahm.

»Apropos, Sie hatten einen Anruf von Mr Bishop. Er sagte, Sie sollten ihn dringend zurückrufen.« Sie trat näher. »Soll ich Ihnen vorhersagen, was geschehen wird?«

»Ein anderes Mal vielleicht«, sagte ich.

Ich mochte solche Prophezeiungen überhaupt nicht und glaubte nach meinen bisherigen Erfahrungen auch nicht daran, dass sie eintreffen würden. Einmal hatte sie meine Hand genommen und dann, wie in Trance in meine Zukunft blickend, gesagt, sie sähe »Gitterstäbe« – natürlich, hatte ich geantwortet, das Jail Café, die Bar, in die ich beinahe jeden Tag und dann auch an jenem Abend ging.

Wie aufs Stichwort klingelte mein Telefon. »Danke, Madame Claire.«

Ich winkte ihr bedauernd zu, als sie mich diskret alleine ließ, und nahm ab.

»Hardy Engel?«

»Hier ist Edward«, sagte der Page außer Atem. »Gut, dass ich Sie jetzt erwische. Er trifft sich hier gerade mit einer Frau, das sollten Sie sich ansehen. Könnte ein Volltreffer sein, Sie werden erkennen, was ich meine.«

»Bin schon unterwegs«, sagte ich und hängte ein. Als ich die Treppe hinunterstürmte, sah ich auf die Uhr. Es war noch nicht einmal halb neun.

Den Sunset Boulevard raste ich in einem Tempo entlang, das der Polizei sicher nicht gefallen hätte, wenn sie es mitbekommen hätte. Ich schaffte die Strecke in wenig mehr als zehn Minuten und hielt mit quietschenden Reifen auf dem Parkplatz des Beverly Hills Hotels.

In der Lobby verlangsamte ich meine Schritte. Edward stand in der Ecke, sah mir entgegen und nickte mit dem Kinn in Richtung Garten. Ich ging nach draußen, blieb am Swimmingpool im Schatten einer großen Yuccapalme stehen und orientierte mich vorsichtig.

Auf zwei der um den Pool herum aufgestellten Liegen am anderen Ende saßen ein kleiner Mann, Will Hays, und eine sehr hübsche junge Blondine, höchstens fünfundzwanzig Jahre alt. Sie hatte ein eng anliegendes schwarzes Kleid an, das erkennen ließ, dass sie umwerfende Formen hatte. Sie saß mit dem Gesicht zu mir, Hays mit dem Rücken. Er trug einen Maßanzug und einen Homburg.

Ihr Gespräch schien ziemlich intim und intensiv zu sein. Auf eine ganz andere Weise als das, welches er neulich mit Pola Negri geführt hatte, viel emotionaler. Die Blondine war offensichtlich kurz davor zu weinen und Hays beugte sich vor und beschwichtigte sie. Er redete und redete. Sie wischte sich immer wieder mit der Hand über das Gesicht. Nun beugte sich Hays nach vorne, er umarmte sie nicht, wie ich hoffte, er legte ihr tröstend die Hand auf den Arm.

Sie warf den Kopf zurück, als wollte sie sich nicht trösten lassen.

»Ihr Name«, sagte die Stimme des Pagen leise neben mir, »ist Blossom Jones.«

Ich wandte den Kopf und er sah mich bedeutungsvoll an, als habe er damit bereits alles gesagt. Ich hob die Augenbrauen.

»Sie ist Schauspielerin bei Universal«, fuhr er fort. »Das hat sie an der Rezeption gesagt. Sie sitzen jetzt seit acht Uhr dort drüben. Ich bin nach Schichtende extra geblieben.«

Ich hob noch einmal die Augenbrauen.

»Sie ist nicht über Nacht da gewesen, sie kam erst hierher. Aber sie sagte, es sei äußerst dringend, und er hatte sofort Zeit für sie, obwohl er andere Pläne fürs Frühstück hatte.«

»Edward«, sagte ich, »Sie scheinen Ihr Geld wert zu sein. War sie schon einmal hier?«

»Nein. Das ist das erste Mal.«

Ich nickte zufrieden.

Wenn ich gewusst hätte, was ich heute weiß, wäre ich als Nächstes in den Pool gesprungen und einfach ertrunken.

10

Eine Viertelstunde später brach Blossom Jones auf. Hays gab ihr zum Abschied nicht die Hand oder einen Handkuss wie neulich Pola Negri, sondern legte ihr beide Hände auf die Schultern. Es wirkte so, als hätte er sie am liebsten umarmt, ließe es hier aber besser bleiben. Auf seinem kantigen Gesicht mit der Adlernase lag ein fürsorgliches, ja vertrauliches Grinsen und ich überlegte, ob er mit ihr im Bett gewesen war.

Die Blondine, die einen halben Kopf größer war als er, schritt mit wiegendem Gang zur Lobby und durchquerte sie auf eine Weise, dass sich alle Köpfe nach ihr umdrehten. Dabei schien sie es nicht einmal darauf anzulegen, sie war einfach der Typ dafür: eine Frau, die beinahe zu schön war, um aus Fleisch und Blut sein zu können.

»Stellen Sie oder Ihre Freundin fest, was er jetzt tut, und rufen Sie mich später an«, sagte ich zu Edward und lief hinter ihr her.

Blossom Jones stieg auf dem Parkplatz in ein nagelneues kirschrotes Hudson Super Six Coupé und fuhr los. Ich sprang in den Voisin, startete ihn und hängte mich an sie dran. Die jungen Frauen, die ich kannte, besaßen keine nagelneuen Coupés, es sei denn, sie waren Stars oder hatten geerbt, wie Polly. Miss Jones schien offensichtlich noch keine besonders geübte Fahrerin zu sein, zumindest nicht von hochpreisigen, schnellen Automobilen mit starkem Motor, aber die schnurgerade Strecke von Beverly Hills nach Hollywood schaffte sie ohne Probleme. Als sie dann nach links auf die Fairfax Avenue einbog, geriet sie mit den rechten Rädern kurz in den Graben, korrigierte aber wieder. Vielleicht war sie auch nach wie vor nur emotional etwas mitgenommen.

Ihr Ziel war ein neuer riesiger Apartmentkomplex namens *Garden Court,* der ziemlich luxuriös aussah, mit einem schönen Garten und Palmen davor und am Hollywood Boulevard gelegen, Ecke Sycamore Avenue. Sie fuhr dort den Wagen in die Garage und kurz darauf sah ich, wie sich im Erdgeschoss das Fenster einer Eckwohnung öffnete und sie sich herausbeugte. Offenbar wohnte sie tatsächlich hier. Nicht schlecht, dachte ich bei mir. Und noch etwas fiel mir auf: Die *Garden Court Apartments* lagen in unmittelbarer Nähe von Hays' Büro, praktisch in Sichtweite schräg gegenüber.

Das war fürs Erste alles, was ich wissen wollte. Ich nahm den Weg zur Passstrasse und zu den Universal-Studios. Gleich wenn man ins Valley hinunterkam, ging es rechts zum Hauptgebäude, einem lang gestreckten weiß getünchten Bau, der aussah wie eine Hacienda aus einem Western und einen Spanier als Besitzer hätte vermuten lassen, wenn man nicht gerade wusste, dass er tatsächlich Deutscher war. Hier kannte ich mich gut aus, von meinem früheren Job bei Laemmle: Ich war für einige Zeit als sein Sicherheitschef für Universal tätig gewesen, um der Wahrheit in einem Skandal auf die Spur zu kommen. Und auch Blossom Jones war nun hier angestellt.

»Besucher. Hardy Engel, für Miss Rosabelle Laemmle«, sagte ich zu dem Pförtner an der Eingangsschranke, und der Mann stellte mir von Hand einen Tagesausweis aus.

»Sie ist da. Hab sie vorhin noch gesehen.« Er hatte einen heftigen deutschen Akzent, aus dem Rheinland, würde ich sagen.

Ich fuhr hinein und hielt vor dem Hauptgebäude an.

»Hardy, sind Sie das?«, rief eine Frauenstimme. Ich wandte den Kopf und sah Rosabelle Laemmle, die zwanzigjährige Tochter des Bosses, die eben in ihren Wagen steigen wollte. Ich war verschiedentlich auf sie getroffen, eine Zeit lang hatte ich als Landsmann so etwas wie Familienanschluss bei Laemmles genossen. Und offenbar hatte ich einen nachhaltigen Eindruck hinterlassen.

»Rosabelle, wie schön, Sie mal wieder zu sehen.«

»Wollen Sie zu Uncle Carl?« So nannte sie gegenüber anderen ihren Vater, wie jeder hier und in ganz Hollywood.

»Genau das hatte ich vor«, sagte ich. »Wenn er für mich zu sprechen ist.«

»Ich denke, das kann ich arrangieren. Er füttert gerade die Hühner. Kommen Sie.«

Weil Carl Laemmle seit dem Tod seiner geliebten Gattin Recha ein alleinstehender Witwer im mittleren Alter war, war es seine Tochter, die die Rolle der »First Lady« des Studios einnahm, es repräsentierte und sich um soziale Kontakte kümmerte. Deswegen hatte ich mich an sie gewandt – und weil ich mir nicht sicher war, ob Laemmle mich ohne dies empfangen hätte. Doch ich wollte mit ihm als Blossom Jones' Arbeitgeber ein Hintergrundgespräch über ihre Verhältnisse führen.

Rosabelle schritt voran durch die Eingangshalle des Hauptgebäudes, jeden Mitarbeiter jovial und mit Namen grüßend, und ich folgte ihr durch den Hinterausgang in den Gartenbereich. Wie oft war ich seinerzeit hier gewesen, dachte ich. Der Garten ging über in eine weite hügelige Prärielandschaft. Dort befand sich eine Hühnerfarm, die Laemmle damals gekauft hatte, um auf dem Gelände sein Studio zu errichten, und nun aus Passion einfach weiterbetrieb. Weil, wie er zu sagen pflegte, Hühner immer weiter Eier legten, auch wenn es mit den Filmen einmal bergab gehen sollte. Er war Schwabe aus Laupheim und der komischste Kauz unter all den komischen Käuzen von Hollywood. Schon konnten wir ihn inmitten der Hunderten weißer Hühner ausmachen, eine zwergenhaft kleine Gestalt mit einem breiten Strohhut gegen die Sonne, einen funkelnden Metalleimer in der Hand haltend.

Er sah uns blinzelnd entgegen.

»Hardy, Sie kommen mich besuchen? Welche Freude!«, rief er auf Deutsch aus, mit dickem schwäbischem Akzent.

»Ich dachte mir, dass du dich freust, Papi«, sagte Rosabelle und gab ihm einen Kuss, für den sie sich herabbeugen musste. »Ich lass euch beide mal alleine. Nehmen Sie sich ein paar Eier mit, Hardy.«

Sie lächelte mir aufmunternd zu und ging wieder.

»Hallo, Uncle Carl. Freut mich, dass es Ihnen gut geht«, begrüßte ich ihn.

Der Mittfünfziger lächelte wie immer breit, sodass man die schadhaften Zahnreihen sah, die er trotz seines Reichtums und seiner öffentlichen Stellung niemals reparieren ließ. Etwas, das ihn mit Will Hays verband, dachte ich bei mir.

»Was verschafft mir die Ehre, Hardy?«, fragte Uncle Carl und streute eine Handvoll Körner aus dem Eimer unter die gackernden Hühner, die sie aufpickten.

»Blossom Jones«, sagte ich. In seinem ewig lächelnden Gesicht zuckte für einen ganz kurzen Moment eine Irritation auf. »Ich interessiere mich für sie. Persönlich. Sie haben sie gerade unter Vertrag genommen, wie ich hörte.«

»Hardy, Hardy, Hardy«, schwäbelte er und drohte mir schelmisch mit dem Finger. An seiner Hand blitzte der Ehering auf, den er auch als Witwer immer noch trug. »Sie und die Frauen, was? Das ist aber auch ein sehr begabtes Mädchen!«

»Erzählen Sie mir doch etwas über sie. Ich möchte alles wissen.«

Er wiegte den runden, unter dem Hut kahlen Kopf und schmiss erneut mit Körnern um sich.

»Sie ist ein früheres Showgirl, aus New York.« Wo Hays die meiste Zeit des Jahres wohnte und arbeitete, dachte ich. »Als Schauspielerin noch gar nicht so sehr erfahren. Aber ein Blick auf sie genügt ja … Den Vertrag haben wir vor zwei Tagen unterschrieben.«

»Wie haben Sie sie entdeckt?«, fragte ich. Auch Laemmle selbst verbrachte den Großteil seiner Zeit in New York, wo sich die Zentrale von Universal befand und sein halbwüchsiger Sohn zur Schule ging.

Er lächelte nur. »Wie das eben so läuft, Hardy. Wir haben da ja unsere Scouts.«

»Sie wurde Ihnen also empfohlen? Vielleicht von Will Hays, als er neulich auf dem Bankett bei Ihnen war?«

»Worauf wollen Sie hinaus? Wenn Sie sie kennenlernen wollen …«

»Das kann ich dann schon selbst tun«, sagte ich. »Sagen wir, ich habe sie gesehen und war sofort fasziniert. Bevor ich mich weiter engagiere, möchte ich nur sicherstellen, dass ich dabei niemandem auf die Füße trete. Hat sie einen Freund?«

Er stutzte, dann lachte er lautlos und schüttete den Eimer aus, sodass der letzte Rest zu Boden fiel. »Das hat Sie doch sonst nicht gekümmert, dass Sie jemandem auf die Füße treten könnten? Dass Sie in der Vergangenheit durch Ihr Eingreifen uns alle und Mr Hays in ganz schöne Schwierigkeiten gebracht haben …«

»Mr Hays und Sie alle machen sich schon *selbst* Probleme«, wandte ich ein.

»Jedenfalls achten Sie jetzt angeblich auf so etwas? Darauf haben Sie ja selbst als mein Sicherheitschef keine Rücksicht genommen!«

Er lachte. Er kannte mich sehr gut.

Laemmle ging ein Stück den Hügel hinauf und ich folgte ihm.

»Das hier ist etwas anderes. Es ist eine persönliche Angelegenheit.«

»Hardy, ich würde mich sehr freuen, gerade in Anbetracht Ihrer ganzen Vorgeschichte, wenn Sie Ihr Liebesglück finden würden. Ein Mädchen wie Blossom Jones wird immer von Männern umschwärmt sein, das muss ich Ihnen wohl kaum sagen. Tun Sie, was Sie nicht lassen können, gehen Sie mit ihr aus, wenn sie das auch möchte. Mich interessiert sie ausschließlich als Schauspielerin. Sie ist für mich eine Investition, wie man sie als Studioboss manchmal eben tätigt, und ich hoffe, sie zahlt sich aus.«

Unvermittelt öffnete er den Reißverschluss seiner Hose und nestelte darin. Dann urinierte er in den leeren Eimer, nebenbei, ganz selbstverständlich.

»Was haben Sie denn für Pläne mit ihr als Schauspielerin?«, fragte ich und bemühte mich dabei, nicht hinzusehen.

»Oh, aktuell haben wir sie erst einmal ausgeliehen, an Paramount. Da gab es eine schöne Rolle, und mit der soll sie sich ihre ersten Sporen verdienen. Sie dreht ab morgen dort.«

»Also halten Sie nicht so viel von ihr als Schauspielerin«, schloss ich. »Sie mag sehr begabt sein, aber vielleicht nicht darin, oder?«

»Das würde ich nie sagen, Hardy«, erwiderte Uncle Carl und schloss seinen Hosenstall wieder. »Ich mag Miss Jones äußerst gerne, und sie ist ein sehr kluges Mädchen, wirklich. Es wird ihr richtig gut bei uns gehen und sie wird beim Film Karriere machen. Und ich hoffe nur, Sie machen ihr das nicht kaputt. Denn darin sind ja *Sie* sehr begabt.«

Er lächelte mich an, mit dem Eimer in der Hand, in den er uriniert hatte. Ich war mir sicher, er hatte es nur getan, um Zeit zu sparen. Was es kaum weniger seltsam machte. Wir verabschiedeten uns höflich, und ich ließ ihn auf seinem Hühnerhof zurück.

Als ich wieder zur Pforte fuhr und bei der Schranke anhielt, fragte ich den Pförtner auf Deutsch: »Du bist aus Köln, oder?«

»Fast: aus Viersen!«, sagte er begeistert und strahlte mich an.

»Ich aus Mannheim. Sag mal, hier gibt's eine neue Schauspielerin namens Blossom Jones, schon mal gesehen?«

Er pfiff anerkennend durch die Zähne, laut und amerikanisch.

»Und ob! Jung', dat is ne Bombe!«

»Kann die was?«, fragte ich und beugte mich zu ihm.

Er schüttelte den Kopf. »Man munkelt, dass die nicht für fünf Cent spielen kann. Sie haben sie sofort ausgeliehen.«

»Warum hat sie dann den Vertrag bekommen, meinst du?«, fragte ich und setzte ein komplizenhaftes Lächeln auf.

»Keine Ahnung, aber du weißt doch, wie es läuft«, sagte er und grinste zurück. »Wahrscheinlich hat sie was mit einem ganz wichtigen Mann ...«

»Du meinst, so jemand wie wir beide hat keine Chance bei der?«, fragte ich, zwinkerte ihm zu, und noch während er erneut den Kopf schüttelte, fuhr ich unter der Schranke durch.

11

Als Nächstes fuhr ich wieder über den Pass und direkt zu Hays' Büro am Hollywood Boulevard. Mit einem Blick stellte ich dort fest, dass sein Chauffeur und seine Limousine nicht davorstanden. Er schien anderswo Termine wahrzunehmen. Das war mir recht. Wo es gerade so gut damit lief, die unteren Chargen auszuhorchen, ging ich zu dem Fahrstuhl und wartete, bis sich die Türen öffneten und der Portier von neulich ein paar Leute herausließ. Sie hatten verheulte Augen und kamen in ihren schwarzen Kleidern eindeutig von dem Bestattungsinstitut im dritten Stock.

»Zu den Filmfritzen«, meinte ich zu dem rothaarigen Fahrstuhlführer. Heute sagte er mir nichts Hilfreiches – außer »Jawohl, Sir« –, doch mein Ziel war der vierte Stock, wo sich die Büroräume der Produzentenvereinigung über die gesamte Etage erstreckten. Ich trat ein und wurde an einem Empfang von zwei Sekretärinnen freundlich begrüßt. Beide waren jung, hübsch, perfekt gekleidet und sahen fleißig und aufgeweckt aus. Die eine schrieb etwas auf der Maschine, also ging ich zu der anderen, einer Brünetten, nahm meinen Hut ab und lächelte sie an.

»Entschuldigen Sie, ich habe eine Frage«, sagte ich.

»Bitte, wie kann ich Ihnen helfen?« Sie lächelte professionell zurück.

»Das ist mir jetzt ein bisschen peinlich. Ich war vor zwei Tagen auf der *Movie Expo* in Pasadena und kam da mit einem Mann ins Gespräch. Wir haben uns sehr nett unterhalten und das würde ich gerne fortsetzen, aber leider habe ich vergessen, ihn nach seinem Namen zu fragen. Ich war schon ein bisschen müde …«

Die Brünette beugte sich vor und sagte halblaut: »Wir trinken alle manchmal einen.« Sie kicherte und lächelte mich an.

»Lass das bloß nicht Mr Hays hören«, sagte die andere streng.

Schnell fuhr ich fort: »Darum geht's ja. Ich weiß nämlich noch, dass der Mann erwähnte, er hätte am nächsten Tag hier zu tun, am Nachmittag, in diesem Büro, und würde mit Mr Hays sprechen. Vielleicht können Sie mir ja helfen, er ist sehr groß und hager, ungefähr dreißig Jahre alt, rötlich blonde Haare …?«

Die beiden Sekretärinnen wechselten einen Blick und kicherten nun beide.

»Oh ja«, sagte die Brünette. »Sie meinen bestimmt Fred Anderson. Er ist der Stellvertreter von Mr Hays.«

»Der Mann, der in unserer Organisation das operative Geschäft leitet«, ergänzte die andere.

Ich schloss vorsichtig den offenen Mund.

»Er hat hier nicht nur ›zu tun‹, er hat hier sein Büro«, sagte die Sekretärin und zeigte einen Flur entlang. Er führte zu Räumen, die man von gegenüber nicht einsehen konnte. »Seit er im Frühjahr aus Washington zu uns kam.«

Damit hatte ich nicht gerechnet: Der Mann war kein Besucher von Hays gewesen, sondern ein Mitarbeiter. Und was für einer.

»Er ist da. Wenn Sie ihn gerne sprechen wollen, dann hole ich Fred doch einfach mal«, sagte die Brünette und drückte kichernd auf eine Taste an dem Apparat vor ihr. Ein schnarrender Ton erklang: »Ja?«

»Fred, hier ist ein Herr, der sagt, dass er dich von der *Movie Expo* kennt.« Sie sah mich lächelnd an. »Mr –?«

»Engel«, sagte ich und grinste optimistisch zurück. »Aber wir hatten uns gar nicht vorgestellt.«

Ganz hinten am Ende des Flures öffnete sich eine Tür. Der große, hagere rotblonde Mann von neulich kam schnell aus ihr heraus und ging mit federnden Schritten auf uns zu, mich neugierig anblickend. Sein Blick wurde immer vorsichtiger, je näher er kam. Als er vor mir stand, blickten seine Augen vollkommen leer.

»Hallo«, sagte er langsam.

»Hallo«, sagte ich. »Sie heißen also Mr Fred Anderson.«

»Und Sie Mr Engel. Kommen Sie doch in mein Büro, da können wir uns in Ruhe unterhalten.« Er wies mit der Hand den Flur entlang und mir blieb nichts anderes übrig, als ihm zu folgen.

Seines war das letzte Büro vor dem mit dem Schild *»Will H. Hays, President«*. Anderson ließ mich bei sich eintreten und schloss die Tür. Dann baute er sich vor mir auf. Er war einen Kopf größer als ich und sah auf mich hinab.

»Ich kenne Sie nicht, weder von der *Movie Expo* noch sonst woher. Wer zum Teufel sind Sie? Und was zum Teufel wollen Sie von mir? Sie haben zwei Minuten.«

»Ich bin Hardy Engel, Privatdetektiv. Mr Hays weiß, wer ich bin. Und ich sehe, Sie auch.«

In der Tat hatte sich sein Gesichtsausdruck verändert, als er meinen vollen Namen hörte. Allerdings machte er nicht den Eindruck, dass er mir daraufhin gleich etwas zu trinken anbieten würde. Er wirkte eher feindselig und blieb vor mir stehen, wobei er die linke Hand in die Tasche gesteckt hatte, als befinde sich dort etwas, vielleicht eine Waffe.

»Oh ja. Und dass Sie mit einer Lüge hier herumschnüffeln, bestätigt nur Ihren Ruf, immer Ärger zu machen. Noch einmal, was wollen Sie hier?«

»Ich wollte herausfinden, wer Sie sind und was Sie mit Mr Hays zu tun haben. Ich dachte, ich würde bereits alle wichtigen Leute in dieser Stadt kennen, aber da habe ich mich getäuscht und nun weiß ich also Bescheid«, sagte ich und fischte mir eine Zigarette aus dem Etui, ohne ihn zu fragen, ob ich rauchen dürfte. »Fred Anderson, seine rechte Hand, der Mann, der alle möglichen Dinge für ihn erledigt. Sie haben also schon in Washington mit ihm gearbeitet?«

Er sah mich nur an und sagte dann nach einer langen Pause: »Ich halte ihm den Rücken frei. Überall. Und genau deshalb frage ich mich, woher Sie mich denn sonst kennen, wenn nicht von der Ausstellung?«

Ich entzündete mein Feuerzeug und hielt die Flamme hoch, wie um für Licht zu sorgen. »Haben Sie ihm auch den Rücken freigehalten, als Sie neulich zum Ku-Klux-Klan gefahren sind? Zu dessen Treffen bin ich Ihnen nämlich gefolgt.«

Ich steckte meine Zigarette an. Er blinzelte nur kurz.

»Da müssen Sie sich getäuscht haben, Mr Engel«, sagte er.

»Keineswegs, es war im Valley. Sie kamen von hier und hatten sich sicher deshalb mit Mr Hays besprochen. Worum ging es dabei denn? Wussten Sie da schon, dass dort ein Mensch gejagt und ermordet werden würde – ein Schwarzer?«

An seinem Gesicht war nichts abzulesen.

»Wenn ich Sie wäre, wäre ich äußerst vorsichtig mit den Schlüssen, die ich ziehe«, meinte er aufmerksam. »Ich rede in meinem Job mit vielen Leuten, habe viele Termine, tags und nachts, oft sind es Routinebesuche bei Dreharbeiten oder dergleichen, und dann fahre ich sehr schnell zum nächsten. Meistens habe ich den davor dann schon vergessen.«

»Waren Sie dabei, als er gelyncht wurde?«, insistierte ich. Er sah mich nur mit einem kalten Lächeln an und schüttelte den Kopf, als sei meine Frage zutiefst absurd. »Aber Sie müssen zumindest davon gehört haben. Und Mr Hays auch.«

»Ich weiß wirklich nicht, wovon Sie reden, Mr Engel«, sagte Anderson langsam. »Und ich warne Sie ausdrücklich davor, mich zu verfolgen oder meine Mitarbeiterinnen mit solch dummen Tricks zu belästigen. Oder überhaupt meinen Weg noch einmal zu kreuzen. Das kann böse für Sie ausgehen. So schlecht Ihr Ruf ist, Sie können immer noch tiefer sinken.«

Er öffnete die Tür hinter sich, ohne hinzusehen, und hielt sie mir auf.

»So tief wie rassistische Mörder wohl kaum. Ist Mr Hays auch Mitglied im Klan, oder nur Sie?«

»Ich bin nirgendwo Mitglied«, schnappte er. »Nur bei der Produzentenvereinigung und den Republikanern. Und Will Hays auch.«

»Vielleicht waren Sie auch dort, um es zu verhindern …?« Ich wartete. Er sagte nichts. »Ich werde diese Mörder jedenfalls aufspüren und wenn Sie zufällig dasselbe wollen, sagen Sie Bescheid. Wenn nicht, werden wir noch eine Menge Spaß miteinander haben. Richten Sie das Mr Hays doch mit schönen Grüßen von mir aus, Hardy Engel«, sagte ich.

»Raus jetzt!«

Ich pustete ihm eine Rauchwolke in sein Büro und ließ ihn damit alleine. Ihn auch noch auf Blossom Jones anzusprechen, schien mir sowieso keine gute Idee zu sein.

Er stand in der Tür und sah mir nach, bis ich vorne am Empfang angekommen war. Dort zwinkerte ich der Sekretärin zu und sagte, meinen Hut aufsetzend: »Bis zum nächsten Mal!«

Der Fahrstuhl war noch oben und ich ließ mich nach unten bringen. Dann fuhr ich zwei Blocks zu meinem Büro an der Franklin Avenue.

Madame Claire war in einer Sitzung, aber auf meinem Schreibtisch fand ich ihre Nachricht vor, dass Edward Bishop angerufen habe. *»H. fuhr zu einem Termin mit Frauenrechtlerinnen in Central L. A.«,* ließ er mir ausrichten.

Na, das passte ja prima, nach dem Termin mit Blossom Jones.

Ich öffnete den Aktenschrank und holte eine Flasche mit Bucks importiertem Whisky heraus. Ich spülte das Glas am Waschbecken aus und schenkte mir einen Schluck ein. Dann legte ich die Füße auf den Schreibtisch, trank langsam und dachte darüber nach, was es hieß, dass der Mann, dem ich zum Ku-Klux-Klan gefolgt war, sich als Hays' engster Mitarbeiter entpuppt hatte. Und dass der Priester seiner Kirchengemeinde offenbar ebenfalls dazugehörte. Jedenfalls hieß das noch lange nicht mit Sicherheit, dass auch Hays Mitglied war oder dass er davon wusste, was dort geschah. Immerhin kannte mich der Priester nur unter falschem Namen, und ihn hatte ich wiederum Anderson gegenüber nicht erwähnt, das sollte mir alle Möglichkeiten offenlassen.

Meine Gedanken schweiften zu Blossom Jones, der unbegabten Newcomerin. Es waren nun schon eine Menge interessanter

Spuren, die ich gefunden hatte, und allmählich machte sich in mir das Gefühl breit, dass ich Mr Hays mit irgendetwas würde am Zeug flicken können. Ob nun mit dem einen oder dem anderen, oder mit beiden zusammen.

Als ich so weit gedacht hatte, klingelte mein Telefon. Ohne die Füße vom Tisch zu nehmen, griff ich mir den Hörer.

»Hardy Engel?«

»Los Angeles Police Department. Spreche ich mit Mr Reinhard Engel, Privatdetektiv?«, sagte die raue Stimme eines Mannes.

»Ja, Sir, am Apparat. Worum geht es?«

»Der Boss möchte gerne mit Ihnen sprechen.«

»Welcher Boss?«

»Der Polizeipräsident«, sagte die Stimme ganz selbstverständlich und klang nun ungeduldig. Ich antwortete nicht. Ich war zu überrascht, oder: irritiert. »Der Chief hat jetzt Zeit. Gleich kommt ein Detective bei Ihnen vorbei und holt Sie ab.«

Und es klickte in der Leitung.

»Ein Detective?«, fragte ich ins Leere.

Während ich den Hörer noch in der Hand hielt, klopfte es an der Tür.

12

Es war ein Detective Goetz und er sagte, er solle mich abholen und zum Polizeipräsidium bringen. Mich beruhigte das keineswegs. Nicht, weil ich zwingend einen Zusammenhang zu meinem Gespräch mit Anderson vermutet hätte oder irgendeine Verbindung herstellen konnte von Goetz zu einem der Männer, die ich beim Ku-Klux-Klan gesehen hatte. Sondern weil ich in meinem Leben schon von diversen Polizisten jeglichen Ranges besucht, durchsucht, abgeholt, verhört, manipuliert, eingesperrt oder geschlagen worden war, von der Mordkommission, der Staatsanwaltschaft, Angehörigen des *LAPD,* des New York Police Department und diversen anderen Behörden, und niemals hatte es etwas Gutes gebracht. Zwar war noch kein Polizeipräsident darunter gewesen, doch sie waren allesamt korrupt bis ins Mark, sadistisch und/oder dumm und in keiner Weise der Wahrheit verpflichtet gewesen, sondern irgendetwas anderem, das sie dafür ausgaben.

»Wie heißt der Polizeipräsident denn gleich noch mal?«, fragte ich Goetz, der lässig in meinem Türrahmen lehnte. Er war mittelgroß, von gedrungener Gestalt und sah aus wie eine Mischung aus all den Detectives, die ich kennengelernt hatte.

»August Vollmer«, antwortete er.

»Den Namen habe ich noch nie gehört«, sagte ich.

»Er ist neu. Tritt heute seinen Dienst an, am ersten Juli. Kommen Sie jetzt mit, oder was? Chief Vollmer wartet nicht gerne.«

Es blieb mir wohl kaum etwas anderes übrig.

»Ich nehme meinen eigenen Wagen«, beharrte ich. »Fahren Sie vor mir her.«

Er lächelte mich nur an und zuckte die Achseln. Bevor ich ihm nach draußen folgte, vernichtete ich noch die Nachricht von Edward und steckte meine Luger ein, die in der Schublade neben dem Whisky lag.

Wir fuhren nach Downtown, und als wir an eine Kreuzung kamen, die nach einem Unfall durch einen Stau blockiert wurde, schaltete Goetz im Polizeiwagen vor mir die Sirene ein und bahnte uns den Weg. Die anderen Automobile fuhren einfach zur Seite.

Wir hielten vor der Central Station in der Fifth Street, gingen hinein, und dort führte er mich keineswegs in den Keller oder in einen Verhörraum, nein, es ging tatsächlich bis ganz nach oben in den fünften Stock.

Goetz blieb vor einer Tür stehen, an der gerade ein Arbeiter in einem Overall die alte Aufschrift wegspachtelte. Sie lautete noch: *»Louis D. Oaks«*. Darunter stand: *»Chief of Police«*.

Goetz klopfte, hörte ein »Ja!«, öffnete die Tür und sagte: »Da ist er, Chief.«

An einem gewaltigen, leeren Mahagonischreibtisch saß ein großer Mann in einer makellosen Polizeiuniform. Er hatte ein kantiges Gesicht, hellgraue Haare und leuchtend blaue Augen. Er erhob sich, kam mit ausgestreckter Hand auf mich zu und sagte: »Ich bin August Vollmer, der neue Polizeipräsident von Los Angeles. Ich bin sehr neugierig darauf, Sie kennenzulernen, Mr Engel.«

Sein Händedruck war kräftig und zupackend.

»Danke sehr, Mr Vollmer«, antwortete ich. »Reinhard Engel.«

»Ich weiß. Bitte nehmen Sie Platz.«

Er wies auf einen Stuhl, neben dem ein anderer, kleinerer Tisch stand. Ich setzte mich. Vollmer ging zum Fenster, wo er von der Julisonne gut beleuchtet wurde, und baute sich dort auf. Er war Mitte vierzig, sah aus wie das Idealbild eines Germanen und hätte sicher ein Schaf mit bloßen Händen in zwei

Stücke reißen können. Dabei wirkte er so lauter, dass einem glatt unheimlich werden konnte.

»Ich möchte mich Ihnen kurz vorstellen, Mr Engel«, sagte er. »Ich wurde in New Orleans geboren, verbrachte als Kleinkind zwei Jahre in Deutschland, woher meine Familie stammt, kam dann zurück und wuchs in Kalifornien auf, in Berkeley. Ich spreche zwar Deutsch, möchte Sie aber nicht damit vollschleimen, nur weil Sie Deutscher sind. Schon als Jugendlicher ging ich zur Feuerwehr, dann nahm ich als Soldat am Spanisch-Amerikanischen Krieg auf den Philippinen teil. Ich kehrte zurück und studierte, wurde in Berkeley zum Marshall gewählt, später dann zum Chef der kalifornischen Polizeipräsidenten, obwohl ich selbst noch gar keiner war, aber das wurde ich dann auch noch, in Berkeley, und war es nun vierzehn Jahre lang.«

Ich hatte keinen Schimmer, was dieser Eröffnung folgen würde. Auf dem kleinen Tisch neben mir war eine seltsame Apparatur aufgebaut, mit Röhren und Drähten und Manschetten. Sie sah für mein Gefühl nach Ärger aus. Ich saß bestimmt nicht zufällig daneben.

»Mein Ruf hat dazu geführt, dass Los Angeles mich als neuen Chief haben wollte, und ich habe mich darauf eingelassen, doch vorerst nur für genau ein Jahr. Ich hatte noch gar keine Zeit umzuziehen, wohne hier nur im Hotel und bin vorläufig erst einmal dabei, mich hier umzusehen und zu evaluieren, wie ich es anstellen kann, diese Behörde zu reformieren und auf einen modernen Stand zu bringen.«

»Ein moderner Stand«, wiederholte ich. Es konnte ein Synonym für alles Mögliche sein, wie auch, dass man behauptete, Reformen anzustreben. Selbst der Ku-Klux-Klan tat das ja kund. »Was heißt das? Und was wollen Sie da von mir?«

»Ich habe einiges über Sie gehört. In Berkeley habe ich schon lange ein Programm, mit dem ich die Bildung von Polizisten fördere, und daher kenne ich seit Jahren einen Polizisten aus Los Angeles, der daran teilgenommen hat. Ich gebe große Stücke auf das, was er sagt. Harry Fowler, er hat Sie in höchsten Tönen gelobt und Sie mir empfohlen.«

»Ach ja, der gute alte Fowler«, sagte ich. »Hat er das?«

Harry Fowler war mir bei einem früheren Fall begegnet, ein einfacher Polizist, der mir aber eine große Hilfe und dabei sehr zuverlässig gewesen war. Er war niemand, der sich anbiederte, doch das alleine mochte noch lange nichts heißen.

»Oh ja, und ich vertraue ihm, denn ich weiß, dass er absolut integer ist.« So integer, dass er auf einen Posten am Schießstand abgeschoben worden war. »Daraufhin habe ich mich im Department über Sie erkundigt und mir die Akten durchgesehen, in denen Sie vorkommen. Sie sind ein früherer Polizist, früherer Soldat – ich verschwende jetzt nicht Ihre und meine Zeit damit. Alles, was ich gelesen und gehört habe, gefällt mir. Vielleicht kann ich Sie brauchen bei dem, was ich vorhabe. Also wollte ich Sie kennenlernen und mir mal ansehen.«

Das, oder es hat mit Vorfällen zu tun, die noch nicht so lange zurückliegen, dachte ich bei mir. Und dient nur dem Zweck, mich und meine Pläne aus der Nähe zu überprüfen.

»Ich bin Privatdetektiv, kein Polizist«, sagte ich.

»Sie sind nach allem, was ich nachgelesen habe, ein aufrechter Kämpfer für die Gerechtigkeit. Ich dachte mir, da könnte es Ihnen gefallen, dass ich ganz neue Saiten aufziehen werde. Mr Engel, ich weiß sehr gut, was man über Los Angeles und seine Polizeibehörde sagt. Es ist ein Sumpf der Korruption. Ich will ihn austrocknen und ich werde die Bekämpfung des Verbrechens modernisieren, so wie ich es schon in Berkeley getan habe. Hier wird sich eine Menge ändern.«

»Was denn zum Beispiel?«, fragte ich.

»Ich habe alle Bücher über Kriminologie studiert und arbeite nach den neuesten Erkenntnissen. Was ich hier jedoch vorfinde, sind Methoden des 19. Jahrhunderts. Ich werde die Polizisten dazu bringen, sich weiterzubilden, zu studieren. Alle Ränge und auch Frauen, übrigens. Ich werde eine wissenschaftliche Einheit gründen, die mit den neuesten Instrumenten und Techniken arbeitet und die Spuren sichert. Eine zentrale Kartei erstellen lassen, in der alle Verbrecher erfasst sind, für einen schnellen Abgleich von Fingerabdrücken und so weiter. Eine telefonische Anlaufstelle einrichten, bei der Bürger Verbrechen melden können. Ich werde die Polizeifahrzeuge mit Funkgeräten ausstatten lassen, sodass die Polizisten im Einsatz miteinander kommunizieren können. Ich werde generell die *richtigen* Verbrecher ins Visier nehmen und nicht die *falschen,* die vielen kleinen. Und ich werde konsequent Leute fördern, die meine Linie mit mir durchziehen. Was halten Sie davon?«

»Ich bin noch nicht sicher«, sagte ich.

»Ich auch nicht, deswegen habe ich vorerst nur für ein Jahr unterschrieben«, meinte er lächelnd. »Aber wenn ich etwas mache, dann mache ich es richtig, das können Sie mir glauben. Ein Jahr lang, und hoffentlich dann noch viel länger.«

»Und diese ganzen neuen technischen Dinge – sind die wirklich reif genug für die Praxis?«

»Aber sicher.« Er trat neben mich. »Sehen Sie dieses Gerät?« Er zeigte auf das auf dem Tisch.

»Ja«, sagte ich. Ich nahm es noch einmal genauer in Augenschein. Drähte führten von den diversen Manschetten zu den Röhren und Glaskolben und dann zwischen zwei Holzzylindern hinunter zu feinen Metallnadeln, die über Papier angebracht waren, wie zum Schreiben bereit. Dieses war auf der schmalen Bodenplatte des Geräts fixiert, eine ganze Rolle gelblich angesengtes, aber intaktes Papier, die bis hinunter auf den Boden reichte.

»Was ist das?«

»Eine neue, revolutionäre Erfindung der University of Berkeley. Wir nennen es Polygraph.«

»Wie?«, fragte ich verständnislos.

»Es ist ein Lügendetektor, Mr Engel. Er zeigt, ob ein Proband, der daran angeschlossen wird, die Wahrheit sagt oder lügt.«

Ich glaube, er konnte es meinem Gesicht ansehen, dass ich ihn für vollkommen verrückt hielt. Ich sah auf die Holzplatte, auf der alles andere angebracht war. Sie war nicht besonders groß. »Und das da, ist das etwa … ein Schneidebrett?«

»Oh ja, für Brot. Der Erfinder, Mr Keeler, brauchte etwas

Stabiles als Unterlage, damit das Gerät auf dem Papier darüber verlässlich etwas aufzeichnen kann. Dies fand er das Geeignetste, und – ich glaube ihm.« Er grinste spitzbübisch. »Es funktioniert so: Man macht ein ganz normales Verhör mit einem Probanden – einem Verbrecher – und stellt ihm Fragen. Wenn der Proband sie mit einer Lüge beantwortet, setzt ihn das unweigerlich unter Stress und bringt körperliche Reaktionen hervor. Das Gerät misst mittels dieser Manschetten hier Atemfrequenz, Blutdruck und Puls und überträgt die Werte über elektrische Leitungen auf diese Nadeln, die dementsprechend ausschlagen und sie grafisch sichtbar machen. Natürlich mischt man harmlose, einfache Fragen mit den sensiblen, auf die es ankommt, damit man einen tauglichen Vergleich hat. Dass dieses Gerät die Reaktionen auf Papier aufzeichnen kann, war der Durchbruch. Die sichtbaren Ausschläge bei den Lügen sind so groß, dass man damit jeden leicht und verlässlich überführen kann. Wir haben das in Berkeley und ganz Nordkalifornien mit großem Erfolg eingesetzt.«

Ich musste lachen. »So einfach kann es ja wohl nicht sein!«

»Probieren Sie es doch mal aus, Mr Engel!« Er grinste mich breit an, blauäugig und blond. Doch es war nicht seine Überzeugungskraft, die mich dazu brachte, anzunehmen. Vielmehr fand ich es sinnvoll, einen solchen Test mitzumachen – um *ihn* näher kennenzulernen, nicht nur umgekehrt.

Zehn Minuten später hatte Vollmer mich an den Polygraphen angeschlossen. Eine Manschette um den Arm maß meinen Puls und Blutdruck, eine um die Brust die Atemfrequenz und eine am Finger die Schweißbildung. Drähte führten von ihnen zu dem Gerät, das er nun einschaltete.

»Fangen wir an. Erst einmal ein paar Fragen zum Testen. Sagen Sie immer strikt die Wahrheit – Ja oder Nein. Leben Sie in Los Angeles?«

»Ja.«

»Leben Sie in Hollywood?«

»Ja.«

Die Nadeln zeigten keinen Ausschlag auf dem Papier, das unter ihnen entlanglief.

»Ganz entspannt, Mr Engel. Vertrauen Sie dem Gerät. Haben Sie im Krieg getötet?«

Ich zögerte.

»Ja.« Die Nadeln schlugen leicht aus, zeichneten eine gezackte Kurve. Ich blickte fasziniert dorthin. So etwas hatte ich noch nie gesehen.

»Stress, sehen Sie, aber keine Lüge«, kommentierte er fachmännisch und zeigte darauf. »Haben Sie außerhalb des Krieges jemanden getötet?«

»Ja«, sagte ich. Ich sagte es nicht gern. Erneut produzierten die dünnen Metallstifte leicht gezackte Linien.

»Haben Sie ein Glasauge?«

»Ja.«

»Haben Sie das Auge im Krieg verloren?«

»Nein.«

»Sympathisieren Sie mit dem Ku-Klux-Klan?«

»Wie bitte? Ich bin nicht einmal gebürtiger Amerikaner.« Im Gegensatz zu ihm, ergänzte ich still für mich.

»Beantworten Sie nur einfach die Frage«, sagte er gleichmütig, den Blick auf das Papier gerichtet. »Sympathisieren Sie mit dem Klan?«

»Nein, natürlich nicht!« Die Nadeln bewegten sich kaum.

»Haben Sie jetzt gerade Angst?«

»Nein.«

Jetzt zeichneten sie einen großen gezackten Ausschlag auf das Papier.

»Das war Ihre erste Lüge. Sie *haben* Angst. Vor diesem Gerät und vor mir.«

»Kann sein«, sagte ich. Die Ausschläge blieben aus. Ich konnte es kaum glauben.

»Das ist auch völlig normal in dieser ungewohnten Lage. Sind Sie verheiratet?«

»Nein.«

»Haben Sie eine Freundin?«

Ich zögerte kurz.

»Nein.«

Die Nadeln schlugen aus und zeichneten einen großen, spitzen Zacken.

»Das Gerät sagt, Sie lügen.«

»Nicht, dass Sie das auch nur im Geringsten etwas angeht, aber – nein.«

Erneuter Zacken.

»Es ist eine ganz einfache, harmlose Frage. Haben Sie eine Freundin?«

»Ja … Nein …« Es gab wieder einen Ausschlag bei Nein.

»Sie müssen sich schon entscheiden, Mr Engel. Na kommen Sie, sonst können Sie nicht sehen, wie wunderbar das Gerät funktioniert. Was ist das nun mit dieser Frau?«

»Es gibt da eine, aber das ist zu kompliziert für Ihr Gerät«, sagte ich genervt. »Wir sind nicht fest liiert und wollen das beide auch gar nicht.«

Die Nadeln schlugen beim letzten Satz gewaltig aus.

»Das reicht mir«, sagte ich. »Machen Sie mich endlich los, verdammt noch mal!«

Er schaltete das Gerät aus.

»Das sollte als Demonstration ja wohl auch genügen.«

Vollmer entfernte vorsichtig die Manschetten. Ungeduldig rutschte ich auf dem Stuhl hin und her und zündete mir eine Chesterfield an.

»Na, was halten Sie davon? Eine unglaubliche Erfindung, nicht wahr?«

»Ich halte gar nichts davon. Das ist viel zu fragwürdig. So kann man doch keine komplexen Sachverhalte aufklären und erst recht keinen Menschen überführen, und vor Gericht …«

»Wir haben es aber schon ein Dutzend Mal getan. Wenn die Verbrecher sehen, was dieses Gerät kann, brechen sie meistens sowieso zusammen und legen ein Geständnis ab, ganz einfach.«

»Pffft – ein Brotschneidebrett!«, sagte ich und rieb mir den Arm.

»Eigentlich müsste es Sie doch davon überzeugen, dass ich

wirklich etwas verändern will«, meinte Vollmer. »Natürlich war das Ganze auch ein Test für Sie. Ich bin kein naiver Idiot, und ich möchte mich nur mit Leuten umgeben, die wirklich auf meiner Seite stehen. Ich glaube, dass Sie das tun.«

»Deshalb die Frage nach dem Klan?«

»Es ging mir einfach darum, starke Emotionen hervorzurufen, Mr Engel. Im Sinne des Tests.«

»Das Gerät hat mich nicht überzeugt.«

»Ich möchte mit Ihnen arbeiten, Mr Engel, ich möchte, dass Sie in den Polizeidienst eintreten, als einer meiner maßgeblichen Mitstreiter.«

»Das geht nicht. Mal ganz abgesehen davon, dass ich kein Polizist werden will – ich arbeite gerade an einem Fall, der mich gewiss noch lange in Atem halten wird. Ich habe keine Zeit für Sie. Und dazu ist er auch viel zu wichtig.«

Er nickte verständnisvoll. »Ich werde Sie nicht danach fragen, aber ich habe von den beiden Fällen gehört, in denen Sie in den letzten Jahren die Wahrheit ermittelt haben, aber nicht damit erfolgreich gewesen sind, sie an die Öffentlichkeit zu bringen. Auch wegen der alten Führung, die ich hier ersetzt habe. Ich habe die Akten dazu kommen lassen und gesehen, wie unvollständig sie sind. Mr Engel, ich biete Ihnen nun die einmalige Chance, der Gerechtigkeit zum Sieg zu verhelfen. Nicht nur dieses Gerät ist imstande, die Wahrheit zu ermitteln, auch ich bin es und ich bin bereit, den Kampf aufzunehmen. Lassen Sie mich dabei nicht alleine. Und umgekehrt, lassen Sie mich Ihnen doch bei Ihrem wichtigen Fall helfen. Wenn es da irgendetwas gibt, wo Sie meine Unterstützung brauchen können, sagen Sie Bescheid, rufen Sie mich jederzeit an.« Er gab mir eine Visitenkarte, auf die von Hand zwei Telefonnummern geschrieben waren. »Und wenn wir ihn gemeinsam gelöst haben, Mr Engel, kommen Sie danach zu mir und helfen mir, Los Angeles aufzuräumen. Das ist mein Angebot.«

Er streckte mir die Hand hin.

»Ich werde es mir überlegen, Chief. Mehr kann ich Ihnen nicht versprechen.«

Ich schüttelte sie ihm, und dann ging ich nach draußen. Meine Atmung, mein Puls und mein Blutdruck waren erhöht, und ich war überhaupt im Ausnahmezustand.

Draußen an der Tür stand nun dasselbe wie auf der Karte: *»August Vollmer – Chief of Police«*.

13

Als ich in meinen Wagen stieg, verfluchte ich Vollmer erst einmal für die Lage, in die er mich gebracht hatte mit seinen Fragen und seinem seltsamen Gerät, und steckte mir eine Zigarette an.

Als ich drei Blocks weit gefahren war, dachte ich daran, dass die entschlossenen Ziele, die er formuliert hatte, viel zu gut klangen, um wahr sein zu können, doch was wäre, wenn sie wirklich in meinem Sinne sein sollten?

Als ich zu Hause ankam, war ich jedoch zu dem Schluss gekommen, dass das wohl kaum sein könnte, stattdessen hatte er mir ja einige Anlässe gegeben, ihm zu misstrauen. Und dass es darauf gar nicht ankam: Vollmer würde keine Chance haben mit dem, was auch immer er vorhatte, wenn er auf ein Gerät setzte, das nur aus Drähten, Röhren und einem Brotschneidebrett zusammengebastelt war und angeblich Lügen identifizieren konnte. Und es war sehr ernüchternd, dass dies die beste Waffe bei seiner Modernisierung der Kriminaltechnik sein sollte.

Zudem hatte der neue Polizeichef es für geschickt gehalten, mich mit einer Frage zu meinem Privatleben überzeugen zu wollen, doch das hatte mich nur davon überzeugt, dass Lüge und Wahrheit nicht so einfach zu trennen waren, wie dieser Erfinder von der Universität sich das ausgedacht hatte. Ob Polly meine Freundin war, obwohl sie und ich weitere Liebhaber hatten – solche Fragen konnte keine Maschine definitiv beantworten. Ich konnte sie ja selbst nicht beantworten.

Darüber hinaus: Vollmers Vorgehen zeigte ihn als das Gegenteil eines geschickten Psychologen. Er würde schon deshalb seine Ziele letztlich verfehlen.

Mein Telefon in dem kleinen Flur klingelte. Unwillig ging ich hin und nahm ab.

»Wer ist da?«

»Somborn.« Ich reagierte nicht gleich. »Ihr Auftraggeber, Mr Engel. Ich wollte mir genauer anhören, was für Fortschritte Sie machen, damit ich es unserer Freundin berichten kann. Ich hätte gedacht, dass Sie sich deshalb noch mal melden.«

Was mich zusätzlich ablenkte, und was ich erst jetzt hier im Flur bemerkte, war, dass durch den Briefschlitz in meiner Wohnungstür ein Brief geworfen worden war und nun auf dem Teppichboden lag. Ich hatte ihn vorhin übersehen. Nun bückte ich mich danach.

»Nein, weil ich sehr beschäftigt damit bin, welche zu machen, Mr Somborn. Es gibt eine neue, vielversprechende Spur. Hays trifft sich mit einer wohl völlig unbegabten Schauspielerin, die aber offenbar durch seine Vermittlung einen Vertrag bei Laemmle erhalten hat. Mehr muss ich noch herausfinden.«

Der Brief war mit Schreibmaschine adressiert an »HARDY ENGEL«. Ohne Absender.

»Dann beeilen Sie sich«, sagte Somborn. »In einer Woche reist Hays schon wieder nach New York ab. Bis dahin müssen Sie ihn in flagranti erwischen. Und die Spur zum Ku-Klux-Klan, Mr Engel?«

In dem Brief ertastete ich etwas. Es war nicht sehr groß und fühlte sich hart, metallisch an.

»Auch die sieht heiß aus. Ich wollte es neulich nachts nicht so ausbreiten, aber bei dem Treffen auf dem Land wurde ein Schwarzer gejagt, geteert und gefedert und getötet. Einen anderen konnte ich retten.« Er hatte offenbar Mühe, das zu verarbeiten. Ich redete weiter, den Brief gegen das Licht der Lampe haltend. »Wie sich zudem herausgestellt hat, war Hays' Besucher, dem ich dorthin gefolgt bin, sein Stellvertreter, Mr Fred Anderson. Da wusste ich noch nicht, wer er ist. Ob Anderson an der

Lynchaktion beteiligt war, kann ich nicht sagen. Die Männer, die ich beobachtet habe, waren alle verkleidet.«

Ich klemmte mir den Hörer zwischen Ohr und Schulter und riss den Brief auf.

Er machte eine überraschte Pause. »Und Hays selbst?«

Ich ließ den Inhalt in meine geöffnete Handfläche gleiten. Es war eine silberne Patrone für eine Pistole, Kaliber .38. Eine silberne Patrone für Hardy Engel.

»Ich habe noch keinen Beweis, dass er ebenfalls Mitglied dort ist. Ich bleibe weiter dran. Natürlich ist noch keineswegs sicher, dass sich unser Verdacht bestätigen wird.«

»Halten Sie mich auf dem Laufenden.«

Ich legte auf, setzte mich auf den winzigen Balkon nach hinten hinaus und hörte den Grillen beim Zirpen zu, während ich mir die Patrone in meiner Hand ansah. Als ich beim dritten Glas war, dachte ich wieder unweigerlich an Polly und war bald unfähig, an etwas anderes zu denken.

Dass sie Liebhaber hatte, machte mir wirklich nichts aus. Unser Verhältnis war genau so, wie ich es wollte, auch wenn der Polygraph bei dieser Aussage aufgemuckt hatte … Oder *machte* es mir etwas aus? Hatte die blöde Maschine recht gehabt?

Über diesen Fragen schlief ich ein.

Mitten in der Nacht wurde ich durch laute Musik rüde geweckt. Zuerst dachte ich noch halb im Schlaf, es müsste Polly sein, die wieder ihre Jazzmusik spielte, und wollte ihr schon zurufen, sie solle den Plattenspieler ausmachen.

Dann jedoch wurde ich gewahr, allmählich zu mir kommend, dass ich mich auf meinem Balkon befand und die laute Musik von einem etwa zehnköpfigen Orchester gespielt wurde, das sich direkt unter dem benachbarten Balkon aufgestellt hatte, mit allen Instrumenten inklusive Schlagzeug und Trompete, und eine romantische Melodie intonierte. Ich erkannte eine Ukulele. Es war hawaiianische Musik.

Das Ganze kam mir so absurd vor, als würde ich noch träumen, aber es geschah wirklich. Ich rieb mir die Augen und rief ihnen zu, sie sollten aufhören. Sie spielten immer weiter und blickten dabei zu der Wohnung nebenan. Dort ging jetzt das Licht an und eine Frau trat auf ihren Balkon. Sie war Mitte zwanzig, trug ihre pechschwarzen Haare wie einen Helm und darunter einen weißen Bademantel aus Seide. Sie blickte nach unten und drehte mir dabei das Profil zu, sodass ich ihr Gesicht nicht richtig sehen konnte.

»Was soll das?«, fragte sie die Musiker, mit einem starken Akzent, den ich erst nicht einordnen konnte.

Das Orchester spielte den letzten Ton und dann rief der Geiger zu ihr nach oben: »Eine Serenade von Mr Charles Spencer Chaplin für Sie, Miss Negri!«

Die Dame breitete die Arme aus und lächelte selig. Sie wandte den Kopf und jetzt erkannte ich sie.

Es war tatsächlich Pola Negri, der deutsche Star, den ich neulich mit Hays gesehen hatte. Ich hatte noch nicht mitgekriegt, dass sie meine Nachbarin war. Womöglich war sie eingezogen, während ich auf Reisen gewesen war.

»Danke!«, rief sie aus. »Sagen Sie Charlie Danke, aber das ist doch viel zu viel – und viel zu spät …«, sie stutzte und ergänzte, »… ich meine, in der Nacht!«

Ihr Englisch war nicht besonders gut. Sie wandte ihr ausdrucksstarkes Gesicht mit den riesigen kohlrabenschwarzen Augen mir zu und meinte entschuldigend: »Lieber Herr Nachbar, es tut mir so leid – dieser verrückte Charlie!«

»Oh, das ist schon in Ordnung«, sagte ich lächelnd und gähnte. »Ich bin übrigens Hardy, Hardy Engel.«

Ihre Augen weiteten sich. »Aus Deutschland?«

»Ja. Wie Sie, Pola!«

»Komm rüber!«, rief sie auf Deutsch aus. »Ich brate dir Bratwurst!«

Und so landete ich morgens um drei in Pola Negris Apartment. Es war größer als meines, aber es war auch nur auf gewöhnliche Weise möbliert. Pola Negri begrüßte mich mit Kuss links, Kuss rechts, Kuss links, Kuss rechts, und das hätte noch lange so weitergehen können, wenn ich nicht eingetreten wäre. Sie war sehr herzlich und sie wirkte vollkommen unausgelastet und begierig auf Gesellschaft, insbesondere von Männern.

Obwohl ich ziemlich müde war, lernte ich sie kennen. Und obwohl ich nicht hungrig war, packte sie ihre Bratwürste aus, die sie aus der Heimat hatte kommen lassen. Es waren, wie wir in Deutschland gesagt hätten, »Brühpolnische«. Sie band sich eine Schürze über ihren Seidenmantel und briet sie für uns in einer dicken gusseisernen Pfanne in der Pantryküche. Und dabei redete sie ohne Unterlass und erzählte mir ihre Geschichte. Das ist Pola Negri, bei der du da sitzt, dachte ich die ganze Zeit. Sie machte den Eindruck, als sei sie sehr einsam hier, und sie war aufgeschlossener als der Tresor von jemandem, der Wettschulden hat.

Pola hieß eigentlich Apollonia und war gebürtige Polin, wie ich sehr wohl wusste, aber in Babelsberg zum Star geworden, als geheimnisvolle, exotische Frau, der auf der Leinwand die Sünde nur so aus den dunklen Augen blitzte. Charlie Chaplin hatte sie schon bei einem Berlin-Besuch kennengelernt, die Zeitungen hatten ausführlich darüber berichtet, und nun, da sie hierhergezogen war und auch in Hollywood zum Star werden sollte, flirteten sie die ganze Zeit miteinander, wie sie mir offen erzählte.

»Aber ich weiß nicht, ob er der Richtige ist, Hardy«, sagte sie und schwang impulsiv den Pfannenwender. Sie war ziemlich burschikos und wirkte aus der Nähe, so in ihrer Küche, barfuß und nicht in einem Abendkleid wie neulich, wenig glamourös, aber trotzdem sehr sexy. »Ich möchte mich noch nicht festlegen und er auch nicht. Die Serenade vorhin war süß, aber er ist ja nicht hier und lieber ist mir ein echter Mann.«

Sie sah über die Schulter zurück.

»Und was ist mit Will Hays?«, fragte ich. »Ich glaube, ich habe dich neulich bei der *Movie Expo* mit ihm gesehen.«

»Wer?« Ich musste den Namen wiederholen. »Oh nein, er ist lustig und klug, aber viel zu alt. Ich mag junge Männer!«, sagte Pola und grinste mich breit an.

Als sie mir drei große rote Würste mit Sauerkraut und Senf hinstellte, war »Nein« keine Option. Das deutsche Essen sah zudem sehr gut aus für jemanden wie mich der überhaupt nicht kochen konnte.

»Und ich weiß auch nicht, ob ich in dieser Stadt bleiben werde«, sagte sie und rollte mit den Augen, während sie kräftig zubiss. Sie trug kein Make-up, aber sie gefiel mir genau so. »Jeder will mir hier sagen, was ich zu tun habe. Dabei mag ich das überhaupt nicht, und schließlich bin ich bereits ein Star! Warum soll ich mich ändern, sag du es mir.«

Sie holte zwei Flaschen deutsches Bier aus dem Kühlschrank und öffnete sie ohne viel Federlesens mit einem Messer. Sie reichte mir eines und wir stießen an und tranken.

»Kaum zu glauben, dass die Paramount dich in so einer kleinen Wohnung untergebracht hat«, sagte ich.

»Nur eine Zwischenstation.«

»Sind das schon alle Zimmer?«

»Es gibt noch das Schlafzimmer, ich zeige es dir gleich«, sagte sie, lächelte mich breit an und unterdrückte einen Rülpser. »Oh, ich vermisse Deutschland ...!«

Wir sahen uns an und mir wurde durchaus warm. Im selben Moment sah ich im Winkel meines gesunden Auges seitlich am Fenster einen Schatten. Ich wandte ruckartig den Kopf und erblickte für eine Sekunde die Silhouette eines Mannes mit Hut, der zu uns hereinstarrte. Dann verschwand sie schlagartig. Ich sprang hoch, Pola schrie überrascht, ich riss die Tür zu ihrem Balkon auf, auf den das Fenster hinausging, und eilte ins Freie. Doch niemand war zu sehen. Ich blickte angestrengt hinunter in den Garten, dahin, wo das Orchester gestanden hatte, und dann hinüber zu meinem eigenen Balkon. Doch der Mann, den ich gesehen hatte, blieb verschwunden.

»Was ist geschehen?«, gurrte Pola verschreckt, sich von hinten an mich pressend.

»Ein Mann hat uns durchs Fenster beobachtet«, antwortete ich.

»Oh, das war sicher ein Fan von mir«, sagte sie routiniert und schon wieder beruhigt. Ich folgte ihr nach drinnen und schloss die Tür sorgfältig. »Meinst du?«

»In Deutschland haben sie oft vor meinem Haus oder dem Hotel kampiert oder, stell dir vor, einmal lag sogar einer in meinem Bett …« Sie sprach das Wort »Bett« so aus, dass man sich bereits regelrecht hineingekuschelt fühlte.

Aber ich weiß nicht, ob es an der kurzen Aufregung lag, an den Würsten oder an dem Bier oder ob ich einfach so müde war – ich schlief jedenfalls auf der Couch ein, noch bevor ich mit ihr ins Schlafzimmer gehen konnte.

Und so verpasste ich eine Liebesnacht mit Pola Negri.

Als ich am nächsten Morgen erwachte, lagen wir beide angezogen auf dem Sofa, sie neben mir zusammengerollt und an mich gedrückt. Das war sehr angenehm. Und als ich in mich hineinhorchte, stellte ich fest, dass es mir so durchaus genügte. Pola meinte, sie müsse nun gleich ins Studio fahren, und brachte mich nur noch zur Tür. Als wir uns draußen zum Abschied küssten, sie im Morgenmantel, ich mit derangiertem Anzug, hörte ich jemanden sich räuspern.

Ich drehte mich um und vor uns stand Polly, mit Enrico an der Leine, und beide starrten uns an.

»Ups«, sagte Polly und verzog das Gesicht zu einem Grinsen, »ich hoffe, wir stören nicht.«

»Keineswegs«, sagte ich. »Das ist Pola, Polly – Polly, Pola!«

Polly sprang vor und gab Pola die Hand. »Ich weiß doch. Freut mich, ich arbeite auch bei Paramount, ich schreib da Drehbücher … Ist er nicht ein Prachtkerl?«

Sie zeigte begeistert auf mich. Es schien ihr nicht das Geringste auszumachen, zumindest tat sie in aller Fröhlichkeit so.

»Oh ja, das ist er, Süße … Dann sehen wir uns dort ja!«

Pola winkte, zwinkerte mir zu und schloss die Tür.

»Pola Negri …!«, sagte Polly und gab mir einen Schubser mit der Hüfte. »Na, du gehst ja vielleicht ran, du Schlingel!«

»Sie ist nur meine Nachbarin. Und Landsmännin.« Ich streichelte Enrico.

»Natürlich«, sagte sie grinsend. »Ich wollte eigentlich bloß kurz hören, was es Neues gibt. Ist ja einiges!«

»Und noch was anderes, das erzähle ich dir gleich. Nimmst du mich mit zu Paramount, da muss ich nämlich auch hin?«

»Klar«, sagte sie. »Hüpf rein.« Sie zeigte auf ihren Wagen, einen grünen Lincoln.

»Ich mache mich nur kurz frisch.«

Ich schloss meine Tür auf, stellte mit einem kurzen Blick in beide Zimmer und auf die Fenster fest, dass niemand eingedrungen und die Wohnung nicht durchsucht worden war, und klatschte mir im Bad ein wenig Wasser ins Gesicht. Ich besah mich im Spiegel, ertastete in der Hosentasche die Patrone, dann ging ich in den Flur, nahm den Telefonhörer ab und wählte eine Nummer.

»August Vollmer?«

»Hallo, Mr Vollmer, Hardy Engel. Ich wollte Ihnen nur sagen, dass ich über alles nachgedacht habe. Auch über den Polygraphen.«

»Und? Hat er Sie doch überzeugt?«

»Das hat er.« Natürlich sagte ich ihm nicht, dass ich es auch aus taktischen Gründen richtig fand, sein Angebot nicht zurückzuweisen. Ich sagte ihm nur die tatsächliche Erkenntnis, die mir soeben gekommen war. »Sie hatten recht. Und Sie sind ein kluger Psychologe. Wenn es bei meinem Fall etwas gibt, wobei Sie helfen können, melde ich mich und dann sehen wir, wie weit wir zusammenkommen.«

14

Polly stellte auf der Fahrt durch West Hollywood eine Menge Fragen, wie es denn gewesen sei, die ich jedoch alle abwehrte. Sie schien lediglich deshalb sauer zu sein, weil ich ihr keine Details dazu erzählte, dass sie mich mit einem weiblichen Superstar ihres Studios zusammen erwischt zu haben glaubte.

Und was ich bei Paramount wolle?

»Kennst du eine Schauspielerin namens Blossom Jones? Blond, ausgeliehen von Universal, dreht ab heute bei euch?«

Sie lachte auf und schubste mich in die Seite. »Nein, wieso? Was willst du denn von der?«

»Kann ich dir nicht sagen. Es geht dabei um meinen Fall. Nicht um etwas Privates.«

»Schon klar«, sagte sie, krampfte die Hände um das Lenkrad, gab Gas und fuhr auf der Kreuzung nur knapp um den Schutzmann herum, der den Verkehr regelte. Er pfiff auf seiner Trillerpfeife hinter uns her. »So wie bei Pola Negri, was?«

»Pola Negri hat mit meinem Fall nicht das Geringste zu tun«, betonte ich. »Ganz sicher, Polly.«

»Na, jedenfalls viel Erfolg bei diesem geheimnisvollen großen Ding, Hardy«, sagte sie. »Und was ist mit meinem Liebhaber? Du hast natürlich keine Zeit gehabt, dich um Clarence zu kümmern? Ich hab mittlerweile richtig Angst um ihn.«

»Na ja«, sagte ich. Ganz vorsichtig jetzt, Hardy, dachte ich. »Doch, ich habe mich etwas umgehört für dich. Das ist ja das, was ich dir erzählen wollte.«

»Ja?«

»Der Ku-Klux-Klan, das sagt dir doch was?«

»Natürlich«, sagte sie alarmiert. »Was ist mit den Wichsern?«

»Sieh auf die Straße«, sagte ich. Ihr Fahrstil war sowieso schon gefährlich genug. Das fand auch Enrico, der auf dem Rücksitz mit besorgtem Ausdruck nach vorne blickte. »Ich weiß nichts Bestimmtes, Polly, aber ich habe läuten hören, dass der Klan gerade sehr aktiv ist. Und dass es sein könnte – wirklich nur ein Verdacht –, dass er sich manchmal Schwarze von der Straße holt und … und sie dann auch wieder freilässt, aber das könnte erklären, warum einer für ein paar Tage verschwunden ist.«

»Was heißt, ›von der Straße holt‹ …?«, fragte sie fassungslos. »Und ›wieder freilässt‹? – Er ist immer noch verschwunden!«

»Ich tu, was ich kann«, sagte ich. Dabei tastete ich wieder nach der silbernen Patrone. Ich war fest entschlossen, ihr weder von dem nächtlichen Beobachter noch davon zu erzählen und ebenso wenig, dass ich gehört hatte, der Klan verschicke diese Dinger als Todesdrohung.

»Hast du ein paar Namen? Wo sitzen die?«, fragte sie forsch.

»Ich bin da an was dran, aber ich kann mich nicht gleichzeitig darum kümmern und um meinen Fall«, sagte ich beschwichtigend. »Es kann etwas dauern.«

»Wenn du einen Hinweis für mich hast, sag's mir einfach, dann übernehme ich das«, meinte sie.

»Du unternimmst nichts auf eigene Faust, hörst du, du hältst dich auf Abstand zu denen, alles andere ist zu gefährlich!«, sagte ich. So wie ich sie in der Vergangenheit kennengelernt hatte, war das in etwa so, als würde ich Charlie Chaplin ermahnen, nicht zu watscheln und den Spazierstock zu schwenken.

Sie lachte auf und griff herüber und öffnete das Handschuhfach. »Hier, schau, ich habe meine Magnum immer dabei! Und dass ich schießen kann, weißt du.«

»Polly …!«, wandte ich ein. Doch bevor ich weiterreden konnte, bog sie unvermittelt nach links ab, was mich gegen die Seitentür warf, bremste dann abrupt und kam erst unmittelbar vor der Schranke der Paramount zum Stehen. Beinahe hätte sie sie gerammt und abrasiert.

»Miss Brandeis, wie oft soll ich Ihnen noch sagen …«, seufzte der Pförtner und stemmte die Hände in die Hüfte.

»Wieso, ist doch alles gut gegangen«, grinste Polly ihn an. »Ich bringe heute einen Besucher mit. Ist der Liebhaber von Pola Negri.«

»Hallo, Sir«, sagte er und beugte sich respektvoll herab.

»Hardy Engel«, stellte ich mich vor. Er schrieb mir in Windeseile einen Ausweis aus und ließ uns durch.

Polly kurvte über das Ateliergelände und ganz hinten nach links, wo sich am Rand nur ein paar schlichte Holzbauten auf Stelzen befanden. *»Writers Departement«* stand auf einem Schild. Sie parkte auf dem Parkplatz, wo ihr Lincoln das neueste und teuerste Automobil zu sein schien. Drehbuchautoren, unterbezahlt und in ein Getto abgeschoben, wo sie in ihren engen Büros am Tag zehn Seiten produzieren sollten. Es hieß, die Chefs stellten sich manchmal davor auf und lauschten, ob auch die Schreibmaschinen brav klapperten und klingelten. Was bei dem Klappern und Klingeln *herauskam,* interessierte sie im Vergleich dazu herzlich wenig.

Ich ging mit Polly und Enrico nach oben. Ihr Büro mit der Nummer *»14«* war winzig, es passten gerade ein Tisch und ein Stuhl hinein. Auf dem Tisch stand eine Underwood-Schreibmaschine und daneben lagen ein Stapel Blätter und ihr Notizbuch mit Bleistiften.

»Ich bettle schon seit Wochen um ein Sofa«, sagte sie kopfschüttelnd. »Aber sie geben mir einfach keines, sie sagen, dann würde ich darauf nur schlafen, statt zu schreiben. Nachdenken ist nicht vorgesehen. Außerdem gibt's keines, das hier reinpassen würde.«

Es herrschte das übliche Polly-Chaos, so wie auch bei ihr zu Hause. Unter der Tür durchgeschoben, lag auf dem Boden die Tagesdisposition des Studios von heute, eine Liste der laufenden Produktionen und wo und mit wem sie gedreht wurden.

Ich warf einen Blick darauf und fand den Namen der Darstellerin Blossom Jones an letzter Stelle bei einer Produktion namens *The Face on the Bar Room Floor* in Halle 7.

Ich verabschiedete mich von Polly, die gerade manisch ihre Bleistifte spitzte, und Enrico. Dann ging ich hinüber zu Halle 7, die am entgegengesetzten Ende des Geländes, fast an der Vine Street, gelegen war.

Ich schlüpfte ins Atelier und stellte mich ganz hinten dazu. Das Set war ein Westernbordell, mitsamt Holztresen, Klavier, ein paar Tischen und einer Treppe nach oben. Der Regisseur war ein großer, gut aussehender Bursche namens John Ford, das hatte ich der Dispo entnommen, der, wie ich wusste, schon ein paar Western bei Universal und Fox gedreht hatte und von jedermann nur »Jack« gerufen wurde. Blossom Jones hatte heute ihren ersten Drehtag bei ihm. Sie hatten sie als Hure kostümiert, in einem tief ausgeschnittenen Kleid, das ihr Dekolleté prächtig zur Geltung brachte. Die Blondine war der perfekte Blickfang, und alle Männer am Set, von den Beleuchtern hoch oben auf den Leitern bis zu ihren Darstellerkollegen, konnten nicht anders, als sie anzustarren. Als Jack Ford sie jedoch für die Szene instruierte, wirkte Blossom hoch nervös. Und tatsächlich ruinierte sie dann nacheinander mindestens ein halbes Dutzend Aufnahmen, weil sie ihre Markierung nicht traf, in ihren Hauptdarsteller rumpelte, in die Kamera sah, ein Glas fallen ließ oder ihren Einsatz verpasste.

Nun war ich ja selbst ein Schauspieler gewesen, ein kleiner, nicht allzu guter Komödiendarsteller ohne Erfolg, aber Blossom Jones schlug mich im Vermasseln um Längen, und nicht nur, weil sie offensichtlich Anfängerin war. Sie sah verflucht gut aus, aber vor einer Kamera versagte sie komplett und hatte nichts mehr von der Ausstrahlung an sich, die sie sonst so begehrenswert erscheinen ließ. Die Gerüchte, von denen mir der Deutsche bei Universal erzählte hatte, waren absolut zutreffend, davon konnte ich mich hier mit eigenem Auge überzeugen.

Jack Ford versuchte sie zu beruhigen und machte es nicht schlecht, er ging mit ihr ein paar Schritte weg, redete lächelnd auf sie ein und hielt ihre Hand. Doch als es Mittag wurde, hingen sie im Drehplan weit zurück und hatten nur diese eine Einstellung geschafft und die nicht mal gut hinbekommen. Und es war nur die Schuld von Blossom Jones.

»Mittagspause!«, schrie der Assistent und alle begannen sich zu zerstreuen.

»Iss erst mal ordentlich was!«, sagte Ford zu Blossom. Sie nickte und rannte los, offensichtlich kurz davor zu weinen.

Ich ging natürlich hinterher.

15

In der Kantine, einem großen neuen Gebäude, das ein Restaurant für mehrere hundert Gäste beherbergte, konnte ich Blossom Jones nicht gleich wie erhofft ausfindig machen. Die vielen Tische waren bereits mit Mitarbeitern aus den anderen Ateliers beinahe voll besetzt, und als ich mit meinem Hamburger einen Platz suchte, fand ich nur noch einen an einem Tisch, an dem gerade fünf Indianer aufstanden, und direkt daneben saß Pola Negri im Gespräch mit einem Mann Mitte vierzig. Er hatte einen fast kahlen Kopf und eine dünne, athletische Figur, die durch seinen eng anliegenden Maßanzug betont wurde.

»Du bist nicht mehr in Deutschland, Pola«, sagte er gerade, er sprach mit einem harten, seltsamen Einschlag. »Als Filmdiva hier in Hollywood musst du dich mit Glamour umgeben. Keine Sorge, ich lasse mir etwas für dich einfallen. Aber du musst es auch mitmachen.«

»Ja, Mr Payne«, sagte Pola Negri und verdrehte die Augen zu mir hin. Dies war also Charles Payne, der neue Sicherheitschef der Paramount, über den ich bereits eine Menge gehört hatte. Unter anderem auch von Dorothy Reid, wie er rund um Wallys Drogensucht plumpe Lügen verbreitet hatte, statt ihm zu helfen.

»Du bist eine fremdländische Exotin … Magst du Katzen?«, fiel ihm plötzlich ein.

Sie nippte an einem Fruchtsaft und zuckte die Achseln. »Nicht besonders. Aber ich habe bei Ernst Lubitsch in einem Film gespielt, der hieß *Die Bergkatze*.«

Der kahle Mann klatschte in die Hände. »Dann *magst* du ab jetzt Katzen! Gloria Swanson mag nämlich keine!«

Er zeigte in die andere Ecke des Raumes, wo gerade wie aufs Stichwort Gloria Swanson mit ihrer Entourage einen Tisch besetzte, den man für sie freiräumte. Ein paar Statisten wurden dort weggescheucht, die winzige Swanson setzte sich. In ihrer Begleitung sah ich Polly, die aus der Ferne herübergrüßte.

»Na und?«, fragte Pola gelangweilt.

»Gloria musste in DeMilles *Male and Female* mit einem Löwen schmusen, seither dürfen keine Katzen mehr auf dem Studiogelände sein, auch keine kleinen«, sagte Payne. »Zumindest habe ich das erfunden, es war meine erste Amtshandlung. Ich erfinde für jeden unserer Stars Geschichten, jeden Tag.«

Oh ja. Noch jeder Sicherheitschef der Paramount war nicht nur ihr Strippenzieher, sondern auch stets um das Image der Stars bemüht gewesen. Je mehr ich mit diesen Typen schon zu tun gehabt hatte, desto stärker hatte ich sie in mein Herz geschlossen. Und Payne schien seinen Job noch kreativer zu interpretieren als seine Vorgänger.

»Ich sehe Folgendes vor mir: du – die große neue Konkurrentin der Swanson – eine wahre Wildkatze, die die Krallen ausfährt – mit einem Tiger als Haustier!«

»Ich hasse Tiger!«, sagte Pola gedehnt.

»Das lässt sich ändern«, rief Payne, begeistert von seinen eigenen Ideen. »Hauptsache, du machst ein paar Fotos mit ihm. Wie du durch Hollywood fährst, in einem weißen Wagen mit weißen Polstern. Du trägst nur noch Weiß oder Schwarz, du trägst nur die feinsten Kleider – du bist Glamour, du bist die Sünde, die Frau für die, denen Gloria noch zu wenig Abgründe hat. Und du hasst Gloria!«

»Ich habe nichts gegen sie«, sagte Pola.

»Aber sie, sie hasst dich!«, stachelte Payne sie auf. »Sie hat es mir selbst gesagt. Auf keinen Fall wollte sie dir den größten Bungalow auf dem Studiogelände überlassen, der gerade frei wird, den von Mary Pickford.«

»Ich bewundere Mary Pickford«, sagte Pola.

»Dann sollst *du* ihren Bungalow haben, nicht Gloria«, rief Payne und stand auf. »Und wenn es auch zu einer Fehde zwischen euch führt! Komm mit!«

Pola erhob sich zögernd. »Was hältst du davon, Hardy?«, fragte sie unschlüssig.

Payne wandte sich erst jetzt mir zu. Es war völlig normal, dass die wichtigen Leute die unwichtigen ignorierten, auch wenn sie direkt neben ihnen saßen.

»Ich würde mir gut überlegen, ob das zu dir passt«, antwortete ich.

»Sie sind also Hardy Engel«, sagte er und baute sich bedrohlich vor mir auf. Er war kleiner als ich und schmächtiger, doch er wirkte zäh und aggressiv. »Jetzt erkenne ich Sie, ich habe viel von Ihnen gehört.«

»Und Sie sind Charles Payne«, sagte ich. »Ich von Ihnen auch. Sie sind Neuseeländer, nicht wahr?«

Er nickte grimmig. »Aye«, raunzte er.

»Stimmt es, was man über euch sagt? Dass ihr zur Begrüßung eure Köpfe aneinanderschlagt?«

»Nur bei Leuten, die ich mag«, erwiderte er und grinste. »Andere begrüße ich nicht so nett.«

»Sie sind jetzt der Sicherheitschef, und Sie machen viele Dinge anders als Ihre Vorgänger.«

»Zum Beispiel habe ich vor, zu überleben, Mr Engel«, sagte er böse. »Halten Sie sich fern von unseren Stars. Ich weiß, Sie machen nur Ärger.«

»Nur, wenn es nötig ist«, erwiderte ich. »Ich und Pola sind Nachbarn. Und mit einer Drehbuchautorin und Regisseurin von Ihnen bin ich zusammen. Ich lasse mir nicht vorschreiben, mit wem ich verkehre.«

Die Leute an den anderen Tischen starrten zu uns her. Auch Gloria Swanson und Polly waren aufmerksam geworden und blickten zu uns herüber. Pola und Gloria wechselten einen Blick und begrüßten sich mit einem Nicken. Es wirkte nicht unbedingt feindselig.

»Kommen Sie, Pola«, sagte Payne. »Ich gebe Ihnen den Bungalow und ich werde Ihnen ein schönes Haus zum Wohnen besorgen, in einer besseren Gegend.«

Pola verzog entschuldigend das Gesicht zu mir hin, dann trottete sie ihm nach.

Die frei gewordenen Plätze waren fast die einzigen im ganzen Raum. Nicht lange danach sah ich eine Frau mit einem vollen Tablett suchend an mir vorbeilaufen. Es war Blossom Jones.

»Setzen Sie sich gerne hierher, ich wollte sowieso gleich gehen«, sagte ich zu ihr.

Sie sah mich mit einem schnellen abschätzenden Blick an. »Hauptsache, ein Mädchen kann hier in Ruhe sein Sandwich essen«, sagte Miss Jones und setzte sich dann. Offenbar hatte sie geweint und danach ihr Make-up aufgefrischt.

»Selbstverständlich. Hardy Engel. Guten Appetit.«

»Blossom Jones«, sagte sie. »Ebenfalls.«

»Nicht schlecht«, entgegnete ich. »Ist das Ihr echter Name?«

»Ja. Und Ihrer?«, antwortete sie und biss herzhaft in ihr mit Truthahn belegtes Brot. Soße verschmierte ihr Kinn und drohte auf ihr Westernhurenkostüm herabzutropfen. Schnell hielt ich ihr meine Serviette unter und gab sie ihr.

»Legen Sie die besser um. Ich war mal Schauspieler. Die mögen das nicht sehr gerne, wenn man ihre Kostüme befleckt.«

»Die mögen viele Sachen nicht sehr gerne«, sagte sie mit einer wegwerfenden Handbewegung und schürzte die vollen Lippen. »Auch nicht, wenn man gut aussieht und trotzdem intelligent ist, dann behandeln sie einen sehr seltsam.«

»Wirklich?«, fragte ich.

»Die glauben wohl, man müsste irrsinnig dumm sein, nur weil man blond ist und Kurven hat. Vielleicht sind es auch nur die Pheromone, die hier im kalifornischen Klima in besonders großer Zahl produziert werden und durch die Luft schwirren, jedenfalls stelle ich zu meinem Erstaunen fest, dass es den meisten Männern an Manieren gebricht, sobald sie jemanden wie mich zu Gesicht bekommen.«

Ach du Scheiße, dachte ich. Das arme Mädchen. Weckte die ganz falschen Erwartungen in Männern, war klug genug, das

Problem sofort zu bemerken, und konnte sich dabei auch noch gut ausdrücken.

»Umso mehr weiß ich zu schätzen, wie höflich Sie sind, Hardy«, sagte Blossom. »Sie sind also kein Schauspieler mehr. Was machen Sie denn dann?«

Sie aß mit Appetit und tupfte sich wohlerzogen den Mund mit der Serviette ab.

»Oh, ich bin nur wegen meiner Freundin hier«, sagte ich und zeigte hinüber zu Pollys Tisch. Polly sah zu uns, mit einem fragenden, etwas besorgten Blick. Nun, da sie die blonde Blossom Jones in Fleisch und Blut und ihrem aufreizenden Kostüm sah, schien diese sie eifersüchtig zu machen, anders als Pola Negri. »Sie ist Drehbuchautorin und schreibt gerade etwas für Gloria Swanson.«

Blossom Jones sah interessiert zu ihnen. »Wie aufregend.«

»Und Sie spielen hier?«, fragte ich.

»Oh ja«, antwortete sie. »Es ist ziemlich anders, als ich es mir vorgestellt habe. Ziemlich anders, als in Manhattan auf der Showbühne aufzutreten.«

»Erster Tag?«, fragte ich.

»Ja. Und im Grunde bin ich auch wegen meinem Freund hier, da geht es mir wie Ihnen.« Sie wirkte bitter, als sie das sagte.

»Ach wirklich? Welcher ist denn Ihrer?«, fragte ich und ließ den Blick zwischen ihr und den Tischen hin und her schweifen.

»Er ist nicht hier«, sagte sie. »Er hat zu viel zu tun, wissen Sie. Solche Männer haben immer zu viel zu tun.«

»Ich ahne, was Sie meinen«, erwiderte ich. »Produzent?«

»Es ist nicht wegen seinem Job«, sagte sie und legte ihr halb aufgegessenes Sandwich auf den Teller. »Das natürlich auch, aber ich meinte, er hat zu viel zu tun mit seinen anderen Frauen.«

»Wirklich? Er hat andere – neben jemandem wie Ihnen?«

Ich zog die Augenbrauen hoch. Sie lächelte mich dankbar an. Wenn ich hätte beten können, hätte ich jetzt gebetet, dass sie immer weiterredete, bevor die Pause zu Ende war.

»Dass er verheiratet ist, wusste ich sehr wohl und es hat mich nicht gestört … Aber als ich dann herausgefunden habe, dass ich damit nicht alleine bin – ich war am Boden zerstört. Er hatte geschworen, ich sei die Einzige, die er liebte! Ich habe daraufhin getan, was mir zu tun noch übrig blieb. Ich habe ihm gesagt, dass ich eine Entschädigung von ihm will. Und das ist es, wie ich hierhergekommen bin, Hardy. Ich wollte weg aus New York, ich wollte diese Chance, und er konnte sie mir verschaffen. Und jetzt muss ich so etwas anziehen, sehen Sie sich das an …«

Sie zeigte an sich hinunter. Auf den tiefen Ausschnitt, der ihre vollen Brüste zur Hälfte bloß legte.

»Nachricht für Blossom Jones! Nachricht für Blossom Jones!«

Ein junger Kellner mit einem Tablett ging rufend durch die Tischreihen. Sie hob den Arm und er reichte ihr mit einem idiotischen, bewundernden Grinsen einen Zettel, den sie auseinanderfaltete und las.

»Warten Sie auf die Antwort«, sagte sie und er schielte in ihr Dekolleté, während sie ein paar Buchstaben hinkritzelte. Ich konnte sie nicht lesen, aber war mir sicher, dass sie eine Verabredung getroffen hatte, vermutlich für heute Abend. Sie gab ihm den Zettel und eine Münze und er schob mit hochrotem Kopf ab.

Bevor ich etwas sagen konnte, schrillte eine Glocke. Die Mittagspause war zu Ende. Ich unterdrückte einen Fluch. »Wer ist dieser Idiot?«, fragte ich. »Der Sie nicht zu würdigen weiß, ich muss es wissen!«

Sie schüttelte den Kopf und stand auf.

»Das kann ich Ihnen nicht sagen. Das geht nicht.«

»Nur ein Tipp, Blossom«, sagte ich und erhob mich ebenfalls. »Versuchen Sie, nicht zu ›spielen‹. Keine große Mimik, seien Sie einfach nur Sie selbst und sehen Sie so aus, wie Sie aussehen. Das reicht, um vor der Kamera Erfolg zu haben.«

»Danke, Hardy«, sagte sie und legte mir freundschaftlich die Hand auf die Schulter. »Vielleicht sehen wir uns ja mal wieder.«

Von einer Frau wie ihr berührt zu werden, schickte einem einen Stromstoß durch die Körpergegend, wo die Schmetterlinge hausen, das kann ich Ihnen sagen.

»Gerne. Viel Erfolg, Blossom«, sagte ich.

Sie ging davon und schloss sich der Masse an, die nach draußen drängte, zurück in die Ateliers. Verrückt, dachte ich, sie ist wirklich zu intelligent für Hollywood, das kann nicht gut ausgehen, und sah ihr nach, wie sie unter den anderen Filmmenschen verschwand.

Im Gedränge entdeckte ich unter ihnen den Kameramann mit dem schwarzen Schnauzbart, den ich bei dem Treffen des Ku-Klux-Klans beobachtet hatte. Er schob sich mit einer Gruppe von ägyptischen Schurzträgern hinaus.

Ich sprang sofort auf und folgte ihm. Ich verlor ihn kurz in der Menge, dann sah ich ihn und die Ägypter hinüberlaufen zu dem neuen Gelände, dorthin, wo Starregisseur Cecil B. DeMille den Film *The Ten Commandments* drehte.

Ich ging ihm nach und stellte fest, dass er einer der zusätzlichen Kameramänner des Films war, und ich erfuhr, dass er Elmer Macready hieß. Laut dem Telefonbuch von Hollywood, das ich beim Pförtner einsah, wohnte er in der Argyle Avenue, nicht weit von mir und Polly.

Später ging ich zu den Autorenhäuschen und trat in Pollys Büro. Sie sah nicht hoch und hackte gerade auf die Tasten ihrer Underwood ein, als wollte sie sie kaputt machen, doch ich ignorierte ihre Stimmung einfach.

»Pass auf«, sagte ich. »Ich habe jemanden, den du beobachten kannst. Er ist Kameramann hier und Mitglied im Klan. Vielleicht führt er dich irgendwohin, wo es für uns interessant wird, wo wir einen Hinweis auf Clarence bekommen. Das kann auch in der Nacht sein. Aber noch mal: Mach nichts auf eigene Faust, das könnte sehr gefährlich werden.«

Polly verdrehte die Augen. Ich holte die Patrone heraus und zeigte sie ihr. »Hier, die haben sie mir zugeschickt.« Sie starrte darauf. »Also, bitte folge ihm nur, halte dich zurück und berichte mir dann. Falls wir uns vorher nicht erreichen, machen wir zur Sicherheit einen Telefontermin heute Nacht um drei aus. Ich versuche, dann zu Hause zu sein.« Sie nickte langsam. Ich gab ihr seinen Namen und die Adresse. »Ich würde es lieber selbst machen, aber ich muss wegen meiner Sache jemand anderen observieren.«

»Blossom Jones?«, fragte sie genervt und warf den Kopf zurück, deren Attitüde nachmachend.

»Das kann ich dir nicht sagen.«

16

Ich fuhr mit der Trambahn meinen Wagen holen sowie meine Brownie, Kodak Eastmans kleine, praktische Fotokamera mit einem Rollfilm für hundert Bilder, und dazu ein sehr gutes Zeiss-Fernglas. Für den Rest des Tages hielt ich mich in der Nähe von Halle 7 auf, blieb jedoch im Hintergrund. Immerhin bekam ich genug mit, um sagen zu können, dass Blossom Jones von nun an weniger Probleme zu haben schien. Der Dreh kam deutlich schneller voran.

Kurz nach sechs Uhr abends beendete Ford die Aufnahmen, und als das kirschrote Coupé mit Blossom am Steuer das Studiogelände verließ, folgte ich ihm mit dem Voisin durch einen quietschrosa kalifornischen Sonnenuntergang, gegen den sich die schwarzen Silhouetten der hohen Palmen abzeichneten. Mein Verdeck war geschlossen, ihres nicht. Sie röhrte zunächst den Sunset Boulevard nach Westen, bog dann nach Norden ab und steuerte den *Garden-Court*-Gebäudekomplex an. Sie fuhr den Hudson in die Garage und ich hielt am Hollywood Boulevard an. Kurz darauf beobachtete ich, wie im Erdgeschoss das Licht in ihrem Apartment aufflammte. Als dort ein Fenster geöffnet wurde, konnte ich ihren strohblonden Schopf ausmachen. Es war nun ganz dunkel geworden. Mithilfe des Fernglases konnte ich vom Wagen aus in den halben Raum hineinsehen. Als Nächstes ließ sie ein Bad ein und verschwand dann im Badezimmer. Meine Vermutung, dass sie eine Verabredung hatte, wurde zur Gewissheit.

Ich telefonierte aus einem Drugstore zwei Häuser weiter mit meinem Lieblingspagen Edward, der vor Kurzem seine Schicht begonnen hatte und mir von seiner Freundin, dem Zimmermädchen, ausrichtete, dass Will Hays morgens ins Büro gefahren und seither nicht wieder im Beverly Hills Hotel aufgetaucht war. Ich schärfte ihm ein, dass er ab sofort dessen Tagesablauf, soweit er ihn mitbekam, genau protokollieren sollte.

Dann ging ich zurück zu meinem Beobachtungsposten im Voisin und wartete ab, ob Hays hier auftauchen würde und sie das Bad genommen hatte, um sich für ihn frisch zu machen. Es wäre nur ein Hüpfer von seinem Büro aus gewesen. Ich konnte sogar, wenn mir langweilig war, mit dem Fernglas ein Stück den Hollywood Boulevard hinunter bis zu dessen Eingang spähen; auch wenn ich im spärlichen Licht der Gaslaternen natürlich nicht jeden Passanten erkennen konnte. Damit ich nicht als Spanner auffiel, hielt ich eine Zeitung hoch, in die ich ein Loch gerissen hatte – genau an der Stelle, wo über den neuesten Skandal der Regierung von Präsident Harding berichtet wurde – und durch das ich das Fernglas steckte, sodass es von außen aussah, als läse ich die *L. A. Times*.

Blossom Jones hatte sich mittlerweile umgezogen und sich zurechtgemacht – ein schwacher Begriff für das spektakuläre rote Kleid, das sie trug und das automatisch die Frage in den Raum stellte, für wen sie es angezogen hatte. Doch zunächst sah ich ihr nur zu, wie sie – ich stellte das Fernglas scharf – erst ein Drehbuch las und dann *Rot und Schwarz* von Stendhal. Noch verhielt sie sich geradezu vorbildlich brav, abstinent aller Sünden, und man hätte sie für ein Muster für Will Hays' neues, angeblich so sittsames Hollywood halten können; hätte ich nicht gewusst, wie sie hierhergekommen war und dass sie nur die Zeit totschlug, bis sie den nächsten Ehebruch begehen könnte. Für den ich die handliche, perfekt für Schnappschüsse geeignete Zwei-Dollar-Boxkamera bereithielt.

Gegen acht Uhr stand sie auf, überprüfte im Spiegel den Sitz ihres Hutes, löschte das Licht, verließ ihre Wohnung – zu meiner Überraschung zu Fuß – und lief ein Stück die Straße hinunter, wobei sie durchaus Aufsehen erregte, als sie ins Licht der Laternen trat. Ich folgte ihr ebenfalls zu Fuß, aufs Höchste gespannt. Warum nahm sie nicht den schönen neuen Wagen? Gerade als ich mich dies fragte, betrat sie in einer kleinen Seitenstraße des Hollywood Boulevards ein italienisches Restaurant.

Durchs Fenster sah ich, wer sie dort empfing.

Es war Carl Laemmle. Ihr neuer Arbeitgeber. Und es war ein Dinner zu zweit.

Er lächelte so breit wie noch selten und rückte ihr höchstpersönlich den Stuhl zurecht.

Was folgte, war ein Geturtel und Gegockel, geradezu wie auf Laemmles Hühnerhof zur Fütterungszeit. Es wurde viel gelacht und gelächelt, dazu aßen sie Salat und Pasta und er unterhielt sie mit einer offenbar breiten Palette an Geschichten. Auch Blossom redete nicht eben wenig.

Sie waren ein geradezu unwahrscheinliches Paar, doch beide umgarnten einander eindeutig. Ob sie sich schon länger oder intimer kannten, war kaum auszumachen. Vielleicht waren es nur ein Studiomogul und seine neue Schauspielerin, vielleicht ein Liebespaar; die Art des Flirtens würde in beiden Fällen in etwa dieselbe sein, wie ich aus meinen reichhaltigen Erfahrungen mit der Filmszene wusste. Ich schoss für alle Fälle ein paar Fotos. Ansonsten hatte ich damit zu tun, auf und ab zu gehen, um für gelegentliche Passanten zu kaschieren, was ich da tat.

Von einem Laden an der Ecke aus telefonierte ich wieder mit Edward und hörte – den Eingang des Restaurants stets im Blick –, dass Mr Hays bereits ins Hotel gekommen war und sein Zimmer aufgesucht habe.

Gegen elf Uhr sah ich, wie Uncle Carl die Rechnung kommen ließ und bezahlte. Dann bot er Blossom offenbar an, sie in seinem Automobil mitzunehmen, doch sie lehnte ab. Sie überragte ihn um einen Kopf und beugte sich zu ihm herunter, um sich zu verabschieden, mit einem zärtlichen Kuss auf die Wange. Der Besitzer des Restaurants stand daneben und ich war mir nicht sicher, ob sie ihm nur etwas vorspielen wollten. Jedenfalls trennten sie sich.

Kurz darauf fuhr eine große Limousine – seine – vom Hinterhof auf die Straße und bog nach rechts um die Ecke. Versteckt sah ich zu, wie Blossom zu Fuß vorne herauskam, und folgte ihr. Sie ging nach links, in Richtung ihres Apartments und hielt sich nicht lange auf, auch wenn sie durchaus so wirkte, als sei sie noch nicht müde, und sich häufig umblickte.

Als sie ihren Eingang fast erreicht hatte und ich sicher war, dass sie zu ihrem Apartment gehen würde, richtete ich es so ein, dass ich die Straße überquerte und ihr dabei über den Weg lief.

»Blossom …!«, sagte ich so überrascht wie erfreut.

»Hardy, was machen Sie denn hier?«, sagte sie. Auch sie schien sich zu freuen.

»Ich bin auf dem Weg nach Hause«, antwortete ich und zeigte die Straße hinunter. »Wohnen Sie auch in der Gegend?«

Sie deutete auf den Apartmentkomplex hinter sich und ließ ein listiges Grinsen sehen.

»Wartet Ihre Freundin auf Sie?«, fragte sie und ließ ihre Augen dabei funkeln.

»Nein, die ist unterwegs und muss arbeiten«, erwiderte ich. Es entsprach ja der Wahrheit – ob ich Polly nun vor mir selbst als »meine Freundin« bezeichnen würde oder nicht.

»Es ist so eine wundervolle Nacht«, meinte sie. »Kommen Sie doch noch auf einen Sprung mit zu mir.« Auch wenn ich mit ihr hatte reden wollen und hoffte, Näheres über sie herauszufinden, ich zögerte für einen Moment.

»Aber wir gehen besser durch die Parkgarage hintenherum«, fügte sie hinzu.

Ich weiß nicht, was Sie gemacht hätten, wenn Blossom Jones Ihnen so etwas angeboten hätte, hintenherum durch die Parkgarage. Ich jedenfalls ging mit.

»Erzähl mir mehr von dir«, sagte Blossom, als ich mich neben sie auf das Sofa im Wohnzimmer setzte. Es war, von innen betrachtet, eine geschmackvoll und teuer möblierte Wohnung, und wenn ich daraus, dass man sie ihr gegeben hatte, auf ihren

Stellenwert schließen konnte, dann war er kaum hoch genug anzusetzen.

»Du warst im Krieg, nicht wahr?« Blossom fuhr mit einem schlanken Zeigefinger rund um mein Glasauge. »Auf welcher Seite?« Die Luft zwischen uns knisterte. Sie war ein hervorragendes Beispiel für das, was manche Frauen bei einem Mann anrichten können, ohne mehr anzurichten, als einfach nur neben ihm zu sitzen. Einen Drink aus dem gut gefüllten Barwagen hatte ich vorerst abgelehnt.

»Auf der deutschen. Fast über die gesamte Dauer«, sagte ich. Ich bot ihr eine Zigarette an und gab uns beiden Feuer. Die kleinen blonden Härchen auf ihrem Arm berührten meinen Handrücken.

»Das muss furchtbar für dich gewesen sein.«

»Das da ist nicht aus dem Krieg. Aber ich bin nach einem Gasangriff längere Zeit blind gewesen und wusste nicht, ob ich das Augenlicht wiedererlangen würde.«

»Wie schrecklich.«

»Es war noch nicht mal das Schlimmste.« Ich wusste nicht, warum ich das gerade jetzt erzählen wollte, doch ich tat es. »Das Furchtbarste war, was am Tag davor geschehen war. Auch wir hatten eine neue Waffe – den Flammenwerfer. Und ich musste ihn einsetzen lassen.« Sie presste sich entsetzt eine Hand auf die Schläfe. »Ich wollte es zuerst nicht tun, doch ich war Zugführer, ich musste meinen Männern einen klaren Befehl erteilen. In einem Gefecht hat er uns dann den Sieg gebracht, aber …« Ich schüttelte den Kopf. »Ich höre immer noch die Schreie der Feinde, die verbrannten …« Plötzlich gellten mir die Rufe des Opfers neulich im Wald wie ein Echo in den Ohren und ich zuckte zusammen, dann redete ich schnell weiter. »Einer hat überlebt, ein Engländer – er war danach im selben Lazarett wie ich und ich habe an seinem Bett gesessen, bis er starb … Ich hätte es nicht wieder getan, ich wäre desertiert, wenn mich das Gas nicht am nächsten Tag verletzt hätte. Es war wie eine gerechte Strafe, so kam es mir zumindest vor …«

Ich verstummte. Blossom strich mir sanft über die Wange.

Erst allmählich fand ich meine Fassung wieder. »Komisch«, sagte ich und musste mich räuspern. »Das habe ich in Amerika noch nie jemandem erzählt. Auch nicht Polly.«

»Aber du liebst sie?«, fragte sie sachlich, offenbar in dem Bestreben, aus purer Empathie das Thema zu wechseln.

»Ich weiß nicht recht, ich glaube schon«, meinte ich unwillig.

»Trotzdem hast du es so eingerichtet, dass wir uns heute Abend begegnet sind«, meinte sie lächelnd. »Oder glaubst du, ich denke, das war ein Zufall? Ich kenne die Männer gut genug und weiß, wie sie auf mich reagieren. Du musst mir nachgefahren sein, ich hatte die ganze Zeit das Gefühl, dass mich jemand beobachtet.«

Ich lächelte zurück und machte gar nicht erst den Versuch, es abzustreiten.

»Ich und Polly haben eine Abmachung: Wir treffen auch andere Liebhaber. Sie zum Beispiel einen Musiker.«

»Welches Instrument?«, fragte sie, dicht vor meinem Gesicht.

Plötzlich küssten wir uns. Ihre Lippen waren warm und feucht und ihre Zunge suchte meine. Der Kuss dauerte ziemlich lange und unsere Münder verstanden sich prächtig. Dennoch hörte ich nach einer Weile auf, setzte mich zurück und sah sie an.

»Wie ist es mit dir und deinem Liebhaber? Du hast gesagt, du bist unsterblich in ihn verliebt?«

Sie grinste überrascht. Zehn von zehn Männern wären bei ihr nun sofort aufs Ganze gegangen. Doch sie ließ sich gerne darauf ein, weiterzureden, und es kam uns beiden ganz natürlich vor.

»Oh ja«, sagte sie. »In ihn und seine Briefe – er schreibt so schöne Briefe, sogar Gedichte! Nicht ganz so gut wie Walt Whitman, aber damit hat er mich gekriegt, ich bin eine leidenschaftliche Leserin.«

Schöne Briefe?, dachte ich und versuchte mir vorzustellen, ob Uncle Carl imstande war, welche zu schreiben. Wohl kaum, so wie ich ihn kannte.

»Er muss ein sehr mächtiger Mann sein«, sagte ich. »Wenn er dir einen solchen Job besorgen konnte.«

Sie lachte bitter. »Oh ja, das ist er, da sagst du etwas – alle kuschen sie vor ihm.«

Auch Will Hays traute ich eigentlich keine Briefe zu, die eine Frau so ins Schwärmen brachten. Doch wer wusste schon, ob er eine solche Ader hatte? Oder vielleicht *ließ* er welche schreiben und gab sie als seine aus? Er oder Laemmle? Zugang zu fähigen Autoren hatten beide. Geld, sie zu bezahlen, auch.

»Aber er ist machtlos gegen die Waffen einer Frau, wie du es bist«, sagte ich. Doch das Kompliment brachte sie nicht dazu, zu lächeln.

»Das Dumme ist, ich bin ihm immer noch rettungslos verfallen«, meinte sie stattdessen düster. »Auch wenn ich mich mittlerweile mit anderen Männern treffe. Er trifft ja auch andere Frauen. Eigentlich will ich ihn gar nicht mehr sehen, wirklich nicht.«

»Du willst mir immer noch nicht sagen, wer er ist?«, fragte ich. »Ich halte es kaum mehr aus vor Spannung.«

»Nein, Hardy, das geht nicht. Und nicht nur, weil ich es unterschrieben habe«, erwiderte sie. »Wir haben einen richtigen Deal gemacht. Doch er soll noch mehr dafür bezahlen.« Sie wirkte jetzt sehr wütend. »Dieser Hurenbock. Er tut es bereits, jeden Tag.«

»Du bekommst noch Geld zusätzlich zu dem Studiovertrag?«

Blossom Jones nickte grimmig.

»Und nach den aktuellen Erfahrungen werde ich darauf bestehen, dass die Summe noch einmal kräftig erhöht wird! Aber mit ›bezahlen‹ meine ich nicht nur das viele Geld. Nein: Ich werde mich hier durchsetzen und bleiben. Das wird meine Strafe für ihn sein, ich werde mich frei machen und nur durch mein eigenes Tun berühmt werden.«

Sie legte die Hand auf meine und beugte sich vor.

»Du kannst gerne hierbleiben«, sagte sie in mein Ohr und streifte dabei mit den Lippen das Ohrläppchen. »Oder willst du nicht?«

Ich schüttelte den Kopf.

»Ich finde, wir verstehen uns auch ohne das, und viel besser.«

Blossom runzelte die Stirn und überlegte.

»Du hast recht, das finde ich auch, Hardy«, sagte sie dann gelöst und küsste mich auf die Wange, wie eine Schwester es tun würde. Sie sah plötzlich regelrecht glücklich aus. »Das war ein sehr schöner Abend.«

Auch ich meinte ernst, was ich gerade gesagt hatte. Ganz abgesehen davon ahnte ich, mehr würde ich letztlich auch nicht aus ihr herausbekommen, wenn ich mit ihr schlafen würde. Aber ich hatte ja einen guten Anfang gemacht, auf dem ich weiter würde aufbauen können. Einen sehr guten.

So verabschiedete ich mich, um nach Hause zu gehen, und schlich mich dann den Flur entlang nach vorne. Ein exklusives Apartmentgebäude wie dieses hatte einen Portier in einer Uniform, der am Eingang hinter einem Tresen saß und dort die Bewohner und Besucher empfing. Ich nahm stattdessen wieder die Treppe und den Weg durch die Parkgarage, wo ihr roter Hudson neben anderen Automobilen stand.

Von außen sah ich noch zu, wie Blossom das Licht löschte, um dann bei halb offenem Fenster friedlich zu schlafen. Es war halb drei.

Dann startete ich den Voisin und fuhr zu meiner Wohnung sieben Blocks nach Westen. Um drei rief mich Polly an, die mir zunächst versicherte, sie habe nur observiert, und dann angewidert berichtete, dass Elmer Macready eine Statistin mit nach Hause gebracht habe, mit der er fast die ganze Zeit lautstark Sex gehabt habe. Nun schliefen sie. Kein Ausflug zum Ku-Klux-Klan. Ich sagte ihr, dass es trotzdem sinnvoll sei, am Ball zu bleiben.

17

Nach einer zu kurzen Nacht hörte ich von Edward, dass Hays ohne besondere Vorkommnisse die Nacht verbracht und gefrühstückt habe und ins Büro aufgebrochen sei. Ich selbst fuhr ins Studio, wo Blossom wieder in Halle 7 drehte, traf Polly mit beachtlichen Augenringen beim Schreiben an und wir verifizierten, dass unser Kameramann auf dem Gelände seinem Job nachging.

Beim Mittagessen setzte ich mich wieder wie selbstverständlich zu Blossom Jones, um unsere neue Freundschaft weiter zu vertiefen.

Als ich an ihren Tisch kam, verabschiedete sich gerade ein groß gewachsener Mann um die sechzig mit einem beachtlichen Schnauzbart von ihr, der bei ihr gestanden hatte. Zu meiner Überraschung erkannte ich in ihm William J. Burns, den Gründer der legendären *Burns International Detective Agency* und somit einen Kollegen von mir. Er galt sogar als »der berühmteste Privatdetektiv der Welt«, seit er sich vor einigen Jahren in einem Hollywoodfilm selbst gespielt und eine nationale Karriere begründet hatte, vor und abseits der Kameras. Mittlerweile war er, wie mir Blossom auf meine Nachfrage erzählte, der Chef des staatlichen *Bureau of Investigation,* einer Behörde mit tausend Mitarbeitern, die nicht weniger als die nationale Sicherheit zu ihrer Aufgabe mache, wie er sich ihr gegenüber ausgedrückt habe, dabei seinen Schnurrbart zwirbelnd. Sie zeigte mir seine offizielle Visitenkarte mit der Washingtoner Behördenadresse.

Er habe sich ihr unbedingt vorstellen und sie damit offenbar beeindrucken wollen, meinte Blossom abschätzig, und sei ein Riesenangeber. Ganz anders als ich, fügte sie warm lächelnd hinzu und rückte an mich heran.

»Gut, dass du vorbeigekommen bist, damit konnte ich ihn loswerden. So einen lästigen Verehrer kann ich wirklich als Letztes gebrauchen«, sagte sie und piekte die Gabel in ihren Salat. Burns hatte sich im Weggehen nach mir umgedreht, er schien in der Tat äußerst interessiert an ihr und ihren Verhältnissen zu sein.

Das wiederum traf auch auf mich zu. Ich plauderte weiter ganz vertraut mit Blossom und nach gestern machte sie den Eindruck, sie würde mir nun praktisch alles erzählen. Als ich ein wenig nachbohrte, berichtete sie halblaut, dass sie von der Paramount nur ausgeliehen und eigentlich bei Universal unter Vertrag sei, daraufhin fragte ich sie nach Carl Laemmle und sagte, dass ich ihn kannte, ebenfalls für ihn gearbeitet habe. Sie zögerte für einen Moment und ich dachte, sie würde sich mir nun öffnen. Sie war ganz kurz davor, doch dann senkte sie die Augen und meinte, sie sei ihm nur flüchtig begegnet, und erwähnte nichts davon, ihn gestern Abend zum Dinner getroffen zu haben. Interessant, da lag also die Grenze. Zumindest vorläufig noch.

Uncle Carl sei sehr klein, aber ein sehr charmanter und unterhaltsamer Charakter. Sie mochte ihn, spielte es aber irgendwie herunter, so kam es mir vor. Laemmle war ja nicht wie Hays verheiratet, fiel mir ein, sondern Witwer, aber er trug immer noch seinen Ehering, vielleicht war es ein Missverständnis ihrerseits? Oder eine schlaue Lüge? Ich fragte sie, wie sie zu dem Vertrag gerade bei diesem Studio gekommen sei, und sie erzählte, Universal sei ihr zugewiesen worden, nachdem ihr »Liebhaber« ein Gespräch geführt habe. Wieder sagte sie mir weder seinen Namen noch irgendetwas, was weitere Rückschlüsse auf seine Identität erlaubte.

Sie wurde nun deutlich kälter, ihr sprudelnder Wasserfall gefror zu ganz dünnen Eiszapfen, und sie rückte auch wieder von mir ab, als bringe es sie in Gefahr, zu nahe bei mir zu sitzen. Sie hatte eindeutig Angst. Ich beschloss, ihr nichts von meinem Verdacht gegen Hays oder Laemmle zu sagen, und bohrte nur weiter, wer er sei. Ich tat beleidigt, als stünde unsere frischgebackene Freundschaft auf dem Spiel, wenn sie es mir nicht verriete, doch sie wehrte meine Fragen so vehement ab, als fürchte sie um ihre Karriere oder sogar um mehr. Für einen Moment bereute ich, ihr Angebot gestern ausgeschlagen zu haben.

Sonst geschah nichts Bemerkenswertes, außer dass einmal Gloria Swanson – diesmal ohne Polly – an uns vorbeirauschte und mich dabei mit einem brennenden Blick bedachte, der deutliche Aufmerksamkeit signalisierte. Ob es deshalb war, weil ich mit einer so auffälligen Blondine meinen Lunch teilte, weil sie sich von gestern an mich und Pola Negri erinnerte oder weil ihr einfach meine blauen Augen gefielen, war schwer zu sagen.

Am Nachmittag war Blossom für heute »abgedreht«, Jack Ford und das gesamte Team verabschiedeten sie mit Applaus, und ich folgte ihrem roten Hudson. Ich hatte mich absichtlich nicht mit ihr verabredet und auch sie hatte es nicht angesprochen. Diesmal stoppte sie bei einer Filiale der *First National Bank* in der Selma Avenue, ging hinein und blieb dort für längere Zeit. Ich notierte mir, dass sie hier vermutlich ein Konto besaß.

Sie kam heraus, ihre Handtasche schließend, warf sich in den Wagen und fuhr nach Hause. Als sie wieder ins Bad ging, nutzte ich das, um rasch die paar Blocks zu meinem Büro hinüberzufahren. Es lohnte sich: Auf meinem Tisch lag eine Nachricht, die von Claire Ivers aufgenommen und an »Henry Marshall« gerichtet war. Sie stammte von einem unbekannten männlichen Anrufer und lautete: Morgen, am 4. Juli, sei abends nach Einbruch der Dunkelheit eine »Veranstaltung« geplant, zu der ich hiermit eingeladen sei. Nähere Informationen gerne bei persönlichem Vorsprechen. Ich wusste sofort, worum es sich handeln würde: Der Ku-Klux-Klan wollte den Nationalfeiertag begehen, indem er eine weitere Jagd veranstaltete. Um dies zu verhindern und Clarence vor dem Lynchen zu retten, war höchste Eile geboten, das Gefängnisversteck zu finden.

Ich konnte nun selbst Kontakt aufnehmen oder aber hoffen, dass Polly »am Ball geblieben war«, wie ich es ihr gesagt hatte.

Also jagte ich mit dem Voisin hinüber zur Argyle Avenue, um zu sehen, ob ich ihren Wagen vor dem Haus des Kameramannes finden würde und sie informieren könnte. Doch dort stand er nicht. Vermutlich war er unterwegs und sie hinter ihm hergefahren. Verdammt.

Ich fuhr zurück zu den *Garden Court Apartments* und wäre beinahe mit Blossoms rotem Coupé zusammengestoßen, das eben aus der Garageneinfahrt geschossen kam. Gerade noch konnte ich bremsen und mich unter das Lenkrad ducken, sie hatte mich nicht gesehen. So eilig hatte sie es, und ich wendete und fuhr ihr durch den dichten Abendverkehr hinterher.

Sie nahm den Santa Monica Boulevard, fuhr am Friedhof vorbei und aus Hollywood hinaus, hinunter in Richtung Ozean. Ich hatte die klare Vorstellung, dass sie dort, am Pazifik, ein romantisches Rendezvous haben musste – vielleicht das, zu dem sie sich gestern schriftlich verabredet hatte –, und tat alles, um hinter ihr zu bleiben. Sie fuhr wie der Teufel und wie gesagt, sie war keine sehr sichere Fahrerin. Sie überquerte eine Kreuzung, nachdem der Polizist schon längst das Stoppzeichen gegeben hatte, und ich konnte ihr nicht folgen, musste abbremsen, als er direkt vor meine Motorhaube trat und mich mit strengem Blick musterte. Als es endlich weiterging, raste ich umso schneller auf Santa Monica zu und holte alles aus den acht Zylindern meines Spezialmotors heraus. Doch ich fand ihren kirschroten Hudson bereits am Strand in der Nähe des Piers abgestellt, hielt an und lief suchend herum.

Dann entdeckte ich eine blonde Schwimmerin, die eben in einem Badeanzug ins Wasser ging. Sie war es, aber sie war alleine. Ich ging in den kleinen Park nebenan und beobachtete sie. Sie schwamm ausgiebig und voller Freude planschend im Meer. Vielleicht war es auch nur ihre Art, Sport zu treiben. Links von mir sah ich die Uferstraße und dort ein Automobil, nicht weit von ihrem. Darin sah ich im Licht eines vorbeifahrenden Lastwagens etwas aufblitzen. Ich vermutete ein Fernglas oder eine Kamera, genau die Utensilien, die auch ich im Wagen hatte. Ein zweiter Beobachter? Vielleicht war es aber jemand, der auf Blossom wartete, mit dem sie verabredet war. Und es konnte auch ein Reflex in einem Brillenglas gewesen sein.

Ich schlich mich im Schatten eines Busches in Richtung des Automobils, eines schwarzen oder dunkelgrauen Packards. Vorsichtig näherte ich mich ihm von hinten. Ich sah die Silhouette eines Mannes mit einem Hut. Mir kam der Gedanke an den Beobachter, den ich bei Pola neulich durchs Fenster gesehen hatte. Er konnte es sein, oder auch nicht – gleich würde ich es sagen können …

Da tauchte mich der Scheinwerfer eines auf die Straße biegenden Fahrzeugs in grelles Licht. Plötzlich ging der Motor des Packards an und mit einem Kavaliersstart raste er los, blendete seine Scheinwerfer auf. Ich rannte zum Voisin, startete ihn und schleuderte fast, als ich auf die Uferstraße fuhr. Dort raste ich so schnell dahin, dass ich bald das schwarze Fahrzeug vor mir einholte. Der Fahrer beschleunigte und wir jagten uns. Ich riss das Auge weit auf, doch ich merkte wieder einmal, dass ich mit meiner Behinderung für die Dunkelheit nicht besonders geeignet war, speziell nicht für Verfolgungsfahrten.

In einer Kurve fuhr er langsamer und ich riskierte alles. Ich kam auf gleiche Höhe, drückte das Gaspedal nochmals durch, schoss an ihm vorbei und stellte mich dann mit quietschenden Bremsen vor ihm quer. Der schwarze Wagen bremste scharf und hielt gerade so vor mir an.

Ich sprang aus dem Voisin, riss meine Luger aus dem Halfter und legte auf ihn an. Es war ein schwarzer Buick, kein Packard, und darin saßen zwei Lesben mit Kurzhaarschnitt, eine von ihnen in Männerkleidung, mit Anzug und Hut. Sie waren zu Tode erschrocken, und sie hatten wohl nur einen Platz gesucht, wo sie in aller Stille herummachen konnten. Ich war dem falschen Wagen gefolgt. Zunächst fluchte ich laut vor Enttäuschung, dann entschuldigte ich mich, wünschte ihnen noch eine schöne Nacht und fuhr wieder zurück.

Natürlich fand ich den Packard nicht wieder. Und auch Blossom Jones' kirschrotes Coupé war verschwunden.

Ich schlug den Weg zurück nach Hollywood ein und fluchte noch einiges mehr wegen der verpassten Chance, unterwegs alle Stationen meines Versagens durchgehend. Während ich derart abgelenkt auf dem Santa Monica Boulevard nach Norden fuhr, riss mich plötzlich ein Automobil aus meinen Gedanken, das direkt hinter mir die Scheinwerfer grell aufblendete. Ich erschrak und musste das Lenkrad korrigieren. Der Wagen hinter mir gab Gas und fuhr ganz nah an meine Stoßstange heran. Im nächsten Augenblick rammte er mich, in dem offensichtlichen Versuch, mich von der Straße zu drängen. Ich fasste das Lenkrad fester und gab meinerseits Gas. Das Automobil holte den Abstand zu meiner Überraschung auf und rammte mich erneut, diesmal noch fester. Es war der Packard. Er fuhr noch dreimal auf mich auf und das wäre vermutlich so weitergegangen, wenn ich nicht abrupt rechts abgebogen wäre. Der dunkle Wagen schoss geradeaus und kam dann nicht mehr in Sicht. Er hatte wohl aufgegeben. Ich fuhr einen kleinen Umweg, dann hielt ich am Straßenrand und betrachtete den Voisin, dessen Stoßstange ziemlich zerbeult aussah.

Man mochte mir Patronen schicken oder auf mich schießen, man mochte mich verprügeln oder mir ein Auge ausschlagen. Aber wenn es gegen mein Automobil ging, dann hörte der Spaß auf.

Ich stieg wieder ein und fuhr weiter zu meinem ursprünglichen Ziel. Was sonst. Niemand folgte mir, soweit ich es sah. Eine halbe Stunde später hielt ich vor den *Garden Court Apartments*. In Blossoms Wohnung brannte Licht. Ich ging zu Fuß hinunter in die Parkgarage und fand dort den Hudson abgestellt.

Ich beobachtete noch ein wenig die Wohnung. Ich wollte nicht bei ihr klingeln und danach fragen, denn nach unserem neuerlichen Gespräch am Mittag war ich mir sicher, sie würde nichts darüber erzählen, und meine Überwachung wollte ich ihr nicht aufdecken. Außerdem war ich natürlich gespannt, ob noch etwas geschehen würde. Also sah ich nur zu, wie Blossom in einem Morgenmantel am halb geöffneten Schlafzimmerfenster stand und rauchte, kurz darauf das Licht löschte, und schloss daraus, dass sie nun dort oben den wohlverdienten Schlaf einer Schauspielerin schlief, die einen Drehtag hinter sich hatte. Und dabei schien sie alleine zu sein.

Vielleicht war Blossom Jones wirklich nur schwimmen gewesen, vielleicht hatte sie aber auch ihren Liebhaber getroffen oder sonst etwas gemacht. Und mächtige Männer lassen Objekte, in die sie investiert haben, manchmal durchaus überwachen – sahen ihrem Geld bei der Arbeit zu, sozusagen. Hardy Engel, dieser prächtige Privatermittler, konnte es einfach nicht näher belegen; offenbar war er selbst observiert worden. Wenn es heute Abend zu einem entscheidenden Rendezvous gekommen war, hatte ich es jedenfalls verpasst. Und auch nachdem ich mich sehr sorgfältig umgesehen hatte, hatte ich niemanden entdeckt, der sie nun hier zu beobachten schien.

Ich konnte also nach Hause fahren. Diesmal war es ein Uhr, als ich dort eintraf. Niemand erwartete mich, als ich mit gezogener Waffe von hinten über den Balkon eindrang. Ich trank gerade meinen ersten Whisky, als das Telefon klingelte. »Ja?«

»Ich bin's«, sagte Polly mit zitternder Stimme. »Ich bin an einer Tankstelle im Valley und hab den Bastard bis zu einer Farm hier in der Nähe verfolgt, und dort sind noch mehr von ihnen. Was soll ich machen?«

18

Ich schärfte Polly ein, nur ja nichts zu unternehmen, sondern auf mich zu warten, und raste mit meinem aufgerüsteten Automobil die Hills hinauf und auf der anderen Seite wieder hinunter. Als ich bei Polly und Enrico an der von ihr beschriebenen Tankstelle ankam, musste ich dort als Erstes den fast leeren Tank des Voisins wieder auffüllen, wozu wir den Besitzer aus dem Bett klingelten. Es war mittlerweile nach zwei Uhr.

Polly berichtete mir in ihrem Wagen, aufgeregt eine Zigarette nach der anderen rauchend, dass sie Macready hinterhergefahren war, der eine Filmkamera mit Stativ in sein Automobil geladen habe und nach einer längeren Fahrt einige Meilen von hier auf das Gelände einer Farm abgebogen sei.

»Du hast dich hoffentlich nicht sehen lassen«, sagte ich.

»Wo denkst du hin«, meinte sie ärgerlich. »Ich habe nur beobachtet, ganz wie du es gesagt hast. Ich hab den Wagen geparkt und Enrico dringelassen, die Farm liegt an einem Fluss und gegenüber ist ein Hain, von da konnte ich unbemerkt rübersehen. Dort stehen vier Automobile, und mindestens so viele Männer, darunter unser sauberer Filmkollege, bewachen die Farm, die patrouillieren dort mit Gewehren.«

»Tragen sie Kapuzen?«, fragte ich.

»Ja. Als er ankam, hat er sich ebenfalls verkleidet, bevor er ausstieg. Was bewachen die da, Hardy? Was geht dort vor?«

»Bring mich hin. Sehen wir uns das mal gemeinsam an.«

Wir nahmen meinen Wagen und ließen Enrico wieder in Pollys zurück, um kein Risiko mit ihm einzugehen. Polly führte mich so, wie auch sie gegangen war, auf den Beobachtungsposten in der Deckung des Hains, der aus ein paar Eukalyptusbäumen bestand.

Ich konnte über den Fluss sehen und mit dem Fernglas zwei Männer ganz nah heranholen, die in weißen Kutten und Kapuzen vor den Ställen Aufstellung genommen hatten, offenbar weil sie mit den Gefangenen in Kontakt kamen. Am Eingang der Farm standen zwei weitere – in weißen Kutten, doch ohne Kapuzen –, die Gewehre im Arm hielten. Der eine hielt dem anderen offenbar einen Vortrag, er schien der zu sein, der die Anweisungen gab. Jetzt drehte sich der andere um, es war Elmer Macready. Er zeigte ihm die Filmkamera und brachte sie zu den Ställen hinüber, wo er sich nun die Kapuze überzog.

Ich erschloss mir, dass er die Gefangenen vermutlich schon hier einmal abfilmen sollte. Dass das neue Treffen und ihre »Bestrafung« erst am folgenden Abend, zum Feiertag, stattfinden würde, wusste ich ja bereits, gewiss nach dem selben Muster wie neulich. Die Entfernung von der Farm zu dem Waldstück, wo ich die erste Aktion beobachtet hatte, passte zu Russell Morrisons Aussage, es sei eine halbe Stunde Fahrt dorthin gewesen.

Polly und ich würden keine Chance haben gegen diese bewaffneten Klansmänner, die sich offenbar Tag und Nacht bei der Wache abwechselten.

Es machte Mühe, ihr das klarzumachen, am liebsten wäre sie alleine mit ihrer Magnum da hineingestürmt. Sie vermutete auch ohnehin schon, dass dort Schwarze gefangen gehalten würden, so wie ich es ihr als Verdacht angedeutet hatte.

»Komm mit, ich erzähle dir alles«, sagte ich leise und zog sie am Arm mit mir.

Sie protestierte: »Die müssen wir rausholen! Sofort!«

»Das werden wir, so schnell wie möglich, und ich habe auch schon eine Idee, wie wir vorgehen können.«

Auf der Rückfahrt zur Tankstelle erzählte ich Polly die ganze Geschichte – das Treffen des Klans, die Filmaufnahmen, der Mann, den ich gerettet hatte und der bezeugen konnte, dass jemand geteert und gefedert und umgebracht worden war und Clarence vermutlich dort auf der Farm war, die sie nun endlich gefunden hatte. Sie fiel aus allen Wolken und wollte mich dazu bringen, sofort umzudrehen. Ich wandte ein, dass sie den 4. Juli mit der Aktion abends begehen wollten und wir so lange Zeit hätten.

»Und die brauchen wir auch, denn es erfordert einen militärischen Plan und viele Leute, um ein bewachtes Gelände zu stürmen, auf dem sich Geiseln befinden.«

»Wie willst du das machen?«, fragte sie verzweifelt. »Mit der Hilfe von Buck?«

So hatten wir schon einmal sie selbst aus einer gefährlichen Lage befreit.

»Nein, mit der Polizei.«

»Du hast eben selbst gesagt, dass offenbar zwei Detectives Mitglied bei denen sind!«

»Ich kenne den neuen Polizeipräsidenten.«

Sie lachte auf. »Hardy, erzähl keinen Blödsinn!«

Ich erzählte ihr, wie mich August Vollmer hatte zu sich bringen lassen und wir uns kennengelernt hatten. Den Teil mit dem Lügendetektor ließ ich weg, ebenso meine gewissen Zweifel, ob Vollmer wirklich auf der richtigen Seite stand. Dass er mir angeboten hatte, seinen Polizeikräften beizutreten, wenn mein Fall einmal gelöst sei, sagte ich ihr. Es gefiel ihr ganz und gar nicht.

»Diese Truppe ist doch völlig korrupt und von miesen Typen unterwandert, wer wüsste das besser als wir!«

»Deswegen kann man das nur angehen, wenn man den Mann ganz oben kennt«, sagte ich. »Es ist unsere einzige echte Chance. Wenn du Clarence da rausholen und retten willst, muss ich es riskieren und ihm vertrauen. Wir brauchen sie, unbedingt.«

Polly war einverstanden, doch nur unter der Bedingung, dass sie hierbleiben und die Farm überwachen würde. Sie hatte Sorge, dass die Gefangenen schon vorher verlegt würden, und ich fand, dass sie recht hatte und wir das im Auge haben mussten. So übernahm sie es, vor Ort zu observieren, und ich es, in die Stadt zu fahren und mit Vollmer zu sprechen.

Ich fuhr früh am nächsten Morgen zu seinem Büro. Es war der 4. Juli und die Straßen der Stadt waren mit *Stars and Stripes* beflaggt.

Auf der Central Avenue sah ich mit weißer Farbe drei große Buchstaben gemalt: »K K K«, so wie neulich in Indiana.

Als ich mich in Vollmers Vorzimmer bei dem Assistenten Detective Goetz anmeldete, erhielt ich sofort Zutritt und schilderte dem Chief die Lage.

Ich erzählte ihm von der Jagd neulich und dass ein Schwarzer Ende zwanzig dabei geteert und gefedert und dann erschossen worden sei. Die Leiche oder sonstige Belege hätten wir nicht, ich könne nur meine Aussage anbieten und falls nötig die des Beteiligten, den ich retten konnte. Ich vermied es, seinen Namen zu nennen.

Er nickte ernst. »Dann werde ich mich mal nach Leichenfunden mit starken Verbrennungen umhören.«

Ich sagte dem Chief auch, dass ich mit angehört hatte, wie von zwei Detectives die Rede war, die jemanden angeworben hätten, und dass ich deswegen aus Vorsicht neulich ihm gegenüber nichts davon gesagt hatte. »Sie müssen sehr aufpassen, wen Sie einweihen und mit der Operation beauftragen. Nicht, dass sie vorweg an den Klan durchgestochen wird.«

Ich beobachtete sein Gesicht sehr aufmerksam. Darin rührte sich kein Muskel.

»Da müssen Sie keine Sorge haben«, antwortete er. »Ich kann eine Gruppe zusammenstellen, auf die wir in der Sache hundertprozentig bauen können.«

Er bat mich, noch einen Moment zu warten, da er vorher rasch einige Dinge fertigzustellen habe. Es dauerte nur eine Zigarettenlänge, dann kam er heraus und hatte bereits eine Truppe rekrutiert, die aus zahlreichen Kriegsveteranen bestand; Männer, die vielleicht sogar vor ein paar Jahren gegen mich gekämpft hatten. Sie sollten am Abend auf einer Parade mitmarschieren, die durch das Zentrum von Los Angeles führen würde, am Pershing Square vorbei. Sie wurden alle mit Sturmgewehren ausgestattet und in Fahrzeuge verfrachtet, die keine Polizeikennung trugen, um Aufsehen zu vermeiden.

Als Nächstes fuhren wir in einem Konvoi ins San Fernando Valley, in einem Wagen voraus Vollmer, ein schwarzer Police Sergeant namens Elias und ich. Elias war Jurastudent, wie ich zu meiner Überraschung erfuhr, ein intelligenter, doch zurückhaltender Mensch. Die Sonne stand schon hoch am Himmel. Die anderen hielten zunächst bei der Tankstelle an, wo sie zur Sicherheit gleich einmal dafür sorgten, dass der Besitzer nicht zufällig sein Telefon benutzen würde.

Ich führte Vollmer und Elias zu dem Hain, wo Polly immer noch Posten schob, verschwitzt und übermüdet. Vollmer beglückwünschte sie und schüttelte ihre Hand. Er ließ sich nicht anmerken, was ich und er über sie geredet hatten. Obwohl Polly natürlich darauf beharrte, an der Operation teilzunehmen, schickten wir sie nach Hause, um sich auszuschlafen. Sie leistete erst Folge, als Vollmer dies mit der Autorität seines Amtes forderte und von der Truppe erzählte, die schon in der Nähe auf ihren Einsatz wartete. Er versprach ihr, alles zu tun, um Clarence heil herauszuholen. Und auch ich versprach ihr etwas: »Ich werde mit dabei sein. Und danach bringe ich dir deinen Liebhaber nach Hause. Persönlich.«

19

Nicht nur ich selbst wollte dabei sein, auch August Vollmer wollte mich unbedingt dabeihaben. Es war wohl eine Art weiterer Test, wie ich mich bei der Einsatzbesprechung schlug, die wir in seinem Automobil abhielten. Elias beobachtete derweil weiter die Farm.

Ich zählte zunächst alle Informationen auf, die ich vorliegen hatte.

»Am besten wäre es, wenn wir alle Klansmänner zusammen erwischen würden«, sagte ich dann. »Nicht nur die Wachen, sondern auch die ganzen anderen, die im Wald die Jagd mitmachen wollen. Aber wir sollten nicht warten, bis sie dort versammelt sind. Zum einen sind es zu viele, um sie anzugreifen, das erscheint mir zu riskant, zumal in dem Gelände. Zum anderen wissen wir nicht sicher, ob sie es genau so machen wie neulich und am selben Ort. Und außerdem wissen wir nicht, wann die Wachen die Gefangenen von der Farm wegbringen werden, auch wenn ich die Information erhalten habe, dass das Treffen abends nach Einbruch der Dunkelheit stattfindet. Die Befreiung muss vorher stattfinden, solange es nur vier Wachen sind, und erste Priorität muss haben, das Leben von Gefangenen zu retten.«

»Das sehe ich genauso«, nickte Vollmer.

»Danach sollten wir ohne Zeitverzug zu dem Waldstück fahren, wo ich die anderen vermute, und sie möglichst ausheben, bevor sie etwas bemerken.«

»Sie werden sich dabei im Hintergrund halten, Mr Engel.« Ich wollte etwas einwenden, doch Vollmer redete weiter: »Ich will nicht, dass Sie in Gefahr geraten, und auch nicht, dass jemand von denen Sie sieht und dann vielleicht entkommt.«

»Also gut. Dann bin ich nur Beobachter.«

»Reden wir über den Angriff auf die Farm«, sagte der Chief und verschränkte die Finger, während er mich mit seinen tiefblauen Augen musterte. »Wie würden Sie vorgehen, Hardy? Sie waren doch im Krieg an vielen Angriffsoperationen beteiligt, oder?«

»Ja, ich war Zugführer«, bestätigte ich. »Verantwortlich für zwanzig Mann. Ich sehe es so: Wir müssen so schnell wie möglich angreifen. Sie umstellen sie, beobachten und halten sich bereit, falls sie die Jagd früher angehen wollen als erwartet. Beim Angriff müssen Sie unbedingt verhindern, dass die Wachen direkt am Stall den Gefangenen etwas antun. Also müssen Sie sie dort weglocken. Ich würde einen Ablenkungsangriff vorschlagen, vorne am Tor, wo die Wachen stehen. Jemand taucht dort auf, schießt auf sie. Die Klansmänner konzentrieren sich nur auf den Eingang. Genau jetzt dringen von hinten weitere Ihrer Männer ein, sichern die Gefängnisse, befreien die Gefangenen und nehmen dann die Gegner in die Zange.«

»Hervorragend«, sagte Vollmer zufrieden. »Sie haben recht: Dunkelheit wäre besser, aber so lange haben wir nicht Zeit. Wir führen sechs Mann außen herum, die in dem hohen Gras ungesehen heranschleichen. Sobald sie in Position sind, greifen wir vorne an.«

»Wenn Sie jemanden erschießen müssen …?«, fragte ich.

»Tun wir es, aber ich will so viele von ihnen lebend haben wie möglich. Ich will wissen, wer alles dabei ist, von meiner Truppe und von den anderen. Schon bei der Parade heute Abend soll keiner von ihnen mehr mitlaufen. Und ich will über jedes einzelne Mitglied dieser Geheimorganisation Bescheid wissen.«

»Und ich erst«, sagte ich.

Er blickte mich prüfend an. »Hat die Sache mit Ihrem Fall zu tun?«

»Nein«, antwortete ich. »Aber den Ku-Klux-Klan *mache* ich zu meinem Fall.«

Gegen vier Uhr hatte August Vollmer zwölf seiner besten Männer, allesamt erprobte und dekorierte Soldaten der *US Army*, instruiert und ihnen von dem Hain aus einen Überblick verschafft. Nach wie vor waren vier Wachen auf der Farm postiert, die in ihren weißen Kutten patrouillierten. Zwei waren am Morgen gekommen und hatten zwei ersetzt, die weggefahren waren, ohne etwas von der Belagerung zu bemerken. Darunter war Elmer mit seiner Filmkamera gewesen. Ein Polizist war ihnen in einem Privatfahrzeug unauffällig nachgefahren.

Elias hatte mit angesehen, wie die Wachen Essen und Trinken in zwei Ställe gebracht hatten, in denen sich die Gefangenen befinden mussten.

Sechs Männer, ausgerüstet mit Gewehren, umgingen die Farm, überquerten den Fluss eine halbe Meile entfernt und robbten sich dann im hohen Gras bis an den hinteren Zaun heran. Auch wir konnten sie nicht sehen. Sie gaben Vollmer per Spiegelblinkzeichen Bescheid, als sie ihre Position dort erreicht hatten.

»Sie bleiben hier, egal was passiert, bis ich Sie rufe«, befahl mir Chief Vollmer. Also blieb ich in dem Hain sitzen. Ich hatte einen hervorragenden Blick auf die Farm, von der Seite, wie von der Haupttribüne eines Tenniscourts.

Die Klansmänner am Eingang hielten Ausschau und unterhielten sich, sie waren völlig arglos. Nach etwa zehn Minuten ließen sich zwei der uniformierten Polizisten plötzlich vor ihnen auf der Straße blicken, die zu der Farm führte. Kaum wurden die beiden Wachen auf sie aufmerksam, da wurden sie auch schon unter Beschuss genommen. Sie schossen zurück, ein heftiger Schusswechsel entspann sich, in den nun auch alle anderen Polizisten eingriffen, die hinter Baumstümpfen und Büschen in Deckung lagen. Die Wachen bemerkten, dass sie eine Übermacht gegen sich hatten, und riefen die anderen beiden zu Hilfe. Diese eilten von den Ställen weg und begannen ebenfalls zu schießen.

Einer der Klansmänner wurde getroffen und schrie auf. Seine Kutte färbte sich rot, bevor er umfiel.

Gleichzeitig sah ich hinter der Farm die sechs anderen Polizisten sich aus dem Gras erheben, über den Zaun steigen und zu den verwaisten Ställen laufen. Unbemerkt öffneten sie diese und zerrten zwei taumelnde gefesselte Schwarze heraus, die von zwei Polizisten sofort wieder über den Zaun nach links in Sicherheit gebracht wurden. Die anderen griffen die Klansmänner von hinten an, und nun rückten auch die sechs Polizisten am Eingang gegen diesen vor. Es war eine mustergültige Operation.

Ein weiterer Kapuzenmann wurde getroffen, an der Schulter, und im Kreuzfeuer gaben die anderen beiden schnell auf. Sie ließen die Gewehre fallen, standen mit erhobenen Händen da und ließen sich von den heraneilenden Polizisten festnehmen.

Über Funk wurden Polizeiwagen herbeigerufen, die außer Sicht gewartet hatten, darunter zwei Gefängniswagen. Bei ihnen war ein Arzt, der sich um die Verwundeten kümmerte.

Erst als die drei Klansmänner in den geschlossenen Kabinen verstaut waren, ließ Vollmer mich holen.

»Die eine Wache ist tot«, berichtete Vollmer. »Der Verwundete ist tatsächlich ein Detective, George Weatherman vom Sittendezernat des *LAPD,* ausgerechnet. In der ersten Befragung hat er ausgesagt, dass er nichts von einer bevorstehenden Jagd oder einem Teeren und Federn wüsste und auch nicht, wer die beiden Gefangenen waren, ja dass es hier überhaupt welche gäbe, und Gewalt gegen Schwarze lehne er ab. Er habe nur einen Befehl seines kommandierenden Klanobersten befolgt und die Farm bis Sonnenuntergang bewachen sollen. Wie dieser heißt, wisse er angeblich nicht, und er habe sein Gesicht noch nie gesehen. So wird es immer sein, dass sie sich mit so etwas herausreden wollen, aber ich werde ihn unter Druck setzen, mehr zu erzählen. Welche Polizisten noch dabei sind, zum Beispiel. Los jetzt, hoffentlich treffen wir die anderen auch an.«

Wir stiegen in die Polizeiwagen und fuhren los, in Richtung des Waldes, auf den ich sie verwiesen hatte. Die Automobile gaben tüchtig Gas, um es schneller zu schaffen als in einer halben Stunde.

Sie hatten mich zu Clarence gesetzt, der noch ziemlich mitgenommen aussah. Er war ein wirklich gut aussehender Bursche Mitte zwanzig mit großen intelligenten Augen, abgemagert und durstig aus einer Flasche Wasser trinkend. Seine Handgelenke waren von den Fesseln blutig rot gescheuert.

»Hallo, Clarence«, sagte ich. »Ich bin Hardy Engel, ein Freund von Polly Brandeis. Ich habe dich für sie gesucht, und sie war es, die zum Glück die Farm gefunden hat.«

»Danke«, meinte er mit versagender Stimme. »Wie geht es Polly?«

»Gut. Aber sie war sehr besorgt um dich.«

»Verdammt«, sagte er und wischte sich über das Gesicht. »Sie haben uns gesagt, dass sie uns jagen würden, aus Anlass des Feiertages ... dass wir eine faire Chance bekommen würden ... Zwei andere wurden schon neulich dazu weggebracht.«

»Ich weiß«, sagte ich. »Ich war dort. Einen haben sie getötet.« Er stöhnte auf und fuhr sich mit der Hand durchs Gesicht. »Den anderen konnte ich retten, Russell, er hat mir von dir berichtet. Hoffentlich erwischen wir die Schweine. Wenn nicht, geht Polly sie nämlich suchen. Sie wollte sie ohnehin gleich alle persönlich angehen, als ich ihr davon erzählt habe. Du weißt doch, Clarence, wie impulsiv sie ist.«

»Ja«, antwortete er und sah mich aufmerksam an. »Du bist ... ein guter Freund von ihr, nicht wahr, Hardy?«

Ich nickte ihm zu. »Ja, das bin ich.«

»Sie hat dich erwähnt, oft.«

»Dich erst, als du verschwunden warst«, sagte ich.

Er hatte die Flasche ausgetrunken und ich gab ihm eine neue.

»Danke, dass du das für mich gemacht hast, obwohl du ...«

»Kein Problem.«

Was man eben so sagt. Ich bot ihm eine Zigarette an und wir rauchten beide.

»Polly hat ein gutes Herz, und sie ist ein verdammt tolles Mädchen«, meinte Clarence. »Aber sie kümmert sich nicht sehr darum, was andere Leute denken oder fühlen. Sie lebt nur im Augenblick, ist ziemlich egoistisch, und das kann sehr wohl ein Problem sein. Ich liebe sie und hätte sie gerne nur für mich, aber das lässt sie ja nicht zu.«

Der Wagen rumpelte über die Landstraße, auf das Waldstück zu. Ich sagte nichts.

»Wenn ich du wäre, würde ich meinen Rivalen aus dem Weg schaffen wollen«, sagte er mit einem schiefen Grinsen und schüttelte den Kopf.

»Will ich ehrlich gesagt auch«, erwiderte ich. »Aber ich will nicht, dass das *jemand anderes* tut – irgend so ein rassistisches Arschloch zum Beispiel.«

Wir grinsten jetzt beide. Dann wurde er wieder ernst.

»Sie haben mich einfach von der Straße weg geschnappt, auf dem Nachhauseweg vom Club. Sie sagten, als Strafe wegen Verstoß gegen das nächtliche Ausgangsverbot für Schwarze.«

»Das dürfte doch nur die Polizei«, erwiderte ich. »Und die Regel ist sowieso reine Willkür.«

Schon bei meinem letzten Fall hatte sie einen wichtigen Zeugen betroffen, den bisher einzigen Schwarzen, mit dem ich näher zu tun gehabt hatte. Ich hatte nichts gegen sie – auch wenn sie einen komischen Akzent hatten, aber den hatte ich auch, und letztlich waren wir alle Einwanderer, die es auf ihre eigene seltsame Weise in dieses Land verschlagen hatte –, zumindest sofern wir keine Rivalen um eine Frau waren.

»Wir Musiker haben das immer ignoriert und nie hat sich irgendwer darum geschert, aber die schon«, sagte er. »Es war ein ganz normaler Abend, und ich dachte nur an Jazz und an Polly. Dann haben sie mich ein paar Tage und Nächte gehalten wie ein Stück Vieh. Vorhin haben sie mich gefilmt und geschlagen, und ich dachte, ich werde heute Abend sterben …«

Er konnte nicht weitersprechen. Ich legte ihm die Hand auf den Arm.

»Sie werden sie hoffentlich alle schnappen. Hast du mitbekommen, was die geredet haben? Oder wer sie waren?«

»Sie hatten immer diese Kapuzen auf, wenn sie reinkamen«,

sagte Clarence und dehnte die Arme und die langen Beine. »Aber einmal habe ich gehört, wie einer sagte, dass jemand, den er ›den General‹ nannte, gewiss bald auch zu ihnen stoßen würde. Ein anderer sprach einmal vom ›Minister‹, ganz stolz waren sie darauf.«

»Bist du sicher?«, fragte ich. Die offizielle Bezeichnung von Will Hays in seiner Zeit als Minister war *Postmaster General* gewesen. In den Zeitungen nannte man ihn jetzt noch häufig »den General.«

»Ja, bin ich, aber das war alles, was ich darüber gehört habe«, sagte Clarence und biss sich auf die Lippen. Der Rauch schien ihn schwindlig zu machen. Er hatte ja seit Tagen kaum etwas gegessen und getrunken. »Was haben sie mit dem Mann im Wald gemacht? Verbrannt …?«, fragte er dann mit Entsetzen in den Augen.

»Geteert und gefedert«, sagte ich schnell. »Und dann haben sie ihn erschossen. Den anderen, Russell, habe ich aufgegriffen und es geschafft, ihn wegzubringen.«

»Ich hatte solche Angst, dass sie mich verbrennen …«, flüsterte er. »Anbinden und verbrennen, aber teeren und federn ist auch furchtbar. Mein Großvater hat mir Geschichten davon erzählt, er war noch Sklave im Süden …«

»Wo genau?«, fragte ich schnell und überlegte, wie ich ihn von dem fürchterlichen Thema abbringen könnte. Doch er redete weiter darüber.

»Es heißt immer, sie nehmen kalten Teer und bestreichen einen damit. Aber bei meinem Großvater in Tennessee haben sie kochend heißen Teer mitgebracht. Er bemerkte es vorher und konnte sie eine Zeit lang hinhalten, nur deswegen hat er es überlebt. Er hat ihnen eine Geschichte erzählt, um zu überleben, wie Scheherazade – damit der Teer weit genug abkühlen konnte, dass er es überstand. Die Verbrennungen waren trotzdem … Er hat mir die Narben gezeigt.« Ich konnte kaum mehr zuhören.

Der Wagen hielt in diesem Moment an und wir sahen nach draußen.

Dort stand auf der Lichtung ein großes brennendes Holzkreuz, aber es war niemand da.

Offenbar waren die Klansmänner alle geflüchtet und die Jagd abgeblasen worden. Vielleicht war jemand in der Nähe der Farm gewesen und hatte die Schießerei gehört, oder sie hatten auf andere Weise eine Warnung erhalten; womöglich gab es ja irgendwo einen Maulwurf. Jedenfalls waren sie alle verschwunden und hatten nur das Kreuz für uns zurückgelassen. Die Polizisten hatten lediglich die drei Männer und den toten Klansmann. Beweise für eine Jagd oder Lynchaktion gab es natürlich nicht, außer meiner Behauptung, dass eine bevorgestanden habe. Vollmer nahm diesen Fehlschlag mit professionellem Gleichmut hin, für meinen Geschmack beinahe zu ruhig.

Nachdem die Polizisten Clarences Aussage aufgenommen hatten und der Arzt ihn und den anderen Jungen – einen pickligen achtzehnjährigen Lieferjungen – untersucht und nichts Bedenkliches festgestellt hatte, fuhr ich Clarence mit dem Voisin zu dem kleinen Haus am Fuß der Hollywood Hills.

Ich musste ihn stützen, als wir zur Tür gingen. Plötzlich wurde sie aufgerissen und barfuß stand Polly vor uns. Ihr bangender Blick entspannte sich, als sie ihn erblickte, sie grinste breit.

»Da hast du ihn wieder«, sagte ich.

Sie umarmte erst ihn, und dann drückte sie mich stürmisch an sich. Sie riss mir fast ein Ohr ab dabei und umarmte mich so fest, als wollte sie mir alle Rippen brechen.

»Danke, Hardy«, sagte sie. »Du bist … ach, du bist einfach der Beste!«

Sie gab mir einen Kuss. Plötzlich ertönte ein Knall und wir fuhren auseinander. Doch es war nur das große Feuerwerk, das gerade unten in der Stadt begann und den Himmel in Rot und Weiß und Blau illuminierte. Die Polizisten waren zur Parade gefahren und alle feierten dort jetzt den 4. Juli, als wäre nichts geschehen.

»Bleib bei ihr«, sagte ich zu Clarence und beugte mich zu dem kleinen Mops, der aufgeregt hechelnd um uns herumscharwenzelte.

»Zu mir, Enrico! Lassen wir die zwei mal alleine.«

»Danke, Mann …«, sagte Clarence gerührt. »Das werde ich dir nie vergessen.«

Wir gaben uns die Hand, sehr ernst und feierlich, im Widerschein des Feuerwerks.

Polly schlang die Arme um ihn und schob ihn ins Haus, während der Hund und ich zum Automobil gingen.

»Komm, wir beißen ein Paar Schuhe kaputt«, meinte ich zu Enrico.

ZWEITER TEIL

5. JULI 1923 – 21. JULI 1923

20

Wir schliefen uns tüchtig aus, Enrico ausnahmsweise im Bett, zu meinen Füßen zusammengerollt. Am Vormittag rief ich dann Herbert Somborn an, um mich für einen Rapport zu verabreden, worauf er mich zu sich in sein Firmenbüro in Downtown bestellte. Außerdem ging mein Spesengeld zur Neige und ich rechnete damit, weiteres zu benötigen.

Vorher sammelte ich noch ein paar Informationen ein, indem ich mit Edward im Beverly Hills Hotel telefonierte und die Zeitungen durchsah, während ich in Bucks Lieblingsautomobilwerkstatt die hintere Stoßstange des Voisins reparieren ließ. Zwei kräftige Italiener tauschten das zerbeulte Ding einfach aus und schraubten eine neue, makellose daran. Kurz darauf fuhr ich mit Enrico in der First Street vor einem großen, maurisch aussehenden Gebäude vor, in dem sich die Räume der Equity Pictures befanden. Dort waren zwei kräftige Möbelpacker damit beschäftigt, Einrichtungsgegenstände aus dem Büro abzutransportieren und in einen großen Lastwagen zu laden, der unten vor der Tür stand. In Mr Somborns lichtdurchflutetem Büro, in dem nur ein Schreibtisch und ein Stuhl standen, erwartete mich eine weitere Überraschung in Gestalt seiner Tochter, der zweieinhalbjährigen Gloria junior, die er am heutigen Tag sehen durfte und der Not halber in die Firma mitgebracht hatte. Das hübsche kleine Mädchen spielte auf dem Boden und war recht zutraulich, auch zu Enrico, der sie seinerseits sofort ins Herz schloss.

Die beiden jagten über den Flur, während wir uns im Büro

setzten und zu reden begannen. Somborn, in einem cremefarbenen Leinenanzug perfekt gekleidet, wirkte nervös und unglücklich. Die Möbelpacker kamen und gingen währenddessen und brachten immer weiter Gegenstände fort, die die Equity Pictures gezwungen war zu verkaufen.

»Schießen Sie los. Irgendetwas Neues zum Ku-Klux-Klan?«, fragte er ungeduldig.

»Das kann man so sagen. Ich konnte dafür sorgen, dass ein weiteres Treffen verhindert wurde. Mithilfe der Polizei haben wir eine Farm ausgehoben und einige Leute festgenommen sowie einige Schwarze, die von ihnen gefangen gehalten wurden, befreit. Ich habe die Aussage eines von ihnen, dass einer der Klansmänner ein Minister sei und sie ihn ›General‹ nannten. So nennt man in der Presse auch …«

»Ich weiß«, unterbrach er mich. »Will Hays. Wenn Sie das nachweisen könnten …«

»Mehr habe ich noch nicht.«

»Aber irgendwas scheint ja dran zu sein. Ich habe auch mit Dorothy darüber gesprochen, wir wissen nicht, ob Hays ein Rassist ist, er ist jedenfalls ein fanatischer Christ und ein Heiliger ist er gewiss nicht«, überlegte er.

»Ich habe noch etwas anderes, eine mögliche Geliebte. Da habe ich in den letzten Tagen eine sehr vielversprechende Spur verfolgt«, erklärte ich Somborn. Ich erzählte ihm von Blossom Jones, dem Showgirl aus New York, was ich beobachtet und was sie mir erzählt hatte: dass ihr Liebhaber ihr den Job auf ihr Drängen hin verschafft habe und noch dazu eine Menge Geld bezahle, mit dem er ihr Schweigen erkaufe. Dass er verheiratet sei, aber noch viele andere Geliebte habe. Dass er mächtig sei und sie offenbar Angst vor ihm habe, weswegen sie seinen Namen nicht nennen wolle.

Somborn wiegte den Kopf und kniff die Augen zusammen. »Sie hat bisher nicht einmal zugegeben, dass es ein Mann aus der Filmbranche ist?«

Ich überlegte. »Nein. Frauen erzählen mir so einiges, Mr Somborn, aber leider eben nicht alles. Es klingt nach Mr Hays, aber es wäre auch möglich, dass er das nur für jemand anderen in die Wege geleitet hat. Ihr Arbeitgeber Carl Laemmle sagt, er habe damit jemandem einen Gefallen getan, aber auch Laemmle hat sich keinen Namen entlocken lassen.«

»Kommt Uncle Carl selbst infrage? Oder ein anderer Produzent?«

»Das wäre denkbar. Und offenbar wurde sie auch noch von jemand anderem beobachtet.«

»Von wem?«

»Kann ich nicht sagen, es kam zu einer Verfolgungsjagd, ich war leider erfolglos. Dann versuchte mich jemand von der Straße zu drängen, aber ich habe mich nicht abhalten lassen. Übrigens auch nicht davon, dass man mir das hier zugestellt hat.« Ich zeigte ihm die Patrone. Er starrte sie mit einer Mischung aus Faszination und Ekel an. »Miss Jones war an jenem Abend später wieder zu Hause, alleine.«

»Sie hat richtige Angst vor ihm, sagen Sie?«, fragte er grübelnd. »Und was hat Will Hays in dieser Zeit getan, wissen Sie das auch?«

»Selbstverständlich, die Informationen darüber lasse ich mir von einem Pagen im Beverly Hills Hotel geben. Unter anderem dafür ist das Spesengeld, und dafür brauche ich auch noch mehr. Mr Hays war vorgestern auf einer Filmpremiere von United Artists im Million Dollar Theatre, hier um die Ecke. Dort ist er wie üblich auf dem roten Teppich von zahlreichen Menschen gesehen und auch fotografiert worden, ich habe die Zeitungen durchgesehen.«

»Ebenso üblich ist es jedoch, dass viele der Prominenten, sobald im Kinosaal das Licht ausgegangen ist, ihre Plätze im Schutz der Dunkelheit verlassen und etwas Sinnvolleres mit ihrer Zeit anfangen, als einen Film zu sehen«, sagte Mr Somborn.

»Das weiß ich natürlich«, sagte ich. »Ein Rendezvous in Santa Monica oder auch Hollywood ist insofern zeitlich nicht vollkommen auszuschließen, doch es erscheint als nicht sehr wahrscheinlich. Sie war um halb elf wieder in ihrer Wohnung, er war um Mitternacht im Hotel.«

»Und gestern, am vierten Juli?«, fragte er. »Ein romantisches Datum, wenn Sie mich fragen. Ich und Gloria …« Er verstummte und winkte ab. Draußen lief Enrico bellend um ihre kleine Tochter herum, die fröhlich lachte.

»Da hat Hays an zahlreichen Paraden und Empfängen teilgenommen und auch eine große Feiertagsrede auf dem Fox-Gelände gehalten. Man kann fast seinen gesamten Tagesablauf aus den Zeitungen rekonstruieren. Abends hat er um acht Uhr an einem Bankett im Ambassador Hotel mit Bürgermeister George Cryer und anderen Honoratioren teilgenommen. Alle trugen bunte Papierhüte mit Flaggenmotiven. Danach haben sie sich das Feuerwerk angesehen.«

»Kommt noch irgendetwas Spannenderes, Mr Engel?«

»Mr Hays kehrte diesmal erst um halb zwei ins Hotel zurück, sagt der Page.«

»Um es auf den Punkt zu bringen, Sie selbst haben nichts Konkretes beobachten können?«

»Nicht gestern. Das sagte ich ja bereits.«

»Ich verstehe schon, warum Sie bisher lieber Miss Jones gefolgt sind«, sagte er. »Aber folgen Sie ab sofort doch bitte Mr Hays. Wir wollen doch *ihn* in flagranti erwischen. Nehmen wir nur einmal an, er hätte eine Affäre mit Gloria. Dann müssten Sie ungeheuer aufpassen, um es überhaupt mitzubekommen. Dann würde sie jede kleine Gelegenheit nutzen, zwischen zwei Terminen oder wie auch immer, sie ist ja selbst eine viel beschäftigte Frau – und sie kommt dann direkt zur Sache, das können Sie mir glauben. Folgen Sie bitte Mr Hays.«

»Wenn Sie es so wollen.«

Es klopfte. Die beiden Möbelpacker sahen herein und ließen sich auf einem Dokument von Somborn eine Unterschrift geben. Er kritzelte sie mit Todesverachtung hin. Sie grüßten routiniert und verschwanden wieder. Ich konnte gut verstehen, dass ihn das alles reichlich nervös machte.

Somborn sah auf seine Uhr. »Sie haben noch zwei Tage, Mr Engel, heute und morgen Abend, dann reist Hays ab«, sagte er und erhob sich.

Ich öffnete die Tür. Die kleine Gloria ließ von Enrico ab und sprang zu ihm. Er nahm sie in den Arm und küsste ihre erhitzten Wangen.

»Bringen Sie uns etwas«, sagte er voller Hoffnung. Er griff in die Tasche und holte fünf Zehn-Dollar-Scheine hervor, die er mir gab. »Hier, Sie sagten, Sie brauchen noch mehr Spesengeld. Das ist alles, was ich jetzt bei mir habe. Setzen Sie es gut ein und sagen Sie Bescheid, falls Sie erneut Nachschub benötigen.«

Ich eiste Enrico mit Mühe von der Kleinen los, die weinend dagegen protestierte, und wir gingen hinaus.

Ich startete den Voisin und fuhr nach Hollywood zurück, wo ich auf das Paramount-Gelände einbog, nachdem ich meinen Ausweis vorgezeigt hatte. Dann lenkte ich ihn zum Autorengetto hinüber und parkte, um Enrico bei Polly vorbeizubringen. Sie war nicht im Büro und ihr Nachbar, ein Ostküstenheini mit Brille und einer roten Knollennase, sagte mir, dass ich sie im *Gym* fände.

Dort waren in einer großen Turnhalle Dutzende junge, gut gewachsene Menschen dabei, sich zu ertüchtigen und für die Dienste der Paramount fit zu halten. Die meisten von ihnen waren Schauspieler. Gekleidet in dünne, ärmellose Trikots turnten sie an Barren, Pferden und Recks, stemmten Hanteln mit Gewichten, fochten, schwangen Keulen, warfen Bälle unterschiedlichster Größen; kurzum, sie taten auf höchst eifrige Weise alles, um ihre Körper von den mutmaßlichen Exzessen der vergangenen Nächte zu reinigen: Drogen, Alkohol, Sex. Die Luft roch herb nach Schweiß, den man im Gegenlicht der Oberfenster förmlich wabern zu sehen meinte. Angstschweiß, Junkieschweiß, ausgeschwitzter Alkohol.

An Sprossenwänden machten nebeneinander Gloria Swanson und Pola Negri Übungen, jeweils unter Anleitung eines persönlichen Trainers, die beide wie Michelangelos David aussahen, allerdings bekleidet. Der von Pola war blond und der von Gloria war brünett. Die Diven schnauften verbissen und schienen sich übertrumpfen zu wollen, auch wenn sie sich keines Blickes würdigten.

Eine ganze Ecke war für das Boxen reserviert, die momentan populärste neue Sportart, hier war ein Boxring aufgebaut, in dem zwei griechische Götterknaben mit herkulischen Bizepsen sparrten, und um ihn herum übten zahlreiche weitere muskelbepackte Männer schattenboxend oder in Paaren gegeneinander ihre Schläge. Eine einzelne junge Frau war darunter, die eine an der Decke aufgehängte Boxbirne so heftig bearbeitete, dass sie klirrte wie ein Musikinstrument. Es war natürlich Polly. Ich sah ihr einen Moment lang zu, aufs Höchste fasziniert, denn ich hatte sie bisher noch nie boxen sehen.

Sie war Linksauslegerin. Auch wenn die Handschuhe an ihren sehnigen, dünnen Armen grotesk dick aussahen, sie verfügte über einen ordentlichen Jab und den Kampfgeist eines irischen Stadtmeisters. Sie boxte ernsthaft, nicht nur als Reklamegag für eine Fotografie wie manche Schauspielerinnen in letzter Zeit.

»Nicht schlecht«, sagte ich und zündete mir eine Chesterfield an. »Wenn sie eines Tages Weltmeisterschaften für Frauen ausrichten sollten, melde ich dich an.«

Sie hielt inne und drehte sich um. Polly sah übernächtigt und verschwitzt aus und begrüßte erst mich und dann ihren Mops mit einer tropfnassen Umarmung. Ich wischte ihr den Schweiß mit einem bereitliegenden Handtuch ab und fächelte ihr damit Luft zu wie ein Coach. Sie grinste breit. »Guck mal, das ist ein Uppercut!«, sagte sie stolz und hieb dann einen letzten linken Aufwärtshaken gegen die Birne, der sie fast aus der Verankerung riss. »Immer voll aufs Glaskinn, verstehst du!« Sie beendete ihr Training und ließ sich wieder das Handtuch reichen.

»Schöne Nacht gehabt, Champ?«, fragte ich.

»Na ja, nicht was du denkst. Der Junge ist ziemlich am Ende. Er schläft die meiste Zeit. Letzte Nacht hat er mir alles erzählt«, sagte sie und schüttelte sich vor Entsetzen. Mir wurde klar, wen sie beim Schlagen vor sich gesehen haben musste. »Danke, dass du ihn herausgeholt hast. Womit habe ich dich nur verdient?«

»Ich bin auch kein Heiliger«, sagte ich. »Ich war vor zwei Tagen bei Blossom Jones und wir haben uns geküsst. Sag mal, hast du sie heute schon gesehen?«

Sie betrachtete mich für einen Moment stumm vor Verblüffung.

»Bist du so sehr hinter ihr her?«, meinte sie dann.

Ich gab ihr aus einer Wasserflasche zu trinken und wischte ihr eine nasse Locke aus der Stirn. »Nein, verdammt noch mal. Sie gehört zu meinem Fall, mehr kann ich dir nicht erzählen, und um den muss ich mich heute auch wieder kümmern. Also, was ist nun?«

Sie schmollte ein bisschen, dann antwortete sie:

»Sie ist heute noch nicht aufgetaucht. Am Feiertag gestern hatte sie ja frei, wie wir alle, aber heute drehen sie wieder und beim Lunch habe ich sie nicht gesehen.«

»Wirklich? Seltsam.«

Ich nahm mir die heutige Tagesdispo vor, die auf einem Zettel an der Wand hing, und sah darauf, dass Blossom Jones ab drei Uhr drehfertig für Fords Western sein sollte. Es war nicht mehr lange hin. Wir gingen zusammen zum Ausgang.

Dort fiel mein Blick auf ein Filmjournal, das am Tresen auslag. Es war die aktuelle Ausgabe und ich schlug es auf und suchte die Fotos von der Premiere im Million Dollar Theatre. Ich entdeckte welche von Will Hays mit diversen Stars, die ich bereits in den Zeitungen gesehen hatte, darunter auch D.W. Griffith, wie immer mit Cape und breitkrempigem Hut. Dann sah ich eines, auf dem Hays mit Gloria Swanson posierte. Sie lachten sich an und sahen sehr befreundet aus.

»Sag mal, hat Gloria eigentlich gerade einen Liebhaber?«, fragte ich Polly und half ihr, die Handschuhe auszuziehen. »Weißt du da irgendwas?«

»Nein«, sagte sie und sah zu Gloria hinüber, die weiter ihren schlanken Körper trainierte. »Wir reden nur über das Skript, über solche Dinge erzählt sie mir nichts – genauso wenig, wie ich über meine Liebhaber rede. Wieso, stehst du auf sie?«

»Blödsinn. Nur so.«

Ich ließ Enrico bei Polly zurück, ging zu Halle 7 hinüber und fragte einen Beleuchter, ob Miss Jones schon da gewesen sei. Er wusste sofort, wen ich meinte, verneinte aber. Ich lief eilig zu meinem Wagen, machte einen Kavaliersstart und raste zu den *Garden Court Apartments*.

21

Meine Unruhe wurde noch größer, als ich dort ankam und auf einen Blick feststellte, dass das Schlafzimmerfenster von Blossom Jones noch genauso halb offen stand, wie ich es zuletzt gesehen hatte.

Dazwischen lagen zwei Nächte.

Wieder schlich ich mich zu Fuß, wie vorgestern, durch die Ausfahrt in die Parkgarage. Der rote Hudson stand immer noch an derselben Stelle.

Von der Garage aus konnte man einen Aufzug nach oben nehmen oder die Hintertreppe. Ich lief wieder die Treppe nach oben, sie führte direkt auf den Flur zu den Apartments. Dort öffnete ich eine Tür und lugte von hinten in die Eingangslobby. Der uniformierte Portier saß mit dem Rücken zu mir vorne an der Rezeption und blätterte in einem Magazin.

Ich ging ins Treppenhaus zurück und durch die Parkgarage hinaus zum Voisin. Ich nahm meine Luger aus dem Handschuhfach und steckte sie ein, ebenso die kleine, handliche Brownie-Kamera, die in meine Jacketttasche passte. Danach sah ich mich sorgfältig um, entdeckte aber nirgendwo jemanden, der das Haus womöglich überwachte, und daraufhin wandte ich mich diesmal dem großzügigen Garten zu, der dem Haupteingang vorgelagert war. Dieser namensgebende *Garden Court* war dicht bepflanzt und die Sträucher verbargen mich weitgehend, als ich zu der Ecke lief, wo Blossoms Fenster zur Hälfte nach oben geschoben war. Eine elfenbeinfarbene Gardine bewegte sich dahinter leise im Wind.

Ich griff nach oben und zog mich mit beiden Händen auf das Sims hinauf. Von hier konnte ich in das Schlafzimmer hineinblicken. Das Bett war leer, und auch sonst konnte ich niemanden sehen.

Ich musste es riskieren – schwang die Beine auf das Sims und schob mich durch das Fenster hinein. Gerade so passte ich durch die Öffnung. Vorsichtig glitt ich zu Boden, hielt inne und lauschte.

Es war nichts zu hören, außer dem Verkehr auf dem nahen Boulevard. Ich sah unters Bett, aber auch da lag keine Leiche. Also musste ich in den anderen Räumen nachsehen.

Die Tür führte auf einen Flur, dessen Wände mit einer Seidentapete bespannt waren. Sie zeigten Muster von fein gezeichneten Bambusrohren und Reihern und Seerosenteichen und was reiche Leute sich sonst noch gerne anschauen, wenn sie über ihren Flur zur Küche schlendern. Diese war modern ausgestattet und hatte eine blitzblank blinkende Messingspüle. Nur ein kleiner Stapel benutzter Teller und ein paar Tassen und Gläser zeigten an, dass hier jemand wohnte.

Im Wohnzimmer musste ich um die Couch herumgehen, auf der wir neulich gesessen hatten, und erst als ich den Boden ganz einsehen konnte, hatte ich Gewissheit, dass auch hier keine Tote lag. Die einzigen Utensilien auf dem Couchtisch waren ein leeres silbernes Tablett und ein Aschenbecher, in dem ausschließlich Kippen mit ihrem kirschroten Lippenstift daran lagen.

Vorne an der Eingangstür lag das Badezimmer. Also dann dort hinein, dachte ich, nahm mein Taschentuch, um die Klinke herunterzudrücken, und hielt den Atem an, als ich die Tür öffnete. Ich machte mir keinerlei Illusionen darüber, was ich dahinter vorfinden könnte.

Doch weder auf den ockerfarbenen Terrakottafliesen noch in der kleinen Sitzbadewanne mit Duschvorhang fand ich, was ich befürchtete. Über dem Waschbecken und unter dem Spiegel stand nur ein leeres Zahnputzglas, ohne Zahnbürste darin. Und sonst nichts auf dem Regalbrett, wo normalerweise Parfümflakons, Zahnpulver, Cremetöpfe und sonstige Utensilien stehen.

Das kam mir äußerst seltsam vor. Sie war weg.

War sie wirklich weg, an einem Tag, an dem sie eigentlich drehen sollte? Und hatte ihr Schlafzimmerfenster offen stehen lassen?

Ich ging zurück dorthin und öffnete den Kleiderschrank. Ein paar leere Kleiderbügel hingen an der Stange. Der Großteil der Regale war leer geräumt, nur ganz unten lagen noch zwei Stapel Damenblusen, deren rechter schief verrutscht war, das oberste Teil zu Boden gefallen; ganz so, als habe jemand in großer Eile alles weggepackt und nur diese beiden seien übrig geblieben. Das Bett war gemacht, eine Tagesdecke darüber gebreitet. Auf dem Nachttisch lag noch das Buch, *Rot und Schwarz* von Stendhal. Als habe Blossom Jones es ausgelesen und daraufhin spontan beschlossen, zu verreisen. Ein Schreibtisch wartete mit einer Platte aus dunklem Holz mit Intarsien auf einen Benutzer.

Ich verfluchte mich, dass ich nicht an jenem Abend doch noch bei ihr geklingelt und genauer nachgesehen hatte. Aber es war mir hier vor Ort alles normal und natürlich vorgekommen. Trotz des seltsamen Vorspiels: Blossoms rasender Fahrt hinunter nach Santa Monica, dem nächtlichen, einsamen Bad im Pazifik. Dem geheimnisvollen Beobachter, den ich verloren hatte; dann dem, der mich bedrängt hatte. Trotzdem hatte nichts darauf hingedeutet, dass sie …

Mein Blick fiel auf den Bettvorleger aus Plüsch. Irgendetwas störte mich daran. Er lag nicht da, wo man seine Füße absetzt, sondern viel weiter oben, am Kopfende. Und er war leicht schräg verschoben. Ich bückte mich und schlug ihn um die Hälfte zurück. Auf dem Teppich darunter war ein getrockneter Blutfleck, nicht groß, vielleicht einen halben Fuß im Durchmesser. Ich ging näher heran und sah in dem getrockneten Blut festgeklebt ein dünnes Büschel langer blonder Haare. Mein Herz krampfte sich zusammen.

»Scheiße«, sagte ich.

Es waren Blossoms Haare, und es war gewiss kein Zufall, dass der Vorleger sie und den Fleck verdeckte. Den einzigen Hinweis darauf, was hier passiert sein könnte. Passiert sein musste. Irgendwann zwischen vorgestern Abend und heute.

Zumindest glaubte ich nicht an einen Zufall. Ich machte mit der Kamera mehrere Bilder von dem Fleck.

Danach sah ich mir die Wohnung noch einmal genau an und ging auf der Suche nach weiteren Spuren zu dem benutzten Geschirr neben der Küchenspüle. Alle drei Kaffeetassen trugen die Abdrücke von ihrem Lippenstift, aber nur eines von zwei Gläsern. Das andere wies keine auf, es schien von einem Besucher zu stammen. Einem, der nach mir da gewesen sein musste. Die Gläser hatten Alkohol enthalten, etwas Klares wie Gin oder Wodka. Ich fotografierte auch die Gläser. An dem anderen Glas waren deutlich Fingerabdrücke zu sehen, darunter ein dicker Daumenabdruck.

Ich durchsuchte die Schubladen und Schränke des Sideboards und den Sekretär, der im Wohnzimmer stand. Liebesbriefe und Gedichte fand ich nirgendwo, weder jene hinreißenden, von denen sie geschwärmt und mit denen der anonyme Liebhaber Blossom Jones nach ihrer Aussage herumgekriegt hatte, noch irgendwelche anderen. Kein Schreibpapier, kein Notizbuch oder Terminkalender.

Mit einem Wort, die Wohnung war gefilzt worden. Blossom Jones – tot oder lebendig – war nicht das Einzige, was man weggeschafft hatte. Sie hatten wohl alles mitgenommen, in großer Eile, was nur möglich war. Das Apartment kam mir nun gespenstisch leer vor. Es gab auch keinen Koffer und keine Tasche in der Wohnung, obwohl Blossom ja erst vor Kurzem aus New York hierhergezogen war und doch sicher welche dabeigehabt haben musste.

Den Blutfleck hatten sie nur notdürftig verdeckt und auch das Geschirr nicht gereinigt. Vermutlich hatte es sehr schnell gehen müssen, und vielleicht würden sie auch noch einmal wiederkommen.

Ich steckte die Kamera ein und verließ rasch die Wohnung, diesmal durch die Tür, nachdem ich zunächst einen Blick durch den Spion auf den Flur geworfen hatte.

Als ich hinausging, traf ich niemanden und lief den langen Flur nach vorne, wo ich die Tür öffnete und von hinten in die Lobby und dann an den Tresen herantrat.

»Hallo«, sprach ich den Portier an. Er blickte von seinem Filmmagazin hoch.

»Guten Tag, Sir«, sagte er routiniert und legte schnell das Heft beiseite. »Ich habe Sie gar nicht hineingehen sehen. Sind Sie durch die Garage gekommen?«

»Genau«, sagte ich. »Sagen Sie, Miss Blossom Jones – haben Sie sie heute schon gesehen?«

Der Portier war Anfang vierzig, eine gepflegte, doch bereits etwas verblühte Erscheinung in einer weinroten Uniform. Er hatte olivfarbene Haut und schwarze Haare, wache, unruhige Augen und trug ein Halstuch mit Paisley-Muster.

»Nein. Heute noch nicht.«

»Haben Sie immer die Tagschicht? Wann haben Sie sie denn zuletzt gesehen?«, fragte ich. Ich holte einen Zehn-Dollar-Schein heraus und ließ ihn einen Blick darauf werfen. Sein Mund öffnete sich leicht.

Er überlegte. »Vorgestern«, sagte er. »Gegen Abend, kurz bevor ich abgelöst wurde.«

»Am Feiertag hatten Sie auch Dienst?«, fragte ich weiter.

Er sah auf den Schein.

»Ja, Sir. Ich muss jeden Dollar mitnehmen, den ich kriegen kann, ich war vorher Schauspieler, bevor ich aus heiterem Himmel auf die schwarze Liste kam und gekündigt wurde.« Er ließ seine Wimpern flattern. Vom Typ her konnte ich ihn mir gut als Nebendarsteller in einem Mantel-und-Degen-Film vorstellen.

»Hat irgendwer nach ihr gefragt? Hat sie generell Herrenbesuch bekommen?«

Ich legte die zehn Dollar vor ihn auf den Tresen.

»Sie war noch nicht lange hier. Letzte Woche hatte ich die Nachtschicht, da ist mir kein Herrenbesuch aufgefallen«, sagte er und seine Finger umschlossen den Schein. »Aber …«

»Was?«

»Gestern Morgen ist ein Besucher hereingekommen und wohl zu ihr gegangen.«

Ich stutzte. »Beschreiben Sie ihn.«

Er verzog den Mund zu einer Grimasse. »Das kann ich nicht, Sir. Ich war in diesem Moment gerade dadrin, wollte mir ein Sandwich machen«, sagte er und deutete mit dem Daumen zu einem Kabuff hinter dem Tresen. »Währenddessen ist er durchgeschlüpft, hab ihn nur gehört. Ich rief ihm noch hinterher, aber bis ich herausgekommen war, ging er schon durch, zum Flur.« Er zeigte hinter ihm auf die Tür, aus der ich eben gekommen war. »Hab ihn dort nur kurz von hinten gesehen, es war ein großer Mann.«

Ich stutzte und dachte an Anderson. »Anfang dreißig? Rötlich blondes Haar?«

Er steckte den Schein ein. »Er trug einen Hut und Mantel, zu Alter oder Haarfarbe kann ich nichts sagen, kam mir auch nicht bekannt vor. Sehr groß.«

Ich schnupperte. Es roch ungelüftet, süßlich und modrig, als wäre hier ein Pfau verendet, doch das bereits vor längerer Zeit. Vielleicht war es auch nur sein Parfüm. »Warum lassen Sie so jemanden durch, wofür sitzen Sie sonst hier?«

»Ich bin sofort hinter dem Tresen vor und ihm nach, aber als ich dann draußen auf dem Flur ankam, schloss sich gerade ihre Wohnungstür.«

»Miss Jones hat ihn also hereingelassen, sind Sie sicher?«

»Ja, ich habe noch ihre Stimme gehört. Damit war es für mich erledigt.« Er blies die Backen auf. »Was meinen Sie, wer hier alles ein und aus geht, und ich weiß ja, wie die Filmleute sind – da hören Sie auf, groß Fragen zu stellen. Sollen wir auch gar nicht. Und danach habe ich den Mann nicht mehr gesehen.«

»Demnach ist er durch die Garage weggegangen?«

Er nickte. »Muss er wohl. Hab nicht bemerkt, wie er das Haus verlassen hat, Sir.«

»Das ist verdammt ärgerlich. Dass Sie sein Gesicht nicht beschreiben können.«

Schnell sagte er: »Das nicht, aber etwas anderes … Als er da hinten die Tür zum Flur aufgemacht hat, habe ich ganz kurz seine Hand gesehen und da ist mir aufgefallen, dass einer seiner Finger fehlte. Der kleine Finger.«

»Sind Sie sicher?«

»Natürlich! Ich habe einen Blick für solche Dinge. Ihnen zum Beispiel fehlt ein Auge, Sir.« Er sah mich schlau an.

»An welcher Hand? Der rechten oder der linken?«

Er dachte nur einen kurzen Moment darüber nach. »Der linken«, sagte er dann, »ganz sicher. Der kleine Finger an seiner linken Hand.«

Die Tür, zu der ich noch einmal blickte, ging in der Tat nach links auf. Es schien also zu stimmen. Ich dachte nach. Bei Anderson hatte ich nicht besonders auf die Hände geachtet. Ein fehlender kleiner Finger kann einem schon mal entgehen.

»Wann war das?«

»Acht Uhr dreißig, recht früh für einen Feiertag, habe ich mir noch gedacht.«

»Haben Sie danach irgendetwas gehört? Einen Streit vielleicht?«

Der Telefonapparat auf seinem Tresen läutete.

»Nein, Sir, es schien alles normal zu sein. Sie werden mich deswegen doch nicht anschwärzen?«, fragte er ängstlich.

»Natürlich nicht, ich bin gar nicht hier gewesen«, beruhigte ich ihn. »Ein großer Mann also, dem der linke kleine Finger fehlt ...«

Er nickte eifrig. »Ja, ganz sicher, ich schwöre es.« Er machte eine entschuldigende Geste und griff nach dem Hörer.

»Sie haben mir sehr geholfen«, sagte ich, und da ich keinen etwaigen Besuchern begegnen wollte, ging ich erneut nach hinten zum Garagenausgang, ganz langsam. Als ich die Tür am Ende des Foyers erreicht hatte, legte er soeben auf, drehte sich um und rief mich noch einmal an.

»Sir? Ich habe gerade erfahren, dass Miss Jones verreist ist.«

Ich blieb an der Tür stehen. »Ach wirklich? Sagt wer?«

»Das weiß ich leider nicht. Ein Mann, seinen Namen hat er nicht gesagt. Falls jemand nach ihr fragt, soll ich einfach nur ausrichten, sie habe überraschend eine große Reise angetreten und wohne hier nicht mehr.«

»Haben Sie nochmals vielen Dank«, sagte ich. »Das habe ich mir fast gedacht.«

Ich ging durch die Tür und eilte zur Garage, vorbei an ihrem zurückgelassenen Hudson und nach draußen.

22

Ich setzte mich hinter das Steuer des Voisins, legte die Kamera auf den Beifahrersitz und überlegte. In meinem Büro an der Franklin Avenue befanden sich Puder, Pinsel und Klebefolie, die Ausrüstung, mit deren Hilfe ich die Fingerabdrücke an dem zweiten Glas würde sichern können. Fünf Minuten hin, fünf zurück, ich würde mich beeilen müssen und es konnte sein, dass ich in der Zwischenzeit etwas verpasste. Ich fand, dass ich dieses Risiko dafür eingehen musste.

Gerade wollte ich auf den Anlasserknopf drücken, als ein Automobil um die Ecke gerast kam, ein lindgrüner Duesenberg mit Weißwandreifen. Es zog an mir vorbei, bremste und hielt direkt vor dem Eingang zum *Garden Court*.

Zwei Männer stiegen aus, ein kleinerer und ein großer, hagerer, und ich erkannte Charles Payne und Fred Anderson, den Sicherheitschef von Paramount und den Mann, der bei der Produzentenvereinigung die Fäden zog. Anderson trug einen Eimer mit Wischmob, der einen grotesken Kontrast zu seinem maßgeschneiderten Anzug und Mantel und dem Homburg aus schwarzem Filz und den ledernen blauen Handschuhen bildete, und Payne holte aus dem Fond einen Karton, aus dem Putzmittelpackungen ragten. In ein Gespräch vertieft, gingen beide auf den Eingang zu. Sie schienen in großer Eile zu sein und es war mehr als klar, was sie vorhatten: Nun, da sie Blossom Jones' Abreise offiziell deklariert hatten, wollten sie endgültig aufräumen, damit auch alles entsprechend aussah.

Kurze Zeit später beobachtete ich durch das noch offen stehende Fenster, wie sie sich, nun ohne Hüte und Jacketts und mit hochgekrempelten Ärmeln, im Schlafzimmer zu schaffen machten. Payne beugte sich herab und Anderson, einen prüfenden Blick nach draußen werfend, schloss das Fenster. Durch die Handschuhe konnte ich nichts Genaues über die Anzahl seiner Finger erkennen. Und auch das mit den Fingerabdrücken würde nichts mehr werden. So ungewohnt es für diese beiden Strippenzieher war, sie würden überall gründlich putzen und abspülen, persönlich, ohne weitere Mitwisser. Das möblierte Apartment besenrein und rückstandsfrei, ohne Spuren, übergeben, vielleicht hatten sie schon einen Nachmieter gefunden, und danach würde hier nichts mehr an Blossom erinnern, eine Blondine, die eine Woche in Hollywood gewesen, verschlissen und nun wieder entfernt worden war. Immerhin hatte ich den Fleck und die beiden Gläser fotografiert.

Während ich wartete, stellte ich mir die beiden auf Knien den Teppich schrubbend vor und wie sie in der Küche Gläser prüfend gegen das Licht hielten. Ob Anderson – ich nahm an, dass er es war – gestern früh alleine hier gewesen war und erst danach Payne alarmiert und eingeweiht hatte? Oder war dieser bereits beteiligt gewesen und hatte sich ungesehen dazugeschlichen? Ich fragte mich außerdem, was mit Blossoms Rolle in dem Film geschehen würde, nun, da sie verschwunden war.

Mir ging es richtig elend. Dass Blossom Jones – die bildhübsche, kluge, einfühlsame Frau, die ich wirklich mochte, der ich intimste Dinge erzählt hatte, die ich nicht einmal mit Polly teilte – tot sein sollte, das nahm mich ordentlich mit.

Es dauerte eine geschlagene Stunde, dann kam Payne vorne heraus. Er trug auf einem Arm den Karton, in dem nun auch die Flaschen aus dem Barwagen klirrten, und in der anderen Hand eine Papiertüte, in der offensichtlich die Blusen waren. Er stieg damit in den Duesenberg, und gerade als er ihn anließ, kam aus der Garageneinfahrt der kirschrote Hudson mit Anderson am Steuer heraufgefahren. Sie röhrten nacheinander an mir vorbei, zum Hollywood Boulevard, und ich startete meinen Wagen und folgte ihnen. Sie wandten sich nach Osten und während Payne dorthin weiterfuhr, bog der rote Hudson kurz hinter Hays' Büro auf die Highland Avenue ab. Ich beschloss, mich an ihn dranzuhängen. Er überquerte mehrere Straßen, den Sunset Boulevard und noch ein halbes Dutzend weitere. Irgendwann steuerte er den Hudson auf das Gelände eines Autohändlers und parkte ihn auf dem Parkplatz, wo zahlreiche weitere Automobile gehobener Klasse bereitstanden, frisch gewaschen und poliert, die gemalte Preisschilder hinter den Windschutzscheiben stecken hatten.

Anderson übergab den Schlüssel einem Mann in einem billigen Anzug und redete ein wenig auf ihn ein. Immer noch trug er Handschuhe, leider. Der Mann nickte und klopfte ihm auf die Schulter, was Anderson sichtlich nicht gefiel. Der Mann nahm ein Pappschild, schrieb eine Zahl darauf und platzierte es hinter der Frontscheibe des Hudsons. Anderson verabschiedete sich, ging zur Straße, pfiff einem Taxi zu und sprang hinein, hundertfünfzig Fuß von der Stelle entfernt, wo ich wartete.

Ich folgte dem Taxi, das zurück zum Hollywood Boulevard fuhr und dem Anderson vor dem Eingang des Bürogebäudes entstieg. Er ging hinein. Das war alles. So beschloss ich, später noch einmal nachzusehen, und fuhr gleich weiter, die paar Blocks zu Paramount.

Der Pförtner an der Schranke erkannte den Voisin und wollte mich durchwinken, doch ich hielt an, öffnete mein Fenster und fragte ihn: »Wo ist bitte die Garderobe von Blossom Jones?«

»Einen Moment.« Er sah nach, schüttelte ratlos den Kopf und antwortete dann: »Miss Jones arbeitet nicht mehr hier. Seltsam, auf der Dispo steht sie für heute noch, aber das ist durchgestrichen. Offensichtlich ist sie abgedreht.«

»Interessant«, brummte ich. »Trotzdem, wo waren ihre Garderobenräume?«

Er sah auf einer Liste nach und sagte dann: »Geradeaus, und dann hinter Halle 7 die zweite Querstraße nach rechts. Fragen Sie da noch mal.«

Ich dankte ihm und der Voisin glitt unter der geöffneten Schranke durch. Es war jetzt nach fünf Uhr, rund um den üblichen Drehschluss. Die Straße zwischen den Hallen, die er mir genannt hatte, lief ich zu Fuß entlang und las die Schilder, die in den Wechselrahmen an den Türen steckten. Ich fand zwei, die leer waren. Bevor ich Weiteres unternehmen konnte, trat eine Frau aus einem Raum weiter hinten, die einen Garderobenständer auf Rollen mit einem halben Dutzend Kostümen hinter sich herzog. Es war meine alte Bekannte Agnes, die hier schon seit Längerem als Garderobiere arbeitete. Eine Flamme von mir, auch wenn wir beide nie so richtig Feuer gefangen hatten, doch wir mochten uns.

»Hardy!«

»Agnes! Wie geht es dir?«

Eines der Kostüme auf ihrer Stange war das Westernkostüm mit dem tiefen Ausschnitt, das ich neulich bei Blossom gesehen hatte. Nachdem wir uns begrüßt hatten, sprach ich sie auf sie an. »Sollte sie heute nicht noch drehen?«

»Sie haben sie wohl gefeuert«, meinte Agnes. »Sie war ja wirklich nicht sehr gut. Deshalb hatte ich auch die Anweisung bekommen, den Ausschnitt noch etwas größer zu machen. Du weißt ja, wie es läuft, Hardy …« Sie grinste mich an. Agnes selbst trug ein dunkelbraunes Kostüm, das ihr gut stand, mit dem sie aber, wie sie mir einmal erzählt hatte, vor allem nicht so glamourös aussehen wollte, dass sie den Schauspielerinnen Konkurrenz machen und Anlass zu Zickereien liefern könnte. Sie hatte die Regeln perfekt verstanden.

»Jedenfalls geht ihr Kostüm zurück in den Fundus, das war's. Sie war heute gar nicht mehr da. Ich fand sie eigentlich recht nett.«

»Aber was machen sie mit ihren ausstehenden Szenen?«, fragte ich.

»Bei einer Nebenrolle wie der? Wahrscheinlich schneiden sie sie ganz raus«, meinte sie achselzuckend. »Na, so wie damals bei dir. Schade, dass du hier nicht mehr arbeitest …«

»Finde ich auch. Welches war denn Blossoms Garderobe, Agnes?«

Sie zeigte auf die rechte der unbeschrifteten Türen. »Müsste noch offen sein. Lass dich ruhig öfter hier blicken …« Sie schob den Ständer wieder an.

Aus einem großen Bungalow direkt gegenüber, der dieselbe Länge einnahm wie all die Garderobenräume auf dieser Seite zusammengenommen, kam Pola Negri. Sie sah ganz anders aus, als ich sie neulich erlebt hatte. Pola trug ein weißes Kleid, gekrönt von einem weißen Turban mit einer riesigen weißen Straußenfeder darin. Dazu stolzierte sie auf hochhackigen Schuhen einher und direkt auf uns zu. Agnes hatte sie offenbar erwartet.

»Hallo, Hardy«, sagte sie mit ihrem kehligen Akzent.

»Hallo, Pola.«

»Und, vermisst du mich? Ich bin weggezogen, in ein großes Haus, das mir das Studio gegeben hat, in den Bergen, in einem …«, sie suchte das Wort, »Canyon.« Sie sprach es so aus, dass es wie »Kanone« klang. »Du musst mich dort einmal besuchen kommen!«

»Aber gerne«, antwortete ich. Bei all den Ereignissen war mir noch gar nicht aufgefallen, dass sie nicht mehr in dem möblierten Apartment neben mir wohnte.

»Ja, das sieht gut aus, Miss Negri …«, sagte Agnes und musterte sie zufrieden von Kopf bis Fuß. Sie erschrak plötzlich. »Oh Gott, Sie bluten ja!«

Sie zeigte auf Polas Füße. Erst jetzt sah ich, dass die weißen Schuhe vorne offen waren und ihre Zehen in grellem Rot leuchteten. Irritiert und geradezu ungläubig blickte auch ich darauf. Pola warf den Kopf in den Nacken und lachte:

»Aber nein! Kindchen, ich habe mir die Zehennägel rot angemalt! Alle zehn! Deswegen wollte ich ja, dass du mir offene Schuhe besorgst, und wenn du sie mir aufschneiden musstest.«

»Die Zehennägel lackiert …?«, stotterte Agnes. »Aber das ist ja …«

Weder sie noch ich hatten so etwas jemals zuvor gesehen. Und ich hatte schon eine ganze Menge nackter Frauenfüße zu Gesicht bekommen.

»Das sieht gut aus, finde ich«, sagte ich.

»Ja, das finde ich auch …«, meinte Agnes und beugte sich

herab. »Sie haben mir erst einen richtigen Schreck eingejagt, Miss Negri, aber dann …«

»Das wird der letzte Schrei werden«, meinte Pola. »So sagt man doch? Jedenfalls ist es Glamour, nicht wahr, so wie Hollywood ihn mag?«

Sie sprach »Hollywood« so aus, als handelte es sich um einen polnischen Wodka.

»Davon bin ich überzeugt«, sagte Agnes und grinste mir für einen kurzen Augenblick zu. »Miss Negri, Sie sind ein Genie!«

»Danke! Was wird Miss Swanson wohl sagen, wenn sie das sieht, na …?«, sagte Pola, drehte sich mit einem Hüftschwung um und stolzierte in dem weißen Kleid davon. Gewiss nicht, um Bratwürste zu braten und Bierflaschen mit dem Messer zu öffnen. Sie sah nicht so aus, als würde sie das jemals wieder für irgendjemanden tun.

»Bis bald, Hardy!«, sagte Pola und winkte über ihre Schulter.

Agnes eilte mit dem Kleiderständer hinter ihr her.

»Herzlichen Glückwunsch«, rief ich und winkte ihr nach. »Ein Hollywoodstar ist geboren worden.«

Dann trat ich in die Garderobe ein, die sie mir bezeichnet hatte.

Es war ein kleiner, fensterloser Raum mit Gipswänden und einem Holzboden, der unter meinen Füßen nachgab und wippte. Ich legte den Lichtschalter um und ein paar Glühbirnen flammten auf, die einen Spiegel umrahmten. Es gab einen gepolsterten Sessel, der nicht mehr ganz reinlich war, und einen Stuhl direkt vor dem Schminktisch und dem Spiegel. Das war die ganze Einrichtung. Lippenstift und Puderdosen standen noch bereit und ein gebundenes Drehbuch lag aufgeschlagen auf dem Tisch. Neben dem Stuhl stand ein Paar Ballerinaschuhe. Zwar sah ich weiter keine persönlichen Gegenstände. Aber es wirkte nicht so, als sei diese Garderobe bereits durchsucht und gesäubert worden wie das Apartment.

Ich trat vor den Spiegel und betrachtete mich darin. Dieser Raum war nicht größer als eine Box, in der Rennpferde transportiert wurden, allerdings war es ein besserer Raum, als ich ihn zu meiner aktiven Zeit jemals hatte nutzen dürfen. Doch ich war auch keine wunderschöne, intelligente Blondine mit einem mächtigen Liebhaber gewesen. Ich setzte mich und betrachtete mein Spiegelbild, das eines kräftigen blonden Mannes mit veilchenblauen Augen, einem lebhaften linken und einem etwas starren rechten. Mein Fuß scharrte an etwas, das hinter dem Tisch nah an der Rückwand zu Boden gefallen war. Ich bückte mich und hob es auf.

Es war ein kleines ledergebundenes Büchlein mit der geprägten Aufschrift *»First National Bank«*. Ich stieß hörbar den Atem aus, so überrascht wie erleichtert, und schlug es auf.

»Blossom Jones, Kontobuch No. 4317«, stand da. Ich blätterte weiter und stellte fest, dass Blossom ihre Kontodaten in einer schönen Handschrift und sehr sorgfältig eingetragen hatte.

Die Auszahlungen und ausgehenden Überweisungen waren fein säuberlich vermerkt, die Summen nicht sehr hoch. Sechzig Dollar überstiegen sie nicht.

Das Konto war im Januar 1921 eröffnet worden. In diesem und dem folgenden Jahr befand es sich teilweise im Soll, das klassische Konto eines Showgirls mit wechselhafter Beschäftigungslage. Ab März 1922 begann plötzlich Geld zu fließen, größere Summen, erst unregelmäßig, dann regelmäßiger.

Die Einnahmen seit Anfang des Jahres 1923 waren beträchtlich und ab Juni gab es jede Woche zweihundert Dollar, zum 1. Juli erneut und zum bisher letzten Mal. Das, nahm ich an, war ihre wöchentliche Gage aus dem Vertrag mit Universal. Kein schlechtes Honorar für eine Filmanfängerin. Ich würde es anhand der Kontonummer überprüfen können.

Dazu fand ich ab März regelmäßig eingehende Überweisungen von einem Konto der Meyerson Bank in New York mit der Nummer *»6919«*. Sie waren jeweils zum Dritten des Monats eingegangen und noch erheblich höher – sie betrugen jeweils stolze vierhundert Dollar.

Ein Stöhnen entfuhr mir. Wer auch immer sie bezahlte, sie war ihm eine Menge Geld wert. Auf ihrem Konto befand sich mit Stand vom 3. Juli 1923 die stattliche Summe von zweitausendundvierunddreißig Dollar und einundachtzig Cent. Kaum zu glauben. Sie war reich.

»Sechs, neun, eins, neun, Meyerson Bank, New York«, sagte ich laut vor mich hin. Ich steckte das Kontobuch ein. Dann betrachtete ich erneut mein Spiegelbild, kniff das linke Auge zu, löschte das Licht und trat wieder hinaus.

23

Ich steuerte den Voisin hinüber zur Franklin Avenue, sprang kurz hinauf zu meinem Büro und verschloss das Kontobuch in der Schreibtischschublade. Dann fuhr ich zurück zum Hollywood Boulevard. Die Sonne stand jetzt sehr tief und tauchte alles in ein so grelles Orange, dass man meinte, die Luft wie Honig löffeln zu können, allerdings nicht ohne schweres Sodbrennen davon zu bekommen.

Es war halb sieben und ich kam gerade rechtzeitig, um bei *»Star Beauty«,* bevor sie schließen konnten, eine Behandlung zu ergattern. Während ich dann im Schönheitssalon Beatrice die noch fehlende Pediküre für meinen linken Fuß sowie eine Maniküre machen ließ, die mich beträchtlich entspannten, beobachtete ich gegenüber Will Hays, der sich in seinem Büro aufhielt, Akten studierte und Leute empfing.

Einer von ihnen war auch wieder Fred Anderson, der zu ihm hereinkam und Hays einen längeren Bericht erstattete, dem dieser ernst folgte. Es war natürlich nicht wirklich zu sagen, ob Will Hays nun wegen gewisser Ereignisse unter Schock stand oder besonderen Stress empfand oder dergleichen. Was man aus dieser Entfernung und Perspektive auch weiterhin nicht sagen konnte, war, ob an Andersons linker Hand ein Finger fehlte.

Immerhin konnte ich zweierlei sehen: zum einen, wie intensiv Anderson und Hays sich austauschten und dass er wohl generell sehr eng mit diesem zusammenarbeitete. Und zum anderen, dass Hays sich überhaupt noch in Hollywood aufhielt und nicht vorzeitig abgereist war. Das Verschwinden von Blossom Jones schien seine Pläne jedenfalls nicht zu ändern oder zu beeinflussen.

Als Beatrice angesichts der Dämmerung das Licht im Raum einschalten wollte, hielt ich sie davon ab. Hays hingegen arbeitete sehr konzentriert drüben im hellen Schein einer Leselampe, gut zu sehen wie auf einem Filmset. Anderson kam noch einmal herein, verabschiedete sich und ging. Ich überwachte weiter Will Hays.

Erst gegen acht verließ er sein Büro. Auch ich schloss die Behandlung für heute ab, gab Beatrice ein großzügiges Trinkgeld und sah dann unten nach Hays.

Er wechselte ein paar Worte mit seinem wartenden Chauffeur und ging zu Fuß hinüber zu Musso & Frank Grill, einem italienischen Restaurant, fünf Minuten entfernt. Der Wagen folgte ihm und parkte davor.

Hays aß zu Abend mit einer Runde von Filmleuten, Hühnersuppe und als Hauptgang ein Steak mit Salat, dazu Tafelwasser, viel Tafelwasser, wie ich durchs Fenster feststellen konnte. Um elf Uhr verabschiedete er sich und ließ sich von seinem Chauffeur nach Beverly Hills ins Hotel fahren. Ich folgte ihm mit dem Voisin, den ich inzwischen bequem Zeit gehabt hatte nachzuholen. Keine Pola Negri, keine Gloria Swanson, an seinem vorletzten Abend in Hollywood.

Ich wechselte in der Lobby noch ein paar Worte mit Edward. Dann wendete ich den Voisin und fuhr zurück nach Hollywood. Mir selbst war nach diesem langen Tag nach Alkohol zumute, und das sehr. Also ging ich ins Jail Café.

»Die Sache ist eindeutig«, sagte Buck. »Man hat sie umgebracht.«

»Das finde ich nicht«, widersprach Herbert Somborn. »Vielleicht ist Blossom Jones auch wirklich nur verschwunden. Ich würde es zumindest nicht ausschließen.«

Wir drei saßen später an diesem Abend in Bucks Hinterzimmer und genossen drei schöne große Cocktails, die Buck uns aus einem eisgekühlten Pitcher eingeschenkt hatte. Ich hatte ihnen alle Details erzählt, der Einfachheit halber beiden zusammen, meinem Auftraggeber und meinem besten Ratgeber, mit dem ich stets alles besprach. Somborn hatte nichts dagegen gehabt.

»Du glaubst die Geschichte, dass sie plötzlich auf eine große Reise gegangen ist?«, fragte Buck und zog an seiner Zigarre. »Herbert, das kann nicht dein Ernst sein! Du kennst die Produzenten und ihre Euphemismen doch genauso gut wie wir beide – Herrgott, du bist ja selbst einer!«

»Gewesen«, korrigierte Somborn. »Die Geschäfte der Equity Pictures ruhen.«

»So wie Blossom, Hardy muss nur erst noch die Leiche finden«, beharrte Buck.

»Das mit der Reise ist natürlich eine Lüge, zumal wenn sie dabei sogar ihr neues Automobil zurückgelassen hat«, räumte Somborn ein. »Aber vielleicht wollte ihr Liebhaber auch nur den vierten Juli mit ihr verbringen, wer auch immer er ist, und ließ sie irgendwohin bringen.«

»Und zieht sie dafür aus ihrem Film ab, den sie am Fünften weiterdrehen sollte?«, sagte Buck. »Beendet ihre Schauspielkarriere für immer?« Er schüttelte den Kopf. Durch ein Fenster konnten wir den Barraum beobachten, wo wir den dicht gedrängt stehenden, von Rauchschwaden umwaberten Gästen beim Schwatzen, Tanzen und Lachen zusehen konnten, ohne sie zu hören.

»Was meinen Sie, Hardy?«, fragte Somborn mich und schenkte sich aus dem Pitcher nach. »Sie sind am nächsten dran, und Sie haben jede Menge Erfahrung.«

»Ich habe nicht mit ihr geschlafen – leider nicht, vielleicht wäre dann alles anders gekommen«, sagte ich und nippte an meinem Drink. Es war ein perfekter Gin Gimlet: so süß und zugleich so sauer wie das Leben eines Starlets. »Wenn ich mir die Indizien anschaue, sieht es schon sehr nach Mord aus. Gewalt wurde ihr auf jeden Fall angetan, daran gibt es keinen Zweifel. Das waren ihr Blut und ihre Haare auf dem Teppich, und es muss sich um einen heftigen Schlag gehandelt haben.«

»Die Frage ist, war er tödlich?«, wandte Somborn ein. »Sie kann auch nur verletzt und eingeschüchtert gewesen sein, hat Ruhe gegeben und ist dann mitgekommen, wie es von ihr verlangt wurde. Der Portier hat sie ja nicht gehen sehen.«

»Der Besucher wird sie hinausgetragen haben«, sagte ich. »Dazu war er ja wohl in der Lage, ein großer Mann, so wie der Zeuge ihn beschrieben hat. Davor hat er in aller Eile das Gröbste aufgeräumt.«

Buck übernahm: »Und am nächsten Tag kam Anderson mit Payne, dem Sicherheitschef ihres Studios, den er inzwischen eingeweiht hatte, und die Vertuschung wurde endgültig durchgezogen.« Hinter ihm an der Wand war ein bis zum Boden reichender Wandteppich mit schottischem Tartan angebracht. Angeblich der seiner Familie, doch ich wusste, dass er vor allem dazu diente, den dahinter befindlichen Eingang zu Bucks geheimen Kellerräumen zu verdecken.

»Was wäre deren Motiv gewesen, sie so hart anzupacken?«, fragte Somborn.

»Blossom hatte mir ja gesagt, dass sie noch mehr Geld verlangen will. Wahrscheinlich hatte sie das getan, es kam darüber zu einem klärenden Gespräch, dabei zum Streit und der Besucher hat sie geschlagen, vielleicht auch umgebracht. Ob es nun Absicht war oder vielleicht auch ein Unfall.«

»Oder weggebracht«, insistierte Somborn. »Ja, damit hätte sie sich als eine Gefahr erwiesen, für diesen Liebhaber, der ihr Schweigegeld bezahlt, aber vielleicht haben sie sie daraufhin auch nur abgezogen. Sie mussten ja Angst haben, dass sie darüber redete, auch wenn sie nicht wissen konnten, dass sie es mit Ihnen bereits getan hatte. Vielleicht wurde sie also wirklich auf eine Reise geschickt, weg aus Hollywood. Wir sollten das zumindest nicht verwerfen.«

»Da muss ich Ihnen recht geben«, sagte ich und nickte Buck zu.

»Und du weißt nicht mehr über diesen Besucher?«, fragte dieser.

»Wie gesagt, der Zeuge konnte nur sehen, dass es ein großer

Mann war und ihm der kleine Finger der linken Hand fehlte«, antwortete ich. »Anderson ist sehr groß, ob auch Letzteres auf ihn zutrifft, werde ich bald herausfinden können.«

»Dieser Portier wird doch niemals offiziell aussagen.« Somborn trank den Cocktail, als wäre es Limonade, doch ohne dass man es ihm anmerkte.

»Vermutlich nicht, er hat viel zu viel Angst. Aber immerhin hat er mir die Wahrheit erzählt, da bin ich sicher.«

»Ohne handfeste, eindeutige Beweise brauchst du jedenfalls nicht zur Polizei zu gehen«, sagte Buck. Ich zog das Behältnis mit dem aufgespulten Rollfilmnegativ der Kamera hervor.

»Ich weiß, vorläufig geht das nicht. Du musst übrigens ein paar Fotos für mich entwickeln.« Buck nickte mir zu und nahm es an sich. »Anderson ist auf jeden Fall involviert in die Sache, wahrscheinlich die Schlüsselfigur. Aber warum, was kann man daraus schließen?«

»Weil er die rechte Hand von Will Hays ist«, meinte Somborn achselzuckend. »Sie kennen die Aufgabe solcher Leute sehr gut, Hardy. Wir alle. Er schützt Will Hays. Den Liebhaber von Blossom Jones.«

»Genau das kann ich aber noch nicht belegen«, sagte ich. »Ich habe keinerlei konkrete Anhaltspunkte dafür. Mit dem, was ich sicher weiß, könnte ich auch ebenso gut annehmen, dass Anderson der Liebhaber von Blossom war.«

»Anderson?«, fragte Somborn fassungslos. Auch Buck sah mich fragend an.

»Blossom hat dir gesagt, ihr Liebhaber sei ein sehr mächtiger Mann, vor dem alle kuschen. Das klingt nicht nach einem Stellvertreter oder Sicherheitschef, sondern nach jemand viel Größerem«, wandte Buck ein. Er nahm die Zigarre auf und zündete sie wieder an.

»Das ist richtig«, antwortete ich. »Dafür spricht auch die Höhe der Summen, die sie erhielt, neben dem Studiohonorar noch das üppige Schweigegeld, das in ihrem Kontobuch vermerkt ist. Zumindest liegt es nahe, dass es sich darum handelt.«

»Von wem genau kam es?«, fragte Somborn.

»Bisher habe ich nur eine Kontonummer. Das muss ich noch herausfinden.«

»Folgen Sie dem Geld«, sagte Somborn. »Das führt Sie immer ans Ziel, glauben Sie einem Banker. Bei einer Erpressung in diesem großen Stil tippe ich nach wie vor auf Hays. Offensichtlich ist Anderson ja nur sein Mann fürs Grobe und schützt ihn, nach dem Prinzip der ›glaubhaften Abstreitbarkeit‹.«

»Was für ein Ding?«, fragte Buck.

»So handhaben sie es in Washington, in der Politik, und auch an der Wall Street und in anderen großen Firmen«, erklärte Somborn. »Man regelt alles immer so, dass man jederzeit behaupten kann, der Boss wäre mit den schmutzigen Dingen gar nicht erst befasst worden. Mit ihm führt man nur Vieraugengespräche, offizielle Treffen und Protokolle zu der Sache gibt es lediglich auf den unteren Ebenen. Wenn irgendetwas schiefläuft, kann man seine Verwicklung abstreiten und sogar nachweisen, dass nur andere für den Fall verantwortlich sind.«

»Das Prinzip ist mir bekannt«, brummte Buck. »War mir nur nicht bewusst, dass sie dafür sogar wirklich und wahrhaftig einen verdammten Ausdruck haben.«

»Dafür sind solche Leute da. Vermutlich ist es hier genauso«, sagte ich. »Möglich ist natürlich auch, dass Anderson in Hays' Auftrag für jemand anderen tätig war. Mir geht eine Sache nicht aus dem Kopf, die Blossom mir gesagt hat: ›Ich bin ihm immer noch verfallen, obwohl er nicht nur verheiratet ist, sondern auch viele andere Frauen hat.‹ Ich frage mich, ob das auf Hays passen kann.«

»Stimmt«, sagte Buck auflachend. »Wie kann man einem so hässlichen Vogel ›verfallen‹ sein?«

»Hays hat Macht, Buck«, erklärte Somborn und strich sich den perfekt sitzenden sandfarbenen Scheitel zurecht. »Dem können sie sich alle nicht entziehen.«

»Aber diese vielen anderen Geliebten …« Buck schüttelte den Kopf. »Wenn ich recht darüber nachdenke, glaube ich auch, es muss jemand ganz anderes sein, ein Star oder ein Produzent, der sich einen ganzen Harem hält, und Hays erledigt nur den

Job für ihn, die liebestollen Damen im Zaum zu halten. Passt eher zu ihm.«

»Sie haben doch Blossom auch mit Carl Laemmle beobachtet«, sagte Herbert.

»Aber einen Harem traue ich Laemmle nicht zu, da gibt es andere«, meinte ich. »Wer auch immer es ist, Blossom hatte gewaltigen Liebeskummer. So intelligent sie war, sie war einsam und verzweifelt. Mein Eindruck ist: Wenn dieser Mann sie ruft, wäre sie in der Lage, dafür ihr Leben hier aufzugeben und zu ihm zu fahren. Und sie gab sich keinen Illusionen darüber hin, wie gut sie als Schauspielerin ist.«

»Das sage ich doch«, rief Somborn. »Vielleicht ist Blossom Jones jetzt auf dem Weg irgendwohin, wo ihr Liebhaber sie bei sich haben möchte!«

»Sie hat dir aber gesagt, dass sie sich hier durchsetzen will, dass das ihre Rache sein soll. Das spricht dagegen und für Mord«, meinte Buck zu mir.

Er leerte sein Glas in einem Zug.

»Ich werde es herausfinden«, sagte ich. »Ob ihr Vertrag aufgelöst ist, ob weitere Zahlungen auf ihrem Konto eingehen. Es wird sich feststellen lassen, ob sie tot ist. Dass ich ihre Leiche finden werde, bezweifle ich.«

»Aber wenn sie noch lebt und nur untergetaucht ist, trifft sie sich womöglich mit Hays, der sich nur noch einen Tag lang in Hollywood aufhält und dann abreist«, ergänzte Somborn. »Vielleicht gerade jetzt.«

»Um das zu überwachen, bezahle ich ja den Pagen in seinem Hotel.«

»Beschatten Sie Hays morgen unbedingt selbst, von morgens bis abends!«

»Das werde ich. Und für den Fall, dass Blossom aus Los Angeles weggebracht worden ist, müssen wir Hays auch nach seiner Abreise observieren. Denn vielleicht ist sie ja wieder in New York.«

»Selbst wenn Miss Jones tot ist, wie Sie vermuten, kann Hays eine Geliebte haben«, ergänzte Somborn nachdenklich und betrachtete die Spitzen seiner schwarz-weißen Schuhe. »Wie wollen Sie also vorgehen, Mr Engel?«

»Ich werde hier nach Blossoms Verbleib forschen. Aber ich schlage jemanden vor, der Hays nach New York folgen soll und wohin er auch immer dort geht. Der Page aus dem Beverly Hills Hotel ist sehr geeignet und zuverlässig, ein guter Beobachter, er hat mich erst auf sie aufmerksam gemacht. Es wird etwas Geld kosten, aber es wird gut angelegt sein. Ob wir Will Hays nun in flagranti erwischen oder nicht«, betonte ich, »wirklich wichtig ist, dass wir letztlich belegen können, was er mit Blossoms Schicksal zu tun hat. Dann haben wir ihn.«

Buck nickte Herbert Somborn zu. Der nickte ebenfalls und erhob sich.

»Also gut. Ich glaube auch, dass wir kurz davor sind, den Durchbruch zu erleben. Und wie Dorothy gesagt hat: Wir wollen diesen Heuchler drankriegen. Sie bekommen genug Geld dafür.« Er holte seine Brieftasche heraus. »Wenn Sie ihn morgen nicht überführen, schicken Sie ihm den Mann hinterher.«

24

Am nächsten Morgen stand ich frühzeitig auf, um bei Hays' Abfahrt vom Beverly Hills Hotel vor Ort sein zu können. Ich sprach dort kurz mit Edward, der mir keine besonderen Vorkommnisse in der Nacht meldete. Zudem erfragte ich schon einmal vorsorglich, dass er in der kommenden Woche freihatte, und bereitete ihn darauf vor, dass ich ihn womöglich mit einem Auftrag nach New York schicken wollte, natürlich gut bezahlt. Der Page meinte, dass nichts dagegen spräche, und schien ziemlich erfreut über die Aussicht auf weitere Abenteuer.

Ich folgte Will Hays' Limousine vom Parkplatz aus nach Hollywood und beobachtete, wie er dort wieder zum Gottesdienst in die Kirche an der Fountain Avenue ging. Ich wusste, ich würde nun ungefähr eine Stunde Zeit haben und nutzte sie, um zu Paramount hinüberzufahren.

Polly und Enrico waren bereits im Autorenbüro. Der Mops begrüßte mich enthusiastisch und leckte mir die Ohren, solange ich ihn ließ. Polly hingegen wirkte unausgeschlafen, abgelenkt und nicht ganz bei der Sache.

»Alles in Ordnung mit Clarence?«

»Ach so, ja, das schon«, sagte sie, als habe sie Mühe, sich zu erinnern. »Er wird drüber hinwegkommen. Er spielt bereits wieder Trompete. Enrico mochte das gar nicht, was?« Sie blickte hinab zu ihrem Hund, der sich schüttelte, als hätte er verstanden.

»So früh schon bei der Arbeit?« Ich wusste zwar, wie intensiv sie sich als Autorin immer in ihre Geschichten einfühlte und davon mitreißen ließ. Aber eine Frühaufsteherin war Polly nun wirklich nicht.

»Gloria mag nicht, was ich bisher geschrieben habe«, sagte sie und zündete sich eine Zigarette an. »Sie findet, ich habe mich nicht gut genug in die Situation der Hauptfigur hineingedacht. Die Gefängnisszenen findet sie nicht authentisch. Also muss ich da noch mal ran.«

»Du kriegst das schon hin«, meinte ich und beobachtete sie weiter. »Wie immer.«

Sie spannte ein neues Blatt in die Maschine und aschte ab.

»Habe mich übrigens noch gar nicht um Blossom kümmern können. Sie ist gestern nicht mehr aufgetaucht. Hab einen vom Team sagen hören, sie käme auch nicht wieder.«

»Ist schon gut, damit musst du dich nicht weiter beschäftigen«, wiegelte ich ab. Es war wirklich besser, meinen Fall nicht eingehender mit ihr zu besprechen. Sie hörte gar nicht richtig hin.

»Was ist los, Polly? Was hast du? Na komm, da ist doch irgendwas …«

Sie war eigentlich ein wahrer Sonnenschein, dessen gute Laune und muntere Aufgedrehtheit einem tendenziell eher unfrohen Gesellen wie mir auch mal gewaltig auf die Nerven gehen konnte. Doch jetzt zog sie ein Gesicht und sah so drein wie damals in der düsteren Zeit, als ich sie kennengelernt hatte.

»Ach, ich will's dir eigentlich lieber gar nicht erzählen«, sagte sie und winkte ab. »Es ist halb so schlimm.«

»Jetzt musst du es erst recht tun.«

Ich setzte mich neben sie. Sie wandte sich mir zu.

»Also gut, Hardy. Aber du darfst nicht wütend werden, in Ordnung?«

»Das kommt darauf an«, sagte ich. »Was ist passiert?«

Sie nahm meine Hand in ihre.

»Charles Payne, unser Sicherheitschef«, sagte sie. Mein Magen zog sich schmerzhaft zusammen. »Er hat mich gestern Abend zu sich rufen lassen, gerade als ich gehen wollte, und ich dachte, es geht um das Drehbuch, weil Gloria zuvor mit mir geredet hatte. Ich dachte, ich würde vielleicht gefeuert werden.«

»Und?«

»Es war kaum mehr jemand auf dem Gelände, und im Hauptgebäude auch nicht, nicht einmal seine Sekretärin«, sagte sie und knetete meine Hand. »Als ich in sein Büro reinkam, hatte er nur sein Unterhemd an, und seine Hosenträger hingen an den Seiten runter. Ich dachte erst, er ist dabei, sich zu rasieren, aber so war es nicht …«

Ich wusste bereits jetzt, dass ich wütend werden würde. Sehr wütend.

»Er schenkte uns Whisky ein und ich habe nicht Nein gesagt. Wir haben getrunken. Er meinte, es wäre ein harter Tag gewesen und sein Rücken sei so verspannt. Ich bin natürlich nicht darauf eingegangen.«

»Red weiter.«

»Er fragte, ob ich am Abend schon etwas vorhätte, und ich sagte sofort Ja, und ich müsse jetzt sofort los. Dann fragte er, ob ich morgen Abend, also heute, Lust hätte, auf eine große, exklusive Party mit ihm zu gehen. Im Hotel Alexandria, mit lauter wichtigen Männern. Es gäbe nur das Feinste zu essen und zu trinken, und es kämen auch eine Menge anderer Mädchen, und wir würden alle einen ungeheuren Spaß zusammen haben.«

Verdammt. Das erinnerte mich nur zu gut an etwas, das ich kannte, von früher her. Eine Party, die ich mitgemacht hatte, bis zu einem gewissen Punkt.

»Im Golden Room?«, fragte ich.

Sie blickte mich irritiert an. »Ja. Mit den Sicherheitschefs aller großen Studios. Ich habe natürlich Nein gesagt. Ich wusste genau, worauf er hinauswill, und so etwas mache ich ja natürlich nicht. Ich bin aufgestanden, aber er hat weitergeredet und wollte mich nicht gehen lassen.«

»Hat er …?«

»Nein, hat er nicht«, sagte sie schnell. »Werd bloß nicht wütend, bitte. Er meinte, ich würde auch Geld dafür bekommen, viel Geld sogar – aber du weißt ja, dass mich das nicht interessiert! Und er würde dann auch dafür sorgen, dass ich noch weitere tolle Drehbücher zu schreiben bekäme, exklusiv für Gloria Swanson. Ich habe es natürlich abgelehnt. Ich hätte ihm am liebsten eine gescheuert, Hardy!«

»Hat er dich dann gehen lassen?«

»Immer noch nicht«, meinte sie und drückte ihre Zigarette aus. »Plötzlich packte er mich am Arm und meinte, ich solle bloß nicht so tun, alle auf dem Gelände wüssten doch, wie bunt ich es triebe und wie viele Männer ich schon gehabt hätte und dass ich es doch gerne und jederzeit und immer und mit jedem machen würde und warum ich mich jetzt so anstellen würde, es wäre nur eine zünftige Orgie, ein echtes Erlebnis, und die anderen Mädchen würden sonstwas tun, um dabei zu sein, und ich, ich müsste auch …«

»Hör auf.«

»So bin ich ja aber nicht, Hardy, das weißt du doch«, sagte sie, kurz vorm Weinen, doch sie war nicht der Typ, der weinte. »Ich meine, klar, ich will meinen Spaß haben, aber ich suche es mir doch aus, was ich mache und mit wem, ich bin doch nicht …«

»Nein, das bist du nicht, Polly«, sagte ich.

»Ich will ja nur meine Freiheit ausleben, aber er hat völlig missverstanden, was er gehört hat, weißt du, und er hat mir an die Brust gefasst – da *habe* ich ihm dann eine reingehauen! Hab ihn sogar ganz gut erwischt, mit einer Geraden. Aber er hat nur gelacht und gesagt, ich soll es mir noch überlegen und heute Abend einfach kommen, und erst dann hab ich mich losreißen können und bin rausgelaufen …«

»Okay«, sagte ich und stand abrupt auf. »Das reicht. Ich muss da hin.«

»Aber es war wirklich halb so schlimm«, sagte sie beschwichtigend. »Ich habe doch gesagt, du sollst nicht wütend werden. Und ich bin ja nicht aus Zucker …«

»Darum geht es nicht«, sagte ich grimmig. »Ich muss aus einem ganz anderen Grund hingehen – um bei ihnen etwas herauszufinden. Wann heute Abend ist diese Orgie?«

»Um acht«, sagte sie und biss sich auf die Unterlippe.

Ich drehte mich um, ging aus ihrem Büro und warf die Tür hinter mir zu.

Natürlich war ich wütend wegen dem, was ihr passiert war. Aber auch noch aus einem anderen Grund: Ich hatte vor zwei Jahren eine solche Orgie schon einmal unfreiwillig miterlebt, als ich selbst Sicherheitschef eines Studios gewesen war, von Universal, für kurze Zeit. Ja, es war ekelhaft gewesen. Nein, ich hatte keine sexuellen Gefälligkeiten genossen wie die Kollegen der anderen Studios, sondern war gegangen. Aber das war nicht das, woran ich jetzt dachte.

Die Sicherheitschefs hielten diese geheimen Orgien damals immer genau dann ab, wenn jemand aus der Filmbranche ums Leben gekommen war. Im damaligen Fall war es ein Mord gewesen.

25

Ich startete den Voisin und fuhr zur Kirche zurück. Wenig später kam Will Hays heraus, gab dem in der Tür die Besucher verabschiedenden Priester die Hand und wechselte ein paar Worte mit ihm. Sie gingen sehr vertraut miteinander um. Dann stieg er in seine Limousine und ließ sich zum Hollywood Boulevard chauffieren.

Erneut sprach ich gegenüber im Schönheitssalon vor, betrat den Behandlungsraum und beobachtete von dort den Chef der Produzentenvereinigung. Was ich diesmal machen lassen wolle, fragte mich Beatrice. »Eine Gesichtsbehandlung?«

»Wie?« Ich war kein Schauspieler mehr, verdammt, und ich hatte auch nicht vor, es noch einmal zu werden. Solche absurden Verrichtungen an mir vornehmen zu lassen, nur um Will Hays dabei zuzusehen, wie er drüben einen dicken Aktenstapel abarbeitete und langsam einen zweiten Stapel mit den erledigten Akten auftürmte, dazu fehlte mir heute die Geduld. Ich konnte derweil Sinnvolleres erledigen, und ich glaubte auch nicht mehr daran, dass Hays an seinem letzten Tag in Hollywood etwas unternehmen würde, was mich entscheidend weiterbrachte. Ich war mir ziemlich sicher, dass er sich hier aus guten Gründen zurückhielt und vorsichtig war. Vielleicht wusste er ja oder konnte es sich zumindest denken, dass er in dieser Stadt besonders unter Beobachtung stehen würde. Es wäre jedenfalls ein hervorragender Grund dafür gewesen, warum statt ihm selbst Anderson all die heiklen Dinge zu erledigen schien.

»Wissen Sie was«, sagte ich und drückte Beatrice zehn Dollar in die Hand. »Setzen Sie sich einfach selber in das Stühlchen und beobachten Sie den Mann da drüben für eine Stunde, dann bin ich wieder zurück. Falls er inzwischen gehen sollte, rufen Sie mich bitte sofort unter dieser Nummer hier an.« Ich schrieb ihr die Durchwahl von August Vollmer auf, ohne dazuzusagen, zu wem sie gehörte. Sie willigte verblüfft ein und beinahe hätte sie salutiert. Dann pflanzte sie sich in den Sessel und richtete den Blick starr nach drüben.

Als ich vor dem Polizeipräsidium ankam und parkte, dachte ich noch einmal darüber nach, wie Vollmer sich neulich bei der Razzia verhalten hatte. Er war sehr kompromisslos vorgegangen; auch wenn wir letztlich nur einen geringen Teil der Klansmänner hatten festnehmen können und uns der Rest der Jagdgesellschaft durch die Lappen gegangen war, wodurch auch immer.

Ich sprang hinauf in die Chefetage, wo Vollmer mich ohne Umstände empfing, nachdem er das Gespräch mit einer Frau beendet hatte, die die Uniform eines Police Officers trug. Er erzählte mir freimütig, dass er angeordnet habe, dass jeder Polizist, egal welchen Ranges, und auch jeder Bürger der Stadt ihn jederzeit sprechen und ein Anliegen vorbringen könnte. »Dies eben war eine Angehörige der Frauen-Division.« Ich gratulierte ihm zu diesem neuen, offenen Ansatz und fragte ihn danach so beiläufig wie möglich, ob irgendwo in der Stadt gestern oder heute eine Tote aufgefunden worden sei. Er verneinte und stutzte.

»Irgendetwas, was ich darüber wissen muss?«

»Noch nicht. Ich sage es Ihnen sofort, wenn doch. Geben Sie Bescheid, wenn eine tote Blondine auftaucht.«

»Das kann ich tun und Sie erzählen mir dann den Rest«, sagte er bedächtig. Ich fragte ihn, welche Fortschritte er bei der Befragung der neulich festgenommenen Klansmänner gemacht habe. Vollmer berichtete, dass sie sich unverändert darauf zurückzogen, sie hätten nur die Farm bewacht und Befehle befolgt. Die Identität der anderen würden sie aufgrund der Verkleidungsregeln nicht kennen und überhaupt seien sie noch nicht lange dabei. Er habe sie sogar einer Befragung mit dem Lügendetektor unterzogen und die Auswertung habe ergeben, dass sie wahrheitsgemäß ausgesagt hätten, bei der Jagd und dem Lynchmord seinerzeit im Wald nicht dabeigewesen zu sein. Er schien dies alles sehr sachlich anzugehen, ohne die Empörung, die sich bei mir sofort wieder einstellte.

»Schade«, sagte ich. »Immerhin wissen wir nun, dass es stimmt, was ich damals im Wald gehört hatte: Das Department scheint von denen unterwandert zu sein.« Er nickte bedächtig und sagte: »Aber gerade deshalb könnte es sich als schwierig erweisen, die an dem Mord Beteiligten überhaupt zu identifizieren und zur Verantwortung zu ziehen. Ich kann den verhafteten Männern bisher nur die Mitgliedschaft im Klan nachweisen, die ja nicht illegal ist, aber keine Gewalttat, nur die Beihilfe zur Freiheitsberaubung.«

»Vielleicht finden Sie ja das Opfer des Lynchmordes noch.«

»Das wollte ich gerade erzählen, da sind wir tatsächlich fündig geworden. In einem Straßengraben außerhalb der Stadt wurde die Leiche eines Schwarzen mit Schussverletzungen und schweren Brandwunden aufgefunden. Ein gewisser Jeremiah Coyne, er war von seiner Frau als vermisst gemeldet worden und sie hat die Leiche dann anhand einer Narbe identifiziert.«

»Wie furchtbar«, sagte ich und versuchte die schrecklichen Bilder, die in mir hochkamen, gleich wieder zu verdrängen. »Und was wissen Sie sonst über ihn?«

Vollmer zog eine Grimasse. »Er hat beim Film gearbeitet, alles, was so anfiel, nichts Tolles, zuletzt war er bei einer kleinen Gesellschaft in der Poverty Row.« So nannte man eine Straße abseits des Sunset Boulevards, wo ein paar lausige »Studios« auf sehr billigem Gelände sehr billige Filme herstellten.

»Beim Film?«, fragte ich interessiert.

Der Chief sah mich aufmerksam an. »Ja, er war Bühnenarbeiter. Seine Frau sagte übrigens bei der Anzeige, er hätte vor Kurzem Kontakt mit einer Gewerkschaft aufgenommen. Der *IWW* in San Pedro, er wollte dort Mitglied werden oder vielleicht auch selbst eine gründen. Bühnenarbeiter aller Länder, vereinigt euch.«

Er grinste schief. Die *Industrial Workers of the World* galten als besonders radikal, ja sogar kommunistisch. Bisher waren die Gewerkschaften aber noch nicht in die Filmstudios vorgedrungen. Ich sagte nur, dass der von mir gerettete Schwarze auch in San Pedro arbeite, und fragte weiter nach dem, was Vollmer in den Verhören erfahren hatte.

»Der neue Chef des Klans legt wohl sehr viel Wert auf Mitgliederwerbung. Hiram Evans, ein Zahnarzt aus Dallas. Gerade hat er am vierten Juli eine riesige Versammlung abgehalten, vor zweihunderttausend Klansmännern in Indiana.« Jenes angekündigte Treffen im Heimatstaat von Hays, dachte ich. »Er will den Klan massentauglich machen.«

»Was das heißt, haben wir ja gesehen.«

»Offenbar gibt es ein paar Leute, die eine andere Linie vertreten. Da tobt wohl gerade ein Richtungskampf, der alte, abgesetzte Klanchef William Simmons hat noch zahlreiche Anhänger und die wollen die reine Lehre des Rassenhasses bewahren und womöglich mit Lynchaktionen die bloßen Opportunisten abschrecken. Hat mir einer von denen erzählt.«

Ich tat so, als wäre ich mit dem Heraussuchen und Anzünden einer Zigarette vollauf beschäftigt. »Deshalb also lassen sie sie filmen. Nicht nur, weil sie perverse Schweine sind, auch noch, damit sie es öffentlich vorzeigen können.« Ich paffte einen Rauchring, der an seinem Bürofenster zerschellte. »Was ist mit dem Kameramann, Elmer Macready? Er ist der Einzige, von dem ich sicher sagen kann, dass er dabei gewesen ist, und er wird Namen nennen können. Abgesehen davon sind auf seinem Film ja wohl die Taten festgehalten.«

Vollmer berichtete zerknirscht, dass seine Leute ihn vorgestern in Hollywood aus den Augen verloren hatten. Er habe wohl Lunte gerochen, dass er verfolgt wurde, denn er sei spurlos untergetaucht und habe sich offenbar aus der Stadt absetzen können. Er werde nun per Haftbefehl gesucht, bundesweit, denn er stamme ursprünglich von der Ostküste. Ich gab Vollmer Macreadys Adresse in der Argyle Avenue und er meinte, er werde sofort eine Durchsuchung von dessen Wohnung veranlassen. Außerdem solle ich ihm noch eine Aussage von mir und von dem geretteten Schwarzen zukommen lassen, damit er etwas in der Hand habe.

Ich verließ das Präsidium mit leiser Unzufriedenheit. Auch wenn Vollmer die Leiche des Opfers nun gefunden hatte, der Entlarvung der Mörder waren wir noch nicht nähergekommen. Im Gegenteil, alle Spuren verliefen bisher im Sand.

Bei meiner Rückkehr berichtete mir Beatrice, dass Hays sich nicht von seinem Schreibtisch wegbewegt habe. Der zweite Aktenstapel war mittlerweile größer als der erste. Offensichtlich war ihm vor allem daran gelegen, bei seiner Abreise einen leeren, geordneten Schreibtisch zu hinterlassen. Ich dankte ihr und ging nach unten, wo ich mich in den Wagen setzte, beobachtete und dabei Zeitungen las. Von vorne bis ganz hinten, so viel Zeit hatte ich. Mrs. Wallace Reid war in Trauerkleidung mit schwarzem Schleier vor einem Kino stehend abgebildet, in San Francisco, wo sie mit ihrem Film *Human Wreckage* mit großer Pressekampagne Station machte und nach der Vorführung auf der Bühne eine flammende Rede gegen »die Drogenpest« hielt. In Washington eröffnete Präsident Warren G. Harding, ein gut aussehender Mann in den besten Jahren mit einem imposanten Profil, die Kampagne zu seiner Wiederwahl im kommenden Jahr und kündigte im Beisein seiner populären Gattin Florence an, ein Gesetz gegen die Lynchjustiz unterstützen zu wollen, die in manchen Gegenden des Landes leider um sich greife. Kann man so sagen, dachte ich bei mir.

Um sieben Uhr verließ Hays sein Büro, wobei er sich von dem Fahrstuhlführer, der ihm unten die Tür aufhielt, mit Trinkgeld und höchst leutselig verabschiedete. Dann ließ er sich zum Gelände der Metro-Filmgesellschaft chauffieren, wo, wie ich herausfand, ein Bankett zu seinen Ehren gegeben wurde. Zahlreiche Produzenten fuhren nacheinander vor, um daran teilzunehmen, und unter ihnen sah ich auch Carl Laemmle.

Bevor er, seinen Spazierstock aus Mahagoni schwingend, in den Saal hineingehen konnte, rief ich ihm zu: »Uncle Carl!«

Er drehte sich um und lächelte mir so freundlich entgegen, als hätten wir uns nie gestritten.

»Hardy?«

»Ich wollte Sie noch einmal kurz fragen, nach Blossom Jones«, sagte ich.

»Sie scheint Ihnen wirklich sehr am Herzen zu liegen.«

»Ich habe sie neulich bei den Dreharbeiten für Paramount beobachten können. Kein großes Talent als Schauspielerin, aber sie arbeitet sich langsam rein.«

»Leider hat es nicht funktioniert«, sagte er bedauernd und blinzelte mich durch den runden Kneifer an. »Sie haben ihre Rolle gekürzt, vielleicht fällt sie ganz weg, der Regisseur war nicht zufrieden. Und auch wir von Universal haben daraufhin beschlossen, den Vertrag mit ihr aufzulösen, so leid es mir für das Mädchen tut.«

»Wirklich?«, fragte ich. »Wie schade. Haben Sie noch einmal mit ihr darüber geredet?«

Er nahm den Kneifer ab und putzte die Gläser. »Nein. Als Studioboss kann ich mich nicht um jede Darstellerin persönlich kümmern.«

»Das haben Sie aber in ihrem Fall. Ich selbst habe Sie beim Dinner gesehen, vor ein paar Tagen.«

Er lächelte mich schief an. Dann sagte er: »Ein Routinetermin, eine einmalige Sache. Danach habe ich sie nicht noch einmal gesprochen, Hardy.« Laemmle blickte über meine Schulter und begrüßte freundlich jemanden, der soeben eintraf.

»Guten Abend, Mr Griffith! Wie schön, Sie zu sehen.«

Der bekannte Filmpionier erwiderte den Gruß und lüftete seinen Hut: »Uncle Carl, die Freude ist ganz meinerseits.«

Auch ich nickte ihm zu, doch Griffiths Blick glitt sofort an mir ab. An seinem Arm hing, in einen kostbaren Pelz gehüllt, Lillian Gish, die blutjunge Hauptdarstellerin, die in seinen Filmen zum Star geworden war. Sie war zwanzig Jahre jünger als er und im Vergleich zu ihm nur eine halbe Portion, doch das Gerücht ging um, sie seien zusammen. Arm in Arm liefen sie an uns vorbei, von allen Seiten bewundert und willkommen geheißen.

»Wo ist Miss Jones jetzt?«, fragte ich Laemmle schnell weiter. »Ich vermisse sie, bereits seit zwei Tagen.«

»Das kann ich Ihnen nicht sagen. Vielleicht ist sie schon abgereist, es muss ja eine große Enttäuschung für sie gewesen sein.«

»Hat sie mit Ihnen über Geld gesprochen?«

Er setzte den Kneifer wieder auf und schüttelte sanft missbilligend den Kopf. »Ich habe Ihnen geraten, Sie sollen sich nicht zu sehr in die Sache stürzen. Manche Engagements sind eben recht kurz.« Er entdeckte schon wieder jemanden hinter mir, den er anlächelte. Als ich mich umdrehte, starrte ich in das Gesicht von Will Hays.

»Uncle Carl«, sagte Hays, mich souverän ignorierend. Er war offenbar nochmals nach draußen geeilt, um jemanden zu begrüßen, einen etwa sechzig Jahre alten Mann, dessen glattes Gesicht unter den schütteren Haaren kaum Falten aufwies. Noch irritierender jedoch war, dass darin die grausamsten Augen funkelten, die ich jemals gesehen hatte.

»Darf ich Ihnen Harry Daugherty vorstellen, den Justizminister und *Attorney General*?«, sagte Hays zu Laemmle. »Harry hat es sich nicht nehmen lassen, extra aus Washington hierherzureisen, er hat sogar ein Flugzeug genommen.«

»Freut mich sehr, Mr Daugherty«, sagte Laemmle und hob den Hut. »Wie war der Flug?«

Der Minister nickte ihm knapp zu und fasste sich an die Krempe. Er schien ebenso wenig ein Freund des Händeschüttelns zu sein wie der Universal-Boss. »Unterwegs gab es nur ein kleines Gewitter«, antwortete er, mit einer Haltung, als müsste eher das Unwetter Angst vor ihm haben.

Die drei Herren schickten sich an, nach drinnen zu gehen. Hays hielt inne.

»Mr Engel, Sie hier?«, fragte er spöttisch. »Bei einem Dinner zu meinen Ehren?« Er sah mich böse lächelnd an.

»Das konnte ich ja wirklich nicht ahnen, Mr Hays«, sagte ich. »Und natürlich habe ich heute Abend etwas Besseres vor.«

Dass dies darin bestand, seinen geheimen Verbindungen nachzuspüren, konnte er zwar nicht ahnen, doch Hays' Lächeln verschwand, als hätte es jemand ausgeknipst. Daughertys Blick streifte mich für einen kurzen Moment und mir lief es sofort so kalt das Rückgrat hinunter, als pustete mir ein Eisbär seinen arktischen Atem ins Genick.

Laemmle schloss sich ihnen an und wandte sich als Einziger nochmals um:

»Auf Wiedersehen, Hardy.«

»Auf Wiedersehen, Uncle Carl«, sagte ich und beobachtete, wie er hinter den beiden Politikern in den Saal schritt. Applaus brandete auf. Die Tafeln darin waren festlich gedeckt, eine Band spielte feierlich getragene Musik, und Will Hays als Ehrengast würde an einem bereitstehenden Pult eine Rede halten und den ganzen Abend hier mit den Mitgliedern seines Verbandes verbringen.

Das gab mir die Gelegenheit, hinüberzufahren zum Hotel Alexandria.

26

Ein uniformierter Portier bewachte den Eingang zu jenem Flügel, in dem sich der Palm Court, der große Ballsaal des Hotels, und der Golden Room befanden. Er sah mir mit einer Miene entgegen, als fragte er sich, was ausgerechnet ich hier wollte. »Sie wünschen, Sir?«

Doch ich kannte die Regeln dieses Spiels, zumindest, wenn es noch so gespielt wurde wie vor zwei Jahren. Ich musste ihm nur mit vollkommener Selbstverständlichkeit das heutige Codewort hinwerfen.

»Blossom«, sagte ich einfach.

Sein Ausdruck wechselte sofort zu Respekt.

»Natürlich, Sir. Es ist im Golden Room, Sie finden ihn …«

»Ich weiß, wo ich ihn finde«, sagte ich und ging auch schon an ihm vorbei. Damals hatte man den Namen eines aktuellen Todesopfers sagen müssen, einer Frau. Sie war damals soeben beerdigt worden und es war eine öffentliche Angelegenheit gewesen mit großen Schlagzeilen. Die gab es hier nicht, aber ich war mir sicher, dass die versammelten Sicherheitschefs alle wussten, was geschehen war. Sie hatten sich seinerzeit in regelmäßigen Abständen getroffen, um sich über solche Fälle auszutauschen und einander Geheimnisse der Filmwelt anzuvertrauen, in aller Offenheit. Sie tranken auf die Toten und speisten und konsumierten Drogen, manchmal hielten sie auch Séancen ab, und wenn sie mit dem geschäftlichen Teil durch waren …

Vor dem Golden Room standen rauchend zwei junge Frauen.

Beide trugen knappe Kleider nach der neuesten ägyptischen Mode und Stirnbänder, in denen riesige Pfauenfedern steckten. Sie warfen mir neugierige Blicke zu, wirkten nervös und sahen aus wie Opfer im alten Ägypten, die wussten, dass sie in Kürze zusammen mit ihren Herren in eine Grabkammer eingesperrt werden würden. Als sie dann in einen Seitenraum zurückgingen, sah ich darin, bevor die Tür sich wieder schloss, noch mehr wartende Mädchen – ungefähr ein Dutzend –, und ich war heilfroh, dass nicht Polly eine von ihnen war.

Diese geheimen Treffen waren zwischenzeitlich ausgesetzt gewesen, doch nun, da neue Männer in diese Funktionen aufgerückt waren, fanden sie offenbar wieder statt.

Ich ging auf die Pforte zu und stieß sie auf.

In dem golden glänzenden, lichtdurchfluteten Raum standen acht Männer, schwatzend, mit Gläsern in der Hand an einem prächtigen Büfett, das auf zahlreichen Tischen aufgebaut war. Kellner standen bereit, sie zu bedienen. Es gab große Teller mit weißem Pulver darauf, so wie damals; es gab Schüsseln mit Kaviar, Flaschen besten französischen Champagners vor einer Pyramide aus Kristallgläsern, die kunstvolle Eisskulptur eines Schwans und einen prächtigen Truthahn – einen echten mit Federn und Kamm –, es gab überhaupt alles, und wenn sie Appetit auf einen Blauwal gehabt hätten, hätte auch der auf einem Tisch bereitgelegen. Die Ressourcen dieser Männer waren schier unendlich, sie waren die heimlichen Herrscher von Hollywood. Die Hohepriester der neuen Pharaonen. Sie fuhren herum und starrten mich verblüfft an. Unter ihnen war Charles Payne.

»Guten Abend, die Herren«, sagte ich. »Haben Sie jemand anderen erwartet?«

Die mit goldenen Seidentapeten bespannten Wände und der goldene Teppich blendeten einen in dem Licht eines gewaltigen goldenen Deckenlüsters so, dass man die Hand schützend vors Auge halten wollte.

»Hardy«, sagte Ralph Huston, ein alter Bekannter. Der am längsten dienende Sicherheitschef der Stadt, mittlerweile bei

Mayers Studio unter Vertrag. »Was willst du denn hier? Du weißt doch, dies ist eine exklusive Veranstaltung …«

»Wartet ihr auf Fred Anderson?«, fragte ich. Er war nicht unter den Gästen. Niemand antwortete.

Charles Payne trat vor mich, er musste zu mir hochsehen.

»Verlassen Sie diesen Raum, Mr Engel. Sie haben hier nichts verloren.«

Sein kahler Schädel glänzte. Er trug ein weißes gestärktes Hemd und einen Frack, doch ich stellte ihn mir in einem Unterhemd vor, mit herabhängenden Hosenträgern.

»Doch. Genau zu Ihnen wollte ich.«

Er baute sich vor mir auf und versuchte mich niederzustarren. Sein Blick hätte einem Angst einjagen können, auch wenn er mindestens fünfzehn Jahre älter als ich war.

»Kommen Sie schon …«

»Kommen *Sie* Polly Brandeis nie mehr zu nahe«, erwiderte ich. Und dann schlug ich ihm die Faust direkt auf die Nase. Er machte noch eine Ausweichbewegung, doch zu spät. Ein hässliches Geräusch ertönte, sein Kopf wurde nach hinten gerissen, er stöhnte auf, hob ab wie ich in meinen besten Tagen als Comedy-Stuntman und fiel um.

Benommen und hilflos wie ein Käfer lag er auf dem Rücken. Blut schoss aus seiner Nase und floss auf seine makellose Hemdbrust.

»Lasst die ganzen jungen Frauen in Ruhe. Und wo wir gerade dabei sind, erzählt mir mal, wo Blossom Jones ist? Ich suche sie nämlich, aber sie scheint spurlos verschwunden zu sein.«

Zwei von ihnen halfen Payne wieder auf die Beine. Er schüttelte sich kurz und sah mit kalter Wut zu mir.

»Verschwunden? Keine Ahnung, was du damit meinst«, sagte Ralph Huston.

»Wirklich nicht, Hardy«, meinte Jason Butcher. Ich meinte gehört zu haben, dass er jüngst von Chaplin zu Universal gewechselt war, zu Carl Laemmle.

»Ihr trefft euch in ihrem Namen«, hielt ich ihnen vor. »Indem ich ihn am Eingang nannte, kam ich überhaupt hier rein.«

Ein paar der Kellner kamen heran und stellten sich bedrohlich um mich herum auf. Der drahtige Neuseeländer vor mir mit der befleckten Hemdbrust hob die Hand und stoppte sie. Dann nahm er zu meiner Überraschung die Fäuste hoch.

»Ich war Wrestler und Boxer, Mr Engel, auch wenn man es mir nicht ansieht«, sagte er.

»Machen Sie keine Witze, Payne. Was ich Ihnen zu sagen hatte, habe ich gesagt.«

»Und ich war auch professioneller Boxschiedsrichter«, sagte Payne, und auf »richter« hieb er mir blitzschnell die Linke auf das rechte Auge. Zuerst spürte ich keinen Schmerz, doch ich taumelte und hörte etwas zu Boden fallen und dann rollen, wie eine Murmel. Es war mein Glasauge.

»Falsche Seite«, sagte ich. »Da tut es nicht mehr weh.«

Im selben Moment flammte der Schmerz auf.

Payne schüttelte drohend eine Faust. Mit der anderen Hand richtete er seine blutige Nase und renkte sie krachend ein.

»Hauen Sie ab, Engel. Hauen Sie ganz schnell hier ab.«

»Einigen wir uns auf Unentschieden, Referee«, antwortete ich und bückte mich nach meinem Glasauge. Ich hielt es hoch, pustete darauf und setzte es wieder ein. »Ich habe jemandem versprochen, Ihnen auf die Fresse zu hauen, und ich habe es getan, trotz Ihrer professionellen Erfahrung. Ich tue es bei Bedarf auch wieder.«

Ich spürte, wie meine rechte Seite anschwoll, doch ich beschloss, es heroisch zu ignorieren.

»Weil du nach Blossom Jones und dem Codewort gefragt hast, Hardy – mein Gott, ich weiß, was du jetzt denkst – denken *musst*«, sagte Ralph aufmerksam.

»Ach ja? Was denke ich denn?«

»Du schließt vermutlich daraus, dass dies auch jetzt wieder das Zeichen dafür sein müsse, dass ein Starlet gestorben ist«, beschwichtigte er. »Aber so ist es nicht, dies ist eine neue Zeit mit neuen Leuten, und auch ein Codewort kann etwas anderes heißen als früher. Wir haben einfach eines gebraucht und haben zufällig ihren Namen genommen, weil wir gerade über sie geredet hatten.«

»Weil sie nur so kurz da war«, soufflierte Payne. »Das war absolute Rekordzeit.«

»Und nächste Woche reden alle schon wieder über jemand anderen«, fügte Jason Butcher hinzu. »Niemand ist gestorben.«

Sie alle bemühten sich dreinzuschauen wie die reinsten Chorknaben.

»Miss Jones' Vertrag wurde von Universal gekündigt und sie ist wohl daraufhin enttäuscht abgereist«, blaffte Payne. »Niemand von uns hat sie aufgesucht oder sich um ihr weiteres Schicksal gekümmert, dazu war sie zu unwichtig.«

»Wirklich? Sie waren also nicht in ihrer Wohnung?«, fragte ich.

»Nein, was hätte ich dort auch zu suchen gehabt?« Er sah mich drohend an.

»Gute Frage. Vielleicht haben Sie ja was verpasst«, erwiderte ich.

»Du bist diesmal auf der falschen Spur«, sagte Colin Vasecky vom Sennett-Studio. »In der Vergangenheit hast du manchmal richtig gelegen, begnüge dich damit.«

Ich fixierte weiter Payne und er mich. »Raus jetzt!«, bellte er.

Grinsend drehte ich mich um und ging zur Tür. Die Kellner folgten mir bedrohlich. Bevor ich die Tür schloss, hörte ich Payne noch sagen: »Schließt ab. Und macht nur wieder auf, wenn Anderson draußen steht.«

Das brachte mich auf eine Idee und als ich an der Tür vorbeikam, hinter der die Mädchen warteten, drehte ich den dort steckenden Schlüssel von außen zweimal herum, zog ihn ab und nahm ihn mit. Viel Spaß bei einer Orgie mit rein *kulinarischen* Genüssen.

Ich ging den langen Flur zurück und gestattete mir jetzt, ohne Publikum, ein paar Seufzer und Grimassen, um den Schmerzen Rechnung zu tragen. Als ich wieder beim Portier anlangte, verlangsamte ich meinen Schritt. Er sah mir mit hochgezogenen Augenbrauen entgegen. Vermutlich würde ich ein klassisches Veilchen davontragen. »Nur eine kleine Meinungsverschiedenheit wegen der Menüfolge«, erklärte ich. »Sagen Sie, ich würde gerne eine Spende tätigen, mit der ich mich an diesem unvergesslichen Abend beteilige. An wen muss ich die denn richten, wer ist der Veranstalter?«

»Das ist die Stiftung, Sir, sie bezahlt alle Rechnungen«, antwortete der Portier, ohne mit der Wimper zu zucken.

»Die Stiftung, die ich jetzt auch im Sinn habe?«

»›Caesar‹«, ergänzte der Portier diskret. »Die ›Caesar-Stiftung‹.«

»Wie lautete gleich noch mal die Kontonummer?«

Er schrieb sie mir auf und gab mir den Zettel.

»Verbindlichen Dank. Das ist für Sie.« Ich gab ihm zwischen Zeige- und Mittelfinger zehn Dollar und ging weiter. Dann sah ich mir den Zettel an.

Die Kontonummer lautete *»6919«* bei der Meyerson Bank, New York. Ich grinste so breit, als hätte ich von ihren Drogen genommen, während ich den Schlüssel in ein Blumenbeet warf und weiter in Richtung Parkplatz ging.

Als ich meinen Wagen startete, kam gerade Fred Anderson an und lief in einem Frack an mir vorbei. Er war in Eile und achtete nicht auf mich. Ich konnte dafür einen Blick auf seine linke Hand werfen, die gerade die Fliege richtete. Der kleine Finger war dran. Es war eine verdammt perfekt manikürte Hand.

27

Die Amerikaner lieben Stiftungen. Sie lieben sie so sehr, dass sie ein eigenes Verzeichnis darüber führen, das in einem öffentlichen Register im Rathaus ausliegt. Man soll ihnen ja jederzeit eine Spende zukommen lassen können. So ein wohltätiges Volk. Ich beschloss, gleich am nächsten Morgen hinzufahren, schaute anschließend jedoch erst wieder beim Bankett vorbei.

Will Hays blieb dort bis ein Uhr nachts, davon überzeugte ich mich persönlich, indem ich mich unter die vor der Tür wartenden rauchenden Chauffeure begab und immer wieder Blicke in den Saal warf. In dieser Nacht kam es bei ihm zu keinerlei sexueller Handlung mit irgendwem.

Bei mir hingegen schon. Nachdem ich Hays bis zu seinem Hotel gefolgt war, fuhr ich zu Polly, die mittlerweile alleine war. Mein blaues Auge provozierte ihre besorgte Nachfrage, und als sie erfuhr, was geschehen war – nur den Teil zwischen Payne und mir, versteht sich –, erhielt ich eine Belohnung, für die ich auch gegen Schwergewichtsweltmeister Jack Dempsey angetreten wäre.

Am Morgen sagte sie mir besorgt, man erzähle sich überall, dass Payne tatsächlich ein sehr erfolgreicher Kämpfer gewesen sei, und es sei ja ein Wunder, wie ich überhaupt gegen seine Deckung durchgekommen sei – Polly war ja nun eine große Boxexpertin – und ihm die Nase brechen konnte, aber es müsse doch sicher auch bei mir sehr wehtun, und sie bestand darauf, mir ein rohes Schnitzel auf die Augenhöhle zu legen. Ich ließ sie es tun und als sie im Bad war, gab ich das Fleisch Enrico. Es war schneller weg, als eine Frau sich schminken konnte.

Danach fuhr ich zum Beverly Hills Hotel, redete mit Edward und sagte ihm, der besprochene Fall sei nun eingetreten. Ich versprach ihm fünfzig Dollar Honorar plus fünfzig für die Spesen, wenn er denselben Zug nehmen würde, mit dem Will Hays nach Osten aufbrechen wollte, und ihm auf den Fersen blieb. Er hatte bereits herausgefunden, welchen dieser nehmen würde: um zehn Uhr von der La Grande Station aus. Er könne sich ihm auf der Reise gerne zeigen und den Zufall mit einem Urlaub in New York erklären. Nach Ankunft solle er ihn heimlich überwachen und ihm strikt folgen, wohin er auch reiste. Edward war begeistert, zumal ich ihm einen Hundert-Dollar-Schein von Somborn mitgab und die Sache noch damit schmackhaft machte, was für tolle Hintergrundrecherchen er hier für seine Drehbuchkarriere anstellen dürfte. Er versprach mir absolute Diskretion und brach kurze Zeit später mit einem großen Koffer in das Abenteuer auf.

Wie recht ich daran getan hatte, ihm diesen Auftrag zu geben, stellte ich fest, als ich im aktuellen Stiftungsregister des Rathauses nachsah, wer den Vorstand der »Caesar-Stiftung« bildete: Der Vorsitzende und einzige Zeichnungsberechtigte war Fred W. Anderson, wohnhaft in Hollywood, Los Angeles. Sein Stellvertreter: Will H. Hays, mit Wohnsitz in New York City. Ihr Konto hatte sie bei der Meyerson Bank in New York, diese hatte hier in Hollywood eine Filiale in der De Longpre Avenue. Die Stiftung selbst residierte unter derselben Postadresse wie die Produzentenvereinigung, 6912 Hollywood Boulevard.

Dorthin begab ich mich als Nächstes. Ich ging wieder zu *»Star Beauty«*, kaufte mir eine erneute Pediküre mit der nicht einmal unzutreffenden Begründung, ich habe mir seit der letzten schon wieder einige Schwielen gelaufen, und beobachtete dann, was sich gegenüber tat.

Anderson hatte nun, nach Hays' Abreise, dessen Büro und Schreibtisch bei der *MPPDA* übernommen. Er saß an seinem Platz, führte Telefonate, scheuchte die Sekretärinnen herum, mit

Gesten seiner makellosen Hände, und er ging mehrmals zu einem großen Safe, der in eine Schrankwand integriert war, öffnete ihn jeweils mit einem Schlüssel, den er an einer Kette am Hosenbund trug und mehrfach herumdrehte, entnahm ihm etwas und schloss ihn dann wieder auf dieselbe umständliche Weise.

In diesen Safe würde auch ich unbedingt einmal schauen wollen. Die Überweisungen und die Verbindung zu Blossom Jones waren mir ja so weit klar. Doch es musste einen Grund geben, warum die Produzentenvereinigung nicht einfach ihr eigenes Konto dafür benutzt, sondern vielmehr eine Stiftung mit einem externen, nicht auf sie zurückzuführenden Konto eingerichtet hatte. Dies musste die Schwarze Kasse sein, ein Fonds für Sonderfälle, Sonderzahlungen, vielleicht auch für plumpeste Bestechungen. Oder noch ganz andere Verbrechen, für all den Dreck, den Will Hays und seine Organisation am Stecken hatten. Mich interessierte brennend, wer in dieses Konto einzahlte, aber auch, an wen alles von ihm Überweisungen getätigt wurden, abgesehen von Blossom Jones. Gewiss an die von ihr erwähnten vielen anderen Geliebten und womöglich weitere Skandalnudeln, die mit Schweigegeldern versorgt werden mussten.

»Caesar« war durchaus ein passender Deckname, dachte ich, für Will Hays, den Kinozaren, den Vorsitzenden der Vereinigung; auch wenn der historische Vergleich zu Julius Caesar, dem Herrscher über das Römische Reich, etwas hinkte. Ich hätte einen subtileren Decknamen gewählt, der nicht die ganz große Dimension erraten ließ. Aber Understatement oder Sinn für historische Parallelen gehörten nun mal wirklich nicht zu den Stärken von Filmproduzenten.

Natürlich konnte ich nicht sicher wissen, ob die Unterlagen in jenem Safe gelagert wurden, und zudem würde es alles andere als einfach sein, sich Zugang dazu zu verschaffen. Mir fielen nur zwei weitere Orte ein, wo ich noch Informationen darüber ergattern könnte. Zum einen die Bankfiliale. Auch nicht besser. Zum anderen Andersons Privatwohnung, deren Adresse ich mir im Rathaus notiert hatte. Als Beatrice die Arbeit an meinen Füßen beendet und sie mit einem penetrant riechenden Öl eingerieben hatte, machte ich mich auf den Weg dorthin. Unter der Anschrift 1357 Orange Drive fand ich ein schmuckloses Einfamilienhaus vor, in einer palmengesäumten Straße ohne Bordstein, wo die Müllabfuhr offenbar nur einmal im Monat durchkam. Ich beobachtete es zunächst von außen und sah, dass jemand zu Hause war.

Dann ging ich hinüber und klingelte. Eine junge schwarzhaarige Schönheit in einem seidenen Morgenmantel öffnete und blickte mich misstrauisch an.

»Pflueger, Schädlingsbekämpfung«, sagte ich gummikauend und zückte eine Visitenkarte. »Ich muss alle Häuser in dieser Straße auf Kakerlakenbefall untersuchen. Gut, dass ich Sie antreffe, Ma'am.«

»Oh mein Gott«, sagte sie entsetzt, »Sie meinen, wir haben wirklich …?«

»All Ihre Nachbarn haben sie«, bestätigte ich. »Es muss Ihnen bisher noch nicht aufgefallen sein. Aber keine Sorge, jetzt bin ich ja da.«

Sie lugte auf das, was ich ihr hinhielt. Auf der Karte stand: *»D. W. Pflueger, Schädlingsbekämpfung – sicher und zuverlässig«.* Sie war echt und mir von Mr Pflueger selbst übergeben worden, als er die alte Wohnung, in der ich einmal gehaust hatte, untersuchte. Leider hatte er damals dort etwas gefunden. Zum Glück hatte ich solche Wohnungen mittlerweile hinter mir gelassen, auch wenn ich in dem Anzug, den ich trug, problemlos als Schädlingsbekämpfer durchging.

»Aber bitte, kommen Sie doch herein.«

Sie ließ mich ein und ich sah in jeden Raum des Hauses, in jede Ecke, in jeden Schrank. Donna, so hieß die Frau, hielt sich ängstlich hinter mir und knabberte an einem Fingernagel. Sie war Kinokassiererin, aber eine von der Sorte, die es nicht lange bleiben würde, sondern für die man womöglich bald selbst Kinokarten würde kaufen müssen. Und sie war »eine Freundin« des Hausherrn, Mr Anderson.

Ich fand im ganzen Haus keinen Safe und in dem Sekretär, an

dem er arbeitete, nichts, was an ein Kassenbuch oder dergleichen erinnerte. So einfach war es also leider nicht.

»Sie scheinen Glück gehabt zu haben. Gewiss weil Sie sehr reinlich sind«, meinte ich. »Drehen Sie alle Hähne auf und lassen Sie eine Stunde heißes Wasser laufen. Das treibt die Biester raus wie nichts, sofern doch welche da sind.«

Ich tippte mir an den Hut und ging hinaus und über die Straße. Statt mir nachzusehen, sprang sie sofort los und tat wie geheißen.

Ich steuerte den Voisin zu Somborns Büro nach Downtown und sprach bei ihm vor.

»Anderson ist nicht verheiratet, er hat nur eine Freundin, also kann er nicht der Mann sein, den Blossom gemeint hat. Und er ist nicht ihr Mörder, aber vermutlich hat er ihn beauftragt oder steht sonst wie in Kontakt mit ihm«, sagte ich und berichtete in kurzen Worten, warum, und dann von meinen sonstigen Fortschritten bezüglich der Stiftung. Das Veilchen, das inzwischen in allen Farben schillerte und seine Aufmerksamkeit erregte, hätte ich natürlich im Dienst meines Auftrages davongetragen, erklärte ich, zum Glück sei ich erfolgreich gewesen.

»Bevor ich zu komplizierteren Operationen greifen muss, wollte ich Sie bitten, etwas zu versuchen«, erklärte ich dann. »Gehen Sie zu Anderson, als der Produzent, der Sie immer noch sind, und sagen Sie ihm, Sie wollten eine Spende an diese ›Caesar-Stiftung‹ machen. Um Ihren guten Willen zu zeigen nach all dem Ärger, den die Hays-Organisation mit Ihrer Scheidungssache hatte.«

»Ich verstehe. Und woher habe ich Kenntnis von dieser Stiftung?«

»Sagen Sie einfach, Sie hätten davon gehört. Was weiß ich, ›unter Produzenten spricht sich so was rum, aber es bleibt in der Familie‹. Versuchen Sie mit solchen Sprüchen herauszufinden, wer alles sonst in die Stiftung einzahlt, verlangen Sie eine Quittung und wenn er den Block holt oder den Eintrag macht, hoffen Sie darauf, vielleicht Genaueres zu sehen, in dem Safe oder woanders in seinem Büro.«

»Es widerstrebt mir ja, zu diesen Leuten zu gehen und ihnen Geld zu geben«, meinte er.

»Es ist wie eine Zahlung für einen Informanten«, entgegnete ich. »Und womöglich erspart es mir, einen Einbruch zu machen, dessen Resultat ungewiss ist. Außerdem müssen Sie ja nicht mit Will Hays sprechen, nur mit seinem Stellvertreter. Er scheint die Schlüsselfigur zu sein. Sie hatten bisher nicht mit ihm zu tun?«

Er verneinte. Dann nahm er den Hörer ab und rief bei der Produzentenvereinigung an. Er vereinbarte mit Fred Anderson einen Termin für den Abend.

Als ich wieder wegfuhr, fiel mir ein Wagen auf, der mir zu folgen schien.

28

Es war diesmal ein bronzener Oldsmobile, nicht der Packard, der mich neulich gerammt hatte. Ich beobachtete ihn im Rückspiegel und er blieb auf dem ganzen Weg nach Hollywood immer genau zwei Automobile hinter mir. Als ich vor dem Gebäude an der Franklin Avenue parkte, hoffte ich, dass er ebenfalls anhalten würde, damit ich ihn zur Rede stellen konnte, doch er zog an mir vorbei. Durch die spiegelnde Scheibe konnte ich nur einen Schatten mit Hut erkennen.

Vom Büro aus telefonierte ich mit Russell Morrison, der sich sehr freute, von mir zu hören, sich noch einmal für seine Rettung damals bei der Jagd bedankte und erzählte, dass er inzwischen wieder ins normale Leben zurückgefunden habe. Er arbeite wieder am Hafen und habe vom Ku-Klux-Klan zum Glück nichts weiter gehört oder gesehen. Sie hatten offenbar Namen und Adressen ihrer Opfer nicht aufgenommen. Ich fragte ihn, ob er Mitglied in der Gewerkschaft sei, doch er verneinte. Weiter erzählte ich ihm, wie ich Clarence und den anderen herausgeholt hatte und warnte ihn nochmals davor, zur Polizei zu gehen. Es sei wahrscheinlich, dass er es dort mit Klansmännern zu tun bekomme. »Ich bin mir bisher nicht einmal sicher, ob der Polizeipräsident womöglich einer von denen ist.«

»Wieso, er hat Ihnen doch bei der Razzia geholfen und dabei wurde sogar ein Klansmann getötet?«

»Das stimmt. Aber alle anderen sind davongekommen. Vollmer hat mir von einer Spaltung des Klans in moderate und radikale Gruppen erzählt und ich kann nicht ausschließen, dass er ersterer angehört und nur die Mörder bekämpfen will. Bei der Aufdeckung von allem Weiterem kommt er nicht voran, irgendwer sabotiert das offenbar. Zudem werde ich verfolgt und bedroht.« Deshalb solle er mir besser eine Aussage zum Mord an Jeremiah Coyne schreiben und zukommen lassen, in der sein eigener Name nicht vorkam. Russell versprach, das zu tun. Wir verabschiedeten uns.

Für den Rest des Abends blieb mir nur, auf Somborns Bericht zu warten. Also rief ich Polly an, die mir in aller Unschuld begeistert erzählte, dass sie heute Abend Clarence im Club besuchen wollte, bei seinem ersten Konzert seit den Vorfällen. »Komm doch auch hin, es ist großartig dort! Und ihr beiden habt euch ja angefreundet.«

Sie überredete mich letztlich, ins »Patsy's« zu fahren.

Ich wollte Madame Claire noch Hallo sagen und ein paar Worte mit ihr wechseln, doch sie war gerade dabei, einer Dame mit einem riesigen Hut aus der Hand zu lesen und eine goldene Zukunft vorherzusagen, und ich winkte ihr lediglich kurz zu.

Der Oldsmobile folgte mir erneut. Als ich auf den Parkplatz des Clubs einbog, konnte ich im Rückspiegel sehen, wie er auf der Straße weiterfuhr.

Das »Patsy's« war ein Schwarzenclub, doch ich war nicht der einzige Weiße, der das Konzert besuchte. Diese sogenannten »Black-and-tan-Clubs« gab es inzwischen überall in den Städten, die Liebe zur Musik überwand hier die sonst verbreiteten Rassengrenzen. Als ich an der Tür sagte, ich sei ein Freund von Clarence, und meinen Namen nannte, wurde ich von dem Besitzer, einem dicken Schwarzen in einem blauen Anzug namens Louie, ohne zu bezahlen, eingelassen.

Der Club verfügte über eine erhöhte Bühne, und davor gab es keine Tische und Stühle wie in den Weißenclubs, sondern alle Besucher standen und schwatzten, bevor es losging. Es wurde Alkohol ausgeschenkt, und ich fühlte mich durchaus wohl hier. Ich sah Schwarze mit weißen Frauen und auch Weiße mit schwarzen, es waren Paare darunter und flirtende Einzelgänger. Polly kam aus dem Backstagebereich herausgelaufen, sie hatte ein frisch gezapftes Bier mit Schaumkrone in der Hand. Sie beugte sich hinab und ließ Enrico den Schaum ablecken. Wir begrüßten uns, und direkt darauf kam die Band auf die Bühne und begann zu spielen.

Es war das lauteste Konzert, das ich jemals miterlebt hatte. Und das beste. Der schnelle Rhythmus ging einem direkt ins Blut, und wir tanzten, alle drei, auch ein sehr aufgeregter Enrico. Polly hatte sich seit Neuestem den Charleston draufgeschafft, sie warf und kreuzte ihre perfekten Beine, kickte damit in die Luft, tanzte sich mit angewinkelten Ellbogen die Seele aus dem Leib und wackelte ausgiebig mit dem Hintern. Man nannte Letzteres einen »Coochie«, wie sie mir stolz berichtete, und der Coochie von Polly war wirklich ein Coochie, der sich gewaschen hatte. Dass man immer mal unter ihren Rock sehen konnte, war ihr piepegal. Es war heidnisch. Es war himmlisch. Ich tanzte mit und gab alles.

Ein weißer Schlagzeuger schwang sich spontan auf die Bühne, der schwarze machte ihm bereitwillig Platz und übernahm die Bongotrommeln. Ein Raunen ging durchs Publikum, als der Weiße und die Schwarzen zusammen jammten, die erste gemischtrassige Band, die ich und viele andere jemals hatten spielen sehen.

Clarence entdeckte mich von der Bühne herab und winkte mir freudig zu. Er spielte ein atemberaubendes Solo auf seiner Trompete, und Polly pfiff durch die Zähne und feuerte ihn an. Sie war erhitzt und ganz hin und weg, und ich kann nicht leugnen, dass Eifersucht in mir aufstieg. Das einzige Instrument, das *ich* spielen konnte, war die Luger.

Als das Konzert zu Ende war, kam Clarence zu uns und umarmte erst mich und dann Polly. Er hielt mich den ganzen Abend frei, brachte mir selbst Nachschub von dem vorzüglichen Bier, das wie Pilsener schmeckte, und wurde nicht müde zu betonen, dass er mir sein Leben schulde und bereit sei, mir jeden Gefallen zu tun. »Egal, was es ist, du kannst immer auf mich zählen«, sagte Clarence vertraulich: »Auch wenn es darum geht, dass ich mich von Polly zurückziehen sollte.«

Ich biss mir auf die Lippen, fragte ihn stattdessen nur nach einem Telefon und entschuldigte mich, um im Backstagebereich die Bandgarderobe aufzusuchen, wo ein Apparat auf einem Schminktisch stand. Ich ließ mich mit Somborns Privatanschluss in Venice verbinden. Er nahm ab.

»Bin gerade reingekommen. Sie hatten recht, in der Tat scheint alles über Anderson zu laufen und es war ziemlich ertragreich, als ich ihm meine Geschichte aufgetischt hatte. Er hatte zwar von den Problemen gehört, hat aber angenommen, dass ich jetzt wieder nach ihren Regeln spielen will. Scheint bei den anderen üblich zu sein, dass sie mit eingekniffenem Schwanz zurückgekrochen kommen.« Herbert hörte sich angetrunken an, doch wirkte kontrolliert und durchaus guter Dinge. »Natürlich ist die Stiftung nur ein Vorwand. Es ist ein Fonds, in den sie alle einzahlen, regelmäßig, so, wie Sie es gesagt haben. Laemmle, Mayer, Fox, Zukor, Lasky, Sennett, Goldwyn, Selznick, die Leute von Metro, First National und United Artists, sie sind alle dabei. Alle Mitglieder der Vereinigung, alle Produzenten der Stadt. Deswegen hat Anderson sich auch bei mir nicht gewundert. Er meinte nur, die anderen würden erheblich mehr zahlen. Warum oder was damit geschieht, habe ich nicht herausgefunden. Glauben Sie, dass Hays seine Bezüge auch damit noch aufbessert?«

»Ich glaube, das regeln sie anders und es wird nur für die ganzen Skandalfälle verwendet. Die direkte Verbindung zu Hays muss ich erst finden. Deswegen brauche ich ja das Kontobuch. Haben Sie davon irgendwas gesehen?«

Vor mir auf dem Schminktisch stand Clarences Trompete. Ich fuhr mit dem Finger an den Tasten entlang und betrachtete das Mundstück.

»Anderson ging an den Safe und machte ihn auf, um meinen Scheck hineinzulegen. In dem Fach war etwas, das so aussah wie ein Kontobuch, aber mit letzter Sicherheit kann ich es nicht sagen. Dort lagen auch noch einige Dokumente, ganze Stapel davon. Dann hat er ihn wieder verschlossen.«

An der Wand neben dem Schminkspiegel hing eine Fotografie von Polly, dieselbe, die sie mir geschenkt hatte, auf der sie mit Schlafzimmerblick in die Kamera sah.

»Irgendwas zu dem Mechanismus?«

»Es ist ein ganz neuer Safe, aus dickem Stahl und mit einem modernen Schloss, viel besser als der, den ich habe. Kein Zahlenschloss, er öffnete ihn mit einem Schlüssel und der hatte einen Doppelbart, soweit ich gesehen habe. Den Schlüssel trägt er an einer Kette an seinem Hosenbund, so kann er ihn nie weggeben oder verlegen. Tut mir leid, das und die Einzahlungen sind alles, was ich sagen kann.«

»Das macht nichts. Ich brauche sowieso vor allem die Auszahlungen und die Adressaten. Also das Buch. Ich werde mir etwas einfallen lassen, um es zu beschaffen.«

»Wollen Sie den Safe aufknacken?«

»Wenn es sein muss. Ich gebe Ihnen Bescheid.«

»Damit darf ich nicht in Verbindung gebracht werden«, sagte er. Er klang nun abgelenkt, in Eile; es schien, als sei noch jemand zu ihm gestoßen, wahrscheinlich seine Freundin von neulich. Kleidung raschelte.

»Natürlich nicht, Mr Somborn. Wir haben nie über dieses Thema geredet. Wir nutzen bei Ihnen einfach das Prinzip der glaubhaften Abstreitbarkeit und schlagen sie mit ihren eigenen Waffen. Einstweilen vielen Dank. Übrigens, mir folgt ein Wagen, seit ich bei Ihnen war.«

»Hm«, brummte er nur. »Kann ich mir auch nicht erklären. Passen Sie auf sich auf.« Er hatte es eilig und es war klar, dass er sich jetzt der rätselhaften Freundin widmen wollte.

»Sie auch. Gute Nacht.«

Ich legte auf und dann ging ich zurück in den Club, wo laut Schallplatten gespielt wurden. Dort verabschiedete ich mich von den beiden. Clarence war gerade im Gespräch mit Louie und ich meinte zu Polly: »Bleib ruhig noch hier, habt Spaß. Oder wenn dir danach ist, komm später noch vorbei.«

»Mal sehen«, schrie sie in mein Ohr, »ich weiß noch nicht.«

Ich hatte die Luger griffbereit, als ich zum Parkplatz ging. Nachdem ich mich vergeblich nach dem Oldsmobile umgesehen hatte, stieg ich ein und fuhr los, und dann machte ich einige größere Umwege durch die Stadt, so lange, bis ich mir sicher sein konnte, dass der Verfolger wirklich nicht mehr hinter mir war.

Ich gähnte, als ich schließlich meine Wohnungstür aufschloss, und ich trank nur noch einen Schluck Wasser in der Küche. Dann ging ich direkt ins Schlafzimmer, kickte die Schuhe weg und setzte mich aufs Bett, ohne das Licht anzumachen.

Erst jetzt merkte ich, dass darin schon eine nackte Frau lag, deren Körper sich unter den Laken sehr gut anfühlte.

»Na, das hat ja nicht lange gedauert«, meinte ich.

»Ich finde schon«, sagte Gloria Swanson.

29

Ich weiß nicht, wie viele Hollywoodstars schon bei Ihnen im Bett gelegen haben, aber es ist ein etwas surrealer Anblick, wenn man so eine Leinwandgöttin im trüben Licht seiner eigenen Nachttischlampe begutachtet. Und sie dabei auch noch Wert darauf legt, begutachtet zu *werden,* und man merkt, dass sie einen verführen will. Ich bekam nicht nur Glorias schräg sitzenden, riesigen wasserblauen Augen und den perfekten, wie zum Küssen geschaffenen Mund zu sehen, sondern, als sie die Decke zurückschlug, auch noch alles andere.

Andererseits haben auch Hollywoodstars nicht mehr als zwei Brüste. Und ich hatte ja neulich schon bei meiner Nacht mit Pola Negri festgestellt, dass ich bei Diven nicht unbedingt aufs Ganze gehen musste. Und ebenso bei Blossom Jones. Nach allem, was passiert war, empfand ich Glorias rätselhaftes Eindringen in meine Wohnung auch eher als bedrohlich denn als schmeichelhaft, sodass ich zuallererst dessen Hintergründe aufdecken wollte. Obwohl Gloria nicht aufs Reden aus war, gelang es mir, ihr zu entlocken, wie sie auf mich gekommen war. Ich sei ihr neulich in der Studiokantine aufgefallen und sie wüsste, dass ich der Liebhaber ihrer Drehbuchautorin war; zumindest einer davon. Dazu kam aber noch, dass sie einen Detektiv beauftragt hatte, ihren Exehemann Herbert Somborn zu überwachen. Seit meinem Besuch bei diesem war er mir gefolgt – der Mann im Oldsmobile – und hatte ihr Bericht erstattet, woraufhin sie ihn mein Türschloss knacken ließ. Und auch wenn sie nun so tat, als fühlte sie sich unwiderstehlich von mir angezogen und wollte keine Zeit dabei verlieren, mich zu ihr ins Bett zu ziehen – der wahre Hintergrund schien zu sein, dass ich für ihn arbeitete und sie auf Teufel komm raus darauf erpicht war zu erfahren, worin genau mein Auftrag bestand. Natürlich dachte sie, es müsste mit ihr zu tun haben.

Ein anderer Mann als ich hätte die Situation gnadenlos ausgenutzt und damit offene Türen eingerannt. Herbert Somborn hatte seine Exfrau keineswegs falsch beschrieben.

Aber ich war einfach hundemüde und das sagte ich ihr auch. Das machte Gloria erst recht wild.

»Tu mir den Gefallen und sei nett, dann bin ich auch nett zu dir.«

»Ich will dir aber keinen Gefallen tun. Ich werde dir nicht sagen, für wen und woran ich arbeite. Wir haben hier einen klassischen Interessenkonflikt und ich respektiere so etwas.«

Abgewiesen zu werden war eine Gloria Swanson nicht gewohnt und auch nicht gewillt hinzunehmen.

»Na komm schon! Du hast mit Pola Negri gebumst und bist imstande, *dazu* Nein zu sagen?«, fragte sie empört und schlug erneut das Laken zurück.

»Ich habe nicht mit ihr geschlafen«, wandte ich ein.

»Blödsinn!«, zischte sie und legte sich auf mich.

Wir veranstalteten eine Art Ringkampf, bei dem Charles Payne vermutlich einen würdigen Schiedsrichter abgegeben hätte. Als Gloria merkte, dass sie mit Sex bei mir nicht weiterkam, begann sie, mich ins Verhör zu nehmen. Was es sei, das ich für ihren früheren Ehemann ermittle? Ich versicherte ihr, dass es ganz allgemein nicht gegen sie, sondern um etwas anderes ginge, doch sie glaubte mir nicht. Sie wollte es jedenfalls genau wissen, und *wie* sie das wollte.

Gloria fragte nach Blossom Jones – was ich mit ihr zu tun hatte, ob ich denn mit ihr geschlafen hätte, was ich verneinte – und es war nicht auszumachen, ob sie deshalb fragte, weil sie mich neulich mit ihr zusammen in der Kantine gesehen hatte, oder ob es noch einen anderen Grund gab, weswegen sie es unbedingt herausfinden wollte oder sollte.

Später weinte sie auch noch und zeigte mir die ganze Palette an Emotionen, die eine Stummfilmschauspielerin darstellen konnte, nur leider mit Ton. Ich gab ihr etwas zu trinken und hoffte, dass Bucks Whisky seinen Tribut fordern würde. Sie war nicht sehr groß und äußerst schlank. Doch dafür vertrug sie eine ganze Menge; etwa so viel, wie man in einen Matrosen hätte hineinschütten können, der das Wetttrinken auf einem Walfänger gewinnen würde. Ich trank mit und brachte die Sprache wie beiläufig auf Will Hays.

»Er *hat* dir einen Gefallen getan, er hat deinen Scheidungsvertrag verhandelt.«

»Na klar. Ich bin schließlich der größte Star in dieser Stadt!«

»Bist du für diesen Gefallen auch ›nett‹ zu ihm gewesen? Hast du etwas mit ihm gehabt?«

»Das sage ich dir, wenn du mit mir schläfst.«

»Mache ich nur, wenn du es mir zuerst erzählst.«

Es war das härteste Duell, das ich in Hollywood je mitgemacht hatte. Irgendwann muss ich eingeschlafen sein und sie auch, auf mir.

Das Nächste, was ich wahrnahm, war jedenfalls Polly, die mit ihrem Schlüssel in der Hand am Morgen an unserem Bett stand und überrascht sagte: »Ups! Morgen, Gloria!«

Gloria stöhnte nur irgendetwas, während sie sich von mir herunterrollte.

»Ich mach euch beiden mal einen Kaffee«, meinte Polly aufgeräumt und drehte sich zur Küche. »Ich glaube, ihr könnt einen brauchen … Irgendwer auch Eier?«

Wir verneinten. Dann braute sie uns tatsächlich einen sehr starken Mokka und sah uns zu, wie wir ihn tranken. Ich verzichtete darauf, in Glorias Anwesenheit irgendwelche Erklärungen abzugeben.

Diese begab sich nach dem Kaffee schnell wieder in ihre Filmstarrolle und brachte die Sprache auf Pollys Drehbuch: »Ich glaube, wir brauchen da eine ganz andere Fallhöhe«, sagte sie zu ihr. »Wenn ich die Rolle spielen soll, muss es etwas ganz Besonderes sein. Dass ich im Gefängnis lande, sollten wir viel mehr zu einer zutiefst demütigenden Erfahrung machen, sie muss sich echt anfühlen.«

Mit kleinstmöglicher Peinlichkeit überstanden wir die Situation und als Polly ankündigte – ohne unterwürfig zu sein –, zur Arbeit zu gehen, um weiter an Glorias Drehbuch zu schreiben, ging ich mit und ließ sie mich wieder im Wagen mitnehmen, in dem Enrico wartete.

»Wir haben nicht miteinander geschlafen«, sagte ich dort zu ihr.

»Ist schon okay, Hardy«, meinte sie und blickte stur geradeaus.

»Wirklich nicht.«

»Weißt du, was ich machen werde?«, fragte sie plötzlich und schlug aufs Lenkrad. Offenbar hatte sie eine großartige Idee.

»Nein, Polly, was wirst du denn machen?« Ich gähnte.

»Ich werde ins Gefängnis gehen!«, sagte sie, als wäre es die tollste Sache der Welt. »Natürlich, das werde ich machen!«

»Was?«, fragte ich verständnislos.

»Ja, Hardy, das ist die Lösung … na, für das Drehbuch!«

»Und wie willst du das anstellen, dass du ins Gefängnis kommst?«, seufzte ich.

»Na, wie wohl, du kannst Fragen stellen – ich gehe in ein Kaufhaus, klaue etwas, lasse mich dabei erwischen und dann sperren sie mich ein!«

»Nein, verdammt noch mal«, sagte ich laut. »Das wirst du nicht machen!«

»Natürlich werde ich das«, konterte Polly störrisch, »und niemand wird mich davon abhalten, auch du nicht! Das wird eine ganz authentische Erfahrung, die ich verarbeiten kann!«

Ich kannte sie gut genug, um zu wissen, dass sie sich das kaum mehr ausreden lassen würde. »Also gut. Du willst ins Gefängnis – ich rede mit unserem Freund, dem Polizeipräsidenten, der kann das arrangieren. Du kommst rein, zwei Tage, zwei Nächte, was weiß ich, und kannst sehen, wie es da wirklich ist.«

»Nein!«, schrie sie. »Das wäre doch ganz falsch, Hardy! Ich muss wirklich verhaftet werden und ich muss auch vor Gericht kommen und verurteilt werden und niemand darf wissen, wer ich bin, verstehst du!«

Und ob ich verstand. »Polly, das ist eine Scheißidee! Dein Idealismus in Ehren, aber dann kann dir dadrin *alles* passieren, absolut alles!«

»Das will ich ja!«, sagte sie und grinste selig. »Das ist es gerade, worum es mir geht. Und Gloria auch! Das wird der beste Film, den wir jemals gemacht haben!«

»Das wird eine ganz beschissene Erfahrung«, warnte ich sie. »Kein Film der Welt ist das wert. Ich war nur einmal eine Nacht in Untersuchungshaft und das hat mir gründlich gereicht. Du hast keine Ahnung, wie überfüllt und schmutzig und gefährlich diese Gefängnisse sind und auf wen du da alles treffen wirst!«

»Na, eben deswegen«, meinte sie.

»Das kann dich kaputtmachen und das werde ich nicht zulassen. Wenn irgendetwas schiefgeht, dann verschwindest du dadrin für immer!«

»Genau diese Angst brauche ich!«, strahlte sie. »Warum ist mir das nicht schon früher eingefallen …«

Wir waren vor meinem Büro angekommen.

»Lass mich hier raus«, sagte ich. »Darüber reden wir noch einmal.«

Sie hielt an, ging aber nicht darauf ein und küsste mich nur schnell neben den Mund. Ich stieg aus und schon fuhr Polly mit quietschenden Reifen weiter.

Schnell versuchte ich es abzuschütteln. Dafür würde ich schon noch eine Lösung finden, sofern ich selbst, der sich gerade anschickte, einen Einbruch zu planen, nicht *vorher* ins Gefängnis wandern würde. Ich ging die Treppe hinauf und überlegte mir, wie ich Edward erreichen könnte. Vielleicht hatte er sich bereits selbst aus dem Zug mit einem Bericht gemeldet, Madame Claire würde es mir gleich sagen. Ihre Prophezeiung mit den Gitterstäben fiel mir plötzlich ein – ein Gefängnis, dann hätte sie recht gehabt, erstaunlicherweise.

Da blieb ich oben auf dem Absatz stehen.

Die Tür zu meinem Büro war nur angelehnt, nicht geschlossen. Ich zog die Luger hervor, schlich mich heran und sprang dann in den Raum hinein. Er war durchsucht und der Aktenschrank und die Schubladen des Schreibtisches aufgebrochen worden, sie standen offen. Hastig sah ich hinein, das Kontobuch von Blossom Jones war nicht mehr darin. Ich stieß einen lauten Fluch aus.

Unwillkürlich sah ich zu dem Büro nebenan. Ich ging auf den Flur und klopfte dort. »Madame Claire?« Niemand antwortete und ich versuchte, die Tür zu öffnen. Sie ging einen Spalt weit auf, dann wurde sie von etwas blockiert.

Ich drückte heftig dagegen und öffnete sie noch ein Stück weiter.

Auf dem Boden hinter der Tür lag Madame Claire und starrte mit seelenlosen Augen ins Nichts. Ihre schwarze Perücke war verrutscht und ein goldener Ohrring abgerissen. Man hatte ihr die Kehle durchgeschnitten und eine Blutlache hatte sich unter ihrer vollgesogenen Bluse gebildet.

30

Ich sah auf sie hinab und dachte, dass es wohl nichts Traurigeres geben konnte als eine tote Wahrsagerin. Ihren eigenen Tod hatte sie nicht vorhergesehen.

Vielleicht wollte ich mich mit solchen Gedanken nur vor dem schlechten Gewissen bewahren, das in mir aufzusteigen begann: Vermutlich hatte Madame Claire den Einbrecher bei mir ertappt und sich gewehrt. Sie war letztlich gestorben, weil ihr Mörder zu mir wollte.

Dieser war bereit zu töten, für meine Unterlagen – über Blossom Jones. Und er hatte diese auch sichergestellt, was bedeutete, dass ich nun nichts mehr in der Hand hatte, womit ich meine Ermittlungen belegen konnte. Ich hatte nur mein Wissen und meinen Verdacht rund um Blossoms Verschwinden, mit dem ich zumindest bisher kein eindeutiges Verbrechen nachweisen konnte.

Als ich nun also zu meinem Telefonapparat griff, rief ich die Mordkommission an und meldete, dass ich soeben meine Büronachbarin ermordet aufgefunden hätte. Zum Glück hatte ich mit dieser Abteilung länger nichts mehr zu tun gehabt und die beiden Detectives, die kurz darauf eintrafen, kannte ich noch nicht. Einer war riesig, fast schon so, dass er auf dem Jahrmarkt hätte vorgezeigt werden können, mit strubbeligem Haar, der andere klein und gedrungen, mit einem eckigen Kasperkopf und Augen, die hinter den hohen Wangenknochen fast verschwanden. Sie warfen einen ersten Blick auf den Tatort und als sie mir in meinem Büro die üblichen Fragen stellten, gab ich mich als argloser Nachbar und berichtete lediglich, was offensichtlich war: dass ich vorhin nach meiner Ankunft der Nachbarin einen Guten Morgen habe wünschen wollen und sie dann so vorgefunden hätte und dass bei ihr und auch bei mir eingebrochen worden war.

Ein Gerichtsmediziner traf ein und inspizierte nebenan die Leiche, um den Todeszeitpunkt zu bestimmen. Bevor die Detectives ihre Befragung fortsetzen konnten, kam noch jemand dazu, den man benachrichtigt hatte.

Es war zu meiner beträchtlichen Überraschung William J. Burns, jener prominente Detektiv, der es inzwischen zum Leiter des *Bureau of Investigation* gebracht und neulich sein Glück bei Blossom Jones versucht hatte. Er zwirbelte seinen mächtigen Schnauzbart und stieß ein paar Kommandos aus, die alle sofort befolgt wurden. Zwei Männer in seiner Begleitung übernahmen die Tatortbegutachtung nebenan. Burns führte dort ein paar Gespräche, dann kam er herüber, sah sich in meinem Büro aufmerksam um und begann persönlich die Befragung. Ich war äußerst gespannt, was den Chef einer nationalen Sicherheitsbehörde an diesem Fall interessieren mochte, und sehr auf der Hut. Burns war, aus der Nähe betrachtet, ein über sechs Fuß großer, kräftiger Mann, der jünger aussah als sechzig Jahre. Er barst schier vor Energie, machte nicht den Eindruck, viel Zeit mit Nachdenken oder anderen Subtilitäten zu verschwenden, und war mir auf Anhieb kreuzunsympathisch.

»Hardy Engel, Privatdetektiv«, sagte er und strich sich rege über den Schnauzbart, als könnte er damit Strom für das Gehirn erzeugen. »Habe ich Sie nicht neulich bei Paramount gesehen?«

»In der Tat«, antwortete ich. »Ich habe meine Freundin besucht, sie arbeitet dort als Drehbuchautorin. Was kann ich für Sie tun, Mr Burns?«

Er setzte sich in den Stuhl für Besucher, so breitbeinig, wie man es in Sonntagsschulen verboten bekommt.

»Sie haben die Tote entdeckt?«

»Ja, als ich zur Arbeit kam. Es war ein echter Schock. Natürlich will ich gerne helfen, den dranzukriegen, der die arme Madame Claire auf dem Gewissen hat.«

»Kannten Sie sie gut, Ihre Büronachbarin? Sie war Wahrsagerin, nicht wahr? Irgendjemand, mit dem sie in letzter Zeit Ärger hatte, oder sonst ein Verdacht?«

Seine Hände waren groß wie Bratpfannen und man hätte sie nicht gerne im Gesicht gehabt. Zumal er daran alle zehn Finger hatte.

»Davon habe ich wirklich nichts mitbekommen. Ich bin berufsbedingt nur selten hier im Büro gewesen. Na ja, Sie wissen ja, wie das so ist, als berühmter Kollege.«

Das ganze verdammte Land wusste, dass er wusste, »wie das so ist«. Er lächelte selbstgefällig.

»Natürlich. Ich mache den Job immer noch, nur nicht alleine, sondern als leitender Beamter, direkt dem Justizminister unterstellt und mit tausend Mitarbeitern.«

Oh ja. Ursprünglich waren es sogar doppelt so viele gewesen, dann hatte man sein Budget gekürzt und nun stellte er nur noch Spitzel ein, die für einen Dollar Jahresgehalt privat schnüffeln sollten. Was die Korruption förderte und ein Klima der Denunziation schuf, wie die Zeitungen nicht müde wurden zu beklagen.

»Herzlichen Glückwunsch«, sagte ich. »Ich arbeite lieber alleine. Aber was machen Sie dann eigentlich in Los Angeles?«

»Seit vielen Jahren ruft mich immer wieder der Film«, prahlte er selbstgefällig. Und leider rief er auch stets zurück, dachte ich bei mir.

»Wann ist es denn genau geschehen?«, sagte ich laut.

»Der Gerichtsmediziner sagt, es muss heute früh passiert sein, irgendwann nach sieben Uhr.« Ich nickte. Die Wunde war noch frisch gewesen, das Blut nicht getrocknet. »Wahrscheinlich war's ein Raubmord, der Täter hat drüben ihre Kasse leer geräumt. Und auch bei Ihnen hier ist ja eingebrochen worden.« Er ließ den Blick durch den Raum schweifen. »Fehlt Ihnen denn etwas?«

Ich hatte mir schon zurechtgelegt, was ich darauf sagen würde, mit meinem arglosesten Ausdruck: »Ganz sicher bin ich nicht, jedenfalls nichts von Wert. Er hat auch bei mir wohl Geld gesucht, aber da war keines.«

Er stützte sich mit beiden Händen auf die Schenkel und beugte sich vor.

»Woran arbeiten Sie denn gerade?«

Natürlich: Das war es, was er eigentlich wissen wollte.

»Sie wissen sehr gut, das kann ich Ihnen leider nicht sagen.«

»Es wäre aber verdammt noch mal besser, denn hier ist ein Mord geschehen.«

»Und es ist vollkommen irrelevant, damit hat es gewiss nichts zu tun.«

Nennen Sie mich paranoid, aber ich hielt es ganz einfach für besser, ihm nicht zu erzählen, was wirklich fehlte und dass mein Verdacht auf das Gegenteil lautete.

Er richtete sich auf und ließ seine Augen blitzen. »Wer ist Ihr Auftraggeber? Und kommen Sie mir jetzt nicht mit dem Quatsch, auch das dürften Sie nicht verraten.«

»Ist aber so. Und ich muss es Ihnen nicht erzählen. Was Sie Quatsch nennen, ist das Gesetz.«

Er sah mich feindselig an, setzte aber nicht weiter nach.

»Dann frage ich Sie jetzt nach Ihrem Alibi. Reine Routine: Wo waren Sie heute Morgen, bevor Sie herkamen, Engel? Und waren Sie dabei etwa auch alleine?«

Er beugte sich süffisant grinsend vor. Es war dieses investigative Starlächeln, das er schon in seinen Filmen perfektioniert hatte und nun auch im Leben anwendete.

»Oh nein, mein Alibi ist zum Glück sehr gut«, antwortete ich. »Meine Freundin hat mich vorhin hierhergefahren, die Drehbuchautorin – Polly Brandeis. Ich bin ungefähr um acht hier ausgestiegen, sie kann es bezeugen.«

Ich grinste mit *meinem* Starlächeln zurück.

»Sie scheinen viele Freundinnen zu haben, Engel.«

»Vielleicht scheint es auch nur so.«

»Habe ich Sie nicht neulich mit einer anderen gesehen?«

»Ich rede mit einer Menge Leute und darunter sind auch Frauen, nicht anders als bei Ihnen, Mr Burns. Jedenfalls bin ich nicht der Mörder.«

Er lehnte sich zurück und überkreuzte die Beine. Hatte mir

wohl nur mal auf den Zahn fühlen und ein bisschen angeben wollen.

»Kann schon sein, Mr Engel«, sagte er. »Zumindest sieht alles so aus, dass Madame Claire den Täter überrascht hat, als sie morgens kam und ihn vorfand, wie er die Büros durchwühlte.«

»Also Einbruchdiebstahl und Mord an der zufälligen Zeugin«, ergänzte ich.

»Vermutlich ein obdachloser Penner auf der Suche nach Barem und leider mit einem Messer«, sagte er ungemein beiläufig.

»Vermutlich«, erwiderte ich. »Ein Penner mit einem Messer, das passt, ja. Tja, man muss wirklich aufpassen heutzutage. Ich hoffe, Sie schnappen den Kerl, Mr Burns.«

»Wird nicht leicht«, sagte er, stand auf und streckte sich. Er gähnte herzhaft. »In einem Haus wie diesem, ohne Portier und Fahrstuhl, da müssten wir sehr viel Glück haben, wenn ihn einer gesehen hat. Und dann so, dass man ihn identifizieren kann.«

»Ja, sehr viel Glück müsste man da haben«, wiederholte ich.

»Die Ermittlungen leitet die lokale Mordkommission«, meinte er. »Die Herren Cullen und Schwiatkowsky ...« Er sprach den Namen amerikanisch aus *(»Schawaiatkauski«)* und kam ins Stottern. »Na ja, der neue Polacke halt.«

»Stimmt, die ist ja zuständig«, sagte ich, als fiele es mir gerade ein.

Er nickte geistesabwesend, strich sich wieder über die dicke Bürste, die er unter der Nase hatte, und verließ mein Büro, ein großer, kräftiger Mann mit einer selbstbewussten Art zu gehen. Ich sah ihm nachdenklich nach.

Direkt darauf klingelte mein Telefon. Ich nahm ab.

»Engel?«

»Hier ist Vollmer. Ich höre gerade, bei Ihnen ist ein Mord passiert, Hardy?«

»Ja, das ist richtig. Meine Nachbarin.«

»Seltsam.« Vollmer machte eine kleine Pause. »Ist das jetzt diese Tote, nach der Sie neulich gefragt haben, oder hat es irgendwas damit zu tun?«

»Nein, ist sie nicht«, sagte ich. »Gerade war übrigens William

J. Burns da und ich habe ihm schon alles erzählt, was ich sagen konnte.«

»Wirklich?«, fragte er überrascht. »Das *Bureau* kümmert sich um einen unserer Mordfälle? Wieso das denn?«

»Keine Ahnung. Wahrscheinlich war er nur in der Gegend oder langweilt sich in Hollywood.«

Ich hörte ihn schnaufen. »Hardy«, sagte August Vollmer ungeduldig.

»Was?«

»Lassen Sie es mich so ausdrücken: Was soll die Scheiße? Vertrauen Sie mir nicht?«

»Chief Vollmer, zum Fall kann ich Ihnen erst etwas sagen, wenn ich wirklich etwas Konkretes habe. Habe ich bisher aber nicht. Bis dahin muss ich es selbst regeln, und glauben Sie mir, Sie wollen davon nichts wissen.«

»Ich verstehe, Ihr großer Fall, den Sie noch zu Ende bringen«, sagte Vollmer und seufzte. »Na schön. Sagen wir einfach, ich vertraue Ihnen. Wenn Sie irgendwelche Hilfe von mir benötigen, egal was, dann geben Sie Bescheid.«

»Das werde ich, vielen Dank. Und ich werde Sie in alles einweihen, wenn die Zeit gekommen ist, versprochen.« Wir legten auf.

Als Nächstes fuhr ich ins Jail Café hinüber.

31

Dort war eben die Mittagsbewirtung vorbei. Die Köche aßen gerade selbst und die Kellner in ihren Sträflingsjacken übten sich in Kartentricks. Als ich nach Buck fragte, schickten sie mich hinauf in seine Wohnung, wo er in einem großen abgetrennten Studio eine Rundfunkstation eingerichtet hatte.

Er war auf Sendung, vor dem großen herabhängenden silbernen Mikrofon sitzend und umgeben von Platten, die er behutsam aus ihren Hüllen zog und bereitlegte, hatte gerade eine Anmoderation beendet und schickte nun *»Toot Toot Tootsie«* von Al Jolson auf einer Victrola in den Äther hinaus. Er winkte mich nach draußen und schloss die Tür hinter uns.

Buck und ich ließen uns im Esszimmer nieder, das mit Thonet-Stühlen um einen langen Eichentisch nüchtern, doch stilbewusst eingerichtet war. Ich erzählte ihm von den Ereignissen und erntete erstaunte Blicke.

»Und wer war es, meinst du?«

»Es kann derselbe gewesen sein«, meinte ich. »Jener große Mann, dem ein Finger fehlt. Leider kenne ich nur große Männer, die zwar in den Fall verwickelt scheinen, deren Hände aber unversehrt sind.«

»Und Burns hat sich also eingeschaltet? Der Chef des *Bureau of Investigation* persönlich? Ist das, um Hays zu schützen? Da wird mir schwindlig.«

»Mir auch, Buck, mir auch. Sein Interesse an dem Fall ist schon auffällig. Jedenfalls hatte der Mörder es auf das Kontobuch von Blossom Jones abgesehen und das haben sie nun auch bekommen.«

»Die wichtigsten Informationen daraus kennst du ja aber«, wandte er ein. »Und bist damit längst weitergegangen.« Er schenkte uns zwei Gläser Whisky ein.

»Das schon. Aber ich kann es nicht als Beweis vorlegen und Somborn will ihn ja drankriegen und öffentlich anprangern, also brauche ich Dokumente.«

»Deine Fotos habe ich übrigens entwickelt. Die von dem anderen Tatort, wenn es denn einer war. Von dem Blutfleck.«

»Danke. Aber das reicht nicht. Und deshalb habe ich auch Vollmer nicht eingeschaltet. Ich habe sie aufgescheucht, wer auch immer die sind, die mich bedrohen und verfolgen, der Klan oder Hays' Leute oder wer auch immer. Durch das Kontobuch wissen sie ja, dass ich nachforsche. Natürlich habe ich vor Burns so getan, als hätte ich keine Ahnung, dass ich etwas Brisantes besaß, und ich glaube, dass er es geschluckt hat. Aber ich muss jetzt etwas von Belang in die Hände bekommen, ich kann nicht warten, bis sie womöglich alles Weitere rund um Blossoms Verschwinden auch noch vertuscht haben. Ich muss an diesen Tresor rankommen und ihn aufmachen.«

Wir tranken.

»Ich kenne einen Schränker«, meinte er. »Einen erfahrenen Einbrecher, der Safes öffnen kann und sich auch mit den neuesten und kompliziertesten auskennt. Er arbeitet mit einem Schweißgerät.«

»Nicht gut«, sagte ich. »Ich muss es möglichst so machen, dass sie es gar nicht merken, dass ich einen Blick auf den Inhalt geworfen habe. Ich brauche etwas anderes von dir.« Ich hob das leere Glas. »Zwei Flaschen Whisky. Und zusätzlich noch etwas zum Reintun, das einen garantiert sofort schlafen legt. So für zwei, drei Stunden.«

»Für so etwas gibt es spezielle Tropfen.« Buck zwinkerte und schenkte mir nach. »Wann?«

»So schnell wie möglich. Ich muss mir vorher nur noch genau anschauen, wie das Gebäude nachts bewacht wird.«

»Eine Bank?«

»Nein.«

»Das von der Produzentenvereinigung?«, fragte er und riss ein Streichholz an.

»Exakt.«

Buck lachte auf und bekam einen Hustenanfall. Er musste sogar die Zigarre weglegen und sich selbst auf die Brust schlagen. Es dauerte einige Zeit. Er trank sein Glas leer und danach ging's wieder. Er wurde ernst und atmete noch ein paarmal aus.

»Sollst du haben«, sagte er. Er stand wieder auf und öffnete die Tür des Studios. Dort spielte noch immer die laute Musik und die Blechbläser schwangen sich soeben zu einem letzten Crescendo auf.

Buck ging zum Mikrofon und wartete das Ende der Musik ab. Er nahm ein kleines Glöckchen auf und läutete es. Dann sprach er mit einer Stimme, in der ich ihn noch nie hatte reden hören.

»Weazlers Hemden – aus bestem Tuch für den feinen Gentleman. Erkundigen Sie sich heute bei Ihrem Händler. Weazler – und Sie sind ein gemachter Mann!«

Er läutete erneut das Glöckchen und vollendete das Ganze gekonnt mit einer kleinen Triangel. Dann legte er eine neue Platte auf und drehte die Lautstärke auf. Eine markante Fanfare erklang.

»Was war das?«, flüsterte ich Buck zu.

»Werbung!«, wisperte er zurück. »Nicht dass ich die Einnahmen nötig hätte, aber so klingen wir wie ein ganz normaler Radiosender.«

Buck nahm ein Blatt Papier, setzte sich ans Mikrofon und drehte die Musik leiser.

»Anna spielt Ball«, las er vor. *»Und isst verdorbenes Brot.*
Wer sich nicht beeilt, ist bald schon tot.«

Er wiederholte den Reim noch einmal.

»Frank spielt Baseball. Ein Homerun ist möglich.«

Dann legte er die nächste Platte auf und drehte die Musik laut. Ein schnelles Charleston-Stück ertönte und schallte über den Äther. Er schloss die Tür wieder.

»Lass mich raten, das war keine Werbung«, sagte ich. »Und was heißt der Quatsch jetzt? Wer ist diese Anna?«

»Anna ist kein Mensch – es ist das Deckwort für die Straße nach San Francisco«, erklärte Buck grinsend. »Für jede Straße gibt es einen Namen. Dort ist laut unseren internen Polizeiquellen eine neue Kontrollsperre errichtet worden …«

»›Verdorbenes Brot‹«, zitierte ich.

»Ball bedeutet Sylvester, mein bester Schmuggelfahrer«, ergänzte Buck. »Wenn ich einen anderen meinte, würde Anna etwas anderes spielen. Er hat übrigens das inoffizielle Wettrennen aller *Rum Runner* in Daytona Beach gewonnen, und ich hatte auf ihn gewettet.«

»Man müsste glatt einen richtigen Sport daraus machen. Und Frank?«

»Das ist der Mann für deine Tropfen. Ich habe ihm damit gesagt …«

»Er soll nach Hause kommen?«

»Nein, *›ein Homerun ist möglich‹,* das wäre zu durchsichtig. Es heißt vielmehr, der Treffpunkt ist jetzt besetzt. Er trifft dort, wen er dort treffen soll, danach kehrt er sowieso hierher zurück. Und kann sich um deine Angelegenheit kümmern.«

»Gut«, sagte ich. »Diese Decknamen, das ist nichts für mich. Ich mag es lieber deutlich.« Das kam aus tiefstem Herzen: Wenn sie statt »Caesar« einfach »Hays« geschrieben hätten, hätte ich es viel einfacher gehabt.

»Schade, für dich hätte ich so einen schönen Decknamen, Hardy Engel.«

Buck grinste mich spöttisch an.

»Nämlich?«

»›Der blinde Tiger‹.«

»Na, vielen Dank auch.« Ich zog eine Grimasse.

Gegen Abend traf ich in einem Diner an der Melrose Avenue Bucks Gewährsmann. Erkennungszeichen: mürrischer Gesichtsausdruck, ansonsten kaum Mimik und gerötete Augen von zu wenig Schlaf. »Frank« war eigens von Bakersfield heruntergefahren und nachdem wir ein paar wenige Worte über zwei Tassen Kaffee gewechselt hatten, übergab ich ihm unter dem Tisch zwanzig Dollar und er mir eine kleine Medizinflasche ohne Etikett, hinter deren braunem Glas eine klare Flüssigkeit zu erkennen war.

»Die Hälfte in eine Flasche Whisky mischen«, raunte er. »Je nachdem, wie viel die, für die es ist, trinken, sollte es sie zwischen zwei und sechs Stunden schlafen legen. Danach werden sie einen Kater haben, aber sonst nichts merken.«

»Verstanden.«

Später, als es dunkel wurde, beendete Fred Anderson seinen Arbeitstag im Büro und trat mit einer großen Aktentasche aus dem Gebäude. Ich konnte aus meinem Automobil auf der anderen Straßenseite beobachten, wie er, um seinen grünen Dodge aufzusperren, den Schlüsselbund aus der linken Hosentasche holte. Er hing an einer etwa einen Fuß langen Kette, die am Bund befestigt war und an der sich zahlreiche andere Schlüssel befanden. Er legte die Aktentasche vorsichtig auf den Beifahrersitz, stieg ein und fuhr davon.

Wenig später betrat ein Wachmann in einer Uniform der *Western Security Ltd.* das Gebäude. Er trug einen Koppel und eine Pistole am Gürtel und sah aus wie ein früherer Polizist, oder vielleicht wäre er nur gerne einer gewesen. Ich wartete eine halbe Stunde und als es nach acht Uhr war, Büroschluss, ging ich hinüber, in der Hand eine braune Papiertüte. Ich hatte meinen schwarzen Anzug angelegt, den ich immer auf Beerdigungen trug. Ich wusste, dass das, was ich vorhatte, nach mehr Aufwand als einer simplen Bestechung verlangte.

Der Wachmann und der Fahrstuhlführer, den ich schon kannte, standen vor dem Aufzug beisammen und schwatzten vertraut miteinander. Ich schwankte ein wenig, als ich auf sie zuging. Sie bemerkten mich zunächst nicht, der eine umarmte den anderen gerade und schlug ihm herzhaft auf die Schultern, als würde er ihn beglückwünschen.

»Schönen guten Abend«, sagte ich.

Beide drehten sich um. Sie sahen sich ähnlich, der eine war etwas älter.

»Ach, Guten Abend, Sir. Entschuldigen Sie, mein Bruder Ronald hat Geburtstag … Wie kann ich Ihnen heute helfen?«, fragte der Fahrstuhlführer.

»Diesmal muss ich zum Beerdigungsinstitut«, antwortete ich mit angeschlagener Stimme.

»Das ist im zweiten Stock, Sir, aber da ist jetzt niemand mehr«, erwiderte der Wachmann und musterte mich neugierig.

»Das ist aber blöd«, brachte ich heraus. »*Mein* Bruder ist nämlich gerade gestorben.«

Beide starrten mich entsetzt an.

»Oh, das tut mir sehr leid, Sir.«

»Herzliches Beileid.«

»Danke«, sagte ich und schwenkte die Papiertüte. Darin umklammerte ich etwas. »Sie müssen leider morgen früh wiederkommen, ab acht Uhr«, sagte der Wachmann bedauernd. »Bis dahin gibt es keinen Kundenverkehr hier.«

»Mist«, meinte ich zerknirscht und zog die volle Halbliterflasche Canadian Club ein Stück aus der Tüte, gerade so weit, dass sie das Etikett sehen konnten, bevor ich sie resigniert wieder zurückschob. »Dann sollte ich bis dahin nüchtern bleiben … Ich glaube, die lasse ich besser hier, sonst kann ich nicht widerstehen …«

Ich stellte die Flasche in der Papiertüte in einen Mülleimer aus Draht, der neben dem Aufzug platziert war. Beide sahen darauf.

»Wie Sie wollen, Sir«, sagte der Wachmann.

Ronald, sein älterer Bruder, leckte sich über die Lippen.

»Dann bis morgen. Einen schönen Geburtstag noch und Gute Nacht«, verabschiedete ich mich und machte mich auf den Weg zum Ausgang.

»Danke, Sir.«

Als ich zur Tür hinausging, hörte ich Ronald in meinem Rücken noch sagen: »Mensch, guck mal, das ist wirklich Importware aus Kanada …«

Ich blickte zurück und sah sie beide am Mülleimer stehen. Mehr musste ich nicht wissen. Sie hätten auch ohne den Anlass eines Festtags danach gegriffen. Ich schob im Hinausgehen mit dem Fuß einen Holzkeil an die Tür, der verhinderte, dass sie ins Schloss fallen konnte.

Jetzt kam der schwierigste Teil; so dachte ich zumindest. Ich fuhr hinüber zum Orange Drive und hielt dort vor Andersons Haus. Leise schloss ich die Wagentür und schlich mich zum Fenster. Es war wegen der sommerlichen Hitze halb geöffnet und ich konnte gut hineinsehen.

Im Wohnzimmer saßen der lange Fred Anderson und seine dunkelhaarige Freundin Donna nebeneinander auf der Couch. Auf dem Tisch stand die Aktentasche und daneben eine Flasche Canadian Club, genauso eine wie eben. Nur hatte ich diese vorhin von einem Botenjungen hierherliefern lassen, schön aufwendig verpackt und mit einer handgeschriebenen Karte: *»Zu Händen Fred Anderson, Produzentenvereinigung – mit bestem Dank für alles, Jesse Lasky im Namen der Paramount«*. Laskys Signatur kannte ich gut, eine unleserliche Reihe von Kringeln.

Sie hatten die Flasche bereits aufgemacht und ließen sich den Inhalt schmecken.

32

Fred Anderson hatte die Schuhe ausgezogen und die Füße bequem auf den Tisch gelegt, während er wohlverdiente Feierabendschlucke aus einem Kristallglas nahm. Auch Donna trank, sie schwankte schon ein wenig, als sie sich über ihn beugte. Sie nestelte an seinem Gürtel, rutschte aber immer wieder ab. Anderson erhob sich, öffnete den Gürtel nun selbst und zog sich die Hose herunter bis auf die Knöchel. Er schenkte beiden aus der Flasche nach und ließ sich wieder auf die Couch plumpsen. Donna setzte sich auf ihn, beide hielten Gläser in der Hand. Sie tranken, dann stellten sie sie zur Seite. Sie griff nach unten, fummelte herum, wobei sie taumelte und sich mit den Händen abstützen musste. Dann ließ sie ihr Becken auf ihn herabsinken und tat ein paar Stöße.

»Oh Fred«, seufzte sie.

»Warte, lass uns doch rüber ins Bett gehen«, sagte er mit verwaschener Stimme.

»Ich will aber nicht ins Bett. Ich will es wo treiben, wo es sich nicht anfühlt wie ehelicher Sex oder so ein Quatsch …«

Fred wollte sie herunterheben und sich aufrichten, doch es gelang ihm nicht. »Mann, ist das Zeug stark«, sagte er und riss die Augen auf. »Lasky weiß aber auch wirklich, was gut ist …« Donna blieb auf ihm und machte weiter.

Kurz darauf sank sie auf ihm zusammen, auch sein Kopf sackte zur Seite, und ich hörte ihn schnarchen.

Ich sah sie mir beide noch einmal genau an, sie schliefen eindeutig. Dann richtete ich mich auf und schob das Fenster weiter nach oben, kletterte mit den Beinen voran hinein und schob es dann wieder zurück in die alte Position.

Vorsichtig näherte ich mich dem schlafenden Paar auf der Couch.

Andersons Anzughose war bis auf die Knöchel heruntergerutscht, Donnas Kleid so weit hochgeschoben, dass man zur Hälfte ihren Hintern sehen konnte. Beide hatten die Augen fest geschlossen und atmeten gleichmäßig.

Ich ging in die Knie und tastete auf dem Boden nach Andersons linker Hosentasche. Ich fand den Schlüsselbund und zog ihn vorsichtig heraus. Ungefähr ein Dutzend Schlüssel hingen an einem Ring. Einer war ein länglicher mit einem Doppelbart. Mit den Fingernägeln hielt ich den Schlüsselring auseinander und zog den Tresorschlüssel ab. Nur ihn, für den unwahrscheinlichen Fall, dass Anderson aufwachte oder irgendwer dazukam, während ich weg war.

Ich steckte den Schlüssel ein und stand auf. Leise ging ich zur Tür, öffnete sie und schon war ich draußen. Kein Mensch war auf der Straße zu sehen, als ich den Voisin anließ und losfuhr. Ich hoffte, alles so schnell und reibungslos wie möglich erledigen und wieder mit dem Schlüssel hierher zurückkehren zu können.

Zum Hollywood Boulevard waren es nur zehn Minuten. Wieder hielt ich auf der anderen Straßenseite und beobachtete zunächst. Im Gebäude rührte sich nichts, das untere Geschoss war hell erleuchtet. Ich steckte die Brownie-Kamera ein und ging damit über die Straße.

Die Tür stand dank dem Keil einen Spalt offen und ich ging hindurch. Die beiden Brüder saßen in ihren Uniformen zusammengesunken und schlafend auf dem Boden vor dem Fahrstuhl. Sie hatten die Flasche fast ganz geleert, sie lag umgekippt auf dem Marmor. Ich nahm den Schlüsselbund des Wachmannes von dessen Gürtel und stieg in den Fahrstuhl, wobei ich seinen Bruder erst zur Seite zerren und dann über ihn hinwegsteigen musste. Dann drückte ich die *»4«* und fuhr nach oben.

Der fünfte Schlüssel des Bundes öffnete mir im Licht meiner Taschenlampe die Büroräume der Produzentenvereinigung. Ich ging den Flur entlang nach hinten, vorbei an Fred Andersons Büro und bis zu der Tür mit der Aufschrift *»Will H. Hays, President«*. Sie war verschlossen, ich probierte zunächst wieder mehrere Schlüssel durch, bevor ich auch hier den richtigen fand.

Ich schloss die Tür zur Sicherheit wieder hinter mir ab und betrat das Chefbüro mit dem großen, ausladenden Schreibtisch, der voller Aktenstapel und Drehbücher lag. Anderson war nicht so ordentlich und schnell beim Abarbeiten wie sein Boss Hays. Zwei Besucherstühle standen davor, ein großer Schreibtischsessel dahinter.

Ich ging in die Ecke zu dem Tresor und atmete durch. Das Schloss sah massiv aus, das Schlüsselloch war schmal und ungewöhnlich länglich. Dann nahm ich den Doppelbartschlüssel von Anderson heraus und steckte ihn hinein. Er passte, gut – doch ich brauchte zahlreiche Versuche und eine ganze Menge Geduld und Fingerspitzengefühl, bis ich letztlich herausfand, wie oft und in welche Richtung ich ihn drehen musste, um den Safe zu öffnen.

Dann klickte es endlich und ich konnte die schwere Tür aus Titanstahl aufmachen. Es war so, wie Somborn es mir beschrieben hatte: In mehreren Fächern lagen diverse Dokumente. Im zweiten von oben fand ich Bargeld im Wert von sechshundert Dollar, ein paar Schecks, darunter den von Somborn, und ein Kassenbuch der Produzentenvereinigung bei der Pacific Frontier Bank. Das war nicht das, was ich suchte, doch darunter fand ich tatsächlich noch ein zweites der Meyerson Bank, New York, für die »Caesar-Stiftung«, Kontonummer *»6919«*.

Ich ballte in stummem Jubel die Faust.

Ich schlug es auf und blätterte es durch.

Ich fand den Namen »Blossom Jones« und die passenden Überweisungen, die ich aus dem Gegenstück kannte. Und ich fand, die Seiten in fliegender Eile durchblätternd, staunend und fast fassungslos weitere Namen von Frauen. Es waren mehr als ein halbes Dutzend – acht, als ich sie durchzählte – und sie wohnten ihren Bankfilialen zufolge im gesamten Land verstreut: New York, Washington, Ohio. Ein Harem, dessen Dimension alles überstieg, was ich mir vorgestellt hatte.

Und vor allem waren an diese Frauen noch viel größere Summen geflossen als bei Blossom. Unglaublich große Summen, und die größte ließ mich vor Verblüffung innehalten und sie mehrfach lesen: Einmal waren es wahrhaftig zwanzigtausend Dollar auf einen Streich, mehr als manch wohlhabender Mann im Jahr verdiente, an eine Frau namens Carrie Fulton Phillips.

»Verdammt, das gibt's doch nicht!«

Ich legte das Buch auf den Schreibtisch und fotografierte im Licht meiner Taschenlampe Seite um Seite, und außerdem notierte ich mir alle Namen, die dazugehörigen Bankfilialen und Wohnorte und die Überweisungstage mit den höchsten Summen, für alle Fälle. Ich wusste, was alles schiefgehen konnte, mir war schon einmal ein Kontobuch geklaut worden. Dieses hier legte ich, als ich mit allem fertig war, wieder unter das Kassenbuch zurück – genau dorthin, wo ich es gefunden hatte.

Ein Blick auf meine Uhr sagte mir, dass anderthalb Stunden vergangen waren. Etwas Zeit blieb mir noch. Zwar war der Rollfilm meiner Kamera bereits voll, sodass ich sie auf den Boden zur Seite gelegt hatte. Aber wo ich gerade einmal dabei war und alles in dem Safe so schön offen vor mir lag, machte ich mich daran, die anderen Dokumente durchzusehen. Mal schauen, was die Produzentenvereinigung hier noch alles an Geheimnissen vor der Öffentlichkeit verbarg. Dies war der Moment, von dem ich seit Jahren geträumt hatte: Jetzt würde ich sie alle erfahren.

Da hörte ich plötzlich Stimmen, und die Tür vorne zu den Büroräumen wurde geöffnet. Ich zuckte zusammen, löschte die Lampe und schob die schwere Safetür schnell zu. Die Stimmen kamen den Flur herunter auf mich zu, hierher. Ich drehte in panischer Eile den Schlüssel um, wieder und wieder, um den Tresor zu verschließen. Ich probierte dessen Tür, sie war noch nicht zu. Die Stimmen wurden lauter, es waren ein Mann und eine Frau. Die Bürotür wurde aufgeschlossen. Ich drehte den Tresorschlüssel noch zweimal und hörte das Schloss einrasten, sofort zog ich ihn ab und sprang damit unter den Schreibtisch. Etwas Besseres fiel mir nicht ein. Und ich hätte auch keine Sekunde länger damit warten dürfen. Die Tür wurde geöffnet und gerade als ich mich vorstreckte und die Kamera blitzschnell zu mir unter den Schreibtisch zog, flammte Licht auf. Der Schein der Deckenlampe fiel auf den Teppichboden, wo sie eben noch gelegen hatte.

»Mach doch das blöde Licht aus. Du bist so was von unromantisch«, beklagte sich Donna.

»Hast du eine Ahnung, was ich hier riskiere?«, fragte Fred Anderson.

Den Doppelbartschlüssel in meiner Faust umklammernd, duckte ich mich unter den Schreibtisch, so dicht neben den Sessel dahinter, wie es ging. Ich öffnete den Mund zu einem stummen Ausruf der Verwunderung: Wie zum Teufel konnte das sein?

»Hab dich nicht so, Fred«, sagte Donna. »Die beiden Knaben da unten schlafen doch ihren Rausch aus und kriegen nicht das Geringste mit.«

»Ja. Ich weiß schon, warum ich nicht mehr Whisky getrunken habe. Schließlich habe ich die Verantwortung hier und muss morgen wieder meinen Mann stehen …«

»Ja, das musst du, Fred«, sagte Donna und ging nun selbst hinüber zum Schalter, um das Licht zu löschen. »Und jetzt komm her und fick mich auf diesem Schreibtisch. Dem verdammt mächtigsten Schreibtisch von Hollywood.«

Oh nein, dachte ich.

»Ja«, keuchte er und geriet ins Taumeln. Direkt vor meinem Gesicht stampften seine Schuhe auf und die Füße suchten nach Halt. »Los!«

»Ja, komm schon, lass es uns machen«, raunte Donna erregt. »Lass es uns genau so treiben, wie sie es getan haben …«

Ich lauschte gebannt und hoffte darauf, Näheres zu erfahren.

»Ja«, stöhnte er jedoch nur. Dann wurden Akten und Drehbücher heruntergefegt und fielen vor mir zu Boden. Etwas platschte hart auf den Schreibtisch – ihr nackter Hintern – und dann hörte ich, wie die Gürtelschnalle geöffnet wurde. Donna seufzte in wohliger Erwartung.

»Und hier sitzt dein Boss also jeden Tag, mit all den Stars, und entscheidet über ihre Karrieren«, sagte sie mit unverhohlener Geilheit.

»Und jetzt ich … Gott, mir ist schwindlig.«

Seine Beine wackelten. Die Hose rutschte nach unten und lag nun direkt vor mir. Dann ging es los, direkt auf der Schreibtischplatte über meinem Kopf. Die beiden mussten eine Rossnatur haben, dachte ich mir, dass sie nicht nur wach werden und hierherfahren, sondern auch schon wieder *das* tun konnten.

Ich erspare Ihnen die Details. Es gab welche.

Es verging eine ganze Weile, ohne dass sie redeten. Leider fragte sie ihn nicht, wie ich gehofft hatte, nach weiteren Skandalneuigkeiten. Immerhin waren sie so beschäftigt, dass dies mir problemlos Gelegenheit gab, den Tresorschlüssel wieder auf den Schlüsselring in seiner vor mir liegenden Hose zu fummeln. Er hatte nicht einmal gemerkt, dass er fehlte, aber mit der Aussicht auf das, was sie da jetzt machten, hätte ich auch nicht unbedingt die Schlüssel an meinem Bund auf Vollständigkeit geprüft oder meine Steuererklärung gemacht.

Während alldem hoffte ich inständig, dass die Tropfen bei ihnen noch nachwirken und irgendwann wieder die Oberhand gewinnen würden. Mit zunehmender Dauer begann ich mir auch Sorgen zu machen, dass der Wachmann und sein Bruder wieder zu Bewusstsein gekommen sein könnten.

Nach einem tüchtigen Finale hörte ich die beiden über mir dann jedoch erneut regelmäßig atmen und ihn schnarchen.

Ich lugte vorsichtig nach oben: Sie waren tatsächlich übereinandergesunken auf dem Schreibtisch eingeschlafen. Alles andere wäre ja auch ein Wunder gewesen. Aufatmend nahm ich meine Kamera und arbeitete mich zwischen den beiden Besucherstühlen hindurch heraus, sorgsam darauf bedacht, nicht gegen Andersons schlaff herabhängende Beine zu stoßen.

Dann huschte ich zur Tür, öffnete sie und stahl mich nach

draußen. Ich nahm nicht den Aufzug, der nach wie vor im vierten Stock hielt, sondern die Feuertreppe.

Unten waren die beiden Männer noch immer so berauscht, dass DeMille neben ihnen das wildeste Tempelfest von Sodom hätte inszenieren können, und sie wären trotzdem nicht aufgewacht. Ich legte den Schlüsselbund wieder zu dem Wachmann und ging zur Tür hinaus. Draußen lachte ich, als hätte ich selbst Whisky getrunken, wie ein Irrer.

Die Vögel zwitscherten bereits.

Und ich hatte, ohne dass es irgendwer bemerkt hatte, auf dem Rollfilm und in meinem Notizbuch einen ganzen Harem von Frauen festgehalten, die mir noch jede Menge zu denken geben würden.

33

»Wie viel?«

Herbert Somborn konnte es kaum glauben.

»Zwanzigtausend. Das ist die höchste der Überweisungen, aber auch die vielen anderen ergeben in der Addition eine gewaltige Summe.«

»Das ist ja …«, stotterte er. »Was zum Teufel hatten sie gegen ihn in der Hand? Und ist Will Hays wirklich so viel Geld wert?«

Wir gingen gegen Mittag an den künstlich angelegten Kanälen von Venice entlang. Die Wellen des Canale Grande wurden von einem heftigen Sturm gepeitscht, der an unseren Hüten zerrte, die wir immer wieder festhalten mussten. Statt mich ins Bett zu legen und auszuschlafen, hatte ich bei Buck ein ausgiebiges Frühstück zu mir genommen und ihm die Fotos zum Entwickeln gegeben.

»Oh, er verdient in seiner Position hunderttausend Dollar im Jahr, aber er sammelt ja noch viel mehr ein, im Fonds dieser Stiftung«, antwortete ich. »In den sie alle einzahlen, ich habe es in dem Buch bestätigt gefunden, Tausende von Dollars, sehr regelmäßig. Die Produzenten, aber noch viel mehr – Geschäftsleute, Politiker, Banker, offensichtlich alle möglichen Freunde von Will Hays aus dem ganzen Land … Aber das ist nicht das, was mir am meisten ins Auge gesprungen ist.«

Nach meinem Frühstück im Jail Café hatte ich im Rathaus und in der Bibliothek anhand meiner Notizen ein paar Erkundigungen angestellt. Dabei hatte ich sichergestellt, dass mir inzwischen wirklich niemand mehr folgte.

»Die acht Frauen?«, fragte er.

»Zu den Frauen komme ich gleich. Nein, wann die Stiftung gegründet wurde und wann die Ein- und Auszahlungen begonnen haben. Nicht erst in diesem Jahr oder im letzten – 1919. Vor vier Jahren.«

Somborn blieb stehen und blinzelte mich im Licht der grellen Sonne an. »1919?«

»Ja. Sie wurde nicht erst hier in Hollywood gegründet, nachdem Hays zum Kinozaren geworden war, wie ich gedacht hätte. Ich habe mir die Stiftungsunterlagen noch einmal genau angesehen, alle bis zurück zur Gründung. Die fand in Washington, D.C., statt, schon damals, als er noch Politiker war. Vor den Präsidentschaftswahlen, Will Hays war Vorsitzender der Republikanischen Partei. Und auch der Gründungsvorsitzende dieser Stiftung. Erst als er dann 1922 in seinen Filmjob wechselte, haben sie Fred Anderson an seine Stelle gerückt, wahrscheinlich, um Hays aus der Schusslinie zu nehmen. Anderson selbst kennt ihn aus Washington, er hat ihm in seiner Zeit als Postminister assistiert und dann hat Hays ihn hierher mitgenommen.«

Somborn schüttelte unwirsch den Kopf. »Das hieße dann, dass Will Hays schon damals seine Affären hatte? Zusammengenommen mit dem, was Sie belauscht haben, gibt es ja nun keinen Zweifel mehr daran, dass er es ist. ›Lass es uns genau so treiben, wie sie es getan haben‹«, zitierte er.

»Na ja«, sagte ich trocken. »Es wäre generell auch noch möglich, dass vor ihnen jemand ganz anderes auf diese Weise Sex gehabt hat. Ihr Wortlaut war nicht völlig eindeutig, was das betrifft, sie waren ja auch etwas abgelenkt. Aber nein, sehr wahrscheinlich ist es nicht.«

»Sodass also Hays deshalb bereits in der Hauptstadt in Probleme geriet und, um diese inkognito zu lösen, die Stiftung gründete?«

»So in etwa. Zumindest war er der wichtigste Mann seiner Partei und der Wahlkampfleiter, durch einen öffentlichen Skandal hätte die Wahl verloren gehen können. Es stand also jede Menge auf dem Spiel. Und offenbar wurde er erpresst, von ihnen allen. Über Jahre.«

»Wer sind diese Frauen?«

»Ich habe mich durch die Telefonbücher und Melderegister gekämpft und fast alle von ihnen gefunden.« Ich schlug mein Notizbuch auf und las vor: »Nan Britton, sie wohnte zuletzt in Washington, aber von ihr habe ich keine aktuelle Adresse. Rosa Hoyle, wohnhaft in Virginia. Augusta Cole, Maryland, und ebenso June Allicott aus Baltimore. Maize Haywood, New York. Susie Hodder, Ohio. Die Zahlungen an sie alle haben denselben Betreff: *›Caesar‹*.«

»Unfassbar … Und die achte?«

»Die verschwundene Blossom Jones, Hollywood – und davor New York«, ergänzte ich. Er nickte. »Die Summen, die er Miss Jones gezahlt hat, sind im Vergleich eher niedrig, es gab viel höhere, und sie flossen über längere Zeiträume. Nan Britton und Carrie Fulton Phillips erhielten beinahe gleich viel, warum auch immer, ein hohes jährliches Salär. Phillips erscheint mir am interessantesten. Die erste Zahlung an sie ist aus dem Jahr 1920, dem Jahr des Wahlerfolgs, auf den hin er Minister wurde. Danach hat sie ein regelmäßiges Einkommen bezogen.«

»Wahrscheinlich aufgrund eines Deals, wie Hays ihn so gerne aushandelt«, sagte Somborn grimmig und schlug die Faust in seine Hand. »Natürlich wäre es gut, wenn wir den auch Schwarz auf Weiß vorliegen hätten. Aber verdammt, damit können wir ihn doch kriegen!«

Direkt unter der täuschend echten Nachbildung der Rialtobrücke, hinter der das Meer zu sehen war, schwankte ein einsamer Gondoliere in seinem langen Boot auf und nieder, und seine Hutbänder flatterten.

»Das werden wir auch«, sagte ich. »Ich werde nach Washington fahren, dort ist diese Carrie Phillips gemeldet, mitsamt Ehemann im Übrigen, Mr Phillips. Sie sind sogar mit dem Präsidentenpaar befreundet und gehören zur höchsten Gesellschaft der Hauptstadt. So steht es in der *Washington Post*.«

»Dort ist Will Hays natürlich auch oft«, sagte Somborn. »Und macht Lobbyarbeit für die Vereinigung der Produzenten. Er hat es sogar eingeführt, dass Filmstars ihn von hier dorthin begleiten, das gab es vorher nicht, diese Verbindung von Film und Politik. Auch Dorothy und Wallace Reid waren schon dabei. Die Unterstützung all dieser Stars war auch ein Faktor bei Hardings Wahlsieg und jetzt nimmt Hays sie mit ins Weiße Haus oder in den Senat, wo sie ihre Filme vorführen und Pressefotos mit Politikern machen. Mit all ihrem Glamour, beide Seiten haben etwas davon – er weiß schon genau, wie man es anstellen muss.«

»Ich muss Mrs. Phillips in die Enge treiben und mir die Affäre von ihr bestätigen lassen«, fuhr ich fort. »Auf sie als verheiratete Frau kann ich potenziell am besten Druck ausüben. Wir brauchen unbedingt eindeutige Aussagen und klare Beweise. Und nach dem Diebstahl von Blossom Jones' Kontobuch und dem Mord an Claire Ivers müssen wir mit allem rechnen und sehr vorsichtig sein. Auch wenn die Täter nicht wissen, was wir wissen: Es wird gefährlich werden, Mr Somborn!«

»Sie werden sie trotzdem in Washington aufspüren?«, fragte er hoffnungsvoll. »Und reden mit ihr?«

»Selbstverständlich. So bald wie möglich. Es wird Ihnen Kosten verursachen und es wird einige Zeit in Anspruch nehmen, an die Ostküste und wieder zurückzufahren. Aber unsere Aussichten sind exorbitant. Wir brauchen nur diese letzte Bestätigung, die wir von Blossom Jones nicht erhalten konnten, über die Zahlungen und die Hintergründe dazu.«

Hoch oben in der Luft ließen sich Möwen vom Sturm über uns hinwegtreiben.

»Machen Sie es«, insistierte er. Er griff in seine Tasche und holte zwei Hundert-Dollar-Scheine heraus, die im Wind heftig flatterten. »Hier, für Ihre Auslagen und Spesen. Sie hatten recht, Will Hays ist nicht der Einzige, der Geld für ein eigenes Konto abgezweigt hat. Natürlich wäre es mir trotzdem erheblich lieber, wenn Sie die Frau nicht bestechen müssen und auf andere Weise unter Druck setzen können. Mit diesen Summen werden weder ich noch Dorothy mithalten können …«

»Wie geht es unserer Freundin denn?«

»Sie schlägt sich tapfer, wir telefonieren jeden Tag.« Er drückte mir die Scheine in die Hand. »Aber die Tournee und was sie da tun muss nimmt sie ganz schön mit. Gerade ist sie in Boston.«

»Ich tue mein Bestes und halte Sie auf dem Laufenden.«

Wir schüttelten uns die Hand und dabei wurde sein Hut vom Kopf geweht. Als wir ihn wieder eingefangen hatten, kurz bevor er in den Kanal geblasen wurde, sah er mich verlegen an und fragte doch noch danach.

»Hardy, wen haben die gemeint? Auf dem Schreibtisch, Hays und … welche Frau, es geht mir natürlich um die Frau.«

»Keine Ahnung … Blossom Jones könnte gemeint sein, aber sie war ja nur kurz da, und ich habe sie und ihn die meiste Zeit überwacht, da ist nichts vorgefallen.«

»Die haben doch von Stars geredet und sich daran aufgegeilt … Könnte Gloria gemeint sein? Dass sie und Hays in seinem Büro …?«, fragte er mit waidwundem Blick.

»Ich werde es für Sie herausfinden«, sagte ich. »Im Moment können wir es nicht wissen. Was Gloria betrifft …« Und dann erzählte ich ihm, wie sie neulich bei mir im Bett gelegen hatte. Natürlich versicherte ich ihm so deutlich und glaubhaft wie möglich, dass ich mich nicht mit seiner Exfrau eingelassen hatte.

Herbert Somborn wurde erst weiß und dann rot und dann wieder weiß. Er rang die Hände und scheiterte dann bei dem verzweifelten Versuch, sich bei dem Wind eine Ablenkungszigarette anzuzünden.

Er wollte es nicht glauben, dass ich sie abgewiesen hatte.

»Hören Sie, meine Freundin schreibt gerade an einem Drehbuch für Gloria, schon alleine deshalb nicht. Außerdem war es völlig klar, dass sie mich nur aushorchen wollte, spätestens damit wäre es unter meiner Würde gewesen.«

Somborn erging sich in Beschimpfungen darüber, dass er spätestens nach dieser Information nicht erlauben könnte, seine Tochter bei Gloria aufwachsen zu lassen.

»Tun Sie bloß nichts in der Sache«, warnte ich ihn. »Lassen Sie mich erst ermitteln, ob sie etwas mit Hays hat.«

Das schien er immerhin einzusehen.

»Wo wir gerade dabei sind: Wer ist eigentlich Ihre Freundin?«, fragte ich.

»Das tut doch nichts zur Sache«, wand er sich. »Vielleicht will ich nur das Gefühl haben, nicht der Einzige zu sein, der etwas verpasst.«

»Ich komme gerade darauf, dass es manchmal viel besser ist, etwas zu verpassen«, antwortete ich. »Für alles, was man mitnimmt, muss man letztlich doch immer einen Preis bezahlen.«

»Wenn man immer treu ist, aber ebenso, und vor allem, wenn die andere es nicht ist«, konterte er.

Ich ließ ihm das letzte Wort. Zum Abschied gab er mir noch den Namen eines Gewährsmannes in Washington, eines alten Studienfreundes von ihm, der derzeit als Anwalt arbeitete und gut vernetzt war.

Als ich am Nachmittag in meinem Büro eintraf, erwartete mich ein Telegramm, das unter der Tür durchgeschoben worden war. Es stammte von Edward Bishop, dem Pagen, und meldete seine Ankunft bei der Zwischenstation in Chicago. Er habe sich auf dem Weg nach New York mit Will Hays unterhalten, indem er wie von mir vorgeschlagen eine Urlaubsreise in dieselbe Richtung vorschützte. Er werde sich mit Informationen melden, wenn er in zwei Tagen in New York angekommen sei.

Telefonisch gab ich ein Rücktelegramm auf, das ihn nach seiner Ankunft in New York erreichen würde und ihn informierte, dass ich selbst nach Washington reisen und wo ich dort wohnen würde. Er solle mir dorthin kabeln, wo er zu erreichen sei, und wir würden dann in Kürze telefonieren.

Ich unterdrückte die aufkommende Müdigkeit nach der durchwachten Nacht und inspizierte die Bürotür nebenan, die mit dem Siegel des *LAPD* als Tatort gekennzeichnet und verschlossen war. Da ich ihre Beerdigung leider verpassen würde, gab ich als Nächstes einen Trauerkranz für Madame Claire in Auftrag, der auf ihren Sarg gelegt werden sollte, mit einer Schleife: *»Für eine wahre Freundin – in tiefer Trauer, Hardy Engel«*.

Gerade als ich gehen wollte, erhielt ich einen Anruf und hob ab, ohne groß nachzudenken.

»Spreche ich mit Mr Engel?«

»Am Apparat.«

»Kennen Sie eine Miss Polly Brandeis?«

Oh verdammt, dachte ich, was kommt jetzt? »Ja?«

»Viertes Revier. Sie ist verhaftet worden und hat Sie als ihre Kontaktperson angegeben. Sie wollte zwar auf keinen Fall, dass wir Sie anrufen, aber ich habe mir gedacht, ich tu es trotzdem.«

»Was hat sie angestellt?«

»Kaufhausdiebstahl. Sie war geständig und wird soeben dem Schnellrichter vorgeführt.«

34

Ich raste sofort zum Justizgebäude nach Downtown. Dort nahm ich mehrere Stufen auf einmal, ein paar saftige Flüche unterdrückend, und kam oben verschwitzt in den Saal gelaufen.

Polly stand in Handschellen vor dem Richter, einem kahlen Männlein, das wirkte wie ein Insekt in schwarzer Robe. Ganz die stolze Gangsterbraut, schmiss sie sich in Pose und warf triumphierende Blicke in den Raum. Sie sah toll und ziemlich verwegen aus, in einem Silberlamé-Kleid mit passendem Stirnband und mit der langen Perlenkette. An der Leine hielt sie Enrico, der unbeeindruckt an den Bänken und den Schuhen der Umstehenden schnüffelte. Sie standen weit entfernt hinter der Schranke, der Richter ließ sich soeben den Fall von einem uniformierten Polizisten vortragen und stellte ihm Fragen.

»Was wird ihr vorgeworfen?«, fragte ich eine der üblichen Zuschauerinnen mit einem riesigen Potthut, die sich ein Sandwich mitgebracht hatte und es schmatzend verzehrte.

»Hat bei Woolworth ein Paar Ohrringe geklaut«, meinte sie kauend. »Im Wert von fünfzig Cent. Die Kleine hat sich nicht besonders clever angestellt und wurde natürlich prompt vom Kaufhausdetektiv erwischt. Sie hat es sogar sofort zugegeben. Wie naiv kann man sein? Der übergab sie einem Cop, und weil sie sich gegen den gewehrt hat, hat er sie in Handschellen abgeführt.«

Ich stieß einen stummen Fluch aus und trat gegen eine Bank.

»Ziemlich niedliche Puppe, aber ein Temperament hat die!«,

mischte sich ein älterer Mann mit einer Melone neben uns ein. »Die würde ich nicht geschenkt haben wollen!«

Ich trat bis zur Schranke vor und rief laut: »Ich stelle Kaution!«

Der Richter sah auf.

Polly fuhr herum und hätte die Hände empört in die Hüften gestützt, doch das ging wegen der Handschellen nicht.

»Ich will aber keine Kaution! Ich bin eine Diebin und muss bestraft werden!«

»Sie reden hier nur, wenn Sie gefragt werden, Missy«, bellte der Richter. »Und bei einer Kaution werden Sie nicht gefragt. Sie werden freigelassen gegen die Zahlung von zwanzig Dollar und unter der Bedingung, dass Sie mir nie mehr unter die Augen treten!«

»Also schön«, sagte ich und zückte einen Geldschein.

Enrico zog an der Leine und wollte zu mir. Polly hielt ihn fest und grinste mir böse zu.

»Nennen Sie mich bloß nicht ›Missy‹«, sagte sie dann gemütlich zu dem Richter. »Sonst nenne ich Sie ›altes Arschloch‹!«

Der Richter hieb mit erstaunlicher Kraft seinen Hammer auf den Tisch und sagte laut: »Ich verurteile Sie hiermit zu zehn Tagen Haft, Missy, oder der Zahlung von fünfzig Dollar!«

Ich seufzte auf und zog noch mehr Geld hervor, Polly dabei warnend ansehend. Sie wandte sich wieder dem Richter zu. Auf seinem Schild stand *»Martin W. Dorner«*.

»Altes Arschloch! Dumme Sau! Hundesohn!«, verkündete sie fröhlich, als wären es Koseworte für einen lieben Onkel.

Der Richter hieb seinen Hammer erneut auf den Tisch, fünf-, sechsmal.

»Bitte lassen Sie es mich erklären«, rief ich beschwörend. »Das war kein normaler Diebstahl, sie ist nur eine Drehbuchautorin, die im Knast recherchieren will, für Gloria Swanson …«

Er schnitt mir das Wort ab: »Vergessen Sie's! Was meinen Sie, wie oft wir solche blöden Ausreden hier zu hören kriegen, seit dieses Filmpack in der Stadt ist!« Dann bellte der Richter mit sich überschlagender Stimme Polly an: »Siebzehn Tage Zuchthaus im Fifth Street Jail, ohne Kaution! Da werden sie Ihnen schon Manieren beibringen, Missy!«

»Danke, Marty, Sie sind mein Lieblingsrichter!«, sagte Polly und zwinkerte ihm zu. Man sah ihr an, dass sie ihn am liebsten auf die Glatze geküsst hätte.

Den Richter ließ das nicht einmal unbeeindruckt. Er rückte sich mit zwei Fingern den Kragen zurecht, als sei ihm zu heiß, und ließ wieder den Hammer niedersausen: »Nächster Fall!«

»Gib mir den verdammten Hund!«, sagte ich zähneknirschend zu Polly.

Der Polizist führte sie und Enrico an die Schranke. Sie bückte sich und tätschelte ihren Mops. »Sei schön brav, Enrico!«

»Anders als gewisse Leute«, sagte ich.

Sie gab mir die Leine und grinste mich an: »Wenn du den Polizeichef einschaltest, um mich rauszuholen, beleidige ich noch mal jemanden. Verstanden?«

»Tu das bloß nicht«, sagte ich. »Das ist kein Spiel, pass auf dich auf. Ich fahre nach Washington.«

»Das wird dir auch nichts helfen«, meinte sie.

»Doch nicht deshalb. Ich kann dich dadrin erst besuchen, wenn wir wieder zurück sind.«

»Fein. Ich liebe es, im Knast Besuch zu kriegen!«, raunte Polly und zwinkerte mir verschwörerisch zu, während der Polizist sie abführte. Ich sah ihr nach, wie sie mit ihrem Hüftschwung und mit wippenden dunklen Locken davonstolzierte, und wollte mir besser gar nicht erst vorstellen, was die anderen Frauen im Zuchthaus dachten, wenn sie sie zu Gesicht bekamen.

Und nur wegen alldem hatte ich einen schwarzen Mops dabei, als ich zum ersten Mal in unsere Hauptstadt fuhr.

35

Nach Washington benötigte der Zug von Los Angeles etwa so lange wie nach Chicago, dreieinhalb Tage.

Unterwegs schlief ich mich erst einmal tüchtig aus, und Enrico tat sowieso dasselbe. Zwischen Denver und Kansas City träumte ich dann von Blossom Jones, doch es war kein erotischer Traum: Sie lief einen spärlich bewachsenen Hügel hinauf und wandte mir mit ihrer blonden Lockenmähne den Rücken zu. Ich folgte ihr und näherte mich, doch plötzlich war sie verschwunden, als hätte sie sich in Luft aufgelöst. Ich suchte die Gegend ab, sie sah aus wie die Hollywood Hills. Dann stieß ich plötzlich auf eine Grube. Ich beugte mich vor, sah hinein und erblickte verkrümmt darin liegend Blossoms Leiche. Sie hatte eine klaffende Wunde am Kopf und war übel zugerichtet. Entsetzt taumelte ich zurück und trat mit einem Bein in eine weitere Grube, die daneben ausgehoben worden war. Mich mit einer Hand abfangend, drehte ich mich um und entdeckte darin Polly. Auch sie war tot und ihre Augen glotzten seelenlos.

Ich schrie auf und erwachte. Im Speisewagen gab es nur Soda, doch Buck hatte mir zwei Flaschen Whisky als Reiseproviant mitgegeben. Nach einer halben davon und ein paar Streicheleinheiten für Enrico ging es mir wieder besser.

Als wir am Mittag des vierten Reisetages in die Washingtoner Union Station einfuhren und der Zug anhielt, überkam mich eine so akute Unlust auf die Stadt da draußen, dass ich mir im

Bahnhof zunächst die Schuhe putzen ließ, einfach so, lange und ausgiebig. Ein übergewichtiger schwarzer Mann mit Dreck unter den Fingernägeln traktierte sie mit drei verschiedenen Bürsten, während ich in dem Sessel hoch über ihm saß.

»Was führt Sie hierher in diese Stadt, Sir?«

»Nichts, was mir Freude macht«, antwortete ich.

»Politik?«, fragte er wissend, spuckte in sein Tuch und polierte meine schwarzen Treter dann auf Hochglanz.

Als er fertig war und ich ihm sein Trinkgeld gegeben hatte und mir schließlich nichts anderes mehr übrig blieb, ging ich mit meinem Koffer und meinem Hund los, nahm ein Taxi und ließ mich durch die Stadt chauffieren.

Man konnte es ihr noch deutlich ansehen, dass sie sie einfach auf dem Reißbrett entworfen und dann einer grasgrünen Prärielandschaft aufgezwungen hatten – oder, präziser gesagt: einem Sumpf voller quakender Frösche, am Ufer des Potomac, über dem häufig dichter Nebel stand –, und jegliche menschlichen Ansiedlungen wirkten in dieser feindlichen Landschaft immer noch äußerst deplatziert und gefährdet. Man spürte, dass hier noch das Tierreich regierte; eine Hauptstadt der Primaten, die sich lediglich ein wenig Kultur angeeignet hatten, ohne sie recht zu verstehen. Große Lücken zwischen den Bauten, breite Avenues ohne Esprit oder viel Verkehr, und dazwischen immer wieder ein paar riesige Tempel- und Säulenhallen, die einsam und ohne sinnvollen Zusammenhang im Nirgendwo standen. Als hätte man das alte Rom nachbilden wollen für einen Film, der niemals gedreht werden würde, da man kein Drehbuch dafür hinbekommen und die Filmkulissen dann einfach in der Weite dieses Ödlandes vergessen und einer Horde Anwälte überlassen hatte.

Wir passierten das Weiße Haus, eine erstaunlich kleine, piefige Villa mit einem Rosengarten, von dem ein Gestank nach Moder und Zerfall herüberwehte. Jedes Hauptgebäude eines Hollywoodstudios, in dem ein Filmmogul residierte, war imposanter. Es ging weiter nach Westen und wir erreichten bald Georgetown, den ältesten Stadtteil, der mir besser gefiel und wo die

Häuser immerhin entfernt nach echtem Leben und Menschen aussahen. Hier gab es ein Hotel, das mir Somborn empfohlen hatte, nicht zu teuer, doch gut ausgestattet, das Plaza. Bei Reisen für frühere Jobs hatte ich schon erheblich schlechter gewohnt.

Ich richtete mich in dem Zimmer ein, von dem aus ich auf den Fluss und eine genau in dessen Biegung gelegene größere Insel sehen konnte. Die Luft flimmerte vor Sommerhitze, das Thermometer zeigte über neunzig Grad Fahrenheit. Dann meldete ich mich per Telefon unter der Nummer in Manhattan, die Edward Bishop mir übermittelt hatte – er und Will Hays waren mittlerweile dort eingetroffen. Ich erreichte ihn nicht, hinterließ ihm aber die Adresse, wohin er mir Nachrichten zukommen lassen konnte.

Danach vereinbarte ich einen Termin mit Stephen Rutledge, seines Zeichens Rechtsanwalt und »Berater«. Ich aß in Georgetown ein sehr schlechtes, sehr teures Sandwich mit sehr wenig Huhn, dann ging ich mit Enrico los, um ihn zu sprechen.

Unser Treffpunkt war das Lincoln Memorial, das erst im vergangenen Jahr eröffnet worden war, doch bereits weithin als nationales Denkmal angesehen wurde. Es lag ein Stück den Fluss hinunter nach Süden und war einer dieser seltsamen weißen Tempel. Hinter sechsunddreißig im Rechteck angeordneten Säulen saß in seinem Inneren wie eingesperrt Abraham Lincoln als riesige Statue in einem Sessel und blickte stumpf in die Ferne, als sehnte er sich weit weg oder dächte gerade an sein dunkles Schicksal, im Amt ermordet worden zu sein. Zahlreiche Touristen fotografierten ihn aus allen Perspektiven. Mitten unter ihnen stand wie in Andacht ein Mann in einem dunkelblauen Anzug mit Kreidestreifen, der keine Kamera trug.

»Mr Rutledge?«, fragte ich. Er nickte. »Hardy Engel.«

Wir gaben uns die Hand. Sein Händedruck war etwa so steif wie der, den einem Lincolns Statue gegeben hätte. Vermutlich sparte er Kraft, da er täglich viele Hände zu schütteln hatte.

»Kommen Sie«, sagte er. »Lassen Sie uns ein Stück gehen.«

Wir liefen die große Treppe hinunter und überquerten die kreisrunde Straße. Dann spazierten wir an dem länglichen, schmalen Wasserbecken entlang, das künstlich angelegt worden war und »Reflecting Pool« genannt wurde. In dessen glatter Oberfläche konnte man tatsächlich den dahinter gelegenen hohen weißen Obelisken des Washington Monuments sich spiegeln sehen. In der Ferne war ganz klein das Weiße Haus auszumachen, dessen Bild in der Hitze flatterte wie eine Fata Morgana. Die Luft dampfte regelrecht, unsere Gesichter glänzten vor Schweiß.

»Herbert Somborn und ich kennen uns von der Universität«, erklärte Rutledge, nahm den Strohhut ab und wischte sich die Stirn mit einem Taschentuch. Er war etwa so alt wie dieser und sah aus wie jemand, der noch nie mit den Händen gearbeitet hatte. »Aus dem Golfclub und so. Jetzt hat es ihn nach Hollywood verschlagen und mich hierher. Hat er die Sache mit Gloria endlich weggesteckt?«

»Wohl noch nicht ganz«, sagte ich. »Und Sie? Sind Sie gerne hier?«

Er lachte auf und zündete sich eine Zigarette an. »Diese Stadt ist eine Pestbeule. Kein Wunder, dass Will Hays und andere Leute aus ihr geflüchtet sind.«

»Und warum bleiben Sie?«

»Ich lebe prächtig von dieser Pestbeule. Und das ist vielleicht das Beste, was man damit anstellen kann. Ganz zynisch nur auf Geld aus sein, ohne Idealismus vortäuschen zu müssen wie die Politiker.«

Ich wusste, dass Somborn ihn eingeweiht hatte. »Meinen Sie, Will Hays ist deshalb gegangen, weil er das nicht mehr ausgehalten hat?«

»Als Minister muss man in dieser Regierung entweder selbst korrupt sein oder heucheln. Da kann man an seine Grenzen stoßen, und man läuft außerdem Gefahr, jederzeit aufzufliegen oder gefeuert zu werden. Also hat er die Seite gewechselt«, sagte Rutledge und ließ einen flachen Kiesel über das Wasser des künstlichen Seerechtecks flitschen. Kein Fisch lebte darin. »Was der Anlass war, darüber gibt es Gerüchte, aber ich kann es nicht genau sagen. *Was* ich sagen kann: Jetzt muss Hays nur noch ab und zu hierherkommen, als Lobbyist, im Grunde ist er ja nichts anderes. Er macht damit genauso viel Geld wie ich. Viel angenehmer als Minister zu sein ist es, wenn man derjenige ist, der die Minister besticht. Zumal wenn man nicht sein eigenes Geld einsetzt.«

»Ist es wirklich so schlimm?«

»Der Präsident ist ein Idiot. Das hat man bisher noch über jeden Präsidenten gesagt, aber dieser ist wirklich einer. Warren G. Harding ist nichts als ein gut aussehender Angeber. Mit ihm zu arbeiten muss fürchterlich sein. Ihn zu manipulieren ist dagegen sehr einfach. Ich sehe folglich eine große Zukunft für das amerikanische Kino unter Will Hays.«

»Haben Sie irgendetwas über Affären gehört, die Hays hier in Washington gehabt hätte?«, fragte ich. »Ich meine, sexueller Art?«

Er wiegte den Kopf hin und her.

»Ich kam erst Anfang letzten Jahres von der Wall Street hierher, da war er schon auf dem Absprung. Seine Frau war wohl nur anfangs mal in Washington; wenn er hier ist, lebt er wie ein Junggeselle, aber ein christlicher. Er hat viele Freunde und ist sehr gesellig. Die Regierung unterhält in der K Street ein Haus, wo man sich zum privaten Vergnügen trifft, heimlich Alkohol trinkt und pokert. Hays trinkt nicht, doch er spielt gerne. Auch der Präsident kommt dorthin und Justizminister Harry Daugherty und viele andere Kabinettsmitglieder – seine ganze ›Ohio-Gang‹, sie stammen alle von dort.«

Ich hatte in dem Kontobuch unter anderem gesehen, dass die Stiftung von Hays Geld ausgab, als dessen Verwendungszweck *»Washington Club«* angegeben war.

»Gibt es dort auch Frauen?«

Er schüttelte den Kopf. »Nicht dass ich wüsste. Florence Harding, die First Lady, führt in dem Haus das Regiment. Sie ist häufiger da als ihr Mann, sie trinkt sehr gerne, aber sie würde Frauen nicht zulassen. Man nennt sie nicht umsonst ›die Duchess‹ – sie ist sehr streng und hat einen Blick, der vermutlich töten kann.«

»Erzählen Sie mir etwas über Carrie Phillips.«

»Sie ist ungefähr fünfzig, eine Dame der Gesellschaft und verheiratet mit James Phillips. Sie kommen aus derselben Stadt wie das Präsidentenpaar, und deshalb kennen sie all diese Leute. Hays sicher auch, doch wie gut Carrie Phillips mit ihm bekannt ist, weiß ich nicht.«

Wir waren an dem riesigen, über fünfhundertfünzig Fuß hohen steinernen Phallus angelangt, den sie hier im letzten Jahrhundert auf einem Hügel errichtet hatten. Enrico trippelte zu dem Obelisken hinüber, dem Monument des nationalen Stolzes, hob das Bein und pisste ihn an.

»Enrico«, sagte ich. Er wandte den Kopf zu mir. »Guter Hund.« Er pisste weiter.

»Was soll das eigentlich mit dem Mops?«, fragte Rutledge stirnrunzelnd.

»Muss nur auf ihn aufpassen. Meine Freundin ist gerade im Knast – das ist eine lange Geschichte«, sagte ich. »Mit Mrs. Phillips muss ich irgendwie Kontakt aufnehmen und reden.«

»Gehen Sie davon aus, dass sie alle wichtigen gesellschaftlichen Veranstaltungen in dieser Stadt besucht. Heute Abend ist ein Empfang auf dem Capitol Hill, ich glaube, diesmal von der Ölindustrie. Morgen sind es die Tabakkonzerne. Oder umgekehrt.«

»Können Sie mich da reinbringen?«

»Wo denken Sie hin, so einfach ist die Sache nicht«, meinte er.

»Ich habe ihre Adresse, in Foggy Bottom«, überlegte ich. »Ich lasse mir etwas einfallen.«

»Mrs. Phillips mag Männer, die jünger sind als sie, mit mir hat sie gleich geflirtet. Sie wird auch Sie mögen. Und sie hat übrigens einen ziemlichen Deutschen-Tick. Hat mal längere Zeit in Deutschland gelebt und schwärmt dauernd davon, und sie spricht Deutsch.«

»Na gut. Dann sollte ich das ja wohl hinkriegen.«

»Sie ist außerdem die Vorsitzende eines ›Vereins zur Pflege der deutsch-amerikanischen Freundschaft‹. Ich bin auch Mitglied. So wie in jedem Verein in dieser Stadt, es empfiehlt sich einfach, egal wofür er steht.«

»Und ihr Mann …«

»Arbeitet rund um die Uhr. Mein Gott, die sind fünfzig, meinen Sie, die haben noch Sex? Ich muss jetzt auch wieder in mein Büro«, meinte er und sah auf die Uhr. »Dankenswerterweise lassen uns die Herren Senatoren im Kapitol residieren, auf demselben Flur wie sie. So müssen wir das viele Geld gar nicht weit tragen.«

»Sitzt da vielleicht auch der Ku-Klux-Klan? Der ist doch inzwischen überall, ist Ihnen da in Washington was bekannt?«

»Oh, bestimmt, ich kann mich mal nach was Genauerem umhören«, sagte er und dehnte sich. »Mache ich gleich als Erstes.«

Er wollte mir schon die Hand hinstrecken.

»Und Sie, sind Sie verheiratet?«, fragte ich.

»Ich bezahle lieber Prostituierte«, meinte er. »Nicht hier, in den angrenzenden Bundesstaaten. Maryland oder Virginia, das ist ja nur über den Fluss rüber.«

»Kennen Sie eine Nan Britton? Unter den Namen in dem Buch war auch ihrer und sie soll hier leben, aber ich habe keine aktuelle Anschrift.«

»Sagt mir nichts, aber auch danach kann ich mich erkundigen. Ich melde mich im Hotel, wenn ich etwas habe.«

»Danke sehr, Mr Rutledge.«

Wir schüttelten uns nochmals die Hände und trennten uns.

36

Zurück im Hotel fand ich die Nachricht vor, dass Edward versucht hatte mich zu erreichen. Ich probierte erneut vergeblich, ihn zurückzurufen, und kühlte mir den Nacken mit einem Handtuch, in das ich Eisstücke gelegt hatte. Die Hitze war hier nicht nur drückender als in Los Angeles, sondern selbst als in New York. Man wurde ganz kirre davon. Vielleicht erklärte dies alleine schon einige der politischen Wirren, die in dieser Stadt immer wieder entstanden.

Gegen Abend, als die Sonne tiefer stand, ließ ich Enrico auf dem Zimmer zurück und machte mich zu Fuß auf den Weg in den Stadtteil Foggy Bottom. Die Strecke war nicht lang, aber lang genug, dass ich mir Gedanken darüber machen konnte, dass dies übersetzt »neblige Grube« hieß, was keine schlechte Beschreibung für die Atmosphäre der ganzen Stadt zu sein schien.

Und Gedanken darüber, wie ich mich Mrs. Phillips nähern sollte.

Es war immer noch so heiß, dass ich mir Hemd und Anzug durchschwitzte, und das helle Band meines Strohhuts hatte sich dunkel verfärbt, wie ich unterwegs feststellte, als ich mein Spiegelbild im Wasser eines Brunnens erblickte. Ich war so durstig, dass ich aus dessen Zuflussrohr trank, obwohl mich das paranoide Gefühl überkam, dass selbst die Brunnen hier vergiftet sein mussten.

Das Haus von Mr und Mrs. Phillips lag in einer von Villen gesäumten Straße. Es war ein prächtiges altes, aus großen Steinen gemauertes Gebäude, das in einem zarten Hellgrün erstrahlte. Davor blühte ein großer Magnolienbaum, der so intensiv duftete, als wollte er Menschen damit anlocken, um sie zu fressen. Zahlreiche Blüten waren herabgefallen und faulten auf dem Boden vor sich hin. Ich wartete gegenüber und beobachtete in der hereinfallenden Dämmerung, wie in den Räumen auf den drei Etagen nacheinander Licht aufflammte. In der Einfahrt wartete ein Chauffeur in einer Uniform neben einer großen neuen Packard-Limousine.

Gegen halb acht öffnete sich die Tür und eine Dame trat aus dem Haus. Sie trug ein meergrünes Abendkleid aus Chiffon mit passendem Hut und trotz der Hitze weiße Handschuhe und besprach sich auf den Stufen des Hauses mit einem Dienstmädchen. Zu meiner Überraschung und Freude hörte ich, dass sie Deutsch redeten.

»Richten Sie alles so her, wie James es bei seiner Rückkehr vorfinden möchte, Hertha«, sagte sie mit einem nur leicht wahrnehmbaren amerikanischen Akzent. »So akkurat, wie ich es von Ihnen gewohnt bin.«

»Selbstverständlich, Mrs. Phillips«, antwortete das Dienstmädchen, eine dickliche Maid mit apfelroten Backen und offenbar aus dem Frankfurter Raum. Sie machte einen Knicks, bevor sie sich wieder zurückzog und die Tür schloss.

Die Dame des Hauses blieb auf den Stufen stehen und sah zu ihrem Chauffeur hinüber, der in Habachtstellung wartete, doch sie bedeutete ihm mit einem Handzeichen zu warten. Sie blickte die Straße hinunter, als halte sie Ausschau nach jemandem.

Ich überquerte die Straße und trat auf sie zu. »Mrs. Phillips, gut, dass ich Sie antreffe«, sprach ich sie auf Deutsch an und lüftete meinen Strohhut. »Mein Name ist Reinhard Engel, ich komme aus Deutschland und habe Interesse daran, Ihrem Verein zur Pflege der deutsch-amerikanischen Freundschaft beizutreten. Mr Rutledge hat ihn mir empfohlen.«

»Oh«, sagte Mrs. Phillips, mich anblickend, und ihr Gesicht leuchtete dabei auf. »Wie erfreulich, Mr Engel.«

Aus der Nähe betrachtet, war sie die mädchenhafteste Fünfzigjährige, die ich jemals gesehen hatte. Sie wirkte eher wie eine vorzeitig gealterte Sechzehnjährige. Sie war dunkelhaarig, sehr gepflegt, höchst attraktiv und wusste dies sehr genau.

»Da dachte ich mir, es ist am besten, gleich persönlich Kontakt mit Ihnen aufzunehmen«, fuhr ich fort und nahm die Hand, die sie mir reichte. Mit aller Wohlerzogenheit, die mir mein Elternhaus beigebracht hatte, deutete ich darüber gebeugt einen Kuss an. Sie kicherte.

»Und daran haben Sie recht getan …«, meinte sie und wollte noch mehr sagen, doch in diesem Moment ertönte das Brummen von Automobilmotoren und dann eine laute Fehlzündung, und sie hielt inne und blickte die Straße hinauf. Eine Kolonne von drei Fahrzeugen näherte sich dem Haus.

»Jetzt habe ich eine Verabredung mit der Duchess, aber speisen Sie doch morgen Abend mit mir, Reinhard«, sagte sie rasch, zu mir gewandt. »Erweisen Sie mir die Ehre, mich um acht Uhr in Schultz' Brauhaus zu treffen, es gibt gutes deutsches Essen dort.«

»Selbstverständlich, gern, Mrs. Phillips«, blieb mir noch Zeit zu antworten.

Die Wagenkolonne hielt nun vor dem Haus an, und zwar so, dass das mittlere Automobil direkt davor zu stehen kam. Es war ein schwarzes Sondermodell, ebenfalls ein Packard, auf Hochglanz poliert.

Ein livrierter Mensch entstieg dem Wagen hinten und hielt die Tür auf, und dann erhob sich jemand langsam daraus. In den Automobilen davor und dahinter beäugten uns ungefähr ein halbes Dutzend Männer höchst aufmerksam.

Die Frau, die nun ausstieg, erkannte ich sofort als Florence Harding, die Gattin des Präsidenten. Die First Lady war höchst populär und wurde ebenso häufig in den Zeitungen abgebildet wie ihr fotogener Mann. Trotz ihres Spitznamens »Duchess« war sie natürlich nicht adlig, zumindest nicht der Geburt nach – sie stammte bekanntermaßen aus Marion, Ohio –, doch ihre Haltung und ihr Blick wirkten so, als sei sie es. Sie trug ein teures Kleid aus blauem Taft und ein hochmütiges Lächeln umspielte ihre mehrfach gekräuselten Lippen, so wie auf vielen Fotografien.

»Carrie, Liebes, können wir?«, fragte sie beinahe königinnenhaft. Mich streifte ihr Blick nur ganz kurz.

»Aber selbstverständlich, liebste Flo«, antwortete Mrs. Phillips. »Ich bin mehr als bereit. Lass uns diesen Ölmagnaten eine unvergessliche Abendgesellschaft geben! Gott, diese Hitze, nicht wahr, ich zerfließe ...«

Sie raffte ihr Kleid und ging die Stufen hinunter.

»Oh ja«, stimmte Mrs. Harding zu. Sie machten den Eindruck allerbester Freundinnen, als sie sich unten umarmten und mit einem Wangenkuss begrüßten. »Wie gut, dass Warren die Wahlkampfreise macht und nicht hier schmoren muss ...«, fuhr sie fort. »Doktor Sawyer meint, das aktuelle Klima in dieser Stadt sei der Gesundheit nicht sehr zuträglich ...« Die First Lady zeigte auf einen weißbärtigen Mann um die sechzig in dem Wagen hinter ihr, der den Kopf aus dem Fenster steckte und zustimmend nickte.

»Oh ja«, bestätigte er mit einer seltsam hohen Stimme. »Aber vor allem – Sie sollten ihm bald folgen, Duchess, das ist zumindest mein ärztlicher Rat.«

»Selbstverständlich«, sagte die Duchess und seufzte. »Also, bringen wir's hinter uns.«

Während sie wieder in dem Packard verschwand, stieg Carrie Phillips in den Fond ihres Wagens, dessen Tür der Chauffeur ihr aufhielt und hinter ihr schloss. Dann fuhr die Kolonne an, und der letzte Wagen wartete, bis sich der von Mrs. Phillips hinter dem Packard eingereiht hatte. So fuhr die Kolonne nun mit vier Wagen weiter, ihrem abendlichen Termin entgegen.

Ich ging daraufhin noch etwas essen und kehrte ins Hotel zurück.

Während ich am nächsten Tag auf meinen Dinnertermin wartete, probierte ich wieder Edwards Nummer und diesmal hatte ich Glück. Er wirkte sehr aufgedreht und schien seine Rolle zu genießen. Vielleicht tat ihm Manhattan auch gut. New York verändert die Leute, es macht sie zu urbanen Flaneuren, ja weltmännischen Connaisseurs.

»Ich habe mich auf der Zugreise mit Mr Hays hie und da unterhalten und ein wenig angefreundet«, erzählte Edward. »Er ist ein sehr netter und umgänglicher Mann – anders als viele andere Gäste bei uns drüben im Beverly Hills Hotel.«

»Oh, davon bin ich überzeugt. Er ist ein erfahrener Politiker und kann mit dem Volk umgehen«, sagte ich. »Hat er Sie sonst wie ins Vertrauen gezogen? Irgendetwas Persönliches erzählt?«

»Er wird in zehn Tagen wieder nach Los Angeles reisen und dann für längere Zeit dort den Sommer verbringen, als eine Art Urlaub – na ja, was jemand wie er so nennt«, gab der Page wieder, merklich stolz auf seine intime Kenntnis der Geheimnisse des mächtigen Mannes. »Und dann kommt auch sein kleiner Sohn dorthin, Billy. Hays wird dann mit ihm im Strandhaus von Buster Keaton wohnen, in Santa Monica – diesmal nicht im Beverly Hills Hotel, weil sie da unten schwimmen und reiten gehen können. Das ist Wills große Leidenschaft.«

»Wirklich, ist es das?«, sagte ich mit sanftem Spott, den er nicht bemerkte.

»Und auch die seines Sohnes! Von dem Jungen hat er mir natürlich vorgeschwärmt. Er ist acht, ein großartiges Alter!«

»Bis dahin ist es also nicht mehr lange«, überlegte ich. »Geht er in der Zwischenzeit sonst auf Reisen?«

»Darüber haben wir nicht geredet, aber ich beobachte ihn, wie Sie es mir aufgetragen haben. Neulich abends hat er in einem Club Harry Daugherty getroffen, den Justizminister, sie haben lange unter vier Augen geredet.«

Ich überlegte. Ein weiteres Treffen mit seinem früheren Kabinettskollegen, mit dem ich ihn auch schon in Hollywood gesehen hatte, dem Mann mit den gefährlich kalten Augen. Er galt hier in Washington als der große Strippenzieher der Regierung – so wie früher Hays – und stammte aus Ohio, wie der Präsident und viele weitere Minister, die sich alle schon lange kannten. Die »Ohio-Gang«, von der Rutledge gesprochen hatte, war höchst einflussreich. Will Hays mochte eine Menge guter

Gründe haben, den althergebrachten Kontakt zu ihm nicht abreißen zu lassen. Zum Beispiel den, sich beim Justizminister höchstpersönlich für irgendetwas abzusichern?

»Sonst viele Veranstaltungen, öffentliche und private Dinner und all so ein Zeugs. Da sind eine Menge Frauen, er war auch neulich bei den *Ziegfeld Follies* und hat sich die Tanzshow angesehen. Die haben tolle Beine, ich bin auch reingegangen. Ins Parkett, da hat er mich nicht gesehen, er saß auf dem Balkon.«

»Wir wollen den Zufall in seinen Augen ja nicht zu groß werden lassen.«

»Keine Sorge, Mr Engel. Danach hat Mr Ziegfeld ihn noch eingeladen, und was dann passiert ist, weiß ich nicht, ich war ja nicht dabei.«

Man hörte ihm an, dass er es gerne gewesen wäre.

»Wenn er bis zu seiner endgültigen Abreise nach Westen noch einmal eine Reise unternimmt, nach Washington oder wohin auch immer, sagen Sie mir Bescheid. Finden Sie möglichst heraus, wohin er fährt.«

»Verstanden.«

»Ansonsten fahren Sie ebenfalls zurück nach Los Angeles, wenn er es tut, aber lassen Sie sich diesmal nicht sehen, sondern beobachten Sie ihn nur.«

Wir legten auf.

37

Als es Zeit war zu gehen, nahm ich noch einmal eine Dusche und legte meine Abendkleidung an. Vom Hotel aus nahm ich mir ein Taxi zu Schultz' Brauhaus. Es befand sich in der M Street, mitten im Herzen von Washington.

Die Schrift auf dem Schild erinnerte an Restaurants in Alt-Berlin, die Kellner waren allesamt semmelblond, trugen Schnauzbärte und sprachen mit einem dicken deutschen Akzent. Als ich nach Mrs. Phillips fragte, wurde ich sofort über eine Treppe nach oben in ein Separee geführt. Dort gab es mit rotem Leder bezogene Bänke und einen rustikalen Tisch mit einer rot-weiß gewürfelten Decke.

Carrie Phillips wartete bereits auf mich und erhob sich mit einem strahlenden Lächeln, als wären wir alte Bekannte.

»Reinhard, wie schön«, sagte sie, wieder auf Deutsch, und reichte mir die Hand. Heute trug sie ein petrolfarbenes Kleid, das ihre Arme und einen Ausschnitt freiließ, dazu eine Kette mit Bernsteinen. »Ich darf doch Reinhard sagen?«

»Hardy, wenn es Ihnen recht ist«, erwiderte ich und begrüßte sie wieder mit Handkuss.

Sie wies mir einen Platz zu und sagte im Setzen zu dem wartenden Kellner: »Emil, zwei Bier, bitte – Sie trinken doch Bier, Hardy?«

»Am liebsten ein Pilsener.«

»Zwei große Pils, mit einer schönen Krone, bitte.«

»Selbstverständlich, Mrs. Phillips«, sagte Emil und zog sich mit einem tiefen Diener zurück.

»Sie sprechen vorzüglich Deutsch, wo haben Sie das gelernt?«, fragte ich.

»Ich habe längere Zeit in Deutschland gelebt, Hardy«, antwortete sie mit blitzenden Augen. Sie war kokett und hatte echten Charme. »Woher stammen Sie genau?«

»Ich bin in Mannheim geboren und aufgewachsen«, sagte ich.

Sie schlug die Hände zusammen und jubelte: »In Mannheim! Ich habe ein halbes Jahr in Heidelberg verbracht und es geliebt! Aber auch Mannheim, das kurfürstliche Schloss, wie schön, wie groß ...«

»Und nicht so abgebrannt wie das in Heidelberg«, lächelte ich.

»Der Luisenpark und der Rhein bei Neckarau«, schwärmte sie weiter. »Wir haben beinahe alle Städte gesehen, mein Mann und ich, Berlin, Frankfurt, München, Hamburg – aber die Stadt mit den Quadraten zählte wirklich zu den Höhepunkten!«

»Ich war überrascht zu sehen, dass auch hier in Washingtons Zentrum Straßen mit Buchstaben bezeichnet sind, so wie in Mannheim«, bemerkte ich.

»Angelegt wurden diese freilich nach dem Vorbild einer anderen deutschen Stadt – der Fächerstadt Karlsruhe, deren Karte Thomas Jefferson drüben inspiriert hatte«, erzählte sie beflissen. »Sie wurde ja ebenfalls als Residenzstadt aus dem Nichts geplant und aufgebaut, nur bereits früher.«

Ich nickte weise und hoffte insgeheim, dass die Geschichtslektionen über mein Heimatland damit beendet wären.

Das Bier wurde gebracht, in Steinkrügen und gezapft mit prächtiger Schaumkrone. Carrie Phillips bestellte nach kurzer Konsultation Schweinshaxe mit Knödeln und Eisbein mit Erbspüree und Sauerkraut und Emil schloss die Tür wieder hinter sich.

Wir prosteten uns zu und sie stieß ihren Krug kräftig gegen meinen.

»Auf Deutschland«, sagte sie.

»Und auf Amerika«, meinte ich. Wir tranken und wischten uns beide den Schaum von den Lippen, sie mädchenhaft kichernd und spielerisch. Carrie war mir sympathisch, und sie ließ einen Mann spüren, dass sie eine Frau war, die auf Männer reagierte.

»Sogar die Hardings haben uns in Europa eine Zeit lang begleitet«, sagte sie. »Warren und Florence, das war natürlich lange vor der Präsidentschaft – auch lange vor dem Krieg.«

»Sie sind sehr eng befreundet, nicht wahr?«

»Ja«, meinte sie und trank erneut einen kräftigen Schluck. »Wir sind alle gemeinsam im selben Ort in Ohio aufgewachsen, in Marion. Wenn es jemals zwei Paare gab, die eng befreundet waren, dann sind wir es. Nur dass einer der beiden Männer zufällig der Präsident der Vereinigten Staaten geworden ist.«

»Und so verkehren Sie jetzt in höchsten Kreisen«, sagte ich. »Kennen alle Minister, nehme ich an?«

»Selbstverständlich. Seit unser Freund Warren im Amt ist, leben auch wir in Washington.«

»Seit Anfang 1921?«

»Ja. Die Atmosphäre hier ist einmalig, finden Sie nicht auch?«

Das Essen wurde gebracht und das Eisbein vor mich hingestellt. Die glänzende rosa Schwarte lachte mich geradezu an. Das letzte hatte ich vermutlich vor dem Krieg gegessen, noch in Mannheim. Sie servierten es in diesem Brauhaus sogar mit scharfem Senf aus Düsseldorf. Carrie machte sich mit großem Appetit über die riesige Haxe her. Mittlerweile waren wir schon beim zweiten oder dritten Bier.

»Aber erzählen Sie doch einmal etwas von sich, Hardy.«

»Ich habe den Krieg auf deutscher Seite mitgemacht, die vollen vier Jahre«, sagte ich und bemühte mich, nicht gleichzeitig zu sprechen und zu kauen. »Mein Leben hat sich dadurch vollkommen verändert und danach bin ich emigriert.«

»Trotz all der Feindseligkeit gegenüber den Deutschen, die der Krieg hierzulande hervorgebracht hat?«, meinte sie forschend und zerteilte einen Semmelknödel, in dessen Mitte sich ein geröstetes Stück Brot befand, wie es sich gehört. »Gegen die ich ja ankämpfe mit meinem Verein, weil ich sie unerträglich finde.«

»Ich weiß. Deswegen will ich eintreten.«

»Nehmen Sie alleine die erschwerten Einreisebedingungen für Deutsche nach dem Krieg«, sagte sie kopfschüttelnd, säbelte mit dem scharfen Messer ein Stück Haxenkruste ab und schob es sich genussvoll in den Mund, wo sie es krachend zerkaute.

»Mir war es egal. Es gab jemanden, der für mich gebürgt hat.«

»Wie haben Sie das geschafft?«, fragte sie und tupfte sich das Kinn mit ihrer weißen Serviette.

»Oh, ich hatte einen Onkel in New York, der bereits die amerikanische Staatsbürgerschaft hatte.«

Ich ließ jetzt die Schwarte weg und aß nur das innere Fleisch mit dem Sauerkraut.

»Und was haben Sie dann gemacht?«

»Ich wollte Schauspieler werden«, antwortete ich. »Leider hat das nicht ganz geklappt, aber ich habe mich in diesem Land etabliert und bin heute ein naturalisierter Amerikaner.«

Plötzlich beugte sie sich vor und fragte: »Arbeiten Sie für die Regierung?«

»Die Regierung?«

»Die deutsche Regierung«, präzisierte sie ganz ruhig.

»Oh nein, Mrs. Phillips«, entgegnete ich, spülte den letzten Bissen mit einem kräftigen Schluck Bier hinunter und unterdrückte einen Rülpser, der sich nach oben drängen wollte wie ein Gruß aus der Heimat.

»Carrie«, korrigierte sie sanft. »Was tun Sie dann?«

»Ich bin nur ein kleiner Privatermittler mit einem Büro und ein paar Routineaufträgen, wie so viele.«

»Verstehe. Natürlich sind Sie das, Hardy, nur ein ganz normaler Bürger. Das sind wir auch alle in meinem Verein. Es geht uns lediglich darum, der großen Gruppe der Deutschen in diesem Land eine gewichtige Stimme zu geben und ihr gegen die Widerstände nach diesem unseligen Krieg zu ihrem Recht zu verhelfen.«

Sie sah mich aufmerksam und komplizenhaft an. Ich gab ihr den Blick einfach so zurück. »Was ich sehr gut finde, Carrie. Und weswegen ich in den Verein eintreten möchte, wie gesagt.«

Sie tupfte sich den Mund ab und schob den Teller weg. Dann

drückte sie auf einen Knopf, der aufleuchtete. Ein Signal für den Kellner. In diesem Separee war mit deutscher Gründlichkeit an alles gedacht.

»Wie schön. Lassen Sie uns doch Ihre Mitgliedschaft näher besprechen und was Sie für uns tun können.« Carrie Phillips wandte sich an den schwarzbefrackten Emil, der hereinkam und die Teller abräumte. »Zwei Stücke Schwarzwälder Kirsch, bitte schön, und zwei Kaffee.«

»Sehr wohl, gnädige Frau.«

»Wissen Sie, Carrie, ich habe mich vorab ein wenig über Sie erkundigt«, sagte ich, als er wieder draußen war. »Ich wollte einfach wissen, bei wem ich da Mitglied werde.«

Sie legte die Hand auf meine Hand.

»Ihr gutes Recht«, sagte sie. »Und Sie dürfen alles von mir wissen, Hardy ...«

Bevor sie noch weitergehende Angebote machen konnte, brachte zum Glück der Kellner eine andere Süßigkeit – zwei riesige Stücke Schwarzwälder Kirsch, beinahe eine Vierteltorte, jedes mit einer Extraportion Sahne, und ein Kännchen Kaffee. Sie lächelte entzückt und wir griffen nach den Kuchengabeln. Beinahe synchron aßen wir nun beide den ersten Bissen von der Torte, als verbinde uns dieses Ritual künftig und in Ewigkeit als Mitverschwörer.

Sie hatten ungefähr eine Gallone Kirschwasser hineingetan. Es brannte einem regelrecht im Auge.

»Und was haben Sie alles über mich gehört?«

Wieder legte sie ihre Hand auf meine. Wie gesagt, ich fand sie durchaus attraktiv. Sie war eine schöne Frau. Und ich wollte jetzt endlich wissen, wer das noch fand.

»Ich habe gehört oder besser: herausgefunden, dass Sie neben Ihrem Mann auch noch einen geheimnisvollen Liebhaber haben.«

»Das ist richtig. Ich bin nicht monogam«, sagte sie, ohne zu zögern. Sie verstand es falsch, als Flirt. »Wenn der Blitz bei mir einschlägt, warum sollte der Donner ausbleiben?« Sie blinzelte mich an.

»So sehen Sie das?«

»Und ich spiele mein eigenes Spiel«, ergänzte sie. »Habe ich immer schon gemacht. Ich unterliege ungern Zwängen, ich mache, was ich will. Ich bin eine moderne Frau, wenn Sie so wollen. Mindestens so modern wie die, die es jetzt erfunden zu haben glauben.«

»Er muss ein sehr mächtiger Mann sein«, sagte ich, mich vorsichtig vorwagend, »dieser Liebhaber …« Ich schob die Torte weg.

Sie aß weiter und leckte sich lasziv die Sahne von den Lippen.

»Denken Sie?«

»Und er ist oft hier in Washington. Vielleicht zurzeit nicht mehr so oft wie früher, doch oft genug, dass Sie weiter hier leben.«

»Offenbar wissen Sie bereits alles, Hardy«, sagte sie mit forschendem Blick.

»Keineswegs. Nur, dass er nicht bloß mit Ihnen etwas hat. Obwohl er verheiratet ist. Er hat noch mehr Geliebte. Eine davon habe ich getroffen.«

Sie nickte. »So wie ich noch mehr Liebhaber habe«, sagte sie und grinste mir zu. »Ich mag kluge Männer. Nicht nur mächtige.«

»Sagen Sie mir, wer er ist. Ich möchte, dass Sie es aussprechen.«

Ihr Gesicht verschloss sich.

»Ich fürchte, das kann ich nicht tun.«

»Weil Sie eine Schweigevereinbarung unterschrieben haben?«

Sie sah mich an und klimperte mit den Wimpern. »Sie scheinen wirklich sehr gut informiert zu sein, Hardy. Aber ich werde den Namen nicht aussprechen. Ich darf nicht. Ich kann nicht.«

»Aber Sie wollen auch nicht, dass Ihr Mann davon erfährt?«

Sie lächelte nachsichtig. »Er weiß es längst, Hardy. Wir haben keine Geheimnisse voreinander und unsere Ehe ist …«, sie schüttelte den Kopf, »… pragmatisch. Sie können mich nicht erpressen.«

»Sie erpressen lieber selbst«, stellte ich fest. »Und das sehr gut. So gut, dass Sie eine höchst lukrative Vereinbarung getroffen haben.«

»Die mir strikt verbietet, darüber zu reden. Mehr auch nicht. Aber deshalb ist es aussichtslos, mich dazu zwingen zu wollen.« Ihr Kuchenteller war nahezu leer. Sie schob ihn weg. »Reden wir doch lieber über Sie. Sie scheinen ein sehr interessanter Mann zu sein, Hardy. Wo leben Sie normalerweise?«

»In Los Angeles, in Hollywood.«

»Da werde ich in Kürze hinreisen!«, rief sie begeistert aus. »In einer Woche schon!«

»Wirklich?«, sagte ich. »Nach Hollywood?«

»Ja«, meinte sie. »Das muss ein Zeichen sein!«

»Gewiss. Dann müssen wir uns sehen. Fahren Sie alleine?«, fragte ich.

»Mein Mann hat geschäftlich hier zu tun.«

»Treffen Sie Ihren Liebhaber in Los Angeles? Fahren Sie deswegen dorthin?«

Ihr Gesicht verschloss sich. »Ich hoffe jedenfalls, Sie dort zu treffen.« Ihre Hand suchte wieder meine.

»Das werden Sie«, sagte ich und drückte sie ganz leicht. »Ich reise schon in den nächsten Tagen und werde dann vor Ort sein.«

»Gut«, sagte sie. »Denn, wie gesagt, ich würde mich sehr freuen, wenn Sie für mich arbeiten. Für unseren Verein und unsere Ziele.«

»Ich mich auch«, erwiderte ich und stand auf. »Alles Weitere besprechen wir dann. Das war ein sehr gutes Essen. Die Rechnung …«

»Die Rechnung bezahle ich, Hardy.«

»Auf keinen Fall!« Ich zückte meine Brieftasche. Sie erhob sich und legte die Hand auf meine Lippen.

»Laden Sie mich gerne in Hollywood einmal ein. Oder in Santa Monica, dort werde ich wohnen.«

Ich hielt inne.

»Also gut«, sagte ich.

»Aber das hier bezahle ich. Im Namen der deutsch-amerikanischen Freundschaft.«

»Sie lebe hoch.« Ich schrieb ihr meine Adresse und Telefonnummer auf. »Rufen Sie mich an.«

»Tschüss und auf ein baldiges Wiedersehen.«

Sie lächelte mich stolz an. Ihr Deutsch war wirklich sehr gut. Nur mit den Umlauten hatte sie ein kleines Problem.

38

Ich war sehr zufrieden, als ich an jenem Abend ins Hotelzimmer zurückkehrte. Meine Zufriedenheit steigerte sich noch, als ich erfuhr, dass Stephen Rutledge versucht hatte, mich zu erreichen, und ich ihn wenig später an den Apparat bekam.

»Nan Britton«, begann er gähnend. »Ich habe herumgefragt und – was sagen Sie jetzt? – meine Sekretärin kennt sie.«

»Großartig«, sagte ich gespannt und goss mir einen Whisky ein.

»Sie haben nämlich Kinder im selben Alter«, fuhr er fort.

Ich verschüttete etwas von dem kostbaren Nass.

»Wie alt?«

»Vier.« Also 1919 geboren, rechnete ich nach. »Das von Miss Britton ist ein Mädchen. Die Kleinen spielen oft miteinander auf dem Spielplatz, und manchmal auch zu Hause. Tagsüber kümmert sich die Mutter meiner Sekretärin um den kleinen Bobby und …«

»Wie alt ist Miss Britton?«

»Ungefähr Mitte zwanzig.«

»Wo ist dieser Spielplatz?« Er gab mir die Adresse sowie den Namen von Bobbys Großmutter.

Whisky schmeckt gleich noch einmal so gut, wenn man darauf trinken kann, dass ein liebendes Paar ein Kind in diese Welt gesetzt hat, das kann ich Ihnen sagen.

Am nächsten Tag ging ich gegen zehn zu dem Spielplatz, setzte mich dort auf eine Bank und beobachtete das Gewimmel der kreischenden Kinder in dem riesigen Sandkasten, an den Schaukeln und auf der Rutsche. Und ebenso die Mütter und Kindermädchen drumherum, die damit beschäftigt waren zu schwatzen, zu stricken, ihren Kindern Tee einzuschenken oder die Rotznasen zu putzen.

Ich wusste nicht, wie Nan Britton aussah, doch als ich mir die jungen Mütter anschaute, wurde mir auf Anhieb klar, welche davon sie sein musste. Sie war eine auffallende Schönheit und wirkte wie eine jüngere Ausgabe von Carrie Phillips – der dunkellockige Typ mit den gleichen großen Augen. Ein ganz anderer Typ als seine Ehefrau, Mrs. Hays – natürlich, das alte Lied mal wieder, dachte ich: Den Appetit holt man sich zu Hause, aber gegessen wird auswärts.

»Komm her, Elizabeth«, rief die Dunkelhaarige einer Kleinen im rosa Kleidchen zu. Diese, gerade dabei, mit einem gleichaltrigen Jungen eine Sandburg zu bauen, drehte sich um, stand auf und lief auf sie zu.

Ich bin weiß Gott kein Experte für Kinder oder dergleichen, aber wenn der gute Billy eine kleine Schwester hatte, dann hätte sie genau so aussehen müssen, fand ich.

»Warum?«

»Du musst dir deinen Sonnenhut aufsetzen, mein Schatz«, sagte die junge Frau liebevoll und drückte der Kleinen einen rosa Hut mit Bändern auf die Locken. »Und nächste Woche müssen wir ihn unbedingt mitnehmen, denn da, wo wir hinfahren, scheint jeden Tag die Sonne, stell dir vor!«, redete sie auf sie ein. »Kleine Prinzessinnen sind niemals sonnenverbrannt, daran erkennt man sie, und das weißt du doch, dass du eine kleine Prinzessin bist?«

»Ja«, sagte Elizabeth, rückte unwillig den Hut zurecht und meinte: »Ich gehe jetzt wieder mit Bobby spielen!«

Dann drehte sie sich um und lief wieder zu dem Jungen, der sie sehnsüchtig erwartete und ihr als Erstes eine Handvoll Dreck ins Gesicht schmiss. Hätte mein Junge sein können.

Ich ging zu der Mutter und sagte routiniert: »Süß, Ihre Tochter. Sind Sie öfter hier, dann könnten unsere Kinder ja mal zusammen spielen?«

Sie blickte mich misstrauisch an. Ich war natürlich der einzige Mann weit und breit. »Welches ist denn Ihres?«, fragte sie.

»Der Kleine mit der Schaufel«, erwiderte ich und zeigte aufs Ungefähre mitten in das Gewimmel. Beinahe jedes Kind hatte eine in der Hand. »Wir sind nur zu Besuch, aus Kalifornien.«

»Wie interessant. Ich muss jetzt leider gehen«, sagte sie. »Rose, würden Sie für eine Stunde auf die beiden aufpassen? Ich habe eine Verabredung in der Stadt.«

»Aber selbstverständlich, Kindchen«, sagte eine Frau um die fünfzig, die eben dabei war, den kleinen Bobby auszuschimpfen für das, was er seiner kleinen Freundin gerade angetan hatte. »Und entschuldigen Sie bitte, Bobby ist heute ein richtiger Wildfang.«

Nan Britton drückte ihre Handtasche an sich und eilte schnell davon. Ich schlenderte zu der Großmutter hinüber.

»Rose Miller? Ich bin Hardy Engel, der Bekannte von Mr Rutledge.«

»Hallo, Mr Engel«, sagte sie erfreut. Bei Frauen um die fünfzig hatte ich einen Schlag wie nichts Gutes, stellte ich fest.

»Das war sie eben, nicht wahr?«

Ich deutete mit dem Kinn hinter ihr her.

»Ja. Eigentlich heißt sie Nanna Popham Britton. Möchten Sie einen Keks?«

»Nein … Ja, doch, bitte …« Ich nahm einen aus der Tüte, die sie mir stolz hinhielt. Er war vermutlich selbst gebacken. Ich mag nichts, was süß ist, aber ich nahm tapfer einen kräftigen Biss davon, so wie gestern bei der Kirschtorte.

»Gibt es einen Ehemann dazu?«, sagte ich und schaute zu den spielenden Kindern.

»Sie ist nicht verheiratet. Normalerweise lebt Elizabeth wohl bei Onkel und Tante, aber seit drei Wochen ist sie hier bei ihrer Mutter zu Besuch. Für die Öffentlichkeit ist sie nur eine Tante, aber mir kann sie nichts vormachen. Und in Kürze reisen sie beide wieder ab ...«

»Nach Kalifornien?«, fragte ich.

»Offenbar, das sagte sie. Genaueres weiß ich nicht. Ich mag Nan sehr gerne, wissen Sie ...«

»Danke«, sagte ich. »Damit habe ich alles, was ich wissen wollte. Das ist ein sehr guter Keks, Rose, vielen Dank.«

Die beiden Kinder kamen zu uns gelaufen und Bobby zeigte Rose Miller einen Regenwurm, den er im Sand gefunden und mit seiner Schaufel geteilt hatte. Beide Teile bewegten sich aber noch und das faszinierte sie.

»Beide Hälften können weiterleben«, sagte ich. Es war die Legende, die mein Vater mir einmal erzählt hatte, als ich etwa genauso alt gewesen war wie sie jetzt. »Das kann bei Regenwürmern so sein. Wenn du Glück hast, wächst da etwas nach. Dann sind das jetzt zwei Geschwister.«

»Wirklich?«, fragte mich Elizabeth mit großen Augen.

»Ja. Hat dein Vater dir das noch nicht erzählt?«

Sie schüttelte nur den Kopf.

»Wo ist dein Daddy denn?«

»Der ist weit weg«, sagte sie und piekte mit einem Finger in den blauen Himmel. »Aber ich soll ihn bald treffen, sagt Mama.«

»Kennst du ihn denn schon?«, fragte ich.

Sie schüttelte den Kopf.

»Dann wird es aber Zeit«, sagte ich. »Erzähl ihm das von den Regenwürmern. Da wird er mächtig stolz auf dich sein.«

Sie versprach mir, das zu tun, und dann verabschiedete ich mich von ihnen und dem Spielplatz, den Kopf über mich selbst schüttelnd: Hardy Engel, der Mann, der gut mit Kindern konnte.

Ich aß meinen Lunch am Potomac und trank viel eisgekühlte Zitronenlimonade, unter einem Schirm im Schatten sitzend. Es war ein Gartenrestaurant, in dem vor allem Menschen aus dem Kapitol und den nahegelegenen Regierungsgebäuden ihr Mittagessen einnahmen. Ich saß nicht zufällig hier: Stephen Rutledge hatte mir am Telefon noch den Tipp gegeben, dass dies offenbar ein Treffpunkt der Klansmänner von Washington sei. »Da haben sie es nicht weit zum Zentrum der Macht. Jedenfalls werden Sie dort bestimmt fündig, Sie müssen nur genau hinsehen. Und vielleicht kann Ihnen einer von denen ja sagen, ob Will Hays in seiner Washingtoner Zeit zu ihnen gehörte.«

Also beobachtete ich die Szenerie sehr aufmerksam. Zahlreiche Bittsteller, Lobbyisten und Senatoren trafen hier aufeinander. Nach dem, was ich aus ihren Gesprächen aufschnappte, stammten sie aus allen Landesteilen, sie trugen ihre besten Anzüge und Binder und stets schien es um Geld und Klatsch zu gehen. Beinahe jedes zweite Gesicht kam einem irgendwoher bekannt vor, vielleicht aus der Zeitung oder der Wochenschau, vielleicht weil an einem solchen Brennpunkt ein bestimmter Typus Mensch vorherrschend ist – gut aussehend, markant, auffallend. Es war die Elite einer Klasse, die eine Vorauswahl durchlaufen hatte und nun hinter den Kulissen die Geschicke des Landes lenkte. Mir gingen sie in dieser Ballung ziemlich auf die Nerven. Es wurde Zeit, bald wieder aus dieser Stadt abzuhauen.

Auf dem kleinen See, der als Gezeitenbassin vom Hauptfluss abgezweigt war, wimmelte es von zahlreichen Booten. Am Ufer direkt vor mir befand sich ein Bootsverleih, wo man ein Ruder- oder Tretboot mieten konnte, und viele Menschen taten das, meistens Touristen. Gerade begrüßten sich dort zwei Männer, die sich offenbar verabredet hatten. Der eine gab dem anderen die Hand und griff dabei bis zu dessen Ellbogen, den er mit zwei Fingern von unten berührte. Der andere erwiderte die Geste. Ich richtete mich auf.

Der geheime Gruß des Ku-Klux-Klans. Rutledge hatte nicht zu viel versprochen.

Der von den beiden, der mir den Rücken zugekehrt hatte, drehte sich nun ins Profil und ich erkannte ihn. Es war der Kameramann Elmer Macready, den ich aus Hollywood kannte. Der, der vor der Befreiung von Clarence geflüchtet war und polizeilich gesucht wurde. Und der aus dieser Gegend stammen sollte.

Er und der andere Mann, der mir nicht bekannt vorkam – ein gedrungener Mittdreißiger mit einer Hakennase –, wandten sich nun dem Bootsverleiher zu. Sie bezahlten, stiegen in ein Tretboot und nahmen nebeneinander Platz, wobei der Begleiter seine Aktentasche zwischen sie stellte. Der Verleiher gab dem Boot einen kräftigen Stoß, es bewegte sich auf den See hinaus und sie begannen zu treten.

Da ich befürchten musste, sie unter den vielen anderen Booten aus dem Auge zu verlieren, warf ich schnell einen Geldschein auf den Tisch, sprang zum Ufer und mietete ebenfalls ein Tretboot, gegen Hinterlassung einer Kaution von einem Dollar. Der Mann ließ es zu Wasser und ich sprang hinein, das Boot hinter dem anderen her manövrierend.

Ihres bewegte sich mit größerer Geschwindigkeit als meines – sie waren ja auch zu zweit. Gegen die Sonne konnte ich ihre Silhouetten ausmachen, sie unterhielten sich angeregt. Ich lenkte mein Boot um viele andere herum, sie manchmal nur knapp verfehlend. Einmal musste ich einem Ruderboot mit vier kräftigen Studenten ausweichen, die mich böse anbrüllten. Danach hatte ich das schnellere Boot der beiden Verfolgten nicht mehr im Blick, doch dann entdeckte ich es wieder. Ich trat so kräftig, wie es meine alten Fußballerbeine hergaben.

Sie lenkten ihr Gefährt auf das jenseitige Ufer zu und ich dachte schon, sie würden dort an Land gehen und sich zu Fuß weiterbewegen. Doch als wir es beinahe erreicht hatten, wendete das andere Tretboot in einem weiten Bogen, den ich ebenfalls vollzog. Ich hatte nun große Mühe, ihm zu folgen, es steuerte wieder das diesseitige Ufer an und landete dort. Die beiden Männer stiegen aus, und als sie weggingen, trug diesmal der Kameramann die Aktentasche. Ich mobilisierte meine letzten Kräfte und brachte das Boot ein ganzes Stück davon entfernt an Land. Beim Aussteigen geriet ich mit dem rechten Fuß ins Wasser und lief mit einem nassen, quietschenden Schuh leicht hinkend und vollkommen außer Atem los. Natürlich pfiff ich auf die Mietkaution.

Die beiden Männer gingen zur National Mall, jener parkähnlichen Promenade zwischen dem Capitol Hill und dem Washington Monument. Sie überquerten sie und ich folgte ihnen weiter nach Norden in die Stadt, dabei den Schweiß mit einem Taschentuch trocknend. Zum Ende der Mittagspause eilten viele der Angestellten durch die Straßen. Mit meiner eingeschränkten Sehfähigkeit war es besonders schwierig, die beiden stets im Blick zu behalten. In der D Street musste ich einem Mann ausweichen, der einen Handkarren über den Bürgersteig bugsierte. Als ich wieder nach dem Kameramann und seinem Begleiter sah, waren sie verschwunden.

Ich stand direkt vor dem Eingang eines großen Kinos. Eigentlich konnten sie nur dort hineingegangen sein. Auf dem großen Billboard über dem Eingang stand *»Human Wreckage – Mrs. Wallace Reid«*. Ich löste an der Kasse eine Karte für fünfundzwanzig Cent.

»Ist hier ein Mann reingegangen mit einer Aktentasche und noch einem anderen?«, fragte ich das Mädchen hinter der Glasscheibe.

»Dies ist Washington«, sagte sie gummikauend und zuckte die Achseln. »Eine verdammte Menge davon, Süßer. Nur du hast keine.«

Ich ging kopfschüttelnd hinein.

Es war einer der kleineren Kinosäle Amerikas, mit nur rund eintausendzweihundert Plätzen, die beinahe alle besetzt waren, Plüschsesseln, die ganz neu rochen, mit viel Blattgold im Gestühl. Es lief noch das Vorprogramm, die Wochenschau von Universal, Bilder aus Hollywood mit diversen fröhlichen und scherzenden Stars und dann von der Wahlkampfreise des Präsidenten Warren G. Harding. Wo auch immer er auftrat, immer warf er sich in Pose. Ein gut aussehender Idiot, das traf es. Die Leute lachten und schwatzten währenddessen und warfen mit Erdnüssen und Popcorn.

Als die Platzanweiserin mit ihrer Taschenlampe erst auf mein Ticket und dann auf meine Reihe leuchtete, beugte ich mich zu ihr: »Danke, ich suche noch zwei Freunde, die müssen hier irgendwo sitzen.«

Dann ging ich mit ihr die Reihen ab und ließ sie in diese hineinleuchten. Die Zuschauer reagierten unwillig und nach einem halben Dutzend Reihen gab sie es auf: »Tut mir leid, Sir, gehen Sie auf Ihren Platz.«

Stattdessen wurde ich sie los und lief auf eigene Faust einmal so weit nach vorn, wie es im Parkett ging. Schließlich entdeckte ich den Kameramann und seinen Begleiter in der dritten Reihe, in ein intensives Gespräch vertieft.

Ich setzte mich auf meinen Sitz und behielt sie von dort aus im Auge, auch, als der Saal ins Dunkel getaucht wurde. Als letzte Nummer vor dem Hauptfilm lief eine Vorschau auf einen neuen Film von Charlie Chaplin, der in Kürze starten sollte, *A Woman of Paris*. Zu meiner Überraschung schien Chaplin darin nicht mitzuspielen. Ein Chaplin-Film ohne Chaplin? Noch dazu ein ernster Film, mit Anspruch? Das klang nicht gut. Aber diese Komödianten wollen eben alle auch als »seriöse Künstler« anerkannt werden, sonst weinen sie nachts in ihren Prachtvillen die Damastkissen nass.

Danach wurde der Hauptfilm gezeigt – und so musste ich nun doch noch jenes Werk ansehen, das die trauernde Witwe von Wallace Reid in Will Hays' Auftrag hatte drehen müssen, um Amerikas Jugend vor dem Schicksal zu warnen, das ihr Mann erlitten hatte. Sie spielte selbst darin mit, als Gattin eines Staatsanwalts, an dessen Seite sie gegen böse Drogenhändler ermittelte, so wie Somborn und sie es mir bitter erzählt hatten. Deren Opfer, die Drogensüchtigen, agierten, als wären sie von einem Dämon besessen, den sie sich quasi mit der Spritze ins Blut injiziert hatten. Einfache Bilder, einfache Bösewichter, einfache Lösungen: Natürlich starben die Dealer am Ende. Was einen wirklich zum Gebrauch von Drogen brachte – all der Spaß, die Lebensgier, aber auch der Druck im Kampf um eine Karriere, die vielen Illusionen und falschen Entscheidungen –, kam darin natürlich nicht vor. Will Hays, dem im Vorspann besonders gedankt wurde, hatte schon dafür gesorgt, dass es ein klassischer Hollywoodfilm geworden war, genau wie ich es damals befürchtet hatte. Ein Auftritt von Los Angeles' Chief of Police – es war noch Louis D. Oaks, Vollmers Vorgänger – gab dem Ganzen einen pseudodokumentarischen Anstrich. Das Publikum reagierte großteils gerührt, als am Ende des Films Mrs. Wallace Reid sich per Schrifttafeln in einem persönlichen Appell an das Publikum wandte und an den Tod des Idols Wally erinnerte. Sie spielte ihre Rolle perfekt, ihre dunklen Augen schossen wütende Blitze und sie war ganz in züchtiges Schwarz gekleidet. Das sie vermutlich nie mehr würde ablegen können, zumindest nicht in den nächsten Monaten, solange sie damit im Dienst von Will Hays' Säuberungsagenda durch das Land tourte und Geld für sich und ihre Kinder verdiente.

Als nach dem Film die Lichter wieder angingen, stand ich sofort auf und folgte den beiden Männern. Vor dem Kino verabschiedeten sie sich, wieder mit jener geheimen Grußgeste. Der andere Mann nickte Macready zu und ging nach links davon. Der Kameramann lief mit der Aktentasche auf den Capitol Hill zu.

Ich heftete mich an seine Fersen und achtete darauf, immer einen gewissen Abstand zwischen uns zu lassen. Er sah sich immer wieder vorsichtig um, aber ich wich seinem Blick aus und bückte mich einmal, um mir den Schuh zu binden; oder besser, um ärgerlich zu überprüfen, dass er immer noch feucht war, weswegen sein Leder beim Laufen quietschte.

Ich wollte ihn unter keinen Umständen verlieren, immerhin wurde er mit einem Haftbefehl gesucht und konnte zu dem Fall in Los Angeles aussagen. Auch interessierte mich brennend, was wohl in der Aktentasche war und wohin er mich führen würde.

Er ging auf das Senatsgebäude am Capitol Hill zu, das aussah wie jenes im alten Rom. Wenn die Amerikaner beim Ideenklau in allem so konsequent gewesen wären, dachte ich, dann würden sie auch Gladiatoren in einer Arena von wilden Tieren zerfleischen lassen oder Menschen ans Kreuz schlagen. Nun ja, stattdessen hatten sie Hollywood erfunden.

Der Kameramann ging die Stufen des Kapitols hinauf und ich folgte ihm langsam. Das Treppensteigen mit einem feuchten Schuh war eine echte Qual. Am Eingang des Kapitols stand eine uniformierte Wache. Macready passierte sie, er wurde problemlos durchgelassen. Mich hingegen hielt der Wächter auf.

»Tut mir leid, Sir, Zutritt nur mit Ausweis.«

»Aber der Mann vor mir wurde auch hineingelassen.«

»Er hatte einen, Sir.«

»Ich möchte Mr Stephen Rutledge besuchen. Er ist ein Freund von mir.«

»Heute ist er schon gegangen. Kommen Sie morgen früh wieder.«

Es war nichts zu machen.

Ich ging folglich die Treppe wieder hinunter und setzte mich ganz an deren Ende ins Gras, um eine Zigarette zu rauchen. Später aß ich einen Hotdog mit vielen Zwiebeln und trank ein Soda dazu, während der glühende Ball der Sonne langsam an dem gewaltigen Phallus des Washington Monuments nach unten glitt.

Den Kameramann Elmer Macready sah ich nicht mehr aus dem Senatsgebäude herauskommen und ich wartete noch lange, nachdem es dunkel geworden war. Doch er konnte auch den anderen Ausgang auf der Ostseite genommen haben. Irgendwann gab ich es auf und ging zurück zu meinem Hotel.

Dort angekommen rief ich bei Rutledge an und fragte ihn, ob ihm aus dem Kapitol ein gewisser Elmer Macready bekannt sei, ein Mitglied des Klans aus Los Angeles. »Nein. Dort gehen Hunderte, vielleicht Tausende ein und aus, Mr Engel, tut mir leid.« Ich beschrieb den anderen Mann, doch auch dies vergeblich. »Nach dem, was ich so höre, ist mindestens jeder Vierte dadrin bereits im Klan oder überlegt sich gerade einzutreten«, erklärte er. Aber Näheres wisse er nicht.

Dann machte ich noch einen Anruf in New York und fragte Edward, ob Will Hays einen Ausflug nach Washington gemacht habe – vielleicht war er Nan Brittons Verabredung gewesen. Dies war aber nicht der Fall. Er war nur nach Boston und Philadelphia gereist und absolvierte ansonsten ein normales Programm in New York, bevor er dann in Kürze nach Westen aufbrechen würde.

In jenen drei Wochen, die die kleine Elizabeth bei Nan Britton in Washington gewesen war, hätte Hays durchaus Zeit gehabt – noch bevor er damals nach Hollywood gefahren war –, sie hier zu besuchen. Doch wie ich nun wusste, hatte er die Tochter dabei auf jeden Fall nicht gesehen, noch nie hatte er das, und offenbar war es ebendas, was ihre Mutter nun in Kalifornien nachholen wollte.

Vielleicht auch deshalb, dachte ich, weil dann deren Halbbruder Billy ebenfalls dort sein würde.

39

Vier Tage später war ich wieder in Los Angeles und ließ mir eine sanfte kalifornische Brise um die Nase wehen.

Wir saßen bei offener Tür in Herbert Somborns Wohnzimmer in Venice und ich berichtete ihm, dass in Kürze eine ganze Menge interessanter Leute eine Reise nach Hollywood antreten würden. Er war so nervös, dass er wieder gleich einen Bourbon servierte.

»Sind Sie sich im Klaren, was Sie mir da für eine unglaubliche Geschichte erzählen?«, fragte er. Das sonstige Haus war so verwaist wie bei meinem ersten Besuch, im Kinderzimmer hingen allerdings zwei neue Buntstiftzeichnungen.

»Absolut«, sagte ich. »Mit der einen Geliebten hat unser ›Caesar‹ seit vier Jahren ein uneheliches Kind, das er noch nie gesehen hat. Und die andere, der er ebenso sündhaft viel Geld bezahlen muss, scheint eine deutsche Spionin zu sein und offenbar hatte er mit ihr eine so lange Affäre, dass sie auch schon während des Krieges andauerte, was ihn auf eine Weise kompromittieren und erpressbar machen würde, an die wir in unseren kühnsten Träumen nicht zu denken gewagt hatten. Die anderen Frauen konnten ihn bloß damit erpressen, dass sie seine Geliebten waren, deswegen haben sie viel weniger Geld bekommen. Was immer noch so viel ist, dass Sie und ich es trotzdem mit Handkuss nehmen würden.«

»Das alles macht Ihnen richtig Spaß, wie?«, fragte er gereizt und stand auf.

»Es ist nur mein Weg, damit umzugehen.«

»Will Hays und diese Verhältnisse – hätten Sie ihm das zugetraut?«

»Ursprünglich nicht. Ich dachte im ersten Moment auch, ich kriege das nicht richtig mit ihm zusammen«, sagte ich. »Aber es deutet nun wirklich alles darauf hin, dass er es ist und sie beide hier mit ihm verabredet sind. Spätestens wenn er und Carrie Phillips und Nan Britton und ihre Tochter in der Stadt sein werden, werde ich es bestätigen können.«

»Das mit dieser deutschen Spionin – dass er als Vorsitzender der Republikaner, als späterer Minister ganz bewusst mit einer verfeindeten Macht paktiert oder zumindest jemanden von denen in seiner Nähe geduldet hat –, das müssen Sie aber auch erst noch beweisen!« Somborn zog aufgeregt an der Elfenbeinspitze mit seiner Zigarette. »Ich will mich damit nicht blamieren, dass es nachher nicht stimmt.«

»Ich auch nicht, glauben Sie mir.« Enrico beobachtete durch das Fenster träge ein paar Möwen, die über dem venezianischen Kanal kreisten.

»Und wie Sie selbst gesagt haben, wir *werden* es belegen müssen, mit klaren Beweisen, die allem standhalten. Am besten brauchen wir sie als Kronzeugin.«

»Das gilt nach wie vor, gerade angesichts der Dimension, die die Sache aktuell annimmt. Und es ist mir auch bewusst bei meinen Planungen.«

»Und wie wollen Sie das nun also anstellen?«, fragte er.

»Mrs. Phillips wird sich bei mir melden, das ist sicher, und dann werden wir noch einmal genau darüber reden.«

»Sie haben selbst gesagt, dass sie eine Schweigevereinbarung unterschrieben hat und sich strikt daran halten wird, weil sie viel zu viel Angst hat. So wie Blossom Jones, so wie sie alle! Hays ist ja nicht verblödet, für das viele Geld lässt er sich absolute Sicherheit geben.«

»So ist es. Und wenn nicht alles täuscht, sind er und seine Leute dafür sogar bereit zu töten.«

»Wie wollen Sie sie trotzdem zu einer klaren Aussage bringen,

Hardy? Es könnte immer noch ebenso gut ein Filmstar oder ein anderer Mogul aus Hollywood sein!«

»Die sind zu selten in Washington und New York, im Gegensatz zu ihm«, wandte ich ein und trank mein Glas leer.

Er starrte mich herausfordernd an. »Dorothy legt in Kürze einen Stopp in Los Angeles ein. Was soll ich ihr sagen?«

Ich beugte mich vor und legte beruhigend die Hand auf seinen Arm.

»Grüßen Sie sie, und machen Sie sich keine Sorgen, Herbert«, sagte ich. »Das werde ich schon schaffen. Und ich weiß auch schon, wie.«

August Vollmer hatte mittlerweile tiefe Augenringe, die nur deshalb nicht ganz so stark auffielen, weil sein Gesicht in der südkalifornischen Sonne einen bronzenen Teint angenommen hatte. Das ist einer der großen Vorteile in Los Angeles: Egal wie sehr am Ende man in Wahrheit ist, man sieht durch die Bräune trotzdem immer gut dabei aus. Auch sein Haarschopf strahlte in einem viel helleren Grau und seine Augen umso blauer.

»Elmer Macready ist also nach Washington geflüchtet«, sagte er nachdenklich, als ich ihm von meinen Erlebnissen berichtet hatte. »Warum haben Sie mir das nicht gleich gemeldet?«

»Natürlich hätten Sie mit dieser Information die Kollegen vom dortigen Police Department bitten können, ihn aufzuspüren, aber ich weiß nicht, ob das so klug gewesen wäre. Ich habe ihn ja selbst ins Kapitol gehen sehen und dort gibt es noch viele andere Klansmänner, neben dem, mit dem ich ihn getroffen habe. Gewiss auch bei der Polizei, so wie in L. A. Es hätte ihn wohl nur gewarnt.«

Ich hatte mich dazu entschlossen, in die Offensive zu gehen. Es hatte einfach keinen Sinn, mit Vollmer immer weiter um den heißen Brei herumzureden. Außerdem wollte ich etwas Bestimmtes von ihm.

»Sie haben vermutlich recht«, meinte er seufzend. »Wenn ich mir nur ansehe, wie zäh die Ermittlungen hier laufen, auf welche Widerstände ich dabei intern stoße …«

»Der Sumpf in der Hauptstadt ist bestimmt genauso groß«, sagte ich.

»Das kann ich mir kaum vorstellen«, meinte er. »Das hier übersteigt jede Erwartung, die ich hatte. Meinen Vorgänger Louis D. Oaks haben sie übrigens deshalb gefeuert, weil er mehrfach betrunken aus Bordellen kam. Über die er natürlich schützend die Hand hielt, ebenso wie über die Prostituierten, mit denen er zusammen war, und über die Bootlegger, die ihm den Alkohol beschafft hatten.« Er wirkte sehr ehrlich, ehrlich frustriert, so skeptisch ich immer noch war.

»Nichts, was mich besonders überrascht«, sagte ich.

»Mich auch nicht«, erwiderte er grimmig. »Ich weiß schon, warum ich mich erst einmal nur für ein Jahr als Chief verpflichtet habe und mir alles erst ansehen will. Ich bin ja noch nicht einmal zu meinem Umzug hierhergekommen, eigentlich wollte ich schon längst wieder in Berkeley sein.«

»Malen Sie es nicht zu schwarz. Ist das *LAPD* wirklich so verkommen?«

Es war ein Versuch, ihn aus der Reserve zu bringen. Vielleicht wusste er ja mehr.

»Das ist es, selbst das Police Department, in unbekanntem Ausmaß …«, meinte er jedoch nur und sah mich grübelnd an. Kann sein, er probierte genau dasselbe bei mir. »Wenn man wenigstens wüsste, was in dieser Aktentasche war …?«

»Fragen Sie doch ruhig wegen Macready nach«, sagte ich. »Selbst wenn es ihn erreicht, wer weiß, vielleicht wird er dann unvorsichtig.«

»Sie haben recht«, grinste Vollmer, nun wieder zuversichtlich, und klopfte mir auf den Arm. »Ich weiß schon, warum ich Sie anwerben will, Hardy.«

»Und ich glaube, es dauert nicht mehr lange, bis ich Ihnen zur Seite stehen kann, Chief.«

»Nennen Sie mich doch Gus. Denken Sie, Ihr Fall ist bald gelöst?«

Ich nickte. »Und Sie können mir dabei helfen, Gus.«

»Im Mordfall von Madame Claire sind wir noch nicht viel

weiter«, sagte er und schlug eine Akte vor ihm auf dem Schreibtisch auf. »Zwar sind die Spuren am Tatort alle professionell aufgenommen worden, so wie es hier bislang nicht üblich war. Immerhin, mein neues Kriminallabor hat die Arbeit aufgenommen. Aber niemand hat einen Täter gesehen, und alle haben ein Alibi. Sie selbst inklusive.« Nun grinste er richtig breit. »Das, das Sie bei Burns angegeben haben. Zum Glück hält er sich mittlerweile aus dem Fall heraus und überlasst die Ermittlungen unserer Mordkommission.«

»Was meinen eigenen Auftrag betrifft, dazu werde ich Ihnen bald mehr sagen können, wie versprochen. Vermutlich wird es ziemlich spektakulär werden.«

»Ich habe schon gehört, dass Sie Ihre Fälle gerne mal mit einem Knalleffekt lösen.«

»Für den hier brauche ich noch etwas, das von Ihnen kommt.«

Er sah mich neugierig an. »Was denn?«

»Das da.« Ich zeigte auf den Polygraphen, der auf dem Tisch in seinem Büro aufgebaut war.

»Den Lügendetektor? Wen wollen Sie denn damit befragen?«

»Vertrauen Sie mir bitte einfach, Gus. Danach werde ich Ihnen alles erzählen. Gibt es einen Weg, das Ding in meine Wohnung zu schaffen? Ich möchte die Befragung nicht hier durchführen, im Polizeigebäude, das wäre ziemlich kontraproduktiv und könnte den Probanden verschrecken. Ich brauche eine intimere Atmosphäre, in der das alles unverfänglicher erscheint.«

Er nickte. »Das verstehe ich. Und ja, den gibt es. Meine beiden Mitarbeiter, die das Gerät da konstruiert haben, bauen es Ihnen gerne ab und dann in Ihrer Wohnung wieder auf. Nach einer Einweisung können Sie die Befragung alleine durchführen. Wie die Fragen gestellt werden müssen, haben Sie ja gesehen. Nur Ja- oder Nein-Antworten, alles muss ganz eindeutig sein. Ob Sie es vor einem Gericht verwerten könnten …«

»Ich weiß. Ich will damit vor allem erst einmal eine Aussage herausholen. Aus jemandem, der wirklich verstockt ist.«

Er grinste. »Das kann das Gerät leisten.«

Zwei Tage später hörte ich von Edward, dass Will Hays in Los Angeles eingetroffen sei und in Santa Monica das Strandhaus bezogen habe.

Am nächsten Morgen meldete sich Carrie Phillips nach ihrer Ankunft bei mir und teilte mir mit, sie sei im Ocean Hotel abgestiegen, ebenfalls in Santa Monica. Ich lud sie für den Abend in meine Wohnung ein, was sie gerne annahm. Ich wolle mich revanchieren und es gebe gutes deutsches Essen, sagte ich ihr. Natürlich kochte ich nicht selbst, ich bestellte bei einem deutschen Metzger einfach Bratwürste, Sauerkraut und Kartoffelbrei – ein ähnliches Mahl, wie Pola es damals zubereitet hatte –, die mir fertig und heiß geliefert werden würden.

In meinem Wohnzimmer wartete der Nachtisch: ein Gerät, das mindestens ebenso heiß war.

40

»Das sind himmlische Bratwürste!«, seufzte Carrie Phillips beim letzten Bissen. »Sie müssen mir verraten, wo Sie die herhaben?«

Sie schien in Kalifornien regelrecht aufzuleben, war wieder perfekt gekleidet und zurechtgemacht und warf ihre dunkle Mähne wie ein junges Mädchen.

»Den Tipp habe ich von Pola Negri, der deutschen Schauspielerin«, erwiderte ich. »Kennen Sie sie?« Wir saßen an meinem Küchentisch, den ich ausnahmsweise gedeckt hatte, mitsamt Tischtuch, Servietten und einer brennenden Kerze. Enrico lag friedlich darunter, er hatte zwei Würste bekommen und verhielt sich vorbildlich, von ein paar gelegentlichen Fürzen abgesehen. Im Hintergrund spielte Pollys Victrola leise romantische Musik.

»Nur von der Leinwand – beneidenswert, wem Sie hier alles begegnen, Hardy!« Sie schob ihren Teller weg und nahm einen Schluck von dem Bier. Ich fand, es lockerte die Atmosphäre wunderbar auf, und etwas Alkohol konnte mir nur helfen, sie zum Reden zu bringen. Trotzdem hatte ich ihr beim Essen noch keine Fragen nach ihrem Liebhaber gestellt, wir hatten nur über Touristisches und Allgemeines gesprochen.

»Sind Sie ein großer Kinofan?«

»Selbstverständlich. Wer ist das nicht?« Sie stand auf und schlenderte umher, während ich den Tisch abräumte und die Teller in die Spüle stellte. Sie sah sich die Fotos an der Wand an – von meinen Eltern, von meiner früheren Freundin Pepper Murphy und von Polly –, blieb dann im Wohnzimmer an dem

Tisch stehen, auf dem das Gerät aufgebaut war, und betrachtete es eingehend.

»Was ist das? Basteln Sie an so was in Ihrer Freizeit?«

»Ich habe keine, das da hat mir ein Freund geliehen«, meinte ich und ging zu ihr hinüber. »Für heute Abend.« Ich stellte den Plattenspieler aus.

»Ach ja? Was ist es denn und was haben Sie damit vor?«

Sie sah mich neugierig an.

»Das ist ein Gerät, das es mir ermöglichen kann, Sie persönlich noch näher kennenzulernen. Und genau das habe ich vor.«

»Wie schön. Auf welche Weise denn?«

»Das möchte ich Ihnen gerne demonstrieren. Setzen Sie sich doch bitte.«

Carrie Phillips ließ sich auf dem Stuhl nieder, der daneben bereitstand, und sah erwartungsvoll zu mir hoch. »Wir werden ein Gespräch führen, ich stelle Ihnen Fragen und das Gerät zeichnet Ihre physiologischen Reaktionen darauf auf.«

Ich nahm die Pulsmanschette und legte sie ihr um das rechte Handgelenk. Die Berührungen schienen ihr zu gefallen.

»Also gut«, sagte sie ohne langes Zögern. »Ich kann nicht sagen, dass ich nichts vor Ihnen zu verbergen hätte, und ich werde es weiter tun. Aber meine körperlichen Reaktionen können Sie gerne bekommen.« Sie lächelte mich an.

Rasch legte ich noch eine Zeitung beiseite, die auf der Couch neben ihr lag. Nichts sollte sie ablenken.

»Fein«, sagte ich. »Wenn Sie erst gesehen haben, wie es funktioniert, könnten wir es ja auch in Zukunft einsetzen, für Ihre Zwecke, bei Rekrutierungen oder Befragungen.« Ich trat hinter sie und legte ihr den Gurt um die Brust, der ihre Atmung messen würde; so, wie es mir Vollmers Assistenten beigebracht hatten. Carrie setzte sich ganz aufrecht hin und es blieb nicht aus, dass ich ihre Brüste ein-, zweimal berührte, ohne es darauf anzulegen. Es schien ihr zu gefallen.

Nachdem ich sie mit allen Manschetten verkabelt hatte, schaltete ich den elektrischen Strom ein. Die rauchgeschwärzte Papierrolle lag zwischen den beiden Holzzylindern bereit, über die hölzerne Unterlage, das Brotschneidebrett, gespannt, und darüber lauerten die drei Metallnadeln darauf, ihre Reaktionen aufzuzeichnen.

»Wie faszinierend. Ich bin gespannt. Fangen Sie doch ruhig an, Hardy.«

Nun zog ich mir den zweiten Stuhl heran und setzte mich frontal vor sie. Ich schaltete den Polygraphen ein.

»Gut. Antworten Sie nur mit Ja oder Nein.« Carrie nickte mir zu. »Sie haben Bratwürste gegessen, nicht wahr?«

»Ja, das haben wir beide«, sagte sie heiter. Sie nahm es als Spiel, sie war ja eine neugierige Frau. Wir sahen beide auf die Nadeln, die zu zittern und feine Striche zu zeichnen begannen, während das Papier langsam unter ihnen durchlief.

»Wie viele Biere hatten Sie dazu, drei?«

»Zweieinhalb.« Ein leichtes Zittern der Nadeln. »Das letzte haben wir doch geteilt.«

»Sind Sie betrunken, Carrie?«

»Nein. Noch nicht genug.« Sie lächelte und beobachtete die Nadeln.

»Haben Ihnen die Bratwürste geschmeckt?«

»Ja, sehr.« Kein Ausschlag. Die Papierrolle mit den Aufzeichnungen schob sich langsam auf der anderen Seite des Tisches in Richtung Boden.

»Haben Sie hier Ihren Liebhaber schon getroffen?«

Die drei Nadeln zeichneten alle einen leichten Zacken nach oben.

»Nein.« Das war alles. Sie sagte die Wahrheit.

»Haben Sie schon mit ihm telefoniert?«

»Nein.« Kein Ausschlag. »Wir schreiben uns Briefe.«

»Wie oft? Einmal in der Woche?«

»Öfter. Er schreibt mir beinahe täglich.« Die Nadeln schlugen nicht aus. Bei mir hätten sie es. Voller Aufregung stellte ich fest, dass sie offenbar bereit war, mir so ziemlich alles über die Affäre zu erzählen. Alles außer dem Namen. Es kam darauf an, sie auszutricksen.

»Immer noch?«

»Ja.«

»Haben Sie ihn auch mit seinen Briefen erpresst?«

»Ja. Unter anderem.« Sie sagte mir die ganze Zeit die Wahrheit. Zumindest wenn man der Maschine Glauben schenkte. Ich erinnerte mich daran, dass man die heiklen Fragen mit unverfänglichen durchmischen sollte.

»Schreiben Sie gerne Briefe, Carrie?«

»Ja«, sagte sie. Ein größerer Zacken wurde auf das Papier gemalt.

»Wirklich?«

Sie lachte auf. »Na schön, ich bekomme lieber welche. Erwischt. Dieses Gerät soll verraten, wann man die Wahrheit sagt, nicht wahr?«

»So in etwa.«

»Das fällt mir schwer zu glauben«, meinte sie unsicher und sah dorthin. »Wie soll eine Maschine das können?«

»Es ist ja nur ein Experiment mit offenem Ausgang.«

»Ich werde Ihnen den Namen trotzdem nicht sagen.«

»Das müssen Sie auch nicht, da können Sie ganz beruhigt sein«, meinte ich. »Denn Sie haben ja eine Schweigevereinbarung getroffen, nicht wahr?«

»Ja, Hardy. Das sagte ich Ihnen ja bereits in Washington. Alles andere können Sie ruhig wissen.«

»Und Sie erhalten Geld dafür?«

»Richtig.« Sie wirkte verwirrt und ungeduldig. Doch diese Fragen dienten nur dazu, ihre Reaktionen auf die wichtigeren von den vorherigen abzuheben.

»Haben Sie eine Überweisung von zwanzigtausend Dollar dafür bekommen?«

Ein leichter Ausschlag nach oben. Sie sah mich überrascht an.

»Ja, unter anderem. Woher wissen Sie das?«

»Ich habe mir Einblick in gewisse Dokumente verschafft«, sagte ich. Die Nadeln zeigten an, dass sie das mit beträchtlicher Nervosität aufnahm.

»Was für Dokumente?«, fragte sie. Ihre Stimme wirkte angegriffen. Ängstlich.

»Ich kam darauf über diese andere Geliebte«, sagte ich abwartend und machte eine Pause. Die Nadeln tänzelten leicht auf dem Papier, als träten sie unruhig auf der Stelle.

»Sie erwähnten, Sie hätten mit einer gesprochen«, sagte sie vorsichtig.

»Ihr Name ist Blossom Jones.« Ich beobachtete das Papier genau. Die Reaktionen waren wie zuvor. »Kennen Sie sie?«

»Nein«, flüsterte sie. »Was für ein exotischer Name …« Geringe Ausschläge.

»Wissen Sie, was mit ihr geschehen ist?«

»Nein. Was soll denn mit ihr passiert sein?« Sie schien es wirklich nicht zu wissen.

»Lieben Sie ihn immer noch, diesen Mann?«

»Ja«, sagte sie mit fester Stimme. »Ich werde ihn immer lieben.« Der Polygraph zeigte an, dass sie die Wahrheit sagte.

»Obwohl sie all diese Geschichten über ihn hören und er andere Frauen hat?«

»Ja.« Unverändert.

»Viele andere Frauen, und Sie wissen davon?«

»Ja, das tue ich.«

»Sie haben mit ihm darüber geredet?«

»Ja. Es ist kein großes Thema mehr. Er ist eben einfach so – ein Frauenheld, der es nicht bleiben lassen kann.« Die Nadeln zuckten in einem kleinen Bereich hin und her und zeigten an, dass sie emotional berührt war, aber sie schlugen nicht aus.

»Wann begann Ihre Affäre mit ihm? Ist es lange her?«

»Ja.«

»Über vier Jahre?«

»Nein. Ja«, sie blickte verwirrt auf. Die Nadeln zeichneten dicke Zacken. »Entschuldigen Sie, was ich meine ist, dass es noch viel länger her ist.«

»*Noch* länger?«

»Ja.« Die Nadeln beruhigten sich wieder. Ich schüttelte die

anderen Fragen ab, die sich mir aufdrängten, um mich auf das Wesentliche zu konzentrieren.

»Sie hatten diese Affäre mit ihm auch schon während des Krieges?«

»Ja, die ganze Zeit.« Sie sprach die Wahrheit.

»Sie sagten, Sie waren vor dem Krieg in Deutschland?«

»Ja. Ich habe längere Zeit dort gelebt.« Ihr Bierdurst und ihr Wursthunger hatten mir das schon besser bestätigt, als jede Maschine es konnte. Es war nur eine letzte Vorbereitungsfrage.

»Carrie Fulton Phillips, sind Sie eine deutsche Spionin?«

Sie machte eine Bewegung, als wollte sie plötzlich aufstehen, blieb dann aber doch sitzen.

»Nein, ich …« Die Nadeln zeichneten große Schleifen auf das schwarze Papier. Es waren die größten Ausschläge, die ich bislang jemals von ihnen gesehen hatte. »Mit dieser Frage habe ich nicht gerechnet. Warum stellen Sie sie mir, Sie sind doch selbst Deutscher?«

»Gerade deshalb. Ich überlege, in Ihren Verein einzutreten, das habe ich doch von Anfang an gesagt. Und dafür muss ich wissen, wofür er steht, wo *Sie* stehen, im Klartext. Darum müssen Sie mir meine Fragen ehrlich beantworten.«

Sie nickte vor sich hin.

»Ich verstehe. Also gut. Das ist eine kursorische Frage, ob ich mich als ›Spionin‹ bezeichnen würde«, sagte sie dann, und sie hatte sich jetzt wieder gefangen. »Und eine sehr sensible, deswegen habe ich so reagiert, Hardy. Aber ich habe keinen Anlass, nervös zu sein. Ich bin keine Landesverräterin, ich bin auf der Seite beider Länder, eben auch auf der von Deutschland.«

»Ja oder nein?«

»Ja, ich bin eine Spionin«, sagte sie. Die Nadeln bewegten sich nun nur leicht auf und nieder, nicht breiter als eine Fingerkuppe. »Ich würde es aber anders ausdrücken: Ich nehme Einfluss, wo ich kann.«

»Auch in Washington?«, fragte ich.

»Ja.«

»Auch bei Ministern?«

»Ja.« Es war alles wahr, falls es Sie interessiert.

»Und anderen Funktionären?«

»Wo ich kann. Ich nutze all meine Verbindungen.«

»Auch die zu Ihrem Liebhaber?«

»Ja.« Das Gerät zeigte an, sie antworte ganz ehrlich, und so wirkte sie auch. »Damals und immer noch. Weil ich an die Sache glaube. Sie glauben doch auch an Deutschland?«

Ich hob die Hand. Ich wusste, ich musste jetzt endlich zum Kern vorstoßen. So geschickt und doch so direkt wie möglich.

»Sie haben diesen mächtigen Mann erpresst, nicht nur mit seinen Liebesbriefen, sondern auch damit, was für einen Skandal es auslösen würde, bei seiner Position, wenn diese Einflussnahme auf ihn für die deutsche Seite öffentlich würde?«

»Ja. Zumindest war uns beiden das sehr bewusst.« Sie war jetzt ganz ruhig, sprach offen und ehrlich und schien nicht gewillt, sich noch einmal bei einer Lüge ertappen zu lassen. Ich hatte sie so weit, wie ich sie haben wollte.

»Und deswegen haben Sie, als er Minister in der Regierung wurde, diese Vereinbarung mit Will Hays getroffen?«

Sie schloss die Augen. Die Nadeln zeigten an, dass sie nun unter Stress stand. Man sah es ihr auch mit bloßem Auge an.

»Diese Frage betrifft doch nicht das, was Sie nicht preisgeben wollen. Sie müssen sie nur mit Ja oder Nein beantworten. Haben Sie damals diese Vereinbarung mit Will Hays getroffen?«

Sie zögerte.

»Ja, das habe ich«, sagte sie dann. Die Nadeln beruhigten sich. Ich ballte die rechte Hand zur Faust und ermahnte mich dann sofort zur Zurückhaltung.

»Hören Sie, ich weiß es doch im Grunde sowieso schon, ob Sie es sagen oder nicht … Will Hays ist Ihr Liebhaber, nicht wahr?«

»Hardy – wir haben doch vereinbart, dass ich das nicht beantworten muss.«

»Aber es ist albern, Carrie. Wir beide wissen, dass er dieser mächtige Mann ist.«

Sie blickte mich an wie ein waidwundes Reh. Ich wusste, sie würde es mir sagen.

»Also gut«, sagte sie wild entschlossen, »na schön – ja, es ist Will Hays, das gebe ich zu.«

Ich glaubte meinem Auge nicht zu trauen: Die Nadeln schlugen heftig aus. Als wäre es eine Riesenlüge.

»Verdammt noch mal!«, entfuhr es mir. Und dann ganz langsam:

»Carrie. Ist Will Hays Ihr Liebhaber?«

»Ja. Ja.« Sie blickte mich mit geweiteten Augen an. Ihr Brustkorb hob und senkte sich in heftigen Atemstößen.

Der Polygraph zeichnete Riesenschwünge auf das Papier.

Ich erhob mich und fuhr mir durchs Haar. Die Maschine musste einen Fehler gemacht haben. Ausgerechnet jetzt. Sie sah fragend zu mir auf.

»Nur einen Augenblick«, meinte ich. »Nur um ganz sicherzugehen.«

»Hören Sie, ich möchte das jetzt abbrechen«, sagte sie nervös und nestelte bereits an der Pulsmanschette. Ich legte die Hand auf ihre.

»Ganz ruhig, Carrie. Es kann auch sein, dass es nicht funktioniert, ich muss es nur überprüfen. Ich werde Sie einfach andersherum fragen: ob Will Hays nicht Ihr Liebhaber ist.« Sie zögerte. »Mehr müssen Sie mir ja gar nicht verraten. Entlasten Sie ihn bitte nur von dem Verdacht, wenn es der Wahrheit entspricht, das ist gut für uns alle und auch das hilft mir weiter.«

»Also schön«, sagte sie. »Ja, das ist ja kein Problem.«

Noch einmal überprüfte ich den Sitz ihrer Pulsmanschette, zog sie fester, tat dann dasselbe bei der um die Brust. Mein eigener Atem ging schneller, so wie ihrer.

Dann trat ich einen Schritt zurück und setzte mich wieder. Ich hoffte inständig, dass die Maschine jetzt einwandfrei funktionierte. Ich nahm die Zeitung und hielt sie als Sichtschutz so hoch, dass nur ich auf das Papier sehen konnte, nicht aber sie. »Carrie. Sind Sie in diesem Augenblick in Los Angeles?«

»Ja.« Ihre Stimme zitterte leicht.

Ich sah auf das Papier. Alles schien in Ordnung zu sein.

»Und Sie lieben Deutschland?«, sagte ich heiter, in der Hoffnung, sie aufzumuntern, locker zu machen.

»Ja.« Sie lachte, aber sie weinte beinahe.

»Schön. Haben Sie eben gelogen, als Sie sagten, Will Hays sei Ihr Liebhaber?«

»Ja«, sagte sie hoffnungsvoll und voller Überzeugung. Die Nadeln bewegten sich nicht.

Ich schlug auf mein Knie. So ein verdammter Mist, dachte ich bei mir. Jetzt hatte sie es doch bereits endlich zugegeben, und dann das.

»Was ist denn?«, fragte sie. »Das muss das Gerät doch jetzt erkannt haben …«

»Das ist es ja eben«, meinte ich. »Warum haben Sie das getan?«

Sie antwortete zunächst nicht.

»Weil ich dachte … weil Sie es hören wollten.«

»Er ist es also wirklich nicht?«

»Nein, er ist es nicht. Er ist nicht mein Liebhaber.«

Die Maschine zeigte: nichts. Die Nadeln bewegten sich kaum.

Ich wusste einfach nicht mehr, was ich denken sollte. Aber einen letzten Versuch wollte ich machen. Alles, was ich bisher ermittelt hatte, sprach doch dafür, dass ich auf der richtigen Spur war.

»Ich war mir nämlich sicher, er ist es«, sagte ich. »Aber Sie sagen also, dieser mächtige Mann ist nicht Will Hays – der Boss der gesamten Filmindustrie, der frühere Postminister und gewiefte Wahlkampfmanager, dem der Präsident sein Amt verdankt …«

Ich hielt abrupt inne. Beim letzten Teil schlugen die Nadeln wild aus, beinahe auf der gesamten Breite des Papiers. Exakt nach dem Wort »Präsident«.

Ich stand auf.

»Präsident«, sagte ich. »Präsident.«

Jedes Wort erzeugte einen Riesenausschlag.

»Nein, oh nein, verdammt …«, schluchzte sie.

»Es ist der Präsident.«

»Das ist nicht wahr.«

Die Nadeln schwangen weit aus.

Ich schloss das Auge und sah Blossom Jones vor mir. Dann Nan Britton und ihre kleine Tochter. Ich öffnete es wieder und richtete es auf Carrie Phillips.

»Weiß seine Frau davon?«, fragte ich. »Die Frau des Präsidenten, weiß sie das von Ihnen und den vielen anderen Geliebten?«

»Nein«, und sie wiederholte es noch mehrmals: »Nein, nein …«

Die Nadeln schlugen nicht mehr aus, aber wir achteten beide nicht mehr darauf.

»Und Gott behüte uns, wenn sie es eines Tages erfahren sollte«, fügte sie plötzlich hinzu.

Ich nahm die Zeitung auf, die ich beiseitegelegt hatte. Da war ein Foto von Warren G. Harding, von seiner Wahlkampfreise Richtung Westen, aufgenommen bei einer Rede am Yellowstone-Nationalpark. Es zeigte ihn am Rednerpult stehend, im Profil, imposant aussehend mit seinen weißen Haaren und seiner markanten Nase, wie das Idealbild eines römischen Senators. Wie …

»Caesar«, sagte ich laut.

»Was?«

»Der Präsident sieht aus wie Caesar.«

»Ja …«, flüsterte sie, lachend und weinend zugleich. »Ja, nicht wahr?«

DRITTER TEIL

22. JULI 1923 – 28. JULI 1923

41

Am nächsten Tag benachrichtigte ich Herbert Somborn, dass ich ihm etwas Dringendes mitzuteilen hätte, etwas wirklich Großes. Er sagte mir, dass inzwischen auch Dorothy Reid in der Stadt sei und mit dabei sein wolle. Da jedoch zahlreiche Reporter sie belagerten, trafen wir uns auf ihren Vorschlag hin zu einem Spaziergang in der Einsamkeit der Hollywood Hills, nachdem die beiden die Freunde von der schreibenden und fotografierenden Zunft abgehängt hatten.

Und so liefen wir dann zu dritt über die staubigen Hügel, ich mit Enrico an der Leine, an der er immer wieder kräftig zog. Die sengende Mittagssonne brannte erbarmungslos auf uns herunter und jeder unserer Schritte wirbelte kleine rote Sandwolken auf.

Dorothy war von Somborn über meine vorherigen Ermittlungen vollständig informiert worden. Doch als sie beide nun erfuhren, wer der geheimnisvolle Liebhaber von Carrie Fulton Phillips, Blossom Jones und Nan Britton und all den anderen Frauen war, wurden sie aschfahl im Gesicht und konnten es kaum fassen. »Etwas wirklich Großes« – der Präsident. Wenn Hardy Engel jemandem etwas verspricht, dann bekommt er es auch.

»Sind Sie auch wirklich sicher?«, fragte Dorothy. »Dass das Gerät richtig funktioniert hat, meine ich – dieser … dieser Lügendetektor?«

Sie trug immer noch Schwarz und hatte ihren Hut tief ins Gesicht gezogen, gegen die Sonne und mögliche Beobachter.

»Sie sagten ja eben selbst, dass Sie daran gezweifelt hätten?«, fügte Herbert hinzu.

»Doch, das bin ich«, versicherte ich. »Sie hat es danach ja noch einmal bestätigt. Und sie hat mir dann, als sie ein weiteres Bier getrunken hatte, in ihrer Gelöstheit sogar noch einen Brief von ihm gezeigt, mit einem Gedicht, einem von vielen, die er ihr geschrieben hat. Er ist ein echter Poet, unser Erster Mann, er hat ziemlich verschwitzte Fantasien, aber er schreibt wirklich gekonnt, war ja auch von Beruf Journalist. Es ist kein Zweifel möglich. Präsident Warren G. Harding ist ›Caesar‹.«

Ich musste noch einmal an Blossom Jones denken und dass sie mir erzählt hatte, sie habe sich in den Schreibstil ihres Liebhabers verliebt; an ihre ganze seltsame Geheimnistuerei, die ich nun erst richtig verstehen konnte.

»Natürlich hat Mrs. Phillips das lediglich im privaten Gespräch zugegeben«, fuhr ich fort. »Sie war fürchterlich erschrocken und offiziell aussagen wird sie keinesfalls. Und vor Gericht oder sonst wie verwertbar sind die Polygraph-Aufzeichnungen auch nicht, dazu ist die Maschine noch zu unbekannt und ihre Ergebnisse können bestritten werden. Wichtig für uns ist erst einmal, dass *wir* es damit sicher wissen. Am zweiten August kommt der Präsident nach Los Angeles, dann will sie ihn hier treffen.«

Gerade war hier oben ein neuer Reklameschriftzug aufgestellt worden, der für eine Immobiliengesellschaft werben sollte. In dreizehn gigantischen, dreißig Fuß hohen weißen Lettern stand da seit ein paar Tagen »HOLLYWOODLAND«, für alle unten in der Stadt sichtbar. Wir spazierten auf sie zu und dann daran entlang.

»Es ist also nicht Will Hays«, sagte Somborn. »Der mit all diesen Frauen etwas hatte oder hat. Wenn man es genau betrachtet, hätte man es sich eigentlich denken können. In der Filmbranche mag er inzwischen der große Mann sein, unser aller Chef. Aber im Grunde ist er kein ›Alphamann‹, kein Anführer. Vielmehr ist er der typische zweite Mann, der Stellvertreter, der, der für die anderen die Kastanien aus dem Feuer holt.«

»Für jemanden wie den Präsidenten«, nickte ich. »›Caesar‹.«

Die weißen Buchstaben ragten hoch über uns auf. Immerhin spendeten sie ein wenig Schatten in der sommerlichen Hitze. Ketten mit Glühbirnen für eine nächtliche Beleuchtung waren an ihnen befestigt, schaukelten sachte und erzeugten leise, unheimliche Geräusche.

»Wir haben Harding unterstützt«, sagte Dorothy sinnend. »Wally und ich, wir waren unter den ersten Hollywoodstars, die gefragt wurden, und wir haben uns mit ihm getroffen und fotografieren lassen. Wir und Douglas Fairbanks und Mary Pickford und andere prominente Paare. Das hat für eine Sensation gesorgt, so was hatte es noch nie gegeben und es hat ihm zu einem Erdrutschsieg verholfen.«

Sie stützte sich für einen Moment gegen einen Fels und sah nach unten, als wollte sie sich den Hang hinunter Richtung Hollywood übergeben.

»Dabei hätte das ursprünglich niemand gedacht«, fügte Somborn hinzu. »Ich kann mich noch erinnern, dass damals beim Nominierungsparteitag der Republikaner 1919 eine ziemliche Hängepartie entstanden ist. Es gab viele Bewerber und die Partei konnte sich auf keinen so recht einigen. Da kam einer auf die Idee und fragte Will Hays, als den Parteivorsitzenden, ob nicht er Präsident werden wolle. Hays war mächtig, er war beliebt, doch er hatte sich nicht beworben … Sie haben ihn regelrecht angebettelt. Er hat kurz darüber nachgedacht. Und dann abgelehnt, aus einer realistischen Selbsteinschätzung heraus. Aber weil ja nun jemand gefunden werden musste, den man ins Rennen schickte, hat er persönlich dann Warren Gamaliel Harding ausgesucht, als Kompromisskandidat.«

Dorothy nickte bestätigend. »Aus Ohio, immer schon ein Schlüsselstaat im Mittleren Westen.«

»Hays hat dafür gesorgt, dass sein Kandidat von der Partei zum offiziellen Bewerber gewählt wurde. Und es hat ja auch funktioniert. Harding verdankt Will Hays alles, ihm und seinem Freund Justizminister Daugherty, er ist deren Kreatur.« Wir gingen langsam weiter.

»Und *wie* es funktioniert hat«, sagte ich. Ich war vormittags in der Bibliothek gewesen und hatte dies alles noch einmal genau nachgelesen. »Hardings Chancen waren exorbitant, auch weil die Demokraten keinen besseren hatten.«

»Und weil die meisten einfach die Republikaner zu wählen gewohnt sind, so wie wir«, warf Dorothy ein.

Ich fuhr fort: »Sie mussten ihren Kandidaten dann allerdings abschirmen und beschützen, als sich herausstellte, dass er einen Fehler hatte. Einen Sprachfehler sozusagen: Er konnte nicht Nein sagen. Zu keiner Frau, wie es scheint.«

»Und diese offenbar leider auch nicht zu ihm«, sagte sie grimmig. »Warren ist ein sehr imposanter Mann und äußerst charmant, aber das hätte ich ihm nicht zugetraut. Er wirkte stets sehr leutselig, nicht wie ein Präsident – vielleicht war *das* gerade das Attraktive.«

Ich nickte. »Deswegen jedenfalls richtete Hays, der den Wahlkampf managte, im selben Jahr den Fonds ein und gründete jene Stiftung. Zu keinem anderen Zweck, als die Geliebten zum Schweigen zu bringen. Umso dringlicher, wenn eine von ihnen ein Kind von ihm bekam. Oder wenn eine andere für die deutsche Regierung tätig war, nur ein Jahr nach dem Ende des Krieges, und er mit einer feindlichen Spionin ins Bett ging und dort über wer weiß was redete.«

»Das ist vollkommen unglaublich und ekelerregend«, schüttelte sich Dorothy und fuhr sich mit der Hand über das Gesicht. »Und den haben wir unterstützt …«

»Ich habe ihn auch gewählt!«, stieß Somborn hervor.

»Das ganze Land hat ihn gewählt«, sagte ich. »Einen charmanten Idioten. Nicht meine Worte – die von Ihrem Gewährsmann Mr Rutledge in Washington.«

Enrico hob sein Bein am »Y«. Ich hinderte ihn nicht daran.

»Wie sicher ist es, dass das Kind von Nan Britton seines ist?«, fragte Dorothy.

»Das scheint mir ziemlich sicher. Aber es ist eines der Dinge, die ich noch genau herausfinden werde. Miss Britton und die kleine Elizabeth kommen ja wohl auch nach Kalifornien, um ihn zu treffen – ihren ›Caesar‹, wenn er auf seiner Wiederwahltour hierherkommt.«

Babygeschrei ertönte in der Ferne. Wir sahen auf einen tief unter uns gelegenen Pfad, auf dem zwei Nannys ihre Kinderwagen entlangschoben – offenbar auf einem Spaziergang von den Häusern im Canyon aus –, nun anhielten und den Sonnenschutz neu ausrichteten.

»Kein Wunder, dass diese Leute deshalb all das unternommen haben«, schloss Dorothy. »Dass sie sogar bereit waren zu töten, Blossom Jones zum Beispiel. Haben Sie eine Zigarette?«

Ich zeigte nur bedauernd auf ein großes Schild mit der Überschrift *»Waldbrandgefahr«,* unter der ein mit Kreide geschriebener Zusatz verkündete, dass diese *»SEHR HOCH«* sei und deshalb absolutes Rauchverbot herrsche.

»Wir können nicht vollkommen sicher sein, dass sie tot ist«, sagte ich. »Aber es spricht viel dafür. Madame Claire Ivers ist es auf jeden Fall. Und zwar, weil sie einen Einbrecher überrascht hat, der in meinem Büro das Kontobuch von Miss Jones suchte, fand und verschwinden ließ. Dass ich wusste, worum es sich dabei handelte, habe ich zum Glück weder der Polizei mitgeteilt noch William Burns, dem Leiter des nationalen Sicherheitsdienstes, der gewiss nicht ohne Grund so schnell am Tatort war und mich persönlich verhört hat. Er hat im Übrigen einmal bei Paramount mit Miss Jones geredet.«

Auch ich hätte gerne geraucht, merkte ich, musste aber ohne das auskommen.

»Glauben Sie, er hat sie bedroht?«, fragte Herbert, auf dessen hellem Anzug sich große Schweißflecken gebildet hatten.

»Mit dem Wissen, das wir jetzt dazugewonnen haben, ist es gut denkbar, dass Burns es als seine Aufgabe angesehen hat, sie zu kontrollieren und zu überwachen. Irgendwer hat das jedenfalls getan und auch mich bedrängt.«

»Aber er war nicht selbst der Mörder, sagen Sie, jener sehr große Mann? Wie weit trauen Sie denn der Aussage des Portiers, das diesem ein Finger fehlte?«

»Ich habe keinen Anlass, daran zu zweifeln. Demnach war

Burns nicht der Besucher von Blossom Jones, und Anderson auch nicht. Aber der Mörder muss in ihrem Auftrag gehandelt haben und sie sind gewiss in beide Fälle verwickelt.«

»Meinen Sie wirklich, Hays wusste von alldem?« Dorothy schien sich gerade erst bewusst zu werden, mit welchen Leuten wir es hier zu tun hatten.

»Ich glaube, er beschützt Harding nach wie vor. Zumindest kümmert er sich neben dem Strohmann selbst um die finanziellen Dinge, er hat ja Blossom Jones den Vertrag verschafft und persönlich mit ihr geredet. Ob er sich jedoch alles erzählen lässt, ist eine offene Frage.«

»Können wir ihn damit drankriegen? Wenn Sie es Anderson nachweisen könnten, dem Stellvertreter von Hays«, meinte sie plötzlich. »Dann könnten wir doch die Verbindung zu ihm belegen und dass er vermutlich in seinem Auftrag …«

»Wenn«, unterbrach ich sie. »Eine direkte Verbindung von Hays zu einem Mord wäre natürlich schlagend, ja. Und vielleicht kommt da ja noch mehr. Nach allem, was geschehen ist, müssen wir nun auch davon ausgehen, dass die beiden Geliebten, die sich nach Los Angeles begeben haben, hier in Lebensgefahr sind.«

»Glauben Sie wirklich? Bisher schienen sie doch sicher, im Gegensatz zu Miss Jones.« Dorothy sah mich entsetzt an. Sie war beileibe keine blauäugige Elevin, Wally Reids Witwe hatte schon so einiges erlebt, aber diese Aussicht nahm sie doch erheblich mit.

»Blossom Jones hat sich vielleicht nicht so geschickt verhalten wie sie, wer weiß. Aber Carrie Phillips und Nan Britton stellen nun beide neue Ansprüche, obwohl sie bereits einen Haufen Geld bekommen, und ›Caesars‹ Aufpasser müssen jetzt damit umgehen. Wir haben ja gesehen, was mit Blossom Jones passiert ist, nachdem sie Forderungen nachgelegt hatte. Miss Britton hat bisher geschützt, dass sie ein Kind mit ihm hat, und Mrs. Phillips, dass sie mit der First Lady befreundet ist, die von der Affäre keine Ahnung hat. Aber jetzt wollen sie den Präsidenten unbedingt hier treffen. Und er will es leider auch. Womöglich müssen seine Leute ihn vor sich selbst schützen. Es geht um die Wiederwahl.«

»Wenn herauskommt, dass Harding ein uneheliches Kind hat und er mit einer deutschen Spionin schläft, ist er erledigt«, sagte Somborn erregt. »Und zwar vollkommen zu Recht!«

»Für die Leute des Präsidenten geht es jetzt um alles«, bestätigte ich. »Wie Anderson und Burns sich das aufteilen, ob sie sich absprechen, ob Will Hays das alles koordiniert, nicht nur die Zahlungen – das weiß ich noch nicht. Genau das muss ich herausfinden.«

»Aber wer ist nun der Mörder?«, fragte Dorothy, zwischen Verwunderung und Grusel. »Deren Mann fürs Grobe, der die Zeuginnen aus dem Weg räumt?«

»Ich nehme an, da haben sie jemanden engagiert. So ähnlich wie Hays Anderson hat und der Präsident Burns, so haben diese jemanden, der das Schmutzige, Nötige wiederum für sie erledigt«, meinte ich und wir gingen weiter. »Im Fall der Wahrsagerin würde es mich übrigens nicht wundern, wenn da irgendwann ein Täter präsentiert wird, mitsamt Geständnis. Natürlich ein falscher Täter. Ich kann von Glück reden, dass ich selbst ein Alibi habe.«

»Mein Gott, auf was sind wir da nur gestoßen«, sagte sie. »Sind wir in Gefahr?«

»Sie nicht. Ich womöglich schon. Das Verschwinden von Blossom Jones war ja Thema mit Payne und den anderen Sicherheitschefs auf ihrer Party. Somit weiß es Anderson, der kurz darauf dort eintraf. Und der wird es Will Hays gesagt haben – sofern der so etwas eben erfahren möchte. Es war jedenfalls kein Zufall, dass mir eine Patrone zugeschickt wurde, dass ich verfolgt und von Burns höchstselbst befragt wurde.«

»Glauben Sie, die Produzenten kennen den Zweck der Stiftung?«, fragte sie, immer noch in dem Bestreben, das Unfassbare voll auszuloten. »Dass es um den Präsidenten geht?«

»Das wäre die Frage. Ich glaube, Hays hat einfach beide Welten miteinander verbunden und sich nicht die Mühe gemacht, eine neue Stiftung zu gründen. In die zahlen die Produzenten ja ebenfalls alle ein. Er wird es ihnen einfach so verkauft haben, dass er *alle* Skandale daraus begleicht. Und wahrscheinlich bezahlt er damit tatsächlich nun die in Washington und die hier in Hollywood. Eine Art moderne Ablasszahlung. Dafür haben dann auch die Produzenten ein paar Geliebte frei, die von dem Fonds ausgestattet werden.«

Enrico begann zu bellen und zog heftig an der Leine. Ich hielt ihn zurück und er stieg mit den Vorderbeinen auf. Er musste irgendein Tier gewittert haben.

»Für die Stars und Produzenten hier macht er dasselbe wie davor in Washington für den Präsidenten«, sagte Herbert und wischte sich die Stirn mit einem Taschentuch ab. »Ist ja eigentlich auch logisch, gelernt ist gelernt. Er ist geblieben, was er war, ein Experte für die glaubhafte Abstreitbarkeit. Letztlich haben sie den perfekten Mann eingestellt.«

Ich scharrte mit den Schuhen auf dem Boden umher. An irgendetwas erinnerte mich diese Gegend hier oben, aber ich kam nicht darauf, an was.

Wir waren am ersten Buchstaben, dem »H«, angelangt, und Enrico bellte nun noch mehr, sodass ich ihn zurechtweisen musste.

Dorothy blieb stehen. »Sagen Sie, Mr Engel, was ist mit der Spur zum Ku-Klux-Klan? Sein Stellvertreter Anderson ist doch Mitglied?«

»Zumindest ist er ein Verbindungsmann, ich bin ihm dorthin gefolgt. Ich kann nicht sicher sagen, ob er dann beim Mord dabei war. Vielleicht war er dort, weil Hays es ihm aufgetragen hat, vielleicht auch auf eigene Faust. Und vielleicht ist Hays selbst Mitglied. Das habe ich noch nicht aufgeklärt.«

»Stimmt«, sagte sie. Sie sah mich hoffnungsvoll an. »Hardy, wenn Sie ihm das nachweisen könnten – wäre das nicht ein Weg, dass wir den Präsidenten und seine Leute nicht einbeziehen müssen?«

»Wir haben dann nur den Ku-Klux-Klan«, meinte ich mit mildem Spott. »Eine kleine Organisation, die gerade dabei ist, immer mächtiger zu werden, landesweit und offenbar auch in Washington, wie ich selbst dort feststellen konnte.«

»Wie wird es also weitergehen, Hardy?«, fragte Somborn.

»Ich werde weiter ermitteln und die Morde aufklären. Und ich werde versuchen, die beiden Frauen zu beschützen: Ich werde mich an Nan Britton wenden, versuchen, mit ihr zu reden. Und ich werde den Kontakt zu Carrie Phillips halten, die ja glaubt, dass ich mich als Mitglied ihres seltsamen Vereins einspannen lasse. So werde ich die Verbindungen hoffentlich aufdecken können. Ich will auch den Mörder von Jeremiah Coyne zur Strecke bringen, den der Ku-Klux-Klan auf dem Gewissen hat. Aber täuschen Sie sich nicht – wir werden uns mit allen anlegen müssen. Ich hoffe, Sie scheuen nicht davor zurück.«

Ich beobachtete beide aufmerksam. Somborn schüttelte sofort den Kopf und sah dann zu ihr. Dorothy musste eine sichtliche Anstrengung unternehmen, um die Angst zu überwinden, doch dann klang ihre Stimme fest und sicher.

»Nein«, sagte sie. »Wir haben ja klar formuliert, was wir wollen. Der Fall wird geklärt sein, wenn Sie den Mörder von Miss Jones fassen, diesen Wunsch teile ich, und dann können wir auch alles andere belegen.«

»Ich verspreche, dass ich ihn erfüllen werde«, sagte ich. »Abgesehen davon werde ich nun natürlich wieder Hays observieren und sehen, wohin mich das führt. Und was werden Sie machen, Dorothy?«

Sie zog eine Grimasse, als hätte sie in eine saure Gurke gebissen. »Morgen geht die Tournee weiter, Hardy. Was glauben Sie wohl? – Ich bin Schauspielerin, also werde ich wieder meine Rolle spielen. Und nun auch Produzentin, also werde ich lügen. So lange, bis ich Will Hays die Wahrheit ins Gesicht spucken kann!«

»Ich beeile mich, so gut es geht, und werde Sie informieren«, versicherte ich.

Als Dorothy und Somborn sich verabschiedeten, um zu ihrem Automobil zu gehen – dem ihres Gärtners, mit dem sie die Journalisten getäuscht hatte –, und ich ebenfalls in Richtung der

Straße gehen wollte, stemmte sich Enrico dagegen und begann wie wild zu bellen.

»Was hast du denn heute nur?«

Er bellte trotzdem weiter und schnüffelte unter dem »H« umher, die Nase dicht am Boden, als wollte er mir etwas sagen.

Ich sah mich auf dem Hügel um und in diesem Moment fiel mir ein, woran er mich erinnerte: an den Traum, den ich im Zug gehabt hatte, der, in dem ich in den Hills spazieren gegangen war und Blossom Jones' Leiche in einem Erdloch entdeckt hatte. Es war genau in einer solchen Umgebung gewesen, mit staubiger roter Erde und vereinzelten Grasbüscheln.

Ich sah an den Buchstaben hoch und dann hinab bis ganz unten. Sie waren erst vor Kurzem hier aufgestellt worden. Man hatte tief graben müssen, um sie fest zu verankern.

Ich fuhr hinunter nach Hollywood und kaufte dort in einem Eisenwarenladen eine große Schaufel.

42

Später, in der Nacht, fuhr ich mit Enrico noch einmal nach oben zu dem Schriftzug. Er leuchtete uns entgegen, von den Glühbirnen erhellt und weithin zu sehen, dabei blinkten immer nacheinander alle drei Teile des Wortes »HOLLY-WOOD-LAND«, und dann erstrahlte das ganze Wort im grellen Licht, bevor es erlosch und nach einer Pause die Lichtshow wieder von vorne losging. Es war beste Werbung für das es umgebende Land, das dem Besitzer der *L. A. Times* gehörte, der es teuer verkaufen und erschließen lassen wollte. Es war gerade die neueste Mode, sich ein Haus in den Bergen errichten zu lassen. Natürlich nur, wenn man reich genug dafür war.

Ich parkte hinter den Werbeschrifttafeln. Nachdem ich Enrico noch einmal hatte schnüffeln lassen und er erneut angeschlagen hatte, begann ich direkt unter dem »H« zu graben. Ich bin nämlich einer von diesen Typen, die glauben, dass an dem, was sie in einem Traum gesehen haben, wirklich etwas dran ist.

Also stieß ich die Schaufel in die harte, trockene Erde, so fest ich konnte, genau zwischen den beiden vertikalen Streben des »H«, und hob schwitzend und fluchend allmählich eine Grube aus. Über mir blinkten währenddessen die Lichter und tanzten die Glühbirnen an ihren Ketten in einer leichten Nachtbrise. Sie kratzten und scharrten an den weißen Lettern, es klang, als würde ein alter toter Indianer sein böses Lied in den Wind raunen.

Je tiefer ich kam, desto vorsichtiger setzte ich jeden neuen

Stich. Jedes Mal befürchtete ich, auf etwas Schreckliches zu stoßen. Ich warf die Erde auf einen Haufen, neben den sich Enrico stellte und von wo aus er mir zusah.

Als ich so tief gegraben hatte, dass ich in der Grube beinahe aufrecht stehen konnte, traf meine Schaufel auf steinernen Untergrund und Wasser, das dazwischen durchfloss. Wütend warf ich die Schaufel weg und hieb mit der Faust gegen die Wand der Grube. Es blieben ja nur noch zwölf weitere Buchstaben, bei denen die Möglichkeit bestand, dass etwas unter ihnen verborgen lag. Ich kletterte mit einiger Mühe aus der Grube heraus und sah Enrico an. »Warum hast du gebellt?« Doch er blickte mich nur an, als wollte er sagen: Lass uns gehen. Vielleicht war es auch nur die Angst vor diesem Ort gewesen.

»Ist es woanders?« Ich ging mit Enrico noch einmal die ganzen Schriftzeichen ab. Hie und da schnüffelte er interessiert, aber er schlug nirgendwo an, wie er es zuvor getan hatte. Auch nicht, als wir zum »H« zurückkehrten.

Für heute Nacht hatte ich genug. Ich schaufelte die aufgeworfene Erde wieder zurück in das Loch. Gerade als ich fertig war, hörte ich Motorenlärm sich nähern, und schon blendete mich ein starker Scheinwerfer. Er gehörte zu einem Polizeiwagen. Zwei Polizisten in Uniform stiegen aus ihm aus und schlenderten zu mir. Einer von ihnen richtete seine Taschenlampe auf mich.

»Na, Mister, was machen Sie denn hier?«

»Oh, nichts Besonderes. Ich konnte nicht schlafen und der da musste raus«, ich zeigte auf Enrico, der die beiden mit einem sanften Knurren begrüßte, als er angeleuchtet wurde. »Da dachte ich mir, ich guck mir mal unser neues Wahrzeichen aus der Nähe an.«

»Mal sehen, wie lange das da bleibt«, sagte der eine und schlug gegen die Lettern, dass es blechern tönte. »Im Stadtrat sammeln sie schon Stimmen, dass das Ungetüm wieder abgebaut werden muss.«

»Die Leute beschweren sich, weil es ihnen ins Schlafzimmer leuchtet. Verfolgt sie bis in ihre Träume«, ergänzte der andere.

»Mich auch«, antwortete ich. »Na, gut, dass ich's noch mal angesehen habe, bevor es wieder abgebaut wird.«

»Mit einer Schaufel?«, fragte der eine Polizist plötzlich und leuchtete sie an.

»Nur weil ich sein Geschäft weggemacht habe«, sagte ich und zeigte wieder auf den Mops. »Mit der bloßen Hand wollte ich's nicht tun.«

»Sie machen sein Geschäft weg?«, fragte der Polizist stirnrunzelnd, als sei ich verrückt geworden. »Lassen Sie ihn doch einfach in die Landschaft scheißen, so wie ich meine Promenadenmischung.«

»Ich bin Deutscher«, erläuterte ich mit meinem besten gutturalen Akzent.

»Sie scheinen aber tief gegraben zu haben«, meinte er und der Strahl seiner Lampe wanderte über den Boden an dem »H«.

»Sie haben hier doch nicht geraucht, oder? Wir haben äußerste Waldbrandgefahr, in ganz Los Angeles County, es hat seit Wochen nicht mehr geregnet und ein kleiner Funke oder eine weggeworfene Zigarette würde genügen, um ein sehr gefährliches Feuer zu entfachen.«

»Würde ich niemals machen«, sagte ich. »Rauchen ist doch nur eine schlechte Angewohnheit.«

»Wir sind außerdem angehalten, uns hier wegen Vandalismus umzusehen«, meinte der andere. »Gibt tatsächlich Leute, die wollen Sachen kaputt machen, die andere mühsam aufgebaut haben.« Sie wirkten jetzt doch recht misstrauisch.

»Ich nicht«, sagte ich. »Ich vergrabe nur die Scheiße, die ich selber zu verantworten habe.«

»Dann fahren Sie mal schön wieder nach Hause mit Ihrem Mops«, sagte der Polizist und machte die Taschenlampe aus. Der Himmel färbte sich weit hinten am Horizont rosa.

»Das werde ich tun – komm, Enrico!« Um uns zwitscherten die Vögel. Enrico bellte und wollte gar nicht hier weg. »Ach, sagen Sie – das Gefängnis in der Fifth Street, wissen Sie zufällig, wann dort die Besuchszeiten sind?«

»Wieso?«, fragte der Polizist mit der Taschenlampe grinsend. »Wollen Sie unbedingt rein?«

»Will nur meine Kleine besuchen. Sie hat da ein paar Tage mit freier Kost und Logis bekommen.«

Wenn man schon einmal die Gelegenheit hatte, so etwas zu sagen, sollte man sie auf keinen Fall auslassen, fand ich.

»Wegen was?«

»Wegen Aufsässigkeit. Ist eine heiße Kleine.«

»Dann wird sie dort ganz viel Spaß haben«, grinste der Polizist.

»Da können Sie jederzeit hin«, sagte der andere. »Dazu gibt es dort keine besonderen Vorschriften. Gibt generell ganz wenige Regeln dadrin.«

Ich dankte ihm, schulterte meine Schaufel und ging zum Voisin. Während die Sonne aufging, fuhr ich gähnend die Hügel hinunter.

Zu Hause gestattete ich mir eine kleine Mütze voll Schlaf und machte mir dann einen starken Kaffee. Gerade als ich ihn trank und eine Chesterfield dazu rauchte, klingelte das Telefon.

»Hardy Engel.«

»Hier ist Carrie Phillips. Hallo, Hardy.«

»Hallo, Carrie. Wie geht es Ihnen heute?«

»Danke, recht gut. Wir müssen uns bald wieder treffen. Und uns weiter besprechen.«

»Ja, stimmt, das sollten wir tun«, sagte ich und unterdrückte ein Gähnen.

»Zumal ich schon bald auf eine große Reise gehen werde«, fuhr sie fort. Ich stutzte und setzte mich kerzengerade hin. Oh mein Gott, dachte ich.

»Was heißt das? Was für eine Reise soll das werden?«

»Das erzähle ich Ihnen am besten persönlich.« Sie klang so geheimnisvoll wie vorsichtig. Und durchaus so, als hätte sie Angst, wozu sie meiner Meinung nach auch allen Anlass haben konnte. Dieselbe Formulierung hatte man schließlich bei Blossom Jones benutzt, und zwar unmittelbar, nachdem sie ebenfalls ein Gespräch mit mir über ihren Liebhaber geführt hatte. Den Präsidenten der USA.

»Nach dem Treffen, das Sie vorhaben, nehme ich doch an?«

»Ja, natürlich, zumindest ist das der Plan. Wie gesagt, ich erkläre es Ihnen, wenn wir uns sehen.«

»Ich melde mich bei Ihnen, Carrie, sobald ich kann. Ich muss nur vorher noch einiges andere erledigen.«

43

Wenig später brach ich nach Downtown auf, in die Fifth Street. Enrico nahm ich an der Leine mit, und unterwegs besorgte ich noch etwas als Mitbringsel.

In der Central Station fragte ich mich durch und wurde zu einem hinteren Gebäudeteil geschickt, zu dem man über einen Hof gelangte. Ein großes stählernes Tor und bewaffnete Posten sicherten das Gefängnis, doch eine Menge Leute gingen dort ein und aus. Damals konnte jeder ohne Voranmeldung das Gefängnis betreten und die Flure mit den Zellen entlangschlendern. Reporter sahen sich unbehelligt um, machten Fotografien und führten Interviews, und schluchzende Angehörige stolperten über den Gang und in einen rein. Auch vollkommen unbeteiligte Schaulustige und ganze Familien machten einen Ausflug hierher und die Väter zeigten ihren Kindern unverhohlen sensationsgierig Diebe und bekannte Mörder hinter den Gittern oder drohten den lieben Kleinen damit, dass sie hier in den Zellen eingesperrt werden würden, wenn sie künftig wieder einmal vom Spielen zu spät nach Hause kämen oder das Nachbarskind verprügelten.

Es herrschte ein buntes Gewimmel und es war kein Problem, mit einem Hund an der Leine hier herumzuspazieren.

Die Frauen saßen im selben Gefängnis ein wie die Männer, sie waren lediglich in einem eigenen Flur untergebracht, zu dem man mich verwies. Dort sah es so aus wie in den Zellen, an denen ich zuvor vorbeigekommen war: Sie waren vollkommen überfüllt – ein Dutzend Insassen in einer Vierbettzelle, mit nur einer Toilette und vielen, die auf dem nackten Boden dicht an dicht lagen oder saßen und schliefen.

Ich blickte suchend in die Zellen hinein, entdeckte Polly aber nicht. Schließlich fragte ich eine der Wärterinnen, die auf dem Flur davor gummikauend und gelangweilt gegen die Wand gelehnt stand.

»Polly Brandeis?«

Sie lauschte dem Namen sinnend nach, als sagte er ihr etwas, dann sah sie auf einer Liste auf einem Klemmbrett nach und wies dann damit den Flur entlang. »In der vorletzten Zelle, Gefangene 891!«

Sie winkte mir zu folgen und wir gingen zu der Zelle. Es stank bestialisch, nach Urin, Scheiße und abgestandenem Essen. Dort holte sie ihren Knüppel heraus und ließ ihn zwischen zwei Gitterstäben hin und her klappern. Die Frauen in dem völlig überfüllten Raum schreckten auf.

»891 – na, wo bist du? Besuch für dich!«

Plötzlich bellte Enrico und stellte sich auf die Hinterfüße, die vorderen Pfoten scharrten an der Gittertür. Eine kleine schmutzige Gestalt erhob sich ganz hinten und bahnte sich mühsam einen Weg durch die auf dem Boden liegenden Frauen. Alle trugen Overalls mit ihrer Nummer auf der linken Brustseite. Ich erkannte Polly zunächst nicht, sie hielt den Kopf gesenkt und arbeitete sich im trüben Licht der Glühbirne an der Decke langsam ans Gitter heran, Schritt vor Schritt setzend und dabei sorgsam darauf bedacht, nur niemandem auf die Hände oder etwas anderes zu treten. Enrico jaulte. Am Gitter gab es nur deshalb eine kleine, einen Fuß breite freie Fläche, weil eine andere Insassin aufgestanden war, die ebenfalls Besuch hatte und direkt neben uns einen Schwatz durch das Gitter hindurch führte. Die Sprache verstand ich nicht, ich glaube, es war Russisch.

Die Kleine in dem verblichenen, beschmutzten beigen Overall mit der »891« stellte sich jetzt daneben, stützte sich aufatmend gegen die Stäbe und sah hoch.

Pollys lockige Haare waren verfilzt und hingen ihr in die Stirn. Ihr Overall roch nach Schweiß und Schlimmerem.

»Hey«, sagte sie, in dem vergeblichen Bemühen, so locker und optimistisch zu klingen, als träfen wir uns auf der Tanzfläche eines Clubs. »Schön, dass ihr mal vorbeischaut.«

Enrico trappelte mit den Pfoten auf ihrem Oberschenkel herum und leckte ihr jaulend die Hand.

Sie hatte ein blaues Auge, das in allen Farben schillerte.

»Verdammt«, sagte ich. Ich beugte mich herunter und gab ihr zwischen zwei Gitterstäben hindurch einen Kuss. Sie spitzte nur schnell die Lippen, gab mir einen Schmatz und drehte das Gesicht weg.

»Nicht so auffällig«, sagte sie leise. »Das mögen die nicht so gerne hier.«

»Was zum Teufel soll das heißen?«

»Frag nicht.« Sie sah zu Boden.

»Wer war das da?« Ich zeigte auf ihr Auge.

»Und wenn schon. Du kannst nicht alle verprügeln. Ich auch nicht.«

Die Frauen, die in ihrer Zelle saßen, lagen oder standen, manche rauchend, waren zum Großteil viel größer und ungefähr doppelt so schwer wie sie. Polly war eine kleine, zierliche Person von fünfzig Kilo. Eher fünfundvierzig, so wie sie heute aussah, mit eingefallenen Wangen und dem um ihren Körper schlotternden Anzug aus fadenscheiniger Gingham-Baumwolle. Ihre Schuhe waren zu groß und mit festgetrockneten Dreckspritzern versehen.

»Wie lange bist du schon hier drin?«

Sie sah sich vorsichtig zur Seite um. »Vierzehn Tage – ich zähle heimlich mit. Ist gar nicht so leicht, hier auf dem Laufenden zu bleiben. Oder Schlaf zu kriegen.«

»Du hast bestimmt Hunger, du siehst nicht aus, als würdest du genug zu essen bekommen.«

Polly rollte mit den Augen. »Das Brot ist schimmlig«, sagte sie halblaut. »Und jeden Tag gibt es zweimal Suppe, na ja, eher schmutziges Wasser mit ein paar Bröckchen drin … wenn man überhaupt einen Teller davon kriegt.«

»Hast du dich deswegen geprügelt?«

»Die brauchen keinen Grund hier«, sagte sie leise.

»Was haben die anderen verbrochen?«, fragte ich sie. »Auch Kaufhausdiebstahl und so etwas?«

»Da ist alles dabei. Prostitution, Diebstahl – Trudy dort hinten ist eine Mörderin. Guck nicht so hin, hat ihrem Mann den Schädel eingeschlagen, als er sie verprügeln wollte …«

»Herzlichen Glückwunsch«, sagte ich. »Das nenne ich mal eine gelungene Recherche.«

»Aber ist halb so schlimm«, meinte sie in dem Versuch, abzuwiegeln. »Tagsüber kleben wir Tüten, andere arbeiten in der Wäscherei oder der Küche. Das ist alles *so* interessant …« Sie streichelte Enrico: »Na, mein Kleiner …!«

»Das ist scheiße«, sagte ich. »Du musst hier raus. Da, ich hab dir Schokolade mitgebracht.« Ich holte die Tafel aus der Tasche und hielt sie ihr hin. Hershey's, mit Nüssen. »Und Zigaretten.«

»Das ist lieb von dir, aber … das nehmen mir die anderen gleich wieder weg.«

Sie schien ernsthaft Angst zu haben. So kannte ich sie nicht.

»Iss sie, während ich da bin«, sagte ich. Ich öffnete die Verpackung und schickte einen finsteren Blick durch die Zelle, zu den anderen, die uns beobachteten. Polly grinste mich an und brach sich einen Riegel ab, den sie sich in den Mund stopfte. Sie schloss für einen Moment genießerisch die Augen. Bei dem rechts mit dem Veilchen schien es ihr Schmerzen zu bereiten.

»Es sind noch drei Tage«, sagte sie kauend und brach sich zwei weitere Riegel ab, die sie auf einmal in den Mund schob. Sie hatte wirklich enormen Hunger. Trotzdem gab sie Enrico ein Stückchen ab.

»Hast du ein Bett?«, fragte ich. Es gab nur zwei Stockbetten und zwei Matratzen, die auf den Boden gelegt waren.

Sie lachte auf. »Nee. Und das, was ich dafür tun müsste, tu ich nicht …« Die Schokolade schien ihre Lebensgeister allmählich wieder zu wecken. Sie hatte sie schon fast ganz aufgegessen und schaffte es, kauend weiterzureden. »Nachts ist es hier furchtbar. Andauernd streiten sich welche oder haben Sex … und ständig krabbelt irgendwas über dich drüber … Wir haben hier eine Menge Haustierchen …« Sie kraulte Enricos Nacken.

»Gott, wie hältst du das aus?« Ich hielt ihr die Zigaretten hin und klopfte ihr eine aus der Packung.

»Kennst mich ja …«, sagte sie tapfer. Ich gab ihr Feuer. Sie zog daran und atmete den Rauch tief ein. Nachdem sie ihn ausgepustet hatte, hustete sie und gab mir mit schokoladeverschmiertem Mund einen Dankeskuss. Ich putzte ihr den Mund mit dem Daumen sauber, während sie weiterredete. Die Schokospuren würden die anderen sicher nicht gerne sehen. »Ab und zu zeigen sie uns abends sogar einen Film in der Gefängniskapelle, stell dir vor. Aber nur Wochenschauen und Dokumentationen, keine Komödien. Also, *ich* würde das ja alles ganz anders organisieren! Und das habe ich denen auch gesagt.«

»Natürlich hast du das«, meinte ich grinsend. »Halt einfach noch für drei Tage die Klappe. Hier, ich habe eine Zahnbürste und Zahnpulver für dich.«

Ich zog sie ein kleines Stück weit aus der Hosentasche. Polly beugte sich vor.

»Schhh – gib sie mir so, dass es niemand mitkriegt«, sagte sie leise. »Vielleicht wenn ich in der Dusche bin, kann ich mal heimlich … Das ist nur einmal die Woche …«

Ich nahm ihre Hand und legte ihr beides hinein. Sie zog die Hand zurück und steckte sie in die Tasche des Overalls.

»Nicht anfassen und nicht zu nahe kommen«, sagte die Aufseherin und stellte sich neben mich. Trotz dieses Hinweises war sie nicht sehr aufmerksam gewesen und hatte die ganze Zeit Löcher in die Luft gestarrt. Alles Mögliche hätte hin und her wandern können. Sie wandte sich nun der Russin zu, die ihre Schwester, oder wer auch immer das war, gerade mit Wangenküssen beglückte.

»Willst du die Zigaretten auch haben? Vielleicht kannst du sie wenigstens tauschen«, sagte ich zu Polly.

»Ich glaube nicht«, wisperte sie. »Besser nicht auffallen.«

Die hübsche zierliche Polly war unter den kräftigen Bauernweibern hier drin ohnehin auffällig genug. Ich konnte mir schon denken, was das am Anfang für sie bedeutet haben musste.

»Und bei dir, war die Reise erfolgreich?«, fragte Polly im Plauderton.

»Das kann man so sagen«, antwortete ich. »Aber die Sache ist noch nicht zu Ende. Sie ist nur eher noch schlimmer geworden.«

»Klingt wie das Übliche … Wenn du Hilfe brauchst, sag Bescheid.«

»Du bist im Knast, Polly.«

»Bin ja bald wieder draußen. Kommst du mich abholen, wenn ich entlassen werde?«

»Das werde ich mir nicht entgehen lassen. Mit Pauken und Trompeten, du Gangsterbraut. Und dann werden wir das tüchtig feiern.«

»Das wird ein sensationeller Film, den ich danach schreiben werde. Gloria wollte mich hier besuchen kommen, aber ich habe es ihr verboten. Ich hab auch niemandem gesagt, dass ich beim Film arbeite. Hab erzählt, ich sei ein Ladenmädchen.«

»Halte durch, 891«, sagte ich und gab ihr noch einen Kuss. »Vielleicht geht's ja schneller wegen guter Führung.«

»Dazu hab ich zu oft Streit«, sagte sie mit abgewandtem Gesicht.

»Versuch, keinen zu haben. Auch wenn's dir noch so schwer fällt.«

»Ist das richtig gefährlich, was bei dir gerade passiert?«, fragte sie.

Ich war gerade nicht in der Stimmung, sie anzulügen. »Ja, kann sein.«

»Du kannst jederzeit auf mich bauen«, meinte sie.

»Ich werde dir dann alles erzählen. Nicht hier.«

Sie nickte mir zu und beugte sich zu ihrem Mops.

»Ciao, Enrico. Mach mir bei dem Jungen keine Schande, während ich weg bin.«

»Tut er nicht. Er pisst nur überall da hin, wo es richtig ist.«

»So kenne ich ihn«, grinste sie. »Danke …«

Sie hatte immer eine Art, wie sie »Danke« sagte, mit einem breiten Lächeln und einem intensiven Blick, die mich ziemlich mitnahm.

»Bis bald«, sagte ich.

44

Mein nächster Weg führte mich zu Chief Vollmers Büro im Hauptgebäude, doch ich musste mich unterwegs erst einmal sammeln. Wenn es nach mir ging, sollte Polly keine weitere Nacht in dieser schrecklichen Zelle verbringen.

In der fünften Etage erklärte mir Detective Goetz in Vollmers Vorzimmer, dass dieser unten im neuen Kriminallabor sei. Er wies mir den Weg und kurz darauf stand ich im Erdgeschoss in einem kleinen Raum, der voller Flaschen mit Flüssigkeiten und Präparaten und wundersamer Gerätschaften war. Sie sahen allesamt seriöser aus als der Polygraph, von dessen Ergebnissen ich Gus versprochen hatte zu berichten.

Er saß in seiner makellosen Uniform über ein Mikroskop gebeugt, hatte die Brille abgenommen und betrachtete durch die Linse etwas, das darunterlag. Bei ihm standen ein Mann und eine Frau in weißen Laborkitteln, beide waren jung und wirkten wie Studenten.

»Ach, Hardy«, sagte er, kurz aufschauend. »Das hier wird Sie interessieren!«

Ich trat zu ihm und nickte den beiden Assistenten zu. Sie grüßten scheu zurück. Enrico schnupperte, die Nase am Boden, und nieste mehrmals. Er ging zu Vollmers Bein und stupste ihn an. Ohne hinzusehen, streckte Gus die Hand aus und streichelte ihn.

»Was haben Sie da?«, fragte ich.

»Der Mordfall an Madame Claire Ivers war der erste, der nach den neuen, von mir erlassenen Regularien behandelt wurde«, sagte Gus, wandte sich mir ganz zu und setzte die Brille wieder auf. »Nachdem uns Mr Burns und seine Leute den Tatort überlassen hatten, konnten wir die Leiche untersuchen und einige Beweisstücke für unsere neue *Scientific Investigation Division* sichern.«

»Zum Beispiel?«, fragte ich.

Gus nickte dem jungen Mann auffordernd zu. Auch er trug eine Brille und räusperte sich, sie zurechtrückend.

»War ein Mordopfer in einen Kampf verwickelt, lohnt es sich, unter dessen Fingernägeln nachzusehen«, begann er seinen Vortrag. Er hatte eine recht hohe Stimme und sprach schnell, was einen beträchtlichen Ehrgeiz verriet. »Dort haben sich oft wertvolle Spuren angesammelt – Hautfetzen, Härchen, Schmutz. Man muss sich nur die Mühe machen, sie einzusammeln und unter einem Mikroskop zu begutachten. Eine weitere Routineüberprüfung, die wir vornehmen, ist, die Partikel in Wasser aufzulösen und gegebenenfalls mit Chemie zu versetzen, um ihr Material genau zu bestimmen.«

»Albert Schneider«, sagte Gus zufrieden und wies auf die Frau, »und Miss Katherine Gerrard können auf diese Weise verblüffende Dinge über den Täter herausfinden. Wenn Sie einmal schauen möchten …«

Vollmer erhob sich und bot mir den Stuhl an. Ich setzte mich und presste mein linkes Auge auf die Linse des Mikroskops. Auf einer Glasplatte sah ich stark vergrößert Textilfasern und feine Härchen.

»Er trug einen grauen Wollanzug«, erläuterte die junge Frau, »und er hat offensichtlich Umgang mit Tieren, ein oder zwei Hasen, schwarze und weiße oder schwarz-weiß gemusterte Rammler.«

»Woher wissen Sie denn so was?«, fragte ich verblüfft.

»Wollfasern und Fellhaare von diesen befanden sich unter dem Nagel von Madame Claires rechtem Mittelfinger, sie versuchte sich wohl noch zu wehren. Vergeblich. Der Mann ist außerdem Rechtshänder, das ergibt sich aus den Tatortspuren und der Autopsie – mit dieser Hand hat er das Messer eingesetzt, mit der anderen sie niedergehalten.«

Ich staunte. Heute weiß man über solche Methoden Bescheid, damals erschien es mir wie ein unfassbares Wunder, derartige Details aus ein bisschen Dreck gewinnen zu können. Auch galt es bis dahin als geradezu pietätlos, eine Leiche so genau zu untersuchen.

»Was sagen Sie jetzt«, triumphierte Gus. »Wir können den Kreis der möglichen Täter damit enorm einengen. Früher oder später werden wir ihn zu fassen bekommen.«

»Großartig«, sagte ich und stand wieder auf. Ich drehte meinen Hut in der Hand. Gus verstand.

»Was haben Sie denn herausgefunden? Mr Schneider, Miss Gerrard, gehen Sie doch ruhig schon in die Pause.«

Beide verabschiedeten sich von mir und auch ich grüßte sie respektvoll. Als sie draußen waren, sagte ich: »Sie können Ihren Polygraphen wieder abholen lassen. Er hat mir gute Dienste geleistet. Leider ist mein Fall damit aber noch nicht gelöst.« Ich hatte mich entschlossen, ihm einen Teil meiner Erkenntnisse mitzuteilen – den, bei dem er mir helfen könnte –, jedoch nicht alles.

»Erzählen Sie doch mal«, sagte er und ging zu einem Medizinschrank, dem er eine große braune Flasche entnahm. Er zwinkerte mir zu und schenkte zwei Gläser ein. Ich roch daran, als er mir eines gab und wir uns wieder setzten. Es war Whisky.

»Das Ergebnis war verblüffend«, sagte ich und wir stießen an und tranken. »Die Maschine hat das, was ich die ganze Zeit als Wahrheit angenommen hatte, als unwahr entlarvt. Ich will Ihnen gerne so viel sagen: Mein Auftrag ist es, Will Hays zu Fall zu bringen, den Zensor und Chef der Produzentenvereinigung. Den dahinterstehenden Klienten möchte ich nicht preisgeben.« Er runzelte die Stirn und sah nachdenklich auf sein Glas. »Ich dachte, ich könnte Hays des Ehebruchs überführen und dies sei seine Geliebte. Es stellte sich aber dann in meinem Gespräch mit ihr heraus, dass ihr Liebhaber jemand ganz anderes ist.«

Das ließ ich so stehen. Gus rückte seine Brille zurecht und dachte nach.

»Hays ist einer der mächtigsten Männer in dieser Stadt«, meinte er dann. »Ja, im ganzen Land. Und er hat einen ähnlichen Job wie ich übernommen: Er soll aufräumen. Aber mein vorläufiger Eindruck ist, dass er hier in Los Angeles eher ein Teil des Problems und nicht ein Teil der Lösung geworden ist.«

»So ist es«, bestätigte ich. Er trank sein Glas leer und stellte es auf den Tisch.

»Und damit wird er früher oder später auch mir Probleme bereiten. Das Klima der Vertuschung, Korruption und Manipulation herrscht ja nicht nur in der Filmbranche, sondern auch im *LAPD,* und in den Hollywoodskandalen treffen beide immer wieder aufeinander ... Wenn Hays es nicht ändert, werde auch ich das kaum tun können. Sie wollen also weiter gegen ihn vorgehen?«

»Ja, das will ich. Und ich untersuche noch zwei andere Verbindungen. Was den Mörder von Madame Claire betrifft, da gibt es einen wichtigen Ansatzpunkt, und er hat mit meinen Ermittlungen zu tun.«

»Ach wirklich?«, sagte er und beobachtete mich.

»Bei mir wurde an diesem Tag eingebrochen und etwas gestohlen. Vermutlich hat meine Nachbarin den Täter dabei erwischt und dafür hat er sie umgebracht.« Der Chief öffnete den Mund, um etwas zu sagen, doch ich fuhr fort: »Ich habe es damals nicht erwähnt, weil Burns und seine Behörde federführend zu sein schienen und ich ihnen nicht vertrauen kann. Jetzt, da Sie und die Mordkommission übernommen haben, ist das etwas anderes. Gehen Sie trotzdem vorsichtig damit um.«

»Das werde ich. Was wurde Ihnen denn gestohlen?«

»Ein Kontobuch. Es gehörte einer jungen Schauspielerin, die ich im Verdacht hatte, Hays' Geliebte zu sein. Sie ist die Frau, die verschwunden ist, und ich habe Grund zu der Annahme, dass sie umgebracht wurde, so wie Madame Claire, und vielleicht von demselben Mann. Ihr Name ist Blossom Jones.«

»Die Blondine, von der Sie geredet haben«, sagte er hellhörig.

»Sie hat ihr Apartment urplötzlich verlassen und angeblich eine Reise angetreten. Doch in ihrem Schlafzimmer fand ich einen Blutfleck, der später gründlich gereinigt wurde, so wie die ganze Wohnung.«

Vollmer massierte seine Schläfen mit den Zeigefingern.

»Aber sie war nicht seine Geliebte, sagten Sie?«

»Durch das Kontobuch konnte ich meine Ermittlungen ausweiten und kam auf weitere Geliebte. Wie sich durch meine gestrige Befragung herausgestellt hat, ist der Liebhaber all dieser Frauen jemand anderes. Jemand, den Will Hays vor Enthüllungen beschützen will.«

»Wer?«

»Das möchte ich Ihnen vorläufig nicht sagen.« Ich befürchtete, er könnte durch sein dann unvermeidliches Eingreifen meine verdeckten Ermittlungen gefährden.

Seine Lippen wurden zu einem schmalen Strich. »Das gefällt mir nicht.«

»Ich weiß, Gus. Sie haben im Moment genug anderes um die Ohren. Vertrauen Sie mir bitte.«

Er trank einen Schluck und sagte: »Das ist alles recht verwirrend. Ich bin Kriminalist, ich brauche Fakten, Hardy.«

»Den Mörder kenne ich noch nicht, aber ein Zeuge hat den Besucher von Blossom Jones beschrieben«, fuhr ich fort. »Ein sehr großer Mann, mehr konnte er von hinten leider nicht sehen, lediglich, dass an dessen linker Hand der kleine Finger gefehlt habe. Ich nehme an, dass dieser Mann auch der Mörder von Madame Claire ist, ein Rechtshänder würde ja dazu passen.«

»Mal sehen, was unsere Verbrecherkartei dazu hergibt, doch die ist erst im Aufbau«, überlegte Vollmer.

»Ich halte Sie weiter auf dem Laufenden«, sagte ich und hoffte, damit durchzukommen. »Und wenn wir den Mörder haben, werden wir mehr erfahren.«

Gus rückte seine Brille zurecht und dachte nach.

»Ich verstehe«, sagte er. »Wir müssen offen darüber reden: Sie denken, Sie können mir nicht voll und ganz vertrauen, da Sie mitbekommen haben, dass das *LAPD* von allen möglichen

Gangstern unterwandert ist. Vom Ku-Klux-Klan und von welchen noch ganz anderer Sorte.«

Ich biss mir auf die Unterlippe. »Zumindest bin ich sehr vorsichtig.«

Er trank sein Glas leer und stellte es auf den Tisch.

»Ich kann Ihnen das kaum verdenken, Hardy, niemand kann niemandem trauen.« In seinen blauen Augen blitzte noch immer Zorn auf. »Aber dann sagen Sie mir wenigstens etwas anderes. Ich weiß, wo Sie gerade gewesen sind, Hardy. Dass Ihre Freundin Polly Brandeis, das Frauchen von diesem kleinen Kerl hier, zurzeit bei uns im Gefängnis sitzt. Die junge Frau, die die Farm gefunden hat.« Er beugte sich hinunter und kraulte Enrico hinter den Ohren. »Was hat sie denn eigentlich angestellt?«, fragte er, und es klang arglos.

»Eigentlich nichts. Nur eine Dummheit.« Ich erzählte es ihm. Natürlich ließ ich es wie eine möglichst skurrile Anekdote erscheinen und stellte Pollys eigensinnige Persönlichkeit heraus. Er grinste mich schief an und tätschelte weiter den Mops.

»Na, herzlichen Glückwunsch – und das nur, um für einen Film mit Gloria Swanson zu recherchieren …! Wissen Sie, es ist bestimmt nicht besonders lustig da in diesem Loch, die Zustände sind überall und auch hier in Los Angeles hundsmiserabel. Man schiebt diese Leute ab, stopft sie in Zellen und macht sich keine Gedanken darüber, wie sie später wieder in die Gesellschaft integriert werden sollen, nachdem man sie so hat dahinvegetieren lassen. Das Problem ist, wenn man einmal in diese Mühle hineingeraten ist, kommt man manchmal nur schwer wieder heraus. Diese Sache könnte sich als fataler Fehler erweisen.«

Der Chief spielte mit seinem Glas und ich bekam es ein bisschen mit der Angst zu tun. Vermutlich sollte ich das auch.

»Das sehe ich ganz genauso. Hören Sie, Gus, Polly sieht furchtbar aus und ihre Zellengenossinnen setzen ihr zu. Ich mache mir ernsthafte Sorgen. Sie hat noch drei Tage, aber die steht sie nicht durch, auch wenn sie zu stolz ist, es zuzugeben.«

»Und nun wollen Sie, dass ich …?« Er hielt inne und hob die Augenbrauen.

»Es wäre großartig, wenn Sie ihr helfen könnten. Sie muss dringend da raus.«

Er grübelte und ließ mich ein bisschen zappeln.

»Bei guter Führung kann ich vermutlich darauf einwirken, das Strafmaß zu reduzieren«, meinte er schließlich. »Ich werde sehen, was ich tun kann, Hardy. Wie war der Name des Richters?«

»Danke, Gus. Er lautet Martin W. Dorner.«

Vollmer nickte vor sich hin, als warte er auf etwas. Dann sagte er lauernd: »Aber das ist der einzige Name, den Sie mir sagen wollen?«

Es war ja klar, dass er noch einmal darauf zurückkommen würde. Nicht umsonst war er Chief of Police und hatte sich keineswegs nur blauäugig in dieses Haifischbecken begeben. Er war selbst ein Haifisch, das musste er auch sein.

»Ich weiß, dass ich Ihnen etwas schulde, Gus. Das will ich durch meine Arbeit einlösen, aber es ist auch für Sie besser, wenn Sie darüber gar nicht genauer Bescheid wissen und ich Ihnen erst meine endgültigen Ergebnisse präsentiere.«

Er sah mich mit vorgeschobener Unterlippe an, dann schlug er mit der Hand auf den Tisch und seufzte auf. »Also gut.« Dann erhob er sich und wirkte nun wirklich so, als sei er mit allem im Reinen. »Belassen wir es dabei. Sagen wir einfach, ich hoffe, mir Ihr Vertrauen noch verdienen zu können. Damit können wir jedenfalls in der Sache zusammenarbeiten«, meinte er. »Ich lasse also nach Blossom Jones fahnden und kümmere mich um Ihre Freundin.«

Wir verabschiedeten uns und Enrico hechelte sofort schwanzwedelnd zur Tür.

Was ich Vollmer ebenfalls nicht erzählte, war, was wir beide als Nächstes vorhatten: nämlich uns einmal anzusehen, wie Will Hays nach seiner Ankunft in Los Angeles hier seine Sommerfrische verbrachte. Er und mein kleiner Freund aus Indiana, sein achtjähriger Sohn Billy.

45

Enrico mochte Pferde nicht, das hatten Polly und ich schon bei diversen Gelegenheiten festgestellt. Eigentlich mochte er gar keine Tiere, die größer waren als er selbst – also praktisch alle, die keine Insekten, Nagetiere, Vögel oder Kleinreptilien waren. Selbst vor Katzen hatte er Schiss. Ich ahnte, dass ich an meinem Ziel auf Pferde treffen würde. Und da Enrico auch gerne mal ausbüchste, fand ich, er hatte für den Moment genügend Detektiv gespielt, und ließ den Mops im Automobil zurück, bevor ich mich in Santa Monica still und heimlich über den Strand bewegte. Dort trieb sich um diese Zeit außer ein paar kreischenden Möwen kaum jemand herum.

Das Haus von Buster Keaton, dessen Adresse mir Page Edward durchgegeben hatte, war eine Art kleiner Bungalow aus Holz mit einem flachen Schindeldach und stand in vorderster Reihe, mit direkter Sicht auf den Ozean. Ich näherte mich ihm vorsichtig von dieser Seite und ging hinter einem Boot in Deckung, das hier gestrandet war.

Nur ein niedriger Holzzaun trennte das Grundstück vom sandigen Uferstreifen. Die Veranda und der Eingang waren durch ein paar Büsche halb verdeckt, die Buster sicher zum Schutz seiner Privatsphäre hier hatte pflanzen lassen.

Ich beobachtete das Anwesen und zog mir den Hut, an dem der Wind zerrte, tiefer in die Stirn. Offenbar war es nicht ungewöhnlich, dass Hollywoodstars Will Hays Gefallen taten, so wie Cowboystar Tom Mix, der Billy ein Pony geschenkt hatte, oder eben Buster Keaton, der ihm sein Strandhaus für die Ferien mit seinem Sohn zur Verfügung stellte.

Doch ich war gespannt, ob Hays nicht auch jene engagierte junge »Ersatzmutter« Marcy Fisher aus Indiana oder Billys Freund Ray mit dazugebeten hatte. Von seiner kranken Ehefrau Helen ganz zu schweigen, bei ihr nahm ich es nicht an.

Im Garten grasten tatsächlich vor einem kleinen aus rohem Holz gezimmerten Stall zwei Pferde, ein großer, ausgewachsener Rappe und ein kleineres, ein braunes Pony, auf das ich bequem hätte aufsteigen können, ohne meinen Hintern zu lüften.

Ich sah ihnen eine Zeit lang beim Grasen und Mit-dem-Schwanz-nach-Fliegen-Schlagen zu, dann öffnete sich die Tür des Hauses, und der kleine Billy, den ich aus Sullivan, Indiana, kannte, kam heraus. Er trug eine Latzhose aus Cord, ein kariertes Hemd und einen Cowboyhut, der ihm etwas zu groß war, vermutlich ein Geschenk seines Vaters. Will Hays folgte direkt hinter ihm, mit einem so breiten Lächeln, wie ich es noch nie bei ihm gesehen hatte. Er trug Cowboystiefel, eine Reithose und ein abgewetztes Jackett sowie einen Stetson. Der große Politiker und Kinozar wirkte in Gesellschaft seines Sohnes glücklich und entspannt, wie ein Jugendlicher, der wild entschlossen war, Spaß zu haben und Unfug zu treiben.

»Was meinst du, Billy, wollen wir ausprobieren, ob wir mit den beiden ein paar Kunststücke vollführen können?«

»Ich weiß nicht, ob das geht, Daddy«, rief Billy. »Honey Pie ist viel kleiner als Pumpkin. Und er ist das ja noch überhaupt nicht gewohnt.«

»Er ist ein echtes Westernpony und hat schon in ein paar Filmen mitgespielt. Der mit dem Postkutschenüberfall zum Beispiel, du weißt doch noch! Vertrau ihm einfach und sieh mal, was er mitmacht …«

Will Hays trat hinter seinen Sohn, der das Pony streichelte, und hob ihn sanft in den Sattel des kleinen Pferdes. Beide strahlten sich an.

»Wir haben Zeit bis zum Abendbrot«, sagte der Vater. »Sven

kommt erst um sechs vom Einkaufen zurück und macht es uns, wir können bis dahin tun, was wir wollen.«

Sven?, fragte ich mich im Stillen. Der war mir bisher noch nicht untergekommen.

»Wirklich, Dad? Du hast keine Termine?«

»Nein, Billy, ist das nicht herrlich?«

Dann nahm Hays die Zügel des Rappen und schwang sich auf ihn hinauf. So geschickt und geübt, als würde er den ganzen Tag lang nichts anderes machen, ob in New York, in Washington, in Indiana oder hier in Santa Monica. Reiten schien wirklich seine große Leidenschaft zu sein, wenn er denn eine hatte. Er schnalzte mit der Zunge und riss die Zügel herum, und sofort parierte der Schwarze zwischen seinen Schenkeln. Sein Sohn blickte ihn bewundernd an und versuchte, die Gesten nachzumachen. Das Pony trottete ohne große Euphorie hinter dem Rappen her. Will Hays trat dem Pferd die gestiefelten Hacken in die Seiten, dann galoppierte er mit Anlauf auf die einen Fuß hohe Umrandung des Grundstücks zu, riss genau im richtigen Moment die Zügel nach oben und ließ es mit einem eleganten Sprung die kleine Hürde nehmen. Der Rappe setzte auf und trabte aus, Hays sah über seine Schulter zurück und hinter ihm folgte Billy, der mit dem Pony ebenfalls auf das niedrige Gatter zugaloppierte und es mit einem gekonnten Hüpfer überquerte.

»Yieee-hah!«, rief Will Hays aus wie ein texanischer Weidebaron, und schon sprengten Vater und Sohn auf ihren Gäulen quer über den Strand in Richtung des Ozeans. Auch Billy kreischte vor Ausgelassenheit. Die Gegenwart seines Vaters belebte ihn sichtlich.

Die beiden entfernten sich und wurden zu kleinen Punkten weit hinten vor dem Grün und Blau des Meeres.

Ich öffnete das kleine Gartentor und ging langsam auf das Strandhaus zu, auf dessen Schindeldach die Sonne herunterbrannte. Ich lauschte, doch ich hörte nur das Rauschen des Windes, kein sonstiges Geräusch. Langsam näherte ich mich einem Fenster und blickte hinein.

In der Mitte einer großen Küche stand ein Tisch mit Tassen, Gläsern und einem halben Apfelkuchen. Darauf waren nur zwei Gedecke. Ich nahm an, dass der angesprochene Sven ein Bediensteter war. Ansonsten sah es nicht danach aus, als wäre noch jemand mit ihnen hier.

Ich ging zur Tür und öffnete sie, Hays hatte sie einfach nur zugezogen. Dies war Kalifornien, ein liberales Land, in dem man frei und ohne viele Zwänge leben konnte, auch wenn man ein wichtiger und viel gefragter Mann war.

Über den knarrenden Holzboden lief ich an der Tür zur Küche vorbei zu den hinteren Räumen. Ich wollte nichts riskieren, mich nur umsehen und nach irgendetwas suchen, das mich weiterbrachte. Die erste Tür, die ich öffnete, führte zu Billys Zimmer, das voller Spielsachen lag, die wild durcheinandergeworfen waren – eine aufgebaute Spielzeugeisenbahn, Zinnsoldaten, diverse Bälle – ein ovaler Football – ein Baseballschläger und eine ganze Sammlung von Karten mit den Stars der Major League, wie man sie dazubekam, wenn man sich Kaugummipackungen kaufte. Es waren auch signierte Autogrammkarten darunter.

Ich ging wieder aus dem Zimmer hinaus und betrat als Nächstes ein kleines Badezimmer. Hier blickte ich mich rasch nach weiblichen Utensilien um, doch ich fand keine.

Der nächste, daran angrenzende Raum war das größte Schlafzimmer, eindeutig das von Will Hays, mit zwei Schrankkoffern, die geöffnet aufrecht standen und in denen Krawatten aufgereiht hingen. Der Rest war ausgepackt und eingeräumt worden, in einen großen Kleiderschrank in der Ecke. Am Fenster gab es einen Sekretär aus dunklem Holz, auf dem zahlreiche Papiere lagen.

Ich sah sie mir durch. Würde ich hier etwas Kompromittierendes in Bezug auf die Morde und Hays' Verbindung dazu finden oder gar einen Hinweis auf den Mörder? Was ich, sie fieberhaft überfliegend, las, bestätigte nur meine Ahnung, dass Hays so etwas kaum hier offen herumliegen lassen würde. Es war Korrespondenz mit Filmstudios und es waren angefangene Briefe mit dem Briefkopf der *MPPDA*. Auch keine Briefwechsel oder Notizen, die Anderson betrafen. Die Schublade war meine letzte Hoffnung, doch das finsterste Geheimnis, das ich darin fand, war tatsächlich, dass in einer abgegriffenen Bibel ein paar der pergamentdünnen Seiten eingerissen waren, vermutlich vom allzu eifrigen Umblättern mit angefeuchtetem Finger, und sonst nur noch ein paar alte Briefe seines Sohnes mit Kinderzeichnungen »für Dad«. Der Blick in seine wahre Seele, den ich hier tat, ergab lediglich eines: Will Hays war in seinem Privatleben so langweilig, dass es glatt zum Davonlaufen war.

Ich ging noch zum Kleiderschrank und sah ihn mir genau an. Sorgfältig aufgehängte Anzüge mit scharfen Bügelfalten in den Hosen und Stapel von Hemden und Wäsche, alles wie gemäß militärischem Drill geordnet. Nichts Besonderes. Darüber war ein Kleiderfach, das leer zu sein schien, doch gerade, als ich den Schrank schließen wollte, erblickte ich einen weißen Zipfel, der dort herausragte. Auf den Zehenspitzen streckte ich mich nach ganz oben – Will Hays würde sicher einen Schemel brauchen, um dort hinaufzulangen – und zog an dem Zipfel.

Was ich dann in der Hand hielt, war eine Kutte des Ku-Klux-Klans. Ich erstarrte.

Ausgebreitet hielt ich das Gewand von mir weg und sah, dass es eine mit roten Kordeln und Streifen reich verzierte Kutte war, mit einem innen rot abgesetzten Umhang. Mit ihren Abzeichen kannte ich mich nicht aus, doch die zahlreichen Verzierungen sahen nach einem höheren Rang aus. Ob er höher sein würde als der »Große Zyklop«, konnte ich natürlich ebenso wenig sagen. Ich stellte mich vor den Spiegel, der in eine Tür des Kleiderschranks eingelassen war, und hielt die Kutte vor mich. Sie war mir zu kurz, doch dem kleinen Will Hays würde sie passen.

Ich zischte überrascht auf und sah mich im Spiegel den Kopf schütteln: Na also! Dann streckte ich mich und schob die Kutte wieder zurück in das Fach, bis nur noch der weiße Zipfel auf dieselbe Weise wie vorher herauslugte.

Ich schloss den Schrank und schlich mich wieder zur Veranda. Dort verließ ich das Haus und ging im Schutz der Büsche und des Stalles zu dem Gatter.

Nur ganz entfernt an der Uferlinie konnte ich die zwei Reiter sehen, die direkt an den Wellen entlanggaloppierten.

Ich schlich mich wieder zu dem Fischerboot und benutzte es als Deckung. So beobachtete ich die beiden noch eine Weile, und ich brauchte Zeit, um zu verarbeiten, was ich soeben entdeckt hatte. Und zu überlegen, wie zwei völlig unterschiedliche Dinge zusammenpassen könnten: die Kutte des Klans und wofür dieser stand und der ausgelassen über den Strand reitende Vater mit seinem Sohn, die sich beide aufführten wie unschuldig spielende Kinder.

Sie näherten sich nun wieder dem Haus.

»Siehst du auch gut zu, Sohn? Jetzt zeige ich dir ein Kunststück, das mir Tom Mix beigebracht hat!«

»Wirklich?«, staunte Billy.

Will Hays zwinkerte ihm zu, gab dem Rappen die Sporen und galoppierte los, den Strand entlang. Dann ging er seitlich aus dem Sattel, ließ sich fast bis zum Boden herunterhängen und griff eine in den Sand gesteckte kleine Fahne. In vollem Galopp nahm er sie auf, ritt weiter und richtete sich auf, bis er wieder sicher auf dem Schwarzen saß. Er schwenkte die Fahne hoch über seinem Kopf, und außer, dass er bei dem Manöver seinen Stetson verloren hatte, gab es nichts an der Vorführung, was man in einem Film nicht hätte verwenden können.

Will Hays wendete und ritt in einem weiten Bogen zurück, in Richtung Billy, und dabei wieder an der Stelle vorbei, wo nun sein Hut lag. Er machte dasselbe Manöver noch einmal, nur dass er diesmal in vollem Galopp seinen Stetson vom Boden aufhob und sich dann im Weiterreiten auf den Kopf setzte.

Billy brach in lauten Jubel aus und klatschte sich die Hände wund. Er bewunderte seinen Vater über alle Maßen, der nun wieder bei ihm ankam, mit einem stolzen Lächeln auf dem Gesicht.

»Na, Billy …«, sagte Will Hays außer Atem, als er den Rappen stoppen ließ und ihm die Flanke tätschelte. »Was sagst du nun?«

»Lass es mich dir nachmachen, Daddy! Lass mich dir alles nachmachen!«

46

Da ich Hays bis zum Abendbrot hier beschäftigt wusste, fuhr ich zu der presbyterianischen Kirche in der Fountain Avenue. Ich hatte beschlossen, die Dinge selbst in die Hand zu nehmen und nicht zu warten, bis Hays mich zum Klan führen würde. Und nach den Ereignissen, die das letzte große Treffen am 4. Juli hatten platzen lassen, erschien es mir auch nicht als sicher, dass die Klansmänner noch einmal ungefragt kundtun würden, wann und wo sie das nächste planten.

In der Kirche fand gerade ein Gottesdienst statt und ich wartete im Wagen gegenüber, bis er zu Ende war und die Besucher sich zerstreut hatten.

Dann stieg ich aus und ging hinein. Der Priester war gerade dabei aufzuräumen und ich ging zu ihm nach vorne ans Predigtpult.

»Hallo«, sagte ich und gab ihm wieder die Hand mit dem geheimen Gruß. »Erinnern Sie sich an mich?«

Er musterte mich freundlich und offensichtlich ohne Misstrauen, soweit ich es beurteilen konnte. »Aber natürlich«, sagte er. »Sie haben unsere Feier gerade verpasst, Mr –?«

»Schade«, erwiderte ich. »Aber ich hoffe auf eine andere Gelegenheit. In anderer Runde. Henry Marshall. Ich möchte erneut eine Spende machen.«

»Das ist immer willkommen«, sagte er und sah erwartungsvoll auf meine Hände. Ich zog einen Zehn-Dollar-Schein hervor und meinte: »Es gibt doch bald wieder ein Treffen?«

Er nickte. »Inzwischen fast jede Woche. Aber Sie müssen ja erst einmal richtiges Mitglied bei uns werden, Mr Marshall. Morgen Abend haben Sie Gelegenheit dazu. Sie sind doch gebürtiger Amerikaner?«

»Selbstverständlich.«

»Kommen Sie dann am Abend um sieben hierher, wir nehmen Sie mit an den Ort. Benötigen Sie Kleidung?«

Ich drückte ihm den Schein in die Hand.

»Ich habe mir bereits welche besorgt. Werden da auch die höheren Ränge zugegen sein?«

»Die Routinebefragung wird im kleinen Kreis absolviert. Danach werden Sie dann an einer Versammlung teilnehmen.«

»Gut. Ich werde pünktlich hier sein.«

Wir nickten uns zu und ich ging wieder. Was ich gehört und vereinbart hatte, reichte mir fürs Erste. Ich würde mich dort um alles kümmern können, hoffentlich auch um Hays' Verwicklung.

Mein nächster Weg führte mich ins Jail Café. Ich nahm Enrico mit hinein. Er hatte so ausgeschaut, als hätte er mein Wageninneres gründlich satt. Und er war schon öfter hier gewesen. Er freute sich auf Anhieb, den Raum wiederzusehen, den er von unzähligen Abenden so gut kannte, und schnüffelte an allem, das wir passierten, offensichtlich auf der Suche nach seinem Frauchen. Dass wir Polly hier nicht wie sonst häufig antrafen, verwirrte ihn. Buck begrüßte ihn ebenso herzlich wie mich und stellte ihm einen Napf mit Wasser hin.

Es war noch nicht viel los und so konnte ich Buck in aller Ruhe erzählen, was ich inzwischen herausgefunden hatte, unseren Präsidenten betreffend. Und es nahm ihn schwer mit, wo ich da nun schon wieder hineingeraten war.

»Du hast wirklich ein tolles Händchen, Hardy, Respekt!«

Er konnte es eigentlich nur damit ertragen, dass er seine Utensilien vor sich stellte und einen Cocktail mixte. Buck stellte ihn willkürlich und nach Gefühl zusammen, goss Tequila in den Mixer und Whisky und dann einiges süße Zeug, Agavensirup, Limetten- und Grapefruitsaft und einige tüchtige Spritzer Angostura, dann schüttelte er alles mit Eiswürfeln ordentlich durch.

»Dass unsere Regierung gedungene Mörder herumschickt, das schlägt wirklich dem Fass den Boden aus!«, sagte er mit vor Wut zitternder Stimme. »Weißt du, ich mochte die Art, wie die Franzosen mit ihren Politikern umgegangen sind. 1793.«

Durch ein Sieb goss er uns zwei Gläser davon ein und wir erhoben sie.

»Das«, sagte er, »ist ein ›Warren G. Harding‹. Auf unseren Präsidenten!«

»Er lebe hoch. Prost«, sagte ich. Wir tranken und nahmen so die Taufe vor.

Es schmeckte ganz schön bitter und süß.

»Der gibt einem das Gefühl, als würde er einem eine ganze Menge Kopfweh machen«, meinte ich. Buck stimmte mir zu.

»Apropos, die Alkoholschmuggler haben jedenfalls kein Problem mit Harding und seiner Regierung. Die meisten von ihnen erhalten Lizenzen von dort, trotz der Prohibition, unter der Hand und so, dass sich einige Minister daran bereichern. Ausgerechnet Justizminister Harry Daugherty lässt sie durch einen Mittelsmann teuer verkaufen. Als Wähler macht mich das ziemlich fassungslos, mit wem die Regierung da entgegen ihrer offiziellen Linie Geschäfte macht, und ich frage mich, wohin deren Skandale noch führen sollen. Du weißt, ich habe mein eigenes System und will so was nicht mitmachen. Ich schmiere ein paar lokale Prohibitionsagenten, die mir die Straßensperren durchgeben, sodass wir sie umgehen können, und mich bei Razzien verschonen.«

»Und damit fährst du doch sehr gut.«

»Aber jetzt haben mich Daughertys Leute angesprochen. Ich soll auch eine Lizenz erwerben oder sie lassen mich hochgehen und machen mir den Laden hier zu. Ich habe zwei Wochen, mich zu entscheiden.«

Ich sah mich in der mir lieb gewordenen Bar um. »Verdammt. Da müssen wir uns etwas einfallen lassen.«

Das Stichwort »Lizenzen« brachte mich darauf, was ich ihn

noch hatte fragen wollen. Und so gab ich eine Geburtsurkunde auf den Namen »Henry Marshall« in Auftrag – mit meinem echten Geburtsdatum, dem 27. Februar 1891, und als Ort »Los Angeles, Kalifornien, USA«. Er würde sie beschaffen, meinte er: »Wie, das lass nur meine Sorge sein.«

Ich erläuterte ihm, wofür ich sie brauchen würde – um Mitglied im Ku-Klux-Klan zu werden.

»Pass bloß auf dich auf«, meinte Buck. »Wenn Hays mit diesen Mördern wirklich zu tun hat – könnte er nicht auch sie für diese anderen Taten eingespannt haben, er oder Anderson? Auch für die Morde, die sie beschlossen hatten und ja von irgendwem begehen lassen mussten?«

»Möglich ist alles«, sagte ich und überdachte es. Die Idee erschien mir zumindest auf Anhieb nicht unplausibel.

»Sei vorsichtig mit denen, Hardy. Ist dir nicht auch eine Patrone als Warnung zugeschickt worden?« Er entzündete eine Zigarre und als er daran zog, flammte das Streichholz mehrmals auf.

»Ich denke, das war Anderson. Die Klansmänner, mit denen ich zu tun habe, wissen jedenfalls nicht, wer ich bin.«

»Lass dich nicht als Spitzel mit falscher Identität überführen, nicht von dieser Bande«, mahnte Buck und blies die Flamme aus.

»Ich werde mein Bestes geben und habe mir eine Biografie zurechtgelegt. Aber ich muss es so machen, die Zeit drängt.«

Als sein Telefon klingelte, ging er ran und reichte den Hörer dann an mich weiter: »Für dich.«

»Hardy Engel?«

Ich schirmte mein anderes Ohr mit der Hand gegen den Lärm ab, den die inzwischen hereingekommenen Gäste machten.

»Hier ist Edward Bishop, Mr Engel.«

»Edward.« Ich hatte meinen Pagen beinahe vergessen, der aus New York ja längst zurückgereist war und seinen Job wieder angetreten hatte. »Wie läuft's denn im Beverly Hills Hotel?«

»Eine junge Frau namens Nan Britton ist hier abgestiegen«, sagte er aufgeregt. »Und sie ist hier heute Abend mit jemandem verabredet, Sie wissen schon, mit wem.«

»Danke«, sagte ich und legte auf. Meinen Drink ließ ich stehen.

Gemeint war tatsächlich Will Hays, der laut Edward bereits oben zu Besuch auf Nan Brittons Zimmer weilte, als ich ankam.

»Sie suchen doch nach wie vor seine Geliebte, oder?«, fragte der Page eifrig. Die kleine Elizabeth tollte derweil in Sichtweite über die Terrasse, sie hielt eine Puppe an sich gepresst, die sie allen Gästen »vorstellte«.

»Das ist sie aber nicht«, wollte ich schon sagen, doch dann ließ ich es sein und dachte für einen Moment darüber nach. Enrico beschnüffelte neugierig Edwards Schuhe. »Wer hat das Zimmer für sie gebucht?«

»Eine Sekretärin. Die Rechnung geht an die ›Caesar-Stiftung‹«, antwortete Edward und konsultierte dabei ein Notizbuch, das er sich extra zugelegt haben musste. Jetzt, wo er doch ein Teilzeitdetektiv war.

Es war also, wie ich es mir gedacht hatte: Sie war tatsächlich nach Los Angeles gekommen und hoffte ebenso wie Carrie Phillips, den Präsidenten zu treffen, wenn er demnächst hier Station machen würde. Sie mitsamt ihrer Tochter. *Seiner* Tochter.

»Aber Mr Hays wusste genau über sie Bescheid und auch über die Kleine und hat mir eben gesagt, dass er nicht gestört werden will«, fügte er stolz hinzu. »Es klang so, als seien sie ihm ungeheuer wichtig.«

»Das sind sie bestimmt auch. Ich kenne sie schon. Es ist sehr gut zu wissen, dass sie hier wohnen, Edward«, sagte ich. Elizabeth kam gerade mit hüpfenden Schritten vorüber, hielt inne und sah mich aufmerksam an. Ich winkte. Sie winkte zurück, dann lief sie weiter. »Ich muss Miss Britton unbedingt in Ruhe sprechen, wenn er nicht mehr da ist.«

Immerhin hätte Will Hays seinen Sohn zu Hause gelassen – bei jenem Sven –, um sie zu sehen, und das in seinem heiligen Kalifornienurlaub.

»Er hatte sogar ein Geschenk für die Kleine dabei«, berichtete Edward. »Die Puppe da, sie hat Glasaugen, die beinahe so wirken, als seien sie echt, und die sie bewegen, schließen und öffnen kann. Ich habe so was vorher noch nie gesehen. Er war sehr liebevoll zu der Kleinen.«

»Ja, er kann gut mit Kindern umgehen«, sagte ich und beobachtete, wie Nan Brittons Tochter die Puppe in einen Stuhl setzte und mit ihr sprach, als sei sie ein Mensch. »Im Moment wohnt er ja auch da unten am Meer mit seinem Sohn.«

»Er ging sehr väterlich mit ihr um, aber er ist nicht ihr Vater. Sie heißt Elizabeth, und Mr Hays hat ihr Grüße von ihrem Daddy ausgerichtet. Offenbar kennt er ihn. Aber die Familie scheint nicht zusammenzuleben, und auch Mr Hays muss den beiden wohl sehr nahestehen. Er ist dann zusammen mit der Mutter nach oben gegangen, angeblich, um etwas zu besprechen, und hat die Kleine hier bei mir gelassen. Es war alles etwas geheimnisvoll.«

»Das ist sehr interessant, Edward. Ich denke zwar, dass sie wirklich nur ungestört über etwas reden wollen, aber versuchen Sie ruhig näher herauszufinden, in welchem Verhältnis die beiden zueinander stehen.«

»Mr Engel, wenn sich wirklich herausstellen sollte, dass ich seine Geliebte gefunden habe – bekomme ich dann einen Bonus?«, fragte der Page.

»Nun werden Sie mal nicht übermütig«, entgegnete ich. »Alles, was Sie bereits bekommen haben, ist ein Bonus. Boni sind höchst selten für Detektive. Am Ende können sie meistens schon froh sein, wenn sie heil aus der Sache rausgekommen sind, schreiben Sie sich das hinter die Ohren.«

»Ist ja gut«, machte er einen Rückzieher. »Tut mir leid, ich wollte nicht …«

»Doch, wollten Sie. Und man kann's ja mal versuchen. Aber dann lernt man, wie es wirklich läuft. Das geht mir auch nicht anders.«

Später, nachdem Edward auf einen Anruf hin die Kleine hinaufgebracht und Hays sich verabschiedet hatte, fuhr ich diesem nach und überzeugte mich, dass er auch tatsächlich ohne Umwege nach Santa Monica zurückkehrte. Er hatte in seinem Urlaub keinen Fahrer, sondern chauffierte selbst einen neuen offenen Sedan, den ich an dem Strandhaus stehen gesehen hatte.

Dort sah ich zu, wie Hays zu seinem Sohn ins Schlafzimmer ging und ihm die Decke bis zum Hals feststeckte. Dann ging er in sein Zimmer und las noch ein wenig. Er zog nicht heimlich sein Klankostüm an und tanzte darin umher oder so etwas, er machte ganz normale Sachen.

In der Küche sah ich einen großen, breitschultrigen blonden Mann, der ihn bediente und dann aufräumte, offensichtlich Sven. Ich bemühte mich, einen Blick auf seine Hände zu erhaschen, doch ich bekam sie einfach nicht genau genug zu sehen. Gegen zehn Uhr gingen alle schlafen.

47

Auch Enrico schlief schon, zusammengerollt auf dem Beifahrersitz des Voisins. Auf dem Weg zurück nach Hollywood kam ich wieder in Beverly Hills vorbei und machte vom Sunset Boulevard aus noch einmal den kleinen Schlenker zum Hotel. Als ich die Lobby betrat, erhaschte Edward meinen Blick und nickte mit dem Kopf hinüber zur Bar.

Am Tresen saß Nan Britton alleine vor einem Drink, rauchend und gedankenverloren den Kopf in die Hand gestützt. Es herrschte normaler Betrieb, nur ungefähr ein halbes Dutzend Stars mit Begleitungen vor ihren Cocktails, man war in dieser Hotelbar unter sich und deshalb konnte man hier drin auch offen und unbehelligt Alkohol konsumieren. Samuel Goldwyn, der Chef des gleichnamigen Studios, sprach mit einer hinreißenden Schwarzhaarigen an einem Zweiertisch. Daneben hielt Rudolph Valentino Hof, umschwärmt von drei Damen. Nan Britton schien ihn nicht einmal wahrzunehmen. Ich ging zu ihr hinüber.

»Guten Abend«, sagte ich und nahm den Hocker neben ihrem.

Sie blickte mich aus umschleierten Augen an und stutzte.

»Kenne ich Sie nicht?«

»Aus Washington«, sagte ich. »Und dies hier ist kein Zufall. Mein Name ist Hardy Engel und ich bin Privatdetektiv. Ich habe einer Frau namens Blossom Jones hinterherrecherchiert, die die Geliebte eines bestimmten Mannes war, und so kam ich auf Sie, die Sie ebenfalls seine Geliebte sind.« Ihre Augen weiteten sich.

Ich bestellte bei dem Barkeeper einen Gin Tonic, ohne den Blick groß von ihr abzuwenden. »Deshalb war ich in der Hauptstadt. Aber ich wohne in Los Angeles, und ich weiß, warum Sie hier sind. Und auch, wer es ist, den Sie treffen wollen.«

Der Barkeeper kam mit einem Glas und ich wartete, bis er mir den Drink hingestellt hatte und wieder zu seiner Spüle zurückgegangen war. »Ja, das ist alles streng geheim und so werde ich es auch behandeln, schon um meines Auftrags willen. Aber ich möchte mich mit Ihnen darüber unterhalten.«

Ich trank einen ersten Schluck. Als sie jetzt zu sprechen begann, merkte ich, dass sie schon etwas angetrunken war.

»Oh, ich habe gar nicht vor, mich groß zurückzuhalten, Mr Engel. Dafür bin ich nicht in der Stimmung, das kann ich Ihnen sagen. Und es wissen sowieso so einige Leute darüber Bescheid und wollen sich ständig mit mir darüber unterhalten«, sagte sie mit mehr Sarkasmus, als eine junge Mutter in sich tragen sollte. »Wer ist es denn, für den Sie arbeiten? Sind es die, wegen denen man sich Sorgen machen muss? Oder die, wegen denen man sich *große* Sorgen machen muss?«

»Sie meinen Mr Anderson?«, fragte ich aufs Geratewohl. »Oder Mr Hays?«

»Sie wissen offenbar verdammt gut, wen ich meine.«

Grinsend hob ich mein Glas. »Ich würde sagen, Sie müssen wegen mir und meinem Auftraggeber überhaupt keine Befürchtungen haben. Es ist eine private Angelegenheit und ich bin eher zufällig auf Sie und die anderen gestoßen, aber jetzt ist es nun mal meine Sache geworden und ich kümmere mich darum.«

»Die anderen«, zitierte sie mich bitter und klickte ihr Glas an meines, bevor sie trank. »Ja, ›die anderen‹ sind zum Beispiel schon ein sehr guter Grund, warum ich mir Sorgen mache wegen …«

»›Caesar‹«, sagte ich schnell. »Nennen wir ihn einfach ›Caesar‹.«

»Auf ›Caesar‹«, sagte sie und hob wieder ihr Glas. »Auf ›Caesar‹ und seine ›anderen‹!«

Wir tranken. Sie drückte ihre Zigarette im Aschenbecher aus. Was auch immer sie dachte, für wen ich arbeitete, es schien sie von nichts abzuhalten, vielmehr eine geradezu fatalistische Redelust in ihr auszulösen.

»Oh, aber Sie sind schon etwas Besonderes, gewiss auch für ihn«, entgegnete ich. »Alleine schon, weil Sie ein Kind mit ihm haben.« Sie erstarrte.

»Das wissen Sie also auch«, meinte sie nach einer Pause und stellte ihr Glas ab. »Natürlich, Sie waren ja mit auf dem Spielplatz.«

»Ich hoffe, es geht der kleinen Elizabeth gut. Vorhin habe ich sie kurz gesehen.«

»Oh ja«, sagte sie. »Sie schläft jetzt oben wie eine Prinzessin. Sie hat einen sehr guten Schlaf, Mr Engel. Als ob sie wüsste, dass sie mir nicht auch noch Probleme machen sollte.«

»Nennen Sie mich doch Hardy. Wie ist es denn zu ihr gekommen?«, fragte ich ganz harmlos und selbstverständlich.

»Warum sollte ich es Ihnen nicht erzählen, Hardy? Ich habe es schon einer Menge Leuten erzählt und eine Menge Männer folgen mir ständig und beobachten mich, aber man gewöhnt sich ja an alles.« Sie sah sich provokativ in der Bar um, doch niemand schien sich um sie zu kümmern. Miss Britton war angetrunken, doch kontrolliert, und wurde nicht laut. Sie war genau in der richtigen Stimmung für ein Gespräch, wie ich es führen wollte.

»Ich stamme aus demselben Ort wie … ›Caesar‹, aus Marion, Ohio«, begann sie. Und wie Carrie Fulton Phillips, schoss es mir durch den Kopf. »Und ich kannte ihn schon als Schülerin. Er war damals bereits eine beeindruckende Figur, erst Zeitungsherausgeber, dann Senator, einer aus dieser kleinen Stadt hatte es so weit geschafft. Und wie er aussah … was für eine Stimme er hatte und wie nett er zu allen war, auch zu mir! Von früh auf, als ich elf war, hatte ich es mir in den Kopf gesetzt, dass ich ihn liebte, mit jeder Faser meines Herzens, und ungeachtet des Altersunterschieds und natürlich auch dessen, dass er verheiratet war. Ich schrieb ihm Briefe und er beantwortete sie, wie stolz ich darauf war! Und als ich sechzehn wurde, legte ich es darauf an, ihn zu treffen, und er ließ sich mit mir ein und wir wurden ein Paar.«

»Wirklich?«, sagte ich. Und dann, nachdem ich direkt einsah, dass moralische Einwände hier nicht angebracht waren, es nur darauf ankam, sie weiterreden zu lassen: »Nun ja, dies ist das Land, in dem Träume wahr werden.«

»Es wurde zu einem Albtraum. Mir blieb nicht verborgen, dass er eine Menge anderer Frauen hatte, und er musste nicht einmal weit dafür gehen – in Ohio, in Washington, in New York, er fand sie einfach überall, wo er hinkam. Er schrieb mir weiter Briefe, jeden Tag einen, unter einem Decknamen, doch höchst einfühlsam, oft mit Gedichten, und gab mir das Gefühl, etwas ganz Besonderes für ihn zu sein – ja, so wie Sie es sagen.« Verdammt, dachte ich – und erinnerte mich an die ähnliche Aussage von Carrie Phillips –, dieser Mann sollte unser Land regieren und nicht jeden Tag Dutzende Briefe an seine Geliebten schreiben. »Und ich liebte ihn nun mal, ich liebte ihn wirklich und tue es noch. Wider jedes bessere Wissen. Ich war bereit, alles für ihn zu tun. Er war jetzt ein landesweit bekannter konservativer Politiker, der von Prominenten wie Douglas Fairbanks und Mary Pickford unterstützt wurde, aber er hörte nicht auf, mich zu treffen, ich war inzwischen nach New York gezogen. Heimlich, zwischen Terminen, in Hotels, in öffentlichen Gebäuden, in Restaurants, nicht einmal guten – da, wo wir kein Aufsehen erregten.«

»Und dann wurden Sie schwanger«, sagte ich.

Sie nickte. »Ich habe es ihm erst nicht erzählt. Ich wollte ihn auf keinen Fall verlieren.«

»Es war 1919, und bei den Wahlen im darauffolgenden Jahr hatte er Großes vor.« Ich zeigte dem Barkeeper zwei Finger und bedeutete ihm mit einer Geste: Noch eine Runde, aber schnell.

»Doch ich wollte sein Kind unbedingt bekommen, das war die Motivation zu schweigen, denn ich wusste, wenn ich es ihm sagen würde – wenn ich es ihm *zu früh* sagen würde –, dann würden er und seine Helfer Himmel und Hölle in Bewegung setzen, um es zu verhindern. Also wartete ich – aber traf ihn weiter. Er merkte es sehr lange nicht, dann freute er sich für mich.« Sie lächelte bitter, aber verzeihend. »Erst als die Kleine geboren worden war, im Oktober, erzählte ich ihm, dass sie sein Kind war, ich hatte keine anderen Liebhaber. Er wollte es nicht glauben. Und er wollte sie nicht sehen. Bis heute ...«

»Dann wurde er Präsidentschaftskandidat und später Präsident, und er bezahlte. Die ganze Zeit. Ich habe die Überweisungen gesehen. Er bezahlte sehr viel.«

»Ja«, hauchte sie.

»Das ist doch eine Form der Anerkennung. Vielleicht sogar die einzige, die wirklich zählt.«

Der Barkeeper brachte Nachschub und ich gab ihm einen Fünfer, worauf er gleich wieder abzog. Er war es gewohnt, auf ein üppiges Trinkgeld hin einen Mann mit einer hübschen jungen Frau an seinem Tresen sofort alleine zu lassen.

»Und er liebt mich auch weiter, und ich liebe ihn. Ich war die ganze Zeit seine Geliebte, und als er Präsident wurde, zog ich nach Washington, wo er mir eine Wohnung einrichten ließ«, fuhr sie fort und griff nach ihrem Glas. »Unsere Kommunikation lief die ganze Zeit über Mittelsmänner, die ich anrief oder denen ich meine Briefe an ihn schickte, über einen Secret-Service-Mann zum Beispiel.«

»Und über Will Hays und Fred Anderson, wie auch heute noch«, fügte ich hinzu. Sie nickte.

»Auch William Burns?«

»Ich weiß, wer er ist«, sagte sie knapp.

»Sie haben ›Caesar‹ auch im Weißen Haus besucht?«, fragte ich.

»Oh ja«, sagte sie. »Ich war dort, am mächtigsten Platz der Welt. Im Oval Office. Ich habe darin Sex mit ihm gehabt, auf seinem Schreibtisch.«

»Auf seinem Schreibtisch?«, wiederholte ich und musste an ein anderes Paar denken, das dies ebenfalls auf einem solchen Möbel getan hatte. Also darauf mussten sich Anderson und seine Freundin Donna damals bezogen haben.

»Sagen Sie bloß, Sie haben wirklich noch nichts davon gehört? Eine Menge Leute haben es«, meinte sie eher resigniert als bitter. »Und einmal, als seine Frau auf der Suche nach ihm dorthin kam, haben wir uns in einer Kleiderkammer daneben versteckt. Dort hat er dann mit mir geschlafen, während sie nebenan war, in Begleitung von Henry Ford und Thomas Edison, und hat mir den Mund dabei zugehalten. Er ist ein himmlischer Liebhaber …«

Ich konnte darauf nichts sagen. Mir war der Mund ein wenig trocken geworden. Sie trank. Ich trank auch, einen tüchtigen Schluck.

»Aber das ist alles nichts«, sagte sie zu Tode betrübt, »wenn man ihn von ganzem Herzen liebt und eine Tochter mit ihm hat, deren Fotografien er sich gerne ansieht, zu der er persönlich jedoch bislang strikten Abstand hält. Wenn man mit ihm eine Familie gegründet hat, wie er es nicht einmal mit seiner Ehefrau getan hat, aber nicht mit ihm zusammenleben darf. Und deswegen will ich heute nur noch eines, und ich bin wild entschlossen dazu und habe es auch jedem gesagt: Er soll seine Tochter endlich kennenlernen! Elizabeth möchte das unbedingt, sie redet von nichts anderem mehr. Sie ist jetzt alt genug dafür. Und deswegen sind wir hier, Hardy, und es wird passieren, in zwei Wochen, wenn er in Los Angeles ist. Warren …«

»›Caesar‹«, unterbrach ich sie warnend. »Vergessen Sie nicht, Sie haben eine Schweigevereinbarung unterschrieben.«

»›Caesar‹«, sagte sie ungeduldig, »wird seine Tochter kennenlernen. Genau so, wie er es mir in seinem Brief versprochen hat … Vielleicht kann er uns sogar schon vor dem zweiten August zu sich rufen lassen, wenn er die Zeit dafür findet. Und wenn ›Caesar‹ sie einmal getroffen hat, dann wird er sie immer wieder sehen wollen, davon bin ich überzeugt. Er wird alles andere aufgeben und wir werden eine Familie sein.« Sie trank noch einen Schluck. Mir fielen ungeheuer viele Einwände ein, warum der Präsident der Vereinigten Staaten, verheiratet und direkt vor seiner nächsten Wahl stehend, sich nicht darauf einlassen konnte, doch ich behielt sie alle für mich.

»Und was sagt Will Hays dazu?«, fragte ich. »Mit dem haben Sie doch die Vereinbarung getroffen, schon vor vier Jahren?«

»Und ich habe ihm jetzt gesagt, dass ich darauf pfeife, wenn ich nicht endlich meinen Willen bekomme!«, sagte sie und pochte auf den Tresen. »Er will es mir natürlich ausreden, was sonst. Jeden Tag wird er es mir ausreden wollen bis dahin!«

»Nicht so laut«, warnte ich sie. »Wie ist denn Ihr Verhältnis zu Hays?«

»Oh, er ist sehr charmant, und er kennt jeden Trick und wendet sie alle an«, sagte sie spöttisch. »Aber er ist nicht charmant genug, um mich umstimmen zu können!«

Ich dachte für einen Moment darüber nach, was das bedeuten sollte.

»Schlafen Sie mit ihm?«

Sie lachte auf. »Ich glaube, ich habe Ihnen genügend Einblicke in mein Liebesleben gegeben. Das muss reichen.« Empört wandte sie sich ab.

Jetzt war etwas anderes wichtiger.

»Hören Sie, Nan, bei mir sind Ihre Geheimnisse gut aufgehoben. Noch einmal, ich bin Privatdetektiv und ich versichere Ihnen, ich arbeite nicht für die Seite von ›Caesar‹. Aber ich muss Sie warnen: Die Frau, über die ich auf die Sache gekommen bin, ist mittlerweile verschwunden. Angeblich hat sie eine große Reise angetreten. Aber ich fürchte, man hat ihr Gewalt angetan, und dabei hat sie weniger laute Forderungen gestellt als Sie gerade.«

Sie starrte mich düster an. »Was wollen Sie denn damit sagen?«

»Halten Sie sich nach Möglichkeit zurück. Sie haben formuliert, was Sie wollen, das reicht. Warten Sie hier, bis ›Caesar‹ in die Stadt kommt; so wie das klingt, wird er Sie auf jeden Fall sehen wollen, und dann präsentieren Sie ihm seine Tochter, wenn Sie können. Aber seien Sie vorsichtig. Ich glaube, sonst sind Sie in Gefahr.«

»Nur weil ich ihn liebe …?«, fragte sie weinerlich. Ihr Glas war mittlerweile leer.

»Der Page bringt Sie jetzt nach oben zu Ihrer Tochter«, sagte ich und schnippte mit den Fingern nach Edward. Er eilte aus der Lobby herbei. Ich half ihr vom Hocker. »Hier sind meine Telefonnummern. Wenn Sie irgendein Problem haben, rufen Sie mich an, ja?« Ich schrieb ihr sowohl die von zu Hause als auch die vom Büro auf, steckte sie ihr zu und beobachtete dann, wie sie auf Edward gestützt zum Aufzug schwankte.

Niemand sah ihnen mit allzu großer Aufmerksamkeit hinterher. So etwas kam hier bestimmt jeden Abend vor: eine junge Frau, die – aus welchen Gründen auch immer – einen über den Durst getrunken hatte, vielleicht weil sie die Geliebte von irgendwem Verheiratetem war, womöglich auch von jemand Wichtigem.

Auch ich war jetzt rechtschaffen müde und fuhr zu meiner Wohnung, zu der ich den schlafenden Enrico hinauftrug. Dort war ein Zettel unter der Tür durchgeschoben, auf dem handschriftlich stand, ich solle mich bei August Vollmer melden.

Also rief ich unter seiner Privatnummer an. Er hob nach dem dritten Klingeln ab und meldete sich mit einem Gähnen.

»Ich hatte gehofft, dass Sie noch wach sind, Gus«, sagte ich. »Hier ist Hardy. Noch habe ich nichts Entscheidendes herausgefunden, falls Sie das wissen wollten.«

»Es gibt leider ein paar Probleme wegen Ihrer Freundin Polly.«

Ich unterdrückte einen Fluch. »Was für Probleme?«

»Als Erstes wollte ich veranlassen, sie aus dieser überfüllten Zelle herauszuholen. Leider hat mir der Leiter des Gefängnisses berichtet, dass Miss Brandeis heute in eine Prügelei verwickelt war und eine andere Frau richtig übel zugerichtet haben muss.«

»Polly? Sie hat sich bestimmt nur gewehrt«, wandte ich ein.

»Allgemein wurde sie als die Unruhestifterin bezeichnet und jetzt drohen ihr weitere Strafen. Ich werde mir das genau anhören, aber damit war es jetzt nicht möglich, mit dem Richter zu reden, ob er sie wegen guter Führung vorzeitig entlässt. In dieser Situation konnte ich sie nicht bevorzugt behandeln.«

Ich muss gestehen, dass mir der Gedanke kam, Vollmer bringe diese Komplikationen nur vor, um mich bei unserer Zusammenarbeit unter Druck zu setzen. Doch sie klangen authentisch, wie auch sein Einsatz für Polly.

»Ich verstehe.«

»Immerhin habe ich sie aus der Zelle in eine andere verlegen lassen, eine Zweierzelle, offiziell, um sie von den anderen Kontrahentinnen zu trennen. Ich verspreche Ihnen, für sie zu tun, was ich kann.«

»Haben Sie vielen Dank, Gus.«

Verdammt. Damit hatte ich noch einen weiteren Grund, inständig zu hoffen, dass Vollmer kein Mann von leeren Versprechungen war.

Es blieb mir auch gar nichts anderes übrig.

48

Am nächsten Vormittag ließ ich Carrie Phillips eine Nachricht zukommen, mit der ich sie in einen mexikanischen Laden in Downtown bestellte. Ein unverfänglicher öffentlicher Ort, und ich hatte ihr gesagt, sie solle auf Umwegen dorthin kommen und auf Verfolger achten.

Ich besah mir gerade einen handgeknüpften Poncho, als sie hereinkam. Sie trug ein rotes Kleid und einen Turban, ganz die mondäne Dame aus der Hauptstadt, die sie auch war. Nun ja, eigentlich stammte sie aus Ohio.

Und dafür, dass sie eine langjährige deutsche Spionin war, stellte sie sich auch nicht übermäßig geschickt an. Mrs. Phillips sah hier drin so auffällig aus wie ein Weißbrot in einer Auslage voller Maisfladen. Sie platzierte sich neben mir und begutachtete angelegentlich eine gestickte Börse.

»Hallo«, flüsterte sie zur Seite.

»Sehen Sie geradeaus«, ermahnte ich sie. »Was soll das für eine große Reise sein?«

»Ich werde in die Südsee fahren«, sagte sie halblaut.

»Sind Sie nicht hier, um Ihren Liebhaber zu sehen?«

»Den soll ich ja auch vorher treffen, so ist es ausgemacht. Und danach gehe ich auf eine lange Kreuzfahrt, das war gemeint.«

Ich spürte ein ganz seltsames Gefühl in der Magengrube.

»Geht es auch wirklich in die Südsee?«

»Ja, das bezahlen sie mir, mit allem Komfort. Ich glaube, sie sind froh, wenn sie mich für eine Weile los sind.«

»Und ob das danach klingt!«, wisperte ich und hielt mir den Poncho vor, als wollte ich seine Größe überprüfen. »Die andere Dame, mit der ich geredet habe, ist auch auf so einer Reise. Angeblich, ich glaube eher, dass sie tot ist.«

»Oh, ich habe schon einmal so eine Schiffstour gemacht«, sagte sie beinahe fröhlich und griff nach ein paar Jadesteinen, die in einer Keramikschale auslagen. »Nach Japan und Indien und Ceylon, damals zusammen mit meinem Mann. Es war ein sehr inspirierender und schöner Urlaub.«

»Ist Ihnen schon mal der Gedanke gekommen, dass Sie diesen Leuten lästig werden könnten, wenn Sie sie erpressen und schröpfen, und die Sie umbringen wollen?«

»Ich habe mich abgesichert«, sagte sie leise.

»Das hatte die andere auch.«

»Aber bestimmt nicht so gut wie ich. Wenn mir etwas passiert, werden sehr unliebsame Dinge veröffentlicht. Die wollen das nicht, glauben Sie mir.«

»Natürlich nicht. Nur das erklärt den Irrsinn, warum man eine deutsche Spionin in der Nähe von … ›Caesar‹ duldet. Aber das ist ein sehr gefährliches Spiel.«

»Wollen Sie mir Angst machen? Ich treffe ihn doch vorher, und vergessen Sie nicht, er ist seit vielen Jahren mein guter Freund, und ich bin auch mit seiner Frau eng befreundet. Das sollte mich hinreichend schützen.«

Solange die First Lady nicht erfährt, was euer Geheimnis ist, dachte ich. »Wer hat Ihr Rendezvous mit ihm arrangiert? Oder Sie dazu aufgefordert?«

»Das Treffen mit ihm hat er mir selbst vorgeschlagen, in einem Brief, den er mir von unterwegs auf seiner Wahlkampftour geschickt hat, wie immer unter einem Decknamen, natürlich. Er wird am zweiten August hier eintreffen und Station machen, da werden wir heimlich Gelegenheit haben. Die Reise hat mir dann ein Mr Anderson angetragen. Er arbeitet mit Will Hays zusammen.«

»Hat er das irgendwie begründet?« Ich setzte mir einen Sombrero auf und wandte mich ab, um mich im Spiegel anzusehen.

»Nein. Er meinte nur, es wäre von hier aus ja nur ein Katzensprung nach San Francisco, von dort gingen alle Hochseeschiffe ab, und ich wünschte mir dann die Südsee, dort war ich noch nicht.« Wir sahen uns über den Spiegel an.

»Anderson wusste von Ihrem Rendezvous-Termin?«

»Das hat er nicht gesagt. Aber, ja, vermutlich schon.«

Ich schüttelte nachdenklich den Kopf und nahm den Sombrero wieder ab. Ich sah albern damit aus, wie ein Filmbösewicht.

»Hat er auch Ihr Hotel hier gebucht?«

»Nein. Das mache ich immer selbst, das überlasse ich niemand anderem, Hardy. Wollen Sie mitkommen und mit mir essen?«

Sie drehte an ihrer Perlenkette und blickte mich von unten herauf an.

»Danke, ich habe noch etwas vor«, sagte ich. Was bei Präsidenten funktioniert, funktioniert nicht notwendigerweise auch bei mir.

Daraufhin wandte sie sich geschäftlichen Dingen zu. »Da wir gerade von unserer Leidenschaft für Deutschland sprachen – Sie sind doch nach wie vor engagiert für unsere Sache?«, fuhr sie fort. »Im Gegenzug für meine Informationen könnten Sie nämlich etwas für mich herausfinden.«

»Ach ja?«

Sie sah sich noch einmal um und kam nahe heran. »In Washington gibt es ein Haus – einen Club –, eigens angemietet zu dem Zweck, dass sich wichtige Männer dort heimlich und in aller Ruhe treffen. Genau so etwas soll es auch hier in Los Angeles geben, vor allem für Rendezvous mit jungen Frauen.«

»Solche Treffen gibt es natürlich jeden Tag, aber von einem Haus dafür ist mir bisher nichts bekannt«, sagte ich wahrheitsgemäß. »Sie meinen, bezahlt von Mr Hays und seiner Stiftung?«

Das Stichwort *»Washington Club«* war mir aus dem Kontobuch noch geläufig, doch ein ähnlicher Begriff für Hollywood war dort nicht vermerkt gewesen, lediglich einige Kosten, die ich nicht näher zuordnen konnte.

»Erfahren Sie doch etwas darüber und erzählen Sie es mir. Gewiss verkehren dort viele mächtige Leute. Sie alle sind damit erpressbar, verstehen Sie.«

Und ob ich verstand. Ich versprach ihr, mich umzuhören, mehr nicht; dass ich keineswegs vorhatte, irgendwen zu erpressen oder Verrat an meinem neuen Heimatland zu begehen, musste ich ihr ja nicht auf die Nase binden.

Ich fuhr als Nächstes den Voisin volltanken und steuerte ihn dann zu meinem Büro auf der Franklin Avenue, um weitere Munition für die Luger sowie mein spezielles Holster für den Fußknöchel zu holen.

Oben vor der verschlossenen Bürotür saß Clarence, neben sich seinen Trompetenkoffer, und rauchte nervös. Er sprang sofort auf, kaum dass er mich sah.

»Hardy! Hast du eine Ahnung, wo Polly ist? Sie hat sich schon länger nicht mehr gemeldet und ich mache mir Sorgen. Der Klan hat es nämlich nicht nur auf Schwarze abgesehen, sondern manchmal auch auf weiße Frauen, die sich mit welchen eingelassen haben …«

Also hatte sie ihn nicht informiert, seit sie verhaftet worden war.

»Das ist es aber nicht. Sie ist im Gefängnis.«

»Was?« Er fiel aus allen Wolken. Ich bat ihn, erst mal hereinzukommen, und schloss auf. Drinnen schenkte ich uns beiden einen Whisky ein und erklärte ihm, wie sie dahingekommen war, und auch, dass ich sie besucht hatte, es ihr den Umständen entsprechend gut ging und ich bereits einen Versuch in die Wege geleitet hatte, sie früher herauszuholen.

»Diese störrische kleine Nuss …«, sagte er kopfschüttelnd. »Mit der hat man schon alle Hände voll zu tun, was?«

»Niemand zwingt einen dazu.«

Wir hoben die Gläser und stießen auf Pollys Gefängniserfahrung an. Ich war fest entschlossen, ihm nicht von den aktuellen Komplikationen dort zu berichten. Er sah nicht so aus, als könnte er damit umgehen.

»Wenn du möchtest, besuche sie dort, sie würde sich sicher freuen, dich zu sehen – ich weiß nur nicht, wie das bei den anderen da ankommt.« Ich holte mir nebenbei aus der Schublade das, was ich heute Abend brauchen würde.

Er lachte bitter und schüttelte den Kopf. »Das mache ich besser nicht … Es gibt so viele Dinge, die man in unserer Situation besser nicht machen sollte, verdammt!«

Als wir ausgetrunken hatten, sagte ich: »Ich muss jetzt ins Jail Café an der Silver Lake Junction.«

»Kannst du mich ein Stück mitnehmen? Ich muss noch etwas besorgen, das liegt auf dem Weg.«

»Klar.«

Ich merkte, dass Clarence auch jenseits seiner Frage mit mir reden wollte. Auf der Fahrt im Voisin meinte er: »Die Untersuchung gegen den Klan kommt nicht richtig voran, oder?«

»Sie werden die, die sie geschnappt haben, sicher anklagen und verurteilen, auch den Polizisten, dafür wird Vollmer schon sorgen«, meinte ich. »Aber es gibt ja noch mehr, die dafür verantwortlich waren. Die Hintermänner und die Bosse. Die, die deinen Schicksalsgenossen Jeremiah geteert, gefedert und ermordet haben.«

»Du bist doch sicher dabei, sie aufzuspüren?«

»So in etwa«, sagte ich sparsam.

»Ich will dir dabei helfen«, sagte er bestimmt. »Halte doch hier bitte mal an.«

Ich fuhr an den Bordstein. Wir waren vor einem Musikgeschäft stehen geblieben, in dessen Schaufenster zahlreiche Instrumente aufgebaut waren, so als würde sich gleich eine Jazzband dransetzen und mit ihnen loslegen zu spielen.

»Das musst du nicht. Lass das meine Sache und die der Polizei sein.«

»Will ich aber. Ich komme mir wie ein dummes Arschloch vor, dass mir das passiert ist und dass ich nichts tun konnte. Nachts liege ich wach und denke darüber nach, was ich nun tun kann, und auch, wie knapp es war und wie zufällig, dass ihr mich da rausgeholt habt. Wenn ich nicht gerade Albträume habe, in denen ich verbrannt werde, oder an Polly denke und wie das alles weitergehen soll.«

»Es geht immer weiter, Clarence, aber nicht immer so, wie es einem gefällt«, meinte ich.

Er biss sich auf die Lippen und sah zu dem Laden, aber ich hatte das Gefühl, dass er die Sache noch nicht für erledigt hielt.

»Lass es mich bitte erklären. Aber erst muss ich dadrin etwas kaufen.«

»Na schön.«

Wir stiegen beide aus. Ich folgte ihm in das Geschäft, wo der weiße Ladenbesitzer neben einem Klavier saß und die Zeitung las. An der Wand war eine amerikanische Flagge befestigt. In einer Ecke war eine junge Angestellte dabei, zwei Kindern und deren Mutter Instrumente vorzuführen, sie klöppelten auf einem Xylophon herum. Sonst war nichts los. Clarence sah den Mann erwartungsvoll an, doch der beachtete ihn nicht. Nach einer Weile faltete er seine Zeitung zusammen, sah mich an und fragte: »Ja, Sir, was kann ich für Sie tun?«

»Ich begleite nur meinen Freund hier«, sagte ich und deutete auf Clarence. Der Mann wandte irritiert den Kopf und sah ihn unwillig an.

»Guten Tag«, sagte Clarence und hob seinen Trompetenkoffer hoch. »Ich bin Trompeter und brauche ein neues Mundstück. Ich bevorzuge welche aus versilbertem Messing mit einem bauchigen Kessel.«

Der Mann stand auf und reckte sich. »Haben wir nicht.«

Clarence wollte eben den Koffer öffnen, nun hielt er inne. »Ich könnte auch andere ausprobieren, wenn Sie mir etwas Ähnliches empfehlen können.«

Der Mann schüttelte den Kopf. »Wir haben hier überhaupt keine Mundstücke für Niggerlippen«, sagte er, jedes Wort betonend. »Die verschleißen sie zu sehr, deswegen verkaufen wir ausschließlich welche an Weiße. Verstehst du jetzt?«

Clarence sah ihn wütend an.

»Komm, Clarence«, sagte ich und zog ihn mit mir. »Das scheint ein Scheißladen zu sein. Ich könnte ja hier eins kaufen und es dir weitergeben, aber ich kaufe es lieber da, wo man gute Musiker zu schätzen weiß, egal, wer sie sind.«

»Nimm bloß deinen Nigger und hau mit ihm ab«, rief der Mann laut. »Du verdammter Niggerfreund!«

Die Kinder und die junge Frau sahen uns entsetzt an, eng an die Regale gedrückt stehend, als wir an ihnen vorbei nach draußen gingen. Clarence kochte vor Wut. Und ich auch.

»Mach dir nichts draus«, sagte ich auf der Straße. »Solche Arschlöcher gibt es überall. Wir werden sie schon zur Strecke bringen.«

»Lass mich dir verdammt noch mal helfen«, entgegnete er mit zusammengebissenen Zähnen.

»Clarence ...« Er ließ mich nicht ausreden.

»Nicht wegen dem dadrin – so was kommt andauernd vor. Ich stehe in deiner Schuld, Hardy, und in der von Polly, und vielleicht ist es mir auch einfach nur peinlich und unangenehm, dass ich ausgerechnet dir mein Leben zu verdanken habe, aber so ist es nun mal. Und *deswegen* will ich dir helfen. Es ist vollkommen unmöglich für mich, das nicht zu tun, ich finde sonst keine Ruhe mehr.« Er hob den Trompetenkoffer an. »Ich kann einfach nicht mehr nur Jazz spielen, es kommt mir falsch und wie Kinderkram vor, während da draußen immer noch Mörder frei herumlaufen und bald wieder andere teeren und federn werden oder Schlimmeres.«

»Das wird vielleicht nicht zu verhindern sein – da siehst du mal, mit was für frustrierenden Aussichten ich mich in meinem Beruf die ganze Zeit herumschlagen muss.«

»Aber wir können es wenigstens versuchen. Lass mich dabei mithelfen, Hardy«, sagte er und blickte mich hoffnungsvoll an.

»Na gut«, seufzte ich. »Es ist wirklich so, dass ich mich darum jetzt intensiv kümmern werde. Heute Abend noch. Und dabei kann ich nicht alles alleine im Blick haben und jemanden gut gebrauchen, der mir hilft. Beim letzten Mal hat Polly das getan und so sind wir auf die Farm und dich gestoßen.«

»Diesmal werde ich den Job übernehmen«, versicherte er.

Wir nickten uns zu und gaben uns die Hand darauf.

»Erkläre mir einfach, was ich für dich tun soll. Ein Automobil habe ich. Es ist nur ein alter Maxwell 25, aber er ist in Ordnung.« Er grinste. »In Weinrot. Polly findet die Farbe süß.«

»Vielleicht sollten wir aufhören, über Polly zu reden.«

»Ja, du hast recht.«

Wenig später betraten wir gemeinsam das Jail Café. Keiner der Gäste hier sah Clarence schief an. Falls sich einmal jemand über schwarze Besucher beschwert hätte, hätte Buck ihn sofort an die frische Luft gesetzt; es gab da im Hinterhof eine Mauer, die wie geschaffen dafür war, dass sich Rassisten beim Dagegenrumpeln ihre zarten weißhäutigen Wangen aufschürften.

»Das ist Buck, der Chef hier – das ist Clarence, der Trompeter von The Black Pussycats.«

»Freut mich«, sagte Buck freundlich. Natürlich war ihm sofort klar, dass dieser Pollys Liebhaber war. »Ich mag eure Musik, habe sie schon im Radio gesendet. Ihr müsst unbedingt mal bei uns spielen.« Sie gaben sich die Hände und tauschten ein paar Freundlichkeiten und Fachsimpeleien über Jazz aus. Ich bestellte zwei Old Fashioned bei ihm, und er ging sie mixen.

Kaum dass wir alleine waren, kam Clarence wieder auf das vorherige Thema zu sprechen. »Ab wann brauchst du mich heute?«

»Sieben Uhr.«

»Kein Problem. Beobachten wir den Klan?«

»Da passiert heute etwas, aber dort werde ich ohne dich hingehen. Häng du dich ab sieben an Will Hays dran.«

Ich beschrieb ihm, wo das Strandhaus in Santa Monica lag. Er wirkte aufgewühlt.

»Kann ich nicht mit dir kommen – dir folgen, dich absichern oder so etwas?«

»Nein, Clarence.«

»Dieser Hays, es ist doch nur ein Verdacht, dass er dort auftaucht, oder? Ich möchte an der wirklich wichtigen Sache teilnehmen. Auch wenn es gefährlich wird.«

»Es *ist* sehr wichtig, dass du ihn beobachtest, damit wir sicher erfahren, ob er damit zu tun hat. Vor Ort werde ich ihn unter all den Verkleideten vielleicht nicht erkennen. Er hat eine Kutte im Schrank, so viel habe ich bereits herausgefunden. Ich brauche dich, um belegen zu können, dass er sie auch wirklich anzieht und daran teilnimmt, verstehst du?«

»Und dann kriegen wir sie alle dran?«

»Versprochen.«

»Wo ist das denn, wo du hinfährst? Da, wo das Treffen beim letzten Mal sein sollte?«

Da, wo er hätte sterben sollen, daran dachten wir beide vermutlich in diesem Moment.

»Das weiß ich noch nicht. Ich treffe sie an der Kirche in der Fountain Avenue und sie werden mich dann mitnehmen. Sie wissen ja nicht, dass ich den alten Ort kenne. Wahrscheinlich haben sie ihn gewechselt und vielleicht ist es auch gar keine Lynchaktion. Tu, was ich dir sage, damit hilfst du mir am meisten. Und, bitte, halte dich zurück. Vergiss nicht, du bist kein Detektiv und überhaupt nicht erfahren in so etwas. Sei auch nicht enttäuscht, wenn Hays gar nichts Besonderes macht. Beobachte nur und berichte mir dann.«

»Das werde ich, Hardy«, sagte Clarence. »Du kannst dich auf mich verlassen.«

In dem Moment kam Buck mit den Drinks und wir drei stießen miteinander an. Als Clarence sich verabschiedete, legte er einen Geldschein auf den Tresen.

49

Die Zeit bis zum Abend verbrachte ich damit, noch etwas zu essen, dann ließ ich mir von Buck eine brandneue – doch dank etwas aufgestrichenem Teesatz gebraucht aussehende – Geburtsurkunde auf den Namen »Henry Marshall« geben, die mich als Amerikaner auswies. Ich bestand darauf, ihn dafür von Somborns Geld zu bezahlen. Er wünschte mir Glück und ich fuhr in meine Wohnung, um Enrico Gassi zu führen und ihm Futter zu geben.

Gegen sieben fuhr ich zu der Kirche. Ich trug eine Tasche mit der Kutte und der Urkunde bei mir. Meine Luger hatte ich mit dem Holster an der Wade befestigt, wo sie durch die Hose verborgen war.

Vor dem Gotteshaus mit dem hohen roten Glockenturm saß ein Mann auf einer Bank und rauchte eine billige Zigarre, die roch wie in Brand gesteckte Unterhosen. Er hatte einen Schnurrbart und ein Dutzendgesicht und ich wollte erst an ihm vorbeigehen, doch dann hielt ich inne. Es war derjenige, der sich damals beim ersten Besuch hier meinen Namen notiert hatte. Er sprach mich an.

»Henry Marshall.«

Der Mann streckte mir mit prüfendem Blick die Hand entgegen. Ich gab sie ihm, wieder mit dem geheimen Gruß. Jetzt stand er auf und drückte seine Zigarre aus.

»Ich bin James, dein Kleagle.« Er zeigte auf einen geparkten Ford. »Du fährst mit mir. Ich bringe dich dann später wieder zurück.«

Das gefiel mir zwar nicht besonders, aber natürlich stieg ich zu ihm in den Ford.

»Wo geht's denn hin?«

»Aufs Land. Wirst du schon sehen. Wir müssen vorsichtig sein. Vor Kurzem ist irgendwie etwas durchgesickert und ein paar Klansmänner wurden verhaftet. Zum Glück konnte ihr Treffen noch rechtzeitig abgeblasen werden und die Polizei stand nur vor einem brennenden Kreuz.«

»Verstehe«, sagte ich und nichts weiter.

»Du bist also Kandidat. Wer hat dich angeworben, wer bürgt für dich?«

Die Antwort auf diese Frage hatte ich mir natürlich zurechtgelegt.

»Elmer Macready.«

Und sie war einfach zu finden gewesen.

»Ach, der Kameramann?«

»Genau der.«

Er nickte zufrieden. »Das ist gut. Der wird auch gleich dabei sein.«

Verdammt, dachte ich. »Ach wirklich? Er ist hier, in Los Angeles?«

»Ja. Er musste eine Zeit lang untertauchen, aber er ist wieder zurück«, sagte James zufrieden, während er die Straße in Richtung der Berge nahm. Es dämmerte gerade und die Welt um uns herum versank nach und nach in Dunkelheit.

»Prima«, sagte ich. Ich war mir nicht sicher, aber ich hatte das Gefühl, dass uns ein Wagen in einiger Entfernung folgte. Konnte sein, dass sie im Konvoi fuhren oder sich absicherten. Konnte auch Zufall sein, Lichter irgendwelcher Fahrzeuge.

»Wir müssen dich natürlich erst noch prüfen und befragen, bevor wir dich aufnehmen können, aber das wird ja kein Problem sein. Nicht mit Elmer.«

»Überhaupt nicht«, sagte ich und grinste ihn an. »Ich bin schon darauf vorbereitet. Ist der Ort deshalb geheim?«

»Nein, das ist nur eine reine Vorsichtsmaßnahme«, meinte er und biss von einer neuen Zigarre das Ende ab. »Wegen der Sache neulich. Aber es ist ja auch gar nicht verboten, was wir dort tun.« Er spuckte es zur Seite aus dem Fenster.

»Natürlich nicht«, sagte ich und versuchte, meine Verblüffung im Zaum zu halten. »Wir reden ja nur ein bisschen.«

»Oh, nicht nur«, antwortete er. »Wir haben es aufgrund der großen Nachfrage zusammengelegt, wir begehen die feierliche Zeremonie, bei der wir die neuen Mitglieder aufnehmen, gleich auf einer großen Versammlung des gesamten Klaverns von Los Angeles. Die Befragung mit dir erledigen wir vorher, reine Routine, das machen wir heute alles in einem Aufwasch, und dann schwörst du mit all den anderen den Treueeid. Natürlich nur, wenn du die Befragung bestanden hast.« Er lächelte und zückte sein Feuerzeug, mit dessen Flamme er die Zigarre anzündete. Es war leider dieselbe Sorte wie zuvor.

»Natürlich«, sagte ich und lächelte ebenfalls, wobei ich mich zurücksetzte, aus der Stinkrichtung heraus. »Wie viele neue Mitglieder sind es denn heute?«

»Mit dir hundertdreiundzwanzig«, antwortete er. »Mindestens das Doppelte alleine diese Woche. Die Leute rennen uns die Bude ein, das kann ich dir flüstern.«

Es war nun ganz dunkel. Nur ab und zu huschte eine Palmensilhouette im Mondlicht vorbei.

»Das ist wirklich toll«, sagte ich.

Wir erreichten jetzt den Bergkamm und fuhren dann auf der anderen Seite wieder hinunter. Es ging ins Valley, doch er steuerte geradeaus, in eine andere Richtung als die, in der der Wald lag, wo die Jagd stattgefunden hatte.

»Wir kommen kaum mehr hinterher mit den Neuanmeldungen, du siehst es ja an dir.«

»Ja, ich musste wirklich einige Zeit warten.«

»Deswegen machen wir diese Treffen jetzt wöchentlich, es geht nicht anders, wenn wir alle Neuen aufnehmen wollen. Der Klan ist gerade dabei, eine richtige Massenbewegung zu werden, im Süden wie im Norden und hier im Westen, überall. Wir werden Amerika von Grund auf verändern. Die Juden und die Nigger und die Katholiken und die verfluchten Gewerkschaften werden nichts mehr zu sagen haben in diesem Land. Das protestantische weiße Amerika schließt sich zusammen und wird alle anderen an den Rand drängen und verjagen.«

»Gut so«, sagte ich, weil ich etwas sagen musste, um keinen Verdacht zu erregen. »Genau da will ich dabei sein.«

»Ich weiß, Henry. Du bist in guter Gesellschaft. Auch hohe Leute sind Mitglied.«

»Ach ja? Wer denn zum Beispiel?« Ein guter Zigarrenfabrikant schon mal nicht, dachte ich und zündete mir eine Chesterfield an, um gegen ihn anzustinken.

»Du wirst sie kennenlernen«, sagte er. »Sei erst mal zufrieden mit deiner Rolle als Kandidat. Ein Schritt nach dem anderen.«

»Ich finde es einfach aufregend«, beschwichtigte ich. »Wie lange bist du schon im Klan, James?«

»Seit drei Jahren«, sagte er. »Habe mich langsam hochgearbeitet.«

»Und was sagst du dazu, dass Ende letzten Jahres Hiram Evans von William Simmons die Führung übernommen hat? Dass er die Bewegung nun breit aufstellt und überall Leute anwirbt?«

»Ganz einfach, Henry«, sagte er und blies Rauch in mein Gesicht. »Mir ist dabei wichtig, dass sie streng darauf achten, nur Leute zu nehmen, die die ehrenwertesten Beweggründe umtreiben, dafür habe ich mich ihnen angeschlossen und mit Haut und Haaren verschrieben. Und glaub mir, ich werde persönlich dafür sorgen. Amerika zuerst! Jeder auf dem Posten, auf dem er helfen kann!«

»Amerika nur den Amerikanern«, bestätigte ich und hustete. »Was arbeitest du denn, James?«

»Ich bin Postbeamter«, sagte er. »Und glaub mir, wenn ich eine Sendung auf den Tisch bekomme, die geeignet ist, Amerikas gute Sitten zu verderben, oder Briefe, die nur zwischen Juden oder nur zwischen Niggern hin und her gehen, dann verbrenne ich sie sofort, verstehst du.«

»Natürlich verbrennst du sie«, sagte ich. »Woran erkennst du sie denn?«

»An den Namen«, sagte er achselzuckend.

»Und was hältst du von Gewaltaktionen? Beim Lynchen schon mal dabei gewesen?«

Er schoss mir einen Seitenblick zu.

»Wenn so was passiert, geschieht es den Niggern durchaus recht. Aber man muss es ja nicht übertreiben, wir müssen clever sein und an die Außenwirkung denken«, sagte er vorsichtig und wechselte dann rasch das Thema. »Und was machst du, Henry Marshall?«

Mir war klar, dass dies bereits ein Teil der Befragung war.

»Ich bin Schauspieler«, antwortete ich. »Wenn auch kein besonders erfolgreicher.«

Bei Legenden immer möglichst nahe an der Wahrheit bleiben, dachte ich. Und am besten gleich die Erklärung mitliefern, warum ich zum Heer der weithin Unbekannten gehörte: »Ich lehne es nämlich ab, mit bestimmten Leuten zu arbeiten, bei denen ich das große Kotzen kriege. Wenn du verstehst, was ich meine.« Er nickte heftig.

»Schauspieler haben wir auch einige«, sagte James. »Und Regisseure und andere Leute aus Hollywood, wie Elmer, den Kameramann. Es werden immer mehr.«

»Ist auch Griffith dabei?«, fragte ich mit naiver Begeisterung. »Ich habe so was gehört und immerhin hat er doch selbst dafür gesorgt …«

»Keine Namen«, wehrte James ab. »Vielleicht erfährst du die, wenn du Mitglied bist, vorher keinesfalls.« Er drückte die Zigarre sorgfältig aus.

Auf der Straße, die wir nahmen, herrschte reger Verkehr. Sie führte auf einen Bergriegel zu, der das Tal durchschnitt und in zwei Hälften teilte. Wir fuhren in das Tal rechts. Zahlreiche Automobile waren in dieselbe Richtung wie wir unterwegs. An jeder Kreuzung bogen neue auf sie ein und fuhren ebenfalls dorthin. Leider würde wohl in einem von ihnen Elmer Macready sitzen, den ich so weit weg gewähnt hatte und der keine Ahnung hatte, dass ich ihn kannte.

50

James fuhr den Ford auf ein großes Feld, auf dem bereits zahlreiche Wagen in mehreren Reihen standen, normale Automobile und Lastwagen, beleuchtet von Lampen und dirigiert von Klansmännern, die in weißen Kutten Signale gaben wie Verkehrspolizisten. Vermutlich waren es sogar welche.

James nahm vom Rücksitz eine Kutte und zog sie sich an.

»Soll ich meine auch …?«, fragte ich und nahm meine Tasche heraus.

»Erst, wenn ihr den Eid abgelegt habt.«

Seine Kutte war die eines »Nachtfalken«, wie er mir erklärte. Er setzte sich die Kapuze auf den Kopf, ließ aber das Gesicht unverhüllt.

»Ich habe meine Geburtsurkunde dabei«, sagte ich und zeigte auf die Tasche. Dabei wusste ich genau, dass sie mir vermutlich nicht viel helfen würde.

»Oh, das ist gut«, sagte James, ohne sie groß zu beachten. »Wenn Elmer für dich bürgt, sollte das alles schnell erledigt sein. Lass uns ihn suchen, er soll hier heute Aufnahmen machen.«

Gemeinsam gingen wir nebeneinanderher, die Automobilreihen hinter uns lassend, auf das freie Feld hinaus. Zum Glück beachtete er nun das absolute Rauchverbot.

In der Ferne war ein riesiges Kreuz zu sehen, das am Fuß des Berghangs aufgestellt war. Es stand nicht wie sonst in Flammen, sondern wurde von einem starken Autoscheinwerfer angestrahlt. Drumherum hatten sich im Halbkreis ungefähr tausend

Menschen versammelt, und es kamen immer noch mehr. Sie alle trugen die weiße Kluft und auf dem Kopf ihre spitzen Kapuzen, die Gesichter darunter freigelegt. Wenn man unter sich und nicht in Gegenwart von Feinden war – und ihnen Gewalt antun wollte, wie bei der Jagd –, zeigte man einander sein Gesicht, schloss ich. Ich hingegen war vollkommen unverkleidet, anders als ich es erwartet hatte, und für mich hieß das natürlich, dass die Gefahr der Enttarnung heute Abend noch größer sein würde, als ich gedacht hatte. Immerhin sah ich hier und da viele weitere Männer, die keine Kutten trugen, offenbar ebenfalls Kandidaten.

Ich hatte keine Ahnung, wie ich vorgehen würde. Zwar hegte ich die leise Hoffnung, dass ich mich unauffällig unter die anderen mischen und James' Kontrolle entziehen könnte, aber ich wollte das nur als äußerstes Mittel anwenden. Die Kutte in meiner Tasche ließ mir auch die Möglichkeit offen, mich bei Bedarf noch zu verkleiden. Ich musste jedenfalls etwas unternehmen, bevor ich dem Kameramann präsentiert werden würde, denn dann war es aus.

James, der freundliche Postmann und Nachtfalke, ließ mich keinen Moment aus den Augen, nahm mich beim Ellbogen und lenkte mich durch die Massen der Klansmänner zum Rand des Halbkreises auf ein Zelt zu. Ich hätte nicht davonlaufen können, ohne sofort seinen Verdacht zu erregen.

Ich hob irritiert den Kopf, als ich Frauenstimmen hörte. Eine Gruppe Klanmitglieder verstummte und trat devot zur Seite, als James sie von hinten wegschob. Unter deren Kapuzen sah ich im Vorbeigehen weibliche Gesichter. Unter Hiram Evans' Führung konnten nun auch Frauen Mitglied werden, wie mir James herablassend erklärte, sie bildeten eine eigene Sektion, den WKKK. Hier versammelt war also nicht nur eine Gruppe wie neulich im Wald, vielmehr war es tatsächlich die gesamte Mitgliedschaft von Los Angeles.

Das Stimmengewirr wurde leiser, je weiter wir nach vorne kamen. Dort war eine Zeremonie im Gang, und wir hörten eine Stimme laut etwas deklamieren.

Am inneren Rund des Halbkreises erreichten wir ein großes, offenes weißes Zelt. Dort standen ungefähr fünfzig Männer in Alltagskleidung zusammengedrängt. Sie blickten unter dem Zeltdach hervor auf das Zentrum des Halbkreises. In vier Reihen standen dort etwa genauso viele Männer, frontal auf einen Altar blickend, hinter dem der Mann stand, der redete.

James hielt inne und wandte sich mir zu. »Die Zeremonie ist schon im Gang«, wisperte er mir zu. Ich musste mich weit zu ihm beugen, um zu verstehen, was er sagte. Er deutete auf die Männer vor dem Altar. »Das ist die erste Hälfte, die sind bereits geprüft worden. Du wirst dann danach mit der zweiten Hälfte hier im Zelt befragt und wenn das geklärt ist, schwörst du dort deinen Eid.«

»Gut«, flüsterte ich zurück.

Er zeigte an mir vorbei. »Da ist ja auch Elmer!«, sagte er. Ich wandte den Kopf, alarmbereit und jederzeit darauf gefasst, vielleicht abhauen zu müssen.

Die Stelle, auf die er wies, befand sich seitlich der aufgereiht stehenden Kandidaten. An einer Kamera stand ein mittelgroßer Klansmann, der seine Kapuze weit hochgeschoben hatte, um durch das Objektiv blicken zu können, drehte an der Kurbel und filmte die Zeremonie, von den Reihen der Männer auf den Altar schwenkend. Es war Elmer Macready, ich erkannte ihn deutlich.

»Gut«, flüsterte ich noch einmal und es war mir vollkommen egal, ob James mich verstand, denn im Grunde sagte ich es nur für mich. Ich hatte etwas Zeit gewonnen.

»Das ist eine ernsthafte Unternehmung, Sirs«, setzte der Mann hinter dem Altar mit erhobener Stimme seine Ansprache fort. »Wir sind nicht zum Spaß hier oder um der dummen Frivolität von Zirkusclowns zu frönen.«

Ich sah genauer hin. Es war nicht der Große Zyklop, wie ich gedacht oder gehofft hatte. Der Redner trug eine leuchtend rote Kutte, die auf jeder Brustseite ein weißes Kreuz trug, und sprach mit volltönendem Bass.

»Machen Sie sich selbst nichts vor, Sie können auch uns nichts vormachen und wir lassen uns nicht betrügen!«

Nun erkannte ich ihn unter seiner spitzen roten Kapuze mit den Bommeln: Es war der Priester, mit dem ich in der Fountain Avenue gesprochen hatte. Er war der Zeremonienmeister, wie mir James erklärte, der Große Titan, der Anführer der Provinz.

»Wollen Sie also noch vor dem Eid zurücktreten?«, fuhr er fort.

Niemand rührte sich. Es wäre auch keinem zu raten gewesen.

»Die Rede stammt aus unserem Glaubensbekenntnis, dem Kloran«, flüsterte mir James stolz zu. Ich musste mir die Hand vors Gesicht halten und große Mühe geben, um nicht laut loszulachen. Der Titan las weiter die Worte vor, mit denen die Initiation der neuen Mitglieder begangen wurde.

»Dann, ehrwürdiger Kladd, führen Sie diese für würdig befundenen Neulinge zum Heiligen Altar des Imperiums der Ritterlichkeit, der Ehre, der Industrie und der Liebe, sodass sie die nötigen Schritte unternehmen können, um Mitglieder dieses Unsichtbaren Imperiums zu werden – der Weißen Ritter des Ku-Klux-Klans!«

Ein Klansmann in einer weißen Kutte führte die Männer nun, in militärischer Ordnung vorrückend, näher zum Altar. Dieser war mit einer Südstaatenflagge bezogen, darauf lagen eine Bibel, ein Totenkopf, ein Schwert und ein rotes Kreuz, wie der Fantasie eines Requisiteurs folgend, der einen ziemlich kitschigen Geschmack hatte.

Dann kam eine lange Abfolge von umständlichen Fragen, die der Große Titan pathetisch verlas und die jeweils von den Anwärtern mit einem schlichten Ja beantwortet wurden. Im Anschluss mussten sie einen vorgegebenen Gesang singen, der sich an Gott richtete, aber das Gottloseste war, was ich jemals gehört hatte. Ein heidnisches Ritual, in das neben dem Kreuz und der Bibel auch noch eine angeblich heilige Flüssigkeit aus einer Flasche involviert war. Die Anwärter knieten schließlich am Altar nieder, küssten die Flagge, legten ihre linke Hand auf die Bibel und streckten die rechte zum Himmel, und dann schworen sie ihren Eid, den ihnen der Zeremonienmeister vorsprach, und spätestens, als ich diesen hörte, war mir klar, dass ich ihn selbst niemals würde aussprechen können.

Sie mussten nämlich, neben dem Glauben an Gott, ihre Loyalität, Verbundenheit und ihren rückhaltlosen Einsatz für die Regierung der Vereinigten Staaten bekunden. Und nach alldem, was ich unlängst über die aktuelle Präsidentschaft erfahren hatte, wäre mir das nicht mehr möglich gewesen.

Jeder von ihnen wurde von dem Titanen mit seinem Namen angesprochen und erhielt dann einen neuen Rang. Sie lauteten: Terror, Klaliff, Klokard, Kludd. Dazu bespritzte er sie alle mit der »heiligen Flüssigkeit«. Und Elmer Macready filmte jeden einzelnen Schritt mit stoischer Ruhe, wobei er immer wieder die Kameraposition und die Perspektive wechselte. Auf einen Assistenten verzichtete er heute.

Danach wurde jedem Einzelnen von ihnen durch den Titanen eine Insignie an die Brust geheftet, die sie als Klanmitglieder erkennbar machen würde, ein stilisiertes Kreuz in einem Kreis.

Nicht mehr lange, und auch ich würde vortreten müssen. Ich musste eine Entscheidung fällen.

Als der Titan beim fünftletzten der Männer angelangt war, hörte ich Pferdegetrappel und wandte den Kopf nach links. Reiter waren dort herangekommen. Auch sie trugen die weißen Gewänder und ebenso hatten die Pferde weiße Decken und mit Kapuzen verhüllte Köpfe. So seltsam ich es auf Anhieb fand, dass sie auch die Pferde verkleidet hatten, plötzlich erstarrte ich.

Einer der Reiter war ein kleiner dünner Mann, sein Gesicht konnte ich nicht erkennen, da es dem Altar zugewandt war. Sein Pferd war ein Rappe. Ich kniff das Auge zusammen und riss es wieder weit auf, um es genau erfassen zu können. Kannte ich dieses Pferd? Und kannte ich diese Kutte – war es dieselbe, die ich in Santa Monica in der Hand gehalten hatte?

Da kam hinter dem weiß verhüllten Rappen, der soeben seinen Kopf zum Boden neigte, noch etwas anderes in Sicht: ein kleineres Pony, vollkommen verkleidet wie all die anderen Pferde. Und darauf saß ein Kind in einer Klankutte und mit Kapuze.

Es hielt sich dicht an dem kleinen dünnen Mann auf dem

großen Pferd. Ich wagte kaum zu atmen und starrte zu ihnen. Wende deinen Kopf, beschwor ich ihn stumm. Verdammt, dreht eure Köpfe zu mir!

»Was ist?«, flüsterte von der anderen Seite James, mich aufmerksam betrachtend.

»Ihr habt auch Pferde?«, fragte ich etwas sinnlos und nur, um meine Überraschung zu erklären. »Und Kinder?«

»Natürlich«, sagte er leise. »Ich sagte es doch, Henry, wir können jeden Nachwuchs gebrauchen. Evans hat Kinderbrigaden eingeführt, den Junior Klan, sie dürfen nun von klein auf bei uns dabei sein.«

Das Kind auf dem Pony sah ich nur von hinten, im Viertelprofil.

Ich dachte für einen Moment, mir werde schlecht. Die neuen Klanmitglieder waren nun alle eingeschworen und wurden von dem Zeremonienmeister am Altar feierlich mit Handschlag begrüßt und dann entlassen. Der Priester wirkte dabei genauso freundlich, wie er es gegenüber den Gemeindemitgliedern seiner Kirche nach Ende des Gottesdienstes war.

Als Nächstes würde ich drankommen. Elmer Macready hörte auf, an seiner Kamera zu kurbeln. Er wechselte die Kassette. Ich sah noch einmal zu Vater und Kind auf den Pferden. Andere Reiter schoben sich zwischen sie und mich. Darunter war auch noch ein weiteres Kind auf einem kleinen Pferd, und dann kam noch eines. Verwirrt sah ich zwischen ihnen hin und her.

Erwartungsvoll blickte Elmer sich um. James nahm mich wieder beim Ellbogen und wollte mich zu ihm hinüberziehen.

Da ertönte plötzlich ein Schuss. Er kam oben vom Hügel, alle wandten die Köpfe und sahen dorthin.

Ein Klansmann galoppierte auf einem Pferd den Hang herab auf unsere Versammlung zu, wobei er laut rufend den Arm schwenkte. Er kam erst unmittelbar vor dem Altar zum Stehen. Ein Aufruhr entstand. Die Männer stoben auseinander. Ein anderes Pferd scheute und warf beinahe seinen Reiter ab.

»Was ist denn los?«, herrschte der Titan den Mann an.

»Wir sind belauscht worden!«, schrie der Neuankömmling,

dessen Kapuze heruntergelassen war und sein Gesicht verhüllte. »Von da oben! Wir haben den Feind dort gestellt!« Er zeigte den Hügel hinauf.

»Es ist ein verdammter Nigger!«, schrie er.

Oh nein, dachte ich.

51

Augenblicklich stob die Menge auseinander. Der Reiter gab dem Pferd die Sporen und ritt den Hügel wieder hinauf. Hinter ihm her galoppierten in wilder Jagd die weiteren Berittenen, ihre Pferde mit lauten Rufen antreibend, wir anderen folgten ihnen zu Fuß. Gerade war James noch neben mir, dann drängten sich mehrere Klansmänner zwischen uns und wir wurden getrennt. Ich rannte los, auf den Berg zu, und wusste doch sofort, dass ich zu spät kommen würde. Im Rennen überholte ich Elmer, der seine Kamera geschultert hatte und damit kaum vorankam, es war ein steiler Anstieg. Ich sah, dass alle Klansmänner ihre Gesichter nun verhüllt hatten. Im Laufen holte ich die Robe heraus und zog sie mir über, dann bedeckte auch ich mein Gesicht mit der Kapuze. Manche blieben zurück und hielten die Kinder davon ab zu folgen.

James hatte ich verloren und er mich, wegen ihm musste ich mich nicht mehr sorgen. Ich dachte nur noch an Clarence. Meine Gedanken überschlugen sich. Ich hörte mich laut atmen und vor Zorn und Furcht stöhnen. Oh nein, bitte nicht, dachte ich.

Als ich mich dem Berggipfel näherte, sah ich, dass sich dort bereits ein neuer Halbkreis von Zuschauern gebildet hatte. Sie starrten auf etwas, das sich in ihrer Mitte befand. Zunächst konnte ich nur eine brennende Fackel ausmachen, deren Feuerschein unruhig flackerte. Ich drängte mich in die Umstehenden hinein und schob sie auseinander. Nun konnte ich über die

Schulter meines Vordermannes hinweg in ihrem Licht sehen, was sie alle sahen.

Am Ast eines Baumes baumelte, an einem Strick um den Hals aufgehängt, ein schwarzer Mann in einem Anzug, der nur noch einen Schuh anhatte. Sein Gesicht über der zugezogenen Seilschlinge war verzerrt und verquollen, doch ich erkannte ihn.

Es war Clarence.

Seine Beine zuckten und kickten in die Luft. Doch er war schon ganz schwach. Direkt daneben stand aufrecht mit der Fackel in der Hand ein großer Klansmann. Sein Gesicht war durch die Kapuze verhüllt, doch es war der Große Zyklop, ich erkannte die Kutte ganz zweifelsfrei. Die Zuschauer stießen schmähende Worte des Hasses aus.

Ich bückte mich instinktiv und tastete nach der Waffe an meinem Bein. Sie ziehen und alle anderen damit bedrohen und zwingen, ihn von dem Seil abzunehmen, war mein erster Impuls. Aber als ich noch einmal hoch zu Clarence blickte, musste ich einsehen, dass das sinnlos war. Gerade fiel sein Kopf zur Seite und sein ganzer Körper streckte sich. Ich stöhnte auf. Es war zu spät.

Die Menge johlte und jubelte lauthals.

»Der Nigger ist tot!«, rief ein Mann neben mir enthemmt.

»Das hat er nun davon!«, schrie ein anderer.

Ich richtete mich wieder auf, niedergeschlagen, ächzend wie vor Schmerzen, und sah weg von Clarence, ich konnte ihn einfach nicht mehr anschauen. Als ich den Blick zur Seite abwandte, entdeckte ich Elmer Macready, der inzwischen einige Fuß von mir entfernt seine Kamera aufgebaut hatte und schweißüberströmt die Kurbel betätigte. Er filmte die Szene, als spiele sie in einer Filmkulisse oder als sei der Tote dort vorne neben seinem Henker die Trophäe einer geglückten Jagd.

Der Große Zyklop, der ihn aufgehängt hatte und der Menge präsentierte, trat vor.

»Dieser Nigger hat sich den falschen Abend ausgesucht, um zu spionieren«, sagte er mit lauter Stimme und in seinem breiten

Südstaatensingsang. »Wie gut, dass wir patrouilliert und hier nachgesehen haben, wo er sich feige versteckt hatte. Er hat sich gewehrt und es gewagt, dem Klan zu drohen. Und da hängt er nun zur Warnung an alle, die es ihm gleichtun und sich mit unserem großen Imperium anlegen wollen!«

Als er sprach und den Kopf hin und her bewegte, sah ich hinter seiner Kapuze wieder die Brillengläser aufblitzen. Es war das erste Mal seit damals im Wald, dass ich ihn reden hörte.

Ein Pferd schob sich in mein Blickfeld und ich sah nach oben. Der Reiter war der kleine, dünne Mann, doch seine Kapuze verhüllte jetzt sein Gesicht. Andere Reiter auf Pferden folgten ihm, und da war auch wieder das Kind auf dem Pony.

»Das ist unser gutes Recht!«, rief der Mann, der die anderen alarmiert hatte. »Wir verteidigen unser Land gegen Eindringlinge, so wie es unsere Verfassung garantiert!«

Der Zyklop ging derweil ein paar Schritte beiseite und nun sahen wir dort in den Boden gerammt ein weiteres großes, aus zwei rohen Ästen zusammengebundenes Holzkreuz. Er entzündete es mit der Fackel, die er von dessen Fuß hinauf und zu den Seiten führte, und das Feuer loderte auf. Schon stand das ganze Kreuz in Flammen.

»Amerika zuerst!«, schrie der Mörder.

»Amerika zuerst!«, schrie der Reiter.

»Amerika zuerst!«, antwortete die Menge im lauten Chor.

Alle schrien sie mit, in blankem Hass vereint. Alle außer mir.

Ich bückte mich erneut und bevor ich weiter darüber nachgedacht hatte, hatte ich das Hosenbein hochgeschoben und die Luger aus dem Holster geholt. Ich richtete mich damit wieder auf. Niemand achtete auf mich.

Der Jubel hatte nicht aufgehört, im Gegenteil, er schwoll jetzt noch an. Es war eine ähnliche Stimmung wie damals im Wald, und etwa ebenso viele Leute waren versammelt.

Ich entsicherte meine Waffe. Dann drängte ich mich weiter nach vorne, in Richtung auf die Reiter zu. Nun brach ich zu ihnen durch und legte meine Hand auf die Flanke des Rappen, um ihn dazu zu bringen, sich umzudrehen.

Da ertönte plötzlich direkt neben uns ein Schuss. Einer der Klansmänner hatte sein Gewehr in die Luft abgefeuert, ein Freudenschuss zur Feier des Ereignisses, und weitere folgten. Schreie ertönten. Der Rappe vor mir stieg mit den Vorderbeinen in die Luft. Ich taumelte zurück. Der Reiter konnte sich nur mit Mühe im Sattel halten, das Pferd tanzte auf den Hinterbeinen.

Die anderen Pferde scheuten. Eines der Ponys warf seinen Jungen ab, er fiel ins Gras und seine Kapuze rutschte vom Kopf. Er drehte mir ein aufgeschürftes, verzerrtes Gesicht zu. Es war nicht Billy, sondern ein anderer Bengel in seinem Alter.

»Was machen die nur!«, rief der Henker zu einem anderen Klansmann, der sein Pferd am Zügel führte und zu beruhigen versuchte. »Na, was soll's. Lassen wir den hier hängen, zur Warnung für alle anderen Nigger.«

In diesem Augenblick ertönte ein lauter Warnschrei: »Vorsicht!«

Ein scheuendes Pferd war gegen das Kreuz getaumelt, wieherte auf und sprang bockend davon weg. Das brennende Kreuz fiel zur Seite um und krachte gegen einen Baum. Dieser stand sofort lichterloh in Flammen. Sie fraßen sich in ungeheurer Geschwindigkeit an ihm entlang. An seinem Fuß entzündeten sich dichte Büschel von trockenem Gras, sie fingen Feuer wie Zunder. Neue Flammen loderten auf und fanden reichlich weitere Nahrung.

Schon brannte ein ganzer Streifen davon. Diese Idioten, sie hatten in ihrer Verblendung nicht einmal an die Brandgefahr gedacht.

Die Pferde wieherten nun alle auf und gingen durch. Schnell warf ich mich zur Seite und wich einer Mähre aus. Ich rollte mich ab und als ich wieder aufstand, wäre ich beinahe gegen die baumelnden Beine von Clarence gestolpert. Sein Mörder stand neben dem lodernden Feuer. Ich sah im Widerschein noch einmal durch die Augenschlitze seine Brillengläser aufleuchten.

Plötzlich war das Feuer auf dem ganzen Hügel, als wollte es uns einschließen. Panik stieg in mir auf, die traumatische Erinnerung an die Flammen, mit denen ich im Krieg Schrecken hatte verbreiten lassen, und an das Feuer, in dem ich im letzten Jahr beinahe gestorben war.

Um uns herum herrschte wilder Aufruhr. Der Große Zyklop raffte seine Kutte und lief los, mit eiligen Schritten den Berg hinunter. Ich heftete mich an ihn.

»Haut ab und rettet euch!«, riefen diverse Klansmänner und eilten nun ebenfalls hangabwärts. In dem Durcheinandergerenne von weiß gekleideten Klansmännern war es schwierig, meine Zielperson im Blick zu behalten, doch es gelang mir. Weiterhin hatte ich die Waffe in der Hand, gegen meine Hüfte gepresst, sodass sie in der Dunkelheit nicht auffallen würde, doch weder hatte ich ein freies Schussfeld noch einen klaren Plan. Ich wusste nur, ich wollte den Mörder nicht davonkommen lassen, auf keinen Fall.

Am Fuß des Berges drängten bereits viele Klansmänner von der Versammlung unten zu den Automobilen, ebenfalls aufgeschreckt durch den Brand. Ich drehte mich um und sah eine Feuerwalze den Berg hinabkommen. Das Tal war voller schreiender Menschen in weißen Kutten, die um ihr Leben liefen.

Der Mörder rannte unten an dem Altar vorbei und dann auf den Parkplatz zu, ich blieb in einigem Abstand hinter ihm. Erst jetzt fiel mir ein, dass ich selbst kein Automobil hatte. Und vermutlich würde er gleich in eines steigen und davonfahren. Er lief nun die Reihen der geparkten Wagen entlang. Ich folgte ihm.

»Schnell, hilf mir, Jack«, sagte ein Mann, an dem ich vorübereilte, zu einem Kind. Er balancierte auf seinen Armen einige der Dinge, die während der Zeremonie auf dem Altar gestanden hatten – die schwere Bibel, das Schwert in seiner Scheide, das Kreuz und eine kleine Flasche mit der heiligen Flüssigkeit –, in Richtung eines Cadillacs. Der Klansmann und der Junge stießen gegeneinander und dabei fiel alles herunter auf den Boden. Ich sah, wie drei Automobile weiter der Mörder an einem Wagen stehen blieb, und hielt abrupt an.

»Lasst mich helfen«, sagte ich zu dem Mann und öffnete die Fahrertür für ihn.

»Danke, Kamerad«, antwortete der Klansmann erleichtert. Er wandte sich wieder an seinen Sohn. »Sei nicht so faul, Jack. Hilf mir, die Sachen aufzusammeln.«

Der Kleine legte die Flasche im Wagen ab und ließ die Tür offen stehen, als er zu seinem Vater lief und ihm half, im Dunkel den Boden abzusuchen. Hinter ihnen hatte die Feuerwalze bereits fast den Fuß des Berges erreicht und breitete sich weiter nach allen Seiten aus.

Schnell nahm ich auf dem Fahrersitz Platz und zog die Tür zu. Der Schlüssel steckte und einen Cadillac hatte ich schon gefahren, ich wusste mit dem Anlasserknopf umzugehen. Der Wagen sprang an und ich gab Gas. Ich hörte den Vater hinter mir herbrüllen, doch dies ging im allgemeinen Geschrei unter.

Schon rumpelte ich in seinem Gefährt über das unebene Feld und dem anderen Automobil hinterher. Meine Scheinwerfer erfassten es, es war ein eleganter weißer Buick. Er betätigte die röhrende Hupe und ein paar Männer sprangen aus dem Weg. So näherten wir uns der Straße und trotz des allgemeinen Aufbruchs um uns herum konnte ich mich hinter ihm halten.

Wir fuhren auf die Straße, die uns hierhergeführt hatte, und der Buick beschleunigte. Ich legte die Luger neben mich und lenkte mit beiden Händen. Die Straße hatte einige heftige Schlaglöcher und ich musste immer wieder korrigieren. Im Rückspiegel konnte ich das inzwischen gewaltig angewachsene Feuer sehen, mit weißlichen Wolken darüber, doch nun wurde es immer kleiner und war bald nur noch ein Flammenring am Horizont.

Während wir dahinfuhren, konnte ich nun zum ersten Mal reflektieren, was vorhin alles geschehen war.

Clarences Tod konnte ich immer noch kaum fassen. Mein Gott, wie sollte ich das Polly erklären? Wie sollte ich es vor mir selbst rechtfertigen? Es fühlte sich auf furchtbare Weise so an, als wäre ich schuld an seinem Tod, auch wenn er sich selbst aufgedrängt und um Mithilfe gebeten hatte. Mir war ja gar nichts anderes übrig geblieben, als ihn einzubeziehen. Andererseits hatte ich ihm eine Aufgabe zugewiesen, die so harmlos wie möglich gewesen war, und eingeschärft, nur zu beobachten. Doch es musste dabei einiges schiefgelaufen sein. Wenn er wirklich Hays zu dem Klantreffen gefolgt war, war dieser dann einer der Reiter gewesen und Billy bei ihm?

Verdammt, warum hatte Clarence sich bloß erwischen lassen? Er war einfach nicht erfahren genug gewesen. Ich hätte es ihm abschlagen müssen. Jetzt hing er dort oben aufgeknüpft und genau das Schicksal, vor dem ich ihn seinerzeit hatte bewahren können, hatte ihn doch noch ereilt.

Ich schlug wütend auf das Lenkrad des Cadillacs, immer und immer wieder. Der Buick fuhr auf den Cahuenga-Pass zu, der nach Hollywood führte.

»Dich krieg ich«, sagte ich laut vor mich hin. »Und ich mach dich fertig.«

Dass ich mich nur knapp selbst hatte retten können, daran verschwendete ich kaum einen Gedanken. Es war sehr gewagt, aber auch meine einzige Chance gewesen und hatte nicht zum Erfolg geführt. Immerhin hatte ich es vermeiden können, mit meinem vermeintlichen Bekannten Elmer Macready konfrontiert und vor James als Lügner identifiziert zu werden.

Der Große Zyklop, den ich nicht davonkommen lassen durfte, nahm die Kurven des Passes in schnellem Tempo und mit quietschenden Reifen. Drüben bog er auf die Highland Avenue ein und fuhr sie hinunter bis zum Sunset Boulevard. Meine Armbanduhr zeigte halb eins an, es waren kaum Automobile unterwegs. Wir fuhren so schnell, dass uns eine Polizeistreife sicher aufgehalten hätte. Ich musste dicht an ihm dranbleiben, um ihn nicht zu verlieren, und das war reichlich auffällig. So wie er fuhr, hatte der Mann vor mir mittlerweile entdeckt, dass er verfolgt wurde.

In vollem Tempo fuhr er nun auf die Vine Street und ich folgte ihm. Die Flasche mit der heiligen Flüssigkeit rollte in der Kurvenlage auf die Tür zu und zerschellte daran. Ein Geruch nach brackigem Wasser breitete sich aus, oder nach Rassistenpisse.

Plötzlich bremste der Buick vor mir abrupt und bog in eine

Einfahrt ein. Es war das Studiogelände der Paramount, wie ich nun erkannte. Ich schlug das Lenkrad hart ein.

Der Wagen vor mir raste auf die Schranke zu, neben der der Nachtpförtner döste, und durchbrach sie mit einem hässlichen Geräusch. Er schleuderte kurz und fuhr weiter und auch ich folgte ihm, ohne anzuhalten – was hätte ich dem Pförtner schon erklären sollen, in meinem Klankostüm? Im Rückspiegel sah ich, wie er erschrocken aufsprang und uns hinterhersah.

Der weiße Buick raste die verwaiste Hauptstraße entlang zwischen den Studiohallen hindurch, dann ging er in eine scharfe Rechtskurve, die er gerade noch so erwischte. Zu schnell, um abbiegen zu können, schoss ich im Cadillac geradeaus, bevor ich hart in die Eisen stieg. Dann legte ich den Rückwärtsgang ein und setzte zurück, schaltete erneut – mich verschaltend, was einen lauten Misston erzeugte – und fuhr dann ebenfalls nach rechts.

Der Buick stand mit laufendem Motor und offener Fahrertür vor einer Studiohalle. Ich hielt ebenfalls an, nahm die Luger und rannte in sie hinein. Die Halle war dunkel und ich blieb am Eingang stehen, meinen stoßweisen Atem bezähmend, und lauschte. Entfernt hörte ich Schritte. Ich tastete seitlich an der Wand und fand einen Schalter, den ich betätigte. Mit einem Schlag wurde es hell und das Studioset erschien vor mir.

Es war ein gewaltiges, steil ansteigendes Felsmassiv aus Pappmaschee, das DeMille für seinen aktuellen Film *The Ten Commandments* hatte bauen lassen. Dies war der Berg Sinai, von dem aus Moses dem Volk Israel die Zehn Gebote verkünden würde. Kameras auf Plattformen und zahlreiche Lampen warteten darauf, dass Schauspieler und Statisten die Szenerie bevölkerten und weitergedreht werden würde.

Auf einem höher gelegenen Plateau sah ich eine Bewegung und riss die Waffe nach oben. Sie zielte auf das Goldene Kalb, das dort aufgestellt war, damit das Volk es hier unten anbeten und um es herumtanzen konnte. Ich meinte den Mörder da oben gesehen zu haben, doch ich war nicht sicher. Zur Seite blickend, entdeckte ich Stufen, die hinter den Kulissenwänden hinaufführten. Ich lief zu ihnen und stieg sie nach oben. Dort blieb ich stehen und lauschte erneut. Wieder meinte ich Schritte zu hören. Hinter den Pappmaschee-Wänden des Berges verlief eine Galerie. Auf ihr lief ich außen herum, meine eigenen Schritte dabei möglichst leise setzend. Ich fürchtete, er müsste mich trotzdem hören, und hielt die Luger im Anschlag.

Nun blickte ich von der Galerie im ersten Stock durch eine Öffnung suchend umher und entdeckte den Klansmann mit der weißen Kapuze genau gegenüber. Er sah mich im selben Moment. Ich hob die Waffe und schoss. Ein metallischer Klang ertönte, ich hatte das Goldene Kalb getroffen, eine golden lackierte, seltsam verfremdete Skulptur, die eher aussah wie ein kubistischer Präriewolf. Doch da war er schon wieder verschwunden. Ich hatte keine Ahnung, wohin er gelaufen war. Aufs Geratewohl ging ich auf der Galerie nach rechts. Als ich hinter der Kulisse um die Ecke bog, die Waffe erhoben, starrte ich ins Leere.

Erneut erklangen Schritte. Durch das nächste Fenster blickend, sah ich ihn unten über den Vorplatz laufen, an der Kameraplattform vorbei. Schnell rannte ich zurück zur Treppe und trappelte sie nach unten. Mit der Luger sichernd, wagte ich mich Schritt für Schritt auf den Hof und drehte mich im Kreis. Mit einem Schlag ging das Licht aus. Und ich war blind wie ein Maulwurf.

Ich hasste Dunkelheit, ich war in ihr verloren. Nicht nur, weil ich bloß ein Auge habe; die Erinnerungen an den Senfgasangriff im Krieg und die Monate, die ich blind im Lazarett gelegen hatte, erwachten sofort wieder zum Leben, wenn es dunkel wurde. Nun stand ich mitten auf der freien Fläche und hatte keinerlei Orientierung mehr. »Komm raus«, rief ich laut. »Ich erwische dich so oder so.«

Plötzlich hörte ich ein leises Grollen, ein Scharren und Schieben, das ich nicht einordnen konnte, ein Quietschen und Kratzen, das immer bedrohlicher anschwoll. Ein Erdbeben?, dachte ich erst. Ein Kreischen auf Metall folgte, es schien von oben zu kommen und instinktiv hechtete ich zur Seite.

Im nächsten Augenblick krachte das Goldene Kalb aus dem ersten Stock neben mir auf den Boden, mit der länglich spitzen Schnauze senkrecht voraus, und zerbrach mit einem dumpfen Glockenton in zwei Hälften. Wenn ich stehen geblieben wäre, hätte es mich erschlagen oder aufgespießt.

52

Ich war gegen ein Stativ geprallt, hatte mir den Ellbogen und die Seite aufgeschürft und meine Kapuze war vom Kopf gerutscht. Benommen daliegend hörte ich sich entfernende Schritte, nahm halb wahr, wie eine Tür aufgerissen wurde, Licht fiel auf mich, kurz darauf hörte ich draußen einen Wagen wegfahren. Es dauerte etwas, bis ich mich aufgerappelt hatte. Der Klansmann und sein Buick waren nicht mehr zu sehen, als ich vor der Halle ankam.

Ich fluchte. Dann zog ich endlich die Kutte aus.

Es blieb mir nichts anderes übrig, als mit dem gestohlenen Automobil nach vorne zu fahren, wo der Pförtner mich schon händeringend erwartete. Er konnte auch nur sagen, dass der weiße Buick an ihm vorbeigerast war und das Gelände wieder verlassen hatte. Ich fragte ihn, ob ihm der Wagen bekannt vorgekommen sei oder ob er vielleicht dessen Fahrer kenne, einen großen Mann mit einer Brille, einen Südstaatler, doch er stotterte, da falle ihm nichts ein: »Ich bin nur der Nachtpförtner, Sir, ich treffe die Angestellten ja nie.«

Das Klankostüm habe er wahrgenommen, sich nur gewundert, ob man gerade wieder einen Film darüber drehe. Und warum man dafür seine Schranke über den Haufen habe fahren müssen.

Ich bat ihn, telefonieren zu können, und rief dann von seinem Pförtnerhäuschen aus Gus Vollmer an. Es klingelte lange, bevor er abhob, es war inzwischen beinahe zwei Uhr und er hatte geschlafen. Ich erklärte ihm in kurzen Worten, dass ich einen weiteren Mord durch den Ku-Klux-Klan beobachtet hatte, und bat ihn, mich so bald wie möglich mit seinen Spurensicherern im Valley und an der Straße, die ich ihm beschrieb, zu treffen – dort, wo das große Feuer ausgebrochen sei. Bevor er sich noch darüber wundern und weitere Fragen stellen konnte, hatte ich schon aufgelegt.

»Das war der Polizeipräsident, mit dem ich gesprochen habe«, sagte ich. »Ich werde ihm gleich persönlich meine Aussage geben und habe keine Zeit, hier zu warten.«

Dann setzte ich mich wieder in den Cadillac und fuhr los, während der Pförtner noch verwundert hinter mir her starrte.

Ich raste so schnell wie möglich zurück, über den Pass und in Richtung des Tatortes, in der verzweifelten, widersinnigen Hoffnung, vielleicht doch die Leiche bergen zu können. Schon als ich von der Passhöhe herunter ins Tal fuhr, sah ich in der Ferne den Feuerschein. Inzwischen hatte sich der Brand, wie ich mir bereits gedacht hatte, zu einem riesigen, sich unkontrolliert verbreitenden Feuer entwickelt.

Als ich auf die Straße einbog und mich der Stelle näherte, wo es ausgebrochen war, wurde mir schnell zur Gewissheit, dass es dort keine Spuren mehr geben würde, die man sichern konnte, und ebenso wenig Clarences Leiche. Auch wenn die Klansmänner sie am Baum hängen gelassen hatten – der Beleg dafür, dass und wie er gestorben war, würde nur noch durch meine Aussage zu leisten sein.

Ungefähr eine Meile von dem Berg entfernt traf ich auf die Absperrung der Feuerwehr von Van Nuys, der Gemeinde hier im Valley, die nun mit mehreren Fahrzeugen vor Ort war und versuchte, das Feuer einzudämmen.

»Hier geht's nicht weiter, Mister, das sehen Sie doch selbst«, schrie mich ein Feuerwehrmann mit rauchgeschwärztem Gesicht an. Hinter ihm konnte ich einige seiner Kollegen ausmachen, die aus einem schmalen Rinnsal von Bach ihre Schläuche mit Wasser speisten. »Ein Wildfeuer, das war bei diesem Wetter ja förmlich zu erwarten!«

Ich antwortete nichts darauf. Einfach deshalb, weil ich meine

Hand nicht dafür in ebendieses Feuer gelegt hätte, dass er oder andere Feuerwehrmänner nicht Mitglieder des Klans waren und es selbst besser wussten.

Während ich auf Vollmer wartete, wurde die Absperrung wegen des heranrückenden Feuers noch einmal weiter nach vorne verlegt, und mehrere weitere Fahrzeuge der Feuerwehr trafen ein. Sie kamen aus dem gesamten Stadtgebiet von Los Angeles, um zu helfen.

»Noch einmal in aller Ruhe und von Anfang an«, sagte Vollmer zu mir, als er mit heulenden Sirenen in einem Fahrzeugkonvoi eingetroffen war. Wir gingen ein Stück beiseite, unsere Gesichter von roten Blinklichtern erhellt und die Lungen gereizt von der rauchgeschwängerten heißen Luft, und ich erklärte ihm ganz genau, was sich seit gestern Abend ereignet hatte.

»Warum haben Sie mich nicht vorab über das Treffen informiert und sich gleich professionelle Hilfe von uns geholt?«, fragte er leise. »So wie damals bei der Razzia auf der Farm?«

»Weil ich nicht die geringste Ahnung haben konnte, wohin es geht und was hier heute Abend stattfinden würde. Ich musste zunächst verdeckt ermitteln und dachte, ich werde nur im kleinen Kreis geprüft und befragt. Hätte ich vorher gewusst, dass es eine Vollversammlung ist, hätte ich natürlich anders agiert, aber was hätten Sie ausrichten können, wenn ich Ihnen darüber Bescheid gegeben hätte? Das waren ein paar Hundert Leute, vielleicht tausend. So viele Polizisten hätten Sie nicht aufbieten können, um es mit denen aufzunehmen.«

»Ich habe dreitausend Männer«, gab er zu bedenken.

»Von denen nicht wenige wahrscheinlich vor Ort waren.« Dass er nicht unter ihnen gewesen war, wusste ich nach meinem Anruf vorhin nun immerhin mit Sicherheit. »Um zunächst nichts Illegales zu tun, es war ursprünglich ja nur eine Versammlung und eine Zeremonie. Bevor ihre Wachleute dann dort oben Clarence aufgehängt haben. Aber selbst, wenn Sie den ganzen Mob mit Ihren Leuten umzingelt hätten, Sie hätten einen regelrechten Krieg anfangen müssen.«

Die Flammen züngelten nicht weit weg von uns, von der Sperre. Die Feuerwehrleute bekämpften sie, indem sie mit Dreschflegeln auf sie einschlugen. Andere hoben an der Absperrung mit Spaten quer einen länglichen Graben aus, um eine Barriere gegen das Überspringen zu bilden.

Er nickte. »Ich meine ja nur. So hatten Sie lediglich unseren Freund Clarence Robineau zu Ihrer Unterstützung, der sich dafür angeboten hatte, nicht wahr?«

Ich biss mir auf die Lippen. »Das schon, aber genau genommen sollte er etwas anderes für mich tun. Ich hatte ihn auf Will Hays' Spuren geschickt. Deshalb, weil ich neulich in Hays' Strandhaus eine Kutte des Klans gefunden habe. Er muss also ebenfalls Mitglied bei ihnen sein und ich wollte das nachweisen, indem Clarence ihm an diesem Abend folgen sollte.«

»Dann war er deswegen hier?«, fragte Gus verblüfft. »Und Hays ist also ein Klansmann … Haben Sie dafür noch mehr Belege?«

»Da ist noch Fred Anderson, seine rechte Hand. Über ihn gelangte ich damals zu der Lynchaktion im Wald, bei der Jeremiah Coyne starb.« Ich berichtete ihm in kurzen Worten, dass ich nicht sicher war, ob das Gespräch mit Hays vorweg kausal dazu geführt hatte oder es Zufall gewesen war. »Deshalb habe ich Sie bisher auch nicht eingeweiht, es ist nur eine Hypothese, ein unbelegter Verdacht.«

Ich sah ihm an, wie wütend er darüber war, so spät über all das informiert zu werden. »Ach ja, wirklich nur deshalb?«, fragte er böse.

»Ich war mir nicht sicher, ob Sie nicht vielleicht auch im Klan sind«, gab ich zu. »Sie, Ihre Reformen und Ihr Angebot an mich kamen mir einfach zu gut vor, um wahr sein zu können. Erst jetzt weiß ich es besser.« Gus sah mich mit einem seltsamen Blick an. »Und ich verspreche Ihnen, dass ich mit Ihnen arbeiten will, sobald mein Fall abgeschlossen ist.«

Er nickte langsam. Er hatte sich nun wieder gut unter Kontrolle.

»Dann weiter. Heute Nacht haben Sie weder Anderson noch Hays dort gesehen?«

»Nein. Ich ärgere mich deswegen ungeheuer über mich selbst. Doch es waren einfach zu viele Menschen und zu wenig Zeit. Ich kann also nicht sagen, ob Hays dabei war. Bevor ich es verifizieren konnte, brach das Feuer aus. Es gibt auch noch die Möglichkeit, dass Clarence gar nicht Hays gefolgt ist, sondern mir«, fiel mir ein. »Er hatte mich regelrecht angefleht und versucht zu überzeugen, dass er mitkommen und mich sichern darf. Das ist zumindest eine reelle Möglichkeit, die ich nicht ausschließen kann.«

Vollmer legte mir die Hand auf den Arm.

»Machen Sie sich keine Vorwürfe, Hardy. Er muss jedenfalls beim Beobachten sehr unvorsichtig gewesen sein, so wie sich das anhört. Und ja, es ist durchaus nachvollziehbar, dass er nach dem, was man ihm bereits angetan hatte, seine Rache haben wollte und dafür alles riskiert hat. Zu viel.«

»Trotzdem, mein Gott, ich wünschte, ich hätte ihn retten können.«

»Gegen so viele von denen hatten Sie nun mal keine Chance.«

»Oder könnte Ihnen wenigstens seine Leiche präsentieren. So haben wir doch wieder nichts in der Hand. Und dann ist er völlig umsonst gestorben.«

»Sie können es nicht ändern. Und wir werden am Tatort nun mal nichts mehr finden.«

Wir sahen zu, wie die Feuerwehrleute an einen großen Tankwagen, der inzwischen herangebracht worden war, dicke Schläuche anschlossen.

»Elmer Macready hat es erneut gefilmt«, fiel mir ein.

Vollmer stutzte. »Er ist wieder in der Stadt?«

»Nicht nur die Zeremonie«, fuhr ich fort. »Auch den Toten am Strang. Wir müssten nur seinen Film in die Hand bekommen, diesen und den anderen Film von dem Teeren und Federn, dann könnten wir die Taten beweisen.«

»Das müssen wir auch. Wir könnten Macreadys Wohnung überwachen«, überlegte Gus. »Aber es wäre ein Wunder, wenn er so blöd wäre, dort wieder aufzutauchen. Ich schreibe ihn erneut zur Fahndung aus.«

»Leider wird auf den Aufnahmen Clarences Mörder nicht zu identifizieren sein, sein Gesicht war verhüllt.«

»Das machen diese feigen Schweine immer, sobald sie jemandem Gewalt antun.« Vollmer kickte ein paar trockene Pflanzen weg. Die Feuerwehrleute begannen nun, mit den Schläuchen das Wasser, das sie aus dem Tankwagen pumpten, auf das vor ihnen kniehoch züngelnde Feuer zu spritzen.

»Aber ich habe ihn eindeutig erkannt, als den Großen Zyklopen von der Jagd, den Anführer der Mörder von Jeremiah Coyne.«

»Natürlich müssen wir erst ein Geständnis aus ihm herausholen. Hauptsache, wir bekommen ihn zu fassen, aber Sie haben ja ein paar Anhaltspunkte.«

»Zum Beispiel die Nummer des weißen Buicks, den der Mörder gefahren hat.«

»Mal sehen, ob uns das etwas bringt.«

»Fragen Sie einfach den Großen Titanen, ihren Provinzchef. Ihn kann ich ja identifizieren, es ist der presbyterianische Priester der Kirche in der Fountain Avenue. In die auch Hays geht. Auch den Zyklopen muss er doch kennen!«

»Wir werden ihn dazu bringen, dass er auspackt und den Namen nennt.«

»Ich werde noch einmal bei Paramount herumfragen«, sagte ich. »Natürlich kann es auch Zufall sein, dass er auf das Gelände geflüchtet ist, als ich ihn verfolgte. Aber mein Kontaktmann James hat mir gesagt, dass zahlreiche Hollywoodleute beim Klan dabei seien. Den will ich auf jeden Fall kriegen.«

»Ich auch, glauben Sie mir. Ich könnte ja Will Hays vorladen und ihn befragen, was er dazu weiß. Oder, noch besser, diesen Anderson …«, überlegte Vollmer. »Aber ich nehme an, der ist ein harter Brocken, hat alle Tricks drauf und auch Alibis parat, und bevor wir keine Beweise gegen sie haben, ist es gewiss klüger, wenn Sie das weiter auf Ihre Weise herauszufinden versuchen.«

»Das denke ich auch«, sagte ich.

»Ich werde tun, was ich kann. Schlafen Sie sich aus, das hier wird noch längere Zeit dauern. So schnell werden die das Feuer nicht kontrollieren können, leider, ich kenne das zur Genüge aus Berkeley. Ach so, und morgen können Sie dann als Erstes jemanden abholen. Ihre Freundin Polly.« Ich stutzte. Er legte mir die Hand auf den Arm. »Es war nicht leicht, aber ich habe es durch den Richter hinbekommen, dass sie morgen um zehn aus dem Gefängnis rauskommen wird.« Er sah mich wieder mit seinem schiefen Grinsen an. »Sie wird ganz schön am Ende sein …«

Und natürlich hatte sie noch keine Ahnung von alldem.

»Oh verdammt«, sagte ich.

53

Am nächsten Vormittag um zehn stand ich mit Enrico an der Leine und gegen meinen Voisin gelehnt am Bordstein in der Fifth Street, als sich direkt vor uns das eiserne Tor öffnete und Polly herauskam. Sie trug das Kleid und die Perlenkette, die sie vor Gericht nach ihrer Verhaftung angehabt hatte, doch ansonsten sah sie ziemlich anders aus. Ich hatte befürchtet, dass sie triumphierend, vorlaut und mit unverschämt guter Laune aus dem Gefängnis spazieren würde, doch das traf nicht zu. Sie war sehr ernst, fiel mir um den Hals und drückte mich so heftig an sich, dass mir die Luft wegblieb – von ihrem Geruch ganz zu schweigen. Auch ihr zweites Auge war blau und angeschwollen.

»Mann, bin ich vielleicht froh, dass ich da endlich raus bin, Hardy«, sagte sie, bückte sich und nahm Enrico auf den Arm.

»Du wolltest es ja sehen«, sagte ich und strich ihr eine Locke aus der Stirn. Enrico leckte ihr über die Wangen. »Was ist denn passiert?«

»Gloria hat mir was zu essen geschickt, das haben sie mir sofort weggenommen«, erzählte sie grimmig. »Und da habe ich mich gewehrt und ich war so wütend, dass ich den Kampf gewonnen habe … Du hättest die andere sehen sollen – aber danach wurde nichts besser …«

»Natürlich nicht …«

»Die von der Aufsicht haben mich dann sogar verlegt, weil ich so gefährlich sei«, sagte sie und zog die Nase hoch. Ich hielt ihr mein Zigarettenetui hin.

»Klar, dann mussten sie das ja tun«, meinte ich und zündete ihr die Chesterfield an, die sie sich gierig genommen hatte. Sie rauchte mit zitternden Händen.

»Erst dachte ich, die behalten mich da. Es kam mir vor wie ein echtes Wunder, als sie mir heute Morgen gesagt haben, dass ich gehen kann«, flüsterte sie und grinste zum ersten Mal. »Na ja, wenn ich gewusst hätte, wie viele Tage der Richter mir aufbrummt, hätte ich vielleicht eine der Beleidigungen weggelassen …«

Ich gab ihr mein Taschentuch. Polly putzte sich die Nase und ich bugsierte sie in den Wagen. Sie wollte fahren, doch ich setzte mich selbst ans Steuer.

Unterwegs reichte ich ihr die kleine silberne Flasche, die ich bis zum Rand mit ihrem Gin gefüllt hatte, und Enrico tat, was Enrico tun konnte, um sie willkommen zu heißen. Sie trank sie ganz leer und gab eine Menge Geschichten aus dem Knast zum Besten, sie hörte gar nicht mehr auf und das war nun mal ihre Art, damit fertigzuwerden. Ich fasse zusammen: Lustig war's dadrin nicht. Aber immerhin, wenn man das alles nun ins Drehbuch schreiben und genau so in Glorias Film zeigen würde, dann aber – halleluja!

»Clarence wird Augen machen, wenn ich ihm das erzähle«, meinte sie plötzlich. »Der weiß das ja alles noch gar nicht! Oder hast du ihn mal getroffen?«

»Willst du nicht als Erstes was essen?«, schlug ich vor. Sie stimmte zum Glück begeistert zu und als ich ihr in einem Diner einen Burger und French Fries zum Mitnehmen kaufte, aß sie wie ein Maurergeselle, der gerade einen Wolkenkratzer hochgezogen hatte.

Ich brachte sie dann zu sich nach Hause und musste sie stützen, als wir die Treppe hinaufgingen. Zunächst ließ ich sie sich waschen und als sie ein Handtuch um die nassen Locken gebunden hatte und noch ein Glas Whisky in der Hand hielt, wartete ich nicht länger damit.

»Ich muss dir etwas sagen. Es ist was Schlimmes. Clarence ist tot.«

Sie konnte es nicht sofort fassen. Und natürlich war sie nicht in der besten Stimmung, um auch noch eine solche Nachricht aufzunehmen. Ich erzählte ihr den Hergang so ruhig und sachlich wie möglich und legte großen Wert darauf, Clarences Mut herauszustellen und gleich die Aussicht zu wecken, dass wir seinen Mörder fassen würden und ich bis dahin nicht ruhen würde. Dass seine Leiche verbrannt war und die ganze Sache mit dem Feuer ließ ich vorerst weg, ebenso, dass es gefilmt worden war. Doch es half alles nichts. Sie brach zusammen und ich musste sie trösten.

Irgendwann war sie dann so müde, vom Weinen und von allem, was sie selbst durchgemacht hatte, dass sie in meinen Armen einschlief. Ich trug sie hinüber ins Bett – sie hatte wirklich ziemlich abgenommen – und deckte sie zu. Enrico rollte sich neben ihr zusammen und ich beschloss, dass dies nun der Moment war, um einige Dinge zu erledigen.

Von ihrem Apparat aus rief ich Gus an, dankte ihm für Pollys Freilassung und fragte, wie es mit den Ermittlungen weitergegangen sei.

Er informierte mich darüber, dass nun nach Elmer Macready gefahndet werde, seine Wohnung in der Argyle Avenue sei verwaist, das Siegel des *LAPD* an der Tür intakt. »Den Priester haben wir mit ein paar Leuten heute Morgen aufgesucht und zum Verhör reingebracht. Ich habe es selbst übernommen.«

»Lassen Sie mich raten. Er hat behauptet, er hätte nur ein paar Zaubersprüche vorgelesen und das mit dem Mord überhaupt nicht mitbekommen.«

»Übler. Er sagt, er war gar nicht dort, und sein Anwalt hat es uns bestätigt.«

»Ein Alibi hat er vorgelegt? Lächerlich, das kann ich kontern.«

»Nicht das, was jetzt kommt. Der Mann heißt Frank Wise – und er hat einen Zwillingsbruder, Maurice.«

»Was?«, fragte ich fassungslos.

»Maurice Wise, wir haben ihn überprüft. Der hat eine Buchhandlung in Beverly Hills und auch er behauptet, nicht bei der Versammlung gewesen zu sein. Er sei auch nicht Mitglied des Ku-Klux-Klans, geschweige denn der Große Titan. Und der Priester sagt das von sich natürlich auch.«

»Der Priester ist auf jeden Fall Mitglied, das kann ich durch meine Gespräche mit ihm beweisen.«

»Das ist aber nicht strafbar, Hardy.«

»Haben Sie ihn nach dem Zyklopen gefragt?«

»Wise hat natürlich geleugnet, dass er ihn kennt, und sich auch hier herausgeredet. Wir mussten ihn gehen lassen, das Zwillingsspiel gibt denen alle Möglichkeiten, uns auszutricksen. Und wir haben wegen des Feuers keine Beweise, die uns in dem Fall weiterhelfen, so ist es nun mal. Dort oben auf dem Berg liegt alles in Asche.«

»Ich bringe Ihnen welche«, sagte ich. »Trotz des Feuers. Trotz der verdammten Zwillinge.«

»Das müssen Sie auch.«

»Der weiße Buick …«, begann ich.

»Ist als gestohlen gemeldet, von einem jüdischen Besitzer, das kann nicht der Mann sein, den wir suchen. Und der Eigentümer des Cadillacs, den Sie gefahren haben, ist nur Mitglied und weiß sonst von nichts, sagt er. Ich bin ganz auf Ihrer Seite, das wissen Sie. Aber um es mit dem Klan aufzunehmen und mit seinen Anwälten, brauchen wir wasserdichte Belege.«

»Das ist mir schon klar, Gus.«

»Nicht jedem Polizisten kann ich trauen, wie Sie ebenfalls wissen. Also ermitteln am besten Sie, Hardy, und zwar anonym, denn Sie müssen hier vorläufig nicht als Zeuge in Erscheinung treten. Sie wurden als Quelle natürlich überhaupt nicht erwähnt.«

Ich musste nun selbst einen Whisky trinken, um das zu verarbeiten. Dann verließ ich das Haus mit der weiter schlafenden Polly und fuhr los, nach Downtown, und nahm kurz entschlossen Kurs auf das *»Patsy's«*. Als ich dort ankam, parkte ein Lastwagen vor der Tür und der Besitzer Louie, den ich von neulich abends kannte, und zwei weitere schwarze Männer waren damit beschäftigt, Kisten aus dem Lastwagen in den Club zu tragen. Den Lastwagen zierte die Aufschrift *»Frische Fische«*. Sie hielten irritiert inne, kaum dass sie mich aus dem Voisin steigen sahen, und blickten mich wachsam an. Der Besitzer beruhigte sie und kam her, um mich zu begrüßen. Louie trug eine Schürze über seinem Anzug und kaute auf einem Zahnstocher herum.

»Hallo, Hardy. Nur etwas Nachschub für unsere Gäste. Kein Fisch, eine kleine Lieferung von Erfrischungsgetränken.«

»Und ich finde das sehr erfreulich.«

»Willst du zur Band? Die Jungs proben gerade.«

»Ich weiß und es sind nicht alle Jungs, Louie …«

Er stutzte und sah mich betroffen an. Drinnen sagte ich dann ihm und Clarences drei Bandkollegen, dem Sänger, dem Schlagzeuger und dem Bassisten, was mit ihm geschehen war. Es traf sie hart, obwohl sie so etwas schon befürchtet haben mochten.

Danach brach Louie eine von den Kisten auf und wir ließen eine Flasche herumgehen und tranken auf Clarence. Wir saßen in der Garderobe, wo Anzüge auf Bügeln hingen. Clarences Trompetenkoffer stand hier immer noch an seinem Platz, darüber an der Wand prangte die Fotografie von Polly.

Ich versprach ihnen, seinen Mörder zur Strecke zu bringen, und fragte sie nach Informationen, die mir dabei helfen könnten. Der Schlagzeuger Floyd, ein kleiner, kräftiger Mann, konnte sich gut daran erinnern, dass Clarence gestern Nachmittag auf der Probe nicht recht bei der Sache gewesen war.

Louie erzählte: »Ja, er war ziemlich aufgewühlt und meinte, wir müssten abends ohne ihn zurechtkommen, es sei wichtig. Natürlich haben wir Clarence gefragt, was los ist. Er habe da etwas gutzumachen und müsse zu einer Kirche in der Fountain Avenue, mehr war nicht aus ihm rauszukriegen.«

Ich stöhnte auf. Also hatte ich mit meiner Vermutung recht gehabt: Clarence war nicht, wie ich ihm aufgetragen hatte, Hays gefolgt und er war vermutlich auch gar nicht erst bei dessen Strandhaus gewesen, dessen Adresse ich ihm genannt hatte. Er hatte also doch mich absichern wollen – was ich ihm auszureden versucht hatte – und war mir nachgefahren, er musste in einem dieser Wagen gewesen sein, die James und mir im Dunkeln gefolgt waren.

»Wir haben dann wieder den Ersatzmann angerufen«, fuhr Louie fort. »Dann ging er raus und fuhr mit seinem roten Maxwell weg und das war das letzte Mal, das wir ihn gesehen haben.«

Also musste ich, was Hays betraf, wieder ganz von vorne anfangen. Ich hatte nichts.

54

Zwei Tage später formierte sich ein Trauerzug vor der Methodistenkirche, der Clarence Robineau und seine Familie angehörten, und dann folgten wir alle dem Sarg, der symbolisch zu Grabe getragen wurde – seine Eltern, seine drei Geschwister, Polly, Enrico, Louie, ich und zahlreiche weitere Trauernde, die meisten davon schwarz. Buck und auch Herbert Somborn hatten es sich nicht nehmen lassen, dabei zu sein. Vorneweg ging die Band, erweitert um einige Musiker, den Ersatztrompeter, einen Tubaspieler und andere Blechbläser, die auf ihren Instrumenten eine Melodie intonierten, einen Trauermarsch, der gleichzeitig die Schönheit des Lebens feierte. Es war ein Zug, der Clarence sicher gefallen hätte. Polly hatte seine golden glänzende Trompete auf den Sarg gelegt.

Sie hing an meinem Arm und war inzwischen wieder einigermaßen bei Kräften, ich hatte sie hochgepäppelt und trotz diverser Ausbrüche von Wut und Tränen hatte sie das Essen nicht vernachlässigt.

Als wir auf dem Friedhof ankamen und der schwarze Priester dort ein paar Worte sprach, traf August Vollmer ein, direkt bevor der Sarg in die Grube hinabgesenkt wurde. Er trug seine Galauniform und hatte Sergeant Elias und die anderen aus der Polizeitruppe dabei, die Clarence damals von der Farm gerettet hatten. Vollmer legte einen großen, prächtigen Kranz nieder, dessen Schleife die Aufschrift *»LAPD«* trug, und als der Sarg hinuntergelassen wurde, salutierten sie alle. Die Freunde und

Angehörigen waren hingerissen ob dieser unerwarteten Geste und weinten nur noch mehr.

Nacheinander warfen wir feierlich Erde auf Clarences Sarg hinunter, sogar Enrico – vielleicht scharrte er auch nur so mit den Hinterbeinen in dem Sand. Polly war direkt nach der Familie dran, umarmte jeden Einzelnen von ihnen und stellte sich dann dazu. Sie nahm mit ihnen zusammen die Beileidsbekundungen entgegen.

Gus kam zu mir und wir wechselten einen ernsten Blick. Er sagte leise: »Die Ermittlungen muss ich jetzt Ihnen überlassen, ich kann mich nicht darum kümmern.«

»Das sagten Sie schon«, meinte ich.

Er seufzte. »Sie glauben ja nicht, was im Department und im Rathaus alles los ist. Ich habe alle Hände voll zu tun, ich habe mich wohl bei einigen Leuten mit meinen Reformen unbeliebt gemacht.«

»Umso mehr wissen wir zu schätzen, dass Sie gekommen sind. Sie hören nicht von mir, bevor ich nicht etwas Handfestes habe.« Er nickte mir zu.

Als er sich in seinem Automobil davonfahren ließ, schalteten sie die Sirene ein, um ihm den Weg frei zu machen.

Nach einem ordentlichen Leichenschmaus verabschiedeten Polly und ich uns von der Trauergemeinde. Sie versprach der Familie, dass Clarences Tod gerächt werden würde: »Die Hurensöhne werden dafür bezahlen und bekommen, was sie verdient haben, dafür werden wir sorgen!« Natürlich bekräftigte ich das sofort.

Danach fuhr ich Polly zum ersten Mal nach ihrem Gefängnisaufenthalt hinüber zum Studio. Sie meinte, sie könnte den Schlag am besten wegstecken, indem sie wieder arbeiten ginge. Außerdem hatte sie lange genug ihren Arbeitsplatz als Drehbuchautorin verlassen gehabt – ein Trauerfall zählte bei einem Hollywoodstudio nicht als Entschuldigung – und konnte es kaum erwarten, ihre Erlebnisse im Knast für den Swanson-Film zu verarbeiten.

»Noch einmal: Clarence ist also nicht Hays nachgefahren, sondern dir«, sagte sie unterwegs und wischte sich die Augen ab, »aber du glaubst, es kann trotzdem sein, dass Hays auf der Versammlung war, mit oder ohne Billy?«

»Ja. Und das muss ich jetzt nur noch belegen. Folglich werde ich mir den Kleinen mal vornehmen, das ist meine beste Chance.«

»Glaubst du wirklich, Hays würde zu einem Treffen des Klans gehen, obwohl er mit seinem Sohn hier ist?«

»Dessen Anwesenheit scheint ihn jedenfalls von nichts abzuhalten. Ich werde es herausfinden. Kümmere du dich um dein Drehbuch.«

Die Schranke am Eingang zu Paramount war inzwischen erneuert worden und diesmal fuhr ich auch erst durch, als der Pförtner sie hochgezogen hatte.

Ich bog zu den Autorenhäuschen ab, um Polly und Enrico dort abzusetzen, doch bevor wir sie erreichten, gebot uns an der mittleren Hauptstraße ein Wachmann in einer Uniform anzuhalten. Also stoppte ich den Wagen.

Als ich mich fragend zu ihm aus dem Fenster beugte und wir uns ansahen, mussten wir beide grinsen.

»Hardy!«

»Eugene!«

Wir kannten uns schon lange, er war zuvor hier Pförtner gewesen und nun offenbar zum Wachmann aufgestiegen. Eine richtig schöne Hollywoodkarriere.

»Was ist da los, warum geht's nicht weiter?«, fragte ich, nachdem wir uns die Hände geschüttelt hatten.

»Seht selbst«, sagte er achselzuckend und zeigte hinter sich.

Wir beobachteten, wie unseren Weg langsam ein schneeweißer offener Rolls-Royce kreuzte. Am Steuer saß würdevoll und kerzengerade ein Chauffeur in einer weißen Uniform und hinter ihm auf dem Rücksitz thronte wie die Königin von Saba eine Frau, die ebenfalls ganz in Weiß gekleidet war, mit einem Hermelinpelz um den Hals und einem weißen Hut auf den pechschwarzen Haaren. Ihre weiß behandschuhte Hand streichelte grazil einen riesigen weißen Tiger, der aufrecht neben ihr saß und sie überragte. Er wirkte sediert und beinahe wie ausgestopft. Doch er blinzelte mit den Augen.

»Miss Negri«, erklärte der Wachmann. »Wenn ich einer von euch wäre, würde ich im Wagen bleiben.«

Erst jetzt erkannte ich Pola Negri. Enrico begann laut zu bellen und führte sich wie toll auf.

»Dem Tiger haben sie zwar die Zähne und die Krallen abgefeilt, aber er ist und bleibt nun mal ein Raubtier und alle haben Schiss«, raunte der Wachmann. »So geht das jetzt jeden Tag.«

Der weiße Rolls-Royce hielt vor dem Garderobenbungalow, wo ich Pola neulich schon einmal getroffen hatte. Der Fahrer eilte um das Fahrzeug herum und öffnete die hintere Tür, wobei er respektvoll Abstand zu dem Tiger hielt. Die Raubkatze erhob sich und glitt lässig aus dem Wagen. Nun sahen wir, dass Miss Negri sie an einer weißen Leine hielt. Auch sie stieg nun aus, mit hoch erhobenem Kinn und scheinbar nichts um sie herum wahrnehmend. Die Angestellten des Studios standen Spalier, als handelte es sich um einen Staatsbesuch, und bestaunten sie und ihren Auftritt.

Vier Mädchen in weißen Kleidchen eilten heran, sie trugen Körbe in der Hand und begannen nun von zwei Seiten, weiße Blütenblätter auf den Boden zu streuen, auf den Miss Negri unmittelbar danach ihre Füße setzte. Sie steckten in offenen weißen Schuhen und ihre Zehennägel leuchteten hellrot. Und neben ihr stapfte träge der weiße Tiger, der sich glücklicherweise ebenfalls nicht für die Menschen um ihn herum zu interessieren schien.

»Ruhig, Enrico«, sagte Polly und hielt ihrem Mops die Schnauze zu. »Was ist denn mit Pola los, ist die jetzt vollkommen durchgedreht?«

»Das steht angeblich in ihrem Vertrag, Miss«, sagte mein Freund, der Wachmann, und schüttelte den Kopf. »Das mit den Kindern, die Blüten streuen.«

»Ups, ihre Füße bluten ja!«, bemerkte Polly jetzt verblüfft.

»Nein, tun sie nicht«, sagte ich abgeklärt. »Hat die Nägel rot lackiert.«

Polly starrte ihr mit offenem Mund hinterher. Über Blütenblätter gehend, erreichte Pola Negri nun den Eingang zu ihrer Garderobe, wo sie bereits erwartet wurde. Dann verschwand sie mitsamt Tiger in deren Innerem.

»Jetzt könnt ihr weiterfahren. Noch einen guten Tag, Hardy«, sagte der Wachmann und tippte sich an die Mütze.

»Dir auch, Eugene«, sagte ich.

Ich fuhr weiter und sagte zur Seite: »Du hältst dich schön fern von Miss Negri, verstanden?«

»Ach ja?«, sagte Polly empört. »Wie redest du überhaupt mit mir?«

»Ich meine den Hund«, sagte ich und sah Enrico streng an.

An ihrem Büro ließ ich die beiden aussteigen und fuhr dann ohne weitere Störungen oder Starauftritte weiter zum Hauptgebäude. Dort parkte ich und ging die Treppe nach oben in den ersten Stock.

»Zu Charles Payne«, sagte ich zu der Sekretärin, die das Vorzimmer des Sicherheitschefs bewachte. »Hardy Engel. Es ist dringend. Ich denke, er wird mich empfangen.«

Skeptisch musterte sie meinen schwarzen Anzug und die Nelke in meinem Knopfloch. »Einen Augenblick, bitte, Sir.« Sie klopfte an die Nebentür, verschwand darin und steckte wenig später den Kopf heraus. »Bitte, Mr Payne erwartet Sie.«

Ich ging hinein, während sie wieder hinausschlüpfte. Payne stand vor seinem Schreibtisch und reckte sich. Er war kampfbereit und seine Nase wies noch die frische Narbe oben an der Wurzel und eine leichte Krümmung auf.

»Was kann ich für Sie tun, Engel?«, fragte er mit seinem komischen Akzent herausfordernd, beinahe abweisend.

»Da gab es neulich einen Vorfall auf Ihrem Gelände«, sagte ich und sah mich in seinem Büro um. »Die Schranke wurde durchbrochen, bei einer Verfolgungsjagd, die in der DeMille-Halle endete. Auch das Goldene Kalb hat sie nicht überlebt.«

»Ich habe schon gehört, dass Sie dabei waren – ein Mann mit einem Glasauge. DeMille kann dort erst nächste Woche weiterdrehen. Sollen wir Ihnen die Rechnung schicken, oder was?«

Die Möbel waren dieselben geblieben wie bei meinem letzten Besuch im vorigen Sommer. Nur der Sicherheitschef war ein anderer. Der dritte, den ich in diesem Büro erlebte. »Eher dem Mann, der für das Ganze verantwortlich ist. Den wollen Sie doch sicher auch drankriegen, Payne? Er fuhr einen weißen Buick, neues Modell. Der Mann ist sehr groß, trägt eine Brille und spricht mit einem Südstaatenakzent. Klingelt's da bei Ihnen?«

Er verdrehte die Augen. Sein Familienfoto auf dem Schreibtisch war noch schöner als diejenigen, die ich hier drin bisher schon gesehen hatte. Aber genauso verlogen.

»Präziser können Sie ihn nicht beschreiben?«

»Nein. Leider war er verkleidet. Nicht als Clown oder Ägypter, er trug eine Kutte vom Ku-Klux-Klan. Er ist ein Mörder und es spricht viel dafür, dass er für Ihr Studio arbeitet.«

»Das muss ich strikt von mir weisen. Wie kommen Sie denn zu dieser absurden Annahme?«

»Ich denke, es gibt einen Grund, warum er ausgerechnet hierher geflüchtet ist.«

»Reine Spekulation, Engel. So wie meistens bei Ihnen. Wer wurde denn diesmal umgebracht? Wieder jemand, der in Wahrheit gar nicht tot ist?«

»Ein Schwarzer, er wurde vom Klan gelyncht und ich habe es selbst beobachtet. Und dann den Täter hierher verfolgt.« Payne verzog das Gesicht und schüttelte den Kopf. »Aber gefilmt hat die Tat dort ein Kameramann von Ihnen. Elmer Macready, ihn konnte ich identifizieren. Er hat bei den *Ten Commandments* gearbeitet, auch das weiß ich. Ist er vielleicht immer noch in Ihren Diensten?«

»Nein. Macready? Der war mal hier, als sie die Massenszenen mit dem Goldenen Kalb gedreht haben, aber dann ist er ohne Angabe von Gründen verschwunden und musste ersetzt werden. So jemanden würden wir nicht noch einmal nehmen.«

»Irgendwelche Anhaltspunkte, wo er sein könnte? Seine

Wohnung in der Argyle Avenue kenne ich, haben Sie noch irgendwas anderes?«

»Nein, habe ich nicht. Wir sind froh, dass wir ihn los sind«, raunzte er.

»Sie sind in Neuseeland geboren, sicher haben Sie nichts mit dem Klan zu tun und wollen nicht, dass er hier auf dem Gelände Fuß fasst«, sagte ich in einem etwas konzilianterem Tonfall. »Ich kann Ihnen helfen, das zu verhindern.«

»Darüber muss ich mal nachdenken«, meinte er gedehnt. »Vielleicht auch zusammen mit meinen Chefs.«

»Schöne Grüße an Jesse Lasky. Man muss ja nicht jede Mode mitmachen«, sagte ich und hielt inne. »Apropos, was ist eigentlich in Miss Negri gefahren?«

Er grinste und zuckte die Achseln. »Sie ist jetzt ein Star, ganz einfach. Gefällt Ihnen die Show? Sie stehen vor dem Mann, der sie erfunden hat. Die Presse liebt sie. Und Polas Filme laufen sagenhaft, beinahe so gut wie die von Miss Swanson. Dafür kann man sich schon mal ganz in Weiß kleiden und an Regentagen ganz in Schwarz, oder?«

»Sagen Sie mir Bescheid, wenn Sie was Neues wissen.« Ich schnippte den Zeigefinger an meiner Nase entlang, grinste ihm zu und verließ sein Büro.

Danach wartete ich eine Stunde im Wagen und beobachtete, ob Charles Payne irgendwen kommen ließ oder holen ging. Das war aber nicht der Fall – kein großer Brillenträger erschien, kein Buick, auch kein Kameramann.

Und so fuhr ich wieder los, diesmal bis hinunter nach Santa Monica. Ich hatte die Faxen dicke. Ich wollte endlich etwas Greifbares haben.

55

Als ich an Hays' Strandhaus ankam, beobachtete ich es erst ein wenig von der Straße aus und ging dann zur Meeresseite. Es wirkte verwaist. Will Hays war nirgends zu sehen und auch nicht der Sedan, mit dem er neulich gefahren war. Im Garten vor dem kleinen Stall grasten der Rappe und das Pony. Sie wirkten friedlich und ausgeruht, doch was wollte das schon heißen?

Dann sah ich am Strand den kleinen Jungen. Er ließ einen bunten Drachen steigen und war alleine. Ich ging, ohne zu zögern, auf ihn zu.

»Hallo, Billy«, sagte ich. »Erinnerst du dich noch an mich?«

»Natürlich«, schrie er plötzlich. »Henry Mueller!«

Er umarmte mich stürmisch. »Stimmt ja, Sie wohnen doch in Hollywood! Ich bin hier mit meinem Daddy!«

»Das habe ich in der Zeitung gelesen und da dachte ich, ich schau mal vorbei.«

»Sie haben mir damals Pumpkin nach Sullivan gebracht!« Er ließ mich los und strahlte mich an. Ich mochte ihn wirklich sehr gerne. Umso schlimmer.

»Na ja, ich habe dir damals nur geholfen, ihn nach Hause zu bringen, zusammen mit deinem schwarzen Freund Ray. Ist er auch hier?«

»Nein, er muss arbeiten. Und Dad wollte den Urlaub mit mir alleine verbringen.«

Der Wind zerrte an dem Drachen und Billy musste sich dagegenstemmen, um ihn in der Luft zu halten.

»Du hast ein neues Pony, ich habe es am Haus gesehen.«

»Ja, Honey Pie. Dad hat ihn von Fox geliehen. Er ist nicht so wild wie Pumpkin, aber sehr ausdauernd.«

Er rannte los, den Drachen an den Schnüren hinter sich her ziehend. Und ich rannte hinter ihm her.

»Hast du mit ihm schon größere Ausflüge gemacht? Zum Beispiel vor zwei Tagen?« Ich überlegte: Von hier ins Valley zu reiten und wieder zurück, bedeutete eine ordentliche Strecke. Doch ich hatte dort auf dem Parkplatz auch Lastwagen mit geschlossenen Transportboxen gesehen, mit denen man die Pferde hätte transportieren können.

»Ja, haben wir«, meinte Billy und justierte kichernd seinen Drachen. Er flatterte knatternd hoch über uns im Wind.

»Wohin denn?«

»Ach, nur ein bisschen die Canyons hinauf«, sagte Billy.

»Und habt ihr das große Feuer gesehen? Das, das in jener Nacht drüben im Valley ausgebrochen ist?«

Billy stemmte die Fersen in den Sand und hielt den Drachen mit Mühe in Position. »Nein, davon hat mir Dad nur erzählt.«

»Wirklich? Wann hat er es denn gesehen?«

»Ich glaube, am Morgen, als er in die Hills ausgeritten ist, von da oben«, sagte Billy und nickte mit dem Kinn hinauf zu den entfernten Bergen oberhalb des neuen Stadtteils Bel Air. Der Bergriegel, der die Südseite vom Valley trennte, reichte im Westen bis hinunter nach Malibu. »Aber ich weiß es nicht genau.«

Gott sei Dank, dachte ich. Billy selbst zumindest schien nicht dabei gewesen zu sein.

»Durftest du denn an dem Abend lange aufbleiben?«

Er schüttelte den Kopf. »Nein. Ich muss immer früh ins Bett. Dad sagt, nur der wird ein rechter Mann, der einen gesunden Schlaf pflegt.«

»Ging er denn selbst auch früh schlafen? War er an dem Abend bei dir?«

Er nagte an seiner Unterlippe und schüttelte wieder den Kopf. »Nein. Er hat mir am Bett noch etwas vorgelesen, aus der Bibel.

Dann ist er noch mal weggefahren, er hatte irgendeinen Termin. Das ist jeden Abend so, er ist ja sehr prominent.«

»Vermutlich hat er einen Star getroffen«, meinte ich und sah ihn hoffnungsvoll an.

Seine Aufmerksamkeit richtete sich schon wieder auf den Drachen. Ich blickte zum Strandhaus hinüber und sah den großen blonden breitschultrigen Mann auf uns zulaufen. Offenbar war Sven gerade zurückgekehrt. Er wirkte besorgt und ruderte mit den Armen. Was er rief, wurde vom Wind übertönt.

Billy bemerkte ihn noch nicht. Er setzte glucksend dazu an, mir etwas zu verraten: »Ganz bestimmt. Das Haus gehört übrigens auch einem Star – Buster Keaton, hast du das gewusst, Henry?«

»Nein, das wusste ich nicht«, antwortete ich und gab mich angemessen erstaunt.

Er zwinkerte mir zu. »Ich würde ihn ja gerne mal kennenlernen ... und weißt du was, ich glaube, mein Dad plant heute Abend mit Buster eine Überraschung für mich. Er hat nämlich was vor, womit er ganz geheimnisvoll tut.«

Sven, das Hausfaktotum, begann nun zu rennen. Es war aber gar nicht so leicht, in dem feinen weißen Sand schnell voranzukommen.

»Glaubst du?«, fragte ich, so leichthin ich es hinbekam mit der Aussicht, dass ein Wikinger im Anmarsch war.

»Er hat extra aufgehört zu telefonieren, als ich reingekommen bin«, sagte Billy und grinste verschwörerisch. »Aber ich hab noch gehört, wo er sich verabredet hat. ›El Cerrito Place‹, da trifft er sich wohl mit ihm.«

Ich grinste zufrieden. »Das wäre natürlich großartig, Billy. Das musst du Ray dann erzählen! Du magst Ray doch gerne, nicht wahr? Obwohl er ein Schwarzer ist?«

Bevor Billy antworten konnte, hatte Sven uns leider schon erreicht.

»Billy ... mit wem redest du denn da?« Der blonde Mann schien nicht besonders gut in Form zu sein. Er stützte sich heftig keuchend auf die Oberschenkel und blickte hoch zu mir. »Hallo, Sir! Wer ist das denn, Billy?«

»Ach, das ist Henry, ein alter Freund von mir«, sagte Billy ganz selbstverständlich.

»Aus Hollywood«, ergänzte ich und zwinkerte Billy zu. Er zwinkerte zurück.

»Das ist Sven«, sagte er, so wie man einen Stoffteddy vorstellen würde, mit dem man nicht so furchtbar gerne spielte. Wir nickten uns zu und ich streckte Sven die Hand hin. Daraufhin musste er sie mir geben. Sie war doppelt so groß wie meine und auch seine andere Hand konnte ich gut sehen. Er hatte alle zehn Finger. Die Rechte drückte meine so, dass es wehtat. Der große blonde Mann machte den Eindruck, als würde er sich bei Bedarf auch gleich auf mich werfen.

»Worüber habt ihr euch unterhalten?«, fragte er, immer noch japsend.

»Nur ein bisschen über unsere Freunde«, sagte ich. »Aber Billy hat mir noch nichts von Ihnen erzählt. Sie sind der … Diener? Oder der Leibwächter?«

»Der Masseur«, korrigierte Sven und richtete sich auf. »Und der, der sich um alles kümmert. Komm jetzt ins Haus, Billy. Ich koche dann das Abendessen.«

»Na schön, es geht sowieso kein Wind mehr«, sagte Billy und zuckte wieder mit den Achseln. »Und vielleicht kommt Dad ja bald …« Er lächelte mir zu und zwinkerte erneut. »Auf Wiedersehen, Henry.«

»Auf Wiedersehen, Billy. Auf Wiedersehen, Sven.«

Dieser erwiderte nichts, als er mit dem Jungen zum Haus zurückging. Und er sah mich nicht so an, als wollte er mich wiedersehen.

Es war mir egal. Ich ging sofort zum Wagen zurück und fingerte die Straßenkarte von Hollywood aus dem Handschuhfach.

56

El Cerrito Place war eine Adresse am Fuß der Hollywood Hills.

Die Dämmerung fiel herein, als ich am Abend auf die bläulich schwarzen Berge zufuhr, in denen die Worte »HOLLY-WOOD-LAND« rhythmisch aufblinkten, während darüber düster drohend bereits der Nachthimmel hing.

Es war ein kleiner, überschaubarer Platz mit nur wenigen Häusern, und es war nicht sehr schwer zu erraten, in welchem davon heute etwas stattfinden würde. Dieses sah aus wie fast alle Häuser in der Gegend: zwei Stockwerke, viktorianischer Stil, ein großzügiger Garten. Der einzige Unterschied war: Vor dieser Villa parkten eine Menge Automobile, nur die teuersten Luxusmodelle.

Ich hatte mir Pollys Wagen aus dem Studio genommen, um nicht immer mit demselben Automobil – dem Voisin – aufzufallen. So parkte ich den Lincoln in der Einfahrt nebenan, blieb darin sitzen und beobachtete erst einmal von der anderen Seite das Haus. Es war erleuchtet und darin schienen sich bereits einige Menschen zu befinden. Doch es kamen immer noch welche an: Ein Ford parkte davor und ihm entstiegen zwei junge Frauen. Sie gingen nicht zum Eingang, sondern links am Haus vorbei, offenbar nach hinten in einen Garten. Da ich Hays' Wagen hier noch nicht sah, beschloss ich, erst einmal weiterzubeobachten und auf ihn zu warten.

Ich rechnete nicht damit, dass da drüben ein Treffen mit Buster Keaton stattfand, eher schon nahm ich an, dass Hays mit erheblich weniger komischen Menschen verabredet sein könnte.

Jedenfalls hatte ich das klare Gefühl, dass die Dinge einer Entscheidung zutrieben, irgendeiner Wendung. Edward hatte aus dem Beverly Hills Hotel gemeldet, dass Fred Anderson aufgetaucht sei. Er habe zwar nicht mit Nan Britton gesprochen, aber es war gewiss kein Zufall, dass er sich genau da herumtrieb, wo eine fordernde Geliebte von »Caesar« wohnte. Vielleicht hatte er die Aufsicht über sie für Will Hays übernommen, der nicht wieder dort gewesen war.

Und Carrie Phillips hatte mir die Nachricht hinterlassen, sie sei für ein paar Tage wegen einer »Mission« ihres Vereins unterwegs, wolle aber danach besprechen, was ich für die Sache der deutsch-amerikanischen Freundschaft tun könnte.

Ich nahm mir den *Los Angeles Examiner* vor und fand auf Seite zwei die Notiz, dass Präsident Warren G. Harding sich auf seiner Wahlkampfreise in Kürze nach Alaska aufmachen würde, in Begleitung seiner Frau Florence, die soeben erst aus Washington zu ihm gestoßen war. Ein Foto zeigte beide an Bord eines Zuges, kurz bevor er den Bahnhof verließ. Die Duchess hatte wieder dieses Lächeln auf den Lippen, das wie in Stein gemeißelt wirkte. Der Präsident selbst mit seiner großen vorspringenden Nase und den wuchtigen schwarzen Augenbrauen unter dem weißen Haarschopf sah überanstrengt und müde aus, so als müsse er sich zum Lächeln zwingen und sei mit ganz anderen Gedanken beschäftigt. Vielleicht war das auch so, dachte ich bei mir, vielleicht überlegte er gerade, was er seinen diversen Geliebten schreiben und wie er ihre Erwartungen befriedigen oder beschwichtigen könnte. Ich blickte, mit allem, was ich nun wusste, mittlerweile ganz anders auf solche Fotografien und Meldungen über unser Staatsoberhaupt.

Nach dem Besuch Alaskas und verschiedenen öffentlichen Terminen dort würde das Präsidentenpaar die Küste hinunter nach Seattle fahren, hieß es weiter in dem Artikel, und von dort mit dem Zug nach Kalifornien, über San Francisco nach Los Angeles. Überall waren Veranstaltungen geplant, würde er salbungsvolle Reden halten, und überall erwarteten ihn sehnlichst seine Anhänger.

Beim Durchblättern fand ich auch eine ganzseitige Anzeige für die *Movie Expo* in Pasadena. Darin ließ der Produzentenverband es so aussehen, als sei sie das größte Ding, das man in seinem Leben mitmachen konnte.

Wieder ertönte das Brummen eines Motors. Ein Sedan bog auf den Platz ein und hielt an. Es war der Wagen von Will Hays, und er saß selbst am Steuer. Er sah sich nach einem Parkplatz um und fuhr dann einfach in die Einfahrt hinter zwei andere Fahrzeuge, die er blockieren würde, und hielt dort an. Hays stieg aus und ging die Stufen zum Eingang hinauf. Ich konnte mich täuschen, doch er wirkte beschwingt und erwartungsvoll wie selten. Er klingelte und nach wenigen Augenblicken öffnete sich die Tür. Eine hübsche junge dunkelhaarige Frau begrüßte ihn mit breitem Lächeln und einer Umarmung wie einen alten Bekannten. Beide ergingen sich in ausgestellter Freude und dann bat sie ihn hinein.

Verdammt noch mal, dachte ich. Solltest du wenigstens endlich damit Glück haben, Hardy, ist das nun seine Geliebte?

Ich stieg aus dem Lincoln und lief hinüber, entfernt hörte ich Musik spielen. Durch den Vorgarten näherte ich mich seitlich dem Haus. Die Musik schien aus dem hinteren Teil des Gartens zu kommen, und von dort drang nun auch Stimmengewirr zu mir, wie von einer Party.

Über ein kleines Rasenstück ging ich seitlich um das Haus herum, wie vorhin die beiden Frauen. Zum Nachbargrundstück hin war es durch eine hohe, perfekt gestutzte Hecke abgegrenzt, über die man nicht hinwegsehen konnte.

Da hörte ich das meckernde Lachen eines Mannes, das mir bekannt vorkam, es war das von Hays. Zum hinteren Garten führte ein eisernes Tor, doch ich ging nicht hindurch. Ich hielt mich seitlich an der Hecke, bog zwei Buchsbaumbüsche etwas auseinander und blickte durch die Lücke in den Garten.

Auf einer großzügigen Rasenfläche standen ungefähr zehn Männer und ebenso viele Frauen in Paaren zusammen. Alle Letzteren waren jung und hübsch, gut angezogen und frisiert. Die Männer waren doppelt so alt wie sie. Einer von ihnen war Will

Hays. In den anderen erkannte ich die Studiomogule von Hollywood: Samuel Goldwyn. Louis B. Mayer. William Fox. Lewis Selznick. Sowie Jesse Lasky, Adolph Zukor, Joseph Schenck, die Bosse von Paramount. Carl Laemmle von Universal entdeckte ich ebenso wenig wie Buster Keaton. Dafür entspannte sich auf einer Couch aus Korbgeflecht Charles Payne mit einer jungen Schönheit, die dicht neben ihm saß. Alle hielten sie einen Drink in der Hand. Ein Barwagen stand auf der Veranda bereit.

Louis B. Mayer hielt Händchen mit einer jungen Frau, die seine Tochter hätte sein können, es aber zweifellos nicht war, zumindest sofern man annahm, dass er dieser nicht an den Hintern gefasst hätte. Sie lachte und warf den Kopf zurück. Er war verheiratet, das wusste ich nur zu gut. Ebenso wie Jesse Lasky – bei ihm und seiner Frau war ich schon zu Gast gewesen –, der sich mit einer hinreißenden Blondine aus der Blossom-Jones-Liga in einer frivolen Konversation zu befinden schien. Sie beugte sich vor und flüsterte ihm etwas ins Ohr. Er hob die Augenbrauen und lächelte sie an. Sie gab ihm einen Kuss und als er ihn erwidern wollte, wandte sie sich zur Seite und er traf nur ihre Wange. Beide kicherten.

Bill Fox, wie immer eine elegante Erscheinung mit seinem dünnen Schnauzbart, schlenderte zu Will Hays hinüber, der sich genießerisch eine Zigarre anzündete und paffte, und schlug ihm auf die Schulter.

»Eine wunderbare Idee, Will!«

»Ja, mein Lieber!«, rief Sam Goldwyn herüber. Er flirtete mit zwei Damen, die danach ausgesucht zu sein schienen, dass sie beide doch tatsächlich noch kleiner waren als er selbst. »Einfach ein Haus zu mieten, wo uns niemand stören kann – keine Prohibitionsagenten, keine Schauspieler …«

»Nur Schauspieler*innen*!«, sagte Selznick feixend.

»Keine Regisseure …«, fuhr Zukor fort.

»Keine Reporter«, raunte Fox.

»Keine Ehefrauen!«, ergänzte Louis B. Mayer, brutal wie immer auf den Punkt kommend. »Wenn ich hierherkomme, weiß ich einfach, dass wir unter uns sind und dass es gemütlich wird.«

»Und deshalb kommen wir so *gerne* hierher!«, flötete Lasky.

Die anwesenden jungen Damen nickten eifrig Zustimmung.

»Das freut mich, lieber Jesse«, sagte Will Hays und wippte zufrieden auf den Fußballen. »Das freut mich wirklich sehr.«

»Geben Sie's zu, auch Sie sind froh, hier in Hollywood zu sein, wo Ihre Frau Sie nicht behelligt«, lachte Zukor.

Goldwyn grinste Hays an und drohte mit erhobenem Zeigefinger. »Oh ja, Sie sind nicht nur unser guter Geist, Sie sind auch ein selbstsüchtiger kleiner Hundesohn!«

Wie immer vergriff er sich im Ton, und wie immer merkte er es nicht einmal an der Reaktion seines Gegenübers. Will Hays hob abwehrend die Hand.

»Ich mache hier nur Urlaub mit meinem Sohn!«

»Den können Sie ja auch mal problemlos zu Hause lassen, um hierherzukommen«, dröhnte Mayer. Auch die anderen umstanden nun im Halbkreis Hays.

»Machen Sie ruhig mit«, meinte Fox fein lächelnd. »Wir bezahlen es doch sowieso, und Zimmer gibt es im Haus genügend, darauf haben Sie ja Wert gelegt. Auf einen mehr oder weniger kommt es nicht an!«

Hays schien es unangenehm zu werden, wie man ihn hier bedrängte. Bei ihm stand keine Frau. Und er hatte auch keinen Drink in der Hand.

Ich öffnete den Mund für einen stummen Fluch. Er war nur genau das: ihr guter Geist. Kein Zweifel: Ich hatte das Haus gefunden – oder den Club –, von dem Carrie Phillips gehört hatte. Hays machte hier für die Hollywoodproduzenten das nach, was er in Washington gelernt hatte: Er hatte eine Villa gemietet – wie dort in der K Street –, wo sich seine Klienten in aller Ruhe und Abgeschiedenheit treffen konnten. Geschützt vor Entdeckungen, die ihnen gefährlich werden konnten. Bezahlt durch die »Caesar-Stiftung«, in die sie selbst einzahlten. Sie hatten den richtigen Mann engagiert. Er selbst blieb keusch wie ein Novize in einem Mönchskloster. Einem ohne Schweigegelübde.

»Hauptsache, Sie können sich amüsieren«, sagte Hays defensiv. »Und ich habe keinen Ärger damit.«

»Ach, seien Sie nicht so langweilig!«, drängte Mayer.

»Doch, *seien* Sie langweilig!«, konterte Goldwyn. »Sie sind genau richtig, wie Sie sind. Sie sind unser Chef! Ich muss auch den ganzen Tag Chef sein – aber hier muss ich es nicht, hier übernehmen Sie das. Dafür bezahlen wir Sie doch auch fürstlich!«

»Lass doch den guten *General* in Ruhe, Goldfish!«, sagte Selznick, ihn bei seinem echten Namen nennend.

»Vergessen Sie nicht die Skandale, die er uns so prächtig vom Leib hält«, sagte Payne und stand abrupt auf, worauf das Mädchen neben ihm hochschreckte. »Mein Gott, ich dachte schon, die Swanson ist am Ende und nicht mehr zu halten, aber das haben Sie sauber hingekriegt, Will!«

»Es kann sie immer noch erwischen, sie kennt ja keine Grenzen, trotz der Moralklausel in ihrem Vertrag«, wandte Selznick ein.

»Solange es nicht bekannt wird«, rief Zukor, Glorias Boss, mit einer wegwerfenden Handbewegung. »Und solange das Publikum sie liebt. Das Publikum hat immer recht.«

»Lass dir mal was Neues einfallen, Adolph!«, meinte Fox und ließ die Eiswürfel in seinem Glas klirren. »Wenn all das bekannt würde, was Gloria tut und nicht lassen kann, dann würde es Boykottaufrufe geben und niemand würde mehr in ihre Filme gehen.«

»Noch schlimmer, ihr müsstet sie sofort entlassen, wenn ihr eure eigenen Klauseln ernst nehmen würdet«, tönte Goldwyn. »Da habt ihr euch eine schöne Suppe eingebrockt.«

»Die Klauseln sind doch nur dazu da, um die Öffentlichkeit zu beschwichtigen!«, entgegnete Selznick.

»Um Paramount müssen Sie sich jedenfalls nicht sorgen, Mr Goldwyn«, warf Payne selbstzufrieden ein. »Deswegen bauen wir ja die Negri als Star auf, falls uns die Swanson wegbricht, und nein, ich würde dafür meine Hand auch nicht ins Feuer legen, dass das nicht noch passiert.«

»Ich muss jetzt gehen, ich habe noch einen anderen sehr wichtigen Termin«, bemerkte Hays und sah auf seine Taschenuhr.

»Eine Sache müssen wir noch mit Ihnen besprechen«, sagte

Selznick schnell. »Wir haben kein Problem damit, hierfür Geld auszugeben«, er zeigte auf die Villa, »aber die verdammte *Movie Expo* frisst uns die Haare vom Kopf.«

»Ich weiß, ich weiß«, beschwichtigte Hays.

»Wenn das noch zwei Wochen so weitergeht, sind wir pleite. Dann muss nicht nur die Filmausstellung zumachen, sondern auch die Produzentenvereinigung den Betrieb einstellen und wir müssen darüber nachdenken, wie wir noch ganz andere Unkosten einsparen.«

»Damit habt ihr uns ja ein schönes Problem eingebrockt!«, rief Goldwyn.

»Es war auch deine Idee, Sam!«, erwiderte Zukor scharf.

»Wer konnte denn schon ahnen, dass das Publikum nur die Filme sehen will und keine Ausstellung von Filmkulissen?«, rief Mayer, die Arme in die Luft werfend.

»Das war doch vollkommen klar. Die Leute sind einfach noch nicht so weit. *Wir* sind noch nicht so weit, Hollywood ist es noch nicht!«, sagte Fox.

»Filme sind Filme. Die Leute wollen keine Kulissen anfassen, sie wollen die Illusion bewahren, den Traum.« Selznick wackelte mit dem Kopf.

»Scheiß auf die Träume!«, rief Goldwyn. »Aber wir müssen doch irgendetwas tun können. Wir können doch nicht tatenlos zusehen, wie unser Geld dort einfach zum Fenster hinausgeworfen wird.«

»Das tun wir ja auch nicht«, entgegnete Selznick und wandte sich an Hays. »Will, der Präsident kommt in ein paar Tagen nach Los Angeles. Laden Sie ihn ein, die *Movie Expo* zu besuchen.«

»Das wird aber nicht leicht werden«, wandte Hays ein. »Er hat schon reichlich Verpflichtungen.«

»Bringen Sie ihn und seine verdammte Gattin hinaus nach Pasadena und lassen Sie ihn in die Menge winken. Hoffentlich gibt es eine«, bellte Mayer.

»Am besten, der Kerl bringt selbst eine mit!«, forderte Goldwyn.

»Lassen Sie es groß ankündigen und seine Wähler für die Tickets bezahlen«, warf Fox ein. »Das wird die beste Werbung sein, die wir überhaupt bekommen können. Der erste Besuch eines Präsidenten in dieser Stadt seit Ewigkeiten.«

»Ja«, rief Goldwyn aus. »Lassen Sie den Präsidenten uns retten. Immerhin bezahlen wir ihn ja auch, wir alle, und räumen ihm seine Probleme aus dem Weg. Da kann er doch auch einmal dasselbe mit *unseren* Problemen tun, oder?«

»Ich verstehe, was Sie meinen«, sagte Hays und nickte in die Runde. »Sie alle. Und ich bin mir sicher, auch der Präsident wird sich Ihrem Wunsch nicht verschließen. Aber ich muss es ihm erst beibringen, lassen Sie mir etwas Zeit.«

»Als sein Exminister und Wahlkampfmanager werden Sie das ja wohl schaffen«, zischte Zukor.

»Sie haben ihn zu dem gemacht, was er ist, also ist er uns was schuldig!«, insistierte Selznick.

Hays hob skeptisch die Hände. »Ich werde mein Bestes tun. Und jetzt muss ich wirklich gehen …«

»Ach, trinken Sie doch was mit uns, Will! Einen Drink!« Louis B. Mayer wollte ihn unterhaken.

»Völlig unmöglich, das kann nicht warten«, wehrte Hays ab und sah wieder auf seine Uhr, nun zunehmend nervös.

»Ihr wisst doch, wie er ist, ihr werdet ihn nicht überreden können«, sagte Fox und klopfte Hays wieder auf die Schulter. »So wie manche unserer Kollegen« – er imitierte einen starken deutschen Akzent – »ich bleibe lieber zu Hause, *ja,* und esse *Sauerbraten!*«

Alle lachten. Ich sah Carl Laemmle vor mir, dem das wohl wirklich wichtiger war als das, was sie hier genossen. Wichtiger auch als damals Blossom Jones.

Damit war der Streit vergessen und Will Hays nutzte die Gelegenheit, um endlich dem Haus zuzustreben. Er ging hinein, wo er seinen Hut entgegennahm und sich erneut in ein Gespräch mit einer jungen Frau verstrickte, wie ich durch ein Fenster sehen konnte.

Kaum war er außer Hörweite, lachte Mayer befreit auf und sagte: »Ein Puritaner als unser Chef, das ist wirklich das Größte!«

Er legte den Arm um die Frau neben ihm. Die Frauen waren die ganze Zeit still gewesen und hatten den selbstgefälligen, großspurigen Worten der Mogule mit geweiteten Augen zugehört. Manche bewundernd, manche wohl auch verängstigt.

»Man traut sich ja kaum, gewisse Dinge zu besprechen, solange er dabei ist«, meinte Lasky. Ich lauschte gespannt weiter, immer mit Hays im Blick, dessen Abfahrt ich keinesfalls verpassen wollte.

»Was meint ihr übrigens?«, fragte Goldwyn die anderen. »Dieser Ku-Klux-Klan, der jetzt überall um sich greift, ist das eigentlich eine gute Sache?«

Einen Moment lang herrschte fassungslose Stille.

»Bist du verrückt, Sam?«, fragte Selznick.

»Wieso? Er ist sehr erfolgreich, was ich so höre. Ich glaube, ich werde da auch Mitglied!« Er sah von einem zum anderen, vollkommen naiv und arglos. »Warum nicht, ich bin auch bei den Republikanern nur wegen dem Geschäft!«

»Aber das sind Rassisten, Schmock!«

»Na und, das sind doch auch viele andere!«

»Diese haben aber auch was gegen Juden, Goldfish«, sagte Mayer und blitzte ihn wütend an. »So sehr, dass Juden nicht mal Mitglied werden dürfen. Selbst wenn sie so bescheuert wären, es werden zu wollen!«

Goldwyn wollte es immer noch nicht einsehen und widersprach. Lauter Streit brach aus und ich wendete mich ab. Nun ging ich wieder außen herum und zurück nach vorne, um Hays abzupassen. Am seitlichen Durchgang kam mir die hübsche dunkelhaarige Frau entgegen, die diesem die Tür geöffnet hatte. Sie trug ein Tablett mit gefüllten Gläsern, in denen Eiswürfel schwammen. Ich lächelte sie an.

»Hallo, Sir«, sagte sie ebenfalls lächelnd. »Meine Name ist Margaret. Kann ich Ihnen einen Drink anbieten?«

»Danke, Margaret«, sagte ich und tippte mir an den Hut. »Ein anderes Mal gerne.«

Ich huschte wieder zum Lincoln zurück, entschlossen, herauszufinden, mit wem Will Hays nun noch eine Verabredung hatte.

57

Als Hays' Sedan wendete und die Straße zurückfuhr, folgte ich ihm in einigem Abstand. Er fuhr Richtung Süden und bog dann in die Fountain Avenue ein. Vor der presbyterianischen Kirche hielt er an.

Sie war hell erleuchtet. Zahlreiche Automobile parkten an der Straße, auf den Bürgersteigen und in mehreren Reihen auf der kleinen Wiese neben der Kirche.

Hays manövrierte mühsam den Sedan neben einen großen alten Chevy. Schnell parkte ich den Lincoln mit zwei Rädern auf dem Bürgersteig und schaltete die Scheinwerfer aus.

Gebannt beobachtete ich, wie Hays ausstieg und auf den Eingang der Kirche zulief, deren Tür geschlossen war. Er klopfte an die Pforte und sie wurde geöffnet. Von einem Mann in einer weißen Klankutte, der einen halben Schritt aus der Tür trat und Hays prüfend ansprach. Dieser sagte etwas zu ihm. Der Klansmann nickte und trat zur Seite, um ihn einzulassen. Dann warf er kurz einen forschenden Blick in Richtung der Straße und ging ebenfalls hinein, die Tür hinter sich zuziehend. Ich trommelte einen kurzen Wirbel auf mein Lenkrad.

»Hab ich dich also doch erwischt«, sprach ich leise vor mich hin. Jetzt musste ich aber unbedingt in die Kirche hineingelangen und mit ansehen, was dort in Hays' Anwesenheit geschehen würde. Am besten auch mit an*hören*.

Ich griff zum Handschuhfach und holte mir die Brownie-Kamera, das Fernglas und meine Kutte heraus, für den Fall, dass ich sie brauchen würde. Dann ging ich an der Straße entlang und besah mir ganz unverfänglich aus einigem Abstand die große rote Backsteinkirche, durch deren große, buntverglaste Fenster das Licht herausdrang. Es fiel auf keinerlei Wachen, die um sie herum postiert gewesen wären. Der Haupteingang, den Hays soeben genommen hatte, war für mich natürlich keine Option. Ich sah mir den hinteren Teil des Kirchenschiffes an, über dem die beiden hohen Türme aufragten, und ging dann außen herum dorthin, weiter vorsichtig beobachtend.

Ich blieb stehen. Nahe der hinteren kleinen Eingangstür war ein Automobil auf dem Rasen geparkt. Sie stand offen und Licht fiel aus ihr heraus auf den Wagen. Ein Mann holte von dort etwas Längliches heraus und schleppte es dann durch die Öffnung ins Innere der Kirche. Es verdeckte sein Gesicht und so konnte ich ihn nicht erkennen. Sonst war niemand im Wagen oder in der Nähe. Ich ging langsam auf die offen stehende Tür zu.

Jederzeit auf Überraschungen gefasst, schob ich mich vor und blickte um die Ecke. Probeweise ließ ich einen leisen Zischlaut hören, auf den jedoch niemand reagierte. Also wagte ich mich weiter vor und betrat einen Vorraum, der durch eine zweite offene Tür in die Sakristei führte. Rechts führte eine Steintreppe nach oben. Ich lugte in die Sakristei, in der sich niemand aufhielt. Gewänder hingen seitlich an der langen Stange eines Kleiderständers bereit, aus weißem Stoff mit farbigen Borten; ob es Priestergewänder oder Klankutten waren, konnte ich auf Anhieb nicht erkennen. Messkelche und anderes Zubehör waren auf einem Tisch gruppiert. Die Tür zum Kirchenschiff stand wiederum offen. Von dort drang Stimmengewirr heraus.

Ich schlich mich weiter und blickte in das Kirchenschiff hinein. Rechts befanden sich der Altartisch und ein großes schmuckloses Kreuz. Im Zentrum standen rund um die Bänke zahlreiche Männer in weißen Kutten und mit Kapuzen. Sie hatten die Gesichter frei gelassen und blickten auf eine kleine unverkleidete Figur in ihrer Mitte, Will Hays in seinem Anzug. Direkt neben ihm redete der Priester auf ihn ein. Er trug wieder die leuchtend rote Robe des Großen Titans, wie auf der Veranstaltung im Valley vor drei Tagen. *Wenn* es der Priester war, fiel mir ein, und nicht sein Zwillingsbruder.

Hays wirkte freundlich, verständnisvoll und professionell wie immer, selbst hier im Kreise all der Klansmänner, der Angehörigen jener mörderischen Sekte. Neben dem Priester, der Hays von den Gottesdiensten wohlbekannt war, entdeckte ich nun Fred Anderson. Er trug ebenfalls keine Robe, sondern seinen Anzug.

Warum Hays selbst seine Kutte nicht angezogen hatte, obwohl er eine hatte, erschloss sich mir nicht. Vielleicht ist er so hoch angesiedelt, dass er das nicht nötig hat, dachte ich. Oder es gibt einen anderen Grund – vielleicht wirst du auch erst angeworben, Will Hays, und ebenso Fred Anderson, dein Mittelsmann zum Klan –, jedenfalls, hier bist du. Ja, jetzt habe ich dich.

Ich tastete nach der Kamera und überlegte, ob ich ein Foto machen könnte. Etwas sicherstellen, das mir als Beweis über meine Aussage hinaus dienen würde. Ich ließ den Blick über sie wandern, ging die großen Klansmänner durch, fand aber niemanden, der so aussah wie der Mörder, den ich verfolgt hatte.

In diesem Moment ertönte plötzlich ein Geräusch, als würde das Großsegel eines Dreimasters herabgelassen, und hallte in dem Kirchenschiff wider, woraufhin sie alle herumfuhren, und dann fiel ein riesiges weißes Leinentuch unmittelbar in mein Blickfeld, bis ein breiter Querbalken aus Holz es auf Höhe meiner Brust abschließend niederhielt. Ich sprang vor Verblüffung einen Schritt zurück. Erst mit Verspätung realisierte ich, dass sie eine Filmleinwand herabgelassen hatten, direkt über dem Altartisch und vor dem großen Kreuz, von der darüber gelegenen Empore aus.

Ich ging hinter einer Mauer in Deckung und lugte vorsichtig an der Leinwand vorbei. Die Klansmänner starrten gespannt darauf, auch Will Hays, doch dieser mit einem eher nervösen als erwartungsfrohen Blick. Und nun sah ich in dem Mittelgang, wie ein Stativ aufgestellt wurde. Es war das längliche Ding, das gerade hereingetragen worden war, und der es aufbaute, war Elmer Macready, gekleidet in eine Kutte. Die Plattform darauf krönte er gerade mit einem Filmprojektor. Neben ihm lagen mehrere flache Aluminiumdosen bereit.

Der Kinozar Will Hays würde einen Film zu sehen bekommen, ganz so, wie er es im Alltag seines neuen Jobs gewohnt war. Doch gewiss einen noch sehr viel außergewöhnlicheren Film als in einem Kinopalast.

Verdammt. Den musste ich auch sehen. Auch wenn ich eigentlich gar keine Lust dazu hatte. Ich überlegte. Es schien unmöglich, ins Innere des Kirchenschiffs zu gelangen, auch nicht mit der Kutte, denn das war einfach zu gefährlich: Alle würden mich sehen, wenn ich unter der Leinwand hervorkommen würde, und gewiss befragen.

Als ich mich in die Sakristei zurückzog, hörte ich Schritte. Sie kamen die Treppe herunter. Schnell sprang ich zur Seite und drückte mich in die Nische hinter dem Kleiderständer. Zwei Männer in Kutten durchmaßen den Raum mit großen Schritten, es mussten die sein, die die Leinwand herabgelassen hatten. Einer rieb sich die Hände und rief laut zu den anderen hinein: »So, kann losgehen!« – »Dann zeig uns doch mal den Film, den du mitgebracht hast, Elmer!«

Sie verschwanden nach drinnen.

Ich kam schnell wieder aus meinem Versteck hervor und ging hinaus in den Vorraum, zu der Treppe, die nach oben führte. Eilig stieg ich sie hinauf. Schon erreichte ich die Empore, an der die riesige Leinwand befestigt war, die in das Kirchenschiff hinabreichte.

Auf deren linker Längsseite war der Platz für einen Chor, doch die schmalen Bänke waren jetzt vollkommen leer. Gebückt und von der Brüstung verdeckt lief ich an ihnen entlang bis ganz nach hinten. Dort hielt ich an und wagte es, vorsichtig nach unten zu sehen. Der Saal war inzwischen fast vollkommen gefüllt mit Klansmännern in weißen Roben. Einzelne Sprengsel in der weißen Masse trugen andere Farben. Nicht nur Hays in seinem dunklen Anzug, auch andere Roben des Klans. Wenn bunte Farben das Zeichen der Anführer waren, mussten einige anwesend sein. Es schien ein wichtiger Film zu sein, der an diesem Abend gezeigt wurde. Die Leinwand prangte in mindestens zehn Fuß Breite über dem Altartisch, der seltsam klein und wie entweiht darunter stand. Gleich würde hier einer neuen, ganz anderen Religion gehuldigt werden.

Elmer Macready holte eine Filmrolle aus einer der Dosen und legte sie in den Projektor ein.

Der Große Titan läutete eine Glocke und rief: »Nehmt eure Plätze ein!« Er klatschte noch einmal in die Hände: »Mr Hays, zu mir!«

Will Hays kam zu ihm und nahm in einer der vorderen Reihen Platz. Anderson setzte sich neben ihn. Hier versammelten sich die hohen Chargen mit den bunten Roben.

Ein großer Mann eilte jetzt herein, offenbar war er gerade erst verspätet eingetroffen. Es war der Große Zyklop. Ich konnte unter der hochgeschobenen Kapuze nun erstmals sein Gesicht sehen, es war kantig und brutal, und er trug eine schwarz gerahmte Hornbrille. Das Gesicht eines skrupellosen Mörders. Der Zyklop setzte sich in dieselbe Reihe wie Hays, ganz außen.

Gleichzeitig wurde auf Zeichen des Priesters das Licht ausgeschaltet, und die letzten Klansmänner, die dahinter wie im Kino ihre Sitze einnahmen, setzten sich eilig und verstummten.

Ich auf meiner Empore spannte alle Muskeln an. Was ich zu sehen bekommen würde, würde mit Sicherheit nicht leicht zu ertragen sein. Elmer hatte Clarences Tod gefilmt, die an dem Baum hängende Leiche, womöglich auch noch das Feuer. Nun würden sie es endlich vorführen, dies war der perverse Zweck, zu dem er es getan hatte, auf ihr Geheiß. Oder aber, fiel mir ein, sie zeigten den Film von dem Treffen, bei dem der andere Schwarze misshandelt und ermordet worden war. Keine schönere Option, ein furchtbares Programm. Doch der schlagende Beweis für das, was ich beobachtet hatte und belegen würde müssen, um sie alle zur Strecke zu bringen. Auch den Mörder, der sie beide auf dem Gewissen hatte und selbst anwesend war. Und Will Hays, dem sie so stolz vorführen wollten, was sie angerichtet hatten.

Ich krallte die Finger in das Holz der Brüstung und konzentrierte mich darauf, nur ja alles mitzubekommen. Die andere

Hand holte langsam das Fernglas aus der Tasche. Unten begann nun der Projektor zu surren und seine schwirrenden Lichtstrahlen zur Leinwand zu senden, die er in Gänze ausfüllte. Applaus brandete auf, ein paar erwartungsvolle Rufe ertönten. Eine weiße »4« erschien auf schwarzem Untergrund. Elmer Macready kurbelte gleichmäßig an dem Projektor.

»3«, »2«, »1«, Aufblende.

Ein halbes Dutzend Klansmänner waren zu sehen, in verschiedenen Roben und mit spitzen Kapuzen, verhüllten Gesichtern. Aufgeregt von einem Fuß auf den anderen tretend, unterhielten sie sich. Sie standen in einem Innenraum, schienen zu warten. Das Bild verwischte. Eine neue Aufnahme folgte.

Kein Wald oder Hügel, wie ich es erwartet hatte.

Ein weiterer Innenraum. Edle, mit Tapeten verzierte Wände. Ein Kamin. Ein altes Gebäude, wertvoll bestückt. Ein Altar war mitten im Raum aufgebaut, bespannt mit der Südstaatenflagge, darauf lagen ein Totenkopf, ein Schwert, eine Flasche, die Bibel. Alles sah aus wie neulich bei der Zeremonie. Die sechs Klansmänner umstanden ihn, einer davon trug eine dunkel leuchtende Robe, wie ich sie noch nie gesehen hatte. Auf seiner Brust prangten gleich zwei Kreuze, links und rechts, und sie war reich verziert mit Streifen und Rautensymbolen.

Sie standen erwartungsvoll um den Altar aufgereiht, wie bei dem Aufnahmeritual im Valley. Ich blickte nach unten ins diffuse Halbdunkel des Saals zu Hays. Er war nur als ein kleiner Punkt auszumachen, bewegungslos starrte er nach oben auf die Leinwand.

Dort trat nun ein Mann zu den Klansmännern. Er trug einen schwarzen Frack und war nur von hinten zu sehen. Ein Raunen ging durch die Zuschauer.

Nun verwischte das Bild und eine neue Aufnahme zeigte den Mann im Profil.

Es war Warren G. Harding, der Präsident.

Ein Aufschrei entrang sich den Kehlen der Männer, Unglaube und Triumph in einem. Ich hätte beinahe mitgeschrien.

Auf der Leinwand machte der Klansmann in der dunklen

Robe eine Geste zum Präsidenten, und der Präsident ging auf ein Knie nieder. Die Männer in der Kirche schrien wieder auf, lauter, brutaler Jubel ertönte. Harding griff mit der linken Hand nach vorne und legte sie auf dem Altar auf die Bibel. Die andere Hand streckte er nach oben in die Luft. Die Männer unten im Publikum johlten, drehten durch, es war ein einziges Triumphgeheul, Siegesschreie.

Und es hörte gar nicht mehr auf, als wir nun alle zusahen, wie der Präsident der Vereinigten Staaten in dieser Pose verharrend und die Hand zum Schwur erhoben ohne jeden Zweifel eindeutig den Treueeid des Ku-Klux-Klans sprach. Der Große Hexenmeister des Unsichtbaren Imperiums – er musste es sein, Hiram Evans höchstpersönlich – stellte ihm die zehn Fragen und der Präsident beantwortete sie alle mit einem deutlich von seinen ausdrucksstarken Lippen zu lesenden »Ja«, woraufhin er schließlich gesegnet und mit den Insignien ausgestattet wurde.

Damit war er in den Klan als Mitglied aufgenommen. Und sie hatten dies alles auf Zelluloid festgehalten.

Danach, als er sich wieder erhoben hatte, gab er den um ihn versammelten Klansmännern reihum die Hand, dabei den geheimen Gruß des Klans ausführend, und der letzte von ihnen – ihr Boss Evans – umarmte ihn. Harding zog sich eine Kutte an, sie war bunt und reich verziert und er musste dementsprechend einen hohen Rang erhalten haben. Er setzte sich die Kapuze aufs weißhaarige Haupt, grinsend und stolz wie ein Kind.

Auf einer neuen Aufnahme sah man sie mit erhobenen Gläsern auf das Ereignis anstoßen, sodann trinken und die Gläser hinter sich am Kamin zerwerfen. Sie lachten, und als Letztes sah man Harding, der unter seiner Kapuze in die Kamera lächelte, ja fast mit ihr zu flirten schien …

Die Männer in der Kirche, die dieses groteske Filmende sahen, goutierten es mit erneutem Gejohle und Triumphschreien. Sie mochten sich gar nicht mehr beruhigen und sprangen auf. Ein Schwarzbild folgte auf der Leinwand, dann sahen wir noch ein letztes Filmbild – das Weiße Haus in Washington, aus dem

Rosengarten gefilmt, wie um zu beweisen, dass man in den inneren Zirkel eingedrungen und wirklich und wahrhaftig dort gewesen war. Die Kamera schwenkte und zeigte für einen ganz kurzen Moment Elmer Macready, der vor sie trat und frontal hineinblickte. Er kniff ein Auge zu, und dann wurde es weiß.

Ein Datum wurde eingeblendet, es war von Hand geschrieben.

»23. Mai 1923«.

Dann wurde das Bild schwarz und der Film lief unten aus der Spule.

Die Klansmänner tobten und klatschten. Das Licht ging wieder an. Der Jubel dauerte fort. Der Priester stand auf und wandte sich ihnen mit erhobenen Armen zu. Allmählich verstummte der Jubel. Vereinzelte Rufe verebbten.

»Nun habt ihr den Beweis gesehen: Er ist einer von uns! Lang lebe der Präsident!«

Hochrufe folgten. Und hörten gar nicht mehr auf.

»Lang lebe der Präsident!«

»Amerika zuerst!«

»Amerika den Amerikanern!«

»U-S-A! U-S-A!«

Die Männer skandierten ihre Parolen mit erhobenen Fäusten, als sei die Weltherrschaft ihnen bereits sicher und könnte nun gefeiert werden.

Da sie alle standen, konnte ich Hays nicht mehr sehen, er saß – oder stand – in ihrer Mitte.

Ich blieb zunächst regungslos auf der Empore hocken. Weil ich mich sammeln musste, weil der Schock des Gesehenen mich mit großer Last niederdrückte, schlimmer vielleicht, als wenn ich einen Mord hätte mit ansehen müssen.

Dann fasste ich mich, holte die Brownie heraus und visierte durch ihre Linse unten die Menge an. Als ich Hays unter den Klansmännern stehend im Fokus hatte, drückte ich ein paarmal ab und steckte sie wieder weg. Ich hob das Fernglas an mein Auge und stellte es scharf, um in dem Gewimmel mehr sehen zu können.

Da war Elmer Macready, der in diesem Augenblick die Filmrolle mit der zweiten Spule wieder aus dem Projektor entfernte und in der Filmdose verstaute. Mitten in all dem wilden Jubel um ihn herum agierte er sehr sachlich, steckte die Filmdosen ein und nahm den Projektor ab. Dann trug er ihn auf beiden Armen zum hinteren Ausgang und ging direkt unter der Leinwand durch.

Wo ich Will Hays morgen wiederfinden würde, wusste ich. Wo Elmer Macready nun mit dem Film hingehen würde, wollte ich herausfinden. Um jeden Preis.

Ich schwenkte das Fernglas zurück und traf auf einen Klansmann, der sich eben nach vorne drehte. Es war Clarences Mörder, der Große Zyklop mit der Hornbrille. Im selben Moment hob er den Kopf in meine Richtung und stutzte. Dann tippte er seinen Nebenmann an und zeigte nach oben zu mir.

Schnell duckte ich mich. Ich hatte mich offenbar zu sehr aufgerichtet, um Elmer beobachten zu können. Vorsichtig spähte ich noch einmal über die Brüstung nach unten. Inmitten all der auf und ab springenden Klansmänner sah ich die beiden, die in Richtung des hinteren Ausgangs rannten. Dorthin, wo auch die Treppe war, die hier heraufführte.

Sie war der einzige Weg nach unten. Verzweifelt blickte ich mich um. In der Mitte der Wand hinter mir befand sich ein großes Fenster. Anders als diejenigen auf der gegenüberliegenden Seite, am Altarraum, war es nicht buntverglast, sondern ein normales Fenster mit zwei Flügeln. Schnell entriegelte und öffnete ich sie, dann nahm ich instinktiv, ohne lange darüber nachzudenken, die Kutte und knotete sie um die Mittelstrebe. Ich zog einmal kräftig daran, sie hielt, dann kletterte ich aus der Öffnung, mich an dem Stoff wie an einem Seil festhaltend. Vor dem Fenster war ein schmales Sims, viel zu schmal, um darauf ganz stehen zu können, doch ich setzte meine Füße quer nebeneinander. Mit einer Hand schloss ich die Flügel des Fensters wieder, soweit es ging, dann duckte ich mich und hing nun mit beiden Händen an der Kutte.

Ich hörte auf der anderen Seite Schritte, die die Empore entlanggerannt kamen. Sie hielten direkt vor dem Fenster.

»Verdammt, hier war doch was!«, sagte eine Stimme mit dem breiten Akzent der Südstaaten, ihr Besitzer rang um Atem.

»Aber es ist niemand da«, antwortete eine zweite.

Ich konnte mich auf dem Sims unter mir nicht mehr halten und nun baumelten meine Füße im Freien. Nur mit den Händen hielt ich mich noch fest.

»Ich habe eine Bewegung gesehen, ganz sicher!«, beharrte der Erste. Der Mörder.

Kommt bloß nicht auf die Idee, das Fenster zu öffnen, dachte ich. Der weiße Stoff der Kutte spannte und zog sich dünn zusammen. Der Klan schien gute amerikanische Nähwerkstätten mit ihrer Fertigung beauftragt zu haben. Wahrscheinlich waren sie aus bester Baumwolle aus dem Süden, gepflückt von …

»Blödsinn, das war bestimmt nur eine Ratte! Komm, wir gehen wieder runter zu den anderen.« Schritte entfernten sich, und ich atmete auf.

Und so kam es, dass mich erneut die Kutte des Ku-Klux-Klans rettete.

Aus der erleuchteten Kirche drangen nach wie vor Jubelrufe. Dann ertönte ein Gesang – sie grölten das Lied, das sie auch bei der Zeremonie neulich intoniert hatten. Es klang wie ein Siegesgesang, voll Inbrunst aus den weit über hundert Kehlen dröhnend.

Ich sah nach unten. Vor dem Haupteingang stand keine Wache, alle Klansmänner waren in der Kirche. Eigentlich war ich zu weit oben, um zu springen. Bevor ich noch eine Entscheidung treffen konnte, riss die Kutte, an der ich hing, plötzlich doch noch. Nur mit einem Fetzen in der Hand sprang ich nach unten auf die Erde.

Der Aufprall war hart und mich durchzuckte ein scharfer Schmerz im rechten Knöchel, bevor ich zur Seite umfiel. Ich sog scharf die Luft ein und hielt mir den Fuß, öffnete den Mund zu einem stummen Schrei, stemmte mich hoch und kam auf die Beine. Nun versuchte ich einen Schritt und konnte ein Stöhnen nicht unterdrücken, nur abbrechen.

Mühsam bückte ich mich und hob die zu Boden gefallenen Fetzen der Kutte auf. Dann hinkte ich zu dem Lincoln am Bürgersteig. Niemand kam aus der Kirche und niemand folgte mir. Drinnen grölten sie weiterhin lauthals.

Am hinteren Ausgang sah ich immer noch Elmers Automobil stehen und den Lichtschein, der nach draußen fiel. Ein Schatten durchschnitt ihn, dann noch einer. Im Licht sah ich Elmer und den Zyklopen mit seiner Hornbrille, wie sie etwas einluden und sich dann auf vertrauliche Weise verabschiedeten. Der Zyklop nickte ihm zu und ging wieder hinein. Ich sah gebannt zu. Die beiden schienen sich also näher zu kennen.

Nun erlosch das Viereck aus Licht plötzlich, als die Tür geschlossen wurde. Dann flammten zwei Scheinwerfer auf und das Automobil von Elmer fuhr los, ein Stück über die Wiese nach links. Es rumpelte über den Bordstein auf die Straße und schlug den Weg Richtung Westen ein.

Ich startete den Lincoln und drückte aufs Gaspedal, trotz der Schmerzen in meinem Knöchel. Vor mir fuhr der Mann, der die Aufnahme des Präsidenten in den Ku-Klux-Klan gefilmt hatte. Und das Beweisstück in diesem Augenblick mit sich trug. Ich folgte ihm so nah wie möglich, denn ich hätte es mir nie verziehen, wenn ich ihn noch einmal aus dem Auge verloren hätte.

Während ich mir all dies durch den Kopf gehen ließ und meine Gedanken wilde Funken schlugen – wie unglaublich und doch real all dies war und was das nun für meine Ermittlungen heißen würde –, hielt der Wagen vor mir schon wieder an. Schnell stoppte auch ich und schaltete meine Scheinwerfer aus.

Wir befanden uns in einer dunklen Gegend mit Lagerhallen. Elmer Macready stieg aus dem Automobil aus und ich beobachtete, wie er mit einer Tasche auf ein einzeln dastehendes Wohnhaus zuging. Dies musste seine neue Bleibe sein, nachdem die alte nicht mehr sicher und vom *LAPD* versiegelt worden war.

Ich sah auf das Straßenschild. *»Wilcox Avenue«* konnte ich im Halbdunkel mit Mühe entziffern. Er zog einen Schlüssel hervor und öffnete die Tür damit. Licht flammte auf. Bevor er die Tür wieder schloss, steckte Elmer nochmals den Kopf heraus und sah sich aufmerksam nach allen Seiten um. Ich duckte mich und fuhr erst weiter, als sich längere Zeit nichts mehr getan hatte.

VIERTER TEIL

28. JULI 1923 – 2. AUGUST 1923

58

»Der Knöchel ist eindeutig verstaucht, aber immerhin nicht gebrochen und es scheint auch nichts gerissen«, sagte Buck, nachdem er ihn ein paarmal hin und her bewegt und mich zum Jaulen gebracht hatte. Eis war in dem dicken Beutel, den er mir daraufpresste, und Eis war auch in dem Drink, den er mir servierte. Ich hatte den rechten Fuß hochgelagert, auf der Couch in Bucks Hinterzimmer, nebenan in seiner Bar tobte eine frivole Party, die wir nur als stumme Pantomime tanzender Gäste durch das Fenster sahen. Er und Herbert Somborn blickten mich immer noch an, als könnten sie nicht glauben, was ich ihnen soeben erzählt hatte.

»Sie haben mit Sicherheit gesehen, dass es der Präsident war?«, fragte Somborn und wischte sich mit einem Tuch über die Stirn. »Kein Zweifel möglich?«

»Absolut«, antwortete ich. »Harding hat sogar in die Kamera gegrinst. Sie haben es nicht heimlich gefilmt, er hatte nichts dagegen und wusste ganz genau, was da passierte.«

»Im Weißen Haus?«, schickte Somborn hinterher und nahm aus zitternden Händen einen Schluck. Ein großer Pitcher stand bereit, den wir aber schon zur Hälfte geleert hatten. Wir tranken und rauchten, was das Zeug hielt – wozu man als Trost in so einer Situation eben greift.

»Ja«, bestätigte ich. »Sie haben sogar das Datum auf eine Schrifttafel geschrieben, damit es ganz klar festgehalten wird. Am dreiundzwanzigsten Mai.«

»Jetzt erklärt sich auch, warum der Kameramann ausgerechnet in die Hauptstadt geflohen ist«, sagte Buck und nahm einen tiefen Zug von seiner Zigarre. »Als er aus Los Angeles verschwinden musste.« Ich nickte.

»Dieser Präsident ist wirklich unglaublich«, stöhnte Somborn. Unter den Achseln seines hellen Anzuges wurden Schweißflecken sichtbar. Die hellblonden Strähnen klebten ihm feucht und schwärzlich an der Stirn, das Gesicht war stark gerötet. »Warum zum Teufel macht er das?«

»Entweder aus Überzeugung«, erwiderte ich und bewegte vorsichtig den Knöchel, dessen Bänder sofort Schmerzen aussandten. »Oder aus Opportunismus.«

»Er kommt aus Ohio«, wandte Somborn ein. »Nicht aus dem Süden. Er gilt als liberaler Republikaner. Er hat öffentlich seine Unterstützung für ein Gesetz erklärt, das die Lynchjustiz unter strenge Strafen stellen soll. Sie wollen es demnächst im Senat einbringen.«

»Es muss ja nicht aus Überzeugung geschehen sein. Wahrscheinlich war es nur aus politischem Kalkül, und er versucht, alle Seiten zu bedienen«, sagte Buck.

»Oder jemand hat ihm dazu geraten, zum Beispiel Will Hays, der ist nun wirklich ein Opportunist. Vielleicht berät er den Präsidenten nach wie vor«, schlug ich vor. »Den Mann, dem er ins Amt verholfen hat, den er um jeden Preis beschützt, dessen Skandale er verzweifelt zu vertuschen versucht.«

»Aber das da ist eine Mörderbande, nicht bloß ein paar verrückte Geliebte!«, gab Somborn zu bedenken.

»Vielleicht machen Hays und der Klan noch ganz andere Geschäfte zusammen und das ist der Grund«, meinte ich. »Das hat Buck neulich schon mal vermutet.«

Dieser nickte mir zu. »Vielleicht sind auch noch weitere Hollywoodleute dabei und die Filmbranche ist längst unterwandert«, sagte er.

»Aber bisher kann ich es nur bei kleinen Fischen wie diesem Kameramann belegen. Auch bei Hays habe ich noch nicht den klaren Beweis, dass er Mitglied ist. Immerhin kann ich jetzt endlich eine Verbindung zwischen ihnen herstellen. Und ich habe sie zusammen fotografiert.« Das Material hatte ich auf bewährte Weise Buck übergeben, kaum dass ich hereingekommen war.

»Heißt das denn aus Ihrer Sicht nun, dass Hays auch bei den Treffen und dem Lynchen des Klans dabei war?«, wollte Somborn wissen und lief in dem kleinen Zimmer auf und ab.

»Ich kann im Moment nur sagen, dass er sich heute Abend mit den Klansmännern getroffen hat«, sagte ich und schenkte uns allen nach. »Auch der Mörder von Clarence und Jeremiah Coyne war dabei, der Zyklop saß im selben Raum mit ihm und Anderson, und ich weiß jetzt endlich, wie er aussieht. Ich hatte Glück, beinahe wäre er draufgekommen, dass ich sie beobachtet habe.«

»Hat der Mörder mit ihnen geredet? Kannten sie sich?«

»Mit Hays nicht. Elmer Macready kennt er gut, so viel konnte ich feststellen. Und jedenfalls haben sie alle sich einen Film angesehen, der die Aufnahme des Präsidenten in den Klan zeigt.«

»Das macht Harding doch erpressbar!« Somborns Stimme überschlug sich. »Da hat Hays die ganzen Geliebten mit Geld zum Schweigen gebracht, und dann das. Dieser Aspekt kann ihm nicht gefallen, auch wenn er selbst Mitglied im Klan ist.«

»Kann sein, dass es noch viel schlimmer ist«, entgegnete ich. »Dass Hays und Anderson das alles längst wissen, so wie auch der Chef der nationalen Sicherheit, Burns – alle, deren Aufgabe es ist, den Präsidenten zu beschützen. Und dass sie sich bereits in der Vergangenheit an den Klan gewandt haben, um ihre Probleme zu beerdigen – die, die sich mit Geld nicht lösen ließen.«

Somborn sah mich verblüfft an.

»Burns und Hays sind ja nur die, die etwas vertuschen, zusammen mit Anderson«, erklärte ich. »Sie haben nicht selbst gemordet. Vielmehr haben sie jemanden außerhalb damit beauftragt und wenn man eine Bande geübter, zuverlässiger Mörder sucht, ist der Klan eine gute Anlaufstelle.«

»Du meinst, dass sie deshalb für ihn gemordet haben, weil der Präsident bereits einer von ihnen war und sie einsetzte?«, fragte Buck langsam.

»Das, oder sie haben ihn mit diesen Taten in seinem Dienst erst zur Mitgliedschaft erpresst. Jedenfalls werde ich in Richtung dieser Verbindung ermitteln. Und was ich beobachtet habe, gibt uns nun etwas in die Hand«, sagte ich.

»Nur wenn wir diesen Film bekommen«, wandte Somborn ein.

»Diesen und die anderen Filme, mit dem Lynchen von Jeremiah Coyne und dem Tod von Clarence«, ergänzte ich. »Mit denen wir sie als die Mörder entlarven können, die sie sind. Und den Präsidenten und Will Hays als Teil dieser Gruppe. So unterirdisch und unglaublich das ist, aber genau das wollten wir doch. Sie zu Fall bringen mit etwas, das zum Himmel schreit. Das die Öffentlichkeit nicht ignorieren kann und nicht ignorieren wird.«

»In der Tat, verdammt noch mal«, sagte Buck.

»Das ist schon richtig. Und wie wollen Sie an die Filme kommen, Hardy?«, fragte Somborn.

»Ich weiß jetzt, wo Elmer sich aufhält und den Film hingebracht hat«, sagte ich. »Zwar muss ich erst einmal an ihn herankommen. Egal, ich werde die Filme beschaffen und damit meine Aussage untermauern können. Er wird mich dann auch zu dem Mörder führen. Damit schaffen wir es. Und abgesehen davon, der Präsident kommt in Kürze nach Los Angeles. Jede Wette, dass Will Hays ihn trifft. Mit ihm all das bespricht. Auch die Geliebten werden ihn treffen wollen.«

»Das macht es aber umso schwieriger, es mitzubekommen«, wandte Somborn ein. »Das ist immer noch der Präsident der Vereinigten Staaten, auch wenn er sich wie ein Hampelmann aufführt. Er wird so gut bewacht wie sonst niemand.«

»Nicht wenn er heimlich seine Häschen trifft«, sagte Buck und grinste. »Unser ›Caesar‹ hat ein paar Schwachstellen, darüber könnt ihr ihn kriegen.«

»Wenn wir das wollen«, sagte ich und sah Somborn erwartungsvoll an. »Dann werde ich es darüber in die Wege leiten können.«

»Und *ob* wir das wollen«, antwortete Somborn zähneknirschend und stieß mit uns an. Wir grinsten uns an, aber es war ein sehr nervöses Grinsen.

Bucks Telefon klingelte. Er hob ab und lauschte. »Ja, der ist da. Für dich«, sagte er und reichte mir den Hörer mit einem warnenden Blick.

»Hallo?«

»Hier ist Polly«, sagte eine verwaschene Stimme.

Ich richtete mich auf. Ein Schmerz fuhr mir in den Knöchel.

»Was ist los? Haben sie dich schon wieder verhaftet?«

»Viel schlimmer«, stieß sie hervor.

59

»Sie haben mich gefeuert«, sagte Polly empört. »Kannst du dir das vorstellen? Als Autorin dieses Drehbuchs einfach rausgeschmissen, nachdem ich dafür über zwei Wochen im Gefängnis recherchiert und all das auf mich genommen habe? Die wollten mich dadrin ficken und beinahe hätten sie es geschafft und mich fertiggemacht – und jetzt kommen die an und sagen, ich sei nicht die richtige Autorin für dieses Buch?«

Sie schleuderte wütend ihre Zigarette aus dem Wagenfenster. Funken stieben vom Asphalt auf. Enrico sah hin und stieß einen Laut des Missfallens aus. Wir saßen in dem Lincoln und Polly hatte ihre Sachen in einem Pappkarton auf dem Schoß – darin waren ihre Schreibmaschine, ihr Notizbuch und ihre Stifte, eine Flasche Whisky und Hundefutter für Enrico. Ich hatte sie abholen kommen müssen, da ich ja ihren Wagen genommen hatte. Es war kurz nach Mitternacht.

»Wer hat das gesagt? Gloria Swanson?«

»Gloria hab ich gar nicht mehr zu sehen bekommen«, meinte sie. »Obwohl ich den ganzen Tag damit zugebracht habe, die Geschichte für sie an all das anzugleichen, was ich recherchiert habe, so genau wie möglich!«

Wir standen auf dem Paramount-Gelände an der Hauptstraße und es ging nicht weiter. In einer der Hallen herrschte ein gewaltiger Auftrieb – irgendeine Großveranstaltung. Herein hatte ich ohne Probleme fahren können, doch jetzt war die Straße gesperrt und ein Wachmann hielt uns auf. Es war wieder mein Freund.

»Was ist da los, Eugene?«, fragte ich ihn.

»Bankett für die internationalen Verleiher. All unsere Stars sind dadrin und werden ihnen aufwendig präsentiert«, antwortete er und verzog die Mundwinkel.

»Na und, warum geht's nicht weiter?«

»Zwei fehlen noch. Miss Swanson und Miss Negri, wir müssen die Straße für sie frei halten.«

»Ausgerechnet«, sagte Polly und beugte sich herüber. »Wir wollen das gar nicht sehen, wir haben's eilig!«

»Tut mir leid«, entgegnete Eugene. »Offenbar sind sie sich beide zu fein, als Erste zu erscheinen. Der größere Star kommt immer als Letztes, hat Miss Swanson gesagt. Und jetzt weigern sie sich beide.«

»Und deswegen warten wir hier?«, wütete Polly. Eugene zuckte entschuldigend die Achseln und schlenderte ein Stück weg.

»Erzähl's mir einfach weiter«, sagte ich und machte den Motor aus.

»Charles Payne hat es mir dann mitgeteilt. Ich musste dafür in sein Büro kommen. Es war genau das Gespräch, das ich schon damals befürchtet hatte.«

»Aber ohne –?«, sagte ich auffahrend.

»Ohne dass er mich angefasst hat oder sonst etwas«, stieß sie hervor.

Auf der Straße tat sich plötzlich etwas. Die weiße Limousine von neulich kam langsam um die Ecke gefahren und nahm Kurs auf die Halle. Pola Negri, diesmal ohne ihren Tiger, thronte auf dem Rücksitz, jeder Zoll eine Diva. Neben ihr saß Charlie Chaplin, ohne Bärtchen und in einem feinen schwarzen Cutaway.

»Payne war sehr sachlich diesmal«, fuhr Polly fort, während wir die Szene beobachteten. »Er hat sich seine Rache damit genommen, ganz kalt, das war eindeutig, und er hat sie ganz schön genossen.«

Als sie anhielten und die Fotografen sich auf sie stürzten, half Charlie seiner Freundin galant, auszusteigen. Pola Negri trug ein atemberaubendes hellgrünes Kleid, in das Silberfäden gewebt waren. So glänzte es im Scheinwerferlicht, als sie an seinem Arm in die Halle schritt. Polly ließ sich dadurch nicht abhalten:

»Das war überhaupt das Schlimmste: wie herablassend er war. Ich wäre eben nicht gut genug, es hätte eben nicht gereicht für einen Star wie Gloria …« Sie hieb mit der Faust auf das Armaturenbrett vor ihr. »Und das von dem Studio, für das schon mein Vater gearbeitet hat – und nach allem, was passiert ist …«

Sie wollte noch einmal daraufhauen, doch ich griff zu und hielt ihr Handgelenk fest. »Nicht. Tu dir nicht weh, du brauchst deine Hand noch und es reicht, dass mein Fuß lädiert ist!«

Ihr Gesicht verzerrte sich und sie hieb mir ganz sachte auf die Brust. Dann sank sie dagegen.

»Diese Arschlöcher …«, sagte sie. »Ich glaube, es ging nicht mal nur um Paynes Rache. Vielleicht wollte auch Gloria mich nicht mehr, sie hätte natürlich die Macht, mich im Job zu halten, selbst wenn so ein Heini mich loswerden wollte.«

»Natürlich hätte sie das«, meinte ich, beugte mich zu Eugene hinaus und fragte: »Können wir jetzt endlich weiterfahren?«

Er schüttelte bedauernd den Kopf: »Miss Swanson ist noch nicht eingetroffen.«

Polly stöhnte auf. Er ging pietätvoll noch ein paar Schritte weg.

»Sie hätte zumindest genügend Anstand haben können, es mir selbst zu erklären! Immerhin war die Geschichte meine Idee. Ich glaube, sie ist eifersüchtig …«

Sie knibbelte an meinem Hemdknopf.

»Meinst du, wegen mir? Weil ich nicht mit ihr geschlafen habe?«

»Ich hab keine Ahnung. Es ist doch eindeutig, dass diese Stars richtige Zicken sind und es gerne mögen …«

Sie verstummte.

»Wenn andere hübsche Mädchen wegen ihnen weinen …?«, fragte ich.

»Ich weine doch gar nicht!« Sie zog die Nase hoch und sah mich empört an.

»Stimmt, würdest du ja nie machen.«

Enrico streckte den Kopf vom Rücksitz vor. Er hatte genug.

In diesem Augenblick bog eine riesige Limousine von der anderen Seite auf die Hauptstraße ein und näherte sich der Halle. Alle sahen zu ihr.

Der Chauffeur half seinem Fahrgast auszusteigen. Es war Gloria Swanson, und auch sie trug ein grünes Kleid – nein, nun sahen wir, dass es *exakt* das gleiche hinreißende hellgrüne Kleid mit den Silberfäden war wie zuvor bei Pola! Dasselbe Material, derselbe Schnitt, alles war genau gleich. Die Fotografen ließen ihre Blitzlichter knallen, aufgeregtes Stimmengewirr erhob sich. Gloria blickte erst arglos, dann irritiert. Die Fotografen lachten und jubelten.

Auch Polly lachte triumphierend auf. »Ha!«

Gloria warf wütende Blicke zu den Männern mit den Kameras.

»Na und?«, fragte ich, »Warum ist das schlimm, ich versteh's nicht?«

Sie stieß mich in die Seite. »Weil du ein Mann bist! Sie tragen das gleiche Kleid!«

Ich zuckte die Achseln. »Das merke ich auch. Das hat sich doch bestimmt Payne einfallen lassen, wie die ganze Fehde.«

»Nein, ich glaube, es ist ein blöder Zufall«, sagte Polly mit breitem Grinsen. »Jedenfalls hat Gloria damit verloren, wenn sie da reingeht, auch wenn sie als Letzte erscheint – *gerade* dann. Und Pola hat auch noch Chaplin bei sich …!«

Gloria verschwand in der Halle. Direkt darauf erhob sich drinnen ein lauter kollektiver Aufschrei.

»Ihr könnt jetzt weiterfahren«, sagte Wachmann Eugene zu mir. »Die spinnen doch alle.«

Ich dankte ihm, startete den Lincoln und fuhr in Richtung Ausgang. Als wir die Schranke passierten, war Polly wieder sehr ernst und bedrückt.

»Payne hat übrigens noch was gesagt«, sagte sie. »Was ziemlich Gemeines.«

»Was denn?«, fragte ich mit einem unguten Gefühl in der Magengegend. »Und sag nicht, ich soll nicht wütend werden.«

»Er hat mir vorgeheuchelt, wie schlimm das sei mit dem Tod

von Clarence, meinem Freund, und wie viel Verständnis er dafür hätte, dass ich eine Zeit lang ausgefallen sei deswegen ...«

»Mh-mh ...«, machte ich.

»Und dann hat er noch gesagt, dass du ja offenbar dabei gewesen wärst, als er gestorben ist ... und du hättest ihm erzählt, dass du den Mörder verfolgt, aber schließlich verloren hättest und, na ja, vielleicht ...«

»Vielleicht wäre ich ja in Wahrheit schuld daran, oder es hätte mir zumindest in den Kram gepasst, und deswegen hätte ich es vielleicht nicht verhindert?«, vollendete ich den Satz für sie.

»Er hat es nicht so gesagt, aber darauf wollte er wohl hinaus ...«, sagte sie leise. »Ich hätte ihn am liebsten auch auf die Nase geschlagen, aber ich war viel zu verblüfft und traurig.«

»Du hast ihm nicht geglaubt?«, fragte ich.

»Nein, natürlich nicht, Hardy«, antwortete sie und umklammerte den Pappkarton auf ihrem Schoß.

»Willkommen im Showbusiness«, sagte ich, so tröstend ich konnte.

»Oh, ich habe die Filmwelt so satt!«

»Das ist wirklich unterirdisch. Ich bring dich nach Hause. Und dort erzähle ich dir dann eine Geschichte, die noch unterirdischer ist.«

»Na schön«, sagte sie. »Jedenfalls berichtest du mir alles, was du bisher über Clarence herausgefunden hast. Denn ab sofort, und das ist das Gute daran, können wir uns zusammen darum kümmern, ihn zu rächen!«

»Ja, das werden wir«, antwortete ich und gab Gas. »Und genau darum geht es ja.«

Ich setzte sie in ihrem Haus auf die Couch, Enrico neben sie, und stellte Zigaretten und einen Aschenbecher sowie eine Flasche mit ihrem selbst gebrannten Gin bereit. Sie würde ihn nämlich brauchen, kündigte ich an.

Sie brauchte ihn.

Ich erzählte ihr alles, von Anfang an.

»Also der Präsident …«, sagte sie am Ende heiser und musste sich räuspern. »Und Will Hays. Und der Ku-Klux-Klan.«

Sie sah mich mit großen Augen an. Ich schenkte einfach erneut nach. Sie griff nach dem Glas, ohne hinzusehen, und trank. Ein Teil davon rann ihr aus den Mundwinkeln.

»Genau. Das sind unsere Gegner, die, mit denen wir es in letzter Konsequenz zu tun haben. Und sie und ihre Leute gehen über Leichen. Blossom Jones, Claire Ivers, Jeremiah Coyne, Clarence Robineau. Und vielleicht noch mehr.«

Sie zog die Schultern zusammen, als würde sie frösteln. Enrico beobachtete sie unruhig.

»Was sagt Chief Vollmer dazu?«

»Das mit dem Präsidenten weiß er noch nicht«, antwortete ich. »Er weiß nur, dass ich hinter Hays her war und dass ich eine Verbindung zum Klan suchte. Erst jetzt habe ich alle Teile des Puzzles zusammen. Und kenne den Aufenthaltsort von Elmer Macready, dem Hollywoodfilmer. Er wohnt in einem Haus, das ihm vermutlich die Klansmänner zur Verfügung stellen, in der Wilcox Avenue.«

»Du kannst zu Vollmer gehen und ihn der Polizei ausliefern«, überlegte sie. »Denn Elmer war überall dabei und kann den Mörder identifizieren. Und uns zu ihm führen.«

»Das werden wir auf jeden Fall machen und diesen Zyklopen werden wir natürlich zur Rechenschaft ziehen. Aber als Erstes müssen wir die Filme in die Hand bekommen und dabei muss ich über Elmer gehen«, erwiderte ich. »Weil ich nicht sicher bin, ob sie alle drei in diesem Haus gelagert sind. Und wenn die Polizei anrücken oder ihn verhaften würde, könnte es sein, dass die Filmrollen vernichtet werden oder irgendetwas anderes schiefgeht. Also ist es vorläufig das Klügste, wenn wir das so klein und geheim wie möglich angehen.«

»Nur wir beide«, stimmte sie zu. »So, dass sie es erst einmal gar nicht bemerken.«

»Erst wenn wir alles zusammenhaben, sollten wir es Gus präsentieren. Das hat er ja auch ausdrücklich so gewünscht. Und *nur* ihm. Das *LAPD* ist unterwandert vom Klan. Und wir werden ihn brauchen, den Polizeipräsidenten von Los Angeles, bei den Leuten, gegen die wir angehen wollen. Außerdem bin ich bei ihm im Wort, dass ich danach mit ihm arbeiten und zusammen aufräumen werde.«

Sie nickte heftig und schlug sich klatschend auf das Knie.

»Gut. Gut, dass du mir endlich alles gesagt hast. Was soll ich sagen, ich bin dabei!«

»Fein.«

Sie lächelte mich an, so tapfer wie unternehmungslustig.

»Ich muss dir noch etwas sagen, Polly, wo wir gerade mittendrin sind, alles auf den Tisch zu packen.«

Sie stutzte.

»Na schön. Raus damit.«

»Ich mag es nicht, dass du noch andere Liebhaber hast«, sagte ich. »Und ich will auch selbst niemand anderen haben. Ich war nicht mit Blossom Jones im Bett, obwohl wir uns nahegekommen sind, und ich habe mit keiner anderen geschlafen. Nicht mit Pola Negri, nicht mit Gloria Swanson oder mit Carrie Phillips oder wen auch immer ich sonst getroffen habe. Es wäre bei manchen wohl möglich und auch laut unserer Abmachung in Ordnung gewesen, aber ich habe immer nur an dich gedacht und es sein gelassen. Das habe ich dir ja auch so erzählt, aber du wolltest es nicht glauben, wohl weil du dir wünschst, dass ich damit so umgehe wie du. Doch *ich* will etwas anderes und dem müssen wir uns stellen. Ich liebe dich, Polly, und ich will dich für mich alleine haben.«

Ich goss uns beiden erneut von dem Gin nach. Es kann sein, dass einiges danebenging. Ein erstauntes »Puh« war alles, was sie sagte. Ich fuhr fort: »Das ist mir schon damals klar geworden, als du das von Clarence erzählt hast. Und als Gus Vollmer mich an einen Lügendetektor anschloss und nach meinen Verhältnissen fragte … Nicht so wichtig.« Ich reichte ihr fahrig das Glas.

»Trotzdem hast du Clarence gerettet und zu mir zurückgebracht«, meinte sie nachdenklich, tief in ihrer eigenen Welt versunken, und umschloss meine Hand und das Glas. Sie drückte sie, bevor sie es nahm.

Wir stießen nicht an, aber wir tranken beide synchron.

»Leider ist er jetzt doch gestorben«, erwiderte ich. »Und ich mochte ihn sehr und wir werden ihn rächen, so wie auch Blossom. Jedenfalls möchte ich, dass wir beide in Zukunft fest zusammen sind, oder wir dürfen uns danach nicht mehr sehen. Ich habe auch sehr wohl bemerkt, dass du selbst eifersüchtig warst …«

»Ich?«, fragte sie, als wäre es das Absurdeste auf der Welt. »Ich bin doch nicht eifersüchtig, ich habe mich für dich gefreut!«

»Wie auch immer. *Ich* bin es jedenfalls. Ich halte es so nicht mehr aus, Polly.«

»Das muss ich … mir dann wohl mal überlegen …«, sagte sie unschlüssig und holte sich eine neue Zigarette heraus. »Denn ich finde es gut so, wie es bisher ist.«

»Mein Vater hatte mehrere Geliebte neben meiner Mutter. Ich habe es erst nach seinem Tod herausgefunden. Nachdem sie beide gestorben waren, gemeinsam …«

»Bei einem Autounfall, ich weiß.« Sie ließ die Chesterfield unangezündet und rollte sie zwischen den Fingern. »Und deshalb willst du jetzt …?«, begann sie stirnrunzelnd.

»Nicht deshalb«, antwortete ich. »Weil es nicht zu mir passt. Ich will nicht mehrere Frauen, so wie er sie hatte, über Jahre.«

»Mein Vater war ja auch nicht monogam, vielleicht komme ich nach ihm.« Sie legte die Zigarette weg. »Keine Ahnung. Ich reagiere einfach auf Männer, die mir begegnen. So wie auf dich, aber das mit uns ist schon etwas ganz anderes …«

Sie strich mir über den Oberarm.

»Kümmern wir uns zunächst um den Fall, um Elmer Macready«, sagte ich. »Also, wie gehen wir das an?«

Wir gingen es so an, dass wir miteinander schliefen. Und es Enrico überließen, sich derweil Gedanken um den Plan zu machen.

60

Am nächsten Morgen war mein Knöchel nicht mehr so stark geschwollen und die Schmerzen hatten nachgelassen. So eine Liebesnacht mit Polly Brandeis entfaltete offensichtlich magische Heilkräfte. Zwar hinkte ich noch und vermied es besser, mit dem rechten Fuß voll aufzutreten, doch es würde reichen für das, was ich vorhatte.

Ja, nur ich alleine. Aber da stieß ich auf den Widerstand von Polly.

»Wenn dieser widerliche Kameramann eine Schwäche hat, dann sind es junge Frauen!«, rief sie aus, während sie die Laken wechselte und ich mit einer Tasse Kaffee in der Hand bei ihr stand. »Ich habe es doch selbst mitbekommen, als ich ihn damals beschattet habe, wie er sich mit einer Statistin von *The Ten Commandments* vergnügt hat. Glaub mir, der beste und schnellste Weg, um an ihn ranzukommen, ist damit!« Sie zeigte an sich herunter. Polly hatte bereits geduscht und sich zurechtgemacht, sie trug ein senfgelbes Kleid mit dünnen Trägerchen und eine lange Perlenkette und war perfekt geschminkt. Sie sah wirklich zum Anbeißen aus. Vielleicht war ich durch unsere Nacht aber auch ein wenig voreingenommen.

»Blödsinn! Du begibst dich nicht in Gefahr!«

»Wieso, so kann ich rausfinden, wo er den Film aufbewahrt, und er weiß ja nicht, dass ich was mit Clarence hatte, er kennt mich ja nicht!«

»Mich auch nicht«, konterte ich. »Und deswegen werde *ich*

mich an ihn ranmachen. Dich lasse ich jedenfalls nicht mit ihm alleine!«

»Wir haben gesagt, dass wir das zusammen machen!«, beharrte sie und stemmte die Hand in die Hüfte. »Oder ist es etwa wegen deiner Eifersucht? Natürlich werde ich nicht wirklich was mit ihm anfangen, da müsste ich ja kotzen!«

»Das hat damit überhaupt nichts zu tun. Es ist zu gefährlich und davon hast du schon genug erlebt. Jetzt bin ich dran, endlich habe ich alle Möglichkeiten dazu«, entgegnete ich und wandte mich zur Tür. Durch die Drehung meldete sich mein Fußgelenk wieder und ich verzog das Gesicht.

»Du kannst ja nicht mal richtig laufen«, protestierte sie und zeigte auf mein Bein.

»Muss ich auch nicht. Ich muss nur zu ihm fahren und es irgendwie hinkriegen, alles aus ihm herauszubekommen, was er weiß.«

»Und was mache ich derweil?«, fragte sie sauer.

Das hatte ich mir nicht überlegt. Hätte ich mal besser.

»Du wartest ab, was dabei rauskommt.«

»Ich soll hier nur herumsitzen, oder was?« Sie zeigte auf das inzwischen gemachte Bett mit der geblümten Seidenbettwäsche. Enrico hatte sich sofort daraufgelegt und schnüffelte daran. Er liebte den Geruch von frisch gewaschener Wäsche.

»Nein, ich komme mit in die Wilcox und sichere dich ab. Oder noch besser, du lockst ihn aus der Wohnung und wenn ihr weg seid, gehe ich rein und suche dort nach den Filmen! Um die geht es uns doch!«

Sie sah mich triumphierend an.

»Polly! Es kann sein, dass dort noch andere von ihnen sind!« Ich ging zu ihr und legte ihr die Hände auf die Schultern. »Wenn du unbedingt willst, dann geh und beobachte Will Hays; sieh zu, was dort passiert. Aber ich flehe dich an, riskiere nichts, das sind Klansmänner. Mach nicht den Fehler, den Clarence gemacht hat. Ich will dich nicht auch noch verlieren, um keinen Preis, verstehst du.«

»Ja, das verstehe ich, Hardy«, sagte sie und nagte an ihrer

Unterlippe. »Aber wenn es auf deine Weise nicht funktioniert, dann bin ich morgen dran!«

»Na klar.«

Wir fuhren gemeinsam los, sie in ihrem Lincoln und ich im Voisin, und trennten uns dann. Ich schlug den Weg in die Wilcox Avenue ein und parkte gegenüber dem kleinen Haus, das von Lagerhallen und Baracken umgeben war. Diese standen offenbar leer, einige Scheiben waren eingeschmissen.

Im Haus rührte sich zunächst nicht viel, aber Elmers Automobil stand immer noch vor der Tür. Arbeitslose Kameramänner schliefen lange aus, so viel hatte ich mir schon gedacht. Sie genossen es, endlich einmal nicht um fünf in der Früh aufstehen und sich vom Chefkameramann herumscheuchen lassen zu müssen oder ihrerseits ein halbes Dutzend hartgesottene Beleuchter zu kommandieren, die sowieso nur Augen für die Beine des weiblichen Personals hatten und eine Flasche in einer Papiertüte herumgehen ließen.

Es war bereits fast Mittag, als sich die Tür des Hauses öffnete und Elmer Macready herauskam. Er trug eine braune Ballonmütze und unterm Arm eine zusammengefaltete Zeitung und gähnte ausgiebig. Dann ging er zu dem Wagen, sprang auf den Fahrersitz, ließ den Motor an und fuhr los. Ich folgte ihm in einigem Abstand. Er machte zunächst Besorgungen auf einem Wochenmarkt, dann einen Spaziergang und nahm in einem Diner ein ausgiebiges Essen zu sich, die Zeitung studierend.

Als er am späten Nachmittag in Downtown in eine Querstraße der Fourth Street einbog, wusste ich sofort, wohin er wollte. Hier befand sich eine Boxhalle, wo ich schon einmal einem »privaten Kampfabend« mit der Möglichkeit zu illegalen Wetten beigewohnt hatte. Das war es also, was ein von der Polizei gesuchter Kameramann machte an dem Tag, nachdem er bei einem geheimen Treffen des Ku-Klux-Klans seinen Film mit dem Präsidenten vorgeführt hatte: Er ging wetten. Offenbar war sein Leben noch nicht aufregend genug.

Vielleicht hatte er auch nur zu viel Geld. Oder zu wenig und wollte es vermehren. Vielleicht war er einfach ein Boxfan, so wie ich. Oder, kam mir der Gedanke, er wollte sich nun hier unverfänglich mit jemandem treffen, wie am See in Washington.

Ich parkte nicht weit entfernt von ihm und folgte ihm zunächst durch die Tür, wo man gegen eine Gebühr Zutritt zu der »Clubveranstaltung« erhielt, und drinnen sofort zu den Wettschaltern an einem Tresen. Der erste Kampf stand unmittelbar bevor, die beiden Kämpfer wurden soeben über plärrende Lautsprecher vorgestellt. Elmer beeilte sich und stellte sich in einer der beiden Schlangen an.

Ich stellte mich in die daneben. Durch den verrauchten, mit grölenden und verwegen aussehenden Männern gefüllten Raum konnten wir zum Boxring hinübersehen, in den die Kämpfer kletterten. Es waren ein kleiner, gedrungener Schwarzhaariger namens Pat O'Meara und ein drahtiger Blondschopf namens Roman Klimov. Ihre Namen standen an einer Tafel über dem Tresen, dahinter die Wettquoten. O'Meara sah zäher und selbstsicherer aus. Er war der Favorit.

Nach und nach rückten wir vor, etwa auf gleicher Höhe. Elmer war vor mir dran, ich trat gerade rechtzeitig an meinen Schalter, um ihn sagen zu hören: »Zehn Dollar auf K.-O.-Sieg von Klimov.«

»Hey, den hab ich auch«, sagte ich überrascht innehaltend und zu ihm hinübersehend. Wir grinsten. Nur zwei Zocker unter sich.

Ich wiederholte es meinem Kassierer, einem jungen Dicken, legte ihm zehn Dollar hin und Elmer und ich nahmen nebeneinander unsere Wettscheine in Empfang.

»Bin mir sicher, dass er den Iren umhaut«, raunte Elmer, als wir uns einander zudrehten, um wegzugehen.

»Ich auch, und er bringt das Dreifache, nicht schlecht …«, sagte ich, warf ihm einen Blick zu und stutzte plötzlich: »Elmer …? Natürlich, du bist's!«

Er blickte mich fragend an.

»Kennen wir uns?«

»Vom Film. Wahrscheinlich weißt du nicht, wer ich bin, Elmer, nur ein Statist, aber ich kenne dich – du warst der dritte Kameramann!«

»Welcher Streifen genau?«, fragte er stirnrunzelnd.

»*The Ten Commandments,* bei Paramount«, sagte ich begeistert. »Ich weiß, wir waren Hunderte, aber ich erinnere mich an dich … Das ist ja lustig!«

Wir standen jetzt an dem Durchgang, wo es in Richtung Ring und zu den Sitzplätzen ging.

»Welche Szene?«, fragte er.

Das Drehbuch kannte ich nicht, sie waren ja erst noch dabei, den Film zu drehen. Aber die Bibel. Und das Filmset.

»Der Tanz um das Goldene Kalb«, sagte ich.

Seine Gesichtszüge entspannten sich.

»Oh ja, da haben wir ewig dran gedreht! Und ihr musstet die ganze Zeit herumhopsen wie von Sinnen, das war wirklich albern, was?«

Ich streckte ihm die Hand hin.

»Henry Mueller. Freut mich.«

Ihm blieb kaum etwas anderes übrig, als mir die Hand zu schütteln. Doch er wirkte jetzt recht aufgeschlossen. Wenn man gemeinsam einen Film gemacht hatte, war es so, als hätte man zusammen Schweine gehütet.

Er zeigte zum Ring, in dessen Mitte jetzt der Kampfrichter Aufstellung nahm und die beiden Kämpfer zu sich bat. »Geht gleich los.«

»Komm, sehen wir es uns zusammen an. Und feiern danach, wenn unser Mann gewonnen hat!«

Er ging voraus und führte mich nach links. Dort schien niemand zu warten, er hatte wohl lediglich in der zweiten Reihe ganz hinten noch freie Plätze entdeckt. Alle Zuschauer, die bereits in der Reihe saßen, mussten aufstehen, um uns durchzulassen. Wir drängten uns eilig an ihnen vorbei – an unrasierten Arbeitern, an Angestellten in Anzügen, an Ladenschwengeln mit Ballonmützen und ihren aufgetakelten Freundinnen, denen sie etwas Besonderes bieten wollten, und alle hielten sie ihre Wettscheine in der Hand und guckten sensationslüstern hinauf zu den Boxern. Wir zwängten uns hinten auf die Sitze. Sie lagen genau vor der einen Ringecke, jener, in der Klimov sich bereit machte.

»Bist du noch bei dem Film?«, fragte ich und bot ihm eine Zigarette an.

»Nein«, sagte Elmer, strich sich über den Schnauzbart und nahm sich eine. »War nur anfangs für die Massenszenen eingestellt. Dann hatte ich ein anderes Engagement.«

Der hagere Blondschopf schien gar nicht zuzuhören, als sein Trainer ihm ein paar letzte Worte mitgab. Er wirkte geistesabwesend und ängstlich. Ein Nummerngirl in einem kurzen Trikot ging mit einer Tafel mit einer »1« darauf in den Händen und einem breiten Lächeln im Gesicht einmal von links nach rechts, begleitet von schrillen Pfiffen, und kletterte dann wieder aus dem Ring, wobei ihr ein Mann in einem Trainingsanzug die Seile auseinanderhielt.

Die Glocke ertönte und die beiden Kämpfer schossen aufeinander zu. O'Meara in der grünen Hose attackierte seinen Gegner sofort und deckte ihn mit schnellen Schlagkombinationen ein. Klimov wich zurück und wehrte sie mit hochgereckten Fäusten ab. Die Zuschauer schrien und feuerten die Kämpfer an. Die Anhänger von O'Meara schienen in der Mehrheit zu sein.

»Nun wehr dich schon …«, schrie ich, und sagte dann zur Seite: »Im Ernst, sie sollten dich zum ersten Kameramann befördern. Hab selten jemanden gesehen, der so professionell mit der Kamera umgeht. Und so ruhig bleibt, egal, was passiert, egal, was er vor die Linse bekommt.«

»Danke«, sagte er, die Augen starr auf den Kampf gerichtet. Er beschattete sie mit der Hand gegen das Licht der nackten Lampen unter der Decke.

»Hätte gerne noch mehr Szenen gedreht, hätte das Geld brauchen können«, sagte ich. »Aber für die späteren mit Moses haben sie mich nicht mehr gebraucht.« Alles Nötige wusste ich von Payne, und dass es die Szene geben musste, in der Moses die Zehn Gebote präsentierte, ergab sich ja schon aus dem Filmtitel.

»Und das Problem ist, im restlichen Teil gibt es dann nicht so viele Statisten«, meinte er. Im Ring hatte der Ire unseren Mann gestellt und drängte ihn gegen die Seile. Die Glocke ertönte zum Ende der Runde und die Kämpfer ließen voneinander ab. Auch andere Zuschauer grölten und schwenkten ihre Wettscheine.

»Lässt unserer ihn erst mal kommen, oder was?«, fragte ich zur Seite.

»Sieht ganz so aus«, sagte Elmer und schrie dann hinauf: »Lass ihn sein Pulver ruhig verschießen!«

Klimov saß in sich versunken auf dem Hocker, während sein Coach auf ihn einredete. Das Nummerngirl ging mit der »2« hüftwackelnd durch den Ring und wurde von Johlen und Pfiffen begleitet.

»Auf geht's, Klimov!«, brüllte Macready und sein schwarzer Schnauzbart hüpfte auf und ab. Die Glocke ertönte und unter lauten Schreien des Publikums bewegten sich die beiden Boxer aufeinander zu und attackierten sich. O'Meara tänzelte leichtfüßig, obwohl er viel kräftiger war, und Klimov bewegte sich schwerfällig, obwohl er filigraner wirkte.

»Er soll angeblich einen harten Punch haben«, sagte ich. »Mein Gewährsmann hat gesagt, ich solle mich nicht täuschen lassen, er sehe oft schwach aus und kein Mensch würde auf die Idee kommen, auch nur einen Hemdknopf auf ihn zu setzen.« Ich hatte keine Ahnung, wo ich das herholte, um ehrlich zu sein.

Wir konnten die beiden keuchen hören und sahen ihre Schweißtropfen spritzen.

»Den Tipp hab ich auch bekommen. Er sieht aber nicht aus, als hätte er genügend Kondition«, meinte Elmer mit unterdrückter Wut. »Und vor allem, er scheint nicht an sich zu glauben. Der hat keine Chance, vielleicht ist die Sache ja abgekartet.«

Klimov klammerte und hing an dem Iren wie ein nasser Sack. Der Ringrichter ging dazwischen und trennte sie. O'Meara hüpfte um Klimov herum, trieb ihn in unsere Ecke und griff ihn plötzlich mit einer Rechts-links-Kombination an. Seine Linke kam durch und erwischte den Blonden voll am Kinn. Sein Kopf wurde herumgerissen und Tropfen von Schweiß und Blut flogen so weit, dass sie meine rechte Wange trafen, während Klimov nach hinten umfiel und zu Boden kippte. Die Menge schrie auf und jubelte. Der Getroffene krabbelte mühsam auf alle viere. Der Ringrichter stellte sich vor ihn und begann ihn anzuzählen. Steh auf, dachte ich, steh bloß wieder auf.

»Komm schon, das war doch gar nichts!«, schrie Elmer.

Klimov hielt sich an den Seilen fest und zog sich mühsam hoch.

»Soll aber echte Nehmerqualitäten haben, unser Mann«, fuhr ich fort. Klimov richtete sich jetzt wieder auf. Der Richter hörte bei »Sieben!« auf zu zählen. »Wenn er durch einen Schlag nicht k. o. gegangen ist, reizt ihn das nur, und ab da kommt er dann. Kriegt die zweite Luft, hat Reserven, die keiner geahnt hat, nicht mal er selbst. Genau die Art Kämpfer, auf die ich setze.«

Nun stand der Mann in der blauen Hose wieder. Der Richter sah ihn prüfend an, dann nickte er und gab den Kampf wieder frei. O'Meara hatte gelassen gewartet.

»Na los, jetzt zeig ihm, was du wirklich draufhast!«, schrie Elmer.

Klimovs Augen schienen Funken zu sprühen, er wirkte wie belebt, nicht mehr ängstlich. Nun attackierte er O'Meara und spielte dabei seine größere Reichweite aus. O'Meara musste zurückweichen.

»Ja, komm schon!«, brüllte ich. Mir schien es nun wirklich so, als hinge alles davon ab, dass unser Mann gewönne. Wenn er verlieren würde, wäre auch alles andere verloren – meine Verbindung zu Elmer, mein Fall. »Schlag zu!«

Ein lautes doppeltes Klopfen ertönte – das Zeichen, dass es noch zehn Sekunden bis zum Rundenende seien. Klimov stellte sich seinen Gegner zurecht, fintierte und ließ dessen Reaktion darauf ins Leere laufen. O'Meara hatte dafür seine Deckung aufgegeben, er ließ die Fäuste hängen.

Wir sprangen nebeneinander auf. Es war, als hinge unser Leben davon ab.

»Hau ihn um!«

Klimov schlug eine perfekte Gerade und erwischte den schutzlosen O'Meara noch besser als dieser zuvor ihn. Er sackte zur Seite, fiel dann einfach um und schlug schwer auf den Ringbrettern auf.

»Ja!«

»Ja!«

Der Ringrichter sprang herbei und zählte ihn an. Doch wir alle sahen, dass der Ire nicht noch einmal hochkommen würde. Er lag bewusstlos da und rührte sich nicht. Klimov drehte sich zum Publikum und hob jubelnd die Faust. Unter seinem linken Auge zeichnete sich ein Cut ab.

»Ich wusste es!«, rief ich.

»Der verdammte Hurensohn, er hat es wirklich drauf!«, schrie Elmer.

Der Ringrichter zählte »Zehn!« und ließ beide Arme waagerecht kreuzend wie Sensenblätter durch die Luft sausen. Die Glocke ertönte und der Kampf war vorbei. Und Elmer Macready und ich fielen uns in die Arme und tanzten in Ekstase, als hätten wir nicht auf einen siegreichen Boxer gesetzt, sondern beteten ein goldenes Kalb an.

61

Mit dreißig Dollar konnte man sich natürlich ganz ausgezeichnet betrinken. Wir hatten unsere Gewinne abgeholt und Elmer hatte mich nach hinten geschleust, wo ein Schild mit der Aufschrift *»Zu den Duschen«* den Weg dahin wies, wo sie Alkohol ausschenkten. Die Bar bestand aus einem Holztresen und der Whisky war von mittlerer Qualität. Man konnte von hier sogar in Richtung des Rings sehen und die weiteren Kämpfe verfolgen. Gewettet hatten wir nicht mehr.

Wir waren jetzt die Sieger des Tages und das schweißte uns zusammen. Elmer war bereits reichlich betrunken und hatte Vertrauen gefasst. Das war mir sehr recht. Er ließ ein paar Filmanekdoten vom Stapel, über DeMille und andere Stars, und letztlich seinem Ekel über die Branche freien Lauf. Ich kannte all so was nur zu gut. Als er sich leer geschimpft hatte, kam die nachdenkliche und philosophische Phase.

»Weißt du, die Geschichte mit den Zehn Geboten, die sie da drehen – die hat es in sich, die beschäftigt mich«, sagte er unvermittelt.

»Wieso?«, fragte ich und trank von meinem Bier.

»Nur der erste Teil spielt ja im alten Ägypten. Für die zweite Hälfte hat DeMille sich was einfallen lassen, was heute spielt, in San Francisco.«

»In der Gegenwart? Was soll denn der Quatsch?«, maulte ich.

»Na ja, es ist so eine Geschichte, wie es mit Gottes Zehn Geboten heute steht …«

»Nicht gerade zum Besten, nehme ich an, was?«

»Zwei Brüder«, sagte er. »Einer moralisch, der andere nicht. Lieben dieselbe Frau, dreimal darfst du raten, wer sie bekommt.«

»Natürlich der, der keine Skrupel kennt«, erwiderte ich.

»Klar«, sagte er düster. »Er schwört, dass er alle Gebote brechen und es damit zu gigantischem Erfolg bringen wird.«

»›*Du sollst nicht begehren eines anderen Weib*‹ und so«, schloss ich.

Elmer begann aufzuzählen: »Er ignoriert alle Warnungen ihrer Mutter, die sehr religiös ist, er lacht darüber und lügt und betrügt. Er geht fremd, er verachtet die Eltern, und als er eine Kirche baut, spart er, um seinen Profit zu mehren, so sehr am Zement, dass sie kein solides Fundament erhält. So wird er ein reicher Bauunternehmer und sein Bruder bleibt nur ein kleiner Zimmermann.«

Ich hatte das oft erlebt: Jeder Filmschaffende, und sei es der dritte Kameramann, redete immer ganz stolz von seinen Drehs und klang dabei so, als sei er persönlich der Schöpfer dieses Films.

»Natürlich, er bricht also alle Zehn Gebote, nur, um Erfolg zu haben«, nickte ich. »Und bestimmt tötet er auch, es kommen Menschen um – oder, Elmer?«

»Das ist es ja gerade«, flüsterte er ergriffen, richtig mitgenommen. »Die Mutter geht in die Kirche und dann stürzt sie über ihr zusammen. Er hat seine eigene Mutter umgebracht, weil er Gott gelästert hat, und dann erscheint eine Schrift an der Wand, mit allen Geboten …« Er verstummte und trank einen großen Schluck.

»Genial«, bemerkte ich. Nun war zum ersten Mal zu spüren, dass die Ereignisse der letzten Wochen – all das, was Elmer miterlebt, was er gefilmt hatte – ihre Spuren bei ihm hinterlassen hatten. Es konnte ja auch nicht anders sein.

»Ich träume manchmal von dieser Schrift, Henry«, sagte er mit erstickender Stimme. »Kannst du dir das vorstellen, ich sehe sie vor mir und dann wache ich auf, mitten in der Nacht. Und dann denke ich, dass Gott mir diese Träume schickt.«

»Ach«, sagte ich. »Solange man keinen Anlass hat, so was ernst zu nehmen ... Da würde ich drauf pfeifen. Davor Schiss zu haben, das würde ich den verdammten Niggern überlassen.«

Er sah mich mit geweiteten Augen an. »Seltsam, dass du das sagst. Ich sehe Nigger vor mir, wenn ich träume – nur Schwarze, und sie sind alle tot. Sie verfolgen mich.«

»Verfolge sie doch lieber selber«, meinte ich und gab den achselzuckenden Ignoranten. »So würde *ich* das machen. Du hast es doch gut, du hast einen Job. Ich würde gerne mehr drehen, aber stattdessen muss ich bei Boxwetten gewinnen, um mich über Wasser zu halten. Was war denn dein letztes Engagement?«

Er starrte ins Leere. Seine düsteren Gedanken waren keineswegs verflogen, und ich rieb ihm Salz in seine Wunden, indem ich ihn mit meinen Fragen wieder darauf brachte.

»Ein Drama«, sagte er unbestimmt.

»Auch so was Aufwendiges?«

»Ziemlich viele Leute«, antwortete er. »Schwierige Lichtverhältnisse. Nachtdreh.«

»An einem Originalschauplatz? Das klingt ja fast wie ein Dokumentarfilm.«

Er beugte sich vor und fingerte eine Zigarette aus einer Packung.

»Oh, es war auch einer. So kann man es zumindest nennen ...«

Sie fiel ihm herunter. Ich gab sie ihm in die Hand und er steckte sie in den Mund. Allmählich war er jetzt so weit, das spürte ich.

»Wirklich? Was hast du denn gefilmt?«

Ich gab ihm Feuer. Er nahm einen Zug, aber er zögerte noch.

Nun streckte ich meine rechte Hand nach seiner aus, griff weiter nach oben, hinauf bis zum Ellbogen, und gab ihm den bestimmten Gruß.

Erleichtert lachte er plötzlich auf und sah mich an.

»Mensch, sag das doch gleich, Henry. Du bist einer von uns?«

»Ich komme ja selbst gerade erst darauf, was wir *noch* gemeinsam haben.«

»Dass du das Herz auf dem rechten Fleck hast, habe ich gleich gemerkt …« Er stutzte. »Warst du auf der Versammlung neulich?«

»Wo sie den Nigger getötet haben? Und *ob* ich da war, Elmer! Du auch?«

»Ach, es waren so viele … Natürlich war ich da, das ist es ja, was ich gefilmt habe!«

»Du hast wirklich gedreht, wie er ihn aufgehängt hat? Dieser, wie heißt er noch gleich – der Südstaatler?«

»Ja, der Große Zyklop«, sagte er und spielte mit den Fingern an dem Glas und redete dann leider direkt weiter. »Ich sollte es alles mit meiner Kamera festhalten, als Erinnerung an das gemeinsame Erlebnis. Und dann passierte auch noch das und ich habe einfach weitergekurbelt. Die ganz oben sind sich sicher, dass es die Gemeinschaft stärkt, wenn man es auch anderen vorführen kann, als Werbefilm. Hiram Evans hat das zu mir gesagt, der Große Hexenmeister des Imperiums persönlich, als ich ihm in Washington vorgestellt wurde.«

Oh ja. Wie gut das funktionierte, hatte ich gestern ja selbst beobachten können.

»Verdammt, den Film von neulich würde ich wirklich gerne mal sehen!«

»Ich will ihn nicht noch einmal anschauen«, sagte er und riss sich gleich wieder aus den düsteren Gedanken. »Aber wenn du willst, dann kannst du ihn dir schon ansehen, Henry! Ich muss ja nicht dabei sein, du weißt schon, wegen der Träume … Ich hab eine Kopie von dem Film zu Hause.«

»Worauf warten wir dann noch? Das ist ja wirklich mein Glückstag heute! Komm, fahren wir!«

»Ich habe schon etwas geladen …«, sagte er und rülpste.

»Dann lass deine Karre einfach stehen, ich fahre dich«, bot ich an. »Wo müssen wir hin?«

»In die Wilcox Avenue.«

Ich verfrachtete ihn tatsächlich in meinen Voisin, wobei ich ihn stützen musste – der Frischluftschock setzte ihm ziemlich zu.

Er schlief fast auf der ganzen Strecke zurück nach Hollywood, schnarchend und offenbar diesmal ohne unruhige Träume.

An der genannten Zieladresse hielt ich an und dann weckte ich meinen »Klankollegen« auf. Schlaftrunken wankte er mit mir zur Tür, fummelte seinen Schlüssel heraus. Ich half ihm, ihn ins Schloss zu stecken.

»Hallo, Freunde«, stieß Elmer Macready hervor, als wir das Haus betraten. Offenbar wohnte er hier nicht alleine oder erwartete, jemanden anzutreffen. Alles, woran ich in diesem Moment dachte, war: Gut, dass ich Polly verboten hatte, sich hier umzusehen. Und als Nächstes: Hoffentlich hatte sie auf mich gehört. Sie machte ja allzu gern nur das, was sie sich selbst in den Kopf gesetzt hatte.

Es war eine normale Wohnung mit mehreren Zimmern, zumindest war sie so hergerichtet. Wir gingen durch einen Flur auf die Küche zu. Da waren Regale, und ich streifte sie mit meinem Blick, auf der Suche nach den Filmdosen. Viel Zeit wollte ich hier nicht verbringen. Es sei denn, ich würde auf den Zyklopen treffen.

»Hab im Boxclub was gewonnen und einen Klansmann kennengelernt«, rief Elmer. »Der gehört auch zu unserem Klavern, hat gerade erzählt, dass er neulich im Valley mit dabei war …«

In der Küche saßen zwei Männer, die gelangweilt Zeitung lasen und nun hochsahen. Sie wirkten arglos.

Der eine wandte den Kopf und ich erstarrte, als ich ihn erkannte. Er ebenso.

Es war James, der Postmann von neulich.

Ach du Scheiße, dachte ich.

»Was du nicht sagst, Elmer«, meinte er und stand auf. Er sah mich aufmerksam an. »Ein Klansmann, den du *gerade erst* dort kennengelernt hast, hm?«

»Hallo«, sagte ich mit heiserer Stimme.

»Ja, wieso?«, fragte Elmer. »Das ist Henry Mueller.«

»Oh«, machte James und zog eine Pistole hervor.

62

Meine Erinnerung an das Folgende ist äußerst unliebsam.

Als Henry Mueller, der bereits Mitglied im Klan war, war ich bei Elmer prima durchgekommen und das hätte so weitergehen können. Doch James wiederholte nun – hellhörig geworden –, was ich, Henry *Marshall,* ihm damals erzählt hatte.

»Das ist der Kandidat, der behauptet hat, du hättest für ihn gebürgt!«

»Wirklich?«, fragte Elmer alarmiert.

Wie sich zeigte, hatte James ihn, nachdem er mich in den Wirren nach dem Lynchtod und dem Feuer aus den Augen verloren hatte, natürlich nach mir gefragt. Und daraufhin hatte dieser geantwortet, dass er keinen Henry Marshall kenne und für niemanden gebürgt habe, der so hieß.

»Wer bist du wirklich?«, fragte James und hielt mir die Waffe an den Kopf.

»Du bist ein verdammter Spitzel, gib's zu!«

Es ging nicht anders, ich musste ihnen etwas liefern. Eine Geschichte, und zwar eine, die besser war als die bisherige und meinen Schwindel erklärte.

»Also schön«, sagte ich. »Henry Mueller ist mein richtiger Name. Das Problem ist, ich bin Deutscher.« Ich wandte mich an Elmer. Ihn galt es zu besänftigen, er war stinksauer. »Alles andere, was ich dir erzählt habe, Elmer, ist wahr, ich bin Statist beim Film. Und ich teile all eure Ziele und will mitmachen, aber der Klan nimmt ja nur gebürtige Amerikaner auf, keine Deutschen. Was ich gar nicht verstehe, denn wir sind weiße Arier wie ihr …«

»Stell nicht die verdammten Regeln des Klans infrage, verstanden!«, brüllte mich der Dritte an. Er war ein bösartig aussehender Mensch, der so breit wie groß zu sein schien und beim Sprechen spuckte. »Der Kloran sagt, was richtig und was falsch ist!«

Wenigstens war Polly nicht hier, das hätte ich bereits längst mitbekommen. »Natürlich, aber ich will damit nur sagen – bitte versteht, ich bin auf eurer Seite, ich teile alles, wofür ihr steht, euer Glaubensbekenntnis, was ihr tut, was ich neulich beobachten konnte …«

»Du warst unrechtmäßig da!«, unterbrach mich James und stieß mich vor die Brust. »Du hast dich eingeschlichen!« Ihm war es besonders peinlich. Er war es, der mich dorthin gebracht, einen mutmaßlichen Feind in ihre Mitte geholt hatte.

»Aber doch aus Sympathie für euch, ich wollte wirklich Mitglied werden, und das will ich noch! Nur deshalb habe ich gelogen!«

»Du hast falsches Zeugnis abgelegt«, sagte Elmer böse. »Du hast unsere Gebote gebrochen!«

»Das mag sein und es tut mir leid«, meinte ich beschwörend. »Aber ich hätte es aufgeklärt und vielleicht kann ich ja trotzdem …«

»Du hast dich disqualifiziert«, unterbrach mich James. »Die Regeln sind die Regeln. Du hast sogar eine Urkunde dabeigehabt, die muss ja gefälscht sein.«

»Das ist eine Straftat! Damit bist du nicht würdig, den Eid auf die Verfassung zu schwören!«, rief der Dritte.

»Das habe ich nur behauptet«, sagte ich. »Ich hatte keine dabei. Ich hätte es euch erklärt, sobald ihr die Befragung begonnen hättet. Ich hätte die Wahrheit gesagt.«

»Das ist schon die nächste Lüge«, höhnte James.

»Nein, wirklich nicht. Wenn ich eines über den Klan weiß, dann, dass er stets die Wahrheit vertritt, wie brutal sie auch immer sei. Daran gibt es nichts zu rütteln, deswegen kommt man mit Lügen ja auch nicht weiter.«

»Du hast gesagt, Elmer Macready hätte für dich gebürgt«, fiel James plötzlich ein, er schob sein Gesicht nahe an meines heran. »Woher wusstest du seinen Namen?«

»Das habe ich eben schon erklärt«, antwortete ich schnell. »Ich kannte ihn vom Film. *The Ten Commandments* bei Paramount, da habe ich gearbeitet.«

»Aber ich kannte *dich* nicht«, sagte Elmer und kratzte sich das Kinn. »Und vor allem, woher wusstest du, dass ich beim Klan bin?«

Verdammt.

»Das habe ich gehört, am Set«, sagte ich.

»Nein, hast du nicht«, sagte Elmer. »Als wir gerade vorhin darauf kamen, hast du noch so getan, als wüsstest du es nicht. Du bist ein Lügner! Du wolltest dich nur bei mir einschleichen. Wahrscheinlich sogar gezielt.«

Aus der Nummer kommst du nicht mehr raus, Hardy, dachte ich. Das ist alles andere als dein Glückstag.

»Du bist ein Spitzel!«, schrie mich der Brocken von Mann an. James bohrte mir den Lauf seiner Pistole an die Schläfe.

»Jetzt komm ich gerade darauf – du bist ja ein Deutscher«, sagte Elmer hellhörig. »So wie dieser neue Police Chief, wie heißt er gleich – August Vollmer! Der damals die Razzia gemacht hat, der unser Feind ist. Der mich suchen lässt und gegen uns ermittelt.«

Vollmer war gar kein Deutscher, dachte ich, auch wenn das aufgrund des Namens jeder dachte – er war gebürtiger Amerikaner. Aber dieses intime Wissen konnte ich ihnen ja nicht verklickern und das würde mich jetzt auch nicht retten.

»Wieso?«, fragte ich. »Was hast du denn getan?«

»Ich wette, dass er das ganz genau weiß!«, schrie Elmer. »Rowan, sieh dich draußen um. Nicht, dass da noch mehr von denen sind.«

»Da ist niemand«, sagte ich schnell. »Ich bin alleine! Niemand weiß, dass ich hier bin!«

Rowan ging trotzdem zur Tür und nach draußen. Ich hoffte inständig, dass es da nichts und niemanden zu sehen gab, bei dem er misstrauisch werden könnte.

»Was soll das überhaupt? Der Klan ist doch nicht illegal und genau deshalb will ich ja zu euch. Warum sollte die Polizei hinter dir her sein? Den toten Schwarzen, ja, das habe ich gesehen …«

»Er wollte den Film anschauen«, sagte Elmer zu James. »Ich habe ihm gesagt, dass ich einen gedreht habe. Er wollte, dass ich ihm den zeige.«

»Wir können ihn nicht gehen lassen«, sagte James grimmig.

Rowan kam zurück. »Da draußen habe ich niemanden gesehen.«

»Woher sollten sie es auch wissen, ich habe ihn ja erst hergebracht«, sagte Elmer. »Weil ich ihm vertraut habe.« Er sah mich wütend an.

»Wie gesagt, wir können ihn nicht gehen lassen«, sagte James böse lächelnd und wandte sich an mich, als wollte er nun meine damalige Frage auf der Fahrt beantworten. »Ohne das mit ihm zu tun, was wir mit Spitzeln machen. Mit allen Subjekten, die dem Klan gefährlich werden wollen. Eine althergebrachte Tradition, und die lasse ich mir nicht nehmen …« Oh nein, dachte ich. Nein! »Wir werden ihn teeren und federn. Verdammt, wie ich mich darauf freue, endlich einmal wieder!«

Einige Zeit später saß ich im Hinterhof mit gefesselten Händen auf einem Stuhl, und über einem offenen Feuer hatten sie in einem Metalleimer Pech zum Kochen gebracht, das erbärmlich stank. Rowan stand daneben und rührte es immer wieder mit einer Kelle um. Und James schlitzte einen Bettbezug auf und ließ die Federn daraus in einen Korb rieseln. Es war inzwischen dunkel geworden und um uns gab es nur unbeleuchtete Lagerhallen. Hier waren weit und breit keine Nachbarn, nichts und niemand, der mir zu dieser Stunde hätte zu Hilfe kommen können.

Ich redete auf sie ein, ich appellierte an Elmer und unsere frische Boxerfreundschaft, ich variierte meine Geschichte vom guten arischen Deutschen noch einmal, um ihnen meine Verbundenheit zu vermitteln. Dass ich nicht ihr Feind sei, nur ein Filmstatist aus Deutschland, der das Unglück gehabt habe, zum

Zeitpunkt seiner Geburt nicht auf amerikanischem Boden gewesen zu sein. Es half alles nichts. Und keine andere Geschichte, die mir noch einfallen könnte, würde es verhindern.

»Ist jetzt heiß genug«, sagte Rowan und hängte zwei Haken an den Eimer, mit deren Hilfe er ihn vorsichtig von dem Feuer herunternahm. Er stellte ihn daneben auf den Boden. Es war ein mittelgroßer Eimer aus feuerverzinktem Eisen, randvoll. Im Schein des Feuers konnte ich sehen, wie der Teer darin dampfte, und das brachte meine Hände zum Zittern.

Sie würden mich teeren und federn. Nicht aufhängen wie Clarence, sondern mit kochendem Teer übergießen und dann diese Federn darauf verteilen, aber das würde ich schon gar nicht mehr richtig mitbekommen, weil die Verbrennungen schrecklich sein würden, wie bei Jeremiah Coyne, der so furchtbar geschrien hatte, dass sie ihn erschossen hatten … Auch im alten Süden hatten sie so etwas früher getan, bei Sklaven, die davongerannt und wieder eingefangen worden waren oder sich mit weißen Frauen eingelassen hatten. Clarences Großvater war so etwas widerfahren, mir fiel sein Bericht darüber ein, als ich ihn gerettet hatte. Der Großvater hatte es immerhin überlebt und davon erzählen können. Weil er seinen Peinigern eine Geschichte erzählt hatte, wie Scheherazade, die so spannend gewesen war, dass der Teer abkühlte – zumindest weit genug.

Lass dir was einfallen, Hardy. Erzähl ihnen etwas. Lass es besser was richtig Gutes, Fesselndes sein, etwas, das sie alles vergessen lässt. Für so lange Zeit wie möglich.

»Wisst ihr was«, begann ich und sammelte alle meine Kräfte. Den Schmerz in meinem rechten Knöchel spürte ich nicht mehr, so viel kann ich Ihnen versichern. »Es ist ja sowieso schon egal, ihr werdet tun, was ihr tun müsst, und das ist auch gut so. Aber lasst mich euch vorher eine Sache berichten, solange ich es noch kann. Ich denke, ihr solltet das hören. Ihr werdet es nicht glauben, aber ich kann schwören, in dieser Situation verzapfe ich keinen Blödsinn. Nicht in dieser Situation.« Das Problem war, ich wusste noch überhaupt nicht, was ich gleich sagen sollte.

Ich musste hemmungslos improvisieren. Und *wenn* es kompletter Blödsinn war.

»Du wirst nichts daran ändern können, du Arier«, höhnte James. »Du wirst gleich aussehen wie ein Huhn. Wie ein Brathühnchen, um genau zu sein.«

»Ist euch aufgefallen, dass mir ein Auge fehlt?«, fragte ich. Es war eine doofe Frage, aber ich hatte gerade keine bessere.

»Ja, ist es, wir haben nämlich alle Augen«, sagte Elmer. »Ist auch verdammt noch mal besser so als Kameramann.«

»Dies ist die Geschichte, wie ich es verloren habe«, sagte ich. »Vor zwei Jahren. Der Mann, der es mir rausgeschlagen hat, war ein Schwarzer.«

»Und deswegen hasst du die Nigger so?«, fragte Rowan interessiert. Er war mein dankbarstes Publikum. »Du siehst nicht aus wie jemand, der sich von einem Nigger ein Auge rausschlagen lässt.«

»Es war ein Boxer«, fuhr ich fort, zu Elmer gewandt.

War es nicht. Oder zumindest weiß ich es nicht genau, ich war in eine Decke gewickelt, als ich den Schlag erhielt. Ich konnte damals nicht sehen, wer es war.

»Ein großer Boxer, viel größer als ich, Schwergewicht.«

Elmer sagte nichts. Er sah mich nur zutiefst skeptisch und immer noch wütend an.

»Wo fängt das an?«, grübelte Rowan. »Was ist da noch mal die Grenze, ich habe mich das wegen mir selbst schon gefragt?« Er legte die Stirn in Falten. »In welcher Klasse ist noch mal Dempsey?«

»Jack Dempsey ist natürlich Schwergewicht. Der verdammte Weltmeister in der höchsten Klasse, das ist er«, antwortete Elmer.

»Und wie viel wiegt er?«, fragte ich, als säßen wir immer noch bei einem Glas Whisky in der Boxhalle. Derweil ging es in meinem Gehirn hoch her, in dem Areal davon, das mit der Erfindung von Geschichten befasst ist.

»Das weiß ich nicht. Dempsey? Vielleicht zweihundert Pfund?«

»Dempsey?«, lachte Rowan auf. »Viel mehr!«

»Zweihundert, da kommt ja Henry hier fast hin.«

»Ich, zweihundert Pfund?«, begehrte ich auf. »Ich wiege viel weniger, na höchstens …«

»Ist doch piepegal«, schnitt mir James das Wort ab und beobachtete mich. »Ein Niggerboxer hat dir also dein Auge ausgeschlagen. Na und? Es wird dir nichts helfen.«

»Ich will auf was anderes raus«, sagte ich. »Der Grund, warum ich euch beitreten wollte, war ein anderer. Es war nämlich nicht in einem Boxring, wo wir uns geschlagen haben. Obwohl er ein Boxer war, was sehr gut erklärt, dass er stärker war als ich, wenngleich ich ein Weißer bin. Es war mitten auf der Straße. Wir hatten Streit. Wegen einer Frau.«

»Wegen einer Frau?«, fragte Elmer aufmerksam. Der Teer neben ihm dampfte immer noch, doch vielleicht schon etwas weniger.

»Oh ja, eine Blondine«, sagte ich. »Eine verflucht heiße Blondine. Kann ich eine Zigarette dazu haben?«

»Gib ihm eine«, bat Rowan. Er war schon fast ein Fan von mir.

James kam heran und steckte mir eine Zigarette zwischen die Lippen. Da ich damit nicht reden konnte, gewann ich wertvolle Sekunden, bevor er sie mir anzündete. Ich nahm einen tiefen Zug.

»Was war mit der Blondine?«, fragte Elmer.

James nahm mir die Kippe wieder aus dem Mund und ich stieß den Rauch aus. Meine Hände waren vor dem Bauch so fest gefesselt, dass ich sie nicht bis nach oben heben konnte.

»Wir waren beide scharf auf sie, er und ich. Er hieß Clarence. Sie war erheblich jünger als wir, aber schon sehr erfahren. Ein Showgirl. Anfang zwanzig.«

Ich schwöre Ihnen, ich habe keine Ahnung, woher das alles kam, warum ich gerade das erzählte.

»Ein blondes Showgirl …«, wiederholte Rowan und sah träumerisch in die Luft.

»Anfang zwanzig …« Ein leiser Wind wehte über den Hof und trieb mir den Gestank des heißen Teers direkt in die Nase.

»Ja, das ist genau die Art Frauen, auf die alle Nigger stehen«, nickte James. »Sie wollen sie uns wegnehmen, sie wollen ihr Blut mit ihnen vermischen. Dabei gehören sie uns, wir sollen mit ihnen schöne weiße Babys machen. Und das wollen diese Frauen auch, sie wollen nichts anderes, als das mit uns zu tun.«

»Aber das war es ja gerade«, sagte ich. »Diese Blondine, auf die ich scharf war, war doch tatsächlich scharf auf *ihn*. Könnt ihr euch so etwas vorstellen?«

»So eine verdammte Niggerhure!«, rief James aus. »Das ist ja wohl unglaublich. Mit der würden wir, wenn wir sie vor uns hätten, genau dasselbe machen wie gleich mit dir!«

»War das hier in Hollywood?«, fragte Elmer.

»Sag uns ihren Namen!«

»Moment«, fuhr ich fort, »denn das Unglaublichste wisst ihr noch nicht. Nachdem ich die beiden in flagranti erwischt habe, habe ich sie zur Rede gestellt, natürlich habe ich das getan. Ich dachte ja, ich sehe nicht recht, damals hatte ich noch beide Augen …«

»Und er und sie waren gerade mittendrin?«, fragte Rowan, beinahe geifernd.

»Ja. Sie hat ihn dann erst mal rausgeschickt. Als wir beiden alleine waren, habe ich sie gefragt, warum sie das getan hat, weshalb sie ihn mir vorziehen würde, und dann hat sie es mir gebeichtet.«

»Was?«

Sie hingen an meinen Lippen. Aus dem Eimer stieg ein dünner weißlicher Rauchfaden auf.

»Habt ihr gewusst, dass es Schwarze gibt«, sagte ich langsam, »die nicht aussehen wie Schwarze? Diese Blondine – eine wunderbare Blondine, mit blauen Augen, Haar wie Stroh und alabasterfarbener Haut – war selbst eine Niggerin!«

Sie sahen mich gebannt an. Ich spürte, dass ich auf dem richtigen Weg war. Es war die wohl wichtigste Schauspielimprovisation, die ich in meinem Leben jemals hingelegt hatte.

»Ich schwöre es euch, man hat es ihr nicht angesehen, kein bisschen! Aber ihre Mutter war eine Schwarze aus dem Süden, aus Alabama. Eine Sklavin.«

»Das gibt's doch nicht!«, rief Elmer. »Und sie sah aus wie eine reinrassige Blondine?«

»Ich wollte es selbst nicht glauben, aber sie hat mir dann das Foto gezeigt. Ihr Vater, ein reicher weißer Plantagenbesitzer, natürlich blond wie Weizen, konnte seiner Sklavin nicht widerstehen. Und so wurde dann ihr Kind gezeugt und geboren, aber das Erbgut der Kleinen verteilte sich nach einer Laune der Natur, und sie kam ganz nach ihrem Vater, dem Weißen ...«

»Natürlich«, sagte James. »Das setzt sich immer durch. Das ist kein Zufall.«

Die anderen nickten verständig.

»Aber sie war eine Schwarze, zur Hälfte zumindest«, bestätigte ich. »Und das hat mir zu denken gegeben!«

»Mir auch«, grübelte Rowan. »Dass man ihnen das gar nicht ansieht ...«

»Und wenn schon, es erklärt auf jeden Fall, warum sie den Nigger vorgezogen hat. Es war der Ruf des Blutes, das in ihr pulsierte«, meinte James abschätzig.

»Seither sehe ich Blondinen ganz anders an«, empörte ich mich. »Gerade die weizenblonden mit den veilchenblauen Pupillen. Man weiß ja nie, was wirklich dahintersteckt. Womöglich ist sie gar nicht, wer sie vorgibt zu sein!«

»War das hier in Hollywood?«, fragte Elmer noch einmal.

Ich hätte ihn küssen wollen. Genau, das war es doch!

»Ja«, antwortete ich. »Aber es war nicht irgendwer. Wenn ich euch sage, wer es war, dann fallt ihr auf der Stelle um.«

Elmer knabberte an einem Fingernagel.

»Ist sie ein Star?«, fragte James.

»Ja, das könnte man wohl so sagen. Wenn das über sie rauskommt – nicht nur, dass sie mit einem Schwarzen geschlafen hat, nein, dass sie auch noch selbst schwarz ist –, den Skandal möchte ich sehen!«

»Nenn uns den verdammten Namen und wir werden ihr heimleuchten!«, brüllte Rowan.

Ich tat so, als müsste ich überlegen.

»Ich nenne ihn euch, wenn ihr das hier vergesst«, schlug ich vor und wies mit dem Kinn auf den Eimer. »Ich liefere sie euch frei Haus und ihr könnt mit ihr machen, was ihr wollt. Ein blonder Hollywoodstar, der uns so furchtbar belügt, der die ganze Welt an der Nase herumführt – sie hat es nicht anders verdient.«

»Oh nein!«, entgegnete James hellwach. »Das hast du dir so gedacht. Sag uns den verdammten Namen oder wir holen ihn aus dir raus.«

Er näherte sich mir bedrohlich. Rowan sah zu dem Teereimer, gleich würde er ihn aufnehmen.

»Nur wenn ihr mich gehen lasst, als einen von euch, der euch hilft«, sagte ich. Auf einen Versuch kam es an. Außerdem brachte es Zeit.

»Wer ist dieser Star, na komm schon?« Man sah Elmer regelrecht an, wie er in Gedanken eine Riege von infrage kommenden Blondinen durchging.

»Er hat sich das Ganze doch sowieso nur ausgedacht, um uns reinzulegen«, meinte James. »Es gibt keinen Namen. Kommt, wir kippen ihm den Teer drüber …«

Rowan wandte sich ab und …

»Blossom Jones«, sagte ich.

Alle starrten mich an. Elmer horchte auf.

»Was?«, fragte Rowan.

»Wer?«, fragte James.

»Blossom Jones«, wiederholte ich. »Die schärfste Blondine von Hollywood.«

»Es gibt niemanden, der so heißt«, konterte James und sah fragend zu Elmer.

Der Kameramann hob einen Finger: »Doch. Sie hat bei uns gedreht. Blossom Jones, ich erinnere mich an sie. Junge, die ist heiß …«

»Das kann man wohl sagen«, sagte ich und schielte in Richtung des Eimers. Der verdammte Teer rauchte immer noch.

»Alle haben über sie geredet«, meinte Elmer versonnen. »Ein paar Beleuchter haben's bei ihr versucht, auch Schauspieler, sind aber alle abgeblitzt.«

»Wirklich?«, fragte James und sah von ihm zu mir.

»Ja, eine richtig heiße Blondine, mit allem dran, war von Universal ausgeliehen, und die war also …?« Elmer sah mich fassungslos an.

»Schwarz«, bestätigte ich. »Mütterlicherseits.«

Keiner von ihnen reagierte so, dass ich annehmen musste, sie wüssten über ihr Schicksal Bescheid oder hätten damit zu tun. James ganz bestimmt nicht und bei Elmer war ich mir ziemlich sicher, auch wenn er sie kannte. Das war das eine, was ich damit herausfand. Der andere Grund, warum ich ihren Namen genannt hatte, war schlicht, dass ihr nichts mehr passieren konnte.

»Und deswegen habe ich sie verloren«, machte ich weiter. »Erst sie und dann mein Auge, weil der feige Nigger mir draußen aufgelauert hat.« Ich wusste, ich musste diese Flamme jetzt am Leben erhalten. Wenn das der richtige Begriff für das hier war. Scheißegal, ob er es war.

»Wie dem auch sei.« James zuckte mit den Achseln. »Tut mir leid für dich und – was für eine Geschichte, Henry, gut zu wissen.«

»Ja, Mann«, sagte Rowan beinahe mitfühlend. »Dann wollen wir mal …«

»Man sieht es ihnen eben einfach nicht an«, schob ich nach. »Aber sie selbst erkennen einander, das ist das Fatale. Und jetzt kommt's – Blossom hat mir erzählt, wer *noch* in Wahrheit schwarz ist.«

»Wer?«, fragte Rowan und hielt inne.

»Sie hat nämlich auch mit ihm etwas gehabt. Ihr wisst ja, wie diese Hollywoodmädchen sind.«

»Vor allem die heimlichen Nigger«, sagte Rowan eifrig.

»Wer?«, fragte Elmer argwöhnisch.

»Er ist ein sehr mächtiger Mann …«, antwortete ich. James hob die Augenbrauen.

»Der Präsident, Warren G. Harding«, kam ich damit heraus.

63

Alle waren vollkommen verblüfft. Sie wiesen es aber auch nicht zurück. Auch Elmer nicht. In seinem Kopf arbeitete es.

Es dauerte ein paar Momente, dann …

»Ich wusste es! Ich hab's mir immer gedacht!«, rief James aus.

Er schien eine Menge Vorurteile gegen den aktuellen Präsidenten zu hegen.

»Was, wirklich?«, fragte Elmer ungläubig.

Natürlich dachte Elmer über den Film nach, den er gedreht hatte. In dem der Präsident Mitglied des Ku-Klux-Klans wurde, bei einer Zeremonie in Washington im Weißen Haus. Ich hoffte auf eine längere Diskussion darüber. Elmer war zwar ein kleines Licht, doch er hatte den Präsidenten kennengelernt und vielleicht wusste er irgendetwas über die genaueren Verbindungen.

Außerdem stimmte das mit der Affäre mit Blossom ja tatsächlich. Immer mit der Legende so nahe wie möglich bei der Wahrheit bleiben. Gelernt ist gelernt.

»Aber natürlich, dieses Gesicht, diese wulstigen Lippen!«, rief Rowan aus.

»Und er ist ein Niggerfreund!«, meinte James hasserfüllt. »Er unterstützt das Gesetz gegen die Lynchjustiz!«

»Aber er ist Mitglied bei uns, verdammt noch mal!«, widersprach Elmer. »Ihr alle habt den Film doch gestern selbst gesehen.«

»Wie, was für einen Film?«, war es an mir zu sagen. Die anderen beachteten mich nicht. Sie hatten genug mit ihren eigenen Gedanken zu tun.

»Ach, Politik!«, murrte James verächtlich. »Das ist doch alles nur zum Schein!«

»Genau, wahrscheinlich ist er bei uns nur eingetreten, gerade *weil* er ein Nigger ist!«, sagte Rowan. Elmer drehte den Kopf und blickte ihn überrascht an.

»Genau, um das zu kaschieren«, beharrte James. »Aber seine wahre Haltung seht ihr doch daran, dass er dieses Gesetz um jeden Preis durchfechten will! Das vollkommen gegen die Interessen des Klans und des weißen Amerikas ist!«

»Aber dass er deshalb gleich ein Nigger sein muss ...?«, murmelte Elmer.

»Blossom Jones weiß es«, sagte ich. »Und die ist selbst eine, und sie war mit ihm im Bett. Sie hat mir davon erzählt.«

Rowan sah mich mit offenem Mund an. Er würde mir wohl noch stundenlang zuhören, wenn mir noch weitere Details dazu einfielen.

»Harding ist jedenfalls ein Niggerfreund«, wütete James, »und wahrscheinlich ist er auch ein Heuchler und will uns nur benutzen.« Ach ja, weißt du mehr darüber?, dachte ich. »Ich lasse mich erst überzeugen, dass er ein wahrer Klansmann ist, wenn seine Politik das auch erkennen lässt, er diesem Gesetz abschwört und zu seinem Treueeid uns gegenüber steht!«

Er stand abrupt auf, er war jetzt richtig sauer geworden.

»Los, teeren und federn wir den Mann!«

Mein Herz zog sich zusammen. Jetzt wirst du büßen, Hardy. Für das, was du damals im Krieg befohlen hast, das mit dem Flammenwerfer.

»Los, ihr beiden!«

Als ich zu dem Eimer hinübersah, konnte ich im Feuerschein beobachten, wie unmittelbar darüber die Luft von der Hitze flimmerte. Der Teer war vielleicht etwas abgekühlt, aber immer noch viel zu heiß.

»Leute, das ist nichts für mich«, sagte Elmer, streckte abwehrend die Hände aus und machte zwei Schritte rückwärts. »Ich bin der Mann, der filmt, aber …«

»Aber die Hände schmutzig machen willst du dir nicht!«, höhnte James.

Elmer ging noch weiter zurück. »Ich habe ihn euch gebracht und wir haben ihn überführt. Aber da will ich nicht noch einmal dabei sein, das ist nicht mein Job, ich werde jetzt reingehen.« Er wagte es nicht mehr, mich anzusehen.

»Er hat recht, ihr müsst das nicht machen«, beeilte ich mich zu sagen. »Ich habe euch hinlänglich gezeigt, dass ich auf eurer Seite bin. Und ich kann euch auch weiter helfen. Dafür muss ich ja kein Mitglied werden.«

Leider hörten sie mir nicht zu.

»Dann hau doch ab, wenn du dir zu fein dafür bist, du verdammter Künstler«, sagte Rowan jetzt biestig zu Elmer.

Ich versuchte es noch einmal: »Aber ich kann euch nicht mehr helfen, wenn ihr das tut, das ist eine unwiderrufliche Sache, überlegt es euch noch mal.«

»Ich gehe jetzt rein«, kündigte Elmer an, doch er wirkte unschlüssig, skeptisch.

»Ich nehme es dir nicht übel, dass du einen Kumpel hängen lässt«, sagte ich zu ihm. »Jemanden, der auf eurer Seite ist und nur eine Notlüge angewandt hat. Und ich wünsche dir, dass du mich nicht in deinen Träumen sehen wirst, so wie du die anderen siehst.«

Er hob den Blick und schaute mich schuldbewusst an. Für einen kurzen Moment dachte ich, er würde zurückkommen, so wie ich es hoffte, und sie noch davon abbringen. Dann drehte er sich um und lief schnell ins Haus.

»Komm her.« James winkte Rowan zu sich. »Du gießt ihm den Teer über die Fresse, und ich überschütte ihn mit den Federn.«

Ich bäumte mich auf und zerrte an meinen Fesseln, doch mir waren die Hände zu fest zusammengebunden.

»Okay«, sagte Rowan unschlüssig und sah mich an, in dem Versuch, Maß zu nehmen. »Einfach so?«

»Doch nicht im Sitzen, lass ihn aufstehen, dann läuft das Zeug ganz an ihm runter.« James kam heran und zog mich nach oben.

Ich zerrte erneut an den Fesseln. Nichts zu machen. Ich konnte meine gebundenen Hände lediglich ein kleines Stück nach oben bewegen und einfach nicht mehr.

»Also«, sagte James. Er wandte sich ab, um den Korb mit den Federn zu greifen. Rowan nahm mit den beiden Zangen den Eimer auf und ging langsam und sehr vorsichtig zwei Schritte auf mich zu. Man sah seiner Haltung an, wie heiß der Teer darin noch war.

»Blossom Jones«, äußerte ich schnell in Rowans Richtung. »Soll bekommen, was sie verdient, lasst mich euch noch ihre Adresse geben.«

»Okay«, sagte Rowan und blieb stehen, und dann stellte er den Teereimer noch einmal ab.

»Sie lautet …«, sagte ich und tat so, als müsste ich nachdenken. Es würde nicht reichen. Stell dich auf den Schmerz ein, Hardy, auf den furchtbaren Schmerz, der gleich unweigerlich kommen wird, schrei ruhig.

James drehte sich mit dem Korb in beiden Händen um und trug ihn zu mir. Er übersah den Eimer, der jetzt genau in seinem Weg stand, stieß mit dem Fuß dagegen und stolperte, der Eimer kippte um, in Richtung auf mich zu. James schrie auf und fing sich ab, weiße Federn schwebten durch die Luft, und dampfender Teer ergoss sich wie flüssige schwarze Lava auf den Boden. Sie verebbte kurz vor meinen Schuhen.

»Du Idiot!«, schrie er.

Rowan half ihm auf.

»Den Eimer!«, herrschte James ihn an.

Rowan bückte sich und griff fahrig die Zangen, mit denen er den heißen Eimer wieder aufrichtete. Weiße Daunenfedern fielen in dichtem Schneefall herab auf die schwarze stinkende Masse auf dem Boden.

»Ist noch was drin?«, fragte James mit Blick auf den Eimer und nahm den Korb. Er war noch gut gefüllt mit Federn.

»Etwa die Hälfte«, sagte Rowan und zeigte ihm an den Zangen den Eimer. James sah hinein.

In diesem Moment öffnete sich die Tür zu der Wohnung und ein Mann trat hinaus auf den Hinterhof. Ich wandte den Kopf und dachte: Na also, Elmer ist zurückgekommen, er hat es sich anders überlegt, und schöpfte neue Hoffnung.

Doch es war ein anderer Mann, ein viel größerer. Er sah zu uns und stutzte. Ich ebenfalls, als sich unsere Blicke trafen.

Es war der Klansmann mit der Hornbrille, den ich neulich verfolgt hatte. Clarences Mörder, der Große Zyklop, nur diesmal ohne Kutte, in einem grauen Anzug, was sein kantiges Gesicht jedoch kaum weniger brutal wirken ließ.

»Wen habt ihr denn da, Kameraden?«, fragte er mit seinem Südstaatendialekt. Die Hoffnungen auf einen guten Ausgang, die ich eben noch gehegt hatte, lösten sich in heiße Luft auf.

»Wir haben einen Spitzel gefasst, Großer Zyklop«, meldete James respektvoll.

»Und ob ihr das habt!«, sagte der Mörder, trat näher und beäugte mich durch seine dicke Brille, von oben nach unten. »Jetzt erkenne ich ihn, das ist doch dieser Verräter, der mich neulich verfolgt hat …« Verdammt. Mir fiel ein, dass im Studio meine Kapuze beim Sturz verrutscht war und er mein Gesicht gesehen haben konnte. Prompt biss ich mir auf die Lippe und meine Reaktion brachte ihn dazu, triumphierend zu grinsen. »Gut, dass ihr ihn eingefangen habt!«

»Ich habe ihn überführt«, warf James ein. »Er heißt Henry Mueller.«

»Und wie heißt du, Zyklop?«, fragte ich.

»Halt's Maul!«, brüllte er mich an, hob drohend die Hand und zeigte auf mich.

Es war die linke. An ihr fehlte der kleine Finger. Im Gegenlicht des Feuers sah ich es ganz deutlich.

»Er redet immer so viel«, fügte James schnell an.

»Ach ja?«, meinte der Zyklop und trat an mich heran. »Hat er auch erzählt, für wen er herumschnüffelt?« Seine Hände hatte ich noch nie so deutlich sehen können wie heute, ohne die langen Ärmel der Kutte und aus der Nähe.

»Nein«, sagte James. »Angeblich ist er Schauspieler. Wir

glauben, dass er für Vollmer arbeitet, den deutschen Polizeichef.«

»Jedenfalls wissen meine Auftraggeber genau, wo ich bin«, behauptete ich, doch ich wusste, dass es vermutlich nicht überzeugend klang.

»Er hat uns etwas über eine blonde Schauspielerin erzählt, Blossom Jones«, berichtete Rowan eifrig. Der große Mann wandte alarmiert den Kopf.

»Und was?«

»Sie soll zur Hälfte eine Schwarze sein. Und eine Niggerfreundin.«

Der Zyklop lachte meckernd auf. »Umso besser …«, sagte er dann.

»Was ist umso besser?«, fragte ich, so provokant ich konnte. »Was soll das heißen, Einauge?«

»Und sie soll was mit dem Präsidenten gehabt haben«, ergänzte James. »Sagt der.«

Der große Mann trat ganz nahe an mich heran. Seine Augen wurden durch die dicken Gläser verzerrt. »Wirklich? Was weißt du denn darüber, Henry Mueller?«

»Nur ein bisschen«, antwortete ich und senkte die Stimme, »zum Beispiel, dass Burns sich um die Sache gekümmert hat.«

Der große Mann trat abrupt einen Schritt zurück, als hätte er sich verbrannt, und brüllte los. »Was redest du denn da für einen Blödsinn? Halt endlich dein verdammtes Maul!« Er blickte besorgt zu den anderen.

»Wir wollten ihn gerade teeren und federn«, beeilte sich Rowan zu sagen. »Dann wird er schon aufhören zu quatschen.«

»Worauf wartet ihr dann noch?«, drängte der Südstaatler, der nun direkt vor mir stand und mit brutalem Blick auf mich hinuntersah.

»Gieß es ihm einfach drüber«, sagte James zu Rowan, stellte den Korb ab und blieb mit gezogener Waffe neben mir stehen. Der Große Zyklop sah lediglich zu. Rowan kam zu mir, den Eimer vor sich her tragend. Er hob ihn hoch und ich sah zu ihm hinauf. Ich konnte seine Hitze spüren. Er war direkt über mir. Rowan keuchte, als er ihn langsam kippte.

Verdammt. Nur nicht das Auge, dachte ich, nur nicht das andere Auge auch noch.

Ich rang meine Hände und nahm all meine Kräfte zusammen. James und der andere sahen hinauf auf den Eimer.

Rowan kippte ihn. Ich sah den flüssigen Teer herausquellen. Ich streckte meine Hände, so hoch es ging, etwa auf Gürtelhöhe, machte einen Schritt nach vorne und stieß ihn weg, gegen die anderen.

Wir alle vier taumelten. Der Teer spritzte und ich wandte das Gesicht ab. Im nächsten Moment spürte ich einen furchtbaren glühenden Schmerz auf meinem linken Arm und schrie auf. Rowan ließ den Eimer hoch über unseren Köpfen los und fiel nach hinten um, den Südstaatler mit sich reißend. Der Eimer prallte neben uns zu Boden.

Der Schmerz war unerträglich, aber er war nur auf meinem Arm. James fing sich und wollte mich packen.

Da flog plötzlich etwas Kompaktes, Schwarzes auf uns zu, prallte gegen James' Körper und erwischte seinen Oberarm. Es war ein schwarzer Mops. Enrico. Er knurrte und verbiss sich in seinen Arm. James schrie laut auf und fiel um, die Pistole ließ er dabei fallen. Enrico knurrte und hechelte und zerrte mit den Zähnen an ihm herum. James schrie weiter.

»Scheiße«, schrie Rowan, rappelte sich auf und rannte davon.

Mein Arm fühlte sich an, als würde er verglühen. Ich roch verbranntes Fleisch und schloss das Auge. Alles wurde weiß, weiß vor Schmerz. Ich riss das Auge auf und sah, wie James auf dem Boden nach seiner Pistole fingerte und sie zu fassen bekam. Enrico war immer noch an ihm dran. Der Große Zyklop erhob sich mühsam und ging auf mich zu.

»Nein«, schrie ich.

Da ertönte ein Schuss.

»Wag es bloß nicht!«, brüllte plötzlich Pollys Stimme seitlich hinter mir.

James ließ die Waffe erneut fallen, der Mops sprang von ihm

weg. Der Südstaatler fiel zur Seite um, als sei er getroffen. Noch ein Schuss knallte. James zog den Kopf ein und sah sich panisch im Dunkeln um. Der Große Zyklop rollte sich ab und kam stolpernd auf die Beine. Schnell sprangen beide hoch, rannten geduckt zur Tür und verschwanden kurz hintereinander.

Ich drehte den Kopf und sah Polly mit erhobener Waffe vom anderen Ende des Hofes auf uns zulaufen. Enrico schnüffelte an der Teerlache und lief dann jaulend weg von ihr. Ich brüllte vor Schmerzen auf.

»Hardy?«, fragte Polly und beugte sich über mich, die Pistole immer noch in der Hand. Enrico kam laut schnaufend zu mir und legte den Kopf schräg.

»Er hat dich nicht voll erwischt, oder?« Polly untersuchte mich. Sie klaubte mir fürsorglich Federn aus den Haaren und von meinem Körper, wo sie festklebten. »Mein Gott, sie haben dich wirklich geteert und gefedert …«

»Nur den Arm …«, versuchte ich zu sagen.

Ich stöhnte laut. Die Verbrennung war gewiss furchtbar, mein Ärmel darüber versengt und verklebt.

»Tut mir leid«, sagte Polly gehetzt. »Ich hab dich mit dem anderen reingehen sehen und dachte, alles wäre in Ordnung. Als dieser andere plötzlich noch dazukam, ist mir mulmig geworden, aber wir mussten erst den Weg zum Hinterhof finden, und das so, dass sie uns nicht bemerkten …«

»Schnell … wir … müssen hier weg …«, stieß ich hervor. Sie half mir auf, und dann liefen wir humpelnd dahin, woher sie gekommen war. Enrico hoppelte neben uns her.

»Warum kannst du bloß … nicht auf mich hören …?«, sagte ich stoßweise atmend zu Polly.

»Meinst du etwa, ich lasse noch einmal zu, dass jemand von dieser Bande umgebracht wird?«, fragte sie empört. »Da bist du aber schief gewickelt!«

64

Der Arzt im Cedars-of-Lebanon-Krankenhaus bestätigte es: Ich hätte noch großes Glück gehabt, dass das Pech bereits ein wenig abgekühlt und nicht mehr ganz so kochend heiß gewesen sei, sonst wären die Verbrennungen auf meinem linken Arm noch schlimmer ausgefallen, nicht nur zweiten Grades. Und das war beileibe schmerzhaft genug.

Polly und ich hatten ihm erzählt, ich hätte ein Leck in unserem Boot damit abdichten wollen, dann sei aber der Hund unglücklich gegen den Eimer getapst und habe ihn umgeworfen. Enrico blickte schuldbewusst und wir kamen mit der Geschichte durch, später kauften wir ihm einen schönen großen Rindsknochen dafür – und noch viele weitere Leckereien für meine Rettung.

Der Arzt verpasste mir eine Morphinspritze, die die Schmerzen etwas milderte, als er den Ärmel aufschnitt und vorsichtig von dem Unterarm löste, dessen Haut bis hinauf zum Ellbogen rot-weißliche Blasen aufwies und sich teilweise ablöste. Natürlich tat all das trotzdem höllisch weh. Er trug eine kühlende Salbe auf und legte mir einen Gazeverband an. Dann schickte er die Krankenschwester hinaus und sagte uns leise, ich würde weiteres Morphin gegen die Schmerzen benötigen, für Tage, mindestens eine Woche, und er könnte mir billig welches beschaffen, in bester Qualität. Ich dankte ihm und sagte, ich hätte da meine eigenen Quellen, dann bezahlten wir ihn für die Versorgung und er gab uns noch eine Tube mit Salbe und ein paar

Verbände mit. Er riet mir zu ein paar Tagen Bettruhe ohne Bewegung und mit täglichem Verbandswechsel. Ich antwortete nicht darauf.

Als wir die Klinik verließen, sah ich alles durch einen Schleier aus Morphin, immer noch auf der rechten Seite hinkend, wo mir zudem ein Auge fehlte, und ich wusste, ich würde meinen linken Arm nur eingeschränkt gebrauchen können.

Wir fuhren zu Buck, den wir herausklingelten und in alles einweihten. Ich erzählte ihm, dass ich den Besucher von Blossom Jones nun endlich genau identifiziert hatte und dass unsere Hypothese zutraf: Es war einer vom Ku-Klux-Klan, den man die schmutzigen Dinge erledigen ließ, der Zyklop.

Buck ging und holte aus dem geheimen Lager in seinem Keller, wo er schon häufiger Dinge für mich versteckt hatte und auch jetzt die Fotos lagerte, einen kleinen Karton mit Ampullen und Spritzen, den er mir mitgab. »Falls du mehr benötigst, jederzeit. Und falls du Schutz und jemanden mit einer Waffe brauchst, ebenfalls.«

»Danke, Buck.«

Wir fuhren zu Polly nach Hause und dort hielt ich die Anweisung des Arztes strikt ein, für genau fünf Stunden. Ich ruhte, doch Schlaf fand ich kaum, dazu waren die Schmerzen zu stark. Als es draußen hell zu werden begann und die rosenfingrige Morgenröte sich am Horizont zeigte, setzte ich mir die nächste Spritze, weil ich es einfach nicht mehr aushielt. Danach wurde es besser und ich schlief noch einmal ein, erschöpft wie ich war.

Im Drogenrausch träumte ich von den dreizehn Buchstaben des »HOLLYWOODLAND«-Zeichens, die mich höhnisch anzublinken schienen, und dass unter jedem einzelnen von ihnen jemand begraben war, die acht Geliebten eines bestimmten Mannes und Clarence und Jeremiah Coyne und Madame Ivers und noch ein paar namen- und gesichtslose weitere Tote des Falles. Enrico lief an ihnen entlang und grub sie alle aus, mit den Pfoten scharrend, und zum Glück wachte ich auf, bevor ich die Letzteren alle ansehen musste.

Polly brühte mir in der Küche einen starken Kaffee auf. Es war bereits Nachmittag. Während sie meinen Verband wechselte, meinte sie: »Ich werde natürlich weitermachen.«

»Ich natürlich auch. Aufgeben kommt nicht infrage.«

»Und deine Schmerzen?«

Ich zischte scharf und biss die Zähne zusammen, als sie die Salbe neu auftrug, sie vorsichtig auf die entzündeten Stellen verteilend.

»Solange ich genug Morphin habe, ist alles in Ordnung. Und wir müssen uns ranhalten, schließlich sind es nur noch ein paar Tage, bis der Präsident nach Los Angeles kommt.«

Sie stutzte. »Na und?«

»Ich nehme an, dass dann etwas Entscheidendes passiert. Vielleicht wieder ein Treffen von ihm mit seinen Kumpanen vom Klan, organisiert von Hays oder jedenfalls in dessen Anwesenheit. Die Sicherheitsmaßnahmen werden beachtlich sein, das macht es nicht einfacher für uns, bis dahin sollten wir alles erledigt haben.«

»Wo sollen wir ansetzen? Die Männer von heute Nacht werden den Ort gewechselt und Elmers Quartier aufgegeben haben, sie wissen ja, dass sie nun aufgeflogen sind.«

»Und die Filme werden sie mitgenommen haben«, sagte ich und machte eine neue Spritze fertig. »Zum Glück wissen sie nicht, wer ich wirklich bin oder wer du bist. Im Dunkeln werden sie dich nicht mal richtig gesehen haben – dieser Große Zyklop und Rowan und James, Elmer war ja schon nicht mehr da – und angenommen haben, dass es viel mehr Angreifer waren.«

»Das waren wir ja auch …« Sie grinste und streichelte Enrico, während ich mir das Morphin in die Adern jagte und erleichtert aufseufzte.

»Vielleicht wenden sie sich auch an unsere gemeinsamen Freunde von der Produzentenvereinigung. Zumindest wäre es interessant zu wissen, was die so tun, immerhin habe ich mich seit vorgestern nicht mehr um sie gekümmert.«

Ich ging zum Telefon und ließ mich mit dem Büro verbinden.

Eine der Sekretärinnen nahm ab und ich setzte all mein Talent als Schauspieler ein:

»Aye, hier ist Payne«, sagte ich, den harten neuseeländischen Akzent imitierend. »Ist Fred Anderson zu sprechen oder wissen Sie, wo ich ihn finden kann?«

»Der ist schon gegangen und kommt heute nicht mehr rein, Mr Payne, aber er hat später einen Termin bei Mr Hays in Santa Monica, um acht.«

Falls er da gewesen wäre, hätte ich aufgelegt. So bedankte ich mich und wollte es gerade Polly berichten, doch sie war in Gedanken, eine unangezündete Zigarette zwischen den Lippen. Dann sagte sie plötzlich: »Ich glaube, ich weiß, wo wir nach den Filmen suchen können!«

Das Gebäude lag nicht weit von uns, nur ein paar Blocks entfernt. Es grenzte direkt an das Gelände der Paramount, doch sein Eingang und Parkplatz führten direkt auf die Vine Street, man musste nicht durch deren Pforte fahren.

»Bist du dir sicher?«, fragte ich. Wir beobachteten es aus ihrem Lincoln.

»Aber natürlich«, sagte Polly und zeigte hinüber. »Es ist das Kopierwerk, in dem die Paramount alle ihre Filme entwickeln und die Kopien ziehen lässt! Ich habe ja selbst immer mit denen gearbeitet, als ich noch Regie für sie geführt habe. Ich war häufig da, habe die Lichtbestimmung gemacht und die Muster abgeholt.«

»Aber Elmer …«

»Elmer war Kameramann bei dem Studio. Jede Wette, dass er mindestens so gute Kontakte dorthin hat wie ich. Wahrscheinlich sogar freundschaftliche.«

»Die wird er auch brauchen«, meinte ich. »Es sind ja sozusagen private Aufnahmen, von denen wir hier reden, keine Studiofilme.«

»Trotzdem müssen sie entwickelt werden«, sagte Polly achselzuckend.

Auf dem Parkplatz neben dem Gebäude herrschte ein ständiges Kommen und Gehen. Eben war wieder ein Automobil mit der Aufschrift *»Wochenschau«* angekommen. Ein Mann mit einer Schirmmütze holte aus einer Kamera die Kassette heraus, bevor er sie hineintrug. Vermutlich brandaktuell.

»Wie läuft das eigentlich genau ab?«

»Na, nicht viel anders als bei Fotografien, nur mit vollautomatischen Entwicklungs- und Kopiermaschinen. Vom Negativ kann man dann hier so viele Kopien ziehen lassen, wie man möchte, und je nach Bedarf die Qualität korrigieren.«

»Natürlich«, fiel mir ein. »Von den Filmen, die wir suchen, kann es ja mehrere Kopien geben.«

»Und auf jeden Fall auch ein Negativ. Wo auch immer sie aufbewahrt werden.«

»Gibt es dadrin ein Archiv?«

Sie schüttelte den Kopf. »Paramount hat dafür ein eigenes Lager. Andere Auftraggeber nehmen vermutlich alles mit und lagern es bei sich.«

»Und im Fall von Elmers Aufnahmen?«

Sie zwinkerte mir zu und winkte mir dann mitzukommen. Enrico ließen wir im Wagen zurück.

Wir gingen über den Hof und gingen durch eine Tür, über der *»Anlieferung«* stand. Ein junger Mann mit einer Liste, der hinter einem Tresen saß, sprang freudig auf, als er uns hereinkommen sah.

»Polly!«

»Hallo, Quentin!«

Sie umarmten sich und begrüßten sich mit Wangenküssen und es war nicht schwer, festzustellen, dass sie sich gut kannten.

»Hast du wieder was für mich?«, fragte er, immer noch einen Arm um sie gelegt, nur knapp oberhalb der Hüften.

»Heute nicht, ich schreibe jetzt Drehbücher. Das ist Hardy, das ist Quentin.«

»Hallo, wie geht's«, sagte ich.

»Hallo. Danke, prächtig.«

Immerhin ließ er sie endlich los, um mir die Hand zu schütteln.

»Wir suchen einen Freund von uns, Kameramann, Elmer Macready heißt er«, sagte Polly im Tonfall lockerer Konversation.

»Ach, der. Ja, der war neulich da«, erwiderte Quentin leichthin.

»Wir haben was mit ihm gedreht, das er entwickeln lassen wollte«, erklärte ich. »Was Privates, aber jetzt meldet er sich nicht und ist wohl umgezogen.«

»Kannst du uns da vielleicht weiterhelfen?«, fragte Polly und strahlte Quentin an. Er grinste zurück wie ein Honigkuchenpferd. Vielleicht ließ es auch nur das Morphin für mich so übertrieben aussehen.

»Warte, ich seh mal nach«, sagte er und öffnete ein dickes Buch, das auf dem Tresen lag.

»Es müssten insgesamt drei Filmrollen sein«, sagte ich. »Vielleicht auch mehr und nicht unbedingt alle zur selben Zeit.«

Er blätterte das Buch langsam nach hinten durch. Es war voller handschriftlicher Eintragungen in Listen und Spalten.

»Wann war das?«

»Fang mal ab dreiundzwanzigster Mai an«, sagte ich. Er blätterte noch weiter zurück.

Polly stand so dicht neben ihm, dass sie ihn berührte, und linste ihm über die Schulter.

»Da hab ich ihn … Das war Mitte Juni, eine Rolle. Davon wurden dann zwei Kopien für ihn gezogen.«

»Prima«, sagte Polly.

»Siehst du dir die Filme eigentlich auch mit an, wenn du sie durchlaufen lässt?«, fragte ich.

»Wenn es für einen Studiofilm ist, schon, da ist immer ein Mitarbeiter dabei, um dem Kunden zu helfen«, sagte er und grinste wieder Polly an, offenbar in Erinnerung an alte Zeiten. »Bei Elmer nicht, das haben wir ihm selbst überlassen.« Er sah in dem Buch nach. »Er hat alles mitgenommen, die Kopie und auch das Negativ.«

Ich nickte vor mich hin. Elmer hatte die Kopie des Films, den er seinerzeit kurz zuvor in Washington gedreht haben musste, ja auch neulich bei sich gehabt.

»Und danach?«

Er blätterte weiter. Sein Finger fuhr eine Spalte nach unten und blieb dann in der Mitte stehen. »Hier, am ersten Juli ist er da gewesen und hat wieder was abgegeben.«

»Und wieder zwei Kopien ziehen lassen?«, fragte ich.

Er nickte. »Am vierten Juli hat er sie abgeholt.«

»Ihr arbeitet auch am Feiertag?«

»Rund um die Uhr«, sagte Quentin eifrig. »Wir kommen kaum hinterher bei dem Filmboom. In dieser komischen Stadt wird andauernd gedreht, na, das wisst ihr ja wohl selbst ...« Er stutzte. »Komisch, an dem Tag war Elmer ziemlich in Eile, er wirkte irgendwie seltsam, ich erinnere mich, er nahm das Material und stürzte nach draußen.«

Ich dachte daran, wie er seinerzeit untergetaucht sein musste, wie er nach der Razzia verschwunden und erneut nach Washington gereist war. Vielleicht hatte er eine Kopie der Aufnahmen von dem Teeren und Federn von Russells Leidensgenossen ja dorthin mitgenommen.

»Gibt es noch eine dritte Filmrolle?«, fragte Polly.

Quentin lächelte ihr zu, was wohl souverän aussehen sollte, und blätterte dann wieder in dem Buch. Erneut wurde er fündig.

»Hier«, sagte er. »Eingeliefert am fünfundzwanzigsten Juli. Zwei Kopien hat er ziehen lassen, aber das Negativ liegt sogar bei uns. Er wollte noch mehr. Sind wir bisher gar nicht dazu gekommen.«

»Diesmal mehr als zwei Kopien?«, fragte Polly.

»Noch mal eine zusätzlich. Soll ich sie schnell machen? Im Moment wäre gerade Zeit dafür.«

»Gute Idee, Quentin«, sagte ich.

»Heute Abend wollte er sie sowieso abholen«, sagte Quentin, notierte sich die Nummer von seiner Liste und grinste Polly zu. Sie schob sich hinter ihm her und ich folgte ihnen. Gegen die Schmerzen, die ich dabei empfand, half kein Morphin. Trotzdem merkte ich, dass ich gegen die anderen schon bald wieder eine Spritze brauchen würde.

Im Lager trat Quentin zu einem Regal voller nummerierter Filmdosen und suchte eine bestimmte heraus. »Das ist das Negativ«, sagte er. Aus einem weiteren Lagerraum holte er das Material für die Positivkopie. Wir folgten ihm – Polly mit ihm schäkernd und ich hinterhertrottend – und er steuerte mit den beiden Rollen unter den Armen zu einem Saal, an dessen Tür *»Kopierraum«* stand. Ungefähr dreißig Maschinen waren darin aufgestellt, an denen jeweils Arbeiter in Overalls standen. Im Rotlicht sahen sie unheimlich aus. Wir traten an eine unbesetzte Maschine, die aussah wie ein großer, ausladender Projektor, jedoch mit Haltern für zwei nebeneinanderliegende Filmrollen. Er öffnete die Dose und spannte die Negativrolle daraus auf die eine fest installierte Spule, danach daneben auf die zweite Rolle den Positivfilm für die Kopie, drehte an den Schaltern und ließ sie beide durch die Maschine laufen, wo sie sich synchron an einem kleinen Fenster vorbeibewegten, in dem ein Lichtstrahl die Negativbilder nacheinander auf die Kopie projizierte.

»Das ist unser neuer Schrittkopierer. Ist alles mittlerweile automatisiert, mit eigenen Patenten«, erklärte er stolz. »Muss ja einem Massenbetrieb standhalten.«

Die belichtete Positivkopie wurde in einer geschlossenen Kassette aufgespult. Diese entnahm er und wir folgten ihm in den nächsten Raum.

Es war eine riesige Halle mit der neuen Filmentwicklungsmaschine, die aus mehreren aneinandergereihten geschlossenen Behältern bestand.

Quentin spannte am Anfang der Maschine das belichtete Filmpositiv auf eine Spule. Er grinste Polly dabei zu und gab sich mächtig stolz.

»Bis vor ein paar Jahren haben wir die Zelluloidstreifen auf Holzrahmen gewickelt und diese einzeln von Hand in die Bäder getaucht. Mittlerweile läuft das alles automatisch. Selbst die Chemikalien für Entwickler und Fixierer werden von der Maschine zugeschossen«, erklärte Quentin und zeigte auf die jeweiligen Behälter des Geräts, von denen Schläuche zu großen Kanistern auf dem Boden führten. »Wir müssen sie nur ab und zu neu damit auffüllen.«

Es stank beißend nach Chemie, nach Substanzen, mit denen man nicht gerne in Hautkontakt kommen würde.

»Die Geschwindigkeit dieser Ungetüme ist irrsinnig«, bestätigte Polly in meine Richtung und tat so, als würde sie ihn anhimmeln. Sie spielte es ziemlich gut.

Quentin legte einen Schalter um und setzte die Maschine in Gang. Das Zelluloid der Kopie wurde ratternd nach innen transportiert.

»Und das muss sie auch sein«, renommierte er stolz. »Wir schaffen in einer Stunde dreitausend Fuß Material. Die großen Blockbuster brauchen ja Tausende Kopien für das ganze Land.«

Ich ließ ihn einfach reden, und Polly lächelte von Ohr zu Ohr, als sie ihm mit schiefgelegtem Kopf zuhörte. Während die Kopie durchlief, erklärte er uns ausführlich jeden einzelnen Schritt und überwachte dabei die Zufuhr der Chemikalien.

Das belichtete Zelluloid wurde, über zahlreiche Schlaufen laufend, im Inneren der großen Maschine in einem ersten Bad entwickelt, danach gewässert und durch das Fixierbad transportiert, dann wieder gewaschen und lief im Raum nebenan in einem Trockenschrank über mehrere Rollen, auf die ein Heißgebläse gerichtet war, langsam auf eine neue Spule. Als sie ganz aufgerollt war, ertönte eine Alarmhupe und wir gingen hinüber. Hier, im normalen Licht, öffnete Quentin die Tür, um die fertige Kopie zu entnehmen.

»Darf ich einmal sehen?«, fragte ich und zeigte auf die Rolle.

»Klar, bedien dich«, nickte Quentin und wandte sich wieder Polly zu.

Ich nahm zwischen den spitzen Fingern der rechten Hand das noch etwas feuchte Positiv, zog es heraus und hielt es gegen das Licht. Auf einem Einzelbild sah ich das brennende Kreuz und daneben den toten Schwarzen, der an dem Baum hing – Clarence. Es sah verdammt übel aus. Ich spulte das Zelluloid wieder auf die Rolle.

»Ja, das ist das, was wir gedreht haben«, bestätigte ich. »Weißt du was, ich nehm's gleich mit, wenn das geht.«

»Geht das?«, fragte Polly und lächelte ihn an. Ich legte die fertige, aufgespulte Rolle in eine silberne Filmdose.

»Bei euch ist das schon in Ordnung«, antwortete Quentin.

»Wenn Elmer kommt, kannst du ihm ja sagen, dass wir es schon haben«, meinte ich und nahm mir die Filmdose. Vorne am Tresen quittierten wir den Empfang, worauf Quentin bei aller Freundschaft bestand, und verabschiedeten uns. Erneut umarmte er Polly.

»Wir haben nur …«, begann sie, kaum dass wir durch die Tür waren.

»Ich will es nicht wissen, kann's mir denken«, sagte ich knapp und sie beendete den Satz nicht und fragte stattdessen: »Ist das wirklich der Film …?«

»Ja. Sieh ihn dir besser nicht an. Aber jetzt haben wir ihn. Und die anderen bekommen wir auch noch. Warte du hier und beobachte, bis Elmer kommt, und dann folge ihm und sieh, wohin er fährt.«

»Warum ich?«

»Weil er dich nicht kennt. Und das soll auch erst mal so bleiben. Lass dich bloß nicht sehen.«

»Und was machst du?«

»Ich setze mir eine schöne Spritze und verstecke das hier.« Ich zeigte auf die Filmdose, die ich unter meiner Jacke verschwinden ließ, und sah auf meine Uhr. »Und dann hol ich meinen Wagen und fahre mal nachschauen, was meine Freunde Will Hays und Fred Anderson so vorhaben.«

65

Ich ließ Polly und Enrico im Lincoln zurück und ging zu Fuß los, die paar Blocks nach Norden – hinkend, doch allmählich gewöhnte ich mich daran und fand heraus, wie ich laufen musste, dass es nicht zu sehr wehtat und ich trotzdem mit beinahe normaler Geschwindigkeit vorankam. Das Morphin half mir dabei, ja, es machte den Spaziergang sogar zu einer Wohltat, als schwebte ich auf einer Wolke dahin, und ließ den kalifornischen Hochsommerabend in bunten Farben erstrahlen wie in den Werbeprospekten, die die Touristen hierherlockten, mit Palmen darauf und Orangen und dem azurblauen Meer. Ja, wir hatten hier jetzt schon Touristen. Will Hays und sein Sohn waren nur zwei davon.

Ich erinnere mich genau, wie scharf und klar die Konturen an diesem Abend waren, von allem, dem ich begegnete – die der Automobile, der rotorange leuchtenden Trambahnen, der Obdachlosen, die die Leute in den Kinoschlangen anbettelten.

Allmählich begann ich Wally Reid zu verstehen und warum er diesem Zeug so verfallen gewesen war. Auch ich musste ja immer weiterarbeiten, ohne Pause und getrieben von den Ereignissen, und ich wusste, ich musste ebenfalls aufpassen: Ich hatte schon einmal eine längere Phase mit Kokainabhängigkeit zugebracht und war nur schwer wieder davon weggekommen.

An Pollys Haus angelangt, überlegte ich einen Moment, doch es erschien mir als Versteck nicht sicher genug. Wer konnte schon wissen, ob sie uns nicht vielleicht doch gefolgt waren, als wir gestern hierher geflohen waren, oder uns noch auf die Spur kommen würden? Also nahm ich auch den Karton mit den Morphinampullen und den Spritzen mit.

Ich setzte mich in den Voisin und lenkte ihn nach Süden zum Hollywood Boulevard in Richtung meiner Wohnung. Ich war nun schon einige Zeit nicht mehr hier gewesen. Die Filmdose immer noch unter der Jacke verborgen, ging ich nach oben und schloss auf. Hinter meiner Tür lag ein kleiner Berg mit der Post, die durch den Briefschlitz geworfen worden war. Ich schob ihn mit dem linken Fuß beiseite. Dann machte ich ein paar Schritte durch die Wohnung, bevor ich darauf kam, was das beste Versteck war: nicht hier drin. Außen, zwischen dem Geländer meines Balkons und der Wand, war eine Lücke, ich schob die Filmdose hinein und verdeckte sie mit einem schmutzigen Stück Stoff – sie war nicht zu erahnen. Dann ging ich zum Telefon und nahm ab. Ich sagte dem Operator die Nummer von August Vollmers Büro und hatte kurz darauf seinen Adjutanten Goetz in der Leitung.

»Hardy Engel hier, Detective. Ist Vollmer zu sprechen?«

Ich klemmte mir den Hörer an das Ohr und machte eine weitere Spritze bereit.

»Nein, Mr Engel. Der Chief ist nach Berkeley gereist. Er meinte, wenn er es jetzt nicht endlich macht, wird er den Umzug hierher gar nicht mehr in Angriff nehmen. Er bleibt nur einen Tag, übermorgen ist er wieder da, mit all seinen Sachen, und bezieht statt dem Hotel die Dienstwohnung. Wenn Sie etwas Dringendes haben, kann ich es ihm natürlich jederzeit weitergeben.«

Ich überlegte und suchte nach einer Vene. »Danke, nicht nötig. Aber, Goetz …?«

»Ja?«

»Wissen Sie, ob der Chief nach seiner Rückkehr hier eine Veranstaltung mit dem Präsidenten hat?«

Ich fand die Prachtvene, die mir blau entgegenleuchtete, und stieß die Nadel hinein.

»Habe so was läuten hören. Das wird eine große Sache, am zweiten August draußen bei der *Movie Expo,* da ist er auch eingeladen und soll zusammen mit vielen weiteren Honoratioren dem Präsidenten vorgestellt werden.«

»Danke. Ich melde mich wieder.«

Ich legte auf und nachdem ich mit der Spritze fertig war, tupfte ich die Stelle ab. Bereits in angenehmem Rausch wandte ich mich zur Tür und bückte mich, um noch die Post aufzuheben und auf die Konsole aus Walnussholz zu legen. Da sah ich mitten unter den Briefen eine Postkarte und stutzte.

Sie zeigte einen traumhaften einsamen Meeresstrand und trug die gedruckte Aufschrift *»Grüße aus Hawaii«*. Schnell drehte ich sie um.

In einer wunderschönen Frauenschrift stand da geschrieben: *»Lieber Hardy, herzliche Grüße von meiner Urlaubsreise nach Honolulu. Hier ist es viel schöner, als es in Hollywood jemals sein könnte. Ich bereue meine schnelle Abreise keineswegs und da wünscht man sich sogar, für immer hierzubleiben. Alles Liebe, Blossom Jones.«*

Ich las es gleich noch einmal, nur um sicherzugehen, dass ich auch ja alles mitbekommen hatte und mir dies auch nicht bloß aufgrund des Morphins einbildete. Doch es stand da wirklich.

Blossoms Schrift in ihrem Kontobuch hatte etwa genauso ausgesehen, doch viele Frauenschriften ähnelten sich, fand ich; ich konnte nicht sicher sagen, ob dies ihre war oder nicht. Die Briefmarke und den Stempel sah ich mir genau an. Er war unleserlich. Ich dachte kurz darüber nach, ob das eine Manipulation belegte.

Schließlich legte ich die Karte ganz unten verdeckt in den Briefstapel und verließ das Haus, die Wohnungstür sorgfältig abschließend. Meine Gedanken waren wunderbar klar und zielgerichtet. Es war halb acht, die Zeit würde genau reichen. Ich fuhr mit dem Wagen den Boulevard entlang und passierte Hays' Büro. Es dämmerte und als ich nach oben sah, konnte ich vor einem grellorangen Himmel ausmachen, dass die hinteren Büroräume unbeleuchtet waren. Ich gab Gas und fuhr weiter nach Santa Monica. Der Voisin flog quasi dorthin, zumindest kam es mir so vor.

Ich fand mich vor dem Strandhaus wieder, als nur noch ein letzter rötlicher Streifen über dem schwarzen Meer hing und langsam verglühte.

Anderson war noch nicht da. Drinnen saßen Vater und Sohn Hays gerade am Abendbrottisch, sagten gemeinsam das Tischgebet auf und verzehrten dann das von Sven aufgetragene Essen, Koteletts mit Kartoffelbrei und Erbsen. Es war ein friedliches, harmonisches Bild, als sei inzwischen nichts weiter geschehen; als hätte Hays nicht an dem Treffen des Klans teilgenommen, zusammen mit Mördern, wo man den Beitritt des Präsidenten bejubelte, seines Freundes. Billy himmelte ihn an und saugte jedes Wort auf, das der kleine Mann väterlich grinsend sagte. Dieser wirkte dabei, als könnte er kein Wässerchen trüben.

Ich war ans Haus herangeschlichen und sah mir das alles neben dem Fenster stehend an. Ich betete nicht, so viel kann ich Ihnen sagen, und ich verspürte auch keinen Hunger. Ich wurde lediglich immer wütender. Das nahm mich so sehr in Beschlag, dass ich gar nicht mitbekam, wie ein Wagen die Straße hinauffuhr und auf das Grundstück einbog.

Seine Scheinwerfer verfehlten mich nur knapp und Sand knirschte unter den Reifen. Der Wagen hielt, es war Andersons lindgrüner Dodge. Ich stand zwischen ihm und dem Hauseingang und er würde mich sehen, wenn er nun ausstieg und hinüberging. Rasch blickte ich mich um. Es blieb nur ein Weg, der in den Pferdestall hinein, und ohne zu zögern, begab ich mich dorthin. Ich öffnete dessen Tür etwa zu der gleichen Zeit, als der Fahrer ausstieg. Der Rappe und das Pony in ihren Boxen blickten mich aus dem Halbdunkel an und ließen ein leises Wiehern hören, als wollten sie Hallo sagen. Zum Glück nicht mehr. Ich schlüpfte zu ihnen hinein und als ich die Tür wieder schloss, sah ich, wie drüben von innen Licht auf Fred Anderson fiel, als Will Hays ihn am Eingang begrüßte.

Die rechte Hand behutsam vorstreckend, tätschelte ich den Kopf des Rappen. Er stand ganz vorne in einer mit Heu gefüllten Box und beäugte mich misstrauisch.

Ich habe es nicht so besonders mit Pferden, ich glaube, ich erwähnte das bereits. Auf Morphin ging es allerdings etwas besser. Ich schritt zur zweiten Box dahinter, in der ich im Zwielicht das Pony stehen sah. Es war so klein, dass ihm der vorgelagerte Heuhaufen darin fast bis an die Brust reichte. Ich tätschelte auch Honey Pie. Mir war vor allem daran gelegen, dass sie beide ruhig blieben, solange ich in meinem vorübergehenden Asyl ausharren musste. Nur noch ein wenig, dann würde ich hinübergehen, um hoffentlich etwas davon mitzubekommen, was Anderson von seinem Chef wollte.

Da schreckte ich auf, denn Stimmen näherten sich dem kleinen Stall.

Es waren die von Anderson und von Hays.

»Ist das wirklich nötig?«, fragte Fred Anderson gerade.

»Ja, kommen Sie – kommen Sie hier herein ...!«

Mist. Schnell glitt ich in die Box des Ponys hinein, die Hand beruhigend auf seinen Rücken gelegt, und duckte mich hinter den Heuhaufen.

Die Tür ging auf. Der Rappe wieherte und stampfte mit dem Huf auf.

»Hoooh ...«, sagte Will Hays, betätigte einen Schalter und knipste eine Glühbirne an, die an der Decke hing. Er legte eine Hand auf die Nüstern des Rappen. Ich duckte mich tiefer. Der Rappe wieherte noch einmal und bewegte den Kopf, als wollte er seinem Herrn zeigen: Dahinten in der Ecke hockt Hardy Engel. Nach dem kleinen Hays kam nun auch der lange Anderson herein. Er sah angespannt aus.

»Machen Sie die Tür zu«, sagte Hays schnell.

Anderson schaute skeptisch, ja beinahe ängstlich auf die Pferde, kam gleichwohl der Aufforderung nach.

»Ich will auf keinen Fall, dass mein kleiner Billy etwas davon mit anhört, das werden Sie doch wohl verstehen, Fred.«

Hays war mit zwei schnellen Schritten bei der nächsten Box angelangt und steckte seinen Kopf herein. Ich duckte mich seitlich hinter das Pony und den Heuhaufen. Sein Hintern und seine Hinterbeine waren direkt vor mir und verdeckten mich.

Hoffentlich tritt es nicht nach hinten aus, dachte ich im Stillen. Hays wandte sich wieder zu seinem Stellvertreter um.

»Das ist immer noch mein verdammter Urlaub mit meinem Sohn, und trotzdem …«

»Ich weiß«, beeilte sich Anderson zu sagen. »Ich nehme Ihnen doch ab, was ich kann.«

»Also erzählen Sie mal«, drängte Hays ungeduldig. Er klang ganz anders als in seinen Gesprächen mit Billy und auch als bei seinen hehren Reden vor den Produzenten oder bei den öffentlichen Gelegenheiten. Er klang herrisch, bestimmt. Und auch nicht so heuchlerisch wie damals mir gegenüber bei der Trauerfeier für Reid – einfach nur ungeschminkt und gnadenlos.

Bevor sein Untergebener antworten konnte, erhob Hays noch einmal die Stimme.

»Sie verstehen doch wohl, dass ich neulich nicht lange bleiben wollte. Ich war einfach vollkommen geschockt von dem, was ich da gesehen habe.«

»Selbstverständlich …«, begann Anderson, doch wieder unterbrach ihn sein Boss.

»Dass es diesen Film von ihm wirklich gibt. Dass er das wirklich getan hat und sich dabei auch noch hat filmen lassen, dieser Idiot!« Hays klang ernsthaft wütend.

»Ich habe es Ihnen ja erzählt. Aber es ist in der Tat noch einmal etwas anderes, das dann mit eigenen Augen zu sehen«, sagte Anderson und drehte seinen Hut in der Hand. Er fühlte sich sichtlich unwohl hier drin. Der Rappe schnaubte und warf die Mähne und Hays beruhigte ihn mit einem liebevollen Streicheln. Vielleicht mag er Tiere lieber als Menschen, dachte ich. Viel lieber.

»Die wollen ihn also wirklich erpressen?«, fragte Hays. »Den Präsidenten der Vereinigten Staaten, einfach so?«

»Es scheint ihnen absolut ernst zu sein«, antwortete Anderson. »Sie beharren weiter auf dem, was sie mir schon beim ersten Treffen damals gesagt haben.«

»Ganz konkret«, sagte Hays. »Was sind die Forderungen des Klans?«

»Sie wollen, dass Warren Harding seine Unterstützung für das Gesetz gegen die Lynchjustiz zurückzieht. Nicht nur, dass er sie nicht weiter wiederholt. Sondern dass er öffentlich erklärt, er sei gegen das Gesetz. Wie auch immer er diese komplette Kehrtwendung begründet.«

Hays lachte bitter auf. »Da fällt ihm schon etwas ein! Er hat ja gar keine Haltung.«

»Wenn nicht, droht der Klan damit, eines Kopie des Films zu verbreiten. Und wenn die Öffentlichkeit sähe, wie der Präsident als Mitglied aufgenommen wird und ihm seine Treue schwört …«

»Dann wäre er am Ende und müsste zurücktreten, schon klar«, ergänzte Hays. »Reicht denen seine Erklärung im Rahmen einer Rede?«

Mein linker Arm begann ganz fürchterlich zu schmerzen. Vielleicht war es nur die verkrampfte Haltung hier unten. Ich hätte schon wieder eine Spritze gebraucht, und auch ein Verbandswechsel war überfällig, fiel mir ein.

»Ja, aber das ist noch nicht alles«, sagte Anderson. »Sie bestehen außerdem darauf, dass Sie einen geheimen Vertrag aufsetzen, Mr Hays, den Sie und der Präsident unterschreiben und in dem seine Haltung festgeschrieben ist, niemals gegen die Lynchjustiz vorzugehen.«

»Oh Gott«, stöhnte Hays.

»Und außerdem, dass er jegliche Verurteilungen von Klanmitgliedern wegen Teilnahme daran durch seine Begnadigung aufheben wird. Selbst bei Mord.«

Mein Arm brannte, als reagierte er darauf, was ich da zu hören bekam. Ich biss die Zähne zusammen.

»Das haben sie wirklich gesagt?«

»Sie wollen es schriftlich«, bestätigte Anderson. »Der Große Titan lässt es Ihnen von Hiram Evans ausrichten.«

»Wieso?«, fragte Hays nach einer Pause. Ich sah ihn nicht, doch ich hörte seiner Stimme an, wie mitgenommen er war. »Gab es denn bereits Lynchmorde?«

Ich zog die Stirn in Falten und lauschte gebannt weiter.

»Nun ja. Als ich damals im Wald war, bereiteten sie sich auf eine Jagd und das Teeren und Federn von Schwarzen vor. Offenbar ist einer von ihnen dabei dann umgebracht worden.«

»Hier in Los Angeles?«, fragte Hays fassungslos.

War er also kein Klanmitglied? Warum wusste er sonst all das nicht, was ich wusste?

»Offenbar gibt es auch Filme davon und noch von einem anderen Mord neulich.«

»Und diese Filme zeigen sie herum?«, fragte Hays verblüfft.

»Sie werben damit angeblich sogar Mitglieder, zumindest eine Gruppe unter ihnen. Diese Klansmänner fühlen sich sehr sicher.«

»Und ob«, sagte Hays grimmig. »Sonst würden sie mir nicht einfach eine Kutte zuschicken und mir antragen, ihnen beizutreten, aber da kennen sie mich schlecht: Ich mache mich mit keiner Sache gemein, ich manage sie nur.«

Ich presste mir die Hand auf den Mund, um nicht versehentlich aus Verblüffung oder im Morphinrausch etwas zu sagen.

»Die waren schon sehr überrascht, als Sie aus der Kirche gingen und Ihre Kutte dagelassen haben«, meinte Anderson.

»Ihre Dreistigkeit ist fast schon bewundernswert. Aber kein Wunder, wenn selbst der Präsident sich dazu hat breitschlagen lassen – und das im Weißen Haus!«

»Warum hat er das nur getan?«, fragte Anderson. »Ist er …?«

»Nein, Warren ist kein Rassist«, antwortete Hays. »Damit ist es wie mit den Frauen, er kann einfach niemandem etwas abschlagen. Er will nur, dass ihn alle lieben, er kann einfach nicht genug davon bekommen. Wenn ihm jemand mit einem Vorschlag kommt, geht er eben darauf ein. Und wenn der nächste Vorschlag das Gegenteil bedeutet, dann auch. Es ist unglaublich – aber Fred, Sie haben es in Washington ja selbst mitbekommen.«

»Ich bewundere Sie ja immer noch dafür, wie Sie das ausgehalten haben«, sagte Anderson.

»Zum Glück kam das Angebot der Filmproduzenten, und gerade noch zur rechten Zeit«, sagte Hays. Ich bewegte mich nur ein wenig und hätte beinahe aufgestöhnt, so sehr tat es weh. »Aber einen Vorteil hat es, dass ›Caesar‹ so ist, wie er ist: Er wird auch alles unterschreiben, was *ich* ihm hinlege. Nicht nur, weil er sowieso in meiner Schuld steht und es gewohnt ist, dass ich die Dinge für ihn regle. Er wird es sogar ernst meinen, und insofern kann er es auch glaubwürdig vertreten. Im Grunde ist er damit vollkommen authentisch, trotz oder gerade wegen der Widersprüchlichkeit, und die Leute werden ihn weiter lieben und im nächsten Jahr wiederwählen. Wir werden weitere vier Jahre mit ihm als Präsident kriegen, das sage ich Ihnen!«

»Es gibt noch ein Problem«, sagte Anderson rasch, bevor sein Chef sich in seinem Zynismus gemütlich einrichten konnte. »Sie wollen diese Vereinbarung *schnell* haben. Es reicht ihnen nicht, dass sie erst hier in Los Angeles getroffen wird. Wenn ›Caesar‹ hierherkommt, soll schon alles geregelt sein.«

»Na schön. Können wir es ihm kabeln, reicht ihnen das?«

»Ich fürchte, nein«, entgegnete Anderson. »Ich schlage eine Reise vor. Nach San Francisco.« Und jetzt merkte ich, dass er Hays lenkte – zumindest: ihm vorarbeitete –, wohl auf eine ähnliche Weise, wie Hays den Präsidenten lenkte und diesem Lösungen vorlegte.

Hays stöhnte auf. »Und Billy …? Meinen Sie wirklich, das muss sein?«

»Ihn lassen Sie natürlich hier. Es ist nicht nur wegen des Deals, den Sie dem Klan fertig unterschrieben vorlegen sollten, als Original, nicht per Kabel. Dann ist da auch noch das Problem mit den Frauen. Carrie Phillips …«

»Nicht die schon wieder, ist die immer noch da?«, stöhnte Hays. »Mir reicht schon Nan Britton mit ihrer Tochter. *Seiner* Tochter. Sie will sie ihm diesmal vorstellen, um jeden Preis.«

»Leider hat ›Caesar‹ den Frauen persönlich geschrieben, beiden, und ein Treffen versprochen.«

»Das müssen wir unbedingt verhindern!«, sagte Hays mit unterdrückter Wut.

»Natürlich. Und natürlich will auch er das im Grunde nicht, aber er schafft es einfach nicht, ihnen das zu sagen. An dieses

Versprechen klammern sie sich nun. Und er wird es einhalten wollen.«

»Wie ein Achtjähriger!«, wütete Hays. »Obwohl die Duchess an seiner Seite ist!«

»Als ob ihn das abhalten würde. Deswegen schlage ich vor, Sie regeln das besser in San Francisco als hier, wo ein Riesenprogramm wartet, es vor Stars wimmelt und die Presse besonders aufmerksam ist.«

»Mit der *Movie Expo* darf nichts schiefgehen«, meinte Hays.

»Sie persönlich reisen dem Präsidentenpaar entgegen, mit dem Vertrag, und wir bestellen auch die Geliebten dorthin. Schon nach San Francisco.«

»Gut. Wir müssen das Problem lösen!«, sagte Hays und schlug gegen die Wand der Box. Die beiden Pferde zuckten zusammen.

»Wir versprechen ihnen ein Treffen dort oben, ich rufe sie beide an. Getrennt natürlich. Von dort gehen die Hochseedampfer ab«, schlug Anderson vor. »Es wird folglich für sie nachvollziehbar sein, dass sie gleich dorthin bestellt werden. Denn wir schicken die beiden ja auf große Reise.«

Ich lauschte gespannter denn je. Hörte sich an wie bei Blossom Jones.

»Ich werde auch Burns Bescheid sagen«, sagte Anderson.

»Davon will ich nichts wissen«, blaffte Hays. »Sie wissen doch, dass ich davon nichts wissen will.«

Oh Gott, dachte ich.

Aus dem After des Ponys quoll plötzlich etwas heraus. Es war etwas Stinkendes, Bräunliches und ergoss sich warm auf meinen linken Arm, sodass die Wunde unter dem Verband wie Feuer zu brennen begann.

»Was ist *das?*«, sagte Anderson panisch schnuppernd.

Ich hätte es ihm genau sagen können. Ich musste die Luft anhalten, vor Gestank und vor Schmerzen zugleich.

»Das ist nur die Natur«, sagte Hays gelassen. »Buchen Sie für uns beide Erste-Klasse-Tickets für den Zug, am besten schon für morgen, dann stoße ich da oben zu den Hardings. Ich kümmere mich um Warren und Sie um den Rest, wie immer. Und ab da sollen die es alleine übernehmen, seinen ganzen Dreck aufzuräumen, für mich ist es das letzte Mal.« Er klang jetzt wieder sehr wütend. »Ich habe einen neuen Job, schon lange, verdammt!«

»Ja, aber Sie müssen es machen«, beschwichtigte Anderson. »Sie wissen, wieso. Meinen Sie, ich habe noch große Lust darauf?«

»Jaja«, murrte Hays unwirsch. »Dies muss ich noch machen und Sie müssen machen, was *Sie* machen … Wann kommen die Hardings an?«

»Vormittags, aus Seattle, dahin reisen sie jetzt von Alaska aus. Soll ich Ihnen den Deal zwischen dem Präsidenten und dem Klan aufsetzen?«, fragte Anderson, der sich dabei offenbar die Nase zuhielt. »Auch mit der Begnadigung der Lynchmorde?«

Hays zögerte nicht lange.

»Ja, verdammt noch mal, diese Kröte muss er schlucken. Dann wird er auch mal sehen, mit wem er sich da diesmal ins Bett gelegt hat. Setzen Sie den Vertrag auf, Fred, so, dass ich ihn zum Unterschreiben mitnehmen kann. In dreifacher Ausführung.«

Der Pferdemist bedeckte jetzt meinen ganzen Arm. Hays riss die Tür des Stalls auf.

»Schon dabei«, sagte Anderson nasal und eilte nach draußen.

»Aber, wissen Sie was, noch lieber würde ich *selbst* jemanden lynchen – nämlich diesen Schwachkopf …«, hörte ich Hays als Letztes rufen.

Er löschte das Licht und sie ließen mich zurück, zum wahren Pferdefreund gewandelt.

66

Erstaunlicherweise schien der Haufen Ponykot, der auf meiner Wunde gelandet war, den Verband nässte und zu ihr durchdrang, die Verbrennungen zu mildern, kaum dass er abgekühlt war. Gut roch er nicht. Man darf von heilsamer Medizin nicht zu viel verlangen. Nachdem ich das meiste abgestreift hatte, öffnete ich das Seitenfenster und hielt den linken Arm halb heraus, während ich durch die Nacht nach Hollywood zurückfuhr.

Trotzdem würde ich so bald wie möglich eine neue Spritze brauchen. Vor allem, wenn ich mich fithalten wollte, um alles zu erledigen, was vor meiner Abreise nach San Francisco noch getan werden musste. Dass auch ich dorthin fahren und die Aktivitäten von Hays und seinen Helfern persönlich beobachten musste, war mir vollkommen klar.

Ich wusste nicht, wo ich Polly finden würde, so fuhr ich als Erstes beim Kopierwerk vorbei. Als ich die Straße langsam entlangrollte, flammte in einem geparkten Automobil eine Feuerzeugflamme auf und wurde hochgehalten. Ich zog herüber und hielt vor ihm an. Dann ging ich nach hinten, öffnete die Beifahrertür des Lincolns und setzte mich neben sie.

»Ist Elmer noch nicht da gewesen?«, fragte ich.

»Doch«, meinte Polly und zeigte hinüber. »Zusammen mit dem Großen mit der Hornbrille von gestern. Aber Elmer ist nicht wieder herausgekommen. Er ging rein, vermutlich, um den Film abzuholen. Nur der Große Zyklop kam vorhin raus und fuhr mit einem anderen Automobil weg, erst vor Kurzem. Elmers Wagen steht noch auf dem Parkplatz.«

»Vielleicht ist er inzwischen da drüben untergekommen«, sagte ich und sah zur oberen Etage hinauf. Im Unterschied zu den abgedunkelten Räumen des Kopierwerks schien dort Licht aus den Fenstern. Offenbar war es eine Wohnung.

»Oder es gab Ärger. Spätestens nachdem er gehört hat, dass jemand anderes die Kopie abgeholt hat. Wir.« Polly rümpfte die Nase. »Pfui, was stinkt hier so?«

Auch Enrico schnüffelte und setzte sich dann ganz weit weg von mir.

»Ein Heilmittel, das erkläre ich dir später. Ärger wird es zweifellos gegeben haben. Sie mussten gestern ihr Quartier wechseln, weil Elmer blöderweise einen Undercoveragenten zu ihnen geführt hat. Der auch noch entkommen ist und Mithelfer hatte; womöglich von der Polizei. Sie fühlen sich in Gefahr, völlig zu Recht, und er ist schuld daran. Elmer muss sich nicht nur verstecken, sie werden ihn dafür womöglich auch bestrafen. Lass uns nachsehen gehen, was mit ihm ist.«

Sie verzog das Gesicht, als wir ausstiegen. »Bist du in Hundekacke getreten? Die riecht ja schlimmer als die von Enrico.«

Enrico sah uns aufmerksam hinterher, offensichtlich froh, dass er nicht mit uns gehen musste.

»Ich war in einem Pferdestall. Eine wichtige Ermittlung, das erzähle ich gleich. Hast du vielleicht eine Spritze dabei?« Mein Arm tat furchtbar weh, nachdem ich ihn bewegt hatte, um die Tür zu schließen. Es fühlte sich an, als würde der Knochen freiliegen.

»Nein. Sehe ich aus wie Florence Nightingale?«

»Zum Glück nicht.«

Wir gingen über den Parkplatz zur Rückseite des Gebäudes. Es hatte drei Stockwerke.

»Ist Quentin Mitglied im Klan, weißt du da was?«

»Kann ich mir nicht vorstellen. Er arbeitet nur hier. Und er ist vorhin nach Hause gegangen.« Auf meinen Blick hin sagte sie: »Ich habe natürlich nicht mit ihm gesprochen.«

»Gut so, aber vielleicht wäre es sogar interessant gewesen, ihn dazu zu hören.«

Polly blieb sauer stehen. »Ich kann nichts richtig machen, Hardy, wie? Er wird ihnen erzählt haben, dass wir die Kopie geholt haben, und auch unsere Namen. Besser, wir fahren nicht zu mir nach Hause.«

»Wir fahren nach San Francisco«, sagte ich und sah nach oben. »Zumindest ich, und Hays und Anderson, und du kommst am besten auch mit.«

»Aha«, meinte sie. »Darauf kannst du wetten.«

»Aber erst mal kümmern wir uns um das hier. Sehen wir uns mal die Räume ganz oben an. Nehmen wir die Feuerleiter.«

Diese führte an der Rückseite entlang eines eisern eingefassten Gitters in Z-Form hinauf.

»Glaubst du, du schaffst das?«, fragte Polly mit Blick auf meinen Arm.

»Ich muss«, antwortete ich. »So wie auch alles andere. Komm.«

Ich hielt ihr mit beiden Handflächen die »Räuberleiter« hin, die rechte obenauf, und sie stieg mit einem Fuß hinein. Dann hob ich sie nach oben, zwischen zusammengebissenen Zähnen zischend, und sie erreichte mit ausgestrecktem Arm die Leiter und zog sie herab. Wir enterten sie und Polly wollte als Erste hinaufsteigen.

»Lass mich vorangehen«, sagte ich leise und zog meine Luger. Sie biss sich auf die Lippen und nickte nur mit dem Kinn hinauf. Ich begann zu klettern, vorsichtig mit den Sohlen auf die Eisenstufen auftretend.

Polly hielt sich dicht hinter mir.

Im ersten Stock sah ich durch das Fenster große Lagerräume mit Regalen, in denen sich Filmdosen stapelten. Im zweiten blickten wir in einen Aufenthaltsraum, auf den Tischen benutztes Geschirr.

Ganz oben war das Licht an.

»Wie lange ist der mit der Hornbrille schon weg?«, flüsterte ich.

Sie wisperte zurück: »Vielleicht eine halbe Stunde.«

Ich entsicherte die Waffe und schlich mich an das Fenster heran. Drinnen schien sich nichts zu rühren. Das Schiebefenster stand einen Spalt offen. Es führte zu einer kleinen Küche mit Spüle, Herd und Eisschrank, deren Deckenlampe eingeschaltet war. Sie war verwaist.

Ich lauschte. Mein Arm brannte wie Feuer. Polly war nun neben mir. Ich gestikulierte ihr, das Fenster hochzuschieben, und sie tat es. Ich hörte nun etwas, das wie ein leises Stöhnen klang. Es kam von nebenan. Die Waffe voraus, kletterte ich in die Küche hinein. Polly folgte mir.

Mit der Luger sichernd, bog ich um die Ecke auf einen Flur. Ich sah in das nächste Zimmer hinein. In einem Wohnzimmer lag auf einer auf dem Boden ausgebreiteten grauen Wolldecke Elmer Macready. Er hatte eine große, blutgetränkte Wunde in der Mitte seiner Brust und sah auf den ersten Blick tot aus. Dann bewegte er plötzlich eine Hand und stöhnte erneut auf. Polly erschrak. Ich zeigte ihr mit einer Geste an, dass sie hierbleiben sollte, und wandte mich wieder zum Flur.

Rasch überprüfte ich die anderen Zimmer, doch sie waren leer. In einem Schlafzimmer standen drei Koffer und eine Tasche vor einem halb eingeräumten Schrank, offenbar Elmers Sachen. Er musste bereits gestern oder heute Morgen hierher übergesiedelt sein. Es roch seltsam. In einer Ecke war ein kleiner Hasenstall aus Draht eingerichtet und darin saßen im Heu zwei prächtige Rammler mit schwarz-weißer Fellmusterung. Ich betrachtete sie aufmerksam. Der eine mümmelte und die Nase des anderen bewegte sich, als witterte er etwas. Genau solche Fellhaare hatte Madame Claire laut den Ergebnissen des Kriminallabors unter ihren Fingernägeln gehabt. Dies musste die Wohnung des Zyklopen sein, und er war auch ihr Mörder.

Ich ging wieder zurück. Polly kniete bei Elmer und hatte seinen Kopf auf ein Kissen gelagert.

»Er lebt noch«, flüsterte sie mir zu. »Aber er wird's nicht mehr lange machen.«

Ich beugte mich zu ihm herunter. »Elmer«, sprach ich ihn an. »Erkennst du mich?«

Seine Augen flatterten, als er mich ansah.

»Henry«, stieß er hervor. »Dich haben sie nicht erwischt, gut so. Für mich ist es zu spät …«

»Wer war das?«, fragte ich. »Der Klan?«

Er nickte, so gut er es konnte. »Das habe ich nun davon«, sagte er mühsam. »Hab nur bei denen mitgemacht, um Jobs zu kriegen … Hab welche bekommen und viel Geld … aber … da scheißt jetzt der Hund drauf … Und auch auf meine Verbindungen nach Washington …« Er packte meinen Arm. Ich stöhnte laut auf. »Ist eben doch nicht egal, was man filmt …«, schluchzte er, »ganz und gar nicht egal. Sieh mich an … Die Gebote Gottes … darf man nicht brechen … sonst ist man verflucht.«

»Wo sind die Filme, die du aufgenommen hast?«, fragte Polly und nahm seine Hand.

Er lachte beinahe. Versuchte es zumindest. »Haben die auch gefragt. Gefoltert … Hab gesagt … in der alten Wohnung versteckt. Da sehen sie jetzt nach …« Er lachte wieder lautlos. Vielleicht war es auch sein letzter Atemzug.

»Verdammt, die kommen gleich wieder«, sagte ich. Elmers Mund stand offen.

»Elmer, wo hast du die Filme, schnell, wir müssen es wissen?«, drängte Polly und drückte seine schlaffe Hand.

»Elmer, bitte!« Doch da sah ich, wie sein Kopf zur Seite fiel.

Der Kameramann war tot.

»So ein Mist!« Polly stand erregt auf.

»Wir haben keine Zeit«, sagte ich.

»Wir müssen danach suchen.«

»Er hat nicht gesagt, dass sie hier sind. Vermutlich hat er irgendwo sonst ein Versteck. Wahrscheinlich hat er geahnt, dass er Ärger bekommt, und sie als seine Rückversicherung zurückgehalten.«

»Was war in den anderen Zimmern?« Sie lief auf den Flur.

»Polly!« Ich eilte ihr nach.

Sie stand im Schlafzimmer und wühlte den Schrank durch. »Vielleicht sind die Kopien hier doch irgendwo.«

Schon ging sie zu den Koffern und öffnete sie.

»Polly, wir müssen gehen und sie sind sehr wahrscheinlich nicht hier!«

Ich wandte mich zur Tür, sie beim Arm nehmend. Dabei warf ich einen letzten Blick zurück und er blieb an dem Hasenstall hängen.

Ich ging hin und kniete nieder. Polly sah mir gespannt zu. Ich öffnete das Gatter und wühlte in dem Heu. Darin stieß ich auf etwas und holte es heraus. Es waren zwei übereinandergestapelte silberne Filmdosen. Grinsend pustete ich etwas Heu vom Deckel der obersten und reichte sie Polly, die mich anstrahlte.

Sie öffnete die erste Dose, bevor ich noch aufgestanden war, und sah sich die Kopie gegen das Deckenlicht an. Ich trat rechts neben sie und ging mit dem linken Auge nahe heran. Auf einem Einzelbild sah ich Männer in weißen Kutten und neben ihnen einen Mann mit einem weißen Haarschopf. Die Szene kannte ich.

»Der Präsident«, sagte ich.

Eilig fummelte sie den Film zurück, ich nahm mir derweil den zweiten vor.

Ich entdeckte darauf einen Wald, einige Bilder weiter dann einen Mann, der auf dem Boden lag. Es war ein Schwarzer. Elmer hatte sein verbranntes Gesicht in Großaufnahme gefilmt. Ich nickte Polly zu.

Schnell packten wir wieder alles ein. Polly klemmte sich die flachen Dosen unter den Arm.

»Hinten raus?«

»Ja, falls sie kommen.«

Wir kletterten durch das Fenster, das wir wieder in Position schoben, und dann die Feuerleiter hinunter, so schnell wir konnten. Meine Schmerzen waren nun so groß geworden, dass ich ein Stöhnen nicht mehr zurückhalten konnte, und es hallte auf dem Parkplatz wider. Wir sprangen von der Feuerleiter herunter. Polly schob sie wieder nach oben.

Dann rannten wir zu unseren beiden Wagen und flohen mit unserer Beute.

67

Es war zwei Uhr nachts, als wir vor Herbert Somborns Haus in Venice ankamen und ihn herausklingelten. Er trug einen Morgenmantel aus Seide mit chinesischen Stickereien, ein Halstuch und Slipper mit seinem Monogramm.

Wir erklärten ihm, was vorgefallen war, und dann schauten wir uns die Filme in seinem kleinen Kinosaal mit Projektor und roten Samtsesseln an, zunächst zwei – den von der Aufnahmezeremonie mit dem Präsidenten und den von dem Teeren und Federn, bei dem die schreckliche Agonie von Jeremiah Coyne zu sehen war, umringt von Kapuzenmännern. Danach schickten wir Polly hinaus, obwohl sie heftig dagegen protestierte. Wir hätten es nicht geschafft, sie davon abzuhalten, Clarences Tod am Strang anzusehen, wenn nicht auch noch Dorothy Reid eingetroffen wäre, die wir in ihrer Villa am Sunset Boulevard informiert hatten. Mittlerweile hatte sie ihre Tournee beendet, bereitete sich nun zu Hause auf neue Dreharbeiten vor und kümmerte sich um ihre beiden Kinder. Sie trug weiterhin die schwarzen Trauerkleider, die ihr zu einer Art Kostüm geworden waren. Wir ließen Polly bei ihr und die Witwe von Wallace Reid übernahm die Aufgabe, sie zu beschwichtigen und zu trösten.

Als Herbert und ich den Film von Clarences Tod nun schließlich ansahen, waren wir froh darum. Mich selbst nahm er schwer genug mit. Er zeigte erst einen Teil der großen Versammlung unten im Valley, ging dann unvermittelt weiter mit den letzten Zuckungen von Clarence am Seil, mit Schwenks über die gaffenden Klansmänner mit ihren Kapuzen, gefolgt von der plötzlichen Panik und dem Ausbruch des Feuers. Die Kamera wackelte dramatisch und dann brach der Film ab, gerade als die Flammen den Toten erreichten, weil Elmer sich wie wir alle in Sicherheit gebracht hatte.

Danach gingen wir ins Wohnzimmer und tranken erst einmal etwas mit den beiden Frauen. Herberts kleine Tochter war in jener Nacht bei ihm. Gloria junior war ebenfalls aufgewacht und jetzt nebenan immer noch nicht eingeschlummert, obwohl ein kleiner schwarzer Mops versuchte, ihr als Vorbild zu dienen und etwas vorzuschlafen. Zu aufregend war der fremde Besuch. Doch sie musste in ihrem Kinderzimmer bleiben, um nicht zu hören, was wir besprachen.

Polly hatte Dorothy auf den neuesten Stand gebracht, so wie ich Herbert.

Somborn war derselben Meinung wie ich.

»Die Filme alleine reichen uns noch nicht«, sagte ich.

Er nickte. »So toll es ist, dass Sie sie beschafft haben, und so unfassbar es ist, was Harding darauf tut …«

»Es geht ja nicht nur um den Präsidenten! Wir haben noch die anderen Filme, die belegen, was für eine Mörderbande das ist!«, rief Polly wütend. »Einen besseren, grausameren Beweis dafür kann es doch gar nicht geben!«

»Aber Hays ist darauf nicht zu sehen?«, wandte Dorothy ein und richtete die großen dunklen Augen fragend auf mich. »Oder meinen Sie, er war einer der verhüllten Klansmänner? Mein Gott, ich muss mit dem Mann doch andauernd umgehen!«

»Nein«, antwortete ich. »Nach allem, was die beiden besprochen haben, war er weder dabei, wie ich früher annehmen musste, noch ist er überhaupt Mitglied bei ihnen. Im Gegenteil, er hat das abgelehnt.«

»Doch er macht gemeinsame Sache mit denen«, insistierte Polly.

»Das ist richtig«, sagte ich. »Aber wie genau, ob über Anderson als Mittelsmann zu dem Handlanger oder wie auch immer, das müssen wir noch herausfinden. Sodass wir etwas Konkretes gegen Hays in der Hand haben.«

Polly war damit beschäftigt, meinen Verband zu wechseln. Dazu musste sie erst einmal meinen Arm säubern. Die näheren Umstände, wie er schmutzig geworden war, hatte ich ihr unterwegs erzählt, als wir bei mir in der Wohnung vorbeigefahren waren und neben dem dritten Film ein paar Kleider in einen Koffer gepackt und mitgenommen hatten, für mich und für sie. Es hatten sich über die diversen Besuche einige Klamotten von ihr angesammelt, darunter auch Glanzstücke. Im Grunde hatte eine Frau wie Polly fast nur solche.

»Was ich weiß, ist, dass Hays einen Vertrag zwischen dem Klan und dem Präsidenten vermittelt«, presste ich zwischen zusammengebissenen Zähnen hervor. »Und darin wird sogar festgelegt, dass diese Mörder davonkommen sollen.«

»Meinen Sie wirklich, der Vertrag gibt all diese Indizien her?«, fragte Dorothy.

Nur eine weitere Morphinspritze von Polly ließ mich aushalten, was mit meinem verbrannten, leuchtend roten Arm geschah – all das Trockentupfen, Salbeauftragen und das Neuer-Verband-Anlegen. Die Blasen sahen grauenvoll aus und die Haut löste sich allmählich ab, teilweise war das rohe Fleisch zu sehen. Dorothy konnte nicht hinsehen, sie saß abgewandt da.

»Allerdings. Und wie Anderson gesagt hat, scheint der Klan außerordentlichen Wert darauf zu legen, dass er von Hays mit unterzeichnet wird. Dem Präsidenten alleine glauben sie gar nichts; dass er ein Fähnchen im Wind ist, hat sich zur Genüge herumgesprochen.« Dorothy lachte grimmig auf. »Sie wollen drei Unterschriften. Und drei Ausfertigungen, für jede Partei eine.«

»Sie müssen eine davon beschaffen«, sagte Somborn. »Wie auch immer Sie das anstellen. Wir müssen ihn vorlegen und beweisen, dass Hays ihn angefertigt hat.«

»Am Ende wollen Sie noch, dass wir ein Foto machen, wie Hays ihn dem Präsidenten gibt?«, fragte Polly empört.

»Ich weiß, wie wir an ihn herankommen«, sagte ich, vor Schmerzen mit den Zähnen knirschend.

»Wie?«

»Über Nan Britton.«

Die anderen sahen mich überrascht an.

»Vergessen Sie nicht, sie und ihre Tochter werden ebenfalls nach San Francisco fahren. Carrie Phillips wahrscheinlich auch. Und sie werden den Präsidenten dort treffen, unter sehr privaten und geheimen Umständen. So kommen wir an ihn und Hays heran. Ich werde mich an Miss Britton halten, ganz einfach. Ich habe sie ja bereits kennengelernt und sie weiß, worum es mir geht.«

»Das klingt nicht schlecht«, überlegte Dorothy.

»Wenn sie sie nicht vorher umbringen«, sagte Somborn düster und sah auf die Wunde auf meinem Arm. »So wie Blossom Jones. Oder glauben Sie, diese Postkarte war echt?«

»Welche Postkarte?«, fragte Mrs. Reid.

Wir erklärten es ihr. Ich hatte sie Polly bei mir gezeigt, mit allen Zweifeln, die ich damit verband.

»Eher nicht«, meinte ich und steckte mir eine Zigarette in den Mund, um mich abzulenken. »Wahrscheinlich wollte mich da jemand beruhigen, nachdem man gesehen hat, dass ich herumschnüffle. Jemand, der eine Frau die Karte für sie schreiben ließ.«

»Trotzdem kann es doch sein, dass Blossom Jones noch lebt. Unter ihrer Kontrolle ist und selbst dazu gebracht wurde zu schreiben«, wandte Polly ein. »Dass sie wirklich auf einer großen Reise ist. Und auch die anderen Geliebten, wie Carrie, solche großen Reisen antreten sollen, um sie so aus dem Weg zu haben, und Burns und Anderson sollen sie nur dazu drängen.«

»Aber wir tun verdammt noch mal besser daran, sie genau im Auge zu behalten«, sagte ich.

»Ob sie überhaupt nach San Francisco aufbrechen …?«, fragte Dorothy.

»Oder zumindest dort ankommen«, überlegte Somborn. Sein früherer Optimismus hatte schwer unter dem gelitten, was er soeben auf Zelluloid hatte sehen müssen.

»Was genau meinst du? Die können doch kein Kind umbringen!«, stieß Polly hervor. »Ein Showgirl vielleicht, aber doch nicht eine Mutter und ihre kleine Tochter!« Sie sah uns entsetzt an.

»*Seine* Tochter sogar«, ergänzte ich. »Vermutlich nicht, er wird sie sehen wollen und das ist genau unsere Chance.« Polly hatte mir den Verband nun um den Arm gewickelt und befestigte ihn mit einem großen Pflaster. Den Hemdärmel trug ich hochgekrempelt und den linken Ärmel des Jacketts in die Hose gesteckt wie bei einem Einarmigen, anders wäre es nicht gegangen. »Aber ich befürchte mehr denn je, dass sie in großer Gefahr sind, wenn sie weiteren Ärger machen.«

Ich sah Somborn an. »Geben Sie mir mal Ihr Telefon.« Er brachte es mir von einem Tischchen herüber. »Anderson wollte erst den Vertrag aufsetzen. Aber er wird eine unruhige Nacht haben mit allem, was er organisieren muss. Und wer weiß, was er noch vorhat.«

Ich hob ab und ließ mich mit dem Beverly Hills Hotel verbinden. Kurz darauf war mein Lieblingspage Edward am Apparat.

»Sind Miss Britton und ihre Tochter noch da?«, fragte ich ihn.

»Ja, Mr Engel. Sie hat gerade ein Telegramm erhalten und müsste wach sein.«

»Geben Sie sie mir. Und überwachen Sie sie, Edward. Wenn Mr Anderson kommt, höchste Vorsicht, und sagen Sie mir im Jail Café Bescheid. Wahrscheinlich werden die beiden morgen früh abreisen, dann wäre alles normal.«

»In Ordnung.«

Nan bestätigte mir, dass sie ein Telegramm von »Caesar« erhalten habe. Also hatten sie diesen bereits ins Bild gesetzt und er hatte nichts Eiligeres zu tun gehabt, als einen neuen Termin mit ihr auszumachen. Nan Britton fügte an, dass sie mit Elizabeth den Zug morgen früh um sieben nehmen werde, um ihn in San Francisco zu treffen. »Ich mache mir allerdings einige Sorgen wegen dem, was Sie mir damals erzählt haben …« Zur Beruhigung erzählte ich ihr, sie müsse nicht alleine reisen, wir würden auch an Bord sein, und noch andere Leute, deren Ziel diese wunderbare Hafenstadt sei. »Würden Sie mir den Gefallen tun und in der zweiten Klasse buchen, dann können wir uns unterwegs in Ruhe besprechen? Ich komme Sie morgen früh im Hotel abholen.«

Sie stimmte mir zu.

Durch einen weiteren Anruf in Carrie Phillips' Hotel in Santa Monica erfuhr ich vom Nachtportier, dass sie ebenfalls morgen abreisen würde, nach San Francisco. Polly trug Enrico aus dem Zimmer, in dem die kleine Gloria inzwischen selig schlief. Somborn und Dorothy verabschiedeten uns und wünschten uns Glück. Es war ihnen anzusehen, wie sehr sie die Sache mitnahm.

Wir fuhren ins Jail Café und brachten Buck die Filme zur Aufbewahrung. Während Polly sich oben in der Wohnung schlafen legte, erklärte ich ihm, was es damit auf sich hatte.

Buck nahm die Beweisstücke bereitwillig an, er schlug den Tartanvorhang in seinem Büro zurück, öffnete die dahinter verborgene Tür und legte sie unten in seinem Whiskykeller zu den Fotografien aus Blossoms Wohnung, denen von dem Kontobuch der »Caesar-Stiftung« und denen von Hays in der Kirche. Der Keller war hinter mehreren Eisentüren so gut gesichert wie sonst kaum ein Raum in dieser Stadt. Buck erinnerte mich aber noch einmal daran, unter welchen Druck er geraten war: dass er von Präsident Hardings Regierung Lizenzen kaufen sollte, die auch schon die anderen Alkoholschmuggler unangreifbar machten, über Justizminister Harry Daugherty.

»Der ist ein ganz schlimmer Finger«, erklärte er. »Und gierig dazu. Sie haben mich noch einmal kontaktiert und zu locken versucht. Statt Leute zu schmieren, die mir die Straßensperren durchgeben, bekäme ich dann Papiere, mit denen meine Leute problemlos durchgelassen werden würden. Ich will es aber nicht. Also mache ich immer noch meine Radiosendung mit den lustigen Sprüchen, aus reiner Tradition, jeden Abend um sieben auf 720 Kilohertz.«

»Wolltest du nicht eigentlich aufhören mit dem Alkoholschmuggel?«

Er grinste nur und zog an seiner Zigarre. »Ach ja. Ich wollte vieles mal. Nun betreibe ich es ja nicht wie die anderen, ich bin da kreativer, vorsichtiger.«

»Die Zeit dafür läuft ab, Buck. Wenn ich Hays hochgehen lasse, gibt es hoffentlich auch die Gelegenheit, ein Arrangement für dich zu treffen. Bevor du noch in den Knast wanderst.« Ich grinste zurück.

»Glaubst du, das ist wirklich realistisch? Und ist es ratsam, ausgerechnet den Präsidenten anzugehen, nur um Hays ans Bein zu pissen?«, fragte er.

»Es gibt keinen anderen Weg«, erwiderte ich. »Hays ist nun mal mit ihm in all das verwickelt. Und wir haben versprochen, Clarence zu rächen, die Mörder zu überführen und den Klan auszuräuchern, soweit es möglich ist. Der Vertrag gäbe uns die Mittel dazu in die Hand.«

»Falls ihr ihn bekommt«, mahnte er. »Und den richtigen Leuten zeigen könnt.«

»Gus Vollmer ist der Richtige. Und was wäre ein besseres Antrittsgeschenk für ihn, um danach mit ihm zusammen die Stadt aufzuräumen?«

»Da bin ich gespannt, Hardy«, sagte er, seine Skepsis nicht verbergend.

»Du wirst bald einen guten Freund bei der Polizei haben«, entgegnete ich. »Einen unbestechlichen, aber wie wir damit umgehen, besprechen wir, wenn es so weit ist.« Mein Arm tat höllisch weh, als ich mich streckte. »Ich lege mich jetzt auch noch ein bisschen hin, Buck. Ich bin wirklich fertig.«

»Ist es eine gute Idee, Polly mitzunehmen?«, fragte er noch und legte den Kopf schief. »Wie schafft sie das? Ich meine, mit dem umzugehen, was ihr im letzten Jahr geschehen ist? Normalerweise hat man ein Trauma, wenn man angeschossen worden ist und tagelang zwischen Leben und Tod gehangen hat. Und jetzt, wo noch ihr Liebhaber umgekommen ist …«

Ich stand auf.

»Sie kann eine große Hilfe sein, das weißt du. Wie es mit uns beiden danach weitergeht, ob sie bereit ist, nur mit mir zusammenzuleben, das werden wir sehen müssen. Aber bei dieser Reise ist sie mit dabei, daran lässt sich nicht mehr rütteln.«

Ich erinnere mich noch genau an diese Nacht, an die Riffelung des Whiskyglases, über das ich mit dem Daumen fuhr, den Geschmack des letzten Schlucks daraus und wie ich es abstellte und an den Frieden, den ich in diesem Moment empfand.

68

Am nächsten Morgen standen Polly und ich früh auf und fuhren zum Beverly Hills Hotel, wo der Page die Nacht durchgewacht hatte, ohne besondere Vorkommnisse, und wir wie versprochen Nan Britton und die kleine Elizabeth abholten, die schon mit gepackten Koffern auf uns warteten. Zusammen passten wir gerade so in den Voisin, Nans Tochter mit Enrico auf dem Schoß hinten auf den Notsitz gezwängt.

Als wir alle um kurz vor sieben mit zwei schwer beladenen schwarzen Kofferträgern über den Bahnsteig der Santa-Fé-Station eilten, wo der Zug schon bereitstand, sahen wir, wie eine Sekretärin an uns vorbeirannte, ein Bündel mit Akten schwenkend, und es im Wartebereich der ersten Klasse Will Hays übergab. Es war die Brünette, die ich in seinem Büro kennengelernt hatte, aber sie achtete nicht auf mich, nur auf ihren Boss. Bei ihm war Fred Anderson, hoch über ihm aufragend und mit tiefen Augenringen.

Wir stiegen schnell ein, bevor sie uns sehen konnten.

Der Zug setzte sich pünktlich in Bewegung, gerade als wir uns in unserem Abteil in der zweiten Klasse in die Plüschpolster sinken ließen. Erst jetzt konnte ich nach all der Hektik dieses Morgens so richtig in Augenschein nehmen und würdigen, wie Polly sich für die Reise zurechtgemacht hatte: Sie trug zu ihrem glamourösen Silberlamé-Kleid neue Schuhe, die ich noch nie an ihr gesehen hatte: vorne offen, sodass man ihre knallrot lackierten Zehennägel sehen konnte. Sie schlug nun ihre Beine übereinander, damit sie auch gut zur Geltung kamen, und prompt sprach Miss Britton sie begeistert darauf an.

»Das ist die neueste Mode«, erklärte Polly. »Pola Negri hat sie aufgebracht, ist das nicht todschick?«

Die beiden jungen Frauen sahen nicht nur aus wie Schwestern, sie verstanden sich auf Anhieb prächtig – wie auch Enrico und Elizabeth, die ihre Mutter sofort anbettelte, ihr ebenfalls einen Mops zu kaufen –, und so war es für mich nicht leicht, mit dem durchzudringen, was ich auf der Reise besprechen wollte, solange wir es in Ruhe konnten. Zunächst setzte ich mir noch auf der Zugtoilette eine dringend benötigte Morphinspritze aus meinem Vorrat. Beim Halt in Salinas kam ich dann dazu, Nan zu fragen, und sie berichtete: »Ich werde in San Francisco am Southern-Pacific-Bahnhof an der Third Street abgeholt. Offenbar haben die uns ein Hotelzimmer gebucht, im Palace Hotel, wo auch ›Caesar‹ wohnt. Dorthin wollen sie uns bringen – ich hoffe jedenfalls, dort und nirgendwo anders hin!«

Wir konnten ihr ansehen, wie sehr sie in Sorge war, gleichzeitig jedoch darum bemüht, ihre Tochter nicht zu beunruhigen. Ich versicherte ihr, dass Polly und ich ihr heimlich folgen und sie auch weiter im Auge behalten würden. »Sie haben also nichts zu befürchten.«

»Natürlich nicht«, bestätigte Polly und legte ihr die Hand auf den Arm.

»Wichtig ist, dass Sie uns mitteilen, wo Mr Hays wohnt – damit wir ihn überwachen können – und wo Ihr Treffen mit dem … mit ›Caesar‹ stattfindet.«

»Das weiß ich noch nicht, es wird mir erst vor Ort gesagt«, antwortete Nan. Sie wirkte sehr angespannt. »Er hat mir nur zugesichert, dass er mich … dass er *uns* sehen will, unbedingt, in liebevoller Erwartung. Ich sage es Ihnen dann natürlich sofort weiter.«

»Wir werden uns ein Hotel in der Nähe nehmen«, erklärte Polly mit Blick zu mir. »Und Ihnen an der Palace-Rezeption eine Nachricht mit der Telefonnummer hinterlassen, unter der Sie uns dann benachrichtigen.«

»In Washington ging das mit Ihren Treffen alles sehr einfach«, sagte ich. »Aber hier reist er ja nicht alleine. Er wird Sie wohl kaum in seinem Hotelzimmer empfangen können. Sie und – Elizabeth …«

»Dann in unserem Zimmer«, antwortete sie achselzuckend.

»Das würde ich ihm nicht raten und Mr Hays sicher auch nicht, in einem so bekannten Hotel in einer so großen Stadt«, wandte ich ein. »Es ist viel zu gefährlich für ›Caesar‹. Viel zu auffällig bei all den Reportern und dem Personal …« Und der Ehefrau, mit der nicht gut Kirschen essen ist, dachte ich bei mir.

»Vielleicht können Sie sich in Mr Hays' Hotelzimmer treffen, da wäre es doch ganz unverfänglich«, meinte Polly mit einem Blick zu mir. Wir nickten Miss Britton zu. »Und wenn Sie sich dann dorthin begeben, sollten wir uns so verabreden, dass Sie uns davor oder danach in das Zimmer hineinlassen.«

»Wieso?«, fragte Miss Britton nervös.

»Wir sind auf etwas aus, das Mr Hays mitgebracht hat. Ein Dokument, das sehr wichtig ist und uns, wenn wir es haben, Sicherheit bezüglich seiner Pläne gibt. Womöglich auch Pläne, die Sie einschließen. Wenn wir es haben, können wir Sie und Elizabeth schützen. Wir müssen sein Zimmer darauf durchsuchen.«

»Aber wie sollen wir das anstellen? Kann ich das nicht tun?«

»Sie sollen sich damit nicht belasten, und wir wissen, was wir suchen müssen. Uns fällt da schon etwas ein. Hauptsache, Sie ermöglichen uns Zutritt zu dem Zimmer.«

»Ich zeige Ihnen gleich noch, wie Sie Ihre Nägel dafür auch so schön machen können, wenn Sie wollen«, raunte Polly verschwörerisch und sprang plötzlich auf, »entschuldigt mich einen Moment, bin gleich wieder da.« Sie schob die Tür auf und lief nach draußen.

Nan Britton sah ihr nach und sagte dann, kaum dass die Tür zu war und nach einem Seitenblick auf ihre Tochter, die am Fenster stand, Enrico auf dem Arm hatte und ihm die Landschaft zeigte: »Ihre Freundin ist sehr nett, Hardy. Ich freue mich so für Sie beide. Seit wann wissen Sie es denn?«

Ich stutzte und wollte eben sagen: »Sie ist nicht …«, doch es blieb mir im Hals stecken. Miss Brittons Blick zeigte mir, dass sie – selbst eine Mutter – genau wusste, wovon sie sprach.

»Oh mein Gott, Sie haben es nicht mal geahnt …?«, entfuhr es ihr schuldbewusst. Ich konnte nur den Kopf schütteln.

Als Polly nach längerer Zeit und etwas blass um die Nase zurückkam, verließ Miss Britton mit ihrer Tochter das Abteil unter dem Vorwand, ebenfalls die Toilette aufzusuchen. Wir fuhren gerade an einer wunderschön gezackten karmesinroten Felsformation vorbei.

»Warum hast du mir nicht gesagt, dass du schwanger bist?«

Polly tat unschuldig und leugnete es. Erst als ich ihr Nans Expertise vorhielt, gab sie es zu.

»Ich wollte es halt noch geheim halten«, sagte sie, den Tränen nahe. »Ist doch bisher nicht mal ganz sicher. Der Arzt sagt …«

»Wann warst du denn bei dem?«, fragte ich, nur mit Mühe beherrscht.

»Als du hinter Elmer her warst …«, meinte sie und drehte an ihrer Perlenkette. »Ich wollte auf keinen Fall, dass du was merkst, bevor es nicht …«

»Und dann lässt du dich auf einen Schusswechsel mit dem Zyklopen und den anderen ein?«, fragte ich. In mir stieg Wut darüber auf, wie ahnungslos ich gewesen war. »Das ist absolut unverantwortlich!«

»Aber ich musste dich doch raushauen …«, protestierte sie.

»Willst du das Kind denn haben?«

»Du kannst vielleicht Fragen stellen!«, meinte sie empört. »Natürlich …!«

»Und es ist von …?«

»Von dir!«, sagte sie mit geweiteten Augen. »Es kann nur von dir sein!«

»Nicht von Clarence?«

»Nein. Clarence konnte keine Kinder zeugen, das ist sicher – daran war nämlich schon mal eine Ehe von ihm gescheitert.«

»Oder von einem anderen?«, fragte ich.

»Nein, Hardy, nein … Ich habe doch in dieser ganzen Zeit sonst nur mit dir geschlafen«, versicherte sie und rückte nahe heran. Sie zog die Nase hoch und eine Träne rollte ihr aus dem Auge. Ich nahm sie in die Arme und sie drückte mich heftig.

Wir strahlten uns an, zwischen Lachen und Weinen. Sie streckte einen Fuß vor und sagte: »Siehst du, da hab ich mich noch mal schön gemacht, denn bald werde ich ja aufgehen wie ein Hefekloß und wenn dann das kleine Würmchen erst mal da ist …«

Ich hielt sie von mir weg und sagte: »Du fährst sofort zurück. Sobald wir in San Francisco einfahren, setze ich dich in den nächsten Zug nach Los Angeles und du fährst wieder nach Hause!«

»Auf keinen Fall«, widersprach sie.

»Du bist schwanger! Das ist viel zu gefährlich! Ich würde es mir nie verzeihen, wenn …«

»Ich lasse dich nicht alleine, ich bleibe natürlich dabei!«, rief sie wütend. »Was sollt ihr denn ohne mich machen, du wirst mich brauchen!«

»Blödsinn! Du fährst nach Hause! Hör zu, Polly, ich habe mittlerweile zu viele Geschichten erlebt, die nicht gut ausgegangen sind, diese hier soll keine davon werden. Sogar Burns ist vermutlich mit dabei und womöglich auch dieser Mörder! Mit den Leuten, gegen die wir antreten, ist nicht zu spaßen und …«

»Und genau deshalb kannst du es nicht alleine schaffen!«

Als wir am Abend in San Francisco einfuhren, stritten wir uns noch immer. Wir blieben zunächst im Abteil zurück, während Miss Britton – inzwischen mit rot lackierten Fußnägeln – und Elizabeth ausstiegen. Sie richteten es so ein, dass sie Will Hays auf dem Bahnsteig trafen. Der dazutretende Fred Anderson nahm sie unter seine Fittiche.

Als wir ihnen folgten, war Polly natürlich dabei, sie hatte sich nicht abschütteln lassen. Eine große Szene konnte ich ihr auf dem Bahnsteig nicht gut machen. Wir sahen zu, wie eine Wagenkolonne mit Hays und Anderson sowie Mutter und Tochter vor dem Bahnhof abfuhr und nahmen uns ein Taxi, das ihnen folgte.

Sie schlugen wie erwartet den Weg zum Palace Hotel ein, das mitten in der Stadt in der Nähe des Union Square gelegen war. Es war ein prachtvolles Hotel, eines der besten der Stadt. Aus dem Taxi beobachteten wir, wie sämtliche Fahrgäste ihre Automobile verließen und in die Lobby liefen. Mehrere Polizeiwagen standen vor dem Eingang und dort wimmelte es von Reportern und Polizisten.

»Der Präsident und die First Lady wohnen auch hier«, erzählte der Taxifahrer stolz, den Blick in den Rückspiegel gerichtet. »Sind vorgestern eingetroffen, aus Seattle. Hab sie selbst beim Ankommen beobachtet, als ich vor dem Palace auf Kundschaft gewartet habe. Ist schon beeindruckend, so jemanden mal aus der Nähe zu sehen. Dadrin ist ganz schön was los, kann ich Ihnen sagen.«

»Bringen Sie uns in eine Pension hier möglichst um die Ecke, gehobene Klasse«, sagte ich und winkte mit einem Geldschein.

»Wird gemacht, Sir.«

Und so buchten wir uns in der Pension *Bei Merle* ein, als »Mr und Mrs. Tanner«, damit wir ein Doppelzimmer bekamen, und fühlten uns tatsächlich wie ein Ehepaar, in Begleitung von einem Mops und etwas anderem, das noch keinen Namen hatte; genau auf halber Strecke zwischen dem Palace Hotel und dem St. Francis Hotel am Union Square, wo damals vor zwei Jahren Fatty Arbuckle seine berüchtigte Party mit Todesfolge gefeiert hatte.

Hardy Engel und Polly Brandeis, zwei Detektive im Epizentrum der Skandale. Es war beinahe so, als käme ich nach Hause.

69

Mein Arm schmerzte ungeheuer, wenn ich genug Zeit hatte, darüber nachzudenken, und dann schien es mir auch so, als sei damit etwas nicht in Ordnung. Den Verbandswechsel, den Polly in unserem Zimmer vornahm, ertrug ich nur mithilfe einer erneuten Spritze und selbst dann unter großen Schmerzen. Polly drehte das Radio lauter, weil ich mehrfach laut aufstöhnte. Die Wunde sah entzündet aus. Aber ich wusste, ich musste durchhalten, koste es, was es wolle, und wenn ich auch morphinsüchtig werden würde. Um all das würde ich mich erst danach kümmern können.

Wir stritten uns, wer nun losgehen würde – Armversehrter gegen Schwangere –, und ich setzte mich durch und verordnete Polly strenge Bettruhe.

Dann spazierte ich hinüber zum Palace Hotel, was mich tatsächlich ablenkte. Vielleicht wirkte auch nur die Spritze endlich. Ich trat in eine riesige lichte Halle mit einem gewaltigen Glasdach, die aussah wie ein eleganter Bahnhofssaal, in dem hohe Palmen die Sessel in der Lobby säumten. Es herrschte ein ständiges Kommen und Gehen von Menschen.

Ich ging zur Rezeption, zu einem livrierten Portier, der sich seiner Wichtigkeit allzu bewusst zu sein schien.

»Ja, Sir?«

»Ich möchte eine Nachricht hinterlassen für Miss Nan Britton und ihre Tochter. Sie müssten vorhin hier abgestiegen sein.«

»Ja?«

Ich schob ihm einen verschlossenen Umschlag hinüber und einen Zwei-Dollar-Schein. Der Portier zuckte nicht einmal mit einer Wimper. In einem Hotel, in dem Präsidenten für mehrere Nächte beherbergt wurden, war man als Angestellter nicht so leicht zu beeindrucken.

»Und sagen Sie«, fügte ich hinzu, als fiele es mir gerade ein, »welche Zimmernummer hat Mr Hays?«

Er hatte sich gerade umgedreht, um meine Nachricht in eines der vielen mit Nummern versehenen Fächer hinter ihm zu stecken. Er hielt kurz inne, dann drehte er sich zu mir.

»Entschuldigen Sie, Sir?«

»Will Hays, der frühere Postminister, er ist ein alter Bekannter von mir«, sagte ich.

Er richtete den Blick auf die bunt verzierte Glasdecke und schüttelte dann den Kopf. »Bedaure, Sir, Mr Hays wohnt hier nicht.«

Seine ganze Haltung drückte aus, dass er keineswegs weiteres Trinkgeld herausschlagen, sondern es schlichtweg leugnen wollte.

»Da sind Sie sicher? Ich habe gehört, er besucht wiederum seinen alten Freund, den Präsidenten.«

»Ich bin ganz sicher, Sir. Das wüsste ich, aber da kann ich Ihnen wirklich nicht weiterhelfen«, sagte er und begann dann, ohne einen weiteren Blick zu mir, die vor ihm ausliegenden Zeitungen zu sortieren. Der *San Francisco Examiner* hatte ein großes Foto von Präsident Harding und seiner Frau auf dem Titelblatt und darüber die Schlagzeile: »PRÄSIDENT WEILT WEITER IN SAN FRANCISCO – GROSSE REDE AUF MORGEN VERSCHOBEN«.

Ich zuckte mit den Achseln und ging weg, um kein größeres Aufsehen zu erregen. Es war gut zu wissen, dass Hays' Anwesenheit offenbar ein Geheimnis bleiben sollte, aber besonders überrascht war ich nicht davon.

Umso mehr jedoch, als ich nun in der Lobby auf Carrie Phillips traf. Sie war ziemlich aufgetakelt und benahm sich, als gehörte sie hierher und sei mit jedermann bekannt, wie etwa auf einem Tanztee in Washington. Als sie mich sah, eilte sie strahlend auf mich zu, beide Hände in Spitzenhandschuhen ausgestreckt.

»Hardy! Was machen Sie denn hier?«

»Gewisse Geschäfte haben mich hierhergerufen. Und Sie?«

Sie zog mich zu einer Nische, wo gerade zwei gut gekleidete Männer, die wie Manager aussahen, aus Sesseln aufgestanden waren. Wir setzten uns und sie senkte die Stimme: »Er hat mich benachrichtigt, um mich schon früher zu treffen, durch ein Telegramm. Nun ja, meine Reise in die Südsee soll ja sowieso von hier abgehen. Ich bin sofort losgefahren und dank meines schnellen Wagens vorhin angekommen. Mr Anderson hat mir im Palace ein Zimmer gebucht.«

Ach du liebes bisschen, dachte ich. Ihr habt vielleicht Nerven.

»Haben Sie die Duchess schon gesehen, Carrie?«, fragte ich.

Sie schüttelte den Kopf. »Nein. Und auch er selbst habe noch keine Zeit, sagte mir Mr Anderson. Und dann sagte er mir im Vertrauen, dass der P… ›Caesar‹ sich nicht wohlfühlt.«

»Ach ja? Zu viele Termine?«

Sie sprach noch leiser und ich musste mich zu ihr herabbeugen. »Er hat in Seattle einen Schwächeanfall erlitten und musste sich erst ein wenig erholen. Offenbar hat er dort am Hafen einen Shrimp gegessen, der ihm nicht bekommen ist. Eine Meeresfrüchtevergiftung.«

»Hm. So was kann ja sehr übel sein. Und einen ans Bett fesseln.« Ich überlegte, was das für seine weiteren Pläne heißen mochte.

»Trotzdem sind sie dann hierher nach San Francisco gefahren, ob das so klug war, weiß ich nicht. Es scheint ihm aber besser zu gehen.«

»Ist er in ärztlicher Behandlung?«

»Oh ja, aber das ist es gerade«, erläuterte Carrie. »Meine Freundin, die Duchess, hat einen Leibarzt, der auf ihr Drängen sie beide betreut. Dr. Charles Sawyer, ein Arzt, der auf alternative Heilmethoden schwört, wie man so sagt.« Mir fiel der Arzt ein, den ich in Washington im Wagen der Duchess gesehen hatte. »Sie hält große Stücke auf ihn, weil er sie einmal behandelt hat, als sie mit einer schweren Nierenkrankheit darniederlag und beinahe gestorben wäre, und er hat ihr das Leben gerettet, zumindest denkt sie das. Aber, ehrlich gesagt, ich glaube, er ist ein rechter Quacksalber. Unglücklicherweise steht sie vollkommen in seinem Bann und darüber mache ich mir Sorgen. Wenn ›Caesar‹ wirklich etwas Ernstes haben sollte, dann ist dieser Arzt nicht der Richtige für ihn.«

»Ist es denn etwas Ernstes, meinen Sie?«

»Eine Lebensmittelvergiftung, natürlich«, sagte sie. »Da ist es mit simplem Fasten und Abführen und Teetrinken nicht getan. Das ist aber das, was Sawyer bei allem stets verordnet. ›Caesar‹ sollte heute Abend eine große Rede halten. Jetzt wurde sie wegen seiner Probleme auf morgen verschoben. Mr Anderson meinte, dann werde er sie aber sicher halten können.«

Vielleicht, dachte ich mir, hat das auch mit etwas ganz anderem zu tun.

»Als ich vorhin zum Aufzug ging, habe ich ›Caesar‹ sogar kurz gesehen. Nur aus der Ferne und im Gespräch, er redete gerade mit Will Hays, wenn ich es richtig erkannt habe. ›Caesar‹ war etwas grau im Gesicht, aber er wirkte ganz normal, als er aus Hays' Zimmer kam. Es ging sicher um wichtige Geschäfte, natürlich konnte ich ihn nicht stören.«

»Vielleicht haben Sie ja die Chance, ihn noch heute oder morgen zu sehen«, sagte ich. »Womöglich wartet auf Ihrem Zimmer bereits eine neue Nachricht dazu.«

»Blumen waren dort«, lächelte sie versonnen. »Ein wunderschönes Bukett von ihm. Er ist immer so aufmerksam.«

»Und was werden Sie nun tun?«

»Oh, ich werde mit meiner Freundin Florence Kontakt aufnehmen«, sagte sie wie selbstverständlich.

»Wirklich?«

»Ja, bestimmt erfahre ich von ihr mehr.«

Ich fand die Chuzpe dieser Frau einfach unglaublich.

»Dann viel Erfolg.«

»Wenn sich die Gelegenheit ergibt, werde ich Sie ihr gerne vorstellen. Als Musterbeispiel eines Deutschen, der sehr fleißig und dem amerikanischen Volk zugewandt ist.«

»Das bin ich«, sagte ich in dem Bestreben, schnell zu übergehen, dass sie mich ja eigentlich als Spion anwerben wollte. Auch von dem Club in Los Angeles, nach dem sie gefragt und den ich gefunden hatte, würde ich ihr nichts erzählen. »Und wenn es etwas Neues gibt oder Mr Anderson eine Planänderung bekannt gibt oder ich irgendetwas für Sie tun kann, sagen Sie Bescheid. Ich wohne in der Pension *Bei Merle* nicht weit von hier. Ich hoffe, wir sehen uns noch einmal, bevor Sie Ihre Reise antreten. Vergessen Sie auf jeden Fall nicht, mir Auf Wiedersehen zu sagen.«

»Danke, Hardy«, erwiderte sie und legte mir die Hand auf den Arm. »Ach, es wird gewiss alles gut werden.« Ich zuckte zurück. »Was ist mit Ihrer Hand?«

»Ich habe mich nur beim Kochen verbrannt.«

Wir trennten uns und ich ging hinüber zu Polly in die Pension. Sie saß auf dem Bett und hatte immer noch das Radio laufen. Ihr Notizbuch lag aufgeschlagen neben ihr. Sie rauchte nicht wie sonst, wirkte aber aufgedreht und hatte ein Tablett mit Sandwiches neben sich stehen, das bereits zur Hälfte geleert war. Offenbar hatte sie großen Appetit. Enrico dagegen schlief auf dem Bett neben ihr.

»So«, sagte Polly kauend. »Nimm dir eins mit Truthahn, die sind köstlich … Also, Nan Britton hat gerade angerufen. Sie hat für morgen Abend ein Treffen mit dem Präsidenten ausgemacht. Um sechs Uhr soll sie zu Will Hays' Zimmer kommen. So, wie wir es vorgeschlagen haben. Mr Anderson hat ihr den Termin bestätigt und die Nummer durchgegeben, sie lautet 372.«

»Sehr gut«, stöhnte ich und ließ mich neben sie auf das Bett plumpsen. »Der Präsident war schon bei Hays. Vermutlich haben sie über den Vertrag gesprochen und wahrscheinlich liegt er unterschrieben dadrin. Wir müssen da rein, das ist unsere Chance.«

»Aber wie? Sollen wir sie einweihen und das Ding suchen lassen?«

»Das ist keine gute Idee. Sie wird sehr aufgewühlt sein und anderes im Kopf haben. Sie muss mich am besten reinlassen, wenn der Präsident gegangen ist. Ich werde morgen rübergehen und mit ihr reden. Dann warte ich in ihrem Zimmer, bis sie mich nach oben ruft.«

»Woher weißt du, dass der Präsident und Hays sich schon besprochen haben?«

»Das sagt Carrie Phillips, die ist nämlich auch drüben im Hotel.«

»Wirklich?«, fragte sie auffahrend.

»Und es geht ihm nicht so gut, angeblich eine Vergiftung«, fügte ich hinzu. »Aber es kann sein, dass das nur der Vorwand gegenüber der First Lady ist, um seine Rendezvous wahrnehmen zu können.«

»Was für ein armseliger Mann! Wie gut, dass ich einen besseren Vater für mein Kind habe«, sagte sie und grinste. Ich fasste sie um die Taille.

Den Rest des Abends und der Nacht verbrachten wir damit, zu schlafen, Sex zu haben, zu essen und uns auszuruhen – all die Dinge, die ein Ehepaar eben so tut, das gerade dabei ist, eine Familie zu gründen. Oder ein Paar, das sich anschickt, den Präsidenten der Vereinigten Staaten bei einem Schäferstündchen aufzustören.

Am nächsten Vormittag gingen wir mit Enrico Gassi und sahen uns im Palace Hotel vorsichtig um, ohne den Präsidenten, Hays oder Anderson zu Gesicht zu bekommen. Während wir am Nachmittag in unserem Zimmer auf die Zeit der Verabredung warteten, hörten wir Radio. Ich sah auf meine Uhr und stellte die Frequenz 720 kHz ein.

»Das ist lustig – das ist Bucks Sendung, die musst du dir mal anhören.«

Eine Musikfanfare ertönte. Kurz darauf war laut und deutlich Bucks Stimme zu vernehmen.

»Der blinde Tiger hat die Chance auf einen Homerun«, hörte ich. Polly wollte mich gerade küssen, ich schob sie weg. Buck wiederholte den Satz nochmals.

»Was ist los?«, fragte Polly irritiert.

»Das ist ein Code. Der meint mich, er nannte mich mal so.«

»Und jetzt?«

»Am besten, ich rufe ihn an.«

Nun wurde ein Musikstück gespielt. Ich griff mir den Telefonapparat und ließ mich mit dem Anschluss in Los Angeles verbinden.

»Carpenter?«

»Hier ist der blinde Tiger, Buck. Ich soll mich melden, weil ich jemanden treffen kann, habe ich das richtig verstanden?«

»Kann man so sagen. Ich war gar nicht sicher, dass du wirklich zuhörst, aber ich musste es probieren.«

»Um wen geht es?«

»Harry Daugherty ist in San Francisco eingetroffen«, sagte Buck. »Der Justizminister, mit dem Flugzeug, aus Washington. Es gibt irgendwelche Probleme mit unseren Lizenzen, habe ich läuten hören. Womöglich kommt da bald was raus und dann drohen ihm seine ganzen hochkorrupten Geschäfte um die Ohren zu fliegen. Offenbar will er das mit dem Präsidenten besprechen.«

»Und mit Will Hays«, sagte ich nachdenklich.

»Das könnte noch ein Riesenskandal werden. Ich dachte, ich sage dir besser Bescheid, bei allem, was ihr da oben vorhabt.«

»Danke, Buck, das ist wirklich interessant.«

»Passt auf euch auf.«

»Du auch. Ich melde mich wieder.«

Ich legte auf. Polly sah mich aufmerksam an. Sie hörte dabei nicht auf zu essen.

»Was ist?«

»Irgendwas Komisches geht da vor. Die Sache mit dem Ku-Klux-Klan und dem Präsidenten scheint nicht das Einzige zu sein, das gerade hochkocht. Der Justizminister hat auch gewaltig Dreck am Stecken, meint Buck, und ist vermutlich ebenfalls im Hotel.«

»Meinst du, das hat Auswirkungen auf unsere Pläne? Oder erhöht die Gefahr für unsere beiden Geliebten?«

»Ich weiß noch nicht«, sagte ich. »Vielleicht ist auch wirklich irgendwas mit dem Präsidenten. Ich dachte erst, es wäre eine Ausrede.«

Das Telefon klingelte.

Wir sahen uns an. Ich nahm den Hörer ab.

»Ja?«

»Hier ist Nan«, meldete sie sich aufgeregt und mit schneller, hoher Stimme. »Es gibt ein Problem mit dem Treffen.«

»Nämlich?«

»Er will seine Tochter doch nicht sehen«, sagte sie verzweifelt. »Mr Anderson sagt, er bestehe darauf, mich nur alleine zu treffen. Alles andere sei einfach zu viel für ihn.«

»Wieso? Ist er angeschlagen?«

»Das hat Anderson nicht gesagt«, schluchzte sie. »Es ist doch sowieso nur ein Vorwand. ›Caesar‹ werde dort sein und warten, um mich zu sehen, aber *nur* mich, meinte er. Ich brauchte mit Elizabeth gar nicht erst anzukommen, dann würden mich die zwei Secret-Service-Beamten, die vor Mr Hays' Zimmertür stehen, keinesfalls hineinlassen. Was soll ich bloß tun?«

»Und wenn Sie doch alleine hingehen?«

»Das will ich auf keinen Fall! Ich kann und will Elizabeth doch nicht hier zurücklassen, während ich ihren Vater treffe!«

»Hat Anderson sonst noch irgendetwas gesagt?«

»Ich soll morgen auf eine Reise gehen«, sagte sie. »Eine Reise, verstehen Sie, weit weg, mit Elizabeth. Das Schiff geht abends um acht Uhr, nach Hawaii.«

»Nach Hawaii?«

Verdammt, dachte ich.

»Ich habe dann Mr Hays zu sprechen verlangt, aber Anderson sagte, der habe den ganzen Abend keine Zeit für mich.« Sie schluchzte. »Ich will ›Caesar‹ unbedingt sehen und Elizabeth auch, sie hat sich so auf ihren Daddy gefreut … und ich habe solche Angst, Hardy!«

»Machen Sie sich keine Sorgen. Bleiben Sie in Ihrem Zimmer.

Wir kommen rüber und lassen uns etwas einfallen. Warten Sie einfach ab, bis wir uns melden.«

Polly sah mich mit vollem Mund an.

»Was ist jetzt schon wieder?«, fragte sie.

»Es gibt ein Problem.«

Ich erklärte es ihr.

»Wir müssen sie überreden, alleine hinzugehen! Die Geliebte ist unsere einzige Chance.«

»Habe ich doch versucht. Sie ist nicht bereit dazu, um keinen Preis.«

»Aber der Termin ist ausgemacht, die Gelegenheit ist einmalig, um in Hays' Zimmer zu gelangen, die dürfen wir uns nicht entgehen lassen.«

Plötzlich sprang Polly von dem Bett herunter und griff sich die Hundeleine mit dem dicken roten Lederhalsband, um sie Enrico anzulegen.

»Ich weiß, wie wir das hinbekommen!«

70

Wenig später betraten wir die Lobby des Palace Hotels. Polly führte Enrico an der Leine und sah aus wie eine Filmdiva – hinreißend geschminkt, in ihrem knappen Silberlamé-Kleid und mit lackierten Zehennägeln erregte sie große Aufmerksamkeit.

Ich mit meinem verbundenen Arm wirkte neben ihr eher so, als sei ich ihr verwegener Jugendfreund aus dem schlechten Viertel, den sie netterweise in die kühnen Unternehmungen miteinbezog, die ihr durch ihr phänomenales Aussehen ermöglicht wurden.

Was sie nun vorhatte, wollte ich ihr allerdings möglichst noch ausreden.

Als wir unter dem Glasdach die Empfangshalle durchquerten und zu den Aufzügen gingen, bemerkte ich in einer Sitzgruppe Fred Anderson, der sich mit dem Rücken zu uns in einem intensiven Gespräch mit zwei Männern befand. In seinem Gegenüber erkannte ich Harry Daugherty, den Justizminister mit den unheimlichen eisblauen Augen. Und bei diesem saß mein alter Bekannter William Burns und zwirbelte seinen Schnauzbart. Als Chef des *Bureau of Investigation* war er dem Justizminister direkt unterstellt und arbeitete ihm zu. Gerade sagte er etwas, doch als Daugherty ihn unterbrach, hielt er sofort inne und erstarrte in Demut. Der Minister redete nun auf ihn und Anderson ein, mit der Attitüde eines Chefs, der Ansagen macht. Die beiden waren ja nun wirklich keine Waisenknaben, aber sie saßen stramm da.

Die drei Männer ließen sich, anders als die restlichen Gäste, nicht zu Polly hin ablenken; zu meinem Glück widmeten sie sich einfach weiter dem, was sie gerade so intensiv besprachen. Ich blickte mich in dem Saal um, ob ich nicht auch noch unseren Freund, den Zyklopen, entdeckte, doch ihn suchte ich vergebens.

»Das ist ein dummer Plan, viel zu riskant«, raunte ich, als wir zu den Aufzügen traten.

»Lass mich nur machen. Geh du zu Nan und der Kleinen!«

»Das kannst du vergessen! Kein Alleingang!«

Und so fuhren Polly und ich hinauf in den dritten Stock, uns vor dem Liftboy zurücknehmend und schweigend. Oben angekommen, stiegen Polly und Enrico als Erste wieder aus.

Wieder schritten Polly und Enrico voran, und so marschierten wir schnurstracks den langen, mit einem edlen dunkelbraunen Teppich ausgelegten Flur entlang. Ich hatte ein verdammt ungutes Gefühl.

Vor der Tür mit der Nummer 372 standen zwei große, breitschultrige Männer in dunklen Anzügen. Sie flankierten den Eingang in einer Weise, wie zwei bestens durchtrainierte Petrusse die Himmelspforte bewachen würden, und sahen uns aufmerksam entgegen. Sie nahmen erst Polly und dann mich ins Visier und machten den Eindruck, als würden sie jederzeit zu einer Waffe greifen oder sich auf uns werfen, falls es nötig werden sollte. Außerdem waren sie Meister darin, einen so anzusehen, dass man daraus absolut gar nichts ablesen konnte.

Polly kam vor ihnen an und blieb mit durchgestrecktem Kreuz und gerecktem Kinn stehen, mit einem selbstsicheren Lächeln vom einen zum anderen blickend.

»Hallo«, sagte sie. »Ich habe hier eine Verabredung.«

»Ach ja?«, sagte der eine nach einer Pause, und es klang ernsthaft desinteressiert.

»Mit ›Caesar‹«, fügte Polly hinzu und hob die Augenbrauen, als würde sie gleich ein wenig ungehalten werden. Ich verharrte einfach hinter ihr stehend. Mir blieb auch wenig anderes übrig.

Polly machte Anstalten, zwischen ihnen durchzugehen, doch der eine streckte die Hand aus und sie hielt inne.

Die beiden Männer sahen sich ratsuchend an.

»Sie hat kein Kind dabei«, raunte der rechte zu dem, der sie hatte aufhalten wollen.

»Nur einen Hund«, sagte Polly und zeigte lächelnd auf Enrico, der die beiden misstrauisch beäugte. Womöglich noch mehr als sie ihn.

»Er will bloß kein Kind sehen – die Frau schon, du kennst ihn doch«, sagte der rechte Leibwächter leise zu dem anderen.

»Wie ist denn der Name?«

Polly stemmte eine Hand in die Hüfte und sah ihn herausfordernd an. »Ich bin Daisy Tanner«, sagte sie, so, als müsste jeder sie kennen. »Und wie heißen Sie?«

»Und wer ist das?«, fragte der andere und zeigte auf mich.

»Oh, das ist mein großer Bruder«, sagte Polly, ohne zu zögern. »Er hat mich nur hierherbegleitet, damit nichts schiefgeht. Also, was ist nun? Wir haben ja nicht unbegrenzt Zeit!«

»Daisy Tanner …?«, raunte der eine dem anderen zu.

»Du weißt doch, wie er ist – heute die, morgen die«, zischte der andere zurück. »Und sie kennt den Decknamen!«

»Oder soll ich etwa Mr Hays anrufen, damit Sie mir glauben, dass ich hier richtig bin?«, fragte Polly, stellte ein Bein aus und ließ ihre dunklen Augen blitzen. Sie konnte das sehr gut.

Die beiden Männer maßen sie noch einmal mit einem Blick von oben nach unten und landeten auf ihren rot leuchtenden Zehennägeln. Sie stutzten. Der eine wollte stirnrunzelnd etwas dazu sagen, ließ es dann aber doch bleiben.

»Entschuldigen Sie, Miss«, sagte der andere. »Natürlich sind Sie hier richtig. Bitte, treten Sie ein.« Er machte einen Schritt zur Seite. Auch der andere gab nun den Weg frei.

Der erste legte die Hand auf die Klinke und öffnete ihr die Tür.

»Sie haben doch keine …«, begann der andere vorsichtig.

»Waffe?«, vollendete Polly seinen Satz. »Nur, was Sie hier sehen.«

Sie zeigte an sich herunter.

»Lass sie schon rein«, flüsterte der andere.

Polly stolzierte in das Zimmer hinein, Enrico an der Leine bei sich führend.

Ich machte einen Schritt, um ihr hinterherzugehen, doch die beiden Männer stellten sich wieder in den Weg und zogen die Tür zu.

»Sie nicht«, sagte der eine harsch, als wollte er an mir auslassen, was er sich bei ihr nicht getraut hatte.

»Na gut«, antwortete ich. »Aber dann warte ich hier.«

Die beiden betrachteten mich kurz, dann trat einer von ihnen vor.

»Heben Sie mal die Arme«, sagte er. Ich tat es, nur der linke machte mir etwas Mühe. Er tastete mich ab, unter den Schultern, an der Hüfte, dem Gürtel und an den Beinen. Zum Schluss sah er sich noch meinen Verband genau an und betastete auch ihn, als befürchtete er, dass darunter etwas verborgen sein könnte. Ich konnte nicht anders, als das Gesicht zu verziehen und leise zu stöhnen.

»Nur eine kleine Verbrennung«, erklärte ich keuchend.

»Er ist sauber«, sagte der Leibwächter. Er ging zu seinem Kollegen zurück und stellte sich wieder kerzengerade vor der Tür auf.

Ich ging zu einem Plüschsessel, der unter einem Landschaftsgemälde in Öl zum Verweilen der Gäste einlud, und setzte mich. Mit einem Taschentuch tupfte ich mir die Stirn ab, auf der sich einiger Schweiß gesammelt hatte. Ich versuchte, einen arglosen Eindruck zu machen, während ich darüber nachdachte, was Polly wohl gerade in Hays' Zimmer anstellte. Und ob der Präsident tatsächlich hierher unterwegs war, um seine Verabredung zu treffen. Und was ich tun würde, wenn er auftauchte und in dem Zimmer verschwand. Und was Polly dann tun würde.

Gerade als ich so weit gedacht hatte, öffnete sich am Ende des Flures die Aufzugtür und zwei Männer kamen heraus. Ein älterer und ein jüngerer. Ersterer ging voraus, er war ein großer, kräftiger Mann von beeindruckender Gestalt.

Es war Warren G. Harding.

Der andere, der ihm folgte, war offensichtlich ein weiterer Leibwächter.

Langsam ging der Präsident auf uns zu, dabei in das Licht einer Deckenlampe tretend. Er blieb stehen, als sei er erschöpft und müsse durchatmen. Vielleicht dachte er aber auch einfach nur nach, es war aus der Entfernung nicht leicht, es ihm anzusehen. Sein weißer Haarschopf leuchtete, eine Strähne hing in die Stirn, die markanten schwarzen Bögen der Augenbrauen darunter und die riesigen Augen, die große Nase machten ihn zu einer eindrucksvollen, unvergesslichen Erscheinung, selbst wenn man nicht gewusst hätte, wer er war. Er war so gut aussehend, dass man gar nicht anders konnte, als ihn anzustarren. Ähnlich wie bei Blossom Jones, dachte ich. Er sah wirklich aus wie ein der Geschichte entstiegener römischer Senator, wie – Caesar. Nur in einem Anzug des zwanzigsten Jahrhunderts.

Sein Begleiter blickte ihn besorgt an, ohne ein Wort zu sagen. Der Präsident ging jetzt weiter und kam auf uns zu, gefolgt von dem jüngeren Mann.

Die beiden Wächter an der Tür nahmen Haltung an. Sie wechselten einen schnellen Blick mit ihrem Kollegen. Der rechte von ihnen, der näher zu mir stand, wandte sich leicht zu mir und ließ eine Hand herabhängen, als wollte er jederzeit in der Lage sein, eine Waffe zu ziehen. Ich zweifelte keinen Augenblick daran, dass er eine hatte und sie sofort einsetzen würde. Ich rührte mich weniger als Lincolns Statue in Washington.

Der Präsident war auf zehn Schritte herangekommen und geriet wieder in den Lichtkreis einer Lampe. Wir konnten nun sehen, dass er verschwitzt und ziemlich grau im Gesicht war, und seine Lippen sahen bläulich aus. Er wirkte gehetzt, ja beinahe nicht ganz bei sich. Vielleicht war er auch einfach nur berauscht oder geil auf das, was er in dem Zimmer vorzufinden hoffte. Mich schien er überhaupt nicht wahrzunehmen.

Harding blickte fragend zu den beiden Männern. Doch bevor er noch etwas sagen oder tun konnte, ging am Ende des Ganges eine Eisentür auf, und erneut betrat jemand den Flur.

Es war seine Frau, die Duchess. Sie war wohl im Treppenhaus hinabgelaufen und kam nun, ihre Röcke raffend, eilig auf uns zu.

»Warren!«, rief sie herrisch.

Der begleitende Leibwächter zuckte zusammen und wandte sich um, wie ertappt.

Der Präsident hielt inne und schloss die Augen, als sei er sehr müde. Dann drehte er sich ganz langsam zu ihr um.

»Warren, was machst du denn?«, fragte Florence Harding. »Komm zurück ins Zimmer, du kannst doch nicht …«

»Ich wollte Hays treffen«, stieß der Präsident hervor, mit seiner sonoren, von den Radioansprachen bekannten Stimme. Doch sie klang angeschlagen und nervös. »Das da ist sein Zimmer.«

»Ich weiß, dass du schon bei ihm warst«, schnitt seine Frau ihm das Wort ab. »Und ich weiß auch, was du dadrin willst. Du kannst doch nicht alles in Gefahr bringen, was wir uns zusammen aufgebaut haben, das werde ich nicht zulassen! Komm jetzt endlich, du musst dich ausruhen.«

Gebannt sah ich zu, wie sie ihn beim Arm nahm. Der Präsident sah noch einmal über seine Schulter zurück zu der Zimmertür, es war fast wie der sehnsüchtige Blick eines Kindes, das nicht bekommt, was es sich wünscht. Von der anderen Seite führte ihn der jüngere Begleiter. Die beiden Männer erstarrten zu Stein und taten so, als bekämen sie nichts davon mit. Auch ich rührte mich nicht, trotz meines vor Schmerz pochenden Armes.

»Komm, sei vernünftig, Warren«, sagte die Duchess bestimmend und führte ihren Mann den Weg zum Aufzug zurück. »Sie werden alle da sein, auch Will Hays. Du musst deine Medizin nehmen.«

Die Tür des Aufzuges ganz hinten öffnete sich mit einem Klingeln und die drei stiegen hinein. Dann schloss sich die Tür vor ihnen und sie waren verschwunden wie Gespenster.

In die beiden Männer kam wieder Leben. Der eine wandte sich zu mir, der andere drehte sich um, klopfte einmal und riss dann die Tür auf.

»Miss, Sie müssen jetzt gehen«, sagte er in das Zimmer hinein. »›Caesar‹ wird nicht kommen. Na los, kommen Sie da raus.«

Ich erhob mich und ging langsam zu der Tür. Der zweite Mann beobachtete mich hellwach.

Polly kam aus dem Zimmer heraus, Enrico an der Leine hinter sich herziehend.

»Was soll das denn?«, fragte sie. »Ich habe mich so darauf gefreut, und ›Caesar‹ doch auch!«

»Tut mir leid«, antwortete der Leibwächter. »Die Verabredung ist offiziell abgesagt.« Und da sie noch zögerte: »Seien Sie froh, wenn Sie keinen Ärger bekommen.«

»Na los, Daisy«, sagte ich schnell.

Polly blickte mich an und ging dann los.

»Moment!«, raunzte der Leibwächter und legte ihr die Hand auf die Schulter.

Sie blieb stehen. »Was?«

»Sie haben dadrin doch nichts mitgenommen?«, fragte er misstrauisch.

»Nein, leider nicht mal ein paar schöne Erinnerungen«, erwiderte Polly verärgert.

»Wir müssen Sie durchsuchen«, sagte der Mann. »Heben Sie die Arme.«

Verdammt, dachte ich. Polly schüttelte verärgert den Kopf und reichte mir die Leine. Ich nahm sie. Sie hob die Arme und streckte ihren Busen vor.

Er trat vor sie, ähnlich wie er es zuvor gemacht hatte, und tastete sie ab. Er tat es professionell und routiniert, doch bestimmt genoss er es auch. Ich hoffte inständig, dass er nichts finden würde. Pollys Gesicht gab nichts von dem preis, was sie empfand. Er berührte auch ihre Brüste und fuhr ihre Beine entlang.

»Was ist unter dem Kleid?«, fragte er plötzlich.

»Jetzt reicht es aber«, sagte ich.

»Sie sind still«, fuhr mir der andere in die Parade und trat zu mir.

Polly senkte beide Hände und zog ihr Kleid mit einem Ruck nach oben. Ihr fliederfarbener Schlüpfer blitzte auf und darüber war ihr flacher, fester Bauch zu sehen. Die beiden Männer starrten auf ihre Körpermitte.

»Zufrieden?«, fragte sie und ließ den Rock wieder herunter.

Die beiden Männer sagten nichts.

»Bye-bye, bis zum nächsten Mal«, sagte Polly versöhnlich und grinste den beiden zu. Sie nahm mir die Leine aus der Hand und ging mit wiegendem Schritt den Flur hinunter. Ich folgte ihr einfach. Ich hatte sie noch nie so gehen sehen.

Wir blickten nicht zurück und wir wurden nicht weiter aufgehalten, bis wir an der Aufzugstür ankamen. Polly drückte auf den Knopf, der aufleuchtete, und wir mussten auf die Liftkabine warten.

Ich spürte jetzt meine Schmerzen. Polly sah nur zu Boden. Enrico schnüffelte mit der Schnauze an dem Teppich unter uns.

Endlich war der Aufzug da. Mit einem Klingeln öffnete sich die Tür.

»Zur Lobby«, sagte ich zu dem Liftboy.

Wir standen auf dem Weg nach unten schweigend nebeneinander. Polly wich meinem Blick aus. Unten betraten wir die Lobby.

»Nicht stehen bleiben«, sagte ich.

Wir durchquerten die Halle und gingen auf den Ausgang zu. Ich richtete den Blick vorsichtig noch einmal dorthin, wo Anderson, Burns und Daugherty gesessen hatten, doch sie waren nicht mehr da.

Wir schritten durch die Tür und drängten uns draußen durch die Massen an Menschen, darunter Reporter mit den »*Presse*«-Schildern im Hutband.

Dann bogen wir um die Ecke und liefen über die Straße auf unsere Pension zu.

»Der Präsident war da, ich habe ihn gesehen«, sagte ich leise. »Er wollte zu dir rein. Seine Frau hat ihn abgehalten. Zum Glück.«

Sie antwortete nicht, stieß die Tür zum Eingang auf und steuerte die Treppe an.

»Mach dir nichts draus, uns fällt sicher noch mal etwas ein«, fuhr ich fort. »Mit den Typen ist nicht zu spaßen, das ist immerhin die Leibwache unseres Präsidenten. An denen kann man nun mal nichts vorbeischmuggeln. Sei froh, dass sie dich letztlich überhaupt haben gehen lassen. Ich hatte schon Angst, die behalten dich da.«

Polly sagte nichts. Sie machte nur ein Gesicht wie eine Katze, die einen Kanarienvogel verschluckt hat, und lief zügigen Schrittes voraus, mit Enrico an der Leine hinter ihr.

»Was ist los, Tanner?«, fragte ich, als wir in unser Zimmer kamen und sie sich auf das Bett setzte. »So stolz darauf, dass dich die beiden Experten dort als präsidententauglich eingestuft haben?«

Sie zog ihre Schuhe aus und massierte sich die Zehen mit den lackierten Nägeln.

»Oh, das natürlich auch«, sagte Polly und grinste verschmitzt. »Durchaus, mein Lieber, und das wollte ich denen wirklich geraten haben! Aber da ist noch was anderes …«

Sie klopfte neben sich auf das Bett und Enrico hüpfte hinauf zu ihr, mit dem Stummelschwanz wedelnd. Dann hielt er still, während sie an seinem Halsband nestelte und es losmachte. Sie grinste mir zu und zeigte mir lächelnd etwas, das sie darin verborgen gehabt hatte.

Es war ein zu einer Art dünner Zigarre zusammengerolltes Blatt Papier, das sie nun auseinanderbreitete und glatt strich.

»Na, was sagst du jetzt?«, fragte sie und streichelte Enrico.

Ich sagte gar nichts. Ich starrte nur auf die Seite mit dem mit Maschine geschriebenen Text, die ganz unten drei hingekritzelte Unterschriften zierten.

Während dessen stand Polly auf, stürzte zum Bad und übergab sich dort.

71

»VEREINBARUNG ZWISCHEN DEM UNSICHTBAREN IMPERIUM DER WEISSEN RITTER VOM KU-KLUX-KLAN UND DEM PRÄSIDENTEN DER VEREINIGTEN STAATEN VON AMERIKA

Der Präsident der USA, der ehrenwerte Warren Gamaliel Harding, ist am 23. Mai 1923 in einer feierlichen Zeremonie in Washington, D.C., dem Unsichtbaren Imperium der Weißen Ritter beigetreten und hat ihm den Eid ewiger Treue und Loyalität geschworen. Er wurde vor sechs Zeugen in den Rang eines Großen Drachen erhoben und hat die Insignien erhalten. Das Unsichtbare Imperium ist stolz darauf, ihn für immer zu den Seinen zu zählen, verspricht aber, dies nach seinen Regeln geheim zu halten, sofern die nachfolgenden Bedingungen erfüllt werden.

Im Gegenzug verspricht der Präsident Folgendes:
– Er wird öffentlich in Form einer Erklärung oder Rede widerrufen, dass er den gegen die Lynchjustiz gerichteten Gesetzesvorschlag (Dyer-Gesetz) unterstützt, in Unterschied zu dem, was er bereits erklärt hat, und das Wort gegen seine Einbringung im Senat und Verabschiedung erheben.
– Er wird forthin alles unterlassen, was als Unterstützung desselben ausgelegt werden könnte, und sich generell nur noch

so äußern, wie es mit den Zielen des Unsichtbaren Imperiums vereinbar ist.
– Er wird insbesondere, sofern irgendjemand wegen Vergehen der Lynchjustiz verurteilt werden sollte – ob sie Ereignisse der Vergangenheit oder der Zukunft betreffen, egal wo und egal unter welcher Bezeichnung –, all diese Personen durch einen präsidentiellen Erlass begnadigen und somit die Vollstreckung jeglicher Sanktionen gegen sie verhindern oder aufheben.

Verstößt er gegen eine der vereinbarten Klauseln, wird sich auch das Unsichtbare Imperium nicht mehr an an diese Vereinbarung gebunden fühlen. Es sieht sich dann gezwungen, seine Mitgliedschaft bei ihm öffentlich zu machen und zur Untermauerung der Wahrheit den Film von der Aufnahmezeremonie der Presse zu übergeben.

Wir, die Unterzeichnenden, bestätigen mit unserer Unterschrift diese von dem ehrenwerten Will Hays vermittelte Vereinbarung:

Warren Gamaliel Harding, Präsident der Vereinigten Staaten von Amerika

Will Harrison Hays, Präsident der MPPDA

Hiram Evans, Großer Hexenmeister des Unsichtbaren Imperiums der Weißen Ritter vom Ku-Klux-Klan

Los Angeles / San Francisco, den 31. Juli 1923«

Dies war der exakte Wortlaut des Dokuments, das Polly beschafft hatte. Der Präsident und Will Hays hatten es bereits unterzeichnet, und ebenso befand sich darauf bereits – »in Vertretung« von Evans – die Unterschrift des Anführers des Ku-Klux-Klan-Klaverns von Los Angeles, Frank Wise. Anderson musste sie noch in der Nacht vor der Abreise eingeholt haben.

Es war genau, was wir in die Hände bekommen wollten. Polly sagte, sie habe in Hays' Lederaktentasche drei Ausführungen des Schriftstücks gefunden, jeweils die Originale mit Durchschlag und Kopie, und alle unterzeichnet. Sie habe sich dann dazu entschieden, eine der Kopien mitzunehmen – weil deren Fehlen vermutlich am wenigsten auffallen würde.

Im Zweifelsfall würde man wahrscheinlich nur denken, dass eine davon aus den Papieren gerutscht sei. Wir aber könnten dieses Dokument als absolut tauglichen Beweis verwenden und davon auch noch weitere Kopien herstellen, wenn wir wollten.

Völlig fassungslos umarmte und beglückwünschte ich sie und dann auch Enrico und dann noch einmal Polly. Ihr war ein wahres Wunder gelungen und außerdem war ich heilfroh, dass sie es mit dieser unentdeckten Trophäe glücklich aus dem Zimmer herausgeschafft hatte.

Damit hatten wir alles beisammen, was wir brauchten, um das Vorgefallene zu belegen. Und um Will Hays seine Beteiligung daran nachzuweisen. Von all den schmutzigen Deals, die er vermittelt hatte, war dieser hier so brisant, dass er ihn tatsächlich zu Fall bringen würde.

Ferner würden wir damit auch in der Lage sein abzuwenden, was darin vorgesehen war: dass die Mörder von Clarence und den anderen davonkommen sollten.

Ich nahm den Telefonhörer ab und ließ mir eine Verbindung nach Los Angeles herstellen.

»Somborn?«

»Hier ist Hardy. Ich habe gute Nachrichten. Wir haben es geschafft.«

»Wirklich?«, fragte er freudig erregt. »Sie haben das Dokument?«

»Polly konnte es beschaffen«, sagte ich und grinste ihr zu. Sie lächelte stolz zurück. »Mit allen drei Unterschriften.«

»Auch der von Hays? Großartig! Damit werden wir den Scheißkerl drankriegen!«

»Der Wortlaut der Vereinbarung ist noch unglaublicher, als wir es dachten. Sie wollten tatsächlich eine Amnestie des Präsidenten für alle Fälle von Lynchjustiz und er hat sie ihnen zugesichert. Wir müssen das verhindern, und wir können es auch. Damit haben wir auch ein Druckmittel, um den konkreten Nachweis für Hays' Verbindung zu den Morden zu erbringen.«

»Wunderbar«, rief er aus. »Herzlichen Glückwunsch! Sagen Sie das auch Polly!«

»Werde ich. Wir kommen damit zurück, sobald wir hier alles erledigt haben.«

»Tun Sie das. Ich werde jetzt sofort Dorothy Bescheid sagen und mich dann betrinken.« Und damit legte er auf.

Mein nächster Gedanke galt Nan Britton und ihrer Tochter.

»Wir müssen sie schützen«, sagte ich. »Wenn die große Reise nach Hawaii das heißt, was bei Blossom Jones im Raum steht, dürfen wir nicht das geringste Risiko eingehen. Vielleicht wollen sie sie verschwinden lassen, bevor sie noch für weiteren Ärger sorgt. Am Ende sollen sie die Reise nie antreten.«

»Lass uns sie beide hierherholen und hier verstecken«, schlug Polly vor.

»Nein«, sagte ich. »Wenn sie mit uns untertauchen, werden die sie suchen. Dann wird es womöglich erst recht gefährlich, selbst dann, wenn die Leute des Präsidenten bisher gar nichts Böses gegen sie im Schilde führen.«

»Anderson ist doch derjenige, der das alles regelt. Und er ist da drüben«, beharrte sie. »Womöglich mit seinem Handlanger, der Blossom als Letztes besucht hat.«

»Trotzdem«, sagte ich. »Am besten wiegen wir die anderen in der Sicherheit, dass alles wie von ihnen geplant abläuft, mit einer Abreise morgen. Wir gehen jetzt gleich zu Nan und ihrer Tochter hinüber und bleiben bei ihnen, die ganze Nacht und morgen, bis sie aufbrechen. Wenn die sie sprechen wollten, könnten sie es. Wenn sie sie angreifen wollten, könnten wir für ihre Sicherheit sorgen.«

»Also gut«, meinte sie. »Im Grunde ist es ja auch eine absurde Vorstellung, dass sie sie in einem so großen, bevölkerten Hotel in einer großen Stadt angreifen und verschwinden lassen sollten, quasi vor aller Augen. Oder?«

Wir wechselten einen Blick, der zwischen Zustimmung und Skepsis schwankte.

»Zieh dich um«, sagte ich. »Trag geschlossene Schuhe und setz dir einen Hut auf.«

Während sie sich frisch machte und die Kleidung wechselte, setzte ich mir ächzend eine neue Spritze. Dann rief ich im Hotel an und ließ mich mit Miss Britton verbinden. Sie ging nach zweimal Klingeln dran.

»Ja?«

»Hier ist Hardy. Keine Sorge, bei uns ist alles gut, bei Ihnen auch?«

»Ja, so weit schon.« Sie klang ängstlich und nervös.

»Wir kommen gleich zu Ihnen, wie lautet Ihre Zimmernummer?«

»242, im zweiten Stock.«

»Öffnen Sie nur, wenn ich mich mit ›Engel‹ melde.«

Polly trat fertig angezogen vor mich und setzte sich einen sonnengelben Hut auf die Locken. Sie betrachtete sich im Spiegel und kniff ein Auge zu.

»Los geht's!«

Sie schnappte sich Enrico und befestigte das Halsband wieder an ihm und daran die Leine.

»Das Dokument nehmen wir mit und tragen es immer bei uns.« Ich holte meine Luger aus dem Koffer. »Und die hier auch.«

Polly nickte und packte wortlos aus dem Karton zwei Ampullen mit Morphin und zwei Spritzen in ihre Handtasche.

Es war inzwischen dunkel geworden. Nach meinem Eindruck herrschte vor dem Eingang des Palace Hotels noch mehr Gewimmel als zuvor. Uns war das nicht unrecht, umso weniger würden wir auffallen. Nur Enrico, der an der Leine zwischen all den

Beinen herumwuselte und kritisch zu ihnen aufschaute, fühlte sich nicht wohl.

Wieder durchquerten wir die Halle, schnell und ohne uns aufzuhalten, und blickten dabei nur verstohlen nach links und rechts. In einer Telefonkabine nahm ich mit dem Rücken zu uns einen sehr großen Mann wahr, der gerade im Gespräch den Kopf ins Viertelprofil wandte, und meinte Brillengläser aufblitzen zu sehen, während wir weiterliefen. Aber ich war alles andere als sicher, den Zyklopen erkannt zu haben, es hätte auch ein anderer großer Mann sein können.

Als wir die Aufzüge erreichten, wollte Polly sich dort anstellen.

»Komm weiter«, wisperte ich und zog sie zur Treppe. Im Lift wären wir dem Zufall ausgeliefert gewesen, wer uns begegnete. Wir stiegen sie hinauf bis zum zweiten Stock, wo sich Nan Brittons Zimmer befand.

Während wir den Flur entlanggingen, öffnete sich hinter uns unvermittelt eine Zimmertür.

»Hardy«, hörte ich jemanden rufen und drehte mich um.

Carrie Phillips steckte den Kopf heraus und sah sich nach allen Seiten um.

»Carrie«, sagte ich, auch für Polly, die ebenfalls stehen blieb. »Wie geht es Ihnen?«

»Nicht gut«, antwortete sie halblaut.

»Haben Sie ihn gesehen?«

Sie schüttelte den Kopf, den Tränen nahe, und blickte misstrauisch zu Polly. »Etwas Furchtbares ist passiert!«

»Dann bleiben Sie besser nicht in Ihrem Zimmer.« Ich zeigte den Flur entlang. »Kommen Sie mit, wir sind auf dem Weg zu jemandem, wo wir in Ruhe reden können.«

Sie zog die Zimmertür zu und schloss sich uns an, sich immer wieder umsehend. »Meine Freundin Polly Brandeis – Carrie Fulton Phillips«, sagte ich. Die beiden nickten sich zu.

Wir kamen vor der Tür mit der Nummer 242 an.

Ich klopfte.

»Wer ist da?«

»Engel.«

Nan ließ uns ein und schloss die Tür hinter uns. Wir standen in einer edel eingerichteten Suite mit einem großen Wohnbereich, der in ein separiertes Schlafgemach überging. Auf einem Tisch stand ein riesiger Blumenstrauß in einer Vase. Zahlreiche welke Blütenblätter lagen um sie herum verstreut.

»Das ist Nan Britton – Carrie Fulton Phillips«, stellte ich sie einander vor. »Sie sind beide …«

»Ich weiß«, unterbrach mich Carrie und streckte Nan die Hände entgegen. »Wie hübsch Sie sind! Er hat wirklich einen ganz bestimmten Typ, nicht wahr?«

»Das könnte man wohl so sagen«, erwiderte Nan und ergriff ihre Hände. Sie sahen in der Tat aus wie Mutter und Tochter. »Hallo, Carrie, freut mich. Ich erinnere mich an Sie aus Ohio …« Sie stammten ja aus demselben Ort, wie auch der Präsident und seine Frau, fiel mir ein.

Sie umarmten sich. In dem Durchgang zum Schlafzimmer tauchte der Kopf der kleinen Elizabeth auf.

»Wen haben wir denn da?«, fragte Carrie und löste sich von Nan.

»Das ist Elizabeth, meine Tochter …«, begann Nan.

Carrie merkte es sofort.

»Und seine – natürlich, es ist kein Zweifel möglich …«, flüsterte sie und ging in die Knie. »Oh mein Gott …« Sie begann zu weinen und umarmte das vierjährige Mädchen. Dieses blickte sie sehr irritiert an. Polly stieß mich mit dem Ellbogen in die Seite.

»Die Kleine kriegt ja Angst«, flüsterte sie, und dann laut: »Elizabeth, komm mal mit, wir spielen mit Enrico.« Diese trennte sich nur zu gerne von der in Tränen aufgelösten Frau und nahm Pollys Hand. Enrico begrüßte sie und so gingen die drei nach nebenan. »Und gleich musst du aber auch schlafen, es ist ja schon spät …«, sagte Polly und schloss mit einem Blick zu mir die Tür.

Carrie richtete sich wieder auf und wischte sich das Gesicht ab.

»Trinken wir erst mal einen«, schlug ich vor. Wir beide setzten uns auf eine Couch, Nan uns gegenüber. Auf dem Tisch stand eine halb leere dunkelbraune Flasche. Sie schenkte drei Gläser ein. »Carrie, Sie erinnern sich doch bestimmt noch an die Warnung, die ich ausgesprochen habe, als Sie mir in Los Angeles zum ersten Mal von Ihrer anstehenden Reise erzählt haben. Wir haben es hier mit Mördern zu tun, die inzwischen auch noch ganz andere Leute auf dem Gewissen haben, und ich denke heute Abend mehr denn je …«

Die beiden Frauen maßen sich mit einem Blick. Nan biss sich auf die Unterlippe.

»Das glaube ich auch«, schluchzte Carrie. »Es ist so schrecklich. Warren …«

Sie konnte nicht weitersprechen.

»Ich denke, Sie haben ihn nicht gesehen?«

Nan reichte ihr ein Glas. »Sie also auch nicht?«, fragte sie.

Wir tranken.

»Ich habe die Duchess getroffen«, erzählte Carrie, sich mühsam beherrschend. »Florence Harding, meine beste Freundin …«

»Ich weiß«, sagte Nan.

»Ich habe ganz arglos getan, so, als wollte ich sie nur auf ihrer Wahlkampfreise besuchen und sie unterstützen, wir haben das schon so oft zusammen erlebt …« Sie beugte sich vor. »Plötzlich packte sie mich am Arm und sagte, sie wisse alles. Einfach alles! Sie hatte, als sie zu ihrem Mann gestoßen ist, einen Privatdetektiv mit dabei, ein Mann namens Gaston Means, weil sie Verdacht geschöpft hatte, dass Warren sie hinterging, und sich nicht länger demütigen lassen wollte. Mit dessen Hilfe hat sie all seine Briefe und Telegramme abgefangen und gelesen – alle, die er an die Geliebten schrieb, an mich und auch an Sie …!«

Nan schlug erschrocken die Hand auf den Mund.

»Sie wusste also, was ich die ganze Zeit vor ihr geheim gehalten hatte, all die Jahre, in Ohio, in Europa, in Washington – dass ich nicht nur mit ihr befreundet war, sondern stets auch mit ihm eine Beziehung geführt hatte. Es war so furchtbar, sie ließ mich ihre ganze Verachtung über meine Lügen spüren, sie spuckte sie mir mitten ins Gesicht!«

»Sie hat Sie offen damit konfrontiert? Heute?«, fragte ich fassungslos.

»Ja«, nickte Carrie. »Direkt bei unserem Wiedersehen. Sie hat gesagt, sie wisse ganz genau, warum ich hier sei, aber aus meiner heimlichen Verabredung mit Warren werde nichts, sie wolle sich nicht länger von uns betrügen lassen und außerdem müsse er sich schonen. Er habe sich in Seattle beim Essen vergiftet, sei in ärztlicher Behandlung und niemand solle mehr Zugang zu ihm erhalten.«

Nan trank von ihrem Glas und nickte: »Also deshalb … Kein Wunder, dass er seine Tochter und mich nicht sehen konnte – obwohl er es mir per Telegramm versprochen hat.«

Sie stutzte, erschrak und die beiden Frauen wechselten einen Blick.

»Sie weiß bestimmt auch das«, sagte Carrie. »Sie hat alles gelesen. Florence ist eine furchtbare Frau. Sie ist viel stärker als Warren, im Grunde hat sie ihn immer gelenkt, auch seine ganze Karriere. Ohne sie wäre er niemals Präsident geworden, eigentlich ist dies *ihr* Lebenswerk, nicht seines. Und ab jetzt wird sie ihre Macht über ihn nicht mehr hergeben, das wird ihre Rache sein … Es ist vorbei, für mich wie für Sie.« Nan begann zu weinen. »Sie umklammerte meinen Arm und bedrohte mich, sie sagte, ich solle ihnen nie wieder unter die Augen treten und in die Südsee reisen, mein Geld kassieren, den Mund halten und froh und zufrieden damit sein. Dann drehte sie sich um und ging davon – für immer, ich kenne sie.«

»Wann geht Ihr Schiff?«

»Morgen Abend um acht, es ist die *SS Helvetica.*«

Nan stöhnte auf. »Das ist auch meines. Wir sollen nach Hawaii reisen. Er wird seine Tochter auf keinen Fall sehen, das wollen sie damit verhindern …«, sagte sie tief getroffen.

»Seien Sie froh, wenn es wirklich so ist«, erwiderte ich. »Blossom Jones ist angeblich nach Hawaii gereist, aber offenbar wurde ihr in der Nacht zuvor Gewalt angetan. Ich werde das hier zu verhindern wissen. Ob sie die Reise wirklich angetreten hat, weiß ich nicht. Polly und ich werden Sie alle drei morgen Abend zum Hafen bringen und zumindest dafür sorgen.«

72

Die Nacht verbrachten wir zusammen in Nan Brittons Suite. Polly und ich wechselten uns mit dem Schlafen ab. Carrie Phillips, die in Deutschland eine Krankenschwesterausbildung absolviert hatte, erneuerte meinen Verband und versorgte die Wunde. Sie ermahnte mich, ich müsse mich ausruhen und den Arm still halten, sonst könnte es böse ausgehen. Ich konnte ihr lediglich versprechen, dass ich dies tun würde, sobald ich dazu Gelegenheit hätte.

Auf dem Flur tat sich nichts, was uns hätte beunruhigen müssen. Es war geradezu gespenstisch ruhig. Ich hätte zumindest erwartet, dass jemand draußen herumschlich und uns überwachte oder nach dem Rechten sah, was die Geliebten von Präsident Harding so taten. Doch sie schienen sich tatsächlich damit zufriedenzugeben, dass sie nichts von Nan und Carrie hörten; diese keine weiteren Versuche unternahmen, ein Treffen mit dem Präsidenten zu arrangieren oder Ähnliches. Carrie mutmaßte, vielleicht habe auch nur die Duchess das Regime übernommen und die Ansage gemacht, dass sie alles geklärt habe. Ich hätte es ihr zugetraut.

Es wurde Morgen und ich ging Frühstück holen. Es war mir lieber, es von niemandem bringen zu lassen, sondern dies selbst zu tun. Außerdem konnte ich so noch einmal das Terrain sondieren. Es war Donnerstag, der 2. August – der Tag, an dem Harding in Los Angeles und Hollywood hätte sein sollen, doch nichts deutete auf seine Abreise hin.

Als ich in der Lobby am Tresen auf meine Bestellung wartete, sah ich eine Krankenschwester mit einer großen Flügelhaube durch die Halle hereinkommen. Sie trug eine braune Papiertüte in der Hand und ging damit eilig zum Lift. Instinktiv sagte ich dem Kellner, ich würde gleich zurückkehren, und stieg mit ihr in den Aufzug. Die Schwester sagte dem Liftboy, er solle hinauf in den achten Stock fahren. Wie mir Carrie Phillips erzählt hatte, bewohnten dort der Präsident und Mrs. Harding eine Suite. Als die Tür sich im achten öffnete, sah ich zu, wie die Schwester heraustrat. Der Liftboy hielt die Tür offen und gaffte.

Zwei Leibwächter – die von gestern – blickten auf und ließen sie passieren, offensichtlich war sie bereits vorher hier gewesen. An der Tür zu der Suite stand ein älterer Mann in einem weißen Kittel und mit einer schwarzen Arzttasche, zu dem die Schwester nun trat. Er war in einen Streit verstrickt mit der Duchess, die mit verkniffenem Gesicht in der Tür stand.

»Ich habe sehr gut verstanden, wie Ihre Diagnose lautet, Dr. Wilbur«, sagte sie resolut.

»Dann lassen Sie den Präsidenten dieses Pulver einnehmen, Madame. Hier ist es nun.« Der Arzt zeigte erregt auf die Papiertüte in der Hand der Schwester. Diese hatte es demnach soeben in Eile besorgen müssen. Die Leibwächter hatten genug mit alledem zu tun, um nicht auf mich zu achten. Ich hatte den Fuß in die Tür gestellt und der Liftboy und ich starrten in stummer Komplizenschaft hinüber.

»Aber der Präsident ist bereits in guten Händen«, widersprach die Duchess. »Sein Leibarzt ist bei ihm und er rät davon ab, Sie haben es doch selbst gehört.«

»Ich bestehe darauf«, äußerte der Mann in dem Kittel würdevoll. »Ich bin Kardiologe und Mr Hays hat sehr gut daran getan, mich hinzuzuziehen!«

»Mr Hays ist ja bereits nach Los Angeles abgereist, er überblickt die Lage nicht richtig.«

»Er hat mich extra herbestellt und mir am Telefon gesagt, der Präsident leide unter Herzproblemen, und ich kann nach meiner Untersuchung nur sagen, er hat recht und diese sind sogar äußerst akut. Madame, ich beschwöre Sie!«

Nun kamen zwei weitere Leute aus der Suite. Harry Daugherty, der Justizminister, blickte sehr ernst und besorgt drein. Mit ihm trat ein großer, schmaler, verschroben aussehender Mann heraus. Er trug ein Tablett mit einem Glas darauf in der Hand. Sein Haar wirkte wirr und ungewaschen.

»Sagen Sie es ihm noch einmal, Dr. Sawyer«, tönte die First Lady in einem enervierten Tonfall.

Es war der Doktor, den ich in Washington in Begleitung der Duchess vor dem Haus von Carrie Phillips gesehen hatte, der Arzt ihres Vertrauens. Der Mann wandte sich zu seinem Kollegen und der Krankenschwester.

»Der Präsident ist mein Patient, Dr. Wilbur, er hat keine Herzprobleme.«

Hinter ihnen kamen auch noch William Burns und Fred Anderson aus der Suite. Beide waren etwa gleich groß und ragten weit über die anderen auf. Sie wirkten sehr bleich, besonders Anderson mit seinen rötlichen Haaren und der käsigen Haut.

»Es ist nur eine kleine Vergiftung durch einen Shrimp, nichts anderes, und er erholt sich gerade schon wieder«, fuhr Dr. Sawyer fort, herablassend im Tonfall eines endgültigen Bulletins.

»Aber …«, brachte der andere Arzt heraus und blickte Hilfe suchend zu Anderson. Der sagte nichts, er stand einfach mit versteinertem Gesicht neben Burns, dem Chef des *Bureau of Investigation*.

»Sie haben es doch gehört«, schnitt Daugherty ihm mit dröhnendem Bass das Wort ab. Es schien daraufhin, als zuckten alle leicht zusammen. »Die Termine des Präsidenten in Los Angeles sind natürlich bereits verschoben. Er wird alle Ruhe bekommen, die er braucht.«

»Entschuldigen Sie mich jetzt, ich muss ihm seine Medizin bringen«, sagte Dr. Sawyer mit einem verächtlichen Blick auf die Papiertüte. »Seine *richtige* Medizin. Er muss sie regelmäßig einnehmen, dann wird das Gift seinen Körper verlassen.«

Der Arzt drehte sich mit dem Tablett um, Florence Harding und er wechselten einen Blick, bevor die First Lady ihm hineinfolgte. Burns und Anderson eilten wortlos hinterher. Daugherty warf noch einen abweisenden Blick zu dem anderen Arzt hinüber, dann verschwand auch er durch die große Tür und schloss sie hinter sich.

Dem Arzt und der Krankenschwester blieb nichts anderes übrig, als den Rückzug anzutreten. Sie gingen an den stoischen Leibwächtern vorbei zur Kabine und stiegen ein.

»Ich habe mich geirrt«, meinte ich zu dem Liftboy. »Bringen Sie mich wieder in die Lobby.«

Auf der Fahrt nach unten sah ich nur zu Boden und hörte den Doktor wütend schnaufen.

Kurz darauf kehrte ich mit dem Frühstück in Miss Brittons Zimmer zurück und berichtete, was ich gesehen hatte. Carrie Phillips fühlte sich darin bestätigt, dass die Duchess nunmehr das Kommando innehabe und selbst die engsten Vertrauten des Präsidenten, seine Strippenzieher, ihr gehorchen müssten. Man würde nicht mehr an ihn herankommen.

Die beiden Damen hatten kaum Appetit. Sie verbrachten die restliche Zeit mit Reisevorbereitungen und Kofferpacken und ich musste sie immer wieder beruhigen. Ich begleitete Carrie zu ihrem Zimmer, damit ihr unterwegs nichts Unvorhergesehenes widerfuhr. Doch niemand lauerte ihr auf. Polly und Enrico spielten derweil mit der kleinen Elizabeth, alberten herum und aßen den größten Teil der Sandwiches, die ich später zum Lunch besorgt hatte.

»Na, was meinst du?«, raunte Polly mir zu, als wir kurz alleine waren. »Ein Mädchen …«

»Ja, das wäre schön«, sagte ich.

Wir näherten uns dem Abend. Um sechs fuhren wir alle zusammen mit den Koffern im Aufzug nach unten. Polly und ich waren entschlossen, die Reisenden wie versprochen den ganzen Weg zu begleiten.

An der Rezeption wurde ihnen mitgeteilt, dass die Rechnungen bereits bezahlt seien, und man wünschte ihnen höflich einen schönen Abend und eine gute Reise. Niemand in der Lobby schien sie weiter zu beachten.

Sie waren sehr ängstlich.

Wir ließen uns zwei Taxis rufen. Polly fuhr mit Nan und Elizabeth, direkt dahinter und stets in Sichtweite ich mit Carrie. Ich sah mich immer wieder um, doch niemand schien uns zu folgen. Auch wenn ich es kaum glauben konnte.

So gelangten wir zum Hafen, wo am Pier bereits der riesige Ozeandampfer wartete, von dessen Reling sich bunte Bänder hinunter an den Kai spannten. Dort drängten sich die Angehörigen der Passagiere, und eine Blaskapelle spielte ein Abschiedslied. Die Sonne ging gerade auf der anderen Seite der Bay unter.

Nan und Carrie blickten sich nervös nach allen Seiten um, als wir auf die Brücken für die erste Klasse zugingen, in der für sie drei Plätze gebucht waren. Sie wirkten so, als rechneten sie jeden Moment damit, erschossen zu werden oder etwas Ähnliches.

»Keine Sorge«, sagte Polly. »Sie machen ja gerade genau das, was die wollen. Die sehen keinen Grund einzugreifen.« Sie ließ Elizabeth mit Enrico spielen, damit sie sich von ihm verabschiedete, vor allem aber, um die Nervosität ihrer Begleiterinnen zu kaschieren, die sie dem Mädchen ersparen wollte.

»Vielleicht haben sie ja auch ganz andere Dinge zu tun«, meinte ich.

»Und wenn sie uns erst auf der Reise umbringen?«, flüsterte Nan aufgeregt. »Uns über Bord gehen lassen oder wie auch immer?«

»Das glaube ich nicht. Sie beide werden aufeinander aufpassen können, bis Sie Hawaii erreicht haben.«

»Die wissen, dass Sie jetzt Angst haben«, stimmte Polly ein. »Und dass Sie, nachdem die Duchess von allem weiß, sich nicht mehr trauen werden, Ihre Beziehung zu ihm aufrechtzuhalten. Sie wollen, dass der Präsident mit keinerlei Skandalen belastet wird, die seine Wiederwahl im nächsten Jahr gefährden können. Wenn Sie sich ruhig verhalten, wird Ihnen nichts passieren.«

»Schreiben Sie uns zur Sicherheit jede Woche eine Postkarte nach Hollywood«, sagte ich.

»Und damit wir sehen, dass sie auch wirklich von Ihnen ist und es Ihnen tatsächlich gut geht, schreiben Sie jeweils dazu: ›Schöne Grüße, auch an Daisy‹«, fügte Polly hinzu. »Dann wissen wir es.«

Wir verabschiedeten uns inmitten all der Menschen, die sich ebenfalls umarmten und »Lebewohl!« sagten. Polly herzte Elizabeth und wollte sie gar nicht mehr loslassen.

Dann sahen wir ihnen zu, wie sie über die schwankende Brücke das Schiff betraten, einer ungewissen Zukunft entgegengehend. Nichts weiter geschah, auch in der Menge um uns herum fiel mir niemand auf, der besonders auf sie achtete.

Wir standen lange da und winkten zu ihnen hinauf.

Die Sirene der *Helvetica* tutete, die Blaskapelle spielte, das Schiff legte im verblassenden Licht der Dämmerung ab. Die beiden winkenden Frauen und das Mädchen an Bord wurden von der Schwärze der Nacht verschluckt, als es sich immer mehr entfernte und den Hafen verließ. Nur noch die Lichter des riesigen Dampfers waren zu sehen, er nahm Kurs auf die linke Seite der Bucht. Wir sahen ihm zu, wie er an der kleinen Insel Alcatraz vorbei- und auf die Meerenge zufuhr, die heutzutage von der Golden Gate Bridge überspannt wird. Bald bestand er nur noch aus einem Bündel von Lichtpunkten im Schwarz, die dann zu einem einzigen kleinen zerflossen.

Erst jetzt lösten wir uns von dem Anblick und merkten beide, wie müde wir waren. Wir beschlossen, zurück zu unserer Pension zu fahren, dort zu packen und aufzubrechen. Ich war begierig darauf, meine gesammelten Beweise jemandem zu präsentieren, der damit etwas anfangen konnte. August Vollmer.

Als wir zum Taxistand gingen, geschah etwas Seltsames, das ich zuerst gar nicht wahrnahm. Polly stieß mich in die Seite und ich sah in die Richtung, in die sie zeigte.

Die Passanten liefen weg von den wartenden Taxis und hinüber zum Hafengebäude. Plötzlich rannten alle. Sie umringten dort etwas oder jemanden. Neugierig geworden, liefen auch wir dorthin.

Wir drängten uns an die dichte Traube von Menschen heran. Stimmengewirr, wie das böse Brummen von Wespen. Darunter war eine hell rufende Stimme, die wir zunächst nicht verstehen konnten.

Es war ein Zeitungsausrufer. Jetzt verstanden wir, was er schrie.

»PRÄSIDENT HARDING TOT! – DER PRÄSIDENT IN HOTEL IN SAN FRANCISCO GESTORBEN!«

FÜNFTER TEIL

2. AUGUST 1923 – 9. AUGUST 1923

73

Der allgemeine Schock, den diese Nachricht auslöste, und das Ausmaß der Aufregung waren unvorstellbar. Überall standen die Automobile und die Trambahnen still, die Menschen hatten sich in Gruppen versammelt und diskutierten aufgeregt den Tod des Präsidenten in ihrer Stadt, nur ein paar Blocks von hier. Viele weinten, fast alle beteten. Die meisten Männer hatten die Hüte abgenommen. Das öffentliche Leben kam vollkommen zum Erliegen. Es war unmöglich, zunächst überhaupt ein Exemplar der Sonderausgaben zu ergattern – die den dicht umlagerten Händlern auf der Straße aus den Händen gerissen wurden –, und ebenso, ein Taxi zu bekommen.

Polly, Enrico und ich liefen zu Fuß vom Hafen zurück in Richtung unserer Pension. Ich war wie betäubt, weder mein Fuß noch mein Arm schmerzten, zumindest erinnere ich mich nicht daran.

Alles schien infrage gestellt. Auch unsere Abreise und das Ziel, den Fall abzuschließen. Der Tod des Präsidenten, mit dem dies alles – die Geliebten, der geheime Stiftungsfonds, die Morde, der Ku-Klux-Klan – zusammenhing, ließ unser Vorhaben in einem neuen Licht erscheinen.

»Was heißt das jetzt für uns?«, fragte mich Polly leise, als wir die Market Street entlang nach Norden gingen. Es war die Hauptverkehrsader, doch sie war schwarz von Menschen, die mitten auf der nächtlichen Straße standen. Nirgendwo ging es vorwärts, und wir mussten uns durch die Massen hindurchdrängen. Viele hielten die Köpfe gesenkt, einige knieten mit gefalteten Händen auf dem Asphalt. Ich sah Juden, die ihre Oberkörper rhythmisch beugten und im Gedenken an den Präsidenten die vorgeschriebenen Trauerworte sprachen. Einige Frauen rissen sich zum Zeichen der Trauer ihre Kleider ein. Zwischen ihnen bewegten sich mit stoischen Gesichtern ein paar vereinzelte chinesische Händler und boten doch tatsächlich Taschentücher feil. An einer Ecke sah ich einen Zeitungshändler, kämpfte mich zu ihm durch und erwischte sein vorletztes Exemplar der Sonderausgabe des *San Francisco Examiner*.

»PRÄSIDENT HARDING TOT«, schrie die fette Schlagzeile auf Seite eins, unter der ein Foto des in die Kamera strahlenden Präsidenten abgedruckt war.

Die Unterzeile lautete: »SEIN TOD KAM PLÖTZLICH, OHNE JEDE VORWARNUNG, ALS SEINE LIEBENDE FRAU AN SEINEM BETT SASS UND IHM EINEN ARTIKEL VORLAS«.

Und dann: »Als Todesursache Hirnschlag angegeben – Präsident lag in geschwächtem Zustand darnieder nach einer Woche der Krankheit – Er starb, als seine Ärzte und seine Familie dachten, er habe den Kampf gewonnen«.

»Lange und anstrengende Reise begann am 20. Juni«.

»Leiche des toten Präsidenten soll nach Washington überführt werden«.

Wir lasen, fieberhaft umblätternd, was da weiter alles stand. Es war eine perfekte Pressemeldung, zu diesem frühen Zeitpunkt schon komplett mit Todesursache und Vorgeschichte und einem Plan für das weitere Vorgehen, die Trauerfeierlichkeiten und die Beerdigung.

»Wie passt das alles zu dem, was du beobachtet hast?«, fragte Polly und zeigte auf die Zeitung. Ich hatte ihr und den anderen davon berichtet, wie der Herzspezialist weggeschickt worden war.

»Hier steht nichts von Vergiftung«, fügte sie hinzu. »Aber darauf haben sie ihn doch behandelt?«

»Mit Medikamenten, die das Gift aus dem Körper treiben sollten, verabreicht vom Leibarzt auf Geheiß der First Lady, die nur ihm vertraut«, sagte ich.

»Und die höchst eifersüchtig war nach dem, was sie gerade herausgefunden hatte«, fügte Polly erschrocken hinzu. »Aber es ist doch im Grunde undenkbar, dass sie … Es waren ja diverse Leute dabei, Minister!«

»Ich weiß nur, dass da auf Anhieb drei verschiedene Todesursachen im Raum stehen«, erwiderte ich. »Ein Hirnschlag, den die Zeitungen offiziell vermelden, eine angebliche Vergiftung und Herzprobleme aufgrund einer anstrengenden Reise.«

Wir liefen weiter und sagten eine Weile gar nichts.

»Immerhin bin ich froh, dass wir die Frauen und das Mädchen noch weggebracht haben«, sagte sie kopfschüttelnd. »Nicht auszudenken …«

»Auf der Reise kann immer noch etwas passieren«, meinte ich. »Aber es war das Beste, was wir tun konnten. Und nun haben wir auch die Erklärung dafür, warum es niemanden interessiert hat, dass sie auch wirklich abgereist sind. Die hatten einfach etwas ganz anderes zu tun heute Vormittag. Aber die drei aus der Stadt zu wissen, weit weg von alldem, ist unter diesen Umständen durchaus beruhigend.«

Sie nickte.

»Wir müssen Somborn anrufen«, sagte ich zwischen zusammengebissenen Zähnen. »Verdammt, ich hatte ihm ja berichtet, dass wir erfolgreich waren.«

»Waren wir das?«, fragte Polly. »Erfolgreich?«

Wir sahen uns nur stumm an und liefen schneller.

Nun erreichten wir die Ecke, an der das Hotel lag. Grelle Scheinwerfer strahlten es an. Eine riesige Menschenmenge drängte sich davor und wogte von links nach rechts und wieder zurück. Reporter, Filmkameras, aber vor allem Menschen, die einfach dastanden, gafften oder betroffen dreinsahen. Eine Postenkette von Polizisten bewachte den Eingang, offensichtlich ließen sie nur hinein, wer sich als Gast ausweisen konnte.

In unserer Pension packte Polly die Sachen zusammen. Inzwischen ließ ich mich mit Herbert Somborn verbinden. Zu Hause war er nicht, schließlich erreichte ich ihn in seinem Büro.

»Meine Güte, als wir es vorhin gehört haben, haben wir es nicht glauben wollen, Dorothy und ich«, rief er erregt aus. »Aber es ist wirklich wahr! War Hays dort?«

»Nicht mehr, er ist wohl schon gestern abgereist. So wie heute Abend die Frauen, nachdem ihnen ein Treffen verweigert worden war. Es waren sehr seltsame Umstände.«

»Oh mein Gott«, stieß er hervor. »Natürlich bringt uns das Dokument jetzt nichts mehr …« Der Hörer wurde ihm aus der Hand genommen, dann meldete sich Mrs. Reid: »Vizepräsident Calvin Coolidge ist soeben als neuer Präsident vereidigt worden, haben sie im Radio gesagt. Das ganze Land ist in Trauer, das wird Tage und Wochen so gehen, und wenn wir jetzt mit dieser Nachricht herauskommen wollten … Es ist undenkbar!«

»In der Tat«, sagte ich. »Aber woran mir weiterhin gelegen ist, ist die Bestrafung der Täter und das Aufdecken der Wahrheit. Ich bin da ganz altmodisch, wie Sie wissen.«

Polly schickte mir einen besorgten Blick.

»Kommen Sie hierher, dann sehen wir weiter«, sagte Dorothy, »was wir in Bezug auf Will Hays machen und überhaupt …«

»Das hatte ich sowieso vor«, sagte ich. »Wir brechen sofort auf. Soweit das möglich sein wird. Hier herrscht ein Riesenchaos, das können Sie sich ja vorstellen. Machen Sie und Herbert sich derweil ein paar Gedanken. Diese Sache ist noch nicht zu Ende, was mich betrifft.«

Ich legte auf.

Polly zog eine Spritze auf und ich setzte sie mir. Ich war mittlerweile in einem Zustand weit jenseits von Gut und Böse, von Wachen und Schlaf. Doch ich funktionierte.

Bevor wir losfuhren, schauten wir noch einmal vor dem Palace Hotel vorbei, und das lohnte sich: Nach kurzer Zeit sahen wir Fred Anderson mit einem Koffer herauskommen und in einen bereitstehenden Wagen steigen. Offensichtlich wollte auch er wieder nach Los Angeles zurückreisen.

Wie wir es so schnell zum Bahnhof an der Third Street geschafft haben, weiß ich nicht mehr. Jemanden wie Polly bei sich zu haben, um sich in Notsituationen durchzukämpfen, kann ich jedenfalls nur empfehlen. Mit ihr kommen Sie überallhin, ob der Präsident nun gerade gestorben ist oder noch lebt.

74

Am Bahnhof herrschte ein unglaubliches Gedränge, durch das wir uns mit unseren Koffern schoben. Polly hatte Enrico auf den Arm genommen. Wie uns ein Bahnangestellter sagte, verkehrten die Züge nur unregelmäßig, da gerade der Trauerzug für den Präsidenten zusammengestellt werde und dies Vorrang habe. Zwar gehe in Kürze ein Zug nach Süden ab, doch sei er bereits völlig überfüllt. Der Zugang zu dem betreffenden Gleis war durch eine Absperrung mit zwei Posten verriegelt. Polly stupste mich an und zeigte voraus. Gerade ließ der rechte einen einzelnen Mann durch, groß und hager: Fred Anderson, mit gesenktem Kopf den Koffer balancierend. Er wirkte schwer angeschlagen, wie auf der Flucht.

»Entschuldigung«, wandte ich mich an den anderen Posten, einen Schaffner mit stoischem Gesichtsausdruck. »Wir gehören zu Fred Anderson, haben ihn nur in der Menge verloren.« Ich zeigte auf den davoneilenden Mann und log dabei ja nicht einmal. Der Posten warf einen Blick zu seinem Kollegen, der diesen hatte passieren lassen. »Heißt der da Anderson?«, rief er zu ihm hinüber.

Der andere hob den Daumen. »Ja, hat einen Sonderausweis von der Regierung.«

»Gehen Sie durch«, sagte der Bahnangestellte und trat beiseite. Polly und ich drängten uns vorbei und er schloss die Absperrung wieder hinter uns.

Schnell eilten wir über den Bahnsteig. In einiger Entfernung vor uns sahen wir, wie Anderson in den Wagen der ersten Klasse stieg. Die Lokomotive stand bereits unter Dampf und war abfahrbereit.

Die zweite Klasse war überfüllt. Dort hingen die Leute aus den Fenstern und gafften hinüber zum Bahnsteig nebenan, auf dem soeben ein Zug einfuhr. Dessen Lokomotive rollte auf dem Gleis in Position und stieß schnaufend Rauch aus, was in dieser Situation unweigerlich so wirkte, als trauerte auch sie und emittierte dicke Wolken von Tränen. Einer der Passagiere erzählte einem anderen, dies sei der Zug, mit dem der Leichnam des toten Präsidenten morgen von hier auf seine letzte Reise gehen würde, quer durch das Land bis in die Hauptstadt Washington, D. C. Direkt hinter der Lok war eine große, leere Lafette angehängt, der die weiteren geschlossenen Abteilwagen folgten; offensichtlich sollte hier der Sarg aufgebahrt werden. Die Lok hielt neben uns an und Arbeiter begannen, sie mit roten, weißen und blauen Bändern zu schmücken. Ein großes Porträt des Präsidenten auf einer Holzplatte wurde angebracht und vorne an der Lok fixiert.

Wir erreichten die Wagen der ersten Klasse, wo ein schwarzer Zugschaffner in einer weißen Uniform neben dem Schemel stand, mit dem man hinaufstieg.

»Wir gehören zu Fred Anderson«, wiederholte Polly die magische Formel und erklomm ihn schon. Der Mann machte einen Diener und hielt uns nicht weiter auf.

Kaum waren wir eingestiegen, ertönte ein Pfiff.

Die Türen wurden geschlossen und die Lokomotive ließ ein ohrenbetäubendes Signal hören.

Dann setzte der Zug sich langsam in Bewegung. Der Schaffner kam an uns vorbeigelaufen. »Mr Anderson sitzt weiter vorne«, sagte er dienstfertig.

»Danke«, meinte ich. »Wir finden schon selbst zu ihm.«

Wir warteten noch ein wenig, bis der Zug aus dem Bahnhof gerollt war. Unsere Lokomotive stieß einen schrillen Pfiff aus, wie einen letzten Gruß zu dem Trauerzug, den wir hinter uns zurückließen. Dann gingen wir nach vorne und erreichten das Abteil, in dem Anderson alleine saß. Er hatte seinen Mantel ausgezogen und unordentlich neben sich geworfen. Kreidebleich starrte er aus dem Fenster und trank in kurzen Abständen aus einer Flasche, die er von einer braunen Papiertüte umhüllt in der Hand hielt.

Und nun kamen auch noch wir und rissen seine Abteiltür auf.

»Hallo, Mr Anderson«, sagte ich forsch und trat ein. Polly und Enrico folgten mir. Anderson wandte den Kopf und sah uns an wie böse Geister, die ihm der Alkohol aus der Flasche bescherte.

»Was machen Sie denn hier?«, fragte er entsetzt.

Ich ließ mich in den Sitz neben ihn plumpsen und Polly setzte sich ihm gegenüber.

»Wir waren in den letzten Tagen auch in der Stadt und haben uns ein bisschen umgesehen«, sagte Polly liebenswürdig. Enrico streckte den Kopf vor, traute sich jedoch nicht, näher heranzugehen.

Anderson nahm die Flasche herunter und sah von ihr zu mir.

»Wir haben Carrie Phillips und Nan Britton vorhin zum Schiff gebracht«, fuhr ich fort. »Hoffentlich geht es ihnen gut auf dieser Reise.«

Andersons Mund öffnete sich. In seinem Blick war zu lesen, dass er verstand, welche Gefahr ihm von uns drohte.

»Gut«, sagte er heiser und musste sich räuspern. »Gut, dass sie abgereist sind.«

Draußen zog das Häusermeer San Franciscos an uns vorbei.

»Sie haben sich selbst gar nicht darum gekümmert, wie sonst immer, Fred«, meinte ich und beobachtete ihn. »Sie hatten etwas anderes zu tun, nicht wahr?«

»Wir waren im Palace Hotel«, sagte Polly und zwinkerte ihm zu.

Fred Anderson versuchte jetzt allmählich, sich zu fassen. Er war schwierige Situationen schließlich gewohnt, war geübt darin, für so etwas eine Lösung zu finden und sich herauszuwinden.

»Oh ja«, sagte er. »Furchtbar, was da geschehen ist, dass jemand so plötzlich sterben kann …«

»Der gerade noch so vital war, dass er seine Geliebten treffen wollte«, konterte ich. Er war angetrunken und ungeheuer mitgenommen, stark verunsichert. Dies versuchte ich auszunutzen, indem ich in die Offensive ging: »Ursprünglich sogar seine uneheliche Tochter …«

»Sie wissen es also …«, folgerte er. »Sie wissen vermutlich sehr viel …«

Er sah mich fragend an.

»Oh ja«, antwortete ich. »Ich war sogar in Hays' Stall dabei, in Santa Monica vor Ihrer Abreise, und habe mitgehört, was Sie und Mr Hays besprochen haben.«

Andersons Mundwinkel zuckten.

»Wir haben auch Beweise«, verkündete Polly fröhlich. »Einen der drei Durchschläge des Vertrages aus seinem Zimmer – ich hoffe, dafür wurde keine Sekretärin angebrüllt, als Sie bemerkten, dass einer fehlte?«

Andersons Blick war äußerst schuldbewusst. Seine linke Hand nestelte in der Jacketttasche. Schnell zog ich mit der gesunden Hand die Luger hervor und legte sie einfach nur auf dem Oberschenkel ab, ohne sie auf ihn zu richten. Er nahm die Hand langsam wieder heraus. Darin war ein Taschentuch, mit dem er sich die Stirn tupfte.

»Der Vertrag zwischen dem Präsidenten und dem Ku-Klux-Klan, den Sie für Will Hays aufgesetzt und den alle drei unterschrieben haben. Wir haben ihn gelesen und werden ihn weitergeben.«

Anderson wandte den Kopf ab, eine unbewusste Geste der Verzweiflung.

»Trinken Sie ruhig«, sagte Polly gnädig. »Wenn es hilft.«

Anderson nahm einen Schluck aus der Pulle wie ein Kind, dem man gestattet hat, Süßigkeiten zu essen: misstrauisch, den Trost kaum genießend. Der Zug raste inzwischen ratternd dahin, die Häuser der Stadt hinter sich lassend, nach Süden.

»Was … was ist denn mit Ihrer Hand geschehen, Mr Engel?«, fragte er und zeigte zitternd auf meine verbundene Linke.

»Kleines Gespräch mit dem Ku-Klux-Klan«, erklärte ich. »Dabei wurde leider was verschüttet.«

Von seinem Gesicht war die Erkenntnis abzulesen, dass der Ablenkungsversuch nach hinten losgegangen war.

»Da war auch der Mann mit der Hornbrille zugegen«, fügte Polly hinzu.

»Der Große Zyklop – der Mann aus den Südstaaten, dem ein Finger fehlt, der in Ihrem Auftrag Blossom Jones und Madame Claire beseitigt hat«, präzisierte ich. »Clevere Idee, sich dafür der erfahrenen Gewalttäter des Klans zu bedienen.«

Fred Andersons Pferdegesicht wurde noch länger als ohnehin schon.

»Wo ist er eigentlich, war er nicht auch in San Francisco dabei?«, fragte Polly unschuldig. »Und hatten Sie mit ihm erst Kontakt aufgenommen, nachdem der Klan den Präsidenten erpresst hat, oder schon davor?«

»Wir wissen nämlich nicht alles«, ergänzte ich. »Nur das Wichtigste. Den Rest können wir uns aber natürlich auch selbst erschließen. Wir und unser Freund August Vollmer, der Chief of Police. All unsere Erkenntnisse gehen an ihn.«

»Also gut!«, brach es aus Anderson hervor. »Ich werde es Ihnen erzählen. Ich habe keine Lust, mit denen unterzugehen, mit dieser Bande, nicht nach dem Unsäglichen, das sie nun auch noch getan haben. Und auch nicht mit Will Hays, der mich sofort kalt lächelnd opfern wird, wenn es nötig ist …« Er straffte sich. »Ich werde Ihnen lieber selbst sagen, wie es wirklich war.«

75

Am nächsten Morgen betraten wir schwungvoll das Büro von Gus Vollmer – Polly, Enrico und ich in Begleitung von Fred Anderson. Gus' sonst so makellose Uniform war zerknittert, an seinem Kinn glitzerten silberne Bartstoppeln und er sah so aus, als hätte er die Nacht an seinem Schreibtisch verbracht, und zwar ohne zu schlafen. Letzteres hatten wir alle gemeinsam. Wir waren direkt vom Bahnhof hierhergeeilt. Vollmers Adjutant Detective Goetz hatte uns im Vorraum abweisen wollen – es sei kein guter Zeitpunkt –, doch ich hatte darauf bestanden, den Chief sofort zu sprechen.

»Was gibt es denn so Eiliges, Hardy?«, fragte Vollmer mich ohne Umschweife. »An einem Tag wie diesem?«

Auf seinem Schreibtisch lag die Morgenzeitung mit schwarzem Trauerrand und der fetten Schlagzeile: »LAND IN TRAUER UM HARDING – Calvin Coolidge nimmt Amtsgeschäfte als 30. Präsident auf«.

»Danke, dass Sie uns empfangen, Gus. Wir kommen direkt aus San Francisco und jetzt können wir Ihnen endlich alles berichten – das, was wir dort herausgefunden haben, und das von davor. Glauben Sie mir, es lohnt sich.«

»Hallo, Polly«, grüßte Gus knapp, beinahe unwirsch, und sah Anderson an, »wer sind Sie?«

»Das ist Fred Anderson, Gus, von dem ich Ihnen erzählt habe, die rechte Hand von Will Hays in der Produzentenvereinigung.«

»Und unser Kronzeuge«, preschte Polly vor.

»Nur wenn wir uns auf einen Deal einigen können«, warf Anderson schnell ein. »Mit einem Straferlass für meine Kooperation und Schutzmaßnahmen und …«

»Wohl eher einer Straf*minderung* …«, sagte ich.

»Moment!«, brüllte Vollmer. »Eins nach dem anderen. Ich will zuallererst wissen, worum zum Teufel es hier geht, Wort für Wort, Mr Anderson. Und dass Sie Dreck am Stecken haben, in Morde verwickelt sind, das ist mir bereits durchaus bewusst. Also setzen Sie sich da hin!«

Fred Anderson biss sich auf die blassen Lippen und pflanzte sich in einen der Stühle. Ich überließ Polly den zweiten und blieb selbst stehen. Vollmer setzte sich hinter den Schreibtisch. Er hatte tiefe Ringe unter den Augen und sah grauenvoll aus. Was auch immer ihn so heftig mitgenommen hatte – die Nachrichten aus San Francisco oder seine eigenen Tagesgeschäfte –, er hatte noch keine Zeit gehabt, seinen Frieden damit zu machen.

»Erzählen Sie es mir, gerne mit verteilten Rollen«, knurrte er.

»Also …«, begann ich.

»Hat es irgendetwas mit dem Tod des Präsidenten zu tun?«, fragte Gus aufmerksam und sah von einem zum anderen.

»Mit einem Wort: ja«, antwortete ich. Polly nickte heftig. Anderson betrachtete seine Fingernägel.

Gus atmete durch und machte eine Geste: weiter.

Ich hatte mir klargemacht, was ich ihm bisher alles wohlweislich noch nicht gesagt hatte und daher nun erst einmal in all seiner Ungeheuerlichkeit beibringen musste, schonend und möglichst in der richtigen Reihenfolge.

»Ich fange mal so an«, sagte ich. »Sie wissen, dass Blossom Jones verschwunden ist und meine Nachbarin Madame Claire ermordet wurde und dass ich dabei einer Sache auf der Spur war, bei der es um mehrere Geliebte eines mächtigen Mannes ging. Ich dachte erst, es wäre Will Hays gewesen, auch weil Anderson hier sich um sie alle gekümmert hat und sie von der von ihnen eingerichteten Stiftung bezahlt wurden, doch es war jemand anderes.«

»Der Präsident«, konnte Polly sich nicht mehr zurückhalten.

»Warren G. Harding? Ist das Ihr verdammter Ernst?«, entfuhr es Gus.

Wir nickten. Selbst Anderson nickte vor sich hin.

»Und das haben Sie erst jetzt von Anderson erfahren?«, fragte Gus mit Blick zu ihm.

Polly wollte etwas sagen, doch ich machte ihr ein Zeichen, dies mir zu überlassen.

»Er hat es uns bestätigt und uns die Details dazu verraten, aber wir wussten es schon vorher.«

»Seit Sie Carrie Phillips mit dem Lügendetektor verhört haben?« Gus war offensichtlich kurz davor, wütend zu werden.

»Ja. Aber es erschien mir so heikel und ich hatte jenseits ihrer Aussage noch keine Belege dafür, deswegen wollte ich Sie nicht einweihen, bis ich diese vorlegen konnte, denn wir hatten ja vereinbart, dass ich diese brauchte. Erst jetzt kann ich es und weiß alles Weitere.«

Polly redete weiter: »Der Präsident hat auch eine uneheliche Tochter mit einer anderen Geliebten, Nan Britton, sie ist inzwischen vier Jahre alt. Für diese und insgesamt acht Frauen wurde eine Stiftung eingerichtet, von Will Hays und seinem Mitarbeiter Fred Anderson, bereits in Washington.«

»1919«, ergänzte Anderson. »Das war noch vor der Wahl. Danach führten wir sie einfach fort.«

»Hays war der Mann, der für Harding alles erledigt hat, und Anderson wiederum für Hays. Sie waren es so gewohnt, warum sollten sie es ändern?«, erklärte ich.

Gus sah uns der Reihe nach an, zuletzt Anderson. »Dann haben Sie auch Blossom Jones den Filmvertrag besorgt? Und als sie hier in Hollywood Ärger gemacht hat, haben Sie sie verschwinden lassen?«

»Nicht ich«, sagte Anderson eine Oktave zu hoch und zu leise.

»Sondern?«

»Er hat jemanden dafür angeheuert«, antwortete Polly.

»Der sie umgebracht hat?«

»Ja. Sie ist tot«, antwortete ich, weil Anderson sich nicht rührte.

»Sie ist nicht auf einer Reise«, fügte er nun hinzu, ohne hochzusehen.

»Den Mörder haben wir mittlerweile identifiziert und Mr Anderson hat es uns bestätigt«, sagte ich und machte eine Pause.

»Er heißt Huck Fenner, stammt aus Tennessee und arbeitet im Kopierwerk der Paramount«, ergänzte Anderson, weiter zu Boden blickend.

»Der Große Zyklop. Er ist ein hohes Tier beim Ku-Klux-Klan und dort hat Anderson ihn auch rekrutiert«, fuhr ich fort, »als Mann fürs Grobe, als jemanden, der damit Erfahrung hatte, ohne Skrupel Gewalt auszuüben.«

»So etwas könnte ich niemals selbst tun«, versicherte Anderson.

»Sie können es nur in Auftrag geben«, meinte Polly böse. »Weil Sie ein mieser Feigling sind.«

»Oder mir eine Patrone schicken, was immerhin eine klare Todesdrohung ist«, ergänzte ich. Anderson hatte letzte Nacht auf meinen Vorhalt zugegeben, dass sie von ihm stammte, nicht vom Klan.

»Neben Andersons Geständnis belasten auch andere Erkenntnisse Huck Fenner«, erklärte ich Gus. »Ihm fehlt der linke kleine Finger, woran ich ihn nach der Aussage des Portiers von Blossom Jones eindeutig als ihren Besucher identifizieren konnte.«

»Wie genau ist Blossom Jones gestorben?«, fragte Vollmer Anderson.

Dieser zwang sich mühsam dazu, sich zu konzentrieren. »Fenner hat sie besucht, er sollte sie in einem letzten Versuch überzeugen, Ruhe zu geben, nicht noch mehr Geld zu verlangen. Das gelang leider nicht, Miss Jones versuchte vielmehr, *ihn* zu überzeugen. Es kam zum Streit, er schlug sie nieder und überwältigte sie. Dann brachte er sie halb betäubt weg. Was er dann mit ihr gemacht hat, wohin er ihre Leiche brachte, weiß ich nicht. Wir *wollen* es auch nicht wissen, das ist das Prinzip.«

So genau hatte er uns dies im Zug noch nicht erzählt und es war schockierend, es nun in aller Offenheit zu hören.

»Sie wussten zu diesem Zeitpunkt also nicht, dass Blossom

Jones mich mit zu sich genommen hatte und hatten Angst, dass sie plaudert?«, fragte ich. »Das war nicht der Auslöser?«

Die Überraschung, mit der Anderson mich anblickte, sagte alles. »Nein.«

»Was war der Unterschied zu den anderen Geliebten?«, wollte Polly wissen. »Die haben ihn doch auch erpresst?«

»Sie hat die Vereinbarung nicht eingehalten, sie wurde unberechenbar. Und mehr noch, sie wollte plötzlich auch den Präsidenten nicht mehr treffen, obwohl sie ihn liebte. Aus Stolz. Die anderen schon, das war der Unterschied.«

»Eine stolze, selbstständige Frau, die imstande ist, ihre Gefühle zu kontrollieren – anders als der Präsident, anders als all die Hollywoodstars –, das hat Ihnen Angst gemacht«, schloss Polly empört. »Deswegen musste sie also sterben!«

»Für alle Fälle haben Sie dann mit Payne ihr Apartment gesäubert und die Legende von der großen Reise erfunden.« Ich wollte es Anderson nicht erlauben, sich so einfach aus der Verantwortung zu stehlen. »Und als Sie feststellten, dass ich Nachforschungen betrieb, ließen Sie erst in mein Büro einbrechen und dann später eine Freundin eine Postkarte aus Hawaii an mich schreiben, angeblich von Blossom Jones. Doch sie war von Ihrer Gespielin Donna, nicht wahr?«

Anderson biss sich auf die Lippen und nickte mit gesenktem Kopf. Dass und wie ich die beiden in Hays' Büro beobachtet, übertölpelt und so die entscheidenden Hinweise auf die Geliebten aus dem Safe erhalten hatte, hatte ich ihm im Zug beschrieben. Polly hatte ihren Spaß dabei gehabt. Anderson nicht.

»Dann hat Fenner also auch Madame Claire ermordet?«, übernahm Gus wieder. »Die zufällig Zeugin des Einbruchs wurde, bei dem in Mr Engels Büro Beweisstücke gestohlen wurden, die den Fall Blossom Jones betrafen?«

»Ja, das hat er«, antwortete ich, da Anderson stumm blieb. »Auf ihn passen auch die Ergebnisse Ihres Kriminallabors – er ist Rechtshänder, hat einen grauen Anzug, hält Hasen in seiner Wohnung …«

Gus zog die Augenbrauen hoch und nickte zufrieden.

»Aber dieser Mord war natürlich nicht geplant, den hat Fenner auf eigene Faust begangen, als sie ihn aufgestört hat!«, begehrte Anderson auf. »Oder wenn, hat er das nur mit Burns abgesprochen!«

»Fenner hat auch Clarence Robineau umgebracht, in Diensten des Ku-Klux-Klans.« Pollys Stimme zitterte vor Wut.

»Und Jeremiah Coyne auf der Jagd im Wald«, fügte ich hinzu. »Da, wohin ich Fred Anderson am Anfang gefolgt bin.«

»Aber ich habe nicht daran teilgenommen, ich bin vorher gegangen«, warf Anderson schnell ein.

»Sie haben bloß rasch einen Mörder rekrutiert, der am selben Abend den Nachweis seiner Skrupellosigkeit erbracht hat«, erwiderte ich und sagte dann, zu Gus gewandt: »Fenner ist hier im Klavern Los Angeles nur dem Großen Titanen untergeben, der ihn leitet, Frank Wise, der Priester aus der Fountain Avenue. Mr Anderson kann auch ihn überführen.«

»Ich hatte mit dem Priester wegen der Erpressung des Präsidenten gesprochen«, erklärte Anderson. »Dabei traf ich auch Fenner, der mich anwerben und mit einer radikaleren Haltung locken wollte. Ich lehnte ab und ging, aber so kam ich darauf, dass er jemand für gröbere Dienste sein könnte. Später sagte ich es Burns, und der setzte ihn dann entsprechend ein.«

»Wo ist dieser Mörder jetzt?«, fragte Gus ihn.

»In Los Angeles«, antwortete er. »Er ist nicht mit nach San Francisco gekommen.«

»Was wir erst befürchtet hatten«, ergänzte Polly. »Wir dachten, er würde sich der beiden Geliebten annehmen, die den Präsidenten dort oben treffen wollten und dann eine große Reise antreten sollten, so wie Miss Jones. Also haben wir Mrs Phillips und Miss Britton selbst zum Schiff gebracht.«

»Sie waren zu keinem Zeitpunkt in Gefahr, wie gesagt«, sagte Anderson rasch. »Das Verschwinden von Miss Jones hatte schon genug Aufsehen erregt, das sollte sich nicht wiederholen.«

»Warum haben Mr Hays und Sie sich überhaupt noch um all das gekümmert?«, fragte Gus kopfschüttelnd. »Sie waren doch aus der Regierung ausgeschieden?«

»Weil der Präsident damit weiter zu ihnen kam«, erklärte ich. »Aus alter Gewohnheit haben Hays und Anderson sich darum gekümmert, sobald er wieder ein Problem hatte. Sie hatten es all die Jahre in Washington getan, seit 1919, die Schweigevereinbarungen mit den vielen Geliebten ausgehandelt und die Zahlungen dafür über die Stiftung veranlasst.«

»Will Hays befürchtete, damit aufzufliegen, er war deshalb auch zum Film gegangen, weil ihm das alles zu korrupt und verdorben war«, sagte Anderson und zupfte nervös an seinem Ohr. »Die skandalösen Amouren des Präsidenten und die geheimen Geschäfte dieser Regierung und ihrer Minister.«

»Es gab doch sicher neue Leute, die das abwickeln und vertuschen sollten.«

»William Burns«, bestätigte Anderson. »Der Chef des *Bureau of Investigation*. Nachdem Mr Hays aus Washington weggegangen war, setzte Justizminister Harry Daugherty ihn in sein neues Amt ein und er hat diese Aufgaben übernommen.«

»Aber nicht vollständig«, warf ich ein.

»Die Wahrheit ist«, fuhr Anderson fort, »Hays und Daugherty mochten sich nicht. Mein Chef wollte es dem Justizminister nicht ganz überlassen, die Affären des Präsidenten zu regeln. Daugherty ist korrupt bis auf die Knochen.« Andersons Miene verdüsterte sich. »Gar nicht auszumalen, wenn herauskommt, was er alles für Geschäfte betreibt und auf dem Kerbholz hat. Will Hays ahnte, das würde kein gutes Ende nehmen, und fühlte sich Harding immer noch verpflichtet.«

»Sie sprechen von unserem *Attorney General*, dem Hüter des Gesetzes und der Verfassung!«, rief Vollmer fassungslos.

»Und von Burns, der für den Schutz der nationalen Sicherheit zuständig ist.« Ich nickte. »Und den Job so versteht, dass er im Hintergrund die Fäden bei so etwas zieht.«

»Und bestechen und sogar morden zu lassen, um alles zu vertuschen«, meinte Polly böse.

»Sie mussten sich also mit Burns arrangieren«, sagte ich zu Anderson. »Erklären Sie es ihm, wie genau das ablief. Zum Beispiel im Fall Blossom Jones?«

»Als Hays und ich nach einigen Gesprächen mit Miss Jones erkannt hatten, dass sie Ärger machen würde, habe ich Burns benachrichtigt und er kam nach Hollywood. Er hat mit ihr geredet, sie bedroht, doch ohne Erfolg. Also mussten wir tätig werden.«

»Und Hays hatte Kenntnis von alldem, auch von dem Mord an Blossom Jones? Hat er ihn letztlich in Auftrag gegeben – Will Hays, unser früherer Postminister?«, fragte Vollmer angeekelt und erhob sich, um auf und ab zu gehen.

»So lief das nicht ab, nicht in diesen Worten. Er sagte mir nur, dass ich das Problem lösen solle, und das tat ich dann, indem ich wiederum Fenner einschaltete.« Anderson wand sich, es war ihm sichtlich unangenehm, darüber zu reden. »Von diesem weiß ich nur den geschilderten Hergang und dass sie tot ist, keine Details. Hays weiß nur, dass das Problem gelöst ist.«

»Um eine Verwicklung darin glaubhaft abstreiten zu können«, sagte ich. »Doch letztendlich hat Hays sich um all das gekümmert und es in Absprache mit Ihnen entschieden. Sagen Sie es ihm, Anderson, ganz offen.«

»So muss man das sehen«, gab Anderson zu. »Aber er selbst wird sich für unwissend und unschuldig erklären.«

»Was natürlich Blödsinn ist, er ist verantwortlich. Dieses System werden wir durch Ihre Aussage als Kronzeuge durchbrechen können«, insistierte ich.

»Und Burns?«

»Burns weiß alles, er übernahm ab da alles Weitere und hat den Klansmann unter seine Fittiche genommen. Fenner arbeitet seither exklusiv für ihn.«

Ich warf ein: »Burns übernahm ja auch die Ermittlungen nach dessen Einbruch in mein Büro, um sie zu kontrollieren und zu prüfen, was ich darüber wusste. Er hatte mich Kontakt mit ihr aufnehmen sehen und mich von seinen Leuten schon vorher überwachen lassen.« Anderson nickte bestätigend.

»Und Burns war auch mit in San Francisco? Was ist dort passiert?«, fragte Vollmer empört. »Außer dass die beiden Geliebten abgereist sind – ich meine das, was rund um den Tod des Präsidenten geschehen ist?«

»Nun, Mr Hays und Mr Anderson fuhren dorthin und, richtig, ebenso William Burns und Harry Daugherty«, zählte ich auf. »Es ging nicht in erster Linie um die Geliebten, das war nur ein Nebenschauplatz. Diese Regierung hatte ja noch ganz andere Skandale am Hacken, aber der Akuteste war einer, der wiederum den Ku-Klux-Klan betraf.«

»Du musst ihm erst noch erzählen, wie wir die Filme gefunden haben«, unterbrach mich Polly. »Die, die der Kameramann Elmer Macready für den Klan aufgenommen hatte. Wir haben sie aufgetrieben, alle drei.«

»Und sichergestellt. Zwei von ihnen zeigen die Lynchmorde an Jeremiah Coyne und Clarence Robineau, die wir damit endlich belegen können.«

»Wie haben Sie Elmer Macready gefunden?«, fragte Gus.

»Ich folgte Will Hays hier in Hollywood zu einem Treffen, weil ich wegen der Kutte in seinem Strandhaus annahm, dass er Mitglied im Klan sei.«

»Sie hatten sie ihm nur zugeschickt, um ihn anzuwerben«, erklärte Anderson.

»Mir haben sie inzwischen auch eine zugestellt«, warf Gus ein. »An mein Hotel, sie wollen wohl hohe Funktionäre aller Art für sich gewinnen. Natürlich habe ich es abgelehnt.«

»Will Hays auch, und ich ebenso«, sagte Anderson, stolz darauf, endlich mit etwas punkten zu können. »Selbst D. W. Griffith.«

»Eine Verbindung von prominenten Hollywoodleuten zum Klan haben Sie also nicht nachweisen können?«, fragte Gus mich.

»Nein, hier waren es eher kleine Lichter«, antwortete ich. »Woanders aber nicht. Bei besagtem Klantreffen haben sich alle einen dritten Film angesehen, den Elmer aufgenommen hatte, eine Aufnahmezeremonie des Klans, in Washington. Mit ihrem höchsten Anführer Hiram Evans sowie dem Präsidenten, der ihm den Treueeid geschworen hat.«

Gus öffnete den Mund und schloss ihn wieder und dann das Ganze noch einmal, wie ein Fisch auf dem Trockenen.

»Der Präsident …?«

»Hatte sich dazu hinreißen lassen, Mitglied bei ihnen zu werden und sich dabei auch noch filmen zu lassen. Und jetzt wurde er damit prompt erpresst, und der Klan wandte sich an Will Hays, den Mann, der die Affären des Präsidenten bekanntermaßen weiterhin regelte.«

»Der Klan wollte es bekannt werden lassen?«, fragte Gus.

»Jedenfalls musste Hays beziehungsweise Anderson einen Deal aufsetzen, laut dem der Präsident sich politisch im Sinne des Klans zu verhalten versprach, und beide fuhren nach San Francisco, um ihn dort unterzeichnen zu lassen. Was auch geschah.«

»Wirklich? Das kann doch wohl nicht wahr sein«, fuhr Vollmer Anderson an. »So was können Sie uns nicht im Ernst erzählen!«

»Oh, wir haben den Vertrag da. Wir haben ihn in San Francisco an uns gebracht«, meinte Polly mit kaum verhohlenem Stolz und holte das Dokument hervor.

»Polly hat das geschafft«, präzisierte ich.

Vollmer nahm das Papier und starrte darauf. Seine blauen Augen leuchteten, doch nicht vor Glück.

»Mr Hays wollte nicht mehr weiter mitmachen, er wollte aufhören und sich nur noch um die Filmbranche kümmern«, sagte Anderson mit schwerer Stimme. »Er hat es dem Präsidenten gesagt und er hat Daugherty und Burns aufgefordert, dass sie dessen Skandale ab sofort alleine übernehmen sollen. Und dann ist er abgereist.«

»Er hat es auch der First Lady gesagt, Florence Harding«, fügte Polly hinzu. »Denn sie ist diejenige, die in diesem Kreis die Entscheidungen trifft. Oder: traf.«

August Vollmer war immer noch damit beschäftigt, das Papier zu studieren und um Fassung zu ringen.

»Es schließt die letzte Lücke in unserer Beweiskette, Gus«, folgerte ich. »Wir können jetzt alles belegen und all diese Fälle aufklären – die Morde wegen der Geliebten und die Morde des Ku-Klux-Klans, auch Elmer Macready gehörte noch zu dessen Opfern. Es hat alles mit dem Präsidenten zu tun. Die Täter und die Hintermänner stehen sämtlich fest. Sie müssen sie nur noch festnehmen.«

Gus sah hoch und blickte uns alle nacheinander an.

Dann sagte er plötzlich: »Bitte lassen Sie mich mit Mr Engel alleine. Ich muss jetzt vertraulich mit ihm sprechen.«

Polly wollte protestieren, doch dann ließ sie es sein.

Sie und Anderson gingen nach draußen.

Nachdem Polly die Tür geschlossen hatte, ging Gus zu seinem Schreibtisch zurück und setzte sich dahinter. Er legte das Dokument auf die Platte, verschränkte die Hände und sagte zunächst einmal gar nichts.

»Ich weiß«, meinte ich. »Eine letzte Frage ist noch nicht geklärt, aber sie drängt sich auf. Warum genau ist der Präsident gestorben? Hat es mit diesen Affären zu tun? Ist der wahre Grund vielleicht ein anderer als der, der in den Zeitungen steht, ein plötzlicher Hirnschlag? Auch wir haben dazu bisher nur Vermutungen und …«

Vollmer hob abrupt die Hand und ich hielt inne.

»Nein, Hardy. Ich muss über etwas anderes mit Ihnen reden.«

»Unsere Fälle sind aufgeklärt«, wiederholte ich, in der unbestimmten Ahnung, dass ich es noch einmal untermauern musste. »Wir müssen nur Fred Andersons Aussagen aufnehmen und am besten gleich mit dem Lügendetektor überprüfen. Von da aus können wir es dann angehen. Es tut mir leid, dass ich eine Zeit lang an Ihnen gezweifelt habe. Aber ich bin ab sofort an Ihrer Seite.«

Ich bewegte den Arm und stöhnte auf. Die Schmerzen, die ganze Zeit unterdrückt, meldeten sich wieder. Die letzte Morphinspritze, die uns noch geblieben war, hatte ich mir im Zug gesetzt, nachts um zwei Uhr. Ihre Wirkung war schon lange verpufft.

»Sie müssen sich erst mal um Ihren Arm kümmern«, bemerkte Vollmer und wandte den Kopf ab, in Richtung Fenster. »Ich will gar nicht davon reden, dass es jetzt ein ganz beschissener Zeitpunkt ist, die Skandale des Präsidenten aufdecken zu wollen, nun, wo das gesamte Land da draußen um ihn trauert. Und Ihr

Gegner Will Hays heute Abend einen Sonderzug mit lauter Hollywoodstars von der Santa-Fé-Station zur Trauerfeier abfahren lässt, mit Pressetermin um sechs Uhr. Verstehen Sie denn nicht, Hardy, dass diese Leute immer jemanden finden werden, der sie deckt, der ihnen ein Alibi gibt und sie heraushaut? Es wird Ihre Aussage und die von Anderson gegen deren gemeinsame Aussage stehen, die von Ministern und all den Hintermännern … Ja, den Mörder kann und muss man fassen, aber wir wissen immer noch nicht einmal, wer vom *LAPD* Mitglied im Klan ist und Fenner hilft. Was ich mittlerweile alles erlebt habe – in meiner Behörde, im Rathaus, von den Leuten, die mich engagiert haben, angeblich, um aufzuräumen … Das Ausmaß an Korruption in diesem Polizeidepartment, in dieser ganzen Stadt ist so dermaßen unvorstellbar, dass …«

Er verstummte und hieb die Faust auf seinen Schreibtisch.

»Wir werden es schaffen«, sagte ich und beobachtete ihn. »Zusammen werden wir es schaffen, Gus.«

Er wandte langsam den Kopf und blickte mich an.

»Nein, das werden wir nicht«, erwiderte er bestimmt und durchaus verlegen, sehr verlegen. »Wir haben keine Chance, Hardy, und es hängt nicht an Ihnen oder Ihren Beweisen. Es tut mir sehr leid, aber ich muss Sie enttäuschen und mein Versprechen an Sie zurückziehen. Ich kann es nicht halten.«

»Gus«, meinte ich beschwörend. »Das ist nicht Ihr Ernst. Wir alle erleben mal einen Moment der Schwäche, wo wir keine Lust mehr auf all das haben, aber …«

Mit einem Ruck zog er aus seiner Schublade etwas heraus und hielt es mir hin.

Ich sah darauf. Es war ein Blatt Papier, und im ersten Moment dachte ich, es wäre vielleicht eine weitere Kopie dessen, was ich ihm gerade gegeben hatte, denn es war ebenfalls ein Dokument mit einer Unterschrift. Dann sah ich es genauer an. Es trug den Briefkopf des Chief of Police, Los Angeles, mit der Adresse in der Fifth Street. Überschrieben war es mit *»Rücktrittserklärung«*.

Es war von ihm unterschrieben und gestempelt worden, vor drei Tagen. Sprich, lange vor dem Tod des Präsidenten.

»Es ist vorbei, ich habe es schon längst beschlossen und dem City Council offiziell übergeben«, erklärte er. »Und es hat mit diesen ganzen schrecklichen Ereignissen seither nicht das Geringste zu tun. Es geht nur um die Verhältnisse in dieser Stadt.«

»Hat man Sie unter Druck gesetzt?«, fragte ich, als ich wieder in der Lage war, etwas zu fragen. »Der Klan oder jemand anderes?«

»Nein«, antwortete er. »Aber als ich wieder in Berkeley war, wo ich mein eigener Herr bin und der Gerechtigkeit zum Sieg verhelfen kann, ist es mir klar geworden: Los Angeles ist so durch und durch verdorben – und insbesondere die Polizeibehörde und die Clique, die das Sagen hat –, dass ich keine Chance haben werde. Das hatten die auch nie vor, mir zu gestatten. Es war ein Missverständnis. Die mich geholt haben, haben mit ›aufräumen‹ etwas anderes gemeint als ich.«

»Das«, sagte ich, »kommt mir bekannt vor.«

Meine Schmerzen meldeten sich erneut. Mir war klar, dass ich von nun an auf mich alleine gestellt sein würde. Ich hatte ungeheure Lust auf einen Schuss Morphin.

»Ich wollte sofort zurücktreten, direkt aus dem Amt ausscheiden, aber das haben sie mir verwehrt. Und sie haben sogar recht damit: Ich habe mich für ein Jahr verpflichtet und muss das durchziehen, sonst würde ich als jemand gelten, der davonläuft, und meinen Ruf für immer ruinieren. Das Härteste wird sein, jetzt trotzdem – *ausgerechnet* jetzt – elf lange Monate in diesem Amt in dieser verfluchten Stadt auszuharren, ihr Spiel mitzuspielen und mein Ausscheiden erst ganz am Ende zu verkünden. Ich werde dann kein Blatt vor den Mund nehmen. Bis dahin werde ich von meinem Plan durchzusetzen versuchen, was ich nur kann, aber ich werde nicht gegen sie ankommen und sie werden in allem stets das letzte Wort haben. Es wird die wahre Hölle sein. Und deswegen werde ich auch Ihnen nicht helfen können bei dem, was Sie vorhaben. Ich habe mir das alles eben angehört, weil ich es unbedingt wissen wollte, und dabei die ganze Zeit nach einem Weg gesucht, was ich für Sie tun kann. Aber ich habe keinen gefunden. So verdammt leid es mir tut.«

Er bückte sich und hob das Dokument auf, das er hatte fallen lassen. Dieses hielt er mir hin und wir tauschten die Blätter aus, ich gab ihm seines und er mir meines. Ich steckte es langsam wieder ein.

»Viel Glück, Hardy«, sagte er und öffnete die Tür zu einem Raum nebenan. »Entschuldigen Sie mich jetzt. Ich muss mich rasieren und werde noch eine lange, heiße Dusche nehmen, bevor ich nach Hause gehe.« Gus ging in das Zimmer hinein. »Ich habe das Gefühl, es gibt eine Menge Schmutz abzuwaschen.«

Er sah nicht mehr hoch, als er die Tür schloss.

76

Niedergeschlagen und wie betäubt verließ ich sein Büro, noch ganz in Gedanken darüber, wie es nun weitergehen sollte.

Als ich im Vorzimmer hochsah, erblickte ich Polly, die stöhnend neben einem umgefallenen Stuhl lag, offensichtlich nach hinten umgefallen. Blut lief ihr aus der Nase. Anderson war nicht da. Detective Goetz auch nicht.

»Was ist passiert?«, fragte ich besorgt, sprang hin und half ihr auf. Enrico wuselte aufgeregt um uns herum. »Geht es dir gut?«

Ich hatte nichts mitbekommen, nur kurz ein Bellen von Enrico gehört, doch wir waren dadrinnen mit uns selbst beschäftigt gewesen.

»Geht schon«, ächzte Polly und rappelte sich auf.

»Ist Anderson abgehauen?«, fragte ich verständnislos.

»Es war der Detective!«, sagte Polly außer Atem. »Er hat plötzlich eine Waffe gezogen und Anderson bedroht. Hat ihn sich geschnappt und ließ ihn mitkommen. Ich wollte dazwischengehen, da hat er mich umgestoßen. Komm, wir müssen ihnen nach!«

»Du bleibst da!«

»Ich komme mit!«

»Das kannst du vergessen!«

Wir stießen gegeneinander und ich stöhnte vor Schmerz laut auf.

»Du brauchst mich!« Polly schnappte sich Enrico und hob ihn hoch. Beide sahen mich wütend an. Es war keine Zeit zu streiten.

Schnell rannten wir los, in Richtung des Ausgangs, und

bahnten uns einen Weg durch die Leute. Es ging eine Treppe hinunter, dann durchquerten wir eine Halle. Wir sahen die beiden nicht, aber bewegten uns einfach zum Parkplatz, der an der Fifth Street lag. Als wir auf ihn hinausliefen, entdeckten wir Goetz, der mit Anderson zu einem Polizeiwagen ging. Ein uniformierter Polizist und sein Gefangener, ein normaler Anblick vor dem Polizeipräsidium. Ein paar Passanten starrten, aber natürlich hielt niemand sie auf. Goetz ließ Anderson hinten einsteigen, offenbar bedrohte er ihn mit einer Waffe. Auf dem Rücksitz saß schon jemand.

»Verdammt, er muss zum Klan gehören!« Ich hielt abrupt inne. Während Goetz zur Fahrerseite eilte und einstieg, hatte der Mann hinten den Kopf zur Seite gedreht und ich erkannte ihn: Es war der Klansmann aus den Südstaaten mit der Hornbrille, Huck Fenner. Polly schlug die Hand vor den Mund.

»Mein Gott …!« Der Mörder, der sowohl für den Klan als auch für Hays und den Präsidenten gemordet hatte.

»Wir müssen ihnen folgen. Wir dürfen unseren Kronzeugen nicht verlieren!«

Schon rannten wir los, ein paar Reihen weiter zu meinem Voisin.

Eilig sprangen wir hinein und ich ließ den Motor an. In einiger Entfernung stieß der Polizeiwagen zurück und fuhr dann mit quietschenden Reifen an. Auch ich fuhr rückwärts und hieb den Gang rein.

»Was ist mit Vollmer?«, fragte Polly.

»Nichts. Er ist als Polizeichef zurückgetreten und kann uns nicht mehr helfen.«

»Was?« Es war ein empörter Ausruf.

»Er kapituliert vor dieser Stadt und ich fange gerade an, ihn zu verstehen. Wir müssen es alleine hinbekommen.«

»Drück drauf!«

Entschlossen wischte sich Polly mit dem Handrücken das Blut aus dem Gesicht. Ich bog auf die Hauptstraße ein und folgte dem Polizeiwagen, der nun die Sirene eingeschaltet hatte und beschleunigte.

»Wahrscheinlich fahren sie zum Klan. Natürlich hat er genau mitbekommen, was Anderson für uns aussagen will, und hat Fenner benachrichtigt. Goetz muss Vollmer die ganze Zeit ausspioniert und seine Arbeit sabotiert haben.«

»Fahr schneller!«, drängte Polly. Der Polizeiwagen war uns um einiges voraus. Auf die Straße aufgemalt sahen wir wieder dreimal nacheinander ein großes weißes »K«.

»Es wird gefährlich werden«, sagte ich. »Besser wäre es, wenn sie nicht mitbekommen, dass wir ihnen folgen.«

»Anderson ist die einzige Chance, die uns noch bleibt.«

»Ich weiß.«

Als ich den Wagen um die Ecke lenkte, in Richtung Westlake, und das Lenkrad einschlug, stöhnte ich vor Schmerzen auf.

»Hardy, erträgst du es denn noch?«, fragte sie besorgt. »Du gehörst dringend in ein Krankenhaus. Wenn die Wunde sich entzündet, kann das böse ausgehen.«

»Es wird schon gehen«, meinte ich und biss die Zähne zusammen. »Es muss. Nur noch ein bisschen.«

Wir mussten nicht lange fahren, weiter nach Los Feliz, dann sahen wir zur Linken entlang der Straße den Los Angeles River liegen. Er wurde damals noch nicht in ein tiefes Betonbett gezwängt wie heute, sondern war ein dahinfließendes, sich wild schlängelndes Gewässer mit Flussauen, die immer wieder einmal überflutet wurden. Jetzt bildeten sie in der Augusthitze eine weitläufige Wiese aus gelb verdorrtem Gras, auf der zahlreiche Automobile geparkt standen, in ordentliche Reihen aufgeteilt.

Der Polizeiwagen hatte Sirene und Rotlicht ausgeschaltet, bog von der Straße ab und reihte sich ganz hinten darin ein. Wir hielten ein Stück die Straße hinunter, wo weitere Automobile am Rand abgestellt waren, und beobachteten von oberhalb einer Böschung aus. In der Flussaue war eine große Ansammlung von Menschen zu sehen. Man hätte es für eine Art Gottesdienst halten können, wenn sie nicht alle weiße Kutten getragen hätten.

»Der Klan«, stieß Polly grimmig hervor. »Veranstaltet wohl eine Trauerfeier für den Präsidenten, ihr hochgeschätztes Mitglied.«

Wir blieben im Wagen sitzen und beobachteten. Auch die anderen waren noch nicht ausgestiegen. Im hinteren Teil sahen wir weiter die beiden Köpfe. Ich hoffte inständig, dass sie Anderson erst noch verhören oder ein Ehrengericht abhalten würden oder was auch immer ihre verdammten Regeln vorsahen. Irgendetwas, das mir die Gelegenheit zum Eingreifen geben würde.

Da blitzte in dem Polizeiwagen etwas grell auf, zweimal. Polly entfuhr ein entsetzter Schrei. Über dem Rauschen des Flusses war nichts weiter zu hören gewesen, aber es gab keinen Zweifel, was geschehen sein musste.

Jetzt konnten wir nur noch einen einzelnen aufrecht sitzenden Mann auf der Rückbank sehen.

»Ruhig!« Ich fasste Polly an der Schulter.

»Sie haben ihn erschossen.«

»Ich weiß.«

»Wir haben seine Aussage …« Sie sah mich fragend an.

»Das wird uns ohne ihn selbst nichts bringen. Nicht gegen all diese Leute.«

»Und Vollmer, der sie gehört hat …?«

»Sind die Hände gebunden. Wir hätten Anderson gebraucht, um ihn persönlich vor Gericht präsentieren zu können, mit all seinem Wissen.«

Wir sahen Huck Fenner hinten aussteigen. Er blickte sich auf dem improvisierten Parkplatz um und gab Goetz vorne ein Zeichen. Auch der stieg nun aus. Sie besprachen sich, dann holte Fenner aus dem kleinen Kofferraum hinten zwei Kutten heraus. Die eine zog er an, mit der anderen bedeckte Goetz im Fond offenbar die dort liegende Leiche Andersons. Polly stöhnte auf und presste sich gegen mich. Fenner trug nun die Kutte des Großen Zyklopen. Goetz nickte ihm zu, ging wieder zur Fahrerseite und stieg ein.

Polly schlug gegen das Armaturenbrett.

»Diese Schweine! Jetzt lässt er die Leiche verschwinden. Das war's.«

Der Polizeiwagen fuhr an und Fenner grüßte ihm mit erhobener Hand hinterher.

»Noch nicht«, erwiderte ich. »Wir bleiben an Huck Fenner dran. Und wenn es das Letzte ist, was ich tue.«

»Gut«, sagte sie und zog die Nase hoch. »Wir sind es ja mindestens Clarence schuldig, seinen Mörder zur Strecke zu bringen!«

»Das sehe ich nicht anders.«

Der Klansmann ging nun los, hinüber zu der Versammlung.

»Vorsichtig jetzt«, zischte ich Polly zu, als wir ausstiegen. Enrico ließen wir im Wagen zurück. Wir behielten Fenner im Auge, die hoch aufragende Gestalt des Großen Zyklopen in seiner reich verzierten Kutte war gut zu verfolgen.

Dann gingen wir die Böschung hinab, hielten uns erst in der Deckung eines großen Felsbrockens, danach schlichen wir uns entlang der Automobilreihen an die Versammlung heran.

Über dem Rauschen des Wassers hörten wir nun Gesang und Wortfetzen. Wir hielten an einem grünen Ford mit einem weißen Dach und duckten uns hinter die Motorhaube. Dann lugten wir hervor.

Es ging auf Mittag zu und die Sonne stand hoch im Zenit und brannte auf uns herunter.

Am Flussufer standen in einem Halbkreis die Klansmänner versammelt, diesmal am helllichten Tag. Ein Altar, wie ich ihn schon einmal gesehen hatte, war aufgebaut und daneben stand auf einer großen Staffelei ein Foto von Präsident Harding, ein Porträt im Halbprofil, das seine Schokoladenseite zeigte.

Die Männer trugen Kutten und Kapuzen, doch hatten ihre Gesichter nicht verhüllt. Huck Fenner war gut zu erkennen, er stand am Rand. Ich sah dort den Priester, den Großen Titanen, und daneben zum ersten Mal seinen Zwillingsbruder, den anderen Mr Wise, ebenfalls in einer Klankutte.

Polly stieß mich in die Seite.

»Das ist doch Oaks«, wisperte sie und zeigte auf einen Mann neben dem Altar. In der Tat erkannte auch ich nun Louis D. Oaks, den Vorgänger von August Vollmer im Amt des Chief of Police des *LAPD;* jenen Mann, der so korrupt und skandalbehaftet gewesen war, dass man ihn hatte feuern und durch einen Saubermann ersetzen müssen. Natürlich, er war auch Mitglied hier, das passte; er hatte die Kutte, die der Klan offensichtlich auch ihm zugeschickt hatte, nicht abgelehnt.

Bei ihm stehend erkannte ich einen weiteren Honoratioren – Sheriff Traeger, den höchsten Beamten der County-Behörde. Er sang voller Inbrunst. Kein Wunder, dass der Klavern sich nun schon tagsüber und mitten in der Stadt zu versammeln traute.

»Da siehst du es«, flüsterte ich. »Wie soll jemand wie Gus auch eine Chance gegen die haben, wenn selbst sein Adjutant einer von denen ist, Leute wie sein Vorgänger bei ihnen mitmachen und im Department immer noch die Fäden ziehen.«

Polly zeigte hinüber. Ich sah unter den Umstehenden, die mit erhobenen Armen lauthals sangen, nun auch William J. Burns, in einer Kutte eindeutig ebenfalls einer von ihnen. Er musste mit einem schnellen Automobil oder mit einem Flugzeug extra aus San Francisco angereist sein, um an ihrer Trauerfeier teilzunehmen; er sang voller Inbrunst und Pathos, ein wahrer Patriot. Es war ein zutiefst deprimierender Anblick.

James und Rowan standen da unten, meine Teer-und-Feder-Freunde, und grölten zu Ehren des toten Präsidenten. Das Rauschen des Rivers übertönte sie gnädig.

Zu allem Überfluss war auch ein Kameramann dabei, um dies alles eifrig kurbelnd mit seinem Apparat festzuhalten. Sie hatten jemanden Neues gefunden, der die Stelle von Elmer Macready eingenommen hatte, ich erkannte den Assistenten, der diesem damals im Wald geholfen hatte. Weitere Hollywoodleute sah ich nicht.

»Wo ist er, verdammt?«, fragte Polly plötzlich. Ich wandte den Kopf und sah dorthin, wo wir Fenner zuletzt stehen gesehen hatten. Er war nicht mehr da.

Hektisch ließ ich den Blick über die Menge wandern. Dann duckte ich mich schnell. Der Große Zyklop war mittlerweile herumgelaufen und patrouillierte nun direkt in unserer Nähe, zwischen den geparkten Automobilen. Wie beim Treffen des Klaverns damals wollte er wohl das Gelände absichern. Er ging die Reihen ab, aufmerksam suchend, und bewegte sich auf uns zu.

Polly neben mir hatte ihn auch entdeckt und beugte sich impulsiv zu mir.

»Das ist die Gelegenheit – den Kerl müssen wir uns schnappen!«

»Polly, beruhige dich, lass uns erst beobachten …«, wisperte ich.

Doch sie war außer sich. Sie fuhr vor Wut hoch und ich versuchte sie sofort wieder herunter in Deckung zu ziehen. Sie wehrte mich ab und erwischte dabei unabsichtlich meinen linken Arm. Ich stöhnte unwillkürlich auf und der große Mann hörte es und wandte sich abrupt um. Seine Augen hinter der schwarz umrandeten Brille erfassten uns sofort, heimliche Beobachter, hinter einem Wagen halb versteckt. Er zeigte auf uns.

»He – ihr da, kommt raus!«, rief er mit dem deutlich vernehmbarem Südstaatenakzent und zog eine Pistole unter der Kutte hervor.

»Scheiße!«, sagte ich.

Der Große Zyklop begann auf uns zuzulaufen, die Pistole in der halb erhobenen Hand. Polly und ich taumelten hoch und wandten uns in die andere Richtung, am Flussufer entlang.

»Lauf!«, schrie ich Polly zu. Doch in ihren hochhackigen Schuhen war das im dürren Gras und auf dem unebenen Boden schier unmöglich.

Ein Schuss ertönte und eine Kugel pfiff an meinen Ohren vorbei. Ich duckte mich im Rennen und zog sie weiter, achtete nicht auf die grauenvollen Schmerzen in meinem Arm, an dem ich sie mit mir zerrte.

Sie ist schwanger, dachte ich. Es darf ihr um Himmels willen nichts geschehen.

Ein weiterer Schuss ertönte. Ich blickte nach links über meine Schulter zurück und konnte sehen, wie der Mörder aufholte. Er hatte die Waffe im Anschlag und zielte auf uns. Polly keuchte laut vor Anstrengung und Angst, ein verzweifeltes, fast flehendes Geräusch, ganz unbewusst ausgestoßen.

Wir liefen auf den Felsbrocken zu, der uns Deckung geben würde. Ein dritter Schuss knallte und traf direkt neben uns den Felsen, von dem er als Querschläger pfeifend zurückprallte. Ich stolperte mit Polly dagegen und dann zog ich sie um die Ecke, panisch an ihr hinabblickend, ob sie getroffen war. Doch ich konnte nichts feststellen. Mir tat alles weh, doch vermutlich nicht von einem Treffer. Ich hätte es nicht genau sagen können.

»Renn weg!«, flüsterte ich Polly zu und zeigte zur Straße. Sie reagierte nicht. Dann schubste ich sie und sie taumelte weg von mir.

Im nächsten Moment kam er auch schon um den Felsbrocken gebogen, die Pistole vorgestreckt. Ich nahm alle Kraft zusammen und sprang ihn an, nach ihr greifend. Ein weiterer Schuss ertönte, doch ich hatte die Waffe zur Seite geschlagen und er verfehlte mich und Fenner ließ sie nun fallen. Wir kippten zusammen um, genau auf meine linke Seite, doch, ehrlich gesagt, ab da spürte ich keine Schmerzen mehr, ich kämpfte nur einfach um mein Leben gegen den großen Mann in der weißen Kutte, der viel stärker war als ich.

Er umklammerte mich und rollte mit mir über den Grasboden. Ich sah das Wasser des Rivers nahekommen, dann kniete er sich auf mich und hielt mich fest.

Ich dachte an Polly und dass sie hoffentlich weggelaufen war, weit weg. Mich verzweifelnd wehrend, spürte ich sein Knie auf meiner Brust. Gleich würde er mich haben. Da bekam ich die rechte Hand frei und hieb sie ihm ins Gesicht, so kräftig ich konnte. Ein heftiger Aufprall; und gleichzeitig ein Splittern, er stöhnte auf. Ich hatte seine Brillengläser zerschlagen und sah Blut hervorquellen, während er zur Seite taumelte und mich losließ. Aufjaulend griff er nach seinen Augen. Das gab mir die Gelegenheit, ihm noch ein paar Schläge mitzugeben und freizukommen. Unter ihm hervorkriechend, versuchte ich ihn in den Schwitzkasten zu nehmen. Er rammte mir den Ellbogen in die Seite und gemeinsam taumelten wir in Richtung des Flusses. Und dann rangen wir miteinander und wälzten uns im niedrigen Wasser. Ich spürte die Kühle des Nasses, auf meinem Arm, am ganzen Körper. Seine verstümmelte Linke griff mir mehrfach ins Gesicht.

Unmöglich zu sagen, ob es eine Ewigkeit oder nur ein paar Sekunden dauerte, es scheint, als hätte ich es verdrängt. Ich erinnere mich daran, wie er mich mit der linken Hand zu fassen versuchte, doch mit nur vier Fingern hatte er nicht genug Kraft, er rutschte ab. Das gab mir für Sekundenbruchteile eine Gelegenheit zum Zuschlagen, die Deckung auf seiner linken Seite war offen. Instinktiv erinnerte ich mich an Pollys Lieblingsschlag, den Uppercut. Ich ballte die Faust und hieb sie ihm von unten, so fest ich konnte, gegen das Kinn. Der Schlag erwischte ihn voll, sein Kopf wurde nach hinten gerissen und seine Brille mit den zerbrochenen Gläsern schleuderte zur Seite weg. Er stöhnte auf und fiel aufs Gesicht. Danach bekam ich Oberhand und drückte ihn unter Wasser. Er wehrte sich und schlug um sich, wieder und wieder meinen wehen Arm malträtierend. Dann erschlaffte er und ich hörte mich immer wieder schreien: »Mich nicht – mich nicht!«

Ich erinnere mich daran, wie ich ihn losließ und sein Körper von den Fluten langsam mit sich getragen wurde, dann immer schneller, zur Mitte des Flusses treibend, und ich sah ihm nach, länger, als klug war und als ich wollte. Ich war unglaublich verblüfft, überlebt zu haben.

Vielleicht kommt es mir auch nur länger vor, wie bei mancher Kriegserinnerung, dem Gasangriff oder dem Kampf mit den Flammenwerfern im Graben.

Jedenfalls, als ich mich nun erst umwandte, sah ich die Klansmänner in meine Richtung rennen, weit weg noch, und ich rappelte mich auf und stapfte aus dem Wasser und dann rannte ich hinter dem Felsbrocken Richtung Straße.

Ich erreichte den Voisin und fiel hin, kurz bevor ich die Tür aufreißen konnte. Dann öffnete ich sie doch noch und warf mich auf den Beifahrersitz. Ich erinnere mich an Polly, die zitternd und kreidebleich auf dem Fahrersitz saß und mich anstarrte, unfähig, sich zu bewegen. Und wie ich sie anschrie und dann noch einmal, bevor sie sich endlich aus ihrer Erstarrung löste und den Wagen startete. Er fuhr mit quietschenden Reifen los, Enrico jaulte auf, wir wurden herumgewirbelt und dann rasten wir auf die Straße und sahen im Rückspiegel die Klansmänner von der Seite auf sie laufen.

Ein paar entfernte Schüsse ertönten, doch wir waren schon zu weit weg.

Und dann erinnere ich mich nur noch daran, wie uns bewusst wurde, dass unsere Flucht gelungen war und dass ich sogar Clarences Mörder getötet und ihn gerächt hatte, immerhin das.

77

Ich fuhr mit Polly und Enrico ins Lebanon-Hospital, wo ich meine Verbrennungswunde endlich neu behandeln ließ.

Der Arzt verzog das Gesicht, als er den Verband ablöste und sah, wie sie sich mittlerweile entwickelt hatte. »Sind Sie wahnsinnig? Wollen Sie Ihren Arm verlieren?«

»Nein, natürlich will ich das nicht.«

Der Doktor erklärte mir, dass sich eine Entzündung gebildet hätte.

Er gab mir eine Morphinspritze, um sie neu versorgen, mit Salbe einschmieren und mit einem Verband versehen zu können, und gab seiner Verwunderung Ausdruck, wie ich die Schmerzen in den vergangenen Tagen überhaupt hatte aushalten können.

»Sie müssen diesen Arm und sich strikt schonen. So wenig Bewegung wie möglich, damit er verheilen kann. Ihnen drohen sonst ernsthafte Komplikationen, aufgrund derer eine Amputation nötig werden könnte oder wegen der Sie sogar sterben könnten, verstehen Sie mich?«

Ich sagte, dass ich ihn verstanden hätte. Wegen des einsetzenden Morphinrausches lächelte ich dabei sogar, glaube ich.

Er entließ mich mit dem Arm in der Schlinge, wo dieser auch strikt bleiben sollte.

Auf dem Weg zum Bahnhof fuhr Polly den Voisin. Das war der einzige Kompromiss, den ich angesichts von Hays' bevorstehender Trauerfeier machen konnte. Ich sah alles durch einen rosa Nebelschleier hindurch und fühlte mich, als würde ich schweben. Doch es würde mir dabei helfen, alles Weitere durchzustehen.

Als wir an der Santa-Fé-Station ankamen, war der Bahnsteig vollkommen überfüllt. Zeitungsverkäufer mit ihren Mützen drängten sich zwischen den Menschen hindurch und schwenkten die druckfrischen neuen Sonderausgaben in der Luft. »TRAUERZUG MIT PRÄSIDENT HARDINGS SARG VON SAN FRANCISCO AUFGEBROCHEN!«, lautete die Schlagzeile, die sie ausriefen. »ZAHLREICHE PROMINENTE ERWEISEN IHM ENTLANG DER STRECKE DIE LETZTE EHRE – GANZ HOLLYWOOD TRAUERT UM DEN PRÄSIDENTEN!«

Am Gleis gegenüber stand ein Zug, der in Kürze nach Norden aufbrechen würde. »Auf Gleis drei der Sonderzug nach Reno über San Francisco – bitte nur mit Platzkarten betreten, er ist bereits vollkommen ausgebucht!«, schrillte eine Stimme über den Lautsprecher.

Polly und ich hatten genug damit zu tun, uns im Gedränge nicht zu verlieren und Herbert Somborn zu suchen. Wie angekündigt, standen zahlreiche Hollywoodstars bereit, um in den abfahrenden Express zu steigen, der ihnen ermöglichen würde, beim Halt in Reno, Nevada, den Zug mit dem Sarg des Präsidenten zu erreichen, der sich langsam gen Osten bewegen würde – seine Strecke gesäumt von Millionen Trauernden –, und an den nationalen Trauerfeierlichkeiten teilzunehmen. Unzählige Reporter filmten und fotografierten sie. Der all das organisiert hatte, Will Hays, hatte sich in einem schwarzen Cutaway mitsamt Zylinder am ersten Wagen der ersten Klasse aufgestellt, hinter einem großen Mikrofon und umringt von Radioreportern.

Douglas Fairbanks und Mary Pickford, Cecil B. DeMille, Buster Keaton, Charlie Chaplin und Tom Mix und viele andere warteten und lauschten der Traueransprache, die Hays wieder mit seiner hell meckernden Stimme hielt.

Ich verstand kein Wort, weit hinten bei Polly stehend. Dann entdeckte ich auch Dorothy Reid, in Schwarz gekleidet, noch immer ganz die trauernde Witwe. Damit passte sie sehr gut hierher und sie musste weiter mitspielen, bei ihr waren sogar ihre Kinder, Benjamin und Betty. Will Hays behielt sie direkt in seiner Nähe. Dorothy ließ sich nichts anmerken und uns blieb weiterhin wenig anderes übrig, als uns von ihr fernzuhalten, um sie nicht bloßzustellen.

»Und was machen wir jetzt?«, fragte Polly mich leise. »Was machen wir mit all den Beweisen?«

»Jedenfalls nicht den ganz großen Eklat vor allen Leuten«, gab ich zurück. »So gern ich es tun würde, diesmal nicht. Nicht ohne Kronzeugen.«

»Aber irgendwas *müssen* wir tun. Der Klan weiß jetzt, wer wir sind und was wir getan haben«, flüsterte sie in mein Ohr.

»Lass uns das Ganze hier erst mal ansehen.«

Somborn drängte zu uns heran, begrüßte uns rasch und flüsterte uns außer Atem zu: »Nachdem die Hollywoodstars Harding in sein Amt geholfen haben, bringt Hays sie wieder zusammen und lässt sie noch einmal ihre Sympathie für ihn zeigen.«

»Er hat schnell reagiert«, sagte ich trocken. »Nachdem er noch nicht lange wieder in Los Angeles gewesen sein kann, als er von dem Tod hörte.«

»Niemand hier weiß, dass er überhaupt weg gewesen ist«, wisperte Somborn.

Ich nahm ihn beiseite und weihte ihn mit ein paar knappen Sätzen in das inzwischen Geschehene ein. Im Grunde unterschied sich das Resultat nicht in vielem von dem, was wir schon gestern am Telefon nach dem Tod des Präsidenten besprochen hatten: Wir konnten nicht viel ausrichten. Kurzzeitig hatte es so ausgesehen, als hätten wir einen Schlüsselzeugen und eine Chance, doch nun war sie mit ihm gestorben.

Er nahm es äußerlich fast schon gelassen auf; er hatte ja auch bereits Zeit gehabt, sich mit der Aussichtslosigkeit abzufinden.

Wir sahen am Rand des Bahnsteiges, fast gegen die Waggons des Zuges gedrängt, zwei Frauen stehen, die in glänzendes Schwarz gekleidet waren, jeweils Roben von erlesener Eleganz. Die Fotografen hatten um sie herum Platz freigeräumt, um gute Sicht auf sie zu haben und sie zusammen ablichten zu können.

Es waren Gloria Swanson und Pola Negri, die beiden verfeindeten Paramount-Stars. Ein Raunen ging durch die Menge. Hinter den Schleiern ihrer Hüte meinten wir sie weinen zu sehen. Gloria breitete ihre Arme aus und Pola ebenfalls und dann umarmten sie sich, ihrer Fehde zum Trotz in Trauer um den verblichenen Präsidenten vereint. Ich musste nicht lange suchen, dann entdeckte ich Charles Payne, den Mann, der diese perfekte Inszenierung eingefädelt haben musste. Er stand direkt daneben und überwachte alles.

»Was für eine widerliche Show«, sagte Polly zu mir, etwas zu laut.

Neben ihm konnte ich das gute halbe Dutzend Sicherheitschefs der anderen Studios erkennen, die ich von dem Treffen im Golden Room kannte. Sie lümmelten dort herum und beobachteten ihre Stars auf dem Bahnsteig, so wie Footballtrainer, die vom Spielfeldrand aus zusehen.

»Die Publicity-Leute haben Hollywood übernommen«, meinte Somborn. »Wenn sie nicht sowieso schon immer das Sagen hatten. Das wird nicht mehr aufzuhalten sein.«

Bei den Sicherheitschefs stand der Zeitungsreporter Arthur Blowfish, mein alter Bekannter vom *Los Angeles Examiner,* und schrieb eifrig in einen Notizblock, offenbar ihre Storys, die sie ihm diktierten. Er nickte mir zu und ich nickte zurück. Auch ich hatte ihn schon benutzt, um Geschichten zu lancieren.

Jetzt kam er zu mir herübergeschlendert. Er hatte die Figur eines Footballspielers und ich war mir nicht sicher, ob ich ihn in einem Kampf würde niederhalten können. Wir hatten es noch nie ausprobiert. Wir waren immer nur ganz kurz davor gewesen.

Blowfish beugte sich zu mir und fragte: »Und was sagen Sie zu alldem, Engel? Sie sind doch quasi ein Experte für unerwartete Todesfälle ...«

Er blickte mich erwartungsvoll an, auf eine meiner boshaften Einschätzungen gespannt. Ich hielt schön meinen Mund und zuckte nur die Achseln, doch ich sah wohl nicht überzeugend genug weg, denn er stutzte und meinte dann: »Meine Tür steht jedenfalls immer offen, falls Sie da irgendetwas loswerden wollten …«

»Ich weiß, Blowfish«, erwiderte ich und dachte an seine Schlagzeilen zu Reid. »Und das muss man Ihnen lassen, Sie drucken Fakten so, wie Sie sie zu hören kriegen.« Wir grinsten uns an. Dann ging er wieder zu den anderen zurück.

Einige Männer drängten sich nun links neben uns durch, rücksichtslos ihre Ellbogen gebrauchend. Polly taumelte gegen mich und ich fing sie auf und stützte sie.

Es waren kleine Männer mit hohen Zylindern: Louis B. Mayer, Samuel Goldwyn, Jesse Lasky, William Fox, Lewis Selznick und Carl Laemmle. Die Mogule der Hollywoodstudios. Sie standen nun seitlich vor uns, ohne auf uns zu achten, und reckten sich auf die Zehenspitzen, um über die Menge hinwegsehen zu können. Bei ihnen stand auch D. W. Griffith, der Mitgründer von United Artists, der sie überragte.

»Was? Was?«, fragte Goldwyn die anderen.

»Hays hält eine Rede«, berichtete Mayer. »Was soll er auch sonst tun. Sagt, wie traurig er ist, dass der Präsident gestorben ist.«

»Er sollte lieber sagen, was *wirklich* traurig ist, verdammt«, meinte Selznick.

»Dass der Ku-Klux-Klan ebenfalls eine Trauerfeier für ihn veranstaltet haben soll«, erzählte Griffith düster. »Ich habe es vorhin gehört. Dabei steht diese Verbrecherbande keineswegs für die Werte, die ich …«

»Nein, verdammt«, unterbrach Selznick ihn. »Dass Harding nicht bis Los Angeles gekommen ist.«

»Wo er uns mit seinem Auftritt die *Movie Expo* gerettet hätte!«, stimmte Mayer ihm zu.

»Die ist jetzt so tot wie er!«, sagte Fox.

»*Wir* sind tot!«, stieß Goldwyn aus.

Wir mussten alle Mühe aufbringen, um an uns zu halten. Ich hielt Polly bei der Hand und wir drückten beide so fest, dass es wehtat.

»Jedenfalls ist sie pleite!«, schimpfte Lasky. »Sie ist damit endgültig und offiziell ein Flop!«

»Die ganze Produzentenvereinigung ist pleite! Was für eine Scheißidee!«, rief Mayer.

»Immerhin hat es einen Vorteil: Wir müssen jetzt nicht mehr für ›Caesar‹ zahlen«, wandte Zukor ein.

Goldwyn nickte heftig. »Die Stiftungsgelder können wir in Zukunft besser verwenden als für seine Dummheiten – für uns selbst!«

»Und was machen wir mit der *MPPDA?*«, fragte Selznick.

»Bitte, meine Herren«, sagte Laemmle. »Ein bisschen Pietät in diesem Augenblick! Ein Mensch ist gestorben!«

»Sie haben ja recht«, konzedierte Lasky. »Dies ist ein echter Einschnitt und wir sollten uns dem Anlass entsprechend verhalten.«

»Dann lasst mich nach vorne!«, drängte Mayer brutal. »Ich setze nur rasch meine Jungs und Mädels in den verdammten Zug und dann soll mir Hays erzählen, wie es jetzt weitergeht!«

»Wir alle tun das!«, rief Goldwyn und hob seine Fäuste, um die vor ihm Stehenden auseinanderzutreiben.

Sie drängten sich weiter und bald waren sie hinter den Körpern anderer Menschen verschwunden. Polly spuckte wütend aus.

»Diese verdammte Bande von Heuchlern …!«

Ich strich ihr besänftigend über den Arm. Somborn verzog das Gesicht.

»Die Filmbranche ekelt mich an«, sagte er. »Hays und seine Produzenten sollen ihren Quatsch alleine machen, ich will damit nichts mehr zu tun haben! Ich ziehe mich zurück und suche mir irgendetwas anderes, womit ich mein Geld ehrlicher verdienen kann.«

»Also fällt die Politik auch aus«, sagte ich.

»Ich will nur noch meine Ruhe haben, eine klare Regelung für den Umgang mit meiner Tochter finden und mit ihr ein friedliches Leben führen können.«

»Dann müssten Sie aus dieser Stadt weggehen«, sagte Polly

und schüttelte den Kopf. »Was Sie wegen Ihrer Kindsmutter aber niemals werden tun können.«

Hays' Rede schien zu Ende zu sein. Zahlreiche Menschen drängten nun in den Zug, und wir sahen Fairbanks und Pickford als Erste einsteigen. In der Tür auf der letzten Stufe stehend, winkten sie in die Menge und ließen sich dort oben fotografieren. Darum und um nichts anderes schien es ihnen zu gehen. Nun kam auch noch D. W. Griffith zu ihnen, der Mann, der den Klan groß gemacht hatte, es aber bereute. Er stieg in den Zug, um den Präsidenten zu ehren, der ein Klansmann gewesen war, absurder ging es wohl kaum.

Plötzlich stand in dem Gedränge Gloria Swanson vor uns. Sie konnte nicht ausweichen und nahm uns drei, die sie ja alle kannte, in Augenschein.

»Hallo, Gloria«, sagte Herbert Somborn zu seiner Exfrau.

»Hallo, Herbert«, antwortete sie und warf den Kopf zurück, in einer unbestimmten Geste der himmelwärts gerichteten Emotion, die alles Mögliche ausdrücken konnte. »Was für ein trauriger Tag, nicht wahr?«

»Es sind nur noch traurige Tage«, erwiderte Somborn. »In einer traurigen Stadt. Ich hoffe nur, dass unsere Tochter davon nichts mitbekommt. Wie geht es ihr?«

»Es geht ihr sehr gut«, sagte Miss Swanson. »Sie interessiert sich ausschließlich dafür, spielen zu können.« Polly sah von ihr zu mir und verdrehte die Augen, was wohl bedeuten sollte: Wie sie selbst.

»Ich fahre jetzt zu ihr«, fuhr Gloria fort. »Sie braucht mich dringender als der arme tote Präsident.«

»Komm, ich bringe dich zu deinem Wagen, Gloria.« Somborn nahm ihren Arm. »Dann können wir auch einmal in Ruhe reden.«

Er schob sie voran. Sie nickte mir zu, als erinnerte sie sich dunkel, wer ich sei. Polly hingegen ignorierte sie – offensichtlich nahm sie *ihr* übel, dass sie sie hatte feuern lassen. Auch wenn es paradox schien, für die Diva war Polly damit zu einer unliebsamen Erfahrung geworden, an die diese in Zukunft nie mehr erinnert werden wollte. Ganze Karrieren konnten so beendet werden, aus einer Laune heraus.

Gloria ging an Herberts Arm in einer Wolke von Parfüm an uns vorbei zum Ausgang. Der Bahnsteig war mittlerweile etwas weniger bevölkert, die Passagiere waren nun an Bord. Ganz vorne sah ich immer noch Will Hays, der nicht mitfuhr. Die Studiomogule umstanden ihn und redeten aufgeregt auf ihn ein.

»Fahr du auch los, zu Buck«, sagte ich zu Polly.

»Aber …«

»Du bist schwanger«, unterbrach ich sie. »Im Jail Café bist du sicher. Ich habe mir etwas ausgedacht, aber das muss ich alleine machen. Für mich hat die Sache damals angefangen, als ich auf Reids Beerdigung mit Hays geredet habe und er mich wütend gemacht hat, jetzt müssen er und ich sie auch zu Ende bringen. Nur wir beide. Also fahr schon, nimm dir ein Taxi.«

Ich gab ihr einen Kuss. Sie zögerte, dann kam sie noch einmal heran und gab mir ebenfalls einen.

»Viel Glück.«

Sie drehte sich um und lief hinaus. Als sie an der Gruppe der kleinen, wichtigen Männer vorbeikam, winkten sie alle mit den Zylindern in ihren Händen dem abfahrbereiten Zug, dessen Lokomotive eben unter Dampf gesetzt wurde und einen schrillen Pfiff ausstieß, und wurden dabei gefilmt.

Ich trat in der dicht um ihn gedrängten Menge von hinten an Hays heran und tippte ihm auf die Schulter.

»Hallo, Mr Hays.«

Er fuhr herum. »Mr Engel.«

»Wir müssen uns wieder einmal unterhalten. Jetzt, es ist dringend.«

»Dafür habe ich keine Zeit. Sie sehen doch, was hier los ist.«

Ich sagte leise: »Fred Anderson ist tot.« Hays sah mich entsetzt an. »Nur falls Sie sich gefragt haben sollten, wo er bleibt. Aber ich habe vorher mit ihm gesprochen und er hat mir alles erzählt. Wir treffen uns in einer halben Stunde in Ihrem Büro. Nur wir alleine.«

78

Am Hollywood Boulevard parkte ich meinen Voisin hinter seinem Sedan. Er war bereits da. Dann ging ich hinein, nahm den Aufzug zum vierten Stock und betrat das Büro der Produzentenvereinigung.

Die brünette Sekretärin blickte mir am Eingang entgegen. Sie sah so aus, als habe sie geweint.

»Hardy Engel. Ich möchte zu Will Hays.«

»Selbstverständlich. Mr Hays lässt bitten, Mr Engel.«

Sie wollte vorausgehen, doch ich hielt sie zurück.

»Ich weiß, wo es ist.«

Am Ende des Flurs klopfte ich und betrat Hays' Büro, zum ersten Mal seit jener denkwürdigen Nacht. Diesmal saß er hinter seinem Schreibtisch, der schon so manches mitgemacht hatte – mit mir darunter und anderen darauf –, erhob sich und kam hervor, um mir die Hand zu geben.

»Mr Engel – ich wollte Sie auch schon zu mir bitten und mit Ihnen reden.«

Er war sehr freundlich, drückte mir lächelnd die Hand und wies mir den Platz für Gäste zu – den, in dem sonst die Stars saßen. »Irgendein Getränk? Tee, Kaffee? Soda? Stilles Wasser?«

Er zeigte auf eine Karaffe und Gläser auf seinem Schreibtisch.

»Danke, nein. Na, das ist mal wirklich ein Zufall, Mr Hays«, sagte ich und ließ mich auf den Stuhl fallen. »Aber ja, es wird höchste Zeit für dieses Gespräch.«

Er ging um den Schreibtisch herum und setzte sich wieder

auf seinen Sessel. Ich sah ihn mir an, seine abstehenden Ohren, die lückenhaften, schlechten Zähne, das groteske Gesicht eines Lausejungen, der alt geworden war. Dann rief ich meine Gedanken zur Ordnung und erinnerte mich, wie gefährlich und grausam dieser Mann war, alles andere als eine Witzfigur, und ich durfte keinesfalls den Fehler machen, ihn zu unterschätzen. Er saß nicht umsonst hinter diesem Schreibtisch, dem des Mächtigsten in ganz Hollywood. Ich musste ihn so hart anpacken, wie er selbst es bei anderen stets tat.

»Es ist, wie Sie wissen, ja nicht mein Hauptberuf, Ihnen auf den Geist zu gehen – auch wenn es nun schon mehrmals dazu gekommen ist, bei jedem der Skandale, die Sie in Ihrer neuen Funktion hier zu« – ich machte eine süffisante kleine Pause – »behandeln hatten. Sie und Mr Anderson.«

Er führte die Hände wie zum Gebet zueinander und legte nur ganz leicht den Kopf schief. »Mr Engel, Ihre Worte vorhin haben mich zutiefst schockiert. Fred ist wirklich tot? Wie ist er denn gestorben?«

Ab jetzt redete ich nicht mehr um die Sache herum.

»Er wurde umgebracht.«

»Ermordet? Wieso das denn?« Er wirkte ernsthaft schockiert.

»Ich nehme an, weil er die Seiten gewechselt und ausgepackt hat. Mir gegenüber. Deshalb ist es leider auch zu spät gewesen, um die Dinge noch zu vertuschen.«

Seine intelligenten Augen blitzten auf. »Ich weiß nicht, von welchen Dingen Sie reden, Mr Engel.«

»Ja, das würden Sie gerne behaupten. Nach dem Prinzip, dass Sie alles glaubhaft abstreiten können, da mit Ihnen ja nie darüber gesprochen worden sei. Aber da ich Fred als Kronzeugen gewonnen habe, funktioniert das so nicht mehr.«

»Ach wirklich, Mr Engel? Was hat er denn angeblich ausgesagt?«

»Nun ja, alles, einfach alles«, antwortete ich heiter. »Dass Sie und er über die ›Caesar-Stiftung‹ immer noch all die Geliebten von Präsident Harding für ihr Schweigen bezahlen ließen, zum Beispiel. Acht an der Zahl, darunter Nan Britton, die eine uneheliche vierjährige Tochter mit ihm hat, und Carrie Phillips, die Freundin der First Lady, die eine deutsche Spionin ist.« Er war jetzt sehr ernst geworden. »Und Blossom Jones, der Sie einen Hollywoodvertrag verschaffen mussten, aber als sie unglücklich wurde und noch mehr Geld wollte und Ärger zu machen drohte, half alles nichts: Sie haben mit ihr geredet – im Beverly Hills Hotel, wo ich Sie beobachtet habe –, dann William Burns, der ihr gedroht hat, und als das nichts geholfen hat … Soll ich weiterreden?«

»Erzählen Sie mir lieber«, sagte er mit zitternder Stimme, »wer Fred umgebracht hat.«

»Huck Fenner«, sagte ich.

Er dachte nach und schüttelte den Kopf.

»Der Name sagt mir nichts.«

»Ach, kommen Sie schon. Der Klansmann, der schon ganz andere Morde begangen hat. Im Auftrag von Fred Anderson – und Ihnen.«

»Das«, sagte er hart, »muss ich aufs Schärfste zurückweisen.«

»Natürlich müssen Sie das. Und Sie glauben es auch tun zu können, da ja alles nur stets über Ihren Mittelsmann lief. Doch er hat es mir haarklein erzählt und deshalb weiß ich genau, wie es wirklich war.«

Hays blickte auf seine Schreibtischplatte. Dann nahm er die bereitstehende Karaffe und goss sich Wasser in ein Glas und trank. Mir bot er keines an.

»Ach ja, Mr Engel? Wie war es denn? Welche Morde?«

»Fenner hat zum Beispiel Blossom Jones umgebracht.«

Er öffnete den Mund und ich sah seine schief stehenden Zähne.

»Sie ist auch tot?«

»Ja, Mr Hays, und Anderson hat mir genau erzählt, wie Fenner es getan hat. Wollen Sie mir etwa ernsthaft erzählen, Sie glaubten, sie sei auf einer Reise nach Hawaii?«

»Ja, das dachte ich«, murmelte Hays und musste gleich noch einen Schluck stilles Wasser trinken.

»So naiv sind Sie nicht. Sie wollten es nur nicht genauer wissen, um sich Ihre eigene Version zurechtlegen und sich darauf zurückziehen zu können.«

Er hob langsam die Hände.

»Anderson hat mir berichtet, dass das Problem gelöst ist. Mehr nicht und mehr hat mich auch nicht interessiert.«

»Das entlastet Sie keineswegs. Ihnen war vollkommen klar, was das hieß, es geschah in Ihrem Auftrag und Sie sind dafür voll verantwortlich. Schieben Sie es nicht auf Mr Burns, das habe ich schon bei Anderson durchschaut.«

»Weisen Sie es mir nach«, erwiderte Hays, doch er stolperte über die Worte.

»Das kann ich, durch Andersons Aussage«, entgegnete ich. Doch ich wollte mich nicht nur auf Bluff verlassen. Musste ich auch nicht. »Und durch meine eigenen Ermittlungen – Sie wissen noch nicht, dass ich Einblick in Ihren Safe bekommen habe, auch das über Anderson, und so auf die Geliebten und den Präsidenten kam. Und dass ich hinter dem Ku-Klux-Klan her war, weil ich Fred dorthin gefolgt war. Außerdem konnte ich das Gespräch belauschen, das Sie und Anderson in Ihrem Pferdestall in Santa Monica führten. Bevor er mit Ihnen nach San Francisco reiste und dann dort alles seinen Lauf nahm. All das ergab letztlich ein gutes Druckmittel gegen ihn und ihm blieb kaum etwas anderes übrig, als auszupacken.«

Er schluckte, und sein Adamsapfel bewegte sich hinauf und hinunter wie ein Hotelaufzug bei einem Erdbeben.

»Warum waren Sie denn so schrecklich hinter mir her? War es unser Gespräch bei der Beerdigung von Wallace Reid?«

Ich seufzte. Die Schmerzen in dem Arm wurden schlimmer ohne Medikamente. Außerdem setzten mir Entzugserscheinungen zu oder ich bildete sie mir zumindest ein – Schweißausbrüche, zitternde Hände, Kopfweh. Jedenfalls beschleunigte ich das Ganze daraufhin.

»Auch das, über die Jahre hat sich doch einiges angesammelt, als ob Sie das nicht wüssten. Selbst die Wahrheit wird bei Ihnen doch nur als schmutziger Trick eingesetzt, vermutlich aus alter Gewohnheit. Aber es geht nicht bloß um meine eigenen Motive. Ich habe einen Auftraggeber, der mich auf Sie angesetzt hat – nein, ich werde nicht verraten, wer es ist. Ich wollte sehen, ob Sie selbst eine Geliebte haben und Mitglied im Klan sind, das waren meine Ansatzpunkte. So kam ich auf alles. Ich war übrigens auch in San Francisco.« Hays' Hände zitterten wie meine, als er sich nun mit ihnen über das Haar fuhr. Vielleicht hatte ja auch er Entzugserscheinungen, möglicherweise durch die Abstinenz von den Lügen, mit denen er sonst immer alles kaschierte. »Ich habe die zwei Geliebten auf die Reise geschickt. Ich habe das Dokument sichergestellt, das Sie für den Klan und den Präsidenten aufgesetzt haben, und habe es immer noch. Ebenso habe ich eine Kopie des Films, der die Aufnahmezeremonie von Harding in Washington zeigt und mit dem Sie und der Präsident erpresst wurden.«

Sein Mund stand offen. Dann zog er eine Grimasse und fletschte die Zähne, die kein Dentist reparieren durfte.

»Ich war schockiert, dass Sie bereit waren, für diese Leute etwas auszuhandeln, so als wäre ihr Imperium eine ganz normale Geschäftspartei. So wie Sie all Ihre Deals aushandeln, in der Politik und nun in der Filmbranche, womit Sie stets alles vertuschen wollen, das ist nun mal Ihr Job. Doch meiner war es, genau das zu verhindern.«

»Bleiben wir bei den Fakten, statt philosophische Fragen zu erörtern. Sie behaupten, Sie sind im Besitz eines Dokumentes aus San Francisco?«, fragte Hays heiser und in dem Bemühen, das Heft wieder in die Hand zu nehmen.

»Ja«, sagte ich. »Es stammt aus Ihrem Zimmer im Palace Hotel, eine Kopie der Vereinbarung mit allen Unterschriften. Sie haben eine vermisst, oder nicht?«

Hays sah mich schuldbewusst an.

»Wir dachten …« Er unterbrach sich.

»Hier ist sie. Keine Sorge, ich habe sie fotografiert und gesichert.« Ich legte die Kopie des Dokuments auf den Tisch. Verblüffung und Scham zeigten sich auf seinem gemeißelten Gesicht, als er sie ansah. Ich fuhr fort:

»Um es rundheraus zu sagen, denn ich habe keine Lust mehr und ich bin müde, sehr müde, und ich habe Schmerzen, weil der Ku-Klux-Klan mich geteert und gefedert hat: Ich habe Sie in der Hand, Hays. Und ich habe sogar noch etwas. Anderson hat es mir letzte Nacht gegeben, im Rahmen seiner ganzen Geständnisse. Es betrifft den Teapot Dome.«

Ich zog den Durchschlag eines Barschecks hervor und hielt ihn hoch. Hays' Augen weiteten sich vor Entsetzen.

Der Scheck lautete auf eine Überweisung von 185.000 Dollar zugunsten des Kontos der »Caesar-Stiftung«. Als Verwendungszweck war *»Teapot Dome«* angegeben. Es war eine lange Zugfahrt mit seinem Stellvertreter gewesen.

»Anderson hat mir alles erzählt, Sie müssen es nicht leugnen: Angeblich war der Scheck für Schulden der Republikanischen Partei aus dem Wahlkampf, er ging an Ihre ›Caesar-Stiftung‹, um die Herkunft des Geldes zu verschleiern. Den Durchschlag hatte Justizminister Harry Daugherty aufbewahrt, damit hatte er Sie in der Hand gehabt und gezwungen, weiter all die Dinge für den Präsidenten zu tun. Er gab ihn Ihnen erst jetzt in San Francisco wieder. Das war noch vor dessen Tod, wohlgemerkt, und Sie müssen gedacht haben, dass Sie endlich frei von ihm sind.«

Hays senkte den Kopf. Ich fragte: »Ich weiß beinahe alles, nur erklären Sie mir kurz, was es mit dem Teapot Dome auf sich hat?«

»Das ist ein Stück Land«, antwortete er leise, aber laut genug, »in Wyoming, mit einem Berg, der so aussieht wie der Deckel eines Teekessels, daher der Name. Darunter werden immense Ölvorkommen vermutet und die Regierung lässt sich für den Verkauf von Ölmagnaten bezahlen und gibt das Geld an einzelne ihrer Mitglieder weiter.« Ausgestellt war der Scheck in der Tat von der Firma *Sinclair Oil*. »Hören Sie, das Geld war wirklich für die Wahlkampfschulden der Partei, ich habe es nicht selbst abgezweigt, das habe ich doch gar nicht nötig …«

»Blödsinn. Glauben Sie im Ernst, das wird Ihnen irgendwer glauben? Sie wollten kräftig absahnen für den Bockmist, den Sie all die Jahre für sie gemacht haben. Und auch dann noch, als Sie längst für die Filmbranche gearbeitet haben.«

»Es war anders. Lassen Sie mich das erklären, ich wollte

Warrens Angelegenheiten nicht alleine Daugherty überlassen, Daugherty und Burns.«

»Ich weiß, Sie wollten angeblich nur das Beste. So sagte es mir auch Anderson vor seinem Tod. Ich glaube vielmehr, es war ein Kampf um Macht und Eitelkeit.«

»Sie verstehen nicht. Wir haben um die Seele des Präsidenten gekämpft! Er war launenhaft und ohne jegliches Rückgrat, von jedermann zu beeinflussen. Wenn das von der falschen Seite geschah, versank er vollends im Morast der Korruption, das war mir bewusst. Daugherty und sein Adlatus Burns *haben* ihn falsch gelenkt ...«

»Und Sie und Ihr Adlatus Anderson haben dagegen angekämpft, bis zuletzt. Während Daugherty und Burns bereit waren, ihn untergehen zu lassen. Sogar, ihn zu opfern.«

»So ein Blödsinn«, murrte er.

»Wir haben auch mitbekommen, Mr Hays, was dann geschah. Sie waren ja bereits abgereist. Die Krankheit des Präsidenten – wenn es eine war, vielleicht war es auch eine Vergiftung. Durch einen Shrimp oder durch etwas anderes. Ich weiß zufällig, dass seine Frau, die Duchess, eifersüchtig wurde, als sie von den Geliebten erfuhr. Und dass sie ausschließlich ihren Lieblingsarzt Dr. Sawyer den Präsidenten behandeln ließ, niemanden sonst, jedenfalls nicht den Herzspezialisten, den Sie ihm geschickt hatten, der aber nicht vorgelassen wurde.«

»Ich wäre sehr vorsichtig«, warnte er, »mit dem, was Sie da sagen oder zu sagen versuchen.«

»Wir sind ja hier ganz unter uns«, entgegnete ich. »Und besprechen, wie es wirklich war. Um zu sehen, was wir daraus machen. So sind Sie es doch gewohnt.«

Hays richtete sich zu voller Größe auf – wobei ihn die Stuhllehne hinter ihm überragte – und betrachtete aufmerksam das Dokument, das ich hingelegt hatte.

»Der Präsident war krank«, erklärte er. »Immer schon hatte er Herzprobleme und leider begnügte er sich nicht mit einem Lebenswandel, der seiner angegriffenen Gesundheit zuträglich gewesen wäre. Ihn auf diese anstrengende Reise zu schicken, war ein Fehler, auch wenn es um die Wiederwahl ging, und was auch immer an einzelnen Strapazen und Sorgen dann hinzukam, hätte jedenfalls dazu führen müssen, dass man ihn früher ins Bett steckte und seine Termine absagte.«

»Sie selbst haben gehofft, dass er nach Los Angeles kommt«, meinte ich. »Und mit Ihnen die gesamte Produzentenvereinigung und die Beteiligten der *Movie Expo*, die nun beide vor der Pleite stehen. Wie dumm für Sie. Von der Weltpolitik einmal abgesehen.«

»Was wissen Sie schon darüber«, stieß er hervor.

»Andererseits war es vielleicht gar nicht so wünschenswert, dass Harding wiedergewählt würde, bei all den Skandalen, die seine Regierung und er persönlich zu verantworten hatten. Die auf keinen Fall auffliegen sollten. Vor denen Sie aus Washington in diesen Job hier geflohen waren. Im Grunde war es fast in jedermanns bestem Interesse, dass er stirbt. So furchtbar das klingt. Denn jetzt wird ihn niemand mehr zur Verantwortung ziehen können. Sein Tod ist der ultimative Weg, seine Skandale zu vertuschen. Herzlichen Glückwunsch.«

»Sie sind ein Zyniker, Mr Engel«, sagte er im Brustton der Verachtung.

»Ich bin nur Realist. Und kein Heuchler wie Sie und die Filmproduzenten, denen Sie völlig zu Recht vorstehen. Ich weiß, dass es Leute gab, die den Präsidenten sterben lassen wollten, und dass auch Sie das wussten, denn sonst hätten Sie nicht noch einen letzten Versuch unternommen, ihn zu retten, indem Sie ihm einen Arzt schickten, der ihm wirklich hätte helfen können.« Er fletschte wieder die Zähne in einer Grimasse. Das Entsetzen über die Ereignisse war ihm ganz kurz anzusehen. Es war ein Moment der Wahrheit, doch er ging vorbei. »Die Sache mit den Geliebten war gelöst, die Vereinbarung mit dem Klan war getroffen, das war es also nicht. Es muss ein anderer Skandal gewesen sein, der vielleicht *nicht* lösbar war. Wegen dem der Justizminister gekommen war, an dem Tag, bevor er starb. Ging es um die Alkohollizenzen, die Daugherty an Schwarzbrenner und Schmuggler verkaufen lässt? Oder ging es um den Teapot-

Dome-Skandal, mit dem man auch Ihr Schweigen gekauft hat, und jetzt plagt Sie das schlechte Gewissen?«

Er sah zu Boden und schüttelte leise den Kopf. Doch ich sah, dass ich das Richtige getroffen hatte, den wunden Punkt.

»Oder hat die First Lady ihn sogar aus simpler Eifersucht vergiften lassen, nachdem sie von Hardings Affären hörte, durch die Medizin, die Dr. Sawyer ihr gegeben hat? Und durfte deswegen kein anderer Arzt ihn untersuchen?«

»Ich war nicht dabei«, sagte er defensiv.

»Es gab keine Autopsie, die offiziell festgestellte Todesursache ist offensichtlich nur für die Öffentlichkeit ausgedacht worden, genau wie die rührende Geschichte, dass die First Lady ihm gerade etwas vorlas, als er plötzlich und ohne warnende Anzeichen starb. Das alles ist Ihre Schule, es stammt nicht von Ihnen, aber es klingt genau so wie die Dinge, die Sie hier in Hollywood durchziehen. Es ist genau so eine schön ausgedachte Geschichte wie die, was angeblich zum Tod von Wally Reid geführt habe und wie tapfer er und Sie gegen die Sucht gekämpft hätten.« Er sah immer noch nicht hoch.

»Lassen wir es damit bewenden«, fuhr ich fort. »Ich will auf etwas anderes hinaus, weshalb ich zu Ihnen gekommen bin.« Ruckartig hob er den Kopf. »Ich habe meinen Auftrag erfüllt und halte nun Beweise in der Hand, die ich gegen Sie verwenden kann. Ich habe Andersons Aussage und all diese Dokumente.« Er wollte etwas einwenden, doch ich redete laut weiter. »Ich könnte die Filme der Öffentlichkeit präsentieren – so, wie der Klan es Ihnen angedroht hat. Alle drei! Bei irgendeiner großen Filmpremiere im Vorprogramm, mit Stars im Publikum, wenn Sie es nicht erwarten, plötzlich flimmern sie über die Leinwand, vor zweitausend Zuschauern und allen Reportern.«

Er reckte das Kinn und sagte nichts, wartete nur stumm ab.

»Ich will etwas anderes. Sie handeln doch so gerne Deals aus. Machen Sie mal einen, der wirklich sinnvoll ist. Bei dem es keine Verlierer gibt, sondern Sie für alle Beteiligten etwas herausholen.«

»Darin bin ich besonders gut«, meinte er hoffnungsvoll.

»Ja. Doch Sie sind jetzt kein zweiter Mann mehr, der den Dreck von anderen aufräumt. Sie sind kein Befehlsempfänger wie noch in Washington, Sie sind der Chef dieser Vereinigung. Übernehmen Sie die Führung.«

»Ich gebe Ihnen fünfzigtausend Dollar, Hardy«, sagte er plötzlich und schlug mit den Fingern auf die Schreibtischkante.

»Was?«

»Fünfzigtausend, das ist ein Vermögen, ein guter Preis für all das«, untermauerte er. »Damit können Sie wirklich etwas anfangen. Eine Familie mit Polly gründen.«

»Was?«, fragte ich noch einmal. Und war mir nicht sicher, ob er wusste, dass wir ein Kind erwarteten. Ich hielt es durchaus für möglich, auch wenn ich es mir nicht erklären konnte.

»Ich weiß, dass Sie Geld gebrauchen können«, insistierte er. »Ich weiß, worum es Ihnen geht, Sicherheit. Letztlich haben Sie Angst, um Polly und sich, und vielleicht durchaus mit Recht.«

Ich nickte. »Der Klan weiß, was wir recherchiert haben und auch, was Anderson gestanden hat, deswegen wurde er umgebracht. Von Fenner, der auch hinter uns her war, doch ich konnte ihn töten, gerade erst vor ein paar Stunden. Trotzdem sind wir immer noch in Gefahr. Ich will nur, dass wir in Ruhe gelassen werden«, sagte ich. »Absolute Sicherheit für mich und meine Familie und meine Freunde, so ist es, auch vor dem Klan oder den Leuten des Präsidenten oder sonst wem. Mein Freund Buck Carpenter, der Besitzer des Jail Café, wird von Daughertys Leuten bedroht und gedrängt, eine überteuerte Lizenz zu kaufen. Sorgen Sie dafür, dass das aufhört. Natürlich will ich von Ihnen auch Schutz vor den Filmleuten. Die Produzenten sollen uns in Ruhe lassen, uns alle, schlicht und einfach. Das Geld ist mir egal, ich will es nicht. Ich lasse mich nicht kaufen, als ob Sie das nicht wüssten. Ich will nur einen Deal zu meinen Bedingungen, als Gegenleistung für mein Schweigen. So etwas kennen Sie doch.«

»Und wir bekommen alle Filme, alle Dokumente, alles, was

Sie gesammelt haben?«, sagte er lauernd und streckte schlagartig die Hand vor, damit ich einschlagen sollte. Natürlich tat ich das nicht.

»Die bleiben bei mir und gehen nicht raus. Genau das ist mein Vorschlag. Und noch eine Bedingung stelle ich. Was ich eben mit ›Führung‹ meinte, war kein Geld.«

»Sondern?« Er nahm die Hand herunter, bereit für die nächste Verhandlung.

»Ich will, dass Sie endlich anfangen aufzuräumen. Eine echte Veränderung in der Filmbranche einleiten. Nicht nur mit Skandalen umgehen, wenn sie geschehen sind, sondern sie aktiv verhindern, die ganze Atmosphäre ändern. Ich rede von Machtstrukturen, die aufgebrochen werden müssen.«

»Das müssen sie sowieso«, stimmte er zu. »Die *MPPDA* ist am Ende. Sie ist nicht nur zerstritten, sie ist pleite, da haben Sie recht. Ich werde eine neue Produzentenvereinigung gründen müssen.«

»Ich spreche von einer grundsätzlichen Neuorientierung, Mr Hays. Sie tragen eine immense Verantwortung. Alles, was auf der Leinwand zu sehen ist, hat einen ungeheuren Einfluss auf die Zuschauer – ich rede nicht von den drei Filmen, die der Klan heimlich aufgenommen hat. An *Birth of a Nation* hat man gesehen, dass Filme die Macht haben, den Klan neu zu beleben, mit Millionen von neuen Anhängern, und furchtbare Morde auszulösen. Sie müssen sehr genau überlegen, was das für die Zukunft des Kinos bedeutet. Drehen Sie nicht nur einen Film über die Zehn Gebote, beachten Sie sie auch selbst. Sie sind doch tiefgläubig.«

»Das werde ich tun«, versicherte er. »Und ich werde selbst welche erlassen. Wir haben ja bereits Klauseln in die Verträge der Schauspieler eingebaut, die sie zu moralisch einwandfreiem Verhalten verpflichten. Ich habe außerdem vor zu verfügen, dass alle Drehbücher und alle Filmstoffe vorweg bei uns eingereicht werden müssen. Wir werden sie dann beurteilen und lassen nur die realisieren, die gewissen Prinzipien folgen.«

»Und welche sollen das sein?«, fragte ich skeptisch.

»Es darf nichts Unmoralisches auf der Leinwand gezeigt werden«, zählte er auf. »Keine Gewaltdarstellungen, die zur Nachahmung anregen, und, ganz wichtig, am Ende darf niemals das Verbrechen gewinnen.«

»Ich verstehe«, warf ich ein. »Sie wollen den Leuten auch in den Filmen Märchen erzählen, statt das wahre Leben zu zeigen.«

»Keine unzüchtigen Handlungen, keine Küsse, die länger als drei Sekunden dauern … Im Grunde ist es wie die Zehn Gebote, aber ich nenne es ›die Formel‹!«

Ich blies die Backen auf.

»Nennen Sie es, wie Sie wollen. Das ist nicht das, was ich gemeint habe. Aber wenn Ihnen die Metapher hilft: Seien Sie wie Moses, gehen Sie voran.«

»Moses«, fiel ihm ein, »führt sein Volk zwar ins Gelobte Land, aber er darf selbst nur einen kurzen Blick darauf werfen und stirbt, bevor er ihm folgen kann. Das ist der Preis, den er dafür bezahlt.«

»Dann seien Sie nicht wie Moses, seien Sie wie Gott, mir ist das ganz egal«, erwiderte ich. »Nur geben Sie mir kein Geld und bieten Sie mir auch nicht wieder welches an. Und seien Sie ein Vorbild für Billy, er ist ein guter Junge.«

»Das will ich natürlich sein, und ich glaube, das bin ich auch, Mr Engel. Bevor ich meine Entscheidungen treffe, bespreche ich sie alle mit Gott.«

»Ich mit Polly Brandeis«, entgegnete ich und steckte die beiden Dokumente wieder ein. »Und ich glaube, ich fahre damit besser als Sie.«

Er wollte spontan etwas erwidern, unterdrückte es aber. Dann erhob er sich und strich über seinen Anzug. »Ich spreche mit dem Ku-Klux-Klan und stelle sicher, dass Sie Ihr Leben in Ruhe leben können, Mr Engel, und ebenso Miss Brandeis und Mr Carpenter«, sagte er. »Und Sie sagen mir zu, alles, was mich und den toten Präsidenten belastet, unter Verschluss zu halten.«

»Das tue ich«, antwortete ich. »Wenn Sie auch Ihr Versprechen halten.«

Wir gaben uns die Hand darauf. Ich war jetzt voller guter

Dinge. Allein dass ich das Gespräch ohne den geringsten Nachschub an Morphin so gut hinter mich gebracht hatte, war ein Zeichen, das einen optimistisch stimmen konnte.

»Vielleicht wird 1923 ja *wirklich* noch ein gutes Jahr«, sagte ich in der Tür. »Für uns alle. Und für Hollywood.«

79

Als ich mich dem Jail Café näherte, kam mir auf dem Sunset Boulevard ein Polizeiwagen entgegen. Kurz darauf passierte mich noch ein weiterer aus der Richtung, in der es lag. Plötzlich durchzuckte mich siedend heiß die panische Vision, dass es gar nicht mehr existierte. Ich war einige Zeit weg gewesen, vielleicht hatten sie in der Zwischenzeit die Drohung wahr gemacht und die Bar geschlossen? Buck hochgehen lassen und verhaftet? Kam meine Intervention bei Hays womöglich zu spät, oder hätte ich ihm nicht vertrauen dürfen? War es dort gar nicht sicher, hatte ich einen Fehler gemacht, als ich Polly zu Buck schickte?

Ich gab Gas und raste zur Silver Lake Junction, wo ich mit quietschenden Reifen anhielt. Von außen sah es zunächst so aus, als ob alles beim Alten war. Wenn man das so nennen konnte in einer Stadt wie Hollywood, die sich mit einer derart rasenden Geschwindigkeit veränderte, dass, wenn man nur ein paar Tage weg gewesen war, eine ganze Straße anders aussehen konnte.

Ich stürmte durch die Tür. Die Bar war rammelvoll, verraucht und alkoholgeschwängert, wie es sich gehörte, und hinter dem Tresen begrüßte mich Buck. Er sagte, Polly und Enrico seien oben in der Wohnung und schliefen sich aus. Erleichtert folgte ich ihm ins Hinterzimmer und ließ mich dort aufatmend in einen Sessel sinken.

Buck und ich feierten meine Rückkehr mit zwei Single Malt oder vier, und ich erzählte ihm, was ich erlebt hatte.

Der Teil, der den Tod des Präsidenten betraf, nahm ihn so mit, dass Buck seine Zigarre im Aschenbecher vergaß, wo sie einen blauen Rauchfaden steil gen Decke sandte, bis er irgendwann abriss. Ich hatte es kaum jemals erlebt, dass Buck seine Zigarre auf diese Weise hatte erlöschen lassen.

»Sie haben ihn also sterben lassen? De facto haben sie ihn doch umgebracht, nach allem, was du beobachtet hast, wofür auch immer, ob für einzelne seiner unglaublichen Dummheiten oder die ganze Summe?«

»Aber sag's niemandem weiter. Irgendwer könnte es dir übel nehmen.«

Er sagte, das hätte er auch nicht vor, als Alkoholschmuggler schon gleich zweimal nicht. Ich berichtete ihm von dem Deal, den ich mit Hays geschlossen hatte und mit dem auch seine Probleme mit Daughertys Leuten gelöst waren. Er konnte weitermachen wie bisher. Wenn er das wollte.

»Danke, Hardy, das ist eine großartige Lösung! Du hast sie mit ihren eigenen Waffen geschlagen.«

»Ich lerne eben dazu. Und es wurde höchste Zeit, dass ich dir auch mal einen Gefallen tun konnte.«

Er berichtete, Justizminister Daughertys Leute hätten sich wegen des drohenden Ultimatums nicht noch einmal gemeldet. Er habe allerdings gehört, Daughertys früherer Mittelsmann Jess Smith, der für ihn die Lizenzen zur Herstellung von Alkohol unter der Hand vergeben hatte, habe in Washington Selbstmord begangen – zumindest habe man es so aussehen lassen. Das sei wohl ihre Lösung gewesen, um den Skandal zu unterdrücken.

Wir waren uns einig, dass diese Regierung wirklich nur durch den Tod des Präsidenten vor dem Eklat hatte gerettet werden können. Und tranken darauf, dass vielleicht doch noch alles ans Licht kommen würde, wenn auch nicht durch uns.

»Aber wer soll es tun? Der neue Präsident hat dem alten Kabinett angehört.«

Der Alkohol überdeckte nicht die Schmerzen in meinem Arm und ich bat Buck darum, mir weiteres Morphin zu geben.

»Nein.«

Ich wollte protestieren, doch er sah mich nur ganz ruhig und bestimmt an. »Du hast schon zu viel davon gehabt und musst wieder runterkommen. Sonst wirst du süchtig – vielleicht bist du es bereits – und dir geht es womöglich wie Wally Reid, ich kenne dich, Hardy. Du hast in der Klinik eine Spritze bekommen, die muss für heute reichen. Halte den Schmerz aus. Morgen Mittag kommst du vorbei und dann bekommst du genau *eine* weitere von mir.«

Später stießen auch Herbert Somborn, den ich hierherbestellt hatte, und in seiner Begleitung Dorothy Reid dazu, was mich sehr überraschte.

»Ich dachte, Sie hätten mit in den Trauerzug steigen müssen?«

Sie lächelte. »Das wollte Hays auch! Aber diesmal konnte ich es mir endlich leisten, meine eigenen Wünsche durchzusetzen. Der Film hat mich dafür wohlhabend genug gemacht.«

Die beiden bekamen ebenfalls Gläser hingestellt, von denen sie tüchtig Gebrauch machten. Es war einfach der Tag dafür.

Ich berichtete Dorothy alles – auch, dass ich ihren Namen aus dem Spiel gelassen hatte – und sie drückte mir dankbar die Hand. Sie trug zum ersten Mal seit Langem keine Trauerkleidung mehr, sondern ein farbenfrohes gelb und blau gemustertes Kleid, in dem sie so jung aussehen durfte, wie sie war.

»Sie haben Will Hays in die Ecke gedrängt, Hardy«, sagte sie lächelnd. »Wir haben es wohl wirklich fertiggebracht, ihm die Unmoral seines Wirkens klarzumachen. Ich bin die erste Frau, die er als Produzentin anerkannt hat, das hat er mir gesagt, als ich ihn vorhin konfrontiert habe. Natürlich will ich aber nach dem Unglaublichen, was ich gehört habe, mit ihm und seiner Organisation nichts zu tun haben und er hat mir zugesichert, dass ich künftig freie Hand bekomme, was meine Produktionen betrifft. Damit ist mein Lebensunterhalt und der meiner Kinder gesichert, und ich kann sogar darauf hoffen, Filme zu machen, hinter denen ich stehe.«

Wir gratulierten ihr alle aufs Herzlichste.

»Ich habe mich mit Gloria geeinigt«, platzte Somborn nun heraus. »Was die Frage betrifft, wie oft ich meine Tochter sehen und bei mir haben kann.«

»Das ist großartig«, sagte ich.

»Herzlichen Glückwunsch«, meinte Buck.

»Bei Gott, ich hätte niemals geglaubt, dass das noch einmal passieren würde, aber nach einem Ereignis wie diesem … Ich denke, wir waren einfach beide in versöhnlicher Stimmung.«

Dorothy umarmte ihren Freund. »Das freut mich wirklich sehr und nichts Besseres hätte man Ihnen wünschen können«, sagte ich und beobachtete sie gespannt.

»Ihr zuliebe gebe ich auch die Freundin auf, die ich zwischendurch hatte«, fuhr er fort. »Es war sowieso nur eine Liebelei und sie ist mir dann viel zu überspannt geworden.« Dorothy grinste ihm zu.

»Wissen Sie was, eine Zeit lang hatte ich sogar Sie beide im Verdacht, ein Verhältnis zu haben. Und ich hätte mich für Sie gefreut«, sagte ich.

Dorothy lachte schallend. »Nein, Hardy – Ihre Menschenkenntnis in allen Ehren!«

Somborn sagte kopfschüttelnd: »Das habe ich Ihnen doch bereits gesagt, ich hätte mit der Witwe meines besten Freundes niemals etwas anfangen können, nicht in dieser Situation und auch in keiner anderen … Es war Pola Negri.«

Ich schenkte mir selbst nach.

»Was die Sache mit Hays betrifft«, sagte er schnell und spielte mit seinem Glas. »Ich habe mir das alles durch den Kopf gehen lassen. Ja, wir wollten Will Hays drankriegen, weil wir Grund haben, ihn zu hassen, weil wir Rache wollten. Aber an einem Tag wie diesem, wo es mir vor allem um meine kleine Tochter geht, wird mir das besonders klar: Es darf nicht um Gehässigkeiten gehen, davon gibt es in Hollywood viel zu viele, und wir sollten sie den anderen überlassen. Allein schon unseren Kindern zuliebe.«

»So geht es mir auch«, stimmte Dorothy zu. »Ich will ihre Zukunft nicht in Gefahr bringen, auch nicht durch meine Rache.«

»Das heißt …?«, fragte ich.

»Ich werde keine offene Konfrontation suchen, Hardy, um ihrer willen. Sie sollen in einer besseren Welt aufwachsen, nicht in einer, die von Hass und Rache dominiert wird.«

»Sicher nicht«, sagte Buck.

»Sagen Sie das der Welt«, entgegnete ich.

Dorothy nickte. »Ja, es ist eine verdorbene Welt, Sie haben recht. Aber wir werden sie nicht ändern. Wir können nur in unserem eigenen kleinen Kosmos dafür sorgen, dass es anders läuft. In meiner Produktionsfirma werde ich das tun.«

»Und ich in meiner Familie«, ergänzte Herbert Somborn.

Das Stichwort »Familie« ließ mich stutzen; es wäre naheliegend gewesen, ihnen nun die Neuigkeiten zu erzählen, die Polly und mich betrafen. Doch irgendetwas hielt mich zurück, vermutlich brauchte ich noch etwas Zeit, um mich daran zu gewöhnen, und vielleicht traute ich der Sache auch noch nicht so ganz, wollte es nicht beschreien.

Herbert erhob sich feierlich und baute sich vor mir auf.

»Sie haben einen guten, einen wirklich tollen Job gemacht, Sie haben anderthalb Monate Tag und Nacht für uns ermittelt, Sie und Polly sind bis zum Äußersten gegangen, haben alles aufgeklärt, und ob wir es verwenden oder nicht, jetzt sollen Sie auch Ihr Honorar dafür erhalten. Hier, ich habe Ihnen einen Scheck ausgestellt.« Herbert entnahm seiner Brieftasche etwas und schob es mir herüber. »Rechnen Sie gerne nach. Ich habe zweiundvierzig Tage zum vereinbarten Satz veranschlagt und es noch etwas nach oben aufgerundet. Vielen Dank.«

Es war ein Barscheck über fünfhundertfünfzig Dollar. Eine unfassbar große Menge Geld für meine Verhältnisse. Dorothy umarmte und küsste mich.

Ich und Somborn drückten uns die Hände und schlugen uns auf die Schultern.

»*Ich* habe zu danken«, brachte ich nach einer langen Pause heraus. Dann gab ich eine Runde aus.

Es hätte beinahe noch ein schöner Tag werden können.

*

Ich erzählte Polly von der Abmachung und sie hieß sie gut und so kehrten wir in ihr Haus zurück, wo uns tatsächlich niemand belästigte oder beobachtete. Dass Dorothy Reid und Herbert Somborn ihren Frieden mit der Sache gemacht hatten, half Polly dabei, den Deal zu akzeptieren und die Umstände, unter denen wir Clarences Tod gerächt und Anderson und Fenner zur Strecke gebracht hatten, ebenso. Natürlich hegte sie durchaus noch die Hoffnung, weitere Klansmänner zur Rechenschaft ziehen zu können, nicht nur die, die meinen Arm verletzt hatten. Dessen Heilung schritt zum Glück voran. Ein paar Narben würden bleiben; nach drei Jahren in Hollywood sah ich schlimmer aus als nach dem Weltkrieg. Aber das war ich ja auch: der Veteran eines neuerlichen Krieges.

Natürlich hatten wir August Vollmer, dem Polizeipräsidenten auf Abruf, einen vollständigen Bericht gegeben und ihn vor Detective Goetz gewarnt. Damit man seinen Befehl nicht sabotieren konnte, hatte er diesen durch den schwarzen Sergeant Elias in Haft nehmen lassen. Im Verhör stellte sich heraus, dass Goetz es gewesen war, der Elmer Macready für den Klan angeworben hatte. Ebenso verhaftet wurden James und Rowan, die man jedoch nur der Mittäterschaft am Mord von Macready anklagen konnte, den der Haupttäter Huck Fenner begangen hatte, wie sie aussagten. Viel mehr würde nicht zu machen sein gegen den Klan, alleine schon, weil auch William Burns ihm angehörte und seine mächtige Hand über alle anderen Mitglieder des Unsichtbaren Imperiums halten würde.

Die nächsten Tage verbrachte ich fast ausschließlich im Bett, erholte mich und kam tatsächlich mit nur einer Morphinspritze täglich aus, und bald versuchte ich es ohne sie und konnte es ertragen. Ab und zu sah ich mir den Scheck an, den ich noch nicht eingelöst hatte, so als könnte ich es noch nicht wirklich glauben.

Polly war ständig um mich herum und brachte jeden Tag die Zeitungen. In ihnen verfolgten wir den Weg des Trauerzuges für den Präsidenten nach Washington. Neun Millionen Menschen erwiesen ihm entlang der Strecke die letzte Ehre, viele weitere kamen hinzu, als der Sarg mit der amerikanischen Flagge im Kapitol aufgebahrt wurde. Will Hays, sein alter Weggefährte und Minister, war einer von ihnen, er war von Los Angeles aus per Flugzeug angereist und nahm mit einem Gebet von ihm Abschied, wie auf einer Aufnahme zu sehen war. Einige prominente Filmstars leisteten ihm Beistand: Fairbanks und Pickford und Tom Mix. Im Zentrum des Bildes stand die schwarz verschleierte Florence Harding, flankiert von Hays und den düster starrenden Daugherty und Burns. Die vier sahen aus wie eine verschworene Gemeinschaft.

Ein Meer von Blumen schmückte den Sarg, sie bildeten rotweiße Adler und *Stars and Stripes* und »Anker der Hoffnung«. Vom Ku-Klux-Klan und seinen Symbolen dagegen war nicht das Geringste zu sehen, ebenso wenig wie von Hardings vielen Geliebten.

Es war eine perfekte Inszenierung, die den toten Präsidenten beinahe in den Status eines Heiligen erhob und die glorreichen zweieinhalb Jahre seiner Präsidentschaft in einem milden Licht erstrahlen ließ. Sie erschienen in den salbungsvollen Reden wie eine Periode des Friedens und der Konsolidierung. Florence Harding hielt einen bewegenden Nachruf auf ihren geliebten Ehemann und erzählte von einer Prophezeiung, die ihr einst gemacht worden sei, als sie noch in Ohio lebten: dass Warren eines Tages Präsident werden, seine Amtszeit jedoch nicht überleben würde. Ganz so, als sei alles einer göttlichen Fügung gefolgt.

Drei Tage später wurde der Sarg zur Grablegung von Washington nach Marion, Ohio, gebracht, Hardings Heimatstadt.

Polly und ich hatten einstweilen genug davon. Wir genossen das Leben in diesem warmen kalifornischen August, werdende Eltern, die sich umeinander kümmerten. Und gelegentlich den Hund ausführten.

Der Tag, nachdem der tote Präsident beerdigt worden war und an dem das Land sich unter der Führung des neuen endgültig wieder der Zukunft zuwandte, war einer der letzten Tage der *Movie Expo* in Pasadena. Sie würde in Kürze ihre Tore schließen müssen, vorzeitig, um das aufgelaufene Defizit nicht noch größer werden zu lassen.

Wir beschlossen hinauszufahren und sie uns dann doch einmal anzusehen, in aller Ruhe und als die Kinofans, die wir im Grunde waren.

An der Kasse bezahlten wir unsere Karten und gingen hinein. Wir ließen uns ein Erdbeereis schmecken und schlenderten über das Gelände. Dabei kamen wir doch tatsächlich zu einer Halle, in der der Set aus DeMilles *The Ten Commandments* aufgebaut war. Dort befanden sich auch der große Berg, von dem Moses herabgestiegen war, und das Goldene Kalb – ein neues, beinahe identisch aussehend wie das, mit dem Huck Fenner mich fast erschlagen hätte. Ich erzählte Polly die Geschichte noch einmal in allen Details und wir konnten jetzt, da der Mörder überführt und tot war, sogar darüber lachen.

Als wir wieder hinausgingen und vor einem Schnellrestaurant einen Hamburger aßen, sah ich einen Jungen vorübergehen, der eifrig Zuckerwatte schleckte.

»Billy!«, rief ich.

Will Hays' Sohn drehte sich um und begrüßte mich freudig. Er schien unbegleitet zu sein. Ich stellte ihm Polly vor und sie war ebenso angetan von ihm wie er von ihr. »Das ist Enrico«, sagte sie und Billy streichelte den kleinen schwarzen Mops, ja ließ ihn sogar von seiner Zuckerwatte kosten, was ihm Polly aber gleich wieder freundlich schimpfend ausredete.

»Bist du alleine hier?«, fragte ich.

»Nein, mit meinem Dad«, sagte er und zeigte in Richtung eines Zeltes, das in der Nähe aufgebaut war. »Er ist gleich da drüben. Mit seiner Freundin.«

Für einen Moment war nur Enrico zu hören, der hechelnd um mehr Zuckerwatte bettelte.

»Wie bitte?«, fragte ich.

»Ja«, erwiderte Billy ganz selbstverständlich, »ich habe die beiden mal alleine gelassen.«

Im nächsten Moment sprang er auf und hielt die Zuckerwatte hoch, sodass Enrico danach springen musste, was er auch prompt tat. Billy lief ein bisschen im Kreis. Polly und ich wechselten einen Blick.

»Bleib du hier«, sagte ich halblaut und stand auf.

Ich ging zu dem Zelt und bemerkte erst jetzt, dass es das Original aus dem so erfolgreichen Film *The Sheik* mit Rudolph Valentino war.

Ich öffnete den Zelteingang einen Spalt weit und sah hinein.

Drinnen saßen auf weichen Kissen, wie sie der Scheich zur Verführung schöner Araberinnen genutzt hatte, Will Hays und, über ihn gebeugt, eine junge Frau. Sie küssten sich. Und natürlich achteten sie nicht auf irgendetwas um sich herum.

Sie hatte dunkle Haare und jetzt fiel mir ein, woher ich sie kannte: Sie hatte mich in jenem Club angesprochen, in dem die Produzenten sich getroffen hatten, den Will Hays für sie eingerichtet hatte. Ihn hatte sie seinerzeit an der Tür begrüßt. Jetzt erinnerte ich mich auch an ihren Namen: Margaret.

Heute wirkten sie noch viel vertrauter als damals. Sie turtelten und schnäbelten wie zwei Täubchen. Sie war etwa halb so alt wie er, doch sie schien sehr verliebt in ihn zu sein. Neben ihnen stand ein silberner Kühler mit einer Flasche darin. Jetzt küssten sie sich wieder.

Ich zog den Kopf wieder zurück und dachte nach. Dann ging ich wieder das gute Dutzend Schritte zurück zu den anderen.

»Ich will die beiden jetzt nicht stören«, sagte ich zu Billy, der immer noch mit dem Mops spielte.

»Das hab ich mir auch gedacht«, nickte Billy und ließ sich von Enrico die Hand lecken. »Weißt du, ich freue mich sehr für meinen Dad, er hat so viel um die Ohren und es ist so traurig mit der Krankheit von Mum und er hat es doch verdient, eine Frau zu haben, denn das ist doch normal für einen richtigen Mann.«

»Ja«, sagte Polly und blickte mich an. »Das ist es.«

»Ich würde mir nur wünschen, dass er meine Mutter nicht so mies behandelt«, meinte Billy traurig. »Sie nicht im Bett fixieren lässt und mit Medikamenten ruhigstellt und wenigstens ab und zu besucht. Wenn ich ihn darum bitte, dann meint er immer, ich soll den Mund halten, und gibt mir sogar Ohrfeigen, aber wisst ihr was? Wenn ich später einmal ein Mann bin und eine Frau habe, dann werde ich sie nicht ans Bett fesseln, egal, wie krank sie ist.«

»Das ist gut so, Billy«, lobte ich.

»Aber wenn mein Dad einmal alt und schwach ist, und das wird er eines Tages sein, dann werde ich *ihn* fesseln. Dann wird es ihm genauso gehen, und ich werde ihm vorhalten, wie sehr ich ihn dafür verachtet habe, und er muss mir zuhören.«

Polly und ich wechselten einen Blick. Wir redeten noch ein bisschen mit ihm und erfuhren, dass er Buster Keaton leider nicht kennengelernt hatte, und dann verabschiedeten wir uns und gingen zum Parkplatz.

»Also doch«, sagte ich, als wir wieder unter uns waren. »Hays hat eine Geliebte.«

»Natürlich hat er das«, meinte Polly grimmig. »Dieser miese, kranke kleine Kerl.«

Wir gingen Händchen haltend nebeneinanderher, Enrico hoppelte uns voran.

»Du denkst wahrscheinlich dasselbe wie ich«, riet ich.

Sie nickte. »Natürlich kannst du Herbert und Dorothy nun kontaktieren und ihnen davon erzählen. Und spätestens damit könntet ihr ihn drankriegen.«

»Aber es würde den Frieden, den wir jetzt gefunden haben, völlig zerstören«, erwiderte ich. »Der Deal würde platzen und wir wären nicht mehr sicher.«

»Wir können den vermeintlichen Saubermann doch nicht einfach so davonkommen lassen«, wandte sie ein.

»Keine Sorge«, sagte ich. »Ich habe so eine Ahnung, dass wir noch öfter mit ihm zu tun bekommen werden, egal ob er nun einen neuen Kurs einschlägt oder nicht. Irgendwann werden wir ihn schon zur Rechenschaft ziehen für all das, wofür er verantwortlich ist.«

Sie nickte vor sich hin. »Und Billy wird das auch tun«, ergänzte sie. »Mit seiner Verachtung. Er ist wirklich ein netter kleiner Bursche, nicht wahr?«

»Ja«, antwortete ich. »So gar nicht wie sein Vater.«

Wir blinzelten uns zu.

»Ein Junge, das wäre doch auch nicht schlecht, was?«, raunte Polly. Am Ausgang küssten wir uns.

Und im Voisin, auf der Fahrt zurück nach Hollywood, sprach keiner von uns beiden das Thema Hays noch einmal an.

Wir waren in bester Stimmung, als wir ausstiegen und den Hügel zu Pollys Haus hinaufliefen.

»Willst du nicht ganz zu mir ziehen?«, fragte Polly. »Und deine Junggesellenbude aufgeben?«

Ich grinste. »Früher oder später wird es ja doch so kommen. Wir müssen es Buck und den anderen allmählich mal erzählen, meinst du nicht?«

Aus einem dunklen Packard, der an der Straße geparkt war, stiegen zwei Männer aus. Ich nahm sie zunächst gar nicht richtig wahr. Sie liefen von der Seite nun direkt auf uns zu und einer rief: »Hardy Engel?«

Ich blieb stehen und drehte mich um.

»Ja?«

Beide zückten Ausweise und zeigten sie uns.

»*Bureau of Investigation.*«

Das stand auch auf den im Sonnenlicht blinkenden Sternen an ihren Revers. Ihr Packard sah genau aus wie der, der mich einmal verfolgt und gerammt hatte.

»Na und?«

»Mr Engel, wir kommen im Auftrag von Mr Burns. Wir haben einen Haftbefehl für Sie.«

»Was?«, fragte ich, wie vor den Kopf geschlagen.

»Warum?«, rief Polly empört.

»Machen Sie keine Schwierigkeiten«, sagte der größere der beiden Männer, während der andere sich zwischen uns stellte, und trat einen Schritt auf mich zu. »Wir verhaften Sie wegen des dringenden Verdachts, Huck Fenner und Fred Anderson ermordet zu haben.«

EPILOG

Das war meine Geschichte.

Vielleicht hat Ihnen nicht alles daran gefallen.

Da geht es Ihnen wie mir, als ich in Haft genommen wurde, im Fifth-Street-Gefängnis in Downtown einsaß und auf meinen Prozess wartete. Die Anklage war geschickt fabriziert und mit falschen Zeugenaussagen untermauert.

Immerhin lernte ich kochen, in meinem neuen Job in der Großküche. Doch wenn ich abends auf meiner Pritsche um Schlaf rang und tagsüber fünfhundert Mahlzeiten zubereiten musste, war es vollkommen offen, wann ich wieder herauskommen, ob ich jemals mit Polly leben oder noch einmal als Privatdetektiv tätig sein würde. Dies alles lag in weiter Ferne.

Madame Claire hatte recht gehabt. Sie hatte mir »Gitterstäbe« prophezeit und sie hatte *mich* damit gemeint, niemand anderen. Diese Wahrsagerinnen haben tatsächlich ein Gespür für die Zukunft, selbst die in Hollywood, die eigentlich nur als welche kostümiert sind. Ich lache jedenfalls nicht mehr über sie.

Lassen Sie mich zunächst schildern, wie es mit all den anderen weiterging. Auch davon gefiel mir vieles nicht.

Will Hays gründete eine neue Produzentenvereinigung, die Studiomogule und Produzenten traten alle ein und machten dann einfach weiter wie bisher.

Hays erließ seine Regeln, was auf den Leinwänden zu sehen sein durfte und was nicht, die als »Hays Code« berühmt wurden. Die Welt, die dementsprechend in den Filmen gezeigt wird, ist moralisch, sauber und rein und es kommt darin immer zu einem Sieg der Gerechtigkeit und einem glücklichen Ende, denn eine der Regeln lautet: »Verbrechen zahlt sich nicht aus.« Manche Autoren und Regisseure schaffen es aber, sie geschickt zu unterlaufen und trotzdem ein Bild der wahren Welt zu zeichnen; in der es zwischen Gangstern und Polizisten, zwischen Männern und Frauen, zwischen Böse und Gut oft anders abläuft: nämlich hart und ungerecht.

Und dazu gehörte auch, dass viele weitere Hollywoodstars viel zu jung an Drogen starben, so wie Wallace Reid, und in Will Hays' Amtszeit noch jede Menge Morde und andere Verbrechen in Hollywood begangen wurden, die nicht notwendigerweise alle gesühnt wurden wie in den Spielfilmen.

Oder dass der Ku-Klux-Klan in den folgenden Jahren eine Blütezeit erlebte. Es kam sogar dazu, dass Hunderttausende Klansmänner in ihren Kutten offen durch Washington marschierten und so ihre Macht zeigten. Streitigkeiten in der Führung zogen dann die Abspaltung einzelner Gruppen und einen gewissen Niedergang nach sich. Trotzdem ist der Klan in ganz Amerika weiterhin sehr präsent und immer wieder gibt es Lynchaktionen, auch in Kalifornien, die bis heute durch kein Gesetz verboten oder strafbewehrt sind. Es ist im Senat nicht durchzusetzen.

Bald nach Hardings Tod wurde die Korruption während seiner Präsidentschaft aufgedeckt. Heute gilt der »Teapot-Dome-Skandal« als das Paradebeispiel für Vergehen einer moralisch verdorbenen Regierung. Zwei Minister wurden deshalb zu Gefängnisstrafen verurteilt. Auch Justizminister Harry Daugherty – der oberste Strafverfolger der USA – wurde wegen Bestechlichkeit angeklagt und zum Rücktritt gezwungen. Doch Verfahrenstricks sorgten dafür, dass er freigesprochen wurde. Das ganze Ausmaß seiner Missetaten wurde nie bekannt.

Auch Will Hays – ich habe es schon vorweggenommen und dafür brauchte man wirklich keine Wahrsagerin – konnte sich trotz der ihm nachgewiesenen Korruption herauswinden, er war ja kein Politiker mehr und mit seinem Amt beim Film genau richtig aufgehoben.

Das *Bureau of Investigation* wuchs weiter zu einer großen Behörde heran und benannte sich später um in *Federal Bureau of Investigation, FBI*.

Florence Harding starb im November 1924, nur etwas mehr als ein Jahr nach ihrem Mann. Doc Sawyer konnte ihr nicht helfen und sie wurde im Grab des Präsidenten beigesetzt, so waren sie im Tode wieder vereint.

Mir wurden zwei Postkarten weitergeleitet, an mich gerichtet und jeweils von Carrie Phillips sowie Nan Britton unterzeichnet. Sie schickten *»Schöne Grüße, auch an Daisy«*. Es schien ihnen und der kleinen Elizabeth folglich gut zu gehen.

Auch wenn es Ihnen wohl kaum entgangen ist, bleibt nachzutragen, dass Nan Britton später ein Sensationsbuch über »Die Tochter des Präsidenten« veröffentlichte und darin der schockierten Öffentlichkeit ihre Geschichte erzählte, unterlegt mit Zitaten aus Hardings heißen Liebesbriefen an sie und mitsamt der Anekdote vom Sex im Weißen Haus. Dies alles wurde von vielen angezweifelt, doch viele andere hielten es auch für wahr.

Dass Carrie Phillips eine Affäre mit dem Präsidenten gehabt und gleichzeitig für die Deutschen spioniert hatte, ist noch nicht herausgekommen. Sie lebt mittlerweile zurückgezogen in ihrem geliebten Deutschland, hat sie mich wissen lassen. Möglich, dass auch ihre Geschichte einmal erzählt werden wird, so unglaublich sie erscheint; und sei es als Warnung für die Zukunft, wozu Präsidenten im Amt imstande sein können.

Was Blossom Jones betrifft: Nein, sie schrieb mir keine weitere Karte. Und auch ihre Leiche wurde nicht gefunden. Wenn ich damals aus dem Fenster meiner Zelle blickte, auf Zehenspitzen auf einem Stuhl stehend, konnte ich in der Ferne das »HOLLYWOODLAND«-Schriftzeichen sehen, das in den nächtlichen Bergen leuchtete und blinkte. Einmal, ich erinnere mich noch genau, waren die Lichter des »Y« defekt und flackerten die ganze Nacht, als wollten sie mir ein Zeichen geben. Madame Claire hätte gewusst, was es bedeutet.

Dorothy Davenport, Mrs. Wallace Reid, wurde zu einer bekannten Filmproduzentin und Regisseurin und fand so zu einer neuen Rolle, mit der sie sich arrangierte.

Herbert Somborn verabschiedete sich aus der Filmbranche, wie er es angekündigt hatte, und wurde auf Bucks Anraten hin selbst Gastronom. Er eröffnete in Hollywood am Wilshire Boulevard das Brown Derby, ein feines Restaurant, dessen Dach wie ein großer halbrunder brauner Herrenhut aussieht, mit einer Krempe über dem Eingang. Es ist heute eines der beliebtesten Lokale der Stadt und berühmt dafür, dass alle Stars dort ein und aus gehen. Für mich, ließ mir Somborn mitteilen, sei immer ein Platz an der Bar reserviert und falls ich irgendwann in der Zukunft einmal dort hinginge, würde ich jeden Drink umsonst bekommen.

Das Problem ist, ich trinke nicht mehr.

Auch wenn es noch so viel Anlass dazu gäbe.

Das Einzige, was mich damals, 1923, vielleicht noch vor einer drohenden Verurteilung wegen Mord retten konnte, leitete ich kurze Zeit nach meiner Verhaftung in die Wege. Ob das Bekanntwerden des großen »Teapot-Dome-Skandals« etwas damit zu tun hatte? Vielleicht weil Buck einen großen Briefumschlag mit Kopien meiner Beweise darin an den Journalisten Arthur Blowfish geschickt hatte, meinen alten Bekannten vom *Los Angeles Examiner*? Wetten Sie ruhig darauf. Natürlich spielten wir nicht alle unsere Karten auf einmal aus: Die Filme behielten wir noch für uns, um weiter etwas in der Hinterhand zu haben.

Doch so wurde erst Will Hays' Bestechung in Washington öffentlich und dann vieles Weitere, wenngleich nicht alles. Blowfish verwendete bloß, was er für schlagzeilentauglich hielt, und er teilte es in Häppchen auf, die er unter Anleitung seines Verlegers William Randolph Hearst schön langsam nacheinander herausbrachte, wann es ihnen passte. Sie fokussierten sich allerdings ausschließlich auf die Korruptionsskandale der Regierung. Die Morde und Hays' und Hardings Verstrickungen mit dem Ku-Klux-Klan ließen sie ganz weg.

Als der von mir ausgelöste Skandal gerade richtig hochkochte, kam eines Abends der Wärter zu meiner Zelle und sagte bedeutungsvoll: »Da ist Besuch für Sie, Engel. Der Chef des *Bureau*.«

»Ich habe aber keine besondere Lust, mit Mr Burns zu sprechen«, entgegnete ich, gähnte und widmete mich weiter dem, was ich gerade schrieb.

»Oh, es ist nicht Mr Burns, der ist entlassen worden und man bereitet offenbar eine Anklage gegen ihn vor. Es ist ein sehr junger Mann, aber er hat sich korrekt als neuer Chef des *Bureau* ausgewiesen. Sein Name ist J. Edgar Hoover.«

»Aha«, sagte ich, lehnte mich zurück und verschränkte die Hände hinter dem Kopf. »Na, dann hör ich mir doch mal an, was der Junge zu sagen hat.«

Was darauf folgte, ist eine andere Geschichte.

Aus Verantwortung für die Umwelt hat sich der *Verlag Kiepenheuer & Witsch* zu einer nachhaltigen Buchproduktion verpflichtet. Der bewusste Umgang mit unseren Ressourcen, der Schutz unseres Klimas und der Natur gehören zu unseren obersten Unternehmenszielen.

Gemeinsam mit unseren Partnern und Lieferanten setzen wir uns für eine klimaneutrale Buchproduktion ein, die den Erwerb von Klimazertifikaten zur Kompensation des CO_2-Ausstoßes einschließt.

Weitere Informationen finden Sie unter:
www.klimaneutralerverlag.de

FSC
www.fsc.org
MIX
Papier aus verantwortungsvollen Quellen
FSC® C083411

Verlag Kiepenheuer & Witsch, FSC® N001512

1. Auflage 2020

Covergestaltung: Rudolf Linn, Köln
Covermotiv: © getty images / Bettmann / Kontributor
Gesetzt aus der Apollo und der Trade Gothic
Satz: Buch-Werkstatt GmbH, Bad Aibling
Druck & Bindung: CPI books GmbH, Leck
ISBN 978-3-462-05326-5

Voosen/Danielsson: das neue Traumpaar des Schweden-Krimis

Leseproben und mehr unter www.kiwi-verlag.de KiWi